红袖

浮石 著

湖南文艺出版社

图书在版编目（CIP）数据

红袖 / 浮石著. -- 长沙：湖南文艺出版社，2008.01（2025.6重印）
ISBN 978-7-5404-4069-5

Ⅰ. ①红… Ⅱ. ①浮… Ⅲ. ①长篇小说－中国－当代 Ⅳ. ①I247.5

中国版本图书馆CIP数据核字（2007）第198027号

红袖
HONG XIU

作　　者：浮　石
出 版 人：曾赛丰
责任编辑：汤亚竹
特约编辑：曾赛丰　袁甲平
装帧设计：湖南青瓷红袖文化产业有限公司　周雷
内文排版：刘晓霞
出版发行：湖南文艺出版社
　　　　　（长沙市雨花区东二环一段508号　邮编：410014）
印　　刷：湖南省众鑫印务有限公司
开　　本：787 mm×1092 mm　1/16
印　　张：24.5
字　　数：413千字
版　　次：2008年1月第1版
印　　次：2025年6月第20次印刷
书　　号：ISBN 978-7-5404-4069-5
定　　价：56.00元

（如有印装质量问题，请直接与本社出版科联系调换）

目 录

引子 ———————————————————————— 001

瘦一点的于是故意清了清嗓子,摆正姿势,平视着隔了一张桌子的柳絮,字正腔圆地说:"我们已经向你表明了我们的身份,现在再向你介绍一次,我们是省纪委和省检察院联合办案组的,因为涉及一些事情,需要你协助调查……"

第一章 ———————————————————————— 004

作为省委书记陆海风的秘书,柳絮知道何其乐其实也是身不由己的,一般的事,也不会去麻烦他。但她今天要请的客人很重要,是省高级人民法院的常务副院长贺桐,如果何其乐不能到场,这顿饭就吃不出什么特别的意义……

第二章 ———————————————————————— 021

多亏了柳絮为人谨慎处事低调,去年省高院执行局抓了几个人,涉及七八家拍卖公司,她也被省纪委、省检察院的人叫去过,却没有被查出什么问题。相反,因为她和曹洪波的关系经受住了考验,曹洪波很感激,反而更愿意帮她……

第三章 ———————————————————————— 042

何其乐调到省委办公厅工作的第一天,海风书记就亲自找他谈过话,给他讲千里之堤溃于蚁穴的道理。陆海风说:"你这秘书不好当呀,权力不大,但离权力的中心最近……"

第四章 —————————————————————— 064

贺桐的假公济私做得行云流水。从今天中午两个人见面开始,他身上再也没有半点省高级人民法院副院长的影子,倒像一个大献殷勤、温柔体贴的情人。他身材高大,站在柳絮身后就像一堵墙……

第五章 —————————————————————— 082

要对肖耀祖施加影响,必须让他觉得她跟曹洪波关系不一般。可是,如果肖耀祖知道她跟曹洪波关系暧昧,又等于让他抓了一根辫子。还有,如果让贺桐听到了这些……

第六章 —————————————————————— 108

找到契合点就好办。按照柳絮的经验,做生意其实很简单,第一是找对人,第二,是看你要他办的事他能不能办,以及他办完之后能得到什么利益。如果你和他能在利益上结成共同体,就等于上了一条船……

第七章 —————————————————————— 136

现在什么社会?关系社会。一个人单打独斗能成事吗?成不了,得整合资源。什么叫整合资源?就是有钱的出钱,有权的用权,权钱结合才能所向披靡……

第八章 —————————————————————— 154

培养一个干部不容易,毁掉一个干部却轻而易举。这里有干部自毁前程的主观因素,也有很多社会原因。尽管陆海风是省委书记,但他难免也有他的思维定势……

第九章 —————————————————————— 179

受了何其乐的批评,李明启反而很高兴,觉得何其乐对他不客气,实话实说,那才叫朋友。再说了,何其乐说不行可比陆海风说不行好多了,他于是"嘿嘿"地笑着……

第十章--- 195
　　柳茜还从来没有跟肖耀祖见过面，她不想一开始就以买家的身份出现，那样两个人就成了交易的双方，卖的怕卖贱了，买的怕买贵了，都在价格上打转转，便难得开诚布公……

第十一章-- 212
　　何其乐再一次摇了摇头，说："你太高看我了，我刚才不是说了吗？海风书记的一言一行，必须受人民政府工作规则的约束，不是我一个小秘书能左右的……"

第十二章-- 234
　　柳茜没想到股市会一下子那么疯狂起来，有媒体报道为证：小和尚到证券公司开户；休闲中心的盲人按摩师开口闭口都是股票；某城市打的难投诉多，因为的士司机到交易所看大屏幕去了……

第十三章-- 255
　　关于这一点，他自认为比一般的商人包括他哥哥肖光宗要高明很多。他只要结果不问过程的工作方法，等于在自己和形形色色的律师、政府公务员之间，建立了一道防火墙。至于律师怎么做——怎样钻法律的空子，怎样打法律的擦边球，甚至怎样买路行贿，那是他的事，跟他肖耀祖无关……

第十四章-- 273
　　省报新闻中心主任，级别也就是个正处，但在别人眼里，却是一个可以接近至上权力、熟人更是遍及省市各厅局、人脉资源丰富得没法想象的角色，官不大，能耐不小。副主任医生表面上的态度并没有明显地好转，但对李明启的身体状况却明显地重视起来……

第十五章-- 297
　　尽管肖耀祖也知道，这层窗户纸即使不去捅它，迟早也得破，但把他公司跟市人民大剧院的头儿的关系，搞成他公司跟市人民大剧院单位之间的关系，却实在是一着臭棋。肖耀祖跟市人民大剧院的那几个人打过交道，不是不好摆平的……

第十六章 —————————————————— 318

因为你们拍卖公司的这类生意，决定了你们不能不与司法权力机关、我们这些国有资产的管理者打交道。你们要把生意做成，就不得不求人，就不得不经常性地在一些灰色地带运行。否则，你就会被你的同行挤下独木桥……

第十七章 —————————————————— 340

省委接待处虽然在星级上不是最高的，但入住的客人却可能是大大小小的权贵，谁都说不清楚他们跟省委省政府的某位领导有怎样的隐秘关系。李明启带小姑娘在这里开房，一旦被人看见，就可能会被人误解。但李明启要的就是这种误解……

第十八章 —————————————————— 361

过了好半天，辛姐才慢慢地把眼睛睁开，她的头没有动，仍然保持着原来的姿势，因此也就没有看柳絮，她望着半空中的什么地方，好像声音也被温泉浸泡得软绵绵了似的，有气无力地说："这笔业务，做肯定是要给你柳絮妹妹做的，可是……"

引子

柳絮是上午九点钟左右被带走的。

那天上午十点钟有场拍卖会，否则，柳絮还不会那么早去公司。她把宝马车泊好，刚走进写字楼的大堂，就有两个女人斜地里朝她靠了过来。她们一点也不起眼，如果不是她们的速度有点超常规，柳絮压根儿就不会意识到她们的存在。那两个人年龄相仿，大概都是四十来岁，高矮也都差不多，只是一个胖一点一个瘦一点儿。很多年以后，柳絮还会记得那个瘦一点的女人留给她的第一印象——看人的眼光冷冰冰的，嘴角却似有似无地向上翘着，绽出一朵菊花似的微笑，居然极其自然。她们一上来便像见到了亲姐妹似的一左一右地挽住了柳絮，问："你是柳总吧，一诚拍卖公司的柳絮总经理，对吧？"

柳絮多少有点发怔，她想把脚步停下来，却没有能够做到。她一边被两个女人挟持着朝外面走，一边不由自主地点了点头。柳絮不想就这样被带走，终于有点费劲地站住了，一左一右地朝那两个人看了一下，问："你们是谁？想干什么？"

胖一点的女人说："我们是省纪委和省检察院联合办案组的，有些事涉及贵公司，想找你协助我们做一些调查。"

好像是为了配合她这句话，那个瘦一点的还把那只闲着的手插进口袋，掏出工作证，很快地在柳絮面前晃了晃。

柳絮被带到了一辆中巴车上。那辆中巴车就停在她的宝马车不远的地方，加上司机，里面已经有了两个人，都是男的。柳絮是被胖一点的女人推上车的，里面那个男人还朝她伸过来了一只手，像要拉她一把似的，但柳絮没有去握。胖一点的女人紧跟着柳絮上了车，刚挨着柳絮坐下，顺手砰地便把车门拉上了。几乎与此同时，瘦一点的女人也已经在副驾驶的位置上就座，也是砰的一声关上了车门，她扭过头对柳絮说："我俩都姓彭，这是我们李检，希望你能配合。"

被叫作李检的男人把脸侧了侧，对着柳絮把嘴角向上扯了下，算是笑，笑过了，便把一只手摊着向柳絮伸了过来。柳絮眉毛轻轻一扬，问："什么？"

李检说："手机，先替你保管一下吧。"

柳絮说："十点钟我有场拍卖会，能不能先让我把会开完？"

李检抿嘴一笑，摇摇头。

柳絮说："那……至少得让我打个电话，跟公司交代一下吧？"

李检沉吟了一下，说："行，手机给我，你报号码，我来帮你拨。"

柳絮再一次怔住了，望着旁边的李检，在那张长长的马脸上停了足足五秒钟。不知道为什么，柳絮对那种瘦长瘦长的面孔总是心存戒备，她摇着头轻轻地说："算了。"说着，便把手机啪地塞到了他手里。

李检说："你确定吗？"

柳絮觉得他的这句话多少有点嘲讽的意思，便冷冷地回看了他一眼，回过头来不再理他，接着，便把眼睛闭上了。

中巴车很及时地启动了。

柳絮很快就对自己生气了，不知道自己干吗要感到紧张，也不知道为什么要在这个时候跟人家赌气。再过个把小时，拍卖会就要开始了，如果她不能准时在公司露面，情况会怎么样呢？起码得跟公司的人打声招呼吧？柳絮朝左边侧侧身，望着旁边那张长长的脸，用尽可能平静的语气问："请问需要多长时间？"

李检笑了一下，说："这取决于柳总是否配合，也许要不了多久，也许要一段时间。"

这算什么回答？

柳絮却不死心，追问道："那会是多久？"

李检再次笑了，说："柳总是聪明人，不要以为我在说废话。我只能说，这取决于你是否配合。"

柳絮知道了，她不可能从旁边这个男人嘴里套出半句话来。看他的嘴唇，多薄呀，简直像两片合在一块儿的刀子。

柳絮把头摆正了，跟公司打电话的念头，一下子没有了。随它去吧，她想。接着很木然地望着前方。驾驶室里吊挂着一幅小小的过了塑的毛主席像，老人家很慈祥地望着她。柳絮再次把眼睛闭上了，她觉得老人家看她的那种眼神，就好像等着她说道歉似的。

他们会把她拉到哪儿去呢？

这是柳絮接下来应该关心的问题。可是，她却不想睁开眼睛朝外面看，她想，这会儿他们的眼光一定早就落在自己脸上了，他们一定早就开始研究她了。

车子的音响不是很好，里面一个男声正在唱《老鼠爱大米》。

四五十分钟以后，柳絮被带到了一座宾馆的双标房里。那座宾馆不是很高档，就像一个招待所。桌椅已经摆好了。柳絮被安排在一把折叠椅上坐下，她的前面是一张宾馆房间里的写字台，本来是靠墙放的，现在被打横了。桌子后面坐着刚才把她带来的那两个女人，瘦一点的朝胖一点的望望，说："可以开始了吗？"后者便点了点头。

瘦一点的于是故意清了清嗓子，摆正姿势，平视着隔了一张桌子的柳絮，字正腔圆地说："我们已经向你表明了我们的身份，现在再向你介绍一次，我们是省纪委和省检察院联合办案组的，因为涉及一些事情，需要你协助调查，希望你能积极配合，尽快把事情搞清楚，这对你也是有利的，怎么样，现在我们开始吧？"

柳絮努力地望着她的眼睛，过了一会儿，又把眼光下移，停在了她的嘴唇上，她看到那两片薄薄的嘴唇一开一合的，接着听到了从里面迸出来的声音：

"姓名？"

…………

第一章

下午四点钟左右，柳絮拨通了何其乐的手机，等嘟嘟嘟地响了三声后，又把它摁了。她把手机搁在大班台上，愣愣地望着它出神，等待着何其乐反拨过来。

柳絮每次要找何其乐都是这样，生怕他不方便。为此，何其乐还说过她，说她把他的手机当扩机用。柳絮总是抿嘴一笑，随他说，却从来不去改正。

柳絮和何其乐的关系有点说不清楚。不少人都以为他俩关系暧昧，比情人关系远一点，比朋友关系近一点。反倒是何其乐的老婆邱雨辰不这么看。邱雨辰一副傻人自有傻福的单纯样儿，作为中学和大学同学，她太了解柳絮了，知道她跟何其乐怎么也不会折腾出什么事来，甚至一有机会就开他们俩的玩笑。至于柳絮的老公黄逸飞，倒是经常酸不溜秋地把他俩的事挂在嘴上。柳絮把黄逸飞狠狠地骂了一顿，说我不管你的龌龊事也就罢了，你再往我身上泼脏水，有你的好果子吃。黄逸飞以风流才子自居，三天两头换小情人，内心里对柳絮三分敬七分怕，见柳絮真发火，哪里还敢逞口舌之利？

其实，柳絮和何其乐的关系还真是简单，虽然两个人都很看重对方，但在感情上，就像两股道上跑的车，走的不是一条路，也像两条平行的铁轨，相互依存，却从来没有过交叉。

一般来说，柳絮摁断电话不久何其乐就会把电话反拨过来，如果碰上他在开会，也会很快给她回个信息。

这次也是这样，没过半分钟，柳絮的手机响了，何其乐先在电话里笑了一声，说："你先别急，我待会儿再给你电话，好吗？"

柳絮"嗯"了一声，等何其乐先挂了电话，才把手机摁了。知道何其乐这时还不能定下来，心里便有点莫名其妙地发慌。

她今天有个重要的饭局，约了好久才约上对方，她想让何其乐作陪。

作为省委书记陆海风的秘书，柳絮知道何其乐其实也是身不由己的，一般的事，也不会去麻烦他。但她今天要请的客人很重要，是省高级人民法院的常务副院长贺桐，如果何其乐不能到场，这顿饭就吃不出什么特别的意义，搞得不好还会节外生枝。柳絮运作这件事差不多一个星期了，早已给何其乐透了信，当时他按照一贯的做法表了态，说我尽量争取。

时间一分一秒地过着，差不多五点了，何其乐那边还没有消息。

柳絮想给何其乐发个信息，催一下，终于忍住了，柳絮一般很少给何其乐发信息，有什么话直接就在电话里谈了，生怕何其乐接了信息忘了删掉被邱雨辰看到，闹出误会。其实柳絮的那部手机是专门为何其乐配的，那个号码也只有他一个人才有，是她跟他通话的专线。柳絮很看重跟何其乐的关系，尽管他俩一个月难得联系一两次。

何其乐没来电话，坐在大班椅上的柳絮只好继续发呆。发呆是一种思维短路，眼睛望着什么其实是视而不见，脑子里好像在想什么，其实只是一片空白。她的眼光落在正面墙上挂着的一幅泼墨斗方上，那是黄逸飞的手笔，画的是出淤泥而不染的红荷，荷梗上立着一只展翅欲飞的翠鸟，下面是几尾欢快的游鱼。

柳絮认为黄逸飞执意将这样一幅画挂在她的办公室，不是别有用心，就是用心良苦。他是想让她出淤泥而不染吗？还是想让她做捕鱼的翠鸟？或者成为自由游弋的小鱼？在柳絮看来，和黄逸飞从相识到结婚，简直像做梦一样，懵懵懂懂的。梦醒得也很突然：几年以前，说不清是大半夜还是大清早，派出所的电话打到了家里，说黄逸飞因为嫖娼被抓了，要她带了钱去捞人，当时柳絮离预产期不到一个月。事后她怎么也没有想清楚，为什么没跟黄逸飞离婚。

柳絮的目光被蜇了一下似的从那幅画上移开了，游离着还是落在了那部手机上，那是一款这几年比较流行的三星，滑盖。上次见到何其乐，他还拿过去摆弄过。当时他俩在廊桥驿站茶坊里喝茶。他一边摆弄手机一边望着柳絮一笑，却也没有说什么。那款手机要说有什么特殊，便是何其乐送给柳絮的三十岁生日礼物。柳絮本来是要拒绝的，刚说了半句话，见何其乐阴了脸，便把后面的话咽了回去。她不想欠他的人情，便给他买了一个都彭的公文包。她本来是打算给他买条领带或者皮带的，又怕自己太僭越了。就那样柳絮心里还老不安，后来干脆硬拉着邱雨辰去了一趟宠物市场，花六千块钱为她买了一条三个月的萨摩耶。

也亏了柳絮，能够把跟何其乐的关系这样别别扭扭地维持十来年。

柳絮在拍卖行业里有点儿名气，原因除了她的一诚拍卖公司业务做得好，便是她的性别和容貌。不错，柳絮是个美人坯子，从小学开始，便一直是令人瞩目的对象。身为美女老板，柳絮时不时地会给她的同行提供一些谈资。概括成一句话，就是这个女人厉害，她想要做的事，没有做不成的。一些风言风语也时不时地传到柳絮的耳朵里，每次她都一笑了之。男人经商难，女人要是鬼使神差入了商界，要不了多久，会比男人更深刻地体会其中的酸甜苦辣。只要一闲下来，柳絮便会经常问自己，如果能够重新选择，她还会这样做吗？

柳絮找不到标准答案，因为根据不同的心情，每次的回答都不一样。柳絮只能认为这都是命。

女人一过三十岁，生理和心理都有一些微妙的变化。对于柳絮来说，则是越来越信命了。

她和何其乐既没有成为夫妻，也没有成为情人，可能就是一种命。

邱雨辰跟柳絮是高中时同桌，两个人的关系好得经常夜里钻一个被窝，叽叽喳喳的也不知道哪里有那么多废话。有个周末，她们还一起骑单车跑了十几公里山路，到一个据说能摸骨相命的仙姑那里问前程，想看看考大学有多大的希望。

那是个瞎子老太太，看起来年龄在五十岁和九十岁之间。对被柳絮推到前面的邱雨辰只说了一句话：一生富贵，衣食无忧。轮到柳絮的时候，那张长满皱纹、血管像蚯蚓一样凸出的手，不仅在柳絮俏丽的脸上来回摸了两三遍，还让她伸出两只手，掐掐捏捏了好半天。老太太的脸色不断变化，没有了牙齿的嘴巴，像咀嚼着什么东西似的一抿一抿的，又是点头，又是摇头，把柳絮的心一下子吊了起来。柳絮赶紧从贴身口袋里掏出十块钱往她手里塞，她竟然不肯收。柳絮急了，抓起她的手把那张皱巴巴的钞票往那掌心里一拍，说："您老人家说吧，我受得了。"老太太的嘴又是一抿一抿的，说："画一样的人儿，看起来文文静静的，性子烈呢。你是宁愿受苦也不愿意受委屈的人。你这一辈子，钱是花不完的，别人用钱包装，你用皮箱装。可是……成也男人，败也男人，你好自为之吧。"

电话响了，不是大班台上的手机，是座机。柳絮回过神来，看了一下来电显示，是她的副总经理杜俊。

她刚把话筒拎起来放到右耳朵边，立即传来杜俊的声音："我已经到了高院，刚才给贺副院长打了电话，他马上就下来，怎么样，我们是直接去吗？"

柳絮说："行，我这就动身，争取在你们之前赶到。"

柳絮忍不住又给何其乐拨了一次电话，响了三声还是把它摁掉了。

接到柳絮第一个电话的时候，何其乐正在等李明启，李明启是他读研究生时的师兄，现在是省日报新闻部的主任，约好了下午五点钟以前送照片过来。今天上午省委书记陆海风到省高级人民法院检查工作，明天的新闻报道要配照片，这事是不能大意和耽误的。

事情巧就巧在柳絮今天晚上请到了贺桐，何其乐知道，这场饭局他如果能够出席，对柳絮来说意义将会很不一样。问题是，他能不能抽出时间，还得看陆书记的安排。这也是何其乐未能及时给柳絮回电话的原因。

何其乐和柳絮认识十几年了，时至今日，他一直还记得第一次看见她的情景。那时他研究生刚毕业，一边当助教一边兼任系里的政治辅导员。后者是一个什么事都可以管，什么事也可以不用管的职务。元旦文艺演出，何其乐和系里的头头脑脑去看彩排，就那样认识了柳絮。柳絮的红绸舞被安排在整场晚会的中间，随着激越的音乐骤然响起，那条鲜红亮丽的绸缎，便像一条鲜活的灵蛇，满场摇曳和飞舞。谁持彩虹当空舞？柳絮甫一亮相，那身段，那云霞扑面似的绯红的青春脸庞，让何其乐惊为天人，他在一瞬间像被子弹击中了似的，心脏先是陡然一热，接着便几乎停止了跳动，等回过神来的时候，他知道自己无可救药地爱上了那个跳舞的女孩子，那个入学不到半年的一年级新生。阴差阳错，他们的故事还来不及开始便结束了。这也使得何其乐对柳絮的感情，一直停留在了十几年以前。何其乐常常暗自问自己，如果当年他娶的真的是柳絮，而不是邱雨辰，那份暗自怦然心动的感觉，还能维持到现在吗？

是不是想得到而没有得到的东西，才是永远的牵挂？

何其乐找不到答案。

李明启捧来了两大本影集。一本是送给陆书记的，一本是送给何其乐的。大学时两个人接触并不是很多，后来何其乐成了省里的"第一秘书"，两个人的关系才慢慢铁起来。省报目前在搞竞争上岗，李明启觊觎副总编辑的位置已经很久了。他往何其乐这里跑得很勤，为此还特意向何其乐请教过好几次，说要请何其乐作为局外人帮他分析分析，他的事到底有多大的希望。何其乐知道李明启肚里的那点儿皮里阳秋，却始终不敢造次，在陆书记面前替他咬耳朵。所以，每次也就笑笑打太极，说谋事在人，成事在天，师兄吉人自有天相。

李明启在何其乐办公室磨磨蹭蹭的，何其乐知道他是想把影集亲自交到陆书记手里。放在平时，何其乐是会考虑师兄的这点小奢求的，但今天不行，他惦记着柳絮的事，就想把李明启早点打发了。正好柳絮的手机第二次响了，他便一边向李明启笑笑，一边赶紧去接。柳絮却又很快地摁掉了。何其乐拿起座机话筒，故意迟疑了几秒钟才拨过去，说："我等下再给你回电话吧。"也不等柳絮回话，就把话筒搁了。李明启很懂昧知趣，赶紧起身告辞。

影集里的照片刚才已经看过了，每一张都不错。李明启是老记者了，选择怎样的角度才能突出领导的形象，是一个职业摄影记者最起码的基本功。何况李明启在这上面是有教训的，上届省长脸上有雀斑，民间有个段子就是专门讲他的，说省长做报告，群众观点。李明启那时刚到报社不久，未经处理，把省长的一张特写照片发表了出来。谁也没有说什么，只是不久报社便把到居委会挂职锻炼的机会给了他，硬是让他跟那里的婆婆姥姥打了两年交道。吃过了这样的暗亏，李明启怎么可能不学得聪明一点呢？影集送来之前，他肯定一遍一遍地认真筛选过。

不过，何其乐再次看那些照片时，却有了自己的想法。不错，影集里面的每一张照片都拍得很好，非常准确地抓住了陆书记的招牌动作和经典微笑，但对于陪同陆书记的人来说，他们离陆书记的远近和神情举止，就有点不一样了。何其乐仔仔细细地看了一遍，抽出几张塞到了自己办公桌的抽屉里，再把后面的往那空出来的位置上调了调，这才轻轻地敲开了陆书记的门。

陆书记正在看文件，何其乐侧身走到陆书记旁边，轻轻地把影集摆在了陆书记面前宽大的办公桌上。陆书记随便翻了一下，让他看着办就行了。何其乐跟陆书记已经两三年了，知道陆书记日理万机，不太会为这些事操心，但他同时也知道，尽管陆书记对他很信任，但这种由陆书记亲自审视的过场，仍然是不能不走的。

何其乐把影集合拢来，像抱一个婴儿似的抱在胸前，然后轻声提醒陆书记，说下班的时间到了。陆书记抬头看了看墙上的挂钟，点了点头。何其乐接着说："天气预报说今晚可能有雨，要不然，晚上还是去打保龄球？"

陆书记起身做了几下扩胸运动，亲自把办公桌上的台灯关了，说："行，我散步回家，你七点四十分来接我吧。"

何其乐出来以后，嘘了一口气。如果没有会议或接待上的安排，陆书记的业余时间一般会做两件事，一是打保龄球，一是很随意地到省委大院外面去"走一走"。陆书记有高血脂，保健医生建议他多运动，打保龄球就是一项比较好的运动。至于到外面"走一走"，算是运动和工作的结合，多少有点微服私访、体察民情的意思。再就是时间很随意，可能饭前，也可能饭后。对于何其乐来说，打保龄球比较简单，省委大院休闲中心就有个保龄球馆，打个电话让他们留条球道就可以了。他家离陆书记家也就七八分钟的路程，他可以回家一边吃饭，一边看中央电视台的《新闻联播》。《新闻联播》是陆书记必看的节目，何其乐也必须跟着看，这样，两个人闲扯的时候，才会有共同语言。如果是到外面去"走一走"，就会麻烦一些，不仅自己得跟着，还得通知警卫局的钟秘书陪着。如果时间是在饭前，他就怎么也赴不了柳絮的约了。

把陆书记送出门之后，何其乐返回来把陆书记的办公室收拾了。他给邱雨辰打电话，说不回家吃饭了。邱雨辰说正好，她也有应酬，还不知道搞到什么时候。邱雨辰也是个忙人，平时也难得在家里吃上一餐饭。两个人为此连小孩子都不敢要。何其乐把刚才塞到抽屉里的照片拿出来看了看，挑了一张，又从影集里也挑了一张，都把它们放在他总是随身带着的都彭公文包里，这才关灯离开了一号办公楼。

海内鱼翅海鲜酒楼在黄金大酒楼三十二层，整整一层，没有大厅，全是包厢。这里只供应两种主菜：鱼翅和鲍鱼。

包厢昨天就订好了。柳絮接到杜俊的电话之后，便离开公司直接开车过来了。她先到，没等几分钟，杜俊陪着贺桐也到了。贺桐一进门，柳絮便马上起身，伸出两只手前来迎接。柳絮不得不抬头，因为贺桐个子很高，差不多有一米九，穿一身法官制服，戴一副很宽大的黑框眼镜。

柳絮虽然一直在省高院做业务，跟贺桐打交道却是第一次。相比之下，杜俊跟贺桐反而熟很多，因为他跟贺桐的侄儿贺小君是大学同班同学。

杜俊先将柳絮和贺桐作了介绍，然后抱歉地对贺桐笑笑，说他得先告辞，因为公司还有点急事等着去处理。柳絮原先对于让不让杜俊一起吃饭有点犹豫：他如果不参加，她跟贺桐刚认识，气氛可能难得一下子融洽起来；他如果参加，费用则可能要多出好几千，她跟贺桐之间的一些话，也会不怎么好说。等下何其乐要来，她也不太想让他们俩见面。柳絮知道，公司这会儿其实没有什么事，杜俊这么说，是在自己权衡了利弊之后，替她作了决定。

包厢很小，两个人不远不近地坐了。柳絮问贺桐喝什么茶，让小姐去安排。贺桐把装修得金碧辉煌的包厢环视了一下，望着柳絮笑了笑，说："柳总太客气了，我跟小杜说，请我可以，只能挑路边小店，他向我赌咒发誓，说就是路边小店，你看看你看看，有点不像话。"

柳絮回望着他，赶紧笑了笑，说："本来是想随便找个地方的，又怕不干净，只能请贺院长将就了。"

贺桐对着掩上的包厢门望了一眼，说："下次见到小杜，我得好好批评他。"

柳絮低下了头，说："行。我先替他向您赔不是。"

贺桐说："真的没必要搞得这么隆重。好好好，这事就不说了。你看你，脸都红了。"贺桐把两只手轻轻撑在桌面上，望着柳絮一笑，接着说："哎呀，早就久仰柳总的芳名了，今天得见，果然名不虚传啦。"

柳絮被说得有点不好意思，捋捋刘海，又摇了摇头："老了，已是明日黄花。"

贺桐脑袋一歪，略为夸张地起了点高腔："你这么青春可人都说老了，还让我这老头子活不活呀，嗯？"

柳絮笑道："男人跟女人不一样，女人三十豆腐渣，男人四十一枝花，像贺院长这样的，不到五十岁吧，正是男人中的极品。"

贺桐说："五十岁就好了，五十八了。"

柳絮说："不会吧？我可是一点都没看出来，说您五十岁，我还是壮起胆子说的。"

贺桐说:"柳总不仅人长得漂亮,话也说得漂亮,我都有飘飘然的感觉了。"

柳絮美目一盼,说:"我就是不会说漂亮话,只会说大实话,让您见笑了。"

柳絮不想就这个话题扯得太远,说完上面的话,不等贺桐接口,马上又是一笑,说:"没有征得院长大人的同意,我今晚还邀请了一位您的朋友,您不要怪我才好。"

贺桐"噢"了一声,摘下眼镜擦了擦镜片,重新戴上:"柳总,你这可是先斩后奏呀,告诉我,替我邀请的这位朋友是谁呀?"

柳絮并不理会贺桐话里的怪罪意思,眉毛轻轻一挑,朝贺桐嫣然一笑,说:"您猜。"

贺桐仰着脖子哈哈一笑,说:"我又不是柳总肚子里的蛔虫,怎么猜得到?"

柳絮说:"那就让我卖个关子,您等会儿就知道了。"

贺桐望着柳絮笑眯眯地说:"都说柳总厉害,今天一见,果不其然。"

柳絮回应一笑,说:"院长大人这是在夸我还是在损我?厉害这词含义太丰富了,能干是厉害,刻薄是厉害,凶神恶煞也是厉害,院长大人的话,搞得我心里慌慌的……"

贺桐又是哈哈一笑,说:"你看看,我说得没错吧?一个简单的词被你搞得这么复杂,还说你不厉害吗?你跟我说还有一个朋友,又不说是谁,弄得我也是心上心下的,本想对你说的一些话,到了嘴边又不敢了。"

柳絮说:"真的呀?这我可就聪明反被聪明误了。我这会儿的形象,在院长大人眼里肯定不亚于母老虎。"

贺副院长这次没有哈哈大笑,他只是浅笑着,伸出手指头朝柳絮点了点,过了一会儿,说:"我刚才听小杜说,柳总是公司的法人代表兼总经理,不容易呀。"

柳絮说:"难得院长大人这么理解人,现在做生意挺难的。"

贺桐说:"现在不仅做生意难,连做人都不容易,我刚才收到了一个段子,就是说你们女人的,你要不要看看?"

柳絮说:"好呀,劳院长大人的驾,把它发给我吧。"

贺桐问了柳絮的手机号码,马上把那条信息发了过来。

柳絮翻开手机轻轻读起来:"女人这辈子挺难的:漂亮点吧,太惹眼,不漂亮吧,拿不出手;学历高了,没人敢要,学问低了,没人想要;活泼点吧,叫

011

招蜂惹蝶，矜持点吧，叫装腔作势；爱打扮吧，像妖精，素面朝天吧，又没女人味；自己挣吧，说你是男人婆，男人养吧，叫傍大腕；生孩子，怕被老板炒鱿鱼，不生孩子，怕被老公炒鱿鱼。哎，这年月女人要想不难，就得自己做老板，逮到机会可以对男人下手狠点。"

柳絮边读边乐，笑得肩膀一耸一耸的，已大有花枝乱颤的味道。她余光一睃，见贺桐正盯着自己，连忙把身子坐直了，脸上巧笑兮兮的意味不仅没有淡下去，似乎还越来越浓。她瞥一眼贺桐，又把眼睑一垂，说："也巧了，下午我也收到了一条信息，说你们男人也不容易，我发给你看看。"

很快，贺桐的手机也响了，那条信息是这样写的："男人这辈子挺难的：帅点吧，说你不去做鸭真是浪费了，不帅吧，说你跟蛤蟆有亲戚关系；学历高了没人敢嫁，书呆子一个，学问低了没人想嫁，说你素质不高；外向一点，说你油腔滑调，矜持点吧，说你木木讷讷；爱打扮吧，说你太奶油，不会打扮，说你太邋遢；靠自己挣钱吧，养老婆都难，靠女人养吧，说你吃软饭。哎，这年月做男人要想不难，就得对女人下手狠点。"

贺桐说："两个段子联系起来看有问题，很容易挑起男女之间的冲突，其实，男人不容易，女人也不容易，所以男人和女人要多勾兑勾兑，只有通过勾兑，才能互相理解，构建和谐社会，是不是？"

柳絮说："院长大人不说沟通说勾兑，这就是水平。"

贺桐一笑，有点夸张地摇了摇手。刚才柳絮还怕和贺桐初次见面没有话说，这会儿完全放心了，心里不禁偷偷地嘘了一口气。现在信息产业很发达，很多写手靠写短信就可以发财致富。刚认识的人只要一开始交换短信息，距离马上就缩短了。

这时外面的服务小姐轻轻地敲了敲包厢的门，柳絮应声而起，她估计应该是何其乐来了。

果然是何其乐。

贺桐当然是知道何其乐的，他今天上午还陪着陆海风书记到院里来过，只是没想到他就是柳絮请的另外一个客人。贺桐年龄比何其乐大了十几岁，行政级别也高了一级，却在扶了一下自己的眼镜之后，很快地站起来，主动地把手伸了过来，像老朋友似的紧紧地握住了何其乐的手，甚至有点儿夸张地使劲摇了摇，把何其乐让到了另外一张椅子上。贺桐坐在柳絮右边，何其乐坐在柳絮左边。柳絮和贺桐的茶早就上过了,要的都是今年的新茶碧螺春,没等何其乐开口,柳絮便替他要了甘草莲心。何其乐朝柳絮一笑,算是谢过。待他把外衣脱了下来,柳絮又抢在服务小姐前面接过来,把它挂在了电视机旁边的衣帽架上。贺桐见两个人把这一系列动作做得行云流水,便不经意地把自己屁股下面的椅子象征性地朝外挪了挪。

贺桐说:"刚才柳总说请了一位贵客,让我猜是谁,我是怎么也不敢猜,没想到是何秘,幸会幸会呀。"

何其乐说:"不敢。柳絮老早就说要请贺副院长,又怕见了您害怕得说不出话来,一定要拉我来壮胆。我说不会吧,贺副院长我虽然没接触过,在法院系统,口碑却是最好的,是一个平易近人的领导。"

贺桐说:"这个柳总,在外面听了些什么嚼舌头的话?我有那么恐怖吗?吓得你都不敢见我了?太夸张了吧?"

柳絮说:"没有没有。只是我一介草民,见了领导心里免不了打鼓,尤其是见了您这种形象高大的领导,好有压力的。"

贺桐一笑,说:"倒是看不出来,何秘也是领导,你就不怕他?"

何其乐说:"她不怕我,我怕她。柳絮的舞跳得好,十年前我就是她的'粉丝'了。我跟柳絮还有一层关系,贺副院长你猜得到吗?"

贺桐又是一笑,说:"你们俩串通好了吧?柳总也要我猜,何秘也要我猜,看来下次跟你们见面之前要准备两颗脑袋,否则转不过弯来。"

柳絮笑道:"不可能,都说法官的脑子最好使了,有什么事情能考倒我们的院长大人?"

何其乐也一笑,说:"是呀,贺副院长言重了,我跟柳絮的关系可不一般,她是我太太中学和大学时的同班同学,两个人好得可以穿一条裤子的。"

贺桐说:"何秘这话容易产生歧义呀,是柳总和你太太好得可以穿一条裤子,还是你们俩好得可以穿一条裤子?"

柳絮脸一红,伸出右手就朝贺桐打过去,落在身上却变成了轻轻的一拂,说:"我刚才还好怕院长大人的,现在一点都不怕了,原来院长大人也这么坏。"

贺桐是聪明人,何其乐进门之前,柳絮要说他坏,说一百次他都会照单全收。现在当着何其乐的面这么说,尽管仍然是柳絮的权力,可他要不谦虚一下,就会很不妥当,于是赶紧抱拳分别向柳絮和何其乐拱了拱,说:"得罪了得罪了，权当一个玩笑吧。"他停了停，继续道："今天咱们三个人能够坐在一张桌子上吃饭，就是缘分，何秘我可能帮不上什么忙，柳总要有什么事，找我就是了，不用客气。"

何其乐说："有两种人说这种话让人心里发虚，一种是医生，还有一种就是你们做法官的，需要找你们的时候，好像都不是什么好事儿。"

柳絮说："才不哩，院长大人这话我就喜欢听。酒还没有上，让我先以茶代酒，先敬院长大人。"说着站起来，端起了茶盅。

贺桐也站起来，端起了茶盅。柳絮举着茶盅伸过去，在贺桐茶盅下沿轻轻地碰了一下。贺桐赶在柳絮开口之前说："这茶喝了，就不准再叫我院长大人了，生分，叫贺桐，或者叫贺哥，怎么样？"

柳絮说："行。一切尽在不言中。"

茶本来是用来品的，柳絮把细长的脖子轻轻一扬，抢先像喝酒似的干了，头微微仰起来，笑吟吟地望着贺桐，贺桐也紧接着干了，稍微夸张地咂了一下舌头，说："这茶不错，入口清淡，回味醇香，真的不错。"

气氛一下子就融洽了。

柳絮要上 XO，被两个男人拦住了，都说自己人，就别讲那个排场了，浪费钱。

鲍鱼是现做的，包厢门半开着，两个穿着白衣戴着白色高帽子的大厨有条不紊地操作着，像制作一件工艺品。柳絮订的是四头鲍。这种现做现吃的鲍鱼，大厨火候的把握最见功夫，它不像煨制干鲍那样耗时间耗功夫，但时间短有时间短的风险，短一分则带腥，长一分则太韧，对厨艺要求极高。

作为女人，柳絮对厨艺非常感兴趣，曾几何时，她最大的理想，竟是为黄逸飞煲世界上最靓的汤，只可惜那家伙没有这种口福。

大厨把汤汁调好了，用一只小碗盛着，让服务小姐端进来，让客人试试味。何其乐和贺桐都示意柳絮代劳。柳絮翘着兰花指，用汤匙捞了一点点，放到唇边尝了一下，说："再稍微加点姜汁吧。"等小姐领命走了，便把头稍稍偏向何其乐一点，问："崽崽怎么样了？"

这是她和何其乐之间的私人话题，崽崽是前不久柳絮送给邱雨辰的萨摩耶雪橇犬，名字是他们三人一起取的。

何其乐说："雨辰喜欢得不得了，到哪里都带着它，遇到不能带的情况，就有点六神无主了,像惦记儿子似的惦记着,总是安不下心。"

柳絮说:"让她先训练一下,等到你们生儿子的时候,就有经验了。"

等贺桐清楚了他们是在谈狗,便也加入了进来,说萨摩耶有孩子般天真无邪的容貌,像个微笑的天使,喜欢萨摩耶犬的人,一般来说,外表都很美丽,内心则很单纯,很宽容,碰到事情总是以一种乐观的态度来对待,即使面对失败和挫折,也能面带微笑。大概贺桐自己也感觉到了,这段话有点像背书,便侧身对何其乐说:"何秘,你有柳总这样的朋友,又有一个喜欢萨摩耶犬的太太,你好福气呀。"

何其乐抿嘴一笑,又很快地看了柳絮一眼。

柳絮回望着他,也是抿嘴一笑。

贺桐把两个人的这个小动作看在眼里,清清嗓子,接着说:"不过,萨摩耶属于中型犬,是一种伴狗。喜欢大中型犬的人和喜欢养小宠物的人,心理状态是不一样的,前者可能缺乏安全感,后面一种人却可能有一种控制欲,希望周围的人都围着他转,听说慈禧太后只喜欢京巴,这种狗乖巧得很,总是跟在你后面摇尾乞怜。"

贺桐说话时,柳絮很专注地看着他,等他刚一说完,马上接口说:"没想到贺……哥知识这么丰富,口才这么好,说起狗来,也是一套一套的。"

贺桐说:"我家里就养了一条腊肠狗,体味重得很。别人到我们家里去,我太太总是抢先自嘲,说我们家最有味道了。狗通人性,通过狗可以更好地了解人。"

柳絮说:"贺哥你自己分析过没有,你养腊肠狗证明你是什么心理状态呢?"

贺桐笑着说:"不关我的事,我们家的狗是我老婆要养的,我烦得要死。"

柳絮若有所思似的点点头,很理解的样子。这时鲍鱼上来了,又配了一些潮州小吃,三个人便埋下头来,心无旁骛地忙于手上和嘴上的工作。

何其乐急着赶回去,所以最先吃完。他用面巾纸擦了擦嘴角,对贺桐说:"有件重要的事差点忘了,海风书记到你们院里检查工作的事,明天要见报,有两张照片想征求贺副院长的意见,请帮忙挑选一下,看用哪一张。"说着从公文包里拿出那两张照片,用无名指和中指夹着,越过柳絮递给贺桐。

贺桐也正好吃完,忙用餐巾纸擦了擦嘴和手,双手伸过来接了。

所谓横看成岭侧成峰,远近高低各不同。如果从贺桐的个人角度来看那两张照片，优劣一目了然。第一张照片，省高院郑院长和陆书记并排站着，陆书记双手抱在胸前，正在倾听打着手势的郑院长的汇报，贺桐在陆书记和郑院长肩头后面露出了一张小脸儿。第二张照片是在执行局拍的，郑院长和贺桐一左一右地簇拥着陆书记，陆书记在作指示，一只大手半悬在胸前，身体似乎更靠近贺桐一点。

贺桐看完了，也用两根手指头夹着回递给何其乐，一笑，说："这种事哪里轮得到我插嘴？何秘早已经有主张了吧？"

柳絮有点好奇，瞅瞅贺桐，又瞅瞅何其乐。

何其乐还没来得及把照片放回包里，略一犹豫，还是把它们递给了柳絮。

最近省高院出了点事，有个打二审的农村妇女在大门口喝农药死了，影响很不好。这也是陆书记视察省高院的原因之一。郑院长这段时间情绪不是很好，放出话来想调到司法厅去。

柳絮看过了照片，也不说话，递回给何其乐。

何其乐把照片收回到包里，望着贺桐笑笑，点点头，说："今天海风书记听了你的汇报，印象很深。现在法院的门越来越难进，和老百姓的关系倒是隔离开了，可是法官和关系户的关系却无法隔离开，这话从你这个当院领导的嘴里说出来，很不容易呀。你的关于为了整治腐败，必须用严厉措施建立法官与当事人之间的隔离带的想法，海风书记是点头认可了的。"

何其乐说这番话时，贺桐微微向他侧着身子，一边听，一边不住地点头，等何其乐说完了，他把脸转向柳絮，说："刚才我和何秘都犯了一个错误，你知道是什么吗？"等柳絮张大眼睛摇了摇头，贺桐继续道："就是没让你上酒。来，我也以茶代酒，敬你一杯，感谢你提供了一个机会，让我认识了一个知音、一个忘年交。怎么样，何秘，可以这么说吧？"

何其乐也站了起来，说："大家都把杯中的茶干了吧，一切……也尽在不言中吧。"

贺桐一听哈哈大笑，笑过之后意味深长地分别看了何其乐和柳絮一眼。

用完了餐，柳絮要安排活动。

贺桐抢在何其乐前面说："算了吧，柳总已经很破费了。"

何其乐也说："是呀，我也没时间，得陪海风书记去打球。另外，刚才挑出来的那张照片也得通知报社，他们等着排版哩。要不我打个的先走，柳总你再陪陪贺副院长?"

贺桐又是摇头又是摆手,说:"何秘办正事要紧,要打的也是我打的,让柳总送你。"

另外两个人又都不同意,最后商量的结果,是活动就不安排了,大家来日方长,不如另外找个时间。就请柳絮当司机,先送何其乐去省委,再送贺桐回家。

何其乐说:"也行,柳总说她早就想跟您汇报汇报工作了,今天是个机会。"

到了柳絮的宝马车旁边,两个男人又为谁坐副驾驶的位置互相谦让了一番,最后还是何其乐坐在了柳絮旁边,贺桐一个人坐在了后座上。

等车上只剩下柳絮和贺桐的时候,贺桐感慨地说:"何秘不错,前途无量呀。"

柳絮既不好替何其乐应承,也不好替他谦虚,只好笑笑,说:"是呀,听说陆书记很欣赏他。"

一时间,两个人似乎都有点找不到话题,闷了一会儿,贺桐说:"何秘刚才说柳总有事找我,柳总就不要客气了,有话就直说吧,只要不违反原则,我一定不遗余力。"

柳絮便跟贺桐说了流金世界裙楼拍卖的事。

流金世界是一幢二十八层的综合楼,开发商欠建设银行的钱,裙楼的一、二、三、四层全都被查封了,信达资产管理公司申请执行,最后很有可能要走拍卖程序。柳絮是做拍卖的,很想揽这笔业务。

贺桐在省高院分管执行局,这事早几天执行局的曹局长才向他作过汇报,没想到传得这么快。其实,这也不奇怪,现在这个社会是没有什么事可以保密的。拍卖又是那种一年不开张,开张吃三年的行业,像这种一两个亿的业务,要能拿下来,真的是可以两三年不用想事。难怪柳絮这么郑重其事。

贺桐刚才的表态,只能算场面上的话。不管最后怎么定,这话是一定要说的。贺桐早就猜到了,柳絮请他可能就是为了流金世界的事。问题是,通过各种关系向他打招呼的人实在太多了。有他本人的同学、老乡,也有省里头头脑脑的儿子女婿七大姑八大姨,甚至还有北京打来的电话、批下来的条子。这就让贺桐为难了。他太明白了,碰到这种事,他是无论如何也不能轻易表态的。

首先,他要处理好跟执行局的关系,工作毕竟是他们在做,如果越俎代庖,那帮家伙可能会动不动就给他撂担子。现在领导也不好当，得上面有人拉，下面有人抬，否则，你就会被吊在半空中被人忽悠。忽悠这个词是因为赵本山而在举国上下流行开来的，想一想真叫绝。

其次，他就是真的做得了主，也不知道究竟该帮谁，因为能通过关系找到他的，都不是可以随便敷衍的，你帮了一个人，可能会得罪其他所有的人，而且，这种成本或者风险，根本无法预测。

再说了，一两个亿的业务，拍卖公司槌子一敲，可以有几百万上千万的佣金进账，说不定你就会被绕进去。拍卖公司那帮人能耐大得很，作为商人，他们最会算投入和产出之间的账，何况这账其实也不复杂，傻瓜都算得清楚。

作为省高院的常务副院长，又管执行，贺桐在廉洁方面的口碑一直很不错，这可不是一件容易的事，需要巨大的定力，必须时时刻刻克制自己的私心杂念。贺桐太清楚不过了，谁没有腐败的倾向？谁不追求利益的最大化？一个廉洁的干部和腐败分子之间，难道真的有什么不可逾越的鸿沟？所以，他采取的策略，就是尽可能地远离那些诱惑，远离那些当事人。上午接待陆海风书记时，他的发言看起来像是即兴的，其实私下里准备了很长时间，不过，却也是有感而发。贺桐心里很清楚，他要是真的帮了谁，即使真的不拿一分钱，不占一点便宜，也会是黄泥巴落在裤裆里，不是屎也是屎，因为他根本无法回答那些无声的诘问：你跟某某某什么关系？你凭什么帮他？

杜俊通过贺小君请他，他原想见见柳絮再说，没想到柳絮后面还有一个何其乐。

何其乐当然是贺桐愿意结交的朋友，只是三个人这顿饭一吃，对于贺桐来说，便多少有了一点心理负担。

贺桐还算是那种顾家男人，很少在外面应酬。再说了，院里有规定，不能接受当事人请吃请喝。所以，请他出来吃饭其实是件很难的事。当然，也不要以为贺桐是那种假正经的人。他虽然很讲原则，却也很重乡情和亲情。重乡情，说的是他在院里提拔的一些干部，大部分是他的老乡。对他有意见的人，说他拉帮结派，搞小圈子。另外一拨人，就说他举贤不避亲，之所以提拔老乡，是因为知根知底。他很重亲情，说的是把贺小君看得比亲儿子还重。贺桐从小没有妈，是比他大了十多岁的姐姐把他拉扯大的。没有贺小君，杜俊请不动贺桐，但贺桐也不会因为贺小君违反原则。他最后能来，是因为他已经在内心里说服了自己——到目前为止，柳絮还算不上当事人。

打从何其乐一进包厢的门，贺桐就知道这餐饭不好吃。

见贺桐没吱声，柳絮把音响打开了，把音量调得若有若无，是蔡琴的老歌。又过了一会儿，柳絮把头微微地往后座上偏了偏，说："贺哥，您看我是不是太冒昧了，刚认识就跟您谈这些事？"

贺桐说："没有没有。嗯，柳总在院里做过拍卖业务，应该是知道拍卖委托的下达程序的。院里其实没什么权力，如何确定拍卖机构，首先必须征询案件当事人的意见，由他们协商。柳总是聪明人，应该知道我不是在随便应付你。"

柳絮笑了笑，说："我不会那么不懂事，贺哥的话，我听进去了。"

"那就好。你是不知道，我这个副院长难当呀。"

"那就想办法当院长呗。"

"这话可不能乱说。嗯，你说的事，我会记着。到时候再说，好不好？"

"有贺哥这句话，我就满意了。我之所以急赶急赶地想跟贺哥说这件事，也只是想在您这儿挂个号，排个队。"

"你把我这儿当医院了？"

"不是不是。但我知道像您这种级别的干部，要照顾的关系一定少不了。我的那些同行，也不会闲着，会削尖了脑袋往里面钻。我没别的关系，只能希望自己运气够好，能让贺哥记着我的事。不过，就是真那样，我也没有什么回报贺哥的。但是，如果贺哥看得起我，看得起其乐，大家一起找机会玩玩儿，打打麻将呀，打打高尔夫球呀什么的，这个组织部长我还是能当的。"

"其乐老弟肯给她当'粉丝'的女子，一定不简单。柳总，我们虽然是第一次见面，我对你印象很好呀。"

"谢谢贺哥。"

"先别急着谢我，刚才在餐桌上，关于狗的话题还没有说完，其实萨摩耶犬太过友善和温顺，用它来做看家犬是不合适的，如果家里进了小偷，它也会上前和他打招呼，甚至把主人的房间钥匙也叼来递到他手里。"

柳絮听了这话不禁心里一冷，她不知道贺桐怎么会说出这么一番话来。这话和刚才那些话放在一块儿，似乎有点跑题，有点不合时宜。

但柳絮是不会把心思写在脸上的人，她扑哧一笑，说："贺哥这话是什么意思？像我这么蠢的人，还真听不明白。不过，听了贺哥的一番话，我倒是有了养狗的欲望，这样，我，何秘的太太——我同学邱雨辰，再加上您太太，可以经常聚一聚，交流养狗的心得。不过，从揣摩狗到揣摩人，我还得多向贺哥请教。"

贺桐哈哈大笑，说："行，咱们就这样说定了。"

第二章

贺桐刚下车,柳絮的手机就响了。电话是她五岁的女儿格格打来的,说格格想妈妈了,格格要妈妈早点回家。柳絮平时总是把事情一忙完,就急急忙忙地往家里赶,希望早一分钟见到女儿。可是,今天她却有点犹豫了,因为刚才在电话里,她听到了黄逸飞的声音。她这才想起来,按照约定,今天是黄逸飞来看格格的日子。

柳絮觉得嫁给黄逸飞是她一生中最不可原谅的一个错误。十几年前,当何其乐还在冥思苦想该用什么方式向柳絮表白的时候,黄逸飞已经开始了对柳絮的死缠烂打。

那时的大学一年级新生柳絮并没有惊慌失措。一个公认的美人坯子,从初中一年级开始,便习惯了时不时地接到男生的小纸条和情书。一开始,黄逸飞并没有露面,但每个星期,他都会让她收到一幅画着她肖像的素描作品,有正面的,有侧面的,或凝神遐思或盈盈浅笑。画画的人并没有刻意美化柳絮,但对她的神态气韵,捕捉得极其准确和到位,那明亮的眸子,那精致的鼻子,那略厚的、性感的双唇,在纸上简直栩栩如生、呼之欲出。同寝室的姐妹,包括柳絮自己,都无可救药地爱上了画中的少女。还有,就是这种示爱的方式也让人感到新奇,让人充满了想象与期待。邱雨辰就为柳絮担心,觉得以这种方式求爱的人,要么是情场老手,要么就是一个丑八怪。所以,当瘦瘦高高、俊朗飘逸的黄逸飞背着画夹不期而至的时候,整个寝室的女孩子差不多都爱上了他。

黄逸飞比柳絮高三届，还没毕业就开了自己的广告公司，他除了有才还有财，有的是精力和财力浇灌和柳絮的爱情之花。

相比之下，何其乐的竞争能力就太弱了。从外表上看，何其乐是那种被扔到人堆里之后，就再也难得浮出来的人。

如果不是那次嫖娼的事被发现，已经跟他结了婚、准备与他白头偕老的柳絮会一直被蒙在鼓里。柳絮想破了脑袋也没有弄明白，黄逸飞怎么会那么下流，那么无耻。

她无论如何也不敢相信，一个对她满嘴恩呀爱呀的男人，会背着她干出那么恶心的事。她设想了一百种以上的理由，替他开脱，企图让自己相信，他是被抓错了，或者，因为醉酒而被朋友捉弄了。她多么希望那只是一个噩梦，自己受到了产前忧郁症的折磨，她只是太在乎他，所以才胡思乱想，一觉醒来，就会发现自己原来错怪了他。

可惜，生活就是生活，不是什么白日梦。

强烈的精神刺激差点弄得柳絮早产，她一度迁怒肚子里的孩子，用手拍打着她，恨不得把她弄死，直到黄逸飞跪在她面前，痛哭流涕地求饶，一遍一遍地朝自己脸上甩耳光。

在这之前，柳絮的幸福生活一直像鲜花开放一样，没想到，天昏地暗的日子来得那么猝不及防。柳絮在那段时间变得非常歇斯底里和自卑，她觉得自己很失败，不知道怎么没有牢牢抓住那个身在咫尺的男人。她更怪自己瞎了眼，没有及时看出黄逸飞的花花肠子和庐山真面目。

邱雨辰也曾经一遍一遍地开导柳絮，说男人偶尔的失足是可以原谅的，黄逸飞是搞艺术的，肯定雄性荷尔蒙分泌旺盛。书中怎么说的？男人可以控制自己的意志，却不一定能控制自己的肾上腺分泌。女人每个月都要血染风采一次，男人的精液积攒多了，不找个地方泄一泄，那是会憋出病来的，你又正值孕期，他偶尔到外面去沾沾腥也没什么大不了的，毕竟，他找的只是发泄性欲的小姐而不是什么情人。换句话说，他只是为了玩儿，而不是为了毁掉他跟你的婚姻。男人嘛，是一种可以把做爱和感情分得很开的动物。你原谅他，让他感到你的宽厚仁慈，让他浪子回头，让他从此懂事，让他从此长大，从此对你有了负疚感，在你面前矮了三分，也不失为不幸之中的万幸。

柳絮把邱雨辰的话当成是自己心里另外的一种声音，她其实也是用这种话来劝慰自己的。

但是，说起来容易做起来难，她对黄逸飞的宽恕总是不能彻底，每当他涎着脸向她求欢的时候，他玩小姐时的那副嘴脸，就会像她亲眼看见了似的历历在目。他摸了她吗？他亲了她吗？他喊叫了吗？他有没有戴套子？每一个问题都像一把钝钝的刀子，割在她的肉上，痛在她的心上，让她身体紧绷得几乎要痉挛，便会不由分说地一脚把黄逸飞踹开。

女儿格格的出生，暂时缓解了柳絮和黄逸飞的冲突，一个小生命的诞生要平添出多少事呀。两边的大人身体都不好，黄逸飞彻底地收敛了他那波希米亚式的艺术家做派，变成了一个可以打一百分的家庭妇男，他变换着花样为柳絮做各种各样的好吃的，一把屎一把尿地和她一起照顾格格。如果没有那一出，或者，柳絮如果能够忘了那一幕，她无疑就是世界上最幸福的女人。

尝试了一次又一次，柳絮承认了自己的失败。她可以在感情上原谅黄逸飞，可在身体方面却骗不了自己。是的，他们之间偶尔的夫妻生活变得干巴巴的，不仅没有任何快感，每一次还感到像被强奸似的疼痛。

柳絮向黄逸飞提出了离婚。

黄逸飞不同意，说他离不开格格。柳絮反唇相讥，说他不配当格格的父亲。黄逸飞说："可我就是她的父亲。"柳絮狠狠心，说："格格可以归你。"黄逸飞说："格格更离不开你。"柳絮说："你怎么这么无耻？"黄逸飞说："说真话也叫无耻吗？你说我哪句话说错了？说来说去，我不过是犯了一次男人都有可能犯的错误，而且，情况特殊，我不过是借用了一下她的性器官，我现在连她长什么样儿都忘了，你就不能当作什么事儿也没发生过吗？"

黄逸飞的说法让柳絮恶心，她要是再跟他争议，她会连自己都恶心自己。

不过，话说回来，夫妻之间的事本来就不是什么对与错那么简单的，与其枉费口舌争论是非，不如模糊概念求得相安无事。柳絮不是那种偏执的人，黄逸飞执意不离婚，她也没有别的办法。她想过上法院，又怕闹得满城风雨，精疲力竭。黄逸飞要拖就先拖着吧，她给他们的关系画了一条线：从此以后再也不把他当人，更不会把他当老公。

柳絮不把黄逸飞当男人，黄逸飞可没忘记自己是个男人。他本来一边在外面做生意，一边在学校艺术系当讲师，但学校的那份差事很快就干不下去了，像他这种人，自己不犯错误，别人也会扯着他犯错误。他犯错误的对象，永远是艺术系舞蹈专业如花似玉的女大学生，而且动不动就让女孩子为他怀孕堕胎。作为有妇之夫，这种影响简直太恶劣了。学校只好一次一次地给他警告处分。黄逸飞还觉得挺冤的，都什么年代了，这狗屁学校怎么还管这些破事呀？再说了，他跟那些女学生的事，哪回不是你情我愿的？以前追女孩子多少还要用点心思，现在多简单，他开着本田车上课，嘴又贫，要风度有风度，要钱有钱的，那些女孩子现实得很，还怕你看不上她呢。学校的条条框框让他觉得别扭，干脆把那份差事给辞了，一心一意当自己的老板。

　　黄逸飞的事不可能不传到柳絮的耳朵里，这打碎了她残存的最后一点希望：原来还当他是偶尔出轨，没想到其实他是花心花到骨髓里，见一个爱一个，韩信点兵多多益善。柳絮更想不通，那些比她小不了几岁的女孩子怎么会那么不自爱，那么贱，把跟人上床、怀孕堕胎当作吃冰激凌似的随便。

　　她连杀人的想法都有了。

　　柳絮大学毕业时没有找工作，心甘情愿地给黄逸飞当家庭妇女，她一度还下过决心，要给他生一大帮儿子女儿，没想到黄逸飞那么快就给了她当头一棒。

　　柳絮知道，要解救自己，唯一的出路便是离婚。邱雨辰却劝她忍一忍，说男人在外面玩腻了，总得回家，要没小孩，一切好说，现在有了小孩，离婚就得慎重加慎重。当务之急，是为自己找出路，你要没有自己的事业，这一辈子便只能当怨妇。这还是好的，说不定，黄逸飞迟早有一天还会把你给卖了。注册拍卖公司的主意就是邱雨辰出的，她觉得柳絮到外面去找工作就太没意思了。得自己当老板。干什么？开饭店开茶坊不行，整天把自己弄得像阿庆嫂似的，多累呀，再说咱们不还有个下一代要照顾吗？开服装店也没什么创意，门槛那么低，竞争激烈得很。现在什么生意好做？跟政府各部门打交道的生意好做。邱雨辰是律师，跟拍卖公司打过交道，知道只要有了关系，搞拍卖能够赚大钱。注册资金得黄逸飞拿，他既然不同意离婚，总得做点让步。今后大家还在一个屋檐下过，至于彼此的私事和生意场上的事，谁也不管谁，井水不犯河水。

　　柳絮赶上了好时光，那时拍卖公司不是很多，又有邱雨辰在旁边指点，没多久便做得风生水起。她想在经济上跟黄逸飞撇清，却很难做到，她做拍卖赚的第一笔大钱就跟黄逸飞有了瓜葛。事后，柳絮挺后悔的，觉得跟什么人合作不好，偏偏跟黄逸飞，以致这事过去好几年了，柳絮还是提心吊胆，她只好努力不想那件事。

柳絮还没有进屋就听到了黄逸飞和格格的笑声。黄逸飞喜欢女儿，他又是一个很会玩很会疯的家伙，只要他在家，格格就寸步不离地黏着他。他会抱着她把她抛向空中，会挠着她的胳肢窝，会跟她玩捉迷藏的游戏，会给她几张纸几支笔，让她乱七八糟地画一些鬼才知道的什么东西。

柳絮开门进去的时候，格格挣脱黄逸飞，一下子就朝柳絮扑了过来。柳絮抱起格格，在她红扑扑的小脸蛋上亲了亲，然后放下她，自己到卧室里去放包。黄逸飞跟进来，嬉皮笑脸地说："这小妮子，跟我闹是闹，骨子里只跟你亲。"柳絮懒得理他，把在客厅里收拾积木的格格叫了进来。

柳絮和小保姆红玉一起给格格洗了澡，哄着她在床上睡了。这时，手机响了，一看，是杜俊发来了信息。她从卧室里出来，看也不看在客房里看电视的黄逸飞，像对空气似的说："今天晚上走不走？"

黄逸飞嘻嘻一笑，紧瞅着她，说："不走行不行？"

柳絮说："行，等格格睡着了，你陪她。我出去，晚上就不回来了。"

曹洪波在省高院执行局当局长已经五六年了，根基很深，柳絮跟他很熟，想做什么案子，基本上都能拿到。还好，柳絮不是那种贪得无厌、想吃独食的人，有饭大家吃，有汤大家喝，跟同行也就没结什么怨。

只可惜这种日子已经一去不复返了。法院搞改革，现在拍卖委托的事，已经不由执行局直接管了。也多亏了柳絮为人谨慎处事低调，去年省高院执行局抓了几个人，涉及七八家拍卖公司，她也被省纪委、省检察院的人叫去过，却没有被查出什么问题。相反，因为她和曹洪波的关系经受住了考验，曹洪波很感激，反而更愿意帮她。但是，愿意帮是一回事，怎么帮和帮不帮得上，是另外一回事。对于程序上的变化，曹洪波也没有办法。实际上，柳絮去找贺桐副院长，就是曹洪波的主意。

贺桐的话没错，不光是执行局，就是院里现在临时管拍卖的纪检组、监察室，也没有直接下拍卖委托的权力。按照司法拍卖的流程管理，拍卖公司先得成为省高院的入围单位，有了拍卖业务，再通过摇珠的方式确定拍卖公司。

再严密的法律条文也不是铁板一块，同一个文件规定，只要双方当事人协商一致，就不要摇珠了，可以直接下委托。

这就给拍卖公司施展拳脚留下了广阔的空间，也等于加大了拍卖公司的工作量。一诚拍卖公司是省高院的入围单位,资格还是有的。柳絮和杜俊粗粗地算了一下,要把流金世界裙楼拍卖的业务拿下来,除了省高院不唱反调,两个当事人单位需要摆平的,何止一个两个?如果把同行竞争的因素考虑进去,情况会更复杂。

杜俊早就把两个单位的情况都摸清楚了。

信达资产管理公司管这个项目的人叫郭敦淳,似乎是一个可有可无的人物,他原来是建设银行某个支行的行长,成立信达资产管理公司的时候过来做了副总经理。他说话天上一句地下一句,每句话都不说完,藏头掐尾的,似乎让你琢磨他话中的意思是件挺爽的事。按照杜俊的理解,郭敦淳这样做是因为他做不了主,又不想被你忽视,所以才故弄玄虚。他认为真正起决定作用的是公司的总经理伍扬。

柳絮不完全同意杜俊的看法,她认为做生意讲究的是天时地利人和,她没有接触过郭敦淳,但本能地觉得此人不好打交道。即使他帮不上你什么忙,但如果要把事情搅黄,却轻而易举,所以也不能大意。杜俊点点头,表示同意柳絮的说法。他继续介绍说,伍扬在业务上经常跟曹洪波打交道,两个人的关系还可以,伍扬四十岁刚出头,目前在N大学工商管理学院读MBA。

作为申请执行人,信达资产管理公司这边的情况还是比较简单的:第一,承办法官对他们来说有影响力,他们没有必要把跟承办法官的关系搞僵;第二,他们的目的只是希望能够及时执行到位。项目经理每年有任务,任务的完成情况跟工资奖金挂钩。当然,这是一般的情况。从另外一个角度来看,信达资产管理公司的人不仅熟悉拍卖业务,跟很多拍卖公司的关系也非同一般。听说金达来拍卖公司的法人代表兼总经理陈一达就跟他们很熟,金达来公司每年要在信达公司做一两个亿的业务,它将是一诚拍卖公司的主要竞争对手。

被执行人流金世界置业有限公司的情况就要复杂一些。这是两个香港人组建的公司,两兄弟,哥哥肖光宗做法人代表,弟弟肖耀祖做总经理。流金世界总投资号称三点八个亿,兄弟俩投入的自有资金还不知道够不够得到那个尾数,其他的钱都是找银行贷的款,这也是目前很多房地产公司惯用的手段。

俗话说,亲兄弟明算账。这话从另外一个方面来理解是这样的:在钱的问题上,如果处理不好,即使是亲兄弟也可能会斤斤计较,甚至反目成仇。肖光宗在香港是做药品生意的,在内地另外一个沿海城市还有一个很大的医药公司,流金世界项目主要由肖耀祖来打理。偏偏肖耀祖是个顽主，吃喝嫖赌样样都来，开销一大，就想办法从项目资金中弄钱。据说他为了追女人最能砸钱，曾经为了跟一个什么选美比赛的冠军睡上一觉，不仅砸了十万美金，还送了她一辆宝马。肖耀祖的这些败家子做派，没多久就被当哥哥的全部掌握了，先是批评教育，见起不了作用，便起了内讧，内讧一起，事情就没法做了。

柳絮问："他们这边由谁定？"

杜俊说："从法律地位上来讲，应该由肖光宗定，他是法人代表。但肖耀祖不是一般的总经理，他在公司里占有百分之四十三的股份，要把他撇开可不是一件容易的事。"

柳絮说："法院不会管他们内部的事，肖光宗既然是法人代表，他的地位就不可取代。先不管他们之间怎么算账，在对于进入拍卖执行程序的态度上，应该是一致的吧？两兄弟是什么态度？"

杜俊说："现在还不清楚。不过，这几年房地产价格猛涨，他们那个项目开发得早，顶多也就投了一两个亿。上面二十多层商居两用房，卖得差不多了，我估计早收回了投资。裙楼商铺卖了之后，如果能把银行的本息还掉，等于他们已经赚了个盆满钵满。但是，他们到底怎么想的，要跟他们接触以后才知道。"

"能找到他们吗？"柳絮问。

"通过省高院的人找他们才有用，否则，他们不会理睬咱们。"

"通过曹洪波找他们应该没问题吧？"

"不知道曹哥现在有没有顾忌。按目前的文件规定，执行法官是不能明示或暗示案件当事人选择哪家拍卖公司的。曹局长如果不想落下把柄，可能就会公事公办，他现在可比原来谨慎多了。"

柳絮一笑，没有和杜俊进一步讨论这个问题。

两个人大致把工分了一下。副院长贺桐那儿已经请过了，看起来效果还是不错的，但线接上了就不能断，贺小君爱玩儿，杜俊就多陪他玩玩儿，时不时地请他盯紧一点儿，到时候再感谢他。至于曹洪波，得让他做两方面的工作，信达资产管理公司那里是个薄弱环节，必须抓紧沟通。既然拍卖委托不再由执行局下，曹洪波反而减少了嫌疑。关键时刻，他上也得上，不上也得上；再则，作为被执行人，肖氏兄弟可能会摆出一副死猪不怕开水烫的架势，他们要是犟在那儿，事情就有点麻烦。不过，他们是做生意的，趋利避害是他们的本能，如果请曹洪波出面，不可能一点面子都不给。案子在曹洪波手上抓着，意气用事对他们有什么好处？他们不会那么傻吧？

一诚公司想尽快跟信达资产管理公司搭上关系，一开始就不是很顺利。

柳絮先打电话给曹洪波，没想到他的手机欠费停机了，柳絮亲自跑到电信局给他交了话费，再打，又是关机，只好通过秘书台给他留言。第二天晚上，曹洪波总算给她回了电话，说自己在中央党校学习，两个星期以后才能回来。柳絮放下电话之后马上打电话到航空售票处，问有没有明天上北京的航班和返程机票，回答说有，便再次打通了曹洪波的手机，说："我明天来北京，就一件事，接你回来一趟。"

曹洪波说："你来北京我热烈欢迎，跟你回去一趟，可能不行。"

柳絮说："电话里说不清楚，见面再说吧。"

几个小时以后，两个人在北京的宾馆里见了面。

柳絮从坤包里掏出机票往曹洪波手里一塞，说："跟不跟我回去你自己看着办。回程机票我也替你买了，只需要你请半天假。"

曹洪波说："我的姑奶奶，哪里有你这样办事的？我就是跟你回去了，你能保证伍扬在家？"

柳絮说："起码我保证他这两天不会出差，你这就给他打电话，说晚上请他一起喝茶。"

曹洪波的面子伍扬不能不给。

从来都是伍扬请曹洪波喝茶吃饭，像这种倒过来的情况，还是第一次。伍扬自然不敢怠慢。

喝茶的地方叫紫竹园，当伍扬被服务小姐带着走进包间时，曹洪波和柳絮正在那儿交头接耳。曹洪波连忙把身子坐正了，柳絮则站起来，一边向伍扬款款而来，一边向他伸出了自己那双柔若无骨的手。

柳絮跟伍扬在信达资产公司见过一面，柳絮想请他吃饭，怎么也请不动，甚至连她顺便带来的两条烟也硬是不要。那两条烟可不一般，是一种已经叫得很响的牌子的精装极品，一条要二千五百元，而且市面上根本买不到，得提前到专卖店预订。柳絮太明白了，这种烟买的人不抽，抽的人不买。两条烟不过是给伍扬的见面礼。她早就让杜俊做了一些外围调查工作，知道伍扬只抽这种烟，每个月的消费量是四条。只要伍扬愿意收烟，她就等于买了一张进公园的门票，当然啰，就是进了公园，遇到各种景点，还得另外买票，这也是行规，没有办法，也没有关系，总比连大门都不让你进要好得多。伍扬怎么也不收烟，反而让柳絮有点失落，不知道该怪自己选的时机不对还是选的场合不对。

柳絮送礼本来是轻车熟路的，总是有办法让那些收礼的人如沐春风，最起码，不会觉得尴尬。没想到会在伍扬那儿碰到一个软钉子。后来，还是杜俊提醒了她。杜俊说："伍扬的烟在别人看来像是烧钱，对于他自己来说，倒是稀松平常，他不缺咱们送的这两条。"

伍扬在空着的那张圆藤椅上坐了下来，对曹洪波说："曹局不是在北京学习吗？怎么会有空？"

曹洪波笑笑，说："这会儿还在北京学习呢，我可是专门赶过来和伍总一起喝茶的，连家和单位都没让知道，明天一早还得往北京赶。"

伍扬说："是吗？谁有这么大面子？"边说边笑着瞟了柳絮一眼，柳絮也望着伍扬笑了笑，不过没有接茬，只问伍扬喝什么茶，伍扬要了一杯苦丁茶。

大家互相笑着继续打趣了几句，曹洪波说："这几天在北京可把我整苦了，不知道是不是水土不服，老拉肚子。这会儿又内急了，柳总，你有什么事尽管跟伍总说，只要不违反原则，伍总能考虑的总会考虑，对吧？"

伍扬说："曹局这话见外了，咱俩什么关系？有什么事吩咐下来就是了。"

曹洪波说："不关我的事，要不然，上午在电话里不就跟你说了？这次是柳絮找你，怕你不接见她。"

伍扬便又朝柳絮笑笑，说："原来是柳总见外了。"

曹洪波捂着肚子离开了包房。伍扬望着他的背影笑了笑，目光回过来，做出意味深长的样子望着柳絮，柳絮也笑了笑，说："我在办公室拜访你，见你太忙了，就想找个机会跟你多聊一会儿。我用这种方式请伍总，伍总不介意吧？"

伍扬说："不仅不介意，还有点受宠若惊。"

柳絮说："伍总别这样说啰，否则，我会无地自容的。"柳絮停了停，轻轻地嘘了一口气，继续说："曹局要我有话直接跟你说，可我心里直打鼓，真的很难鼓起勇气。"

伍扬说："看样子不像哟，不过，柳总这样为难，我倒紧张了，我估计有两种情况：第一，柳总准备说的话，肯定不是什么好话，当着我的面，难得说出口；第二，柳总准备说的事，肯定不是什么好事，会让我很为难。对不对？"

柳絮说："不对。对于伍总来说，这事也就张嘴唱个诺或者点点头就行了，对我来说，可就太重要了，我真的怕伍总不给我面子。"

伍扬说："要真这样，我在曹局那里恐怕难得交代吧？"

柳絮说："伍总这样想可就冤枉我了，搞得我好像把曹局搬出来压你似的。其实这事很简单，我就想认伍总为大哥。"

伍扬愣了一下，再次望着柳絮，两三秒钟后把眼光移开，瞟了掩着的包厢门一眼，突然一仰脖子笑了，说："柳总还真给我出难题了，我怕曹局会吃了我。"

柳絮把头低了，又一歪，眼睛斜着向上望着伍扬，说："所以我才趁着他不在的时候，赶紧说。"

伍扬又是哈哈一笑，说："不好吧，我刚才还在得意哩，以为自己好有魅力的，能够被柳总看上做大哥，一听柳总这话，我真的不敢了，好像这事见不了人似的。"

柳絮说："该死该死，都怪小妹不会说话。不过，认伍总做大哥，我可是诚心诚意的，伍总要是拒绝我，我可真的会羞死。到时候闹出人命来了，要你赔。"

伍扬笑着摇了摇头，端起茶盅主动地和柳絮碰了碰。

柳絮知道伍扬是太极高手，流金世界裙楼拍卖的事，几次到了嘴边，硬是不敢说，要是伍扬几句话就把她搪塞了，下次再提这个话题，就会更加困难。这次喝茶跟上次和贺桐吃饭有点不一样。何其乐压得住贺桐，曹洪波却明哲保身，不愿在伍扬这里显得太有倾向性。再说了，伍扬肯不肯听他的，会有更深层次的原因。所以，她不能打无准备之仗，只有让伍扬在感情上完全接受她之后，再提流金世界的事，才有可能水到渠成。这就像想挖一棵大树，硬摇硬拔是没有用的，得先把外围的土给挖松。可是，伍扬的戒备心似乎很强，这样不痛不痒地瞎聊下去，一点实际问题都不接触，这感情又怎么能加深呢？你把伍扬请到全城最高档的茶座来喝茶又怎么样？你花上几千块钱的成本，请曹洪波飞来飞去地作陪又怎么样？

作为女老板的不方便之处再次显示出来了。如果柳絮是男人，安排的活动就可以多一些。比如可以去唱歌，也可以去洗桑拿。唱歌和洗桑拿都要找小姐，大家就有了同流合污的意思,彼此在感情上就会贴近很多。这就像一条段子说的,为领导做一百件好事,不如和领导一起做一件坏事,如果和领导一起做了一件坏事,肯定会有一百件好事等着你。

柳絮心里着急,又不能表现出来,只好没话找话,问伍扬业余时间都干些什么,伍扬回答说单位事情很多,又要上课,也没多少业余时间。柳絮很理解似的点点头,然后身体略为前倾,头微微偏着,一边把浅浅的笑呈现给伍扬,一边说:"大哥这么忙,不知道小妹能不能替你分担分担?"

伍扬回应一笑,赶紧说:"心领了心领了。"目光并不和她过多交织,也不再说多余的话,还拿起桌上的手机看了一下上面的时间。

这已经有了一点冷场的迹象,柳絮不怕热脸挨冷脸,仍然挂着微笑追问道:"听说大哥的麻将打得出神入化,不知道什么时候能教小妹几招?"

伍扬又笑笑,摇了摇头,不知道是表示没那么一回事,还是表示谦虚,或者表示不愿意诲人不倦。

这已经是一副很不合作的态度了。柳絮心想,这家伙不可能不知道我三番五次找他是为了什么,他现在还揿着性子没有提出来主动告辞,不过是碍于曹洪波的面子。曹洪波说他肚子痛的话,当然是假的,他不想介入太深。这也是他最终答应陪柳絮走一趟的条件。伍扬这样针插不进,水泼不进,一定是他跟金达来拍卖公司的关系太铁了,他可能压根儿就不想给别的拍卖公司任何机会。

做最好的假设,柳絮也没有指望伍扬会在这次喝茶的时候给她什么承诺。要真这样,那生意岂不是太好做了吗?你跟伍扬接触才几次?对于伍扬这样的笑面虎,最好的策略只能是冷水泡茶慢慢浓。问题是,机不可失,时不我待,流金世界拍卖的事既然已经提上议事日程,就容不得你慢工出细活,你要是搞不掂,别人就会把白花花的银子给搂走。

柳絮也不指望曹洪波能给伍扬施加什么影响,省高院执行局几个法官被抓以后,曹洪波就像变了一个人,原来的处事缜密,变成了谨小慎微。对此,柳絮也是理解的,她当然不希望帮她的人,去冒丢饭碗和被抓到班房里去的风险。现在不像以前了,市场越来越规范,光靠铤而走险已经不灵了。柳絮也想老老实实做人,本本分分做生意,否则,你就是一时赚了钱,最终也还是会被别人拿走。问题是,你如果真的老实本分地做人做事,你可能人也做不像事也做不好,你又还得做点额外的功夫。这样说来,你曹洪波可以不跟伍扬说具体的什么事儿，但你起码得让伍扬明白，伍扬要是总这样三言两语地把我打发了，你曹洪波会不高兴。

流金世界裙楼的事，难道只有金达来拍卖公司才能做？没有这样的道理吧？

伍扬中间接了三个电话，其中有个电话，看起来有点不一样，是跑到门外去接的。柳絮多少有点郁闷，因为这茶没喝出半点味来。

这以后，柳絮又多次约过伍扬。电话通了以后，如果是座机，伍扬就说在开会；如果是手机，伍扬就说在出差或者在上课。电话里，伍扬总是笑嘻嘻的，态度好得很，弄得柳絮一点脾气也没有。她想给他松土，他却连边都不让她沾。

另外一个更重要的当事人是肖氏兄弟。

具体怎样做他们的工作，杜俊和柳絮有了小小的分歧。柳絮认为，工作的重点应该放在肖光宗身上，除开人家是法定代表不说，哥哥比弟弟更像一个商人。跟商人打交道其实最简单，只要双方把账算清楚，再想办法兑现，就可以了。肖光宗在香港内地都有生意，这道理他不可能不懂。一诚公司跟省高院良好的合作关系，也是可以影响肖光宗的一个重要因素。你是被执行人，你就是案板上的肉，要剁要刮，只能随人家。你如果不想这样被动挨打，就得走水路，而且完全可以走出另外一番天地。你是被执行人不错，但双方当事人法律地位平等，法律也要保护你的合法权益。法律通过谁来保护你的权益呢？当然是执行法官。执行法官手里有生效的法律文书，但文书是死的，人是活的，再加上千丝万缕的关系，这戏怎么唱就有了嚼头，既可以唱成悲剧，也可以唱成正剧，还可以唱成喜剧。

对于柳絮的分析，杜俊先是点头，后是摇头。他的意思也很简单，用一句话来说就是不能一棵树上吊死，把宝押在肖光宗一个人身上，必须双管齐下，甚至应该在肖耀祖身上下更多的功夫，因为他虽然不是法人，但项目一直是他在做，他在当地的关系更直接，债务纠纷的官司也一直是他出面跟信达资产公司在打。他如果跟信达资产公司的关系闹得很僵，我们就很容易介入。他如果跟信达资产公司的伍扬关系不错，我们更应该牢牢地抓住他，因为他一旦通过伍扬和陈一达勾结到了一起，我们就会很被动。

杜俊说："兄弟俩有矛盾不假，但那只是他们内部的事，在共同对外的时候，他们的利益是一致的。而且，按照我们掌握的情况，肖耀祖应该更容易被搞掂一些。"

柳絮问："为什么这么说？"

杜俊说："因为他更好色。"见柳絮把头不由自主地往一边一歪，杜俊轻轻一笑，继续说："其实不管男的女的，哪个人不爱财好色？爱财好色不是病，不爱财好色才不正常。因为这是人的本性，当然，由于人们身份地位不同，对此可以有不同的表述方式，比如说爱财可以说成是有事业心，好色可以说成是重感情、追求爱情。"

柳絮说："问题是这肖耀祖太出格了。"

杜俊说："对，正因为这样，我们才把他作为突破口，肖耀祖是一个可以因为女色而昏头的人，这就是他的软肋。一个有软肋的人，总能想出对付的办法。"

柳絮说："这种男人我看着就讨厌，能绕开他尽量绕开。"

杜俊说："问题是拍卖公司不止咱们一家，如果我们不投其所好，别人却可能这样做，如果别人赶在我们前面这样做了，我们就会非常被动。"

柳絮说："我们只是跟他做生意，有必要跟他沆瀣一气吗？"

杜俊说："对，你这个观点我也可以拿来用，我们只是跟他做生意，管他是不是花花太岁。而且，在这件事情上可是我们求他，他可以选我们，也可以挑别人。如果这是一份一百分的试卷，肖氏兄弟所占的五十分又可以对半分的话，肖耀祖的这二十五分，最好不要轻易丢掉。"

尽管杜俊对柳絮非常尊重，在公司里，也非常维护老板的权威，但他认为该说的话还是会直截了当地说出来，很少会有什么顾忌。这也是柳絮最欣赏杜俊的地方。杜俊见柳絮没吭声，又说："这事可以不用你出面，我想办法把他摆平。"

柳絮说："你陪他玩儿？……他的钱可比咱们的钱多多了，陪他玩，玩得起吗？"

杜俊一笑，说："那就看怎么玩了，你放心，我会注意控制成本的。"

柳絮说："行，你自己好好把握。你怎么跟他打交道我不管，你也别跟我说。"

杜俊点头应允。

但是，肖氏兄弟打执行立案开始，就没有再露面，好像人间蒸发了。

柳絮找曹洪波要了肖光宗在香港的电话，打过去，却是空号。

杜俊那边的情况也差不多，他跟肖耀祖常去的娱乐城的胡老板早就混熟了，胡老板说肖老板也是好久没来了，他的手机三天两头就换号码，打过了，要么关机，要么也全是空号。

柳絮太清楚了，如果找不到肖氏兄弟，最后的结果，便只会由法院摇珠。省高院入围的拍卖机构有十二家，也就是说，一诚公司要想拿到这笔业务，理论上只有十二分之一的可能性。

这当然是柳絮不希望出现的结果。她找曹洪波讨主意，曹洪波说："肖氏兄弟不露面，法院的拍卖裁定书可以公告送达，他躲得了初一，躲不了十五。这两兄弟不是没钱，只是不愿意痛痛快快地还钱。不过，上亿的东西在法院手里，他们不可能这样丢着不管，就看把裙楼拍卖以后够不够还信达资产公司的本息。而且，怎么计息很有弹性，甚至可以在我们法院的主持下，由双方当事人协商，所以，作为申请执行人，信达资产管理公司起的作用要大得多，主动权其实在他们手里，他们的工作做好了，完全可以由他们出面影响肖氏兄弟。"

柳絮说："还说哩，上次请伍扬喝茶，你一把屎硬是拉了七七四十九分钟。人家还指望你帮我撑面子，你倒是好。"

曹洪波说："我的姑奶奶，你就别怪我了，伍扬狡猾狡猾的，我要做得太现形，他会认为我的手伸得太长，我反而不好帮你。你想呀，谁愿意让别人的脚插到自己的自留地里？那样，反而会把事情搞得复杂化。"

柳絮说："可是，那个伍扬，油盐不进的，我真不知道从哪儿下手。"

曹洪波说："我的傻妹妹，你是聪明一世，糊涂一时，你的心思缜密得像头发丝一样，怎么用到伍扬身上就不灵光了？你难道没有在伍扬身上发现什么蛛丝马迹？"

柳絮说："你什么意思？有话就直说吧。"

曹洪波说："上次喝茶，快分手的时候伍扬说了一句话你还记得吗？他说他镶两颗牙齿花了八千多块钱。另外，你注意没有？他身上的行头可全是名牌，我估摸了一下，加起来起码有五位数。还有，他抽的是什么烟？"

柳絮说："这个不用你教我。可是，我给他送烟，他硬是不收，一副很廉洁的样子。至于他的经济来源，原先我也想过，认为他是马无夜草不肥，可后来一打听，才知道他娶了个韩国老婆，老丈人家里有的是钱。"

曹洪波"哧"的一声笑了，又摇了摇头。

柳絮说："怎么啦，你不相信？伍扬自己就经常在外面夸老婆，不仅温柔贤惠，还让他能够廉洁奉公，还说什么经济基础决定上层建筑。"

曹洪波说："哼，他倒挺辩证唯物主义的。可是，辩证唯物主义还有一个基本观点，就是透过现象看本质。伍扬到底是什么样的人，日后自有分晓。不过，他现在在这个位置上，你就得求他。"

柳絮说："求他倒没什么，可他那副油盐不进的样子，确实有点让人受不了。"

曹洪波似有似无地点了点头，像突然想起来似的说："有层关系我一直没跟你说过，信达资产公司的郭敦淳，你知道他跟我是什么关系吗？是我老婆的表弟。"

柳絮说："哇，你怎么不早说？"

曹洪波把一只手伸到空中，朝下面压了压，说："所以，你光是派底下的人跟他接触不行，你得亲自出马。我这个妻弟，可是个人物，只是这几年一直被伍扬压着。我本来早就想介绍你们认识的，又怕……"话没说完，倒望着柳絮诡秘地笑了。

柳絮说了一句去你的，并没有马上接曹洪波的茬。她在心底里吸了一口气，慢慢地抬起头，征询似的望着曹洪波，说："如果我和郭总接触会不会让伍扬不高兴？"

曹洪波说："你跟郭总接触伍扬怎么会知道？"

柳絮点头一笑，说："明白了。"

柳絮去见郭敦淳之前跟杜俊说了这事，但没有告诉他郭敦淳是曹洪波的亲戚，这也是曹洪波一再嘱咐的。

杜俊并不反对柳絮跟郭敦淳打交道，但他觉得伍扬才是关键，他说："伍扬老把他那个韩国老婆挂在嘴边，本身就值得怀疑，她是不是像他说的那么有钱呢？我看很难说。这个人表面上笑嘻嘻的，内心里狂得很，像他这么干，迟早会出事，他太显摆了。"

柳絮说："问题是，如果他有合法的经济来源，就没有什么可说的。我就喜欢男人收拾得干干净净、体体面面的，伍扬一身名牌是不错，可是你能凭这个把他给抓了？再说了，抽好烟怎么啦？现在有头有脸的男人哪个抽低档烟？就算比伍扬抽的烟低两三个档次，也不是靠工资养家糊口的公务员抽得起的，这里面有没有腐败的因素？肯定有。可你能把他们都给抓起来吗？有那么多地方关吗？"

杜俊说："是呀，要搞伍扬，就得有真凭实据，光凭猜测和推理，没有人理你。"

柳絮赶紧说："谁说要搞伍扬了？你别理解歪了，他伍扬出不出事是他自己的事，我们没有必要用阴招，那也太损了。"

杜俊说："咱们不是没求过他，可他给咱们好脸色没有？不给他来硬的，他不会服软。我在检察院有个朋友……"

柳絮连忙摆摆手，说："不要动这种念头。咱们做生意，还是要尽可能光明正大，用那种方法挣钱，就是赚到手了，也会心里不踏实。再说了，查伍扬，肯定会牵扯到别的拍卖公司，别人不知道我们还不知道吗？有哪家拍卖公司是经得起查的？除非你不做业务，否则，总免不了要打点，不跟你提出来按比例分成就已经烧高香了。这线缝一扯开，可能就难得再缝上，到时候，说不定会弄得城门失火，殃及池鱼，甚至偷鸡不着蚀把米。"

杜俊望着柳絮笑了笑，说："我听你的。可是，怎么才能让这家伙听咱们的呢？"

柳絮轻轻地叹了一口气，说："再想想吧。"

杜俊说："可是，我感到我们的时间不会太多。"

杜俊说得没错。信达资产管理公司不愿意等，他们催得很急，希望流金世界裙楼标的立即进行评估拍卖。

这个消息是曹洪波告诉柳絮的，他问她伍扬那儿的工作做得怎么样了。

柳絮说："一点进展都没有，你那个郭总我倒是找过他，可他除了冲着我发几句伍扬的牢骚，也帮我出不了什么主意。"

曹洪波说："真的呀？那你准备怎么办？"

柳絮说："你都不肯下力气帮我，我一个弱女子，还能怎么办？听天由命呗。"

曹洪波笑笑说："不会吧？这好像不符合你的性格。还是可以积极主动一点，事在人为嘛。肖氏兄弟找不到，执行程序不会停。院里纪检、监察的同志想把评估拍卖的事现在就拿出来摇珠，我不好硬顶，你再去找找贺副院长，看他能不能想办法。"

柳絮说："我以什么理由去找他？"

曹洪波说："他那里我已经帮你做了一些铺垫工作，我跟他汇报说，最好先以公告的方式下达执行裁定，到时间肖氏兄弟如果还不露面，再走下一步。院纪检组、监察室那里我说不上话，也不便出面，贺副院长给他们做工作就名正言顺，即使要摇珠，也只先摇评估机构，拍卖公司的事可以等评估报告出来以后再说，只要做到这一点，就为你争取了时间。"

柳絮说："还不知道是为谁在争取时间哩，不过，这样也好，法院公告送达，起码可以逼肖氏兄弟露面。"

曹洪波说："我始终觉得信达资产管理公司那边更重要，关键在于怎样把他们的工作做通。你没跟郭总说，是我让你去找他的吧？"

柳絮说："你不是不让我说吗？"

曹洪波说："你不说是对的。那我们就还是谈伍扬吧。伍扬也是人，不是圣贤，你明白吗？"

柳絮说："人非圣贤孰能无过，你是要我找到他的过，再威胁他，逼他就范？"

曹洪波说："这是下策，你知道上策是什么？"

柳絮说："利诱？"

曹洪波说："你在这方面做过工作没有？做得到不到位？打住打住，你不用回答我，你自己心里掂量掂量就可以了。"

柳絮低下头，暗暗地吐了一口气。

曹洪波说："威逼利诱，这两个词好呀，两手抓，两手都要硬，说不定还真是克敌制胜的法宝。不过，这话可是你柳总说的，我可什么也没说，对吧？"

柳絮说："我就讨厌你这样，阴阳怪气的。有时候我想，这破生意，真他妈的不做也罢。"

曹洪波笑着说："可你就是停不下来，因为你已经上了贼船了。"曹洪波停顿了一下，又用安抚的眼神望了柳絮一眼，接着说："别想那么多，这人哪，该干什么还得干什么，有时候，生活就是一种态度，你有什么样的态度，就有什么样的生活。据我所知，现在大家还都在一个起跑线上，你没有赢别人，可你也没有输给谁。再努努力吧,一分耕耘一分收获嘛。"

柳絮想发脾气,但这脾气硬是没发出来,再说了,她对曹洪波发脾气又有什么用呢?

曹洪波说:"听我的,先去找找贺副院长吧,我估计他会同意的,他应该会很乐意给你做这个顺水人情。你要不信,我们可以打赌。"

柳絮说:"我没这个心思。不过,上次你要我去见他,见过之后,感觉还可以。这事并不违反原则,我估计他也会帮忙,可是,这对我又有什么实际意义呢?"

曹洪波说:"现在做事情不像原来,只能走一步看一步,边做边想。"

柳絮约贺桐在碧云茶庄喝茶,贺桐很爽快地答应了。不过,他说最近挺忙的,最多只能抽出个把小时。

柳絮要去接他,他说不用了,自己来。两个人约了时间,柳絮刚到,贺桐也很准时地到了。

贺桐见包厢里只有柳絮一个人,便忍不住跟她开玩笑,问她怎么没有把护花使者带上。柳絮马上装出一副生气的样子,嘟着嘴,说:"贺哥也太现实了吧?难道小妹就不能单独请你?"

贺桐马上说:"哪里哪里,我巴不得柳总天天单独请我,就怕不小心把何大秘书给得罪了。"

柳絮见贺桐误解了她跟何其乐的关系,也不点破,只望着贺桐笑一笑,说:"其乐倒是跟我说了几次,说要找个周末,大家一起到城外的农家乐去玩一玩,那里可以钓鱼,可以打麻将,可以呼吸新鲜空气,还可以吃无公害蔬菜。"

贺桐说:"听你这么说,我的心都痒了,只是,何大秘书那么忙,可能难得这么奢侈一回吧?"

柳絮说:"你们当领导的,时间和精力都耗在工作上了,不像我,整天闲得发慌。不过,去农家乐是其乐提议的,我想,他抽天把时间出来,应该没有什么问题,主要是还得把你的时间和他的时间凑到一边儿。"

贺桐说:"我最近也是忙得很,等过了这阵子,应该会好一点。"

这话题不错,何其乐虽然没有来喝茶,两个人都提到了他,那效果跟他到场也就差不多了。

柳絮觉得应该趁热打铁,就说:"贺哥时间紧,我也就不绕弯子了,听说流金世界马上就要确定评估、拍卖机构了？"

贺桐说："是呀，信达资产管理公司催得很急，法院办案，一是讲公正，二是讲效率，时间能往前赶就会往前赶。"

柳絮说："上次贺哥要我到时候再找你，现在是不是到时候了呢？"

贺桐笑了笑，说："我能为你做什么？"

柳絮说："能不能先评估，把确定拍卖机构的事暂时缓一缓？"

贺桐没有急着回答柳絮，他端起茶几上的水壶，隔着茶几往柳絮的茶盅里续水，柳絮连忙欠身去抢水壶，被贺桐伸手挡了，柳絮只好坐下，很快地曲着两根手指在茶盅旁边的茶几上叩了叩。

柳絮心里多少有点紧张，生怕贺桐一开口就回绝了她。她想刚才的话是不是太直接了？自己和贺桐才见过一次，关系似乎还没有到那种不用拐弯抹角的程度。想到这一层，便抢在贺桐开口之前补充说："贺哥先别急着回答我，我想先考你一个小小的问题，行啵？"

贺桐一笑，说："你这柳总，上次见面就向我卖关子，这次又要考我，下次不知道还有什么小花招？你提前告诉我，也让我提前准备准备。"

柳絮说："得罪了，得罪了。这个问题很简单，你知道我刚才用两根手指在茶几上叩叩是什么意思吗？"

贺桐说："表示谢谢吧？"

柳絮说："对，可是有典故。传说乾隆下江南微服私访的时候，在茶楼里跟身边的大臣呀公公呀之类的人物斟过一次茶，皇上给下人斟茶，下人是要行跪拜之礼的，但在那种场合，行那种礼就会暴露身份。怎么办？下人便用我刚才的那个动作来表示，意思是谢主隆恩。"

贺桐听罢哈哈一笑，又用手指对着柳絮的鼻子点了点，完了，清了一下嗓子，说："你刚才提的建议，严格地说，并不是你公司的请托事项，所以，我也就没有心理负担。其实，院里执行局也是这个意思，或者换一种说法，这么做也符合执行程序，只是……算了，不跟你说那么多了。嗯，如果你请我喝茶就是为这事，那我现在就表态，你放心吧，我去跟院里有关部门打打招呼，让他们就这么办。"

柳絮说："那就真的……谢主隆恩了。咱们这是第二次见面，时间长了，贺哥就会知道，我从来不勉强别人，让贺哥为难的事，我是绝对不会提的。"

贺桐点点头，说："柳总能有这种境界，我就放心了，我们的关系也就顺畅了。其实，柳总的忙，我是乐意帮的，但是，说句心里话，我也有我的难处呀。万一有什么照应不到的地方，还请柳总多多包涵，多多理解。"

柳絮连忙点头。

这时贺桐的手机响了，他看了一下号码，打开，听对方问了一句话，便说："行，准时开始吧，我马上就到了。"说完对柳絮笑笑，说："正经事说完了，再扯几分钟闲话吧。上次我听说你也想养狗，怎么样，买了没有？"

柳絮说："还没有哩，我怕我太忙了，照顾不过来，宠物是要宠的，你要养了它，就得对它负责任，在它身上花时间花精力。"

贺桐说："是是是，养狗是件很麻烦的事，不能心血来潮。但是，养狗可以陶冶情操，可以满足多方面的心理需要，也是有利有弊呀。你要真想养狗，提前通知我，我帮你当参谋。女同志一般喜欢长得漂亮的，像京巴、博美，还有比熊，它们的毛很长，体味也就轻一些。不过，我最近在网上看到了另外一个观点，说狗的体味和它的食物有关，腐烂变质的食物吃了不仅坏肠胃，还肯定有体味。所以，你今后如果养了狗，第一条就要记住，不能让它随便吃别人给的东西。"

柳絮一边听一边点头，心里却直犯嘀咕，不知道这贺桐干吗每次一见面就跟她谈狗。还有，他这话是什么意思呢？柳絮还没有揣摩透彻，只见贺桐又把笑容递了过来，边起身边说："好了，没时间了，我实在太忙了，得告辞了。"

柳絮也赶紧起身，抢先为贺桐开了包厢的门，侧身将他让过。贺桐的身体已经走到了门边，又突然停了下来，退回来，把门掩了，望着柳絮："柳总可以先网罗网罗买家，如果手上有了客户，有些事情就好办多了，我想，不管是信达资产公司，还是法院，甚至是被执行人，对于手上有客户资源的拍卖公司，总是很欢迎的，因为买家越多，价格越高，对大家都有利，是不是呀，柳总？"说着伸手在柳絮肩头轻轻地拍了拍。

贺桐个子大，手重重的，落在柳絮肩上，有一种别样的感觉。她看贺桐一眼，马上又把头低下了，脸上笑着，轻轻地说："谢谢贺哥提醒。"她的声音接近耳语，好像这事是他们俩的一个秘密。

其实，柳絮不是没有想到这一点，但你没拿到拍卖委托就去找买家，便有点师出无名，你费了老大的劲儿结果却可能是为他人作嫁衣。生意人，谁愿意做这种费力不讨好的事呢？谁愿意做这种对竞争对手有利的事呢？但这话从贺桐嘴里主动说出来，意义就不一样了。柳絮把它当成是一种提示，表明贺桐已经开始替她考虑问题，因为如果她真的有了买家，贺桐帮她就有了上得了台面的理由。

第三章

　　李明启打了好几个电话,说要跟何其乐聚一聚。何其乐不好直接拒绝,让李明启等他忙完了这一阵再说。李明启每次都说行行行,但等不了两三天,他的电话又会追过来,好像根本就不用考虑何其乐当时正在干什么,方不方便接电话。

　　何其乐这段时间确实抽不开身,他正陪着陆海风书记到各地市"走一走"。陆书记是突然决定离开省城到下面去搞调研的,只带了何其乐和司机小刘,也不准新闻单位采访和报道,算得上是真正的轻车简从,或者换一种说法,就像没有目的地的自驾游。一路下来,那些地市级的领导花足了心思去揣摩陆海风此次务虚之行的真正意图,却总是不得要领。他们想在何其乐那里掏出一点干货,何其乐也总是三缄其口。不是何其乐口风紧,实在是连他心里也没谱,不知道陆海风这次葫芦里到底卖的是什么药。

　　何其乐当然知道李明启锲而不舍地找他所为何事。换了他,有这么一位同学在省委书记身边工作,恐怕也会像狗皮膏药似的黏住人家不放。李明启要想官升一级,除了把本单位的上下级关系处理得左右逢源,省委宣传部、省委组织部也得活动。不过,你有你的关系,别人有别人的关系,你活动别人也不会闲着,所以,工程真的不小,不到最后关头,谁也不敢说自己的优势可以强到哪里去。

　　但是,如果能让决定升迁的人知道陆海风书记对他李某人另眼相看,事情就完全不一样了，这种附加分可以把别的竞争对手远远地抛在后面。

可惜的是，李明启虽然跟陆海风书记经常见面，却仅仅是点头之交，基本上停留在新闻工作的层面上，也就替陆海风拍拍照，写写陆海风有关活动的新闻稿而已。你没有深入接触领导，领导就不可能全面地、客观地了解你，当然也就谈不上喜欢你欣赏你，何况，一个小小的省报中层干部跟省委书记之间，隔的层次毕竟也太多了。李明启要想接近陆海风，能放过何其乐吗？

何其乐从下面回到省城的第二天，就被李明启堵在了办公室里。何其乐笑他消息太灵通了，不愧是搞新闻的，嗅觉功能就是发达。李明启倒是很老实，说："不怕你笑话，也不怕你烦，除了隔两三天给你打一次手机，办公室的座机，我可是天天都打，每天早中晚各一次。要是还逮不到你，除非是你真的躲我。"

何其乐一边笑着摇头，一边起身要给李明启泡茶。李明启连忙说自己来，马上起身来到何其乐办公桌边，伸手去拿他的专用杯子，何其乐自然不让，挥手示意干脆各搞各的。于是，何其乐去卫生间刷杯子，李明启给自己泡了茶。

何其乐慢慢地喝了两口茶，从办公桌后面望着坐在沙发上的李明启。李明启双腿并拢，先是规规矩矩地坐着，后来大概觉得这样拘谨也没有必要，便把一条胳膊伸展开来，耷拉在沙发靠背上，以使自己的坐姿显得随意一点。见何其乐望着自己，李明启先是一笑，又把头朝里间的门摆了摆，压低了嗓子说："海风书记不在吗？"

何其乐说："海风书记昨天回来就在办公室看材料，熬了大半夜，可能染了点风寒。我要陪他上医院，他又不肯，说让家里熬点姜汤发发汗就好了，这会儿在家里补瞌睡哩。怎么，你要找海风书记呀？"

李明启说："找你和找海风书记都是一样的。"李明启边说边朝办公室的大门瞥了一眼。省委办公楼一号楼还是上个世纪七十年代的建筑，门有两扇，对开的，刚才李明启进来时，有意把它虚掩上了。李明启收回目光，接着说："上个月我去了一趟福建，给你们两位一人带来了一个小玩意儿。"说着，站起身来，走到何其乐办公桌旁边，从手提包里掏出两只小小的锦盒，一只一只地打开，放在何其乐的办公桌上。

何其乐把东西从锦盒里拿出来，原来是两枚田黄印章。

田黄，石帝也，自乾隆以之刻制印玺以来，便具有了至尊无上的地位，俗有一两田黄一两金之说。何其乐拿在手里把玩着，只见石章石质细润，晶莹通透，凝腻，那若隐若现的萝卜纹，仿佛使之具有了充沛的灵气，给人一种婴儿肌肤般的嫩滑感觉。那枚六面见方的大印刻着"陆海风印"四个字，但见刀法苍劲古朴，有汉印神韵，又以单刀切刀书边款"深谋远虑高瞻远瞩"八个字，刀法大胆，点线运动极富个性，抑扬顿挫如纸上挥毫，极有情趣。何其乐的印章是五面见方，边款刻的也是八个字："志存高远前程似锦"。

李明启一直笑眯眯地望着何其乐，见他眼光刚从两枚印章上错开，马上追问道："怎么样，还可以吧？"

何其乐把身子朝办公椅上一仰，问："你这家伙，搞什么名堂？"

李明启说："我知道你喜欢书法，在学校时就得过好几次全国性的大奖。陆书记更是省里的一支笔，练过颜真卿和柳公权，他取两者之长而融会贯通，已入化境，真正是颜筋柳骨，无人能出其右。你再仔细看看这两方印章，你知道是谁的手笔？管老，管仲秋老先生。他本来早就封刀了，一见这两枚印石，不禁怦然心动，再加上你和陆书记的鼎鼎大名，这才破了例。"

何其乐知道管仲秋的名头，据说是齐白石的门外弟子，诗书画印均有极深造诣，而尤以治印为最。名贵的印石加上风神俊美的书刻，真是相得益彰，何其乐虽不以文人骚客自居，面对这两枚极具灵性的小石子儿，内心竟也忍不住叫起好来。

何其乐怕自己喜形于色，便清了清嗓子，控制了一下情绪，这才慢悠悠地说："瞧你这高帽子给我戴的。海风书记的字当然没有说的，我那字，浮得很，像鸡爪子抓的，根本没入流。"

李明启说："你就别谦虚了，现在能写几笔的人可不多了，你的字都能入海风书记的慧眼，那可不是一般的功底。书法艺术太深奥，不是一般的俗人弄得懂的，相信我，你的字钤上这印，正所谓红花绿叶，宝马好鞍。"

何其乐摇摇头，笑笑说"惭愧惭愧"，边说边把两枚印章放回到锦盒里。

在这之前，何其乐还真没有站在李明启的立场上考虑过，他的事应该从哪里入手才能事半功倍。何其乐对柳絮的态度和对李明启的态度完全不一样。他很乐意帮柳絮，而且只要一答应她，就会不遗余力。对李明启呢？他真的不想揽什么事，能躲就躲了。他的这种态度，李明启应该是知道的，可他老兄却像没事似的一如既往地热情，好像料准何其乐有一天终会过意不去。这一天还真的来了，何其乐尽量不去想那印章，却忍不住这样想：既然是同门师兄，如果只是做做顺水人情，为什么不做呢？

什么是顺水人情？就是各方面条件成熟了，只需要在某个环节上做一点点推波助澜或画龙点睛的工作，就能水到渠成，讲究的就是顺势而为，四两拨千斤。从反面说，叫压死骆驼的最后一根稻草；从正面说，叫烧水时从九十九度到一百度的最后一把火。

处在何其乐这样的位置，这种机会倒也不少。除此之外，如果需要勉强别人，或者需要勉强自己，那就另当别论了，何其乐会慎之又慎。也就是说，他不会为了帮李明启而去求别人，欠别人的情，也不会为了李明启的事而不惜损坏自己的利益和形象。在这个前提下，能帮则帮，无异于广结善缘；能帮不帮，则不近人情。再说了，李明启要是真的能当上报社的副总编辑，他那条线上的关系，就完全可以拿来用，多层关系多条路，何乐而不为呢？

何其乐思想上的转折，是在一秒钟发生的，这是一个阳光灿烂的上午。

问题是，何其乐原先对李明启的事并不上心，李明启虽然多次找过他，他能敷衍也就敷衍了，所以，也就不知道李明启现在面临的具体是一种什么态势。何其乐初步分析，觉得李明启这次升副总编辑的可能性不大，否则，他也不会花这么大的力气，这样心急火燎地想通过他攀上跟陆书记的关系。

如果真是这样，那可能就不是顺水人情的问题了。

不过，话说回来，中国的事情很难说，做人做事，最大的规矩就是没有规矩，或者说，规矩在人心。有句话，叫事在人为。谁升谁不升，更多的比的是背后的关系，就像一个段子说的：有关系就没关系，没关系有了关系也就没关系。中国语言内涵丰富，这些话你要翻译给老外听，不搞得他云里雾里才怪，但对于任何一个在官场或商场上混过的中国人来说，马上就能领悟个中三昧。

何其乐把手放在锦盒上，将之往外面推了推。他想通过这个动作向李明启传递一个信息：他们下面的谈话跟眼前的这份礼物必须撇开。

不过，何其乐表面上很严肃，心里还是挺高兴的，不是因为李明启向他送了礼，而是因为李明启送的这份礼确实很到位。其实，每个人都是希望被别人肯定、被别人捧、被别人求的。当然，何其乐也不是别人一给自己戴高帽子就沾沾自喜的那种人。何其乐并不缺乏高帽子，但他平时得到的那些赞扬或者恭维，往往太直白，太肉麻，而且还往往跟他的身份有关，如果陆海风的秘书不是他而是别的什么人,那个人也一样随时随地都会听到那些形形色色的恭维话、漂亮话。

夸你的字写得好就不同了,那是一种属于你个人的技能和本领,跟职务、身份、地位无关,何其乐在官场上也混了几年了,可是骨子里还多少残留着文化人的小浪漫或小意气,他听不得诚心诚意的表扬,而他认为李明启送这么一份礼给他,真的是动了心思。

这应验了一句话,所有的人都是喜欢被奉承的,不喜欢的只是奉承的方式。换一种说法,李明启恭维的是何其乐本人,而不是他所处的位置派生出来的附加值,这就等于给足了面子。面子是什么东西?值多少钱?很难说得清楚,但有一点可以肯定,人们对于给自己面子的人,总会不由自主地心生好感。

这时李明启已经退回到对面的沙发上,何其乐看了他一眼,觉得跟他的关系一下近了许多。

何其乐真要把那份礼收下,会有一些心理障碍。

第一,李明启送的这两枚田黄,堪称极品,可遇不可求。但作为礼物,它同时也是可以换算成人民币的。一两田黄一两黄金还是老早以前的说法,作为不可再生的资源,又处于一个玩字画玩古玩的盛世,田黄的价格可是日益见涨,像这种一寸半见方的,每一枚没有五六位数是拿不下来的。从雅的方面来讲,李明启送的是两枚可以经常观赏把玩的玩意儿;从俗的方面讲,送的其实就是钱。而何其乐是给自己定了底线的,田黄的价值,已经超过了他的底线。

第二,他如果把自己的那枚收下了,李明启送给陆海风书记的那一枚,也就得同时收下。真那样,这两枚看起来黄澄澄像成熟欲滴的枇杷的小石子,就会成为两个烫手的山芋。何其乐太了解海风书记了,他会立即让何其乐把东西退了,还会狠狠地批评他一顿。更何况,李明启给他送礼,"顺便"的意思很明显,说到底,还是跟他是陆海风的秘书有关。

在这方面,陆海风是一点也不含糊的。何其乐刚给他当秘书不久,陆海风便写了幅条幅给他,那是元朝名臣张养浩的一句话:"见微知著,深谋远虑。"何其乐把条幅装裱好之后挂在书房里,让自己一抬眼就能看到。他知道那既是海风书记对他的告诫,也是对他的鞭策与鼓励。

何其乐调到省委办公厅工作的第一天,海风书记就亲自找他谈过话,给他讲千里之堤溃于蚁穴的道理。陆海风说:"你这秘书不好当呀,权力不大,但离权力的中心最近。今后会有各种各样的人找你，跟你交朋友，在你身上进行感情投资，对他们不理不睬不行，那样，等于自断言路，我们就等于少了一条了解情况的渠道，你也会被人认为是摆架子。那些找你的人，或者说通过你找我的人，动机复杂，可能是为了工作，也可能是为了自己的私事。所以，我们要时刻保持清醒的头脑，要牢牢记住，在我们这个岗位上，就得如履薄冰，否则，只要一失足，下面等待你的就是老虎夹子。简单一句话，我个人不会，也决不允许我的家人和身边的工作人员，在经济问题上摔跟头，像你我这样的位置，一摔跟头，可能就是大跟头，可能就会摔到深牢大狱里去。"

陆海风有言在先，何其乐敢收李明启的东西吗？

何其乐看了看坐在沙发上的李明启，发现他正在盯着自己。两个人眼光刚一对上，又很快地错开了。何其乐干脆站起来，拿起那两只锦盒，越过茶几，坐在了李明启旁边。他把那两只锦盒搁在茶几上，朝李明启那边推了推，这才侧身望着他，说："师兄，跟你说实话吧，这礼物很让我动心，我很喜欢，谢谢你。可是，我不能收，真的真的，不是客气。"

李明启说："我跟你是什么关系？你这样说就见外了。我一直想找个机会，敞开了跟你谈这件事。我是想让你帮我。可你也别把我看得太俗气了。我是诚心的。那个副总编辑我是很想当，按照这次竞聘上岗的条件，我也符合。最主要的是，我自信我能当好，我既然有这个能力，干吗不好好地争取呢？"

何其乐说："问题是，如果我把东西收下了，我就不能帮你了，海风书记更不会收，把东西送给他，效果只会适得其反。"

李明启说："可是……"

何其乐说："别的先不说，你得答应，把东西收回去，这样，咱们才好往下谈。"

李明启说："你干吗这么认真？而且，这印章都已经刻好了，你不收，陆书记也不收，东西不就废了吗？难道让我把刻上去的字再磨掉？哪有这种道理？我拿回去一点用处都没有，真的，要不，东西还是先搁在你这儿？趁哪天陆书记高兴，你再拿出来，先让他欣赏欣赏，说不定，他喜欢上了哩，嗯？"说罢，带着期盼的眼神望着何其乐。

何其乐摇摇头，说："这事你就不要再磨了，否则，我会很为难。因为如果我收了东西，事情的性质就变了。你明白吗，师兄？"

李明启说:"其乐,你这样说我就不好意思了。我知道,只要我向你开口,你就会帮我,可这也是我的心意呀,我总不能让你白帮忙吧?你就是肯帮忙,我心里也不踏实呀。其实,东西你收下,也完全没有必要有心理负担。俗话说,谋事在人,成事在天。事成了,是大家共同努力的结果;事没成,是我的运气还没有到,我李某人不会去怪任何人,真的。"

何其乐说:"你什么都不要说了,既然你把我当师弟,你就听我的。东西你拿回去,我这就跟你一起策划运作这件事,怎么样?"

李明启和何其乐对视了五秒钟,下了决心似的说:"好,我听你的,东西我先替你保管着,等事情成了,我再拿来,那时你该不会有什么顾虑了吧?"

何其乐说:"你呀你。"

李明启笑着摇摇头,到底把那两只锦盒收了起来。何其乐不想显得跟他太生分了,伸手在他的肩膀上搂了搂。刚要开口说话,这时座机响了,连忙起身回到办公桌前看了一眼,回头对李明启说:"是海风书记家里的电话。"一接,还是陆海风亲自打来的,要他和小刘开车到他家里去接他。何其乐只好匆匆跟李明启说对不起。李明启跟他一起往外走,问这两天能不能找个时间再好好聚一聚。何其乐说:"行,你等我电话吧。"

黄逸飞最近有点烦。

这几个月,他的广告公司经营状况有点每况愈下的意思。黄逸飞很容易找到原因:第一,他太爱玩了,公司的事根本没有用心去打理;第二,广告公司越来越多,大家在一口锅里抢饭吃,想吃个半饱就得跟别人拼老命;第三,广告客户越来越刁钻,选择广告公司的余地一大,他们就被惯坏了,动不动就让你垫资,业务做完了,他成了大爷,你想早点回款就得求爷爷告奶奶,这样一押资金,下一笔业务就放手脚不开了。还有一个原因,客户如果是国有企业,你得给回扣。如果是民营企业,除非是直接跟老板谈,否则,底下的人一样向你伸手,可真跟老板谈就难了,他要不精当不了老板,跟你讨价还价起来,恨不得你倒贴了钱给他去吃喝。

广告业务难做,黄逸飞便经常想起早几年跟柳絮合作做的那笔生意,心里不由自主地蠢蠢欲动,那种来钱的方式太他妈的爽了。

黄逸飞做梦也没有想到,柳絮还真有点能耐,她的拍卖公司十天半个月就打一次公告，每次都是几百万上千万的大单子。谈到两个人的关系，黄逸飞只觉得说不出的别扭，几年前，他不知道是发了疯还是实在憋不住了，居然到外面去找小姐，本来想吃碗快餐面就走人，哪里想到会碰到政府"扫黄打非"搞行动？这脸可就丢大了。连他那些酒肉朋友都骂他，说只要看得上，哪个良家妇女搞不到？偏偏去嫖娼，一点技术含量都没有，都不知道该怎么骂你。黄逸飞欲辩不能。对他来说，自己的感情世界是圆满而幸福的，他可从来就没有想过要去破坏它。为什么要搞良家妇女呢？万一动了感情岂不是对柳絮的背叛？找小姐就简单多了，既能满足原始的欲望，又能保全对柳絮的忠诚。一手钱一手货，搞完走人，不会惹麻烦。谁知道怕鬼偏偏让你碰见鬼？真他妈的人一倒霉喝水都塞牙缝。黄逸飞背着人都不知道扇了自己多少耳光，简直把肠子都给悔绿了。但话虽这么说，柳絮死活不肯原谅他，这就过分了。浪子回头还金不换呢，现在他妈的谁不在外面找女人？犯得着那样正儿八经吗？柳絮冷冰冰的，黄逸飞那个郁闷呀。见柳絮始终不肯原谅他，他干脆破罐子破摔了。还别说，真像他那些朋友说的，你要是把自己当牛屎，就有鲜花往你那儿插，黄逸飞从此过起了到处为家、夜夜新郎的生活。

　　但女人是个无底洞，你就是钱再多，也有填不满的时候，黄逸飞三天两头换小情人，开广告公司挣的那点钱，早就让他折腾得差不多了。

　　去找柳絮谈之前，黄逸飞便开始筹划和准备了，打算把过去做过的那种生意再做一把。

　　柳絮对他却越来越冷漠，黄逸飞每次回家探望女儿格格，常常见不到柳絮的人影，让他怀疑她简直存心在躲他。见了面其实更尴尬，柳絮那副正眼都不瞧他的样子，就当他是空气，要不就是传染病或者瘟神，好像跟他多说几句话就会病魔缠身。

　　没办法，黄逸飞只好招呼都没打就直接上了柳絮的公司，把她堵在了董事长办公室。黄逸飞见柳絮办公室的墙上仍然挂着自己的大作，不禁暗自笑了，好像那幅画给他打了气，他把来之前想好的说辞丢到一边，直接提了让柳絮给他组织一场艺术品拍卖会的要求。黄逸飞说："运作费我出，委托方的佣金我付，你不用花一分钱，百分之百地稳赚。或者干脆，二一添作五，我俩按成交价平分。怎么样，本来我们就是一家人，钱由你控制，应该没问题吧？"

　　柳絮说："谁都可以跟你是一家人，我不是，我跟你的合作有一次就够了，足够了，我现在巴不得那一次都不存在，所以，请你免开尊口。再合作？你就不要再想了，想也白搭。"

黄逸飞说："可是，我们都得为格格赚奶粉钱。"

柳絮一听这话，一下子气得把眉毛都拧起来了，她杏眼圆睁望了黄逸飞一眼，说："你居然有脸说这种话，看来我以前还是高看了你。"

"什么高看不高看？我只问你，我如果弄得惨兮兮的对你有什么好处？"

"你被弄得惨兮兮的跟我有关系吗？"

"可能有关系，也可能没关系。可是，一个巴掌拍不响，咱们今天这样，难道你就没有一点责任吗？水至清则无鱼，你就是有精神洁癖。"

"你别说了，跟你说话我恶心。"

"可你也别忘了，这个公司是怎么弄起来的，要不要我提醒你，注册资产可是我出的。"

"你不应该出吗？对于这件事，我们有言在先。你现在说这话是什么意思？"

黄逸飞厚着脸皮一笑说："没什么意思，从法律关系来说，夫妻财产共有，所以，你的钱就是我的钱。不过你放心，我给的钱我是不会再找你要回去的，你挣的钱，我也不会向你要一个子儿，真那样，我还算个男人吗？不过，拍卖公司有我一份功劳在里面，这个你总不能不承认吧？我想借这个平台用一下，我不知道怎么就不可以，而且，我还不是白用。"

柳絮说："你别在我这里磨牙齿了，我没时间奉陪。公司是我的，以前做过的那档子事，你再也别想了，拜托。"说完，柳絮按下公司的内部电话，把杜俊叫了进来，安排他立即送客。

黄逸飞临出门的时候冲着柳絮一笑，说："我不会轻易放弃，你知道，我这个人很执着的。"

柳絮很鄙视地望着他那高高瘦瘦的背影，她的嘴动了动，想说句什么话，终于忍住了。她转身背对着黄逸飞，很不耐烦地连连摇手。

那也是杜俊与黄逸飞的第一次见面。

杜俊和黄逸飞的身高差不多，但明显杜俊魁梧多了，他在门口迎着了黄逸飞，同时一上一下地伸出了两只手，一只手抓着了黄逸飞的手，另外一只手搭上了黄逸飞的肩膀，带着他走出了柳絮的办公室。黄逸飞用另外一只手把杜俊搭在他肩膀上的手拨了下来，边往外走边对杜俊说："你知道你们老板跟我是什么关系吗?"

杜俊望着他摇了摇头。

黄逸飞说:"她是我老婆,换一种说法,我是你们老板的老公。"

杜俊点点头,轻轻地笑了,"哦"了一声,表示知道了。

黄逸飞说:"你在公司里是干什么的?等一等,让我猜一猜,是副总还是总经理助理?"

杜俊说:"副总。"

黄逸飞说:"不错。不介意的话,我们互相留个电话吧。你们柳总,嗯,怎么说呢?有时候很固执,你得劝劝她。"

杜俊接过黄逸飞递过来的名片,很认真地看了一遍,也掏出名片夹,抽出一张,想了想,还是用两只手捧着递了过去,说:"请黄总多关照。"

黄逸飞伸手在杜俊胳膊上拍了拍,说:"你不错。咱们后会有期。"这时已到了电梯口,两个男人便匆匆扬手告别。

在杜俊送黄逸飞离开公司的时候,柳絮憋在肚子里的窝囊气终于爆发了,她把门"砰"的一声关上,冲到那幅画面前一把就把它扯了下来,她用手去撕,没料到装裱过的锦绫柔韧性非常好,根本就撕不动,她立即把它往地上一掼,然后拿脚拼命去踩,好像还不解气,抄起办公桌上的一把剪刀,三下五除二地把那幅画剪了个稀巴烂。

这一切恰好落在了送人回来的杜俊的眼里,他轻轻推开门,正好看到了柳絮肩膀一耸一耸的背影,杜俊愣住了。他不知道柳絮干吗要发那么大的脾气。他觉得这时应该让她一个人呆着,便当作什么也没有看见的样子,轻轻掩上门,回到了自己的副总经理办公室,但屁股还没坐下,柳絮又把内线电话打了过来,让他过去。

柳絮已经平静多了,她让杜俊把那幅剪得稀烂的画拿出去烧掉,说:"刚才那个人是我小孩的爸爸,这是我和他仅存的关系。你知道他找我干什么吗?"

杜俊摇摇头。

柳絮说:"他想我为他组织一场艺术品拍卖会。"

杜俊说:"现在北京、上海那边的艺术品拍卖很火爆,我们这里好久没做过了。"

柳絮说:"你什么意思?"

杜俊刚想开口,电话响了。柳絮看了一下来电显示,原来是邱雨辰。她调整了一下自己的呼吸,这才拿起话筒,说:"等一分钟我给你打过来。"她把话筒用三根手指头轻轻拎着,慢慢地搁在电话机上,很认真地望了杜俊一眼,说:"我不想跟这个人搅到一块儿,你明白吗?你现在就去跟公司其他人说说,这个人如果再来,谁也不准理他。"说着朝杜俊挥了挥手。待杜俊离开之后,柳絮马上拿起话筒,把邱雨辰的电话反拨了过去。

邱雨辰说:"忙什么哩,我的大老板?"

柳絮说:"刚才姓黄的来了,把我气得够呛。算了,不说了。你呢,最近怎么样?"

邱雨辰说:"我被崽崽烦死了,这几天它兴奋得没有边,还张口乱咬人。"

柳絮嘻嘻一笑,说:"你要注意哟,它是不是在发情?你在网上看看,看狗发情都要注意些什么。它如果做出张口咬人的样子,就不能再一味地宠它,否则,它会爬到你头上,这叫欺主,得恩威并施才行。"

邱雨辰说:"公狗发什么情?要说它发情,每时每刻都会发情。"邱雨辰在电话那头短暂地笑了两声,补充道,"就像那些没有自控力的男人一样。"

柳絮也笑着骂了邱雨辰一句。黄逸飞带给她的不愉快一扫而光,她接着说:"可能你的说法比较专业。我没养狗,不知道这些玩意儿,不过最近我认识了一个人,他对狗的事知道得比人的事还多。一碰面,就跟我谈狗经。"

邱雨辰说:"是吗?谁呀?"

柳絮这才醒悟过来,她跟贺桐认识,还有人家老公一份功劳哩。好在她跟何其乐交往真的没有什么,也就大大方方地说:"你们圈子里的,省高院的常务副院长贺桐,知道吗?"

邱雨辰说:"知道,你跟他是不是很熟?要不,你帮我约他一下吧,我正好有件事找他。"

柳絮说:"行,哪天我约上了他,马上通知你。"

放下电话,柳絮想,何其乐介绍我认识贺桐,他自己的老婆想认识他,反而转过来要通过我。这意味着什么?

柳絮没有顺着这个思路往下想,但内心里确实充满了对何其乐的感激。她当然会竭力撮合贺桐与邱雨辰两个人见面认识,这样,大家要是熟了,就能结成一个经常聚会的小圈子,有了事,自然会互相关照。

关于她和何其乐一起和贺桐吃饭的事,要不要瞒着邱雨辰呢?

贺桐应该不会随便说,那么,说还是不说,只要跟何其乐统一一下口径就可以了,免得两个人的说法不一致,让邱雨辰瞎担心。

女儿格格有点不舒服,柳絮那天就没有让她上幼儿园,自己也没去公司,在家里陪她。格格说有点累,想躺在床上睡一会儿,等柳絮亲自到厨房里做好了饭菜去叫她的时候,却发现格格的脸红红的,一摸额头,烧得烫手。柳絮连忙叫小保姆红玉准备一下,马上就往省儿童医院赶。

一照片,说肺部已经感染。柳絮一听,急得眼泪在眼眶里直打转。这段时间禽流感闹得很厉害,柳絮就怕这个。医生面对柳絮的询问,说还得做进一步的检测,然后便开了一系列的单子。柳絮知道现在医院和医生的形象不佳——没有病看出病,小病治成大病,就连普通感冒也恨不得让你把医院里所有的检测手段、仪器设备都过一遍,不让你花个千儿八百的,好像显示不了他的医疗水平。可格格是自己的女儿,你除了乖乖地掏腰包,还能有什么办法?

格格怕打针,做皮试时哭了一场,打点滴时又哭了一场,这样一折腾,直到晚上七八点钟才慢慢消停下来,柳絮这才感到饥肠辘辘,连忙吩咐红玉去弄点吃的。

红玉是黄逸飞的远房侄女,初中没有读完就到了柳絮这里,柳絮怀孕生孩子一直就是她帮着照料,相处时间一长,两个人就有了感情。柳絮曾经动过念头,想让红玉继续去读点书,黄逸飞却不同意,说农村里的女孩子书读多了,眼光一高,心一野,高不成低不就,反而害了她。她年纪不大,家里已经替她找好了人家,到时候嫁了,随鸡随狗是她自己的命。柳絮不方便为这事和黄逸飞赌气,也就不再提这个话题。

红玉问柳絮要不要跟黄逸飞打电话,柳絮想都没想就摇了摇头,格格一边打吊针一边睡觉,已经安静下来了,叫他来干什么呢?她真的不想见他,看到他就烦。

但没过一个小时,柳絮却不得不亲自给黄逸飞打电话,让他赶紧来医院。

因为在这之前柳絮接到了杜俊的电话,杜俊说他刚接到贺小君的电话,贺小君找他借车,他妈妈死了,要赶回去奔丧。

一诚拍卖公司有三辆车子,除了柳絮开的那辆宝马,另外还有一辆别克凯越和金杯面包,金杯面包主要用来带竞买人看准备拍卖的房子或土地。那辆别克凯越,说是给杜俊配的,其实有一大半的时间都是别人在用,用的时候还得把车洗好把油加满。

能够开口找公司借车的,都不是什么随便的人,大多是以前做业务时混熟了的法院里的朋友。不仅一诚公司是这样,别的拍卖公司,也大多有一辆或几辆这种车。

柳絮接杜俊电话时跟他做了交代,让他陪贺小君去一趟。死人是白喜事,也是要送礼的,柳絮让杜俊封一个像样点儿的红包。

电话刚挂,柳絮转念一想,觉得自己亲自去一趟可能更好一点。早就听说贺桐跟他姐姐感情很深,今天晚上肯定会往老家里赶,如果不期在那儿碰到,那效果比一个单纯的红包要好得多,而且,贺桐的同事今天晚上去的可能性比较小,柳絮也就用不着担心碰上省高院的其他熟人。这个细节很重要,你跟贺桐关系近,只要你们两个人心里有数就可以了,没有必要搞得像司马昭之心。要是那样的话,贺桐今后帮你反而会有顾忌。

没想到黄逸飞的手机关机了。

柳絮看了看安安静静睡着了的格格,再次打通了杜俊的电话,问贺小君的老家离城里有多远。杜俊说路倒是不远,来回就一百多公里,但其中有一半是山里的土路。柳絮让杜俊把车开到医院来接她,她跟他一起去。杜俊那边支支吾吾了一会儿,换了接电话的人,自报家门说他是贺小君,柳总的心意他领了,人就不用去了,否则,他会很过意不去。柳絮让杜俊听电话,柳絮说:"你把车开过来吧,这一趟我是非去不可的。"

过了半个多小时,杜俊和贺小君直接上了输液室,杜俊还给格格买了一大堆吃的和玩的东西,柳絮把手机呼叫转移到杜俊的手机上,再把手机交给红玉,让她这边有事赶紧打电话。

贺小君仍然坚持不让柳絮去,柳絮说:"别浪费时间了,我们快点走吧。"边说边望了杜俊一眼。

杜俊只好边摇头边对贺小君说:"算了,你就听柳总的吧。"

一见到柳絮要走,刚刚醒来不久的格格嘴唇一撇一撇的,使劲忍着不让自己哭出声来,眼泪珠子却没忍住,吧嗒吧嗒地往下滴。

柳絮鼻子里酸酸的,伏下身来在格格额头上亲了亲,说:"乖女儿,妈妈有事要出去一会儿,红玉姐姐会在这里一直陪着你。妈妈办完事,马上就回来,噢。"

格格哽咽着,轻轻地抽泣着,说:"爸爸呢?"

柳絮说:"你爸爸在外地出差,今天不能来,他出差回来一定会给你买好多好多礼物的,你爸爸最爱格格了。格格呢?是最乖最勇敢的孩子,对不对?"

格格使劲地点了点头。

柳絮直起腰来,头也不回地出了输液室。

一路上大家闷闷的,谁也不怎么说话,下国道以后,路一下子变得难起来,汽车像醉汉似的摇摇晃晃地向前开。

杜俊的手机突然响了。柳絮抓过来一看,见不是自己的手机号码,这才嘘了一口气。号码很陌生,柳絮把手机递给杜俊,说:"是你的吧?"杜俊正在开车,看了一眼号码,就把手机摁掉了。柳絮说:"干吗不接?"杜俊说:"没什么事,懒得接。"

过了一会儿,手机又响了,这回是杜俊拿起了手机,他等它响了五六下,这才接了,不等对方说话,赶紧说:"我在开车,晚点给你电话。"

柳絮说:"谁呀?"

杜俊说:"一个朋友。"

柳絮一笑,说:"你这不废话吗?"

杜俊说:"找我借钱的,已经来过好几次电话了。这个社会,谁敢借钱给别人?"

贺小君一路上闷声不响,这时忍不住插话,说:"是呀,借钱给别人还不如送钱给别人,朋友之间有了借贷关系,这朋友的缘分也就差不多到头了,所以,还不如干脆送给他,你不指望他还,他对你多少还有点感激之情。而且,一般来讲,他不会找你第二次开口,他也得要面子呀。反过来说,他如果不自觉,老把你当取款机,你拒绝他就可以理直气壮。"

杜俊说:"找我借钱的就是这种人,所以我懒得理他。"

柳絮说:"看你的表情,好像不是那么回事哟。"

这话惹得贺小君看了柳絮一眼,说:"杜俊你完了,柳总开始怀疑你了。"

杜俊说:"你别挑拨离间。柳总才不会怀疑我哩,我各个方面的表现都是很不错的,对吧,柳总?"

柳絮假装生气了，说："好好开你的车。"

贺小君的老家在半山坡上，还隔很远，就能看到灯光，听到哀乐。有时候山路拐了个弯，灯光看不见了，哀乐却听得见，那是从喇叭里放出来的。另外还有做道场的响器，以锣鼓和唢呐为主，柳絮他们的车子好不容易爬上屋前的禾场，音响马上就停了，换成了人工的吹拉弹唱。

柳絮老早就看到了一辆印有法院字样的奥迪，想，那应该是贺桐的车，他可能在他们之前就已经到了。

果然，柳絮刚一下车，贺桐就从摆放棺材的大棚里迎了出来，他披麻戴孝，来到柳絮面前，作势要单腿往下跪，柳絮连忙跨前一步扶住了他左边的胳膊，杜俊和贺小君也慌忙上前，扶住了贺桐右边的胳膊，高高大大的贺桐被三个人架着，总算没有跪下去，他改成抱拳的姿势，分别向柳絮和杜俊拱了拱。

贺小君这才急急地转身，朝棺材直奔过去，扑跪在棺材上，先是抽泣，终于"哇"地哭出了声。半晌，才抬起头来，眼睛早已红了，脸上挂着泪珠和少许鼻涕，他抬起胳膊用袖子胡乱地往脸上擦了一把，这时早有人把孝服捧着递了过来，贺小君抽泣着把行头套上，这才在母亲遗像前烧了三炷香，又跪回到跪垫上磕了三个响头。

柳絮和杜俊前后也烧了香，在跪垫上跪下，分别磕了三个头。然后，柳絮把杜俊拉到一边，要了他准备的礼包，问了数量，在僻静处打开身上的挎包，添足了五位数，来到写祭礼的地方。

管账的是一位五十来岁的男人，精瘦精瘦的，还戴着一副黑框眼镜，他接过礼包时在座位上向柳絮和杜俊分别躬了一下身子，当着他们的面吐了点口水在右手拇指上，一五一十地点了。柳絮这才弯下腰，在祭礼簿上按照前面的格式，分别用大写和小写写了数额，写完之后停顿了一下，思索着该怎样留名。留公司名不妥，留自己的名字也不妥。想一想，还是在前面写了一个柳字，打了一点，再写了一个杜字。

坐在管钱的男人旁边的是个女的，四五十岁，也是一副很精明的样子，早已从椅子下面的纸箱里拿出了两副黑纱和两包烟，分开了，递给柳絮和杜俊。柳絮和杜俊忙把黑纱戴上，两个人都不抽烟，便把烟退了回去。

贺桐请他们两位进屋去喝茶，柳絮这才有工夫打量贺小君老家的这所房子。

她不禁暗暗地吃了一惊，那是两间简易的小土房，房里除了一张床和一个没有上油漆的衣柜，剩下的就是一张桌子几把椅子。家里唯一的电器是摆放在桌子上的一台彩电，十七寸，里面的节目甚至都看不真切，因为画面老在那里不停地翻滚，好像里面的人都在打摆子。

亲弟弟在省高院当副院长，亲儿子在城里的银行工作，贺家怎么会这样穷困潦倒？

已经大半夜了，往来的人不是很多，贺桐、贺小君就在放了床的那间屋里接待柳絮和杜俊。

贺桐说："早就要接她到城里去，她死活不肯。有了病也不治，舍不得花钱。我对不起她呀，她得的是乳腺癌，早发现早治，不至于这么快就走的。"

说得贺小君眼睛红了，说："我妈这辈子真的命苦。"

贺桐在侄儿背上拍了拍，动嘴想说什么，却什么也没有说。

柳絮和杜俊也就点点头，劝他们节哀。

几个人默默地坐了一会儿，杜俊见柳絮望了自己一眼，马上起身说："贺院长、小君，我和柳总可能得告辞了。柳总的女儿这时还在医院里打点滴，还不知道是不是禽流感。"

贺桐赶紧起身，紧紧地盯着柳絮看了一会儿，伸出两只手把柳絮的手握着了，偏着头对贺小君说："小君，你知道柳总小孩病了还让她来？你怎么这么不懂事？！"

贺小君正要辩解，话头被柳絮抢了过去，说："不关小君的事，是我要来的，小孩子在医院，有医生和小保姆照顾，不碍事的。"

贺桐仍然握着柳絮的手不放，把脸转过来，正对着她，说："我什么话都不说了，你们快点走吧。小杜，是你开车还是柳总开车？山路不好走，小心一点。"说完，松开一只手在柳絮的胳膊上拍了拍，这才把另外一只手放下。

杜俊的房子是公司租的，两室一厅。像大多数男人独住的宿舍一样，那儿永远是凌乱的，脏的，空气中弥漫着一股说不出来的味道。没过多久，情况有了改观，那里多了一套柳絮的洗漱用具。

杜俊比柳絮小五六岁，一诚拍卖公司成立不久就到了公司。柳絮没有兄弟姐妹，也不想从人才市场随便招人。可是，没有人，公司的架子就立不起来，你总不至于里里外外一把手、一个人唱独角戏吧？要那样，别人怎么敢把几百万几千万的业务给你做?

要请人就得花钱,黄逸飞的一百万倒是很快进了账,柳絮租房子买办公用品花的就是那笔钱。一开始,柳絮茫无头绪,仅仅知道业务在哪里,便通过朋友请法院的人,请银行资产管理公司的人。那些被请的人呼朋唤友的,常常是一大桌子人,主人认识的反而没几个。柳絮不敢怠慢,一个一个地派名片,有几次发现客人嘴一抹走了,名片却留在桌子上。

票子像水一样地花着,柳絮心里多多少少有点发虚。上大学时被黄逸飞的甜言蜜语泡着,现在开公司完全是逼上梁山,那情形就像初次下水的鸭子,只知道兴奋地瞎扑腾,心里却免不了一阵一阵地发虚。这样过了一两个月,一点效果也没有,心里就更急了,只好找邱雨辰商量。邱雨辰很不简单,在柳絮结婚生孩子的时候,却跨专业自学法律考上了律师,与人合伙开了家律师事务所,等于先柳絮一步进了市场。

邱雨辰让她先沉住气,既然已经下了水,当务之急就是摸清水的清浊深浅,只当是投石问路、交学费。邱雨辰根据自己的从业经验,也觉得刚开始没有必要把声势做得太大,必须精兵简政,赚了钱再滚动发展。拍卖公司是中介服务机构,从委托方那里拿业务,再想办法找买家把东西卖出去。这两个环节哪个重要?都重要。但首先得有委托,拿不到委托你卖什么?对于新公司来说尤其重要,因为你没有业绩,就得完全靠关系,有些关系是原来就有的,比如说老乡关系、同学关系、战友关系等,有些关系必须重新去建立,这就离不开公关人才,邱雨辰跟柳絮打气,说:"你柳絮本身就是人才,这个社会美女吃香,男人吃这个。"柳絮不同意这种说法,她办公司可不是给别人吃的。邱雨辰说:"我也不想让你被别人吃掉,所以,除了你自己,你得找一个老成持重又会来事的人。"

这样的人太难找了。要能干,吃得开,还得靠得住,把握得了。

杜俊就是在这个时候被柳絮看中的。

那天跟邱雨辰谈话是在一诚拍卖公司进行的,柳絮把她请过来看新装修的公司,顺便聊公司的事。中间邱雨辰接了个电话,电话里面的人有份什么材料要请她签字,她讲了地址,让他上柳絮的公司来。

那个人就是杜俊,他那会儿大学刚毕业,在邱雨辰的律师事务所当见习律师。

杜俊个子高高的，长得有点像陆毅，看起来像是那种阳光灿烂的男孩子。

柳絮要给杜俊泡茶。杜俊说他自己来，先是很乖巧地为邱雨辰续了水，然后又来为柳絮续水。柳絮没有想到，他在把她的专用杯子递过来的一瞬间，会用他的手指头在她的手指头上轻轻地滑那么一下。

一切都在一瞬间完成。

柳絮当然分辨得出来，那不是两个人肌肤的简单相亲。

奇怪的是，柳絮心里突然生出了一种酥麻的感觉。

杜俊拿到了邱雨辰签字的文件，很快告辞走了，邱雨辰说："我是特意让你看看的，怎么样？"

柳絮说："你什么意思？"

邱雨辰说："瞧你，脸都红了。咱们都认识十几年了，你心里那点小九九我还不知道？还用得着装傻？我替你考察过了，这家伙很有潜质，不是你，我还舍不得哩。"

柳絮向邱雨辰眨了眨眼睛，说："舍不得是什么意思？是不是想自己留着用？"

邱雨辰扑过来胳肢着柳絮，说："你这个没有良心的，不是你向我求救吗？小伙子不错，可以帮你解决很多问题。"

柳絮说："你太别有用心了吧？找个帅哥把我拖住，免得我去勾引你老公。"

邱雨辰说："我那老公我就看不出有什么好，你要真喜欢，我赠送。我还保证把你扶上马，再送一程。"

柳絮说："送到哪里？送我上西天吧？"

邱雨辰一笑，说："你就想着上西天，上西天取经。"

柳絮说："你怕我太辛苦，就派个人来给我传经送宝？"

邱雨辰说："你求之不得吧？"

柳絮："你什么意思？"

邱雨辰说："得了得了，咱们别打嘴巴仗了。听我的话，别跟自己过不去。这个社会，一个人干不了什么事，得整合资源。小伙子不错，先把他弄进来，男女搭配，干活不累。听我的话，没错。"

柳絮怕控制不了杜俊。

邱雨辰说："你是老板呢！你是怕他骑在你身上，还是怕他骑在你头上？"

两个女人很放肆地笑了。

柳絮想想也是。

拍卖业务牵扯到很多法律关系，一不小心，就会陷到是非纠纷里去，弄得官司缠身。杜俊是学法律的，为公司规避风险是他的强项。柳絮原先对公司运作没有底，有了杜俊把关，心里慢慢踏实多了。其次，做拍卖业务，说到底，还是得争取委托方的信任与支持，请客吃饭是免不了的。有时候还得请人唱歌或者洗澡，这种场合柳絮便有诸多不便，这时杜俊便能派上用场。杜俊刚出校门，也没有什么经验，但这种事难度系数不高，陪几次，也就很快上路了。

最让柳絮满意的是杜俊的酒量，该柳絮喝的酒，基本上都让他给挡了，实在挡不过，杜俊也早有安排，他的包里永远放着保肝醒酒的药，吃饭之前，总是安排柳絮先偷偷地把药吃了，或者喝一杯牛奶。杜俊轻轻地对柳絮说，牛奶得一大杯一大杯地喝，让它挂满整个胃壁，才能形成保护膜。另外，杜俊有时候甚至干脆买通了服务小姐，这样，别人喝的是酒，柳絮喝的可能就是矿泉水。杜俊默默地做着这一切，从来不在柳絮面前邀功请赏。打从他进公司以后，就再也没有轻佻过，他看柳絮的眼光总是躲躲闪闪的，让她怀疑他们第一次见面时，他是否真的用一根手指头轻轻地撩拨过她。

杜俊喝酒从来就没有醉过，他也不会把人往醉里灌，能够有七分醉意就行了。三分醉，大家会矜持，等于没打开局面；五分醉，大家会讲狠斗气，万一掌控不好，就会适得其反，犯方向性的错误；七分醉，正是要高不高、似醉非醉的时候，大脑意识一模糊，大家就不分彼此了，就可以相互勾肩搭背、称兄道弟了，有求于人的柳絮和杜俊，要的就是这种效果。这种效果还可以让请客活动可持续发展，对于你接下来安排的活动，客人大都会乖乖地服从。

柳絮发现，杜俊不管喝多少酒，总能保持清醒的头脑，时刻不忘对客人溜须拍马，而且总是非常到位。举个很简单的例子，他总是能察觉身边最重要的客人会动筷子夹什么菜，然后动手移动转盘，把那道菜转到他面前，而如果客人夹了一块鸡肉，他会知道应该等上几分钟便为他递上一根牙签，以供客人剔剔牙缝。

两个人的性爱故事到底还是以一种老套的方式开始了。

那天柳絮在家里和黄逸飞吵了架，一个人开车去了红枫路酒吧一条街，用一瓶芝华士把自己灌得酩酊大醉。她是在自己还没有完全稀里糊涂之前给杜俊发的信息，以后就什么都不知道了。他们是第二天中午十二点左右才发生性关系的。柳絮睁开眼睛，发现杜俊坐在床头看她，旁边是一盆凉水，杜俊见她醒来，马上把盆里的毛巾拧了拧，让柳絮自己洗了一把脸。杜俊说："你一定还有一点头晕，让我替你按一按吧。"不等柳絮回话，便马上半跪在床头为柳絮按摩太阳穴。

柳絮没有动，把眼睛轻轻闭上了。杜俊的手轻柔舒缓，好像生怕弄疼了她。不知不觉地杜俊的手慢慢下滑，越过她的脸颊，在她细长的脖子上徜徉，柳絮禁不住轻轻地娇喘起来，她突然一下子坐了起来，拨开了杜俊的手，说："我是你什么人？"

杜俊愣了一下，很快微笑了，用第一次见面时那种半眯缝着的眼睛望着柳絮，用略带沙哑的磁性中音说："你是我的老板，永远是，除非我表现不好，让你不满意。那样的话，你可以随时炒我的鱿鱼。"杜俊真是一个行家里手，知道什么地方可以一笔带过，什么地方该面面俱到，什么地方必须重点突出。

柳絮感觉到自己浑身的毛孔像早晨水塘里吮食露水的鱼嘴似的张开了，发出了无声的、饥渴的呼喊，她想将杜俊一把推开，却觉得松软无力，她的眼泪一颗一颗地流淌下来，把那张俏丽的脸打得湿漉漉的。杜俊仿佛犹豫了一下，旋即俯下身子，先是用颤颤抖抖的手，接着是柔软的舌头，把那些有着淡咸味的泪水抹干了，舔干了。柳絮像溺水者似的抓住了杜俊的胳膊，整个身体颠簸起来，像一叶在风浪中乘风破浪的扁舟，终于被推波助澜的杜俊送上了快乐的彼岸。

不过，柳絮却常常为自己的行为而自责，不知道干吗要表现得那么淫荡，好像干渴了一辈子的禾苗，终于得到了雨露滋润似的。柳絮生怕杜俊因此看轻了她，每次事毕，总是一言不发地穿好衣服，然后匆匆开车回家，她的这种冷若冰霜一直要持续到第二天，等到她跟杜俊见了面，发现他跟平时并没有两样，她那颗悬着的心，才会慢慢地放下来。

柳絮把跟杜俊的关系看成是两个人的秘密，她从来没有想过要跟他有个什么结果。

所以，当黄逸飞跟柳絮提出来要做一场艺术品拍卖会的时候，她把杜俊支开了，派他到北京学习了整整一个半月。

后来，公司的业务慢慢地做起来了，人手也在不断地增加。杜俊的表现一直让柳絮十分满意。人前,他是她的副总,是一个尽职尽责的优秀的员工,总是把手头上的工作做得无可挑剔。人后,他是她秘密花园的义务园丁,替她施肥浇水剪枝除草,把她打理得枝繁叶茂,羞答答的玫瑰静悄悄地开。

在杜俊那里,两个人从来不谈公司的事。但这一天有点意外,两个人刚做到一半,杜俊的手机响了。柳絮示意杜俊不用去管它,但手机一直锲而不舍地响着,好像和他们两个人较上了劲,终于弄得杜俊半途而废了。等手机停了再次响起的时候,柳絮也早已坐起来,用探寻的眼光看着杜俊接电话。杜俊接完电话把手机往床上一扔,说:"情况不妙,信达资产公司给金达来拍卖公司写了一封公函,向省高院推荐他们,让他们做流金世界的拍卖业务。"

柳絮紧盯着杜俊,问:"谁给你来的电话?"

杜俊说:"一个朋友。这不重要,重要的是金达来公司走到我们前面去了。"

柳絮说:"我们必须赶紧约曹局长或者贺院长。"

柳絮先打曹洪波的电话,关机。这个曹洪波越来越谨慎了,下班时间一般都不开手机,就在家里耗着。别人笑他,他还得意,说什么不会陪老婆的男人不是好男人。他曾经有个著名的观点,说对老婆要像对情人一样,对情人要像对老婆一样。只有做到两个一样,才能做到外面的家和里面的家一样,才能彻底消除内忧外患。

柳絮怕太晚了跟贺桐打电话不方便,便让杜俊通过贺小君找他,看他休息没有。过了不到十分钟,柳絮的手机响了,是贺桐打来的,贺桐说他这会儿在北京,明天回来,是中午的航班。

贺桐在电话里停了一会儿,说:"柳总明天有别的安排吗?"

柳絮看了杜俊一眼,一边沉吟着一边躲进了卫生间,装着吞吞吐吐的样子,说没有。

贺桐说:"不知道柳总方不方便?如果方便,能不能麻烦柳总亲自到机场跑一趟?"

柳絮马上说好好好。

接下来,两个人都没有了把事情做完的兴致。

柳絮从卫生间出来,一副若有所思的样子,她默默地穿戴整齐了,回到卫生间去照了照镜子,然后拿起包,这才朝杜俊点点头,说:"我走了。"

杜俊一直呆呆地坐在床上,这时赶紧说行,又像突然想起来似的,补充说:

"如果贺院长问起来,就说我们有了买家。"

柳絮的手本来已经摁在了门把上,听了这话,停住了,转了转身,说:"怎么回事?"

杜俊说:"八字还没有一撇,所以,我也就没有跟你汇报。不过,这个人很有来头,应该不会有什么问题。"

柳絮认真地看了杜俊一眼,又点点头,拧开门,轻轻地下楼走了。

第四章

刚才给杜俊打电话的人名叫柳茜。

这个与柳絮的名字仅一字之差的女人，与杜俊同岁，他们是上大学的第一天认识的。从火车站去学校，两个人坐的是同一辆校车，而且是最后一排。

柳絮前脚出门，杜俊后脚就从床上爬了起来。他怕柳絮转身回来，便把防盗门从里面锁死了，这才拿起手机把电话反拨了过去。

柳茜马上接了电话。杜俊问她在干吗。她说没干吗，我在和自己打赌，看你会不会过来。杜俊说，结果呢？柳茜说，会，因为你是一个事业心很强的男人。杜俊说，你干脆说我是个财迷不就得了？柳茜说，废什么话？我就不值得你来看吗？不等杜俊回话，柳茜啪的一声把电话撂了。

杜俊早已习惯了和柳茜这种怄气似的对话。他穿戴停当，对着镜子照了照，打开冰箱，抓了一大把枸杞子，然后就下楼了，一边走一边一颗一颗地把枸杞子往嘴巴里送。

三年前，开始到外面找工作的大四学生柳茜，在一百万人民币和杜俊之间选择了前者。包她的是一个在深圳做房地产生意的台湾老板，姓宋，除了矮一点胖一点脸黑一点，似乎也不那么让人讨厌，可以称得上温文尔雅，甚至还有一点幽默感。谈到为什么是一百万而不是两百万，或者是五六十万，宋老板用闽南腔普通话说了七个字，长相决定待遇啦。柳茜在宋老板规定的二十四小时以内想清了这件事。她从来就是一个敢做敢当的人，不想不明不白地就那样走了，觉得还是应该跟杜俊见一面，把该谈的话谈清楚，也算是对两人差不多四年的感情做个交代。

柳茜去深圳找工作的那半个月，杜俊隐隐地已经感觉到了什么。柳茜从深圳回来没有通知杜俊，她是突然出现在他面前的，那时他正在宿舍旁边的文印室复印求职资料。他们在校外合租的房子已经退了，但学校周围到处都是招待所，开间房也就几十块钱。杜俊没想到柳茜会拒绝。他想跟她亲近亲近，也被她腰肢一扭推脱了。杜俊见她的样子不像是撒娇，心里多少明白了一些，脑袋却一下子木了，没有任何抵抗，他像梦游似的被柳茜带到了离学校两站路的必胜客。

毕业之前，大学生一般要忙两件事，第一件事当然是找工作。第二件事，分两种情况，从未谈恋爱的抓紧时间随便抓个人恋爱一把，已经在谈的则抓紧时间分手。

到了必胜客，只剩下一张四个人的台子，杜俊想跟柳茜坐在一排，柳茜不同意，把他推到了对面。柳茜说："我在跟你说话的时候，希望能看着你。"

杜俊已经有些反应过来了，说："不是谈话，是谈判吧？"

柳茜说："我们之间没有什么判可以谈，我只是把一些话说给你听。"

杜俊飞快一笑，鼓起劲幽了一默，说："我要不要去卫生间洗洗耳朵？"

柳茜说："等听了我的话再去洗吧。"

但是，到了真说起来的时候，她自己倒先低了头，不到一分半钟就把事情说完了。

杜俊倒是一动不动地盯着她看，直到她说完了之后好几分钟，还是什么话也没有说。然后，他抬头望着天花板，足足望了两分钟，突然一笑，站起来把手伸给她，邀请她一起去盛水果沙拉，柳茜犹豫了一下，同意了。他们以前吃必胜客，这是必备的节目，柳茜总有办法让那些水果沙拉在碟子里越堆越高，越堆越多。

开始吃东西以后两个人仍然没有说话。过了半晌，还是杜俊先开口，他抬头问柳茜："等下去哪里？"柳茜说："回寝室收拾东西。"杜俊说："为什么不告别一下？"柳茜说："这就是告别。"杜俊说："男人和女人的故事真正的开始是在床上，真正的告别也应该在床上。"柳茜说："这是你的方式吧？对不起，我不能奉陪。"杜俊说："你就那么绝情？"柳茜说："不是这个问题，你没看到我这一身行头吗？这手机，这谢瑞麟钻戒，这LV的包包，还有这香奈儿牌的衣服，还有我用的香水也是香奈儿，这一切，包括一张银行卡，都是他的首付款。他跟我一起来的，现在就在黄金大酒店的商务套房里等我。即使他不来，我想我也必须遵守最起码的做人操守，现在坐在你面前的已经不是你的什么人了，是被别人买了的一件东西，我们一起呆了四年，你不觉得应该保持它的纯洁性吗？"杜俊说："你认为这个价格很高吗？"柳茜说："还可以啊，其实，我没想那么多。我只知道，你出不起这一百万。实际上，你的工作都还没有着落。"杜俊说："钱还有你身上的这些玩意儿，对你来说，真的那么重要吗？"柳茜说："那行，我们换一种方式说话，如果这时有个女的愿意用同样的价格包你，你会怎么做？"杜俊说："我不知道。"柳茜说："是的，你不知道。你还不知道另外一个问题，就是你会爱我多久。没有面包，谈什么鸡巴爱情？"杜俊哈哈大笑，他的笑太突然，声音太响，惹得满屋子的人都朝他们看。柳茜顺手递给他一张餐巾纸，问他笑够了没有。杜俊立即止住了笑，说："我们认识这么多年，这是你说的第一句粗鄙话，真是经典，我会记一辈子。鸡巴爱情，哈哈哈。"

那次见面最终还是不欢而散。柳茜在掏钱准备埋单的时候被杜俊挡住了，杜俊说："修复处女膜的费用太高了，我有点承受不起。今天就不要AA了，把这几十块钱的尊严留给你的前男友吧。"听了这话，柳茜马上起身跑了。

这以后，柳茜去了深圳，杜俊进了邱雨辰的律师事务所。

杜俊没想到柳茜还会来找他。

那次见面的地方仍然是那家必胜客。

柳茜刚一坐下，就让杜俊替她看包，独自一个人去盛了一盆水果沙拉。杜俊一直注视着她，看她去的时候腰怎么不露痕迹地扭出风情，回来的时候望他一眼，怎样巧笑盼兮。然后杜俊的目光落在了柳茜手中浅浅的盆子里。柳茜侧身坐下之后轻轻地笑了，说："看到了没有，这就是二十四岁的女人跟二十一岁以前的女人的差别，能吃多少就盛多少。"

杜俊说："你忘了我，你是一个只顾自己的人。"

"你什么时候学会动不动就批评别人了？对于男人来说，这算不上一种优良品德，而且，我的记忆不会错，你是不吃水果沙拉的，你说你讨厌这种黏糊糊的东西。"

"我们三年没联系没见面了，一千多天，可以改变很多东西。何况，我可能更看重从你盆子里挑东西吃呢?"

"以前吃东西都是我喂你,你已经学会从别人盆子里抢东西吃了吗?看来你进步蛮快呀。不过,这句话是不能随便乱说的,我现在自由了,以前我为别人活着,从现在开始我要为自己活了,你不怕我重新爱上你吗?"

"我替自己的魅力感到无比骄傲。亲爱的柳茜同学,你比我混得好,我怕什么?你是个有面包的女人。实力决定态度啦。"

"你的闽南普通话说得不怎么样。所以,一点也不幽默。"

"关键是你听懂了。"

"你对那件事,真的还那么耿耿于怀?"

"你认为我像耿耿于怀的样子吗?"

"我有点矛盾,既希望你有点儿耿耿于怀,又希望你不要心存芥蒂。"

"开个价,你想要我怎么样,我就怎么样。嗯,比如说……让我们重新开始谈一场鸡巴爱情。"

"你什么意思?"

"这是你的经典词,你忘了?我可没忘。三年前,你就是在这里说的。什么叫鸡巴爱情?就是鸡巴加爱情的意思,对吧?"

柳茜杏眼圆睁,刚要发作,又忍住了,旋即一笑,又故意把头一扭,留给杜俊一个后脑勺,说:"凭你这样儿,一看就没操练到家,这几年,你都怎么混的?你认为我们这样斗嘴有意义吗?你难道真的害怕我缠着你与你鸳梦重圆?"

杜俊被柳茜呛得哑口无言,想一想觉得也是。

柳茜倒是非常大方,她不跟他计较,还邀请他到她住的地方去叙一叙。

那是这座城里有名的白领公寓,七八十平方米的复式结构,收拾得干干净净。参观了底下的厨房客厅,两个人一起上了楼上的卧室。柳茜大大方方地告诉杜俊,这是她以前的买主那个宋老板额外赠送的,他对两个人的履约情况非常满意。此外,他在这边有业务,需要经常过来。不过,他没有房间的钥匙,他过来以后能不能住在这儿,得尊重柳茜的意见,而且必须提前三天预约。柳茜对杜俊说,所以你用不着紧张。杜俊反问柳茜,说:"我看起来很紧张吗?"柳茜说:"不,你看起来很老实,希望实际情况不是这样,三年时间,我想你多少应该成熟一点了。男人就应该这样,广东有句俗话,叫扮猪吃老虎,愣头青才锋芒毕露,成熟的男人应该用笨拙掩盖精明,用木讷掩盖虚伪,这样才有足够的生存力。当然，我们之间用不着这样。"

杜俊说："那应该怎样？"

柳茜说："我对你一直非常坦诚，你想一想是不是这样？"

杜俊想说，是又怎么样？不是又怎么样？但话到嘴边，又忍住了，做出傻傻的样子，冲着前女友更加俏丽、更加妩媚的脸蛋儿一笑。

那次他们并没有马上做爱。本来杜俊是想要的。三年前，柳茜不过是个美丽清纯的少女，现在，她仍然是一副少女装扮，但举手投足、一颦一笑之间，夹杂了一股说不出的风情，仿佛具有一种不可抵御的磁力。再说了，她不仅有房有车，还见过了世面。原来的青苹果已经熟了，白里透红，与众不同。而他，什么都没有。她难道真的会缠着他不放？对于一个未婚男人来讲，用得着有心理负担吗？爱情死了，性欲还在。没有爱，所以做爱。一个本来就一无所有的男人能失掉什么？一点点精液，一点点碳水化合物，"逗号"，而已。

柳茜让他搂让他亲，但在他动手扯她的裤子时，他的手被重重地打了两巴掌。杜俊装出一副弱智的样子，问为什么。柳茜说不为什么，就是不让你搞，你以为你有多大的魅力，是女人都想跟你上床？

杜俊没有想到，他还是被口口声声夸耀自己非常坦诚的柳茜蒙蔽了，她那次不同意做爱，不过是因为她前一天才开始来月经，而且量还比较大。

柳茜告诉他，她回来是想在 N 大学读 MBA 研究生。

杜俊马上就想到了伍扬。更重要的是这样一来他跟柳茜交往便没有了任何心理负担。

等柳茜了解了情况，笑了，表示愿意为他牺牲一次色相。杜俊说："说清楚了，我可没让你去跟他干什么。"柳茜说："别那么虚伪好不好？你摸着良心问一问自己，你如果真的很在乎我，不会把这个任务交给我。我的态度是，闲着也是闲着，一切听其自然。你这边，这次我不收钱，算是还你一个人情。"

宋老板真是一个眼光很毒、懂得物有所值的商人，他的一百万不是白花的。柳茜要身材有身材，要长相有长相，要风度有风度，甚至要谈吐有谈吐，要修养有修养，还开着自己买的飞度，伍扬又不是太监，没几个回合，就上钩了。

柳茜经常跟杜俊见面或者打电话，把和伍扬交往的情况藏头去尾地告诉他。杜俊心里怪怪的，搞不清自己是一种什么感觉。但两个人见了面，酸溜溜的表面文章却不能不做，他暗想，也许柳茜喜欢他那样。

刚才接了柳茜的电话，杜俊便开始埋怨自己，觉得行动太迟缓了。在金达来公司以先入为主的方式已经跟进的情况下，他们要挤进去，就成了抢别人的饭碗，或者是企图与别人分一杯羹，至少在信达资产公司这一边是这样，等于一开始，就落在了别人后面。

柳茜倒不这么看，她认为目前这个结果是肯定的，她已经搞清楚了，伍扬的老婆叫金顺喜，确实是个韩国人，金达来拍卖公司有她百分之四十五的股份。

杜俊说："真的吗？伍扬不会这么傻吧？老婆是金达来拍卖公司的股东，他把业务给金达来拍卖公司做。如果纪委和检察院的人要查他，还不一查一个准？"

柳茜说："如果金顺喜是金达来拍卖公司的股东在先，伍扬娶她在后呢？是不是就情有可原了？伍扬这样做还有一个理由：如果他不这样做，他从哪里拿钱？金达来送钱给他，他拿了，百分之百就是受贿。现在呢？拿钱的是他老婆，而且是股份的红利，跟他起码没有直接关系。伍扬告诉我，上次信达资产公司讨论给省高院写推荐信时，他主动申请回避了。"

杜俊说："对，他可以这样跟他的同事说，金达来拍卖公司是我老婆和别人合伙开的，写不写信向省高院推荐他们，我就不参加讨论了，你们看着办吧。这不他妈的哄小孩吗？"

"听你这么说，好像是有问题哟。要不然，我跟伍扬说说，让金达来拍卖公司就别参加了，直接委托你们做？"

"你跟伍扬的关系到了什么程度？他肯这样做？"

"你搞清楚了，做事要替别人考虑才能达到自己的目的。这个提议，就是在替他伍扬考虑。因为对于伍扬来说，位置比票子更重要。我想，他太需要为自己树立廉洁奉公的形象了，至少可以避嫌吧。至于他那一份，派个人在你们公司拿提成就是了。"

"谁？你？"

"我不行吗？如果伍扬都相信我，你不至于不相信我吧？再说了，我多少知道点行规，要找你拿钱也是在你们赚到了钱之后。又再说了，这钱又不归你出，你心疼什么？噢，对了，听说你老板也姓柳，长得像电影明星似的，你跟她不会有一腿吧？"

"你别胡说八道。我倒是想，可人家愿意吗？俗话说，兔子不吃窝边草。"

"俗话还说好马不吃回头草哩。再说了,谁是兔子谁是草呀?这是一个多元化的时代,一切都讲究互动,有时候兔子就是草,草就是兔子。"

"你这话有启发意义,我这种人就是太善良了。"

"你这话是什么意思?你不仅善良还很天真烂漫哩,那我呢?难道我是女魔头,在逼良为娼?"

"倒没有那么严重,最多就叫毒害青少年。"

"这次一回来,我就发现你油嘴滑舌、厚皮老脸,我不揭穿你也就算了,在我面前,用不着老麻皮装纯情。"

"行了行了,我投降。"

"投降也不是真心的。"

"好好好,我的真心早让狗吃了,怎么样,这总行了吧?"

柳茜叹了一口气,伸手在杜俊胳膊上使劲拧了一把。

柳絮将车泊在机场候车坪里,那个车位正好处在当地一个著名白酒品牌的广告牌下。她没有下车,但给贺桐重复着发了三次信息,告诉了他她的车牌号码和泊车位置。

这使柳絮的接机行为一下子具有了暧昧的意味,像地下党的活动似的。

柳絮主要是怕碰上她和贺桐共同的熟人。她不得不替贺桐考虑,怕他会有什么顾忌。

飞机准点到达。过了大概二十分钟,柳絮透过车窗玻璃看到了向她走过来的贺桐。

就贺桐一个人,这使柳絮的心怦地跳了一下。按照常理,法官是很少一个人出差的,何况贺桐还是副院长,他应该至少有一两个随行人员。

就在贺桐快到车子跟前的时候,柳絮从车上下来了,绕过车头走到贺桐跟前,想接过贺桐的行李箱。贺桐笑笑挡住了她,亲自把它在尾厢里安顿好了,见柳絮朝他笑盈盈地伸着手,便不好意思地把自己的两只手拍拍,好像刚才放行李时把手弄得多脏了似的,这才把双手一齐伸过来,把柳絮的手握住了。

两个人上车后仍然没有说一句话。贺桐个子很高,先把身体挪了挪,探索着把座位往后调了调,总算坐舒服了。

旁边的柳絮歪着头,眼睛微微眯起来看着他,见他弄完了,这才浅浅一笑。

贺桐说："对不起，我得先打个电话。"接着，很熟悉地拨了一个号码，告诉里面的人，他已经下了飞机，但暂时还不能回家，中午和下午都还有点事。

等贺桐打完电话，柳絮问："你太太？"

贺桐点了点头。

柳絮说："贺哥去哪儿？我送你。"

贺桐这次没有望柳絮，他两眼直视着前面，摇了摇头，说："你说去哪儿好？"

柳絮吃了一惊，眼睛瞪了瞪，望着贺桐，一下子没找到话。

贺桐说："我记得上次你说过要带我去吃农家菜的。飞机上的免费午餐太差劲了，我可是一点胃口都没有，这时候肚子早就饿得咕咕叫了。"

柳絮知道贺桐偷换了概念，上次在碧云茶庄喝茶，柳絮提过一个建议，就是找个周末大家一起到城外的农家乐去玩一玩，而不是专门去吃什么农家菜，但贺桐既然这么说，柳絮也就不好意思去更正。她今天还有重要的事要跟贺桐谈哩。

柳絮慢慢地把车从车位里倒了出来。她还真不知道哪里的农家菜好吃。

贺桐说："要不然，我们去白鹤湖高尔夫球场吧，随便吃点东西，如果有时间，可以打打球。"

柳絮说："贺哥打球一定打得很棒。"

"你呢？你打得怎么样？我好像听其乐说过柳总以前是学舞蹈的，你们这种人身体协调性好，球肯定打得也不错。"

"不行，我都打了两三年的练习场了，断断续续的，我估计，我可能打不了一百码。"

"没有关系，如果你打得好，你教我；如果我打得好，那就我教你，好不好？"

"听贺哥的。"

既然将打球作为主要项目定了下来，吃饭便显得很随便了。贺桐说："为了节约时间，我看是不是就到机场附近的餐馆吃点算了？也算是农家菜。"

柳絮说："今天下午我反正没事，就随贺哥安排好了。"

两个人要了一个小包厢，进去一看，尽管装修简陋，却也还干净。贺桐一坐下来就点了一份土鸡煨汤和一份农家小炒肉，还点了一份蒜蓉炒空心菜，想了想，要服务员把蒜蓉改为了清炒。又把菜牌递给柳絮，要她也点个主菜。柳絮将菜牌看了看，抬头问："你请客还是我请客？如果是你请客，我可要好好地宰宰你。"贺桐说："你请客，我埋单。你就好好儿地宰我吧。"柳絮说："那好，你吃不吃田鸡？来一份爆炒田鸡怎么样？"贺桐说："已经来了一份土鸡煨汤哩，还要吃田鸡吗？"柳絮笑了笑，说："田鸡跟土鸡不是一回事吧？"贺桐说："算了，田鸡是保护动物，是人类的朋友，我们最好还是不要吃朋友的胳膊和大腿，你说呢？"大概认为这话比较幽默，自己先很响亮地笑了起来。柳絮也就陪着笑，说："行，那我们就不跟朋友过不去了，改吃公鸡蛋吧，怎么样？"贺桐一听就笑了，说："公鸡蛋好，公鸡蛋好呀。"这话一说，就有了点冷场。

柳絮惦记着流金世界裙楼的事，但要是一开口就谈这些，倒显得太现实了。贺桐说话的兴致倒是很高，他拿出手机，翻弄了半天，说："有个段子我一直存着，是关于高尔夫球的，你来看看。"并不把信息发给柳絮，而是把身子朝柳絮那边靠了靠，直接拿手机让她看。柳絮一看，果然是一条高尔夫守则，说：一到球场就立刻挥杆入洞，常被视为没有运动精神的表现，有素质的运动员，则通常会先到球场四处游走，对于突起的高地及草丛，会特别予以注意。

柳絮是过来人，当然明白这个笑话是什么意思，却不敢大笑，又不好不笑，便把嘴唇浅浅一抿，身体朝外面偏了偏，把头深深地埋了下去。贺桐说："柳总真是一个优雅的女人，你这样子，像诗一样。"柳絮只好马上抬起头来，说："贺哥你就别夸我了，把我夸饱了，你好吃独食？"贺桐说："岂敢岂敢，我不想吃独食，能有口汤喝就知足啰。"

白鹤湖高尔夫球场风光旖旎。因为不是周末，打球的人并不是很多。贺桐问柳絮要不要下场，柳絮说她的水平不行，像挖土一样，真的是锄禾日当午，汗滴禾下土。贺桐很机智地插了一句，说那咱们就不是打球了，是耕耘播种。柳絮脸一红，飞了贺桐一眼，正了正色，说球场不会让她这种人下场的，提议打练习场算了。

贺桐一看就是高手，他做了几下热身活动，然后站位挥杆，球发出一声脆响，嗖地直向前方的球网飞去。

柳絮在旁边不禁叫起好来："哇，贺哥打得这么棒，我都不知道该怎么打了。"

贺桐笑着摆摆手，又干净利索地打了几个球。

柳絮站在他身后的球道上，也打开了，并且慢慢地找到了感觉。她第一次打球是跟何其乐两口子一起来的，同来的还有黄逸飞，那时一诚公司刚刚做完那场艺术品拍卖会。那也是柳絮熬过了只出不进的几个月之后赚的第一笔大钱，大家在海内海鲜酒楼撮了一顿，余兴未了，又跑去打球了。在外人看来，他们是多么幸福、快乐的两对，就连邱雨辰也是竭力撮合黄逸飞和柳絮，看两个人能不能破镜重圆。柳絮背着黄逸飞，用两句话回复了邱雨辰：狗改得了吃屎的本性吗？你希望他在我的伤口上什么时候再来一刀？

柳絮的思绪被贺桐打断了，贺桐说："不错不错，柳总打球的动作很有观赏性，真的不错。"他扬手叫来服务生，让她去拿一副手套。服务生一看就是新来的，问："请问是先生用，还是小姐用？"贺桐朝她笑了笑，说："你说呢？"服务生吐了吐舌头，又摇了摇头。贺桐说："当然是这位女士用，你难道看不出我是一个怜香惜玉的人？看你长得甜，顺便教你一个小诀窍，今后碰到这种你拿不准的情况，你别问客人，可以多拿几副过来让客人随意挑选。你把客人服务得满意了，就会给你写表扬信，还有可能直接给小费。"小姑娘笑着说了声谢谢，一扭腰肢走了。柳絮停了手里的动作，望着贺桐笑笑，说："难怪大家都说贺哥是个平易近人的领导，就这几句话，小姑娘要受益一辈子哩。"贺桐说："也不见得，也要看她会不会听话。"

贺桐又赞扬了柳絮几句，说她的动作既有阴柔之美，又有雕塑感，很有韵律，不禁让人浮想联翩。柳絮说："贺哥今天让人刮目相看，词汇这么丰富。你这是表扬我吗？我的手和脚都不知道该往哪儿放了。"贺桐说："表扬你是为了批评你，你的动作好看，但不是十分规范，就说你上杆的动作……"贺桐边说边走到柳絮旁边，用一只手轻轻地托着柳絮的胳膊，让她借着他的力慢慢地往上抬，定住了，又用两只手在她腰部轻轻地束了束。

柳絮的心像被什么触了一下似的。

贺桐的假公济私做得行云流水。从今天中午两个人见面开始，他身上再也没有半点省高级人民法院副院长的影子，倒像一个大献殷勤、温柔体贴的情人。他身材高大，站在柳絮身后就像一堵墙，他微微躬下身子对她说话时，声音细细的、软软的，微热的呼吸把她的耳朵根和脖子吹得直痒痒。

打了不到一百个球，贺桐停下来了，装模作样地捶了捶腰，问柳絮累不累。柳絮说："有点儿。"贺桐说："那好，我们到贵宾室去休息一下吧，他们这里有上好的碧螺春。"

贺桐用的是毋庸置疑的口吻，柳絮要改口已经来不及了。

她知道贵宾室其实就是客房。

他们是暮色四合的时候开始返城的。柳絮没有想到贺桐居然是那种特别能战斗的人，很讲究那条所谓的高尔夫守则。柳絮稍加抵抗，便乖乖就范了。她发现贺桐脸庞红红的，像喝了酒似的血管贲张。柳絮一边怀疑贺桐是不是吃了什么药，一边积极主动配合着他，两个人就做到了水深火热的境界。

自始至终，关于流金世界的事，柳絮一个字都没有向贺桐提及。

一路上，贺桐一直都在副驾驶的位置上小憩，下午的体力消耗实在太大了，这使他跟几个小时以前的口若悬河比，简直判若两人。

柳絮不知道是不是应该把贺桐直接送到省高院的宿舍，见贺桐一直在闭目养神，也有点不想打扰他。她想了想，还是在离省高院宿舍不远的一家大型超市前把车停住了。

贺桐马上就张开了眼睛，说："那一万块钱，我明天退给你。"

柳絮过了几秒钟才反应过来，她不知道贺桐干吗一开口就说这句没头没尾的话。

贺桐说："跟你一起打球，真是太痛快了。钱你拿回去，你的事，我尽力。"

柳絮张张嘴，刚想说什么，被贺桐摇手打断了。贺桐说："打球的事，说不清楚，别人要说只会自找麻烦。钱的事，嗯，我想我们之间没必要那么……那么……你知道我的意思吧？"

柳絮红着脸点了点头。

贺桐说："你还会不会想跟我一起打球？"

柳絮这次没有客气，伸出手在贺桐胳膊上使劲地拧了一下。贺桐伸手把柳絮的手按住，然后把头埋下来，轻轻地亲了一下。

贺桐让柳絮直接把车开到院里去。贺桐说："我知道院里不少人认得你的车，但他们即使看到我从你车上下来，估计也不敢说什么。如果我在这里下车，看到的人，反而会说我做贼心虚。"

柳絮原来就送过贺桐，对他住哪栋哪门记得非常清楚。

车停好了，贺桐努力做出深情款款的样子，望着柳絮。柳絮想起几个小时以前他那副特别能战斗的样子，不禁有些脸红，又不想让他看出来，便把头低了。

贺桐似乎有些不想下车,他把头搁在座位的靠枕上,向空中吐了一口气。

虽然夜幕降临,柳絮还是不想在院子里停车太久。她瞟一眼贺桐,又抿嘴一笑,说:"其乐……"故意把话咽了回去。

贺桐镜框后面的眉毛一挑,问:"怎么啦?"

柳絮笑出声来,说:"没什么。他太太是个律师,想认识你。"

贺桐说:"怎么,这么快就跟我拉皮条了?"

柳絮说:"你敢,你想再被拧一下是不是?"

贺桐说:"不是,开句玩笑。不管是何秘的太太,还是你的朋友,我都想见,看时间吧。"

"那我先替她谢谢你。"柳絮说。

"不用谢,这是我应该做的。嗯,你女儿上次生病好了没有?我准备送她一只串串,是京巴和博美的结晶。你不知道,杂交品种往往最能去粗存精,最能吸收父母的优良品性。不要养萨摩耶。萨摩耶当着人的面乖得很,又黏人又听话,但只要家里没人,就会乱咬东西。"贺桐说。

柳絮已经习惯了贺桐这样前言不搭后语地谈狗,但也还是很认真地点了点头。她说:"你太太这会儿没在院子里遛狗吧?"

贺桐对着柳絮一笑,并不回答这个问题。他伸手在她手上拍了拍,然后下了车,又在尾厢里取了行李,便头也不回地上楼去了。

李明启到底没有忍住,过了两三天,见何其乐没有来电话约他,便跑到了省委大院。

李明启特意挑选了时间:晚上九点半钟。他知道,那时何其乐正在省委大院休闲中心陪陆海风书记打最后一局保龄球。

何其乐一见李明启,就知道他来这儿是为了堵自己,却不得不装出一副偶尔遇见的样子,扬手打了打招呼。陆海风正好打了个全中,有点兴奋,扭头见了李明启,也就笑笑点了点头。李明启马上快步走了过来,向陆海风问好。陆海风还需要投第二次球,拿布擦了擦一只十磅的绿色球,持球来到预备位置,双膝、双腿略曲并拢,一手握球,另一手托住球,定定神,向前助跑几步,动作潇洒地把球推了出去。这一次他击中了七个瓶。李明启早已笑得如花似朵,在身后迎着，说："书记的球打得真好，够专业水准。"陆海风把手稍微一摊，表示还要打一球，就不跟李明启握手了，说："这也叫专业水准？李大记者的标准太低了。"笑着摇摇头，又用手指了指李明启的脚。李明启有点慌了，忙说："我来这里等一个朋友，忘了换鞋了。我这就去。"何其乐笑着望他一眼，没有说什么。

李明启不敢提议跟何其乐一起把陆海风送回家，抽空给了何其乐一个眼神，暗示他自己会在保龄球馆等。一会儿两个人通了电话，李明启说他开了车，半道上把何其乐接了，要拉他到蓝天碧海洗浴中心去洗澡。何其乐说："你今天已经犯了一个小小的错误了，还要拉上我去犯第二个错误？"

李明启说："你是领导，看见你太激动了，就忘了球馆里的规矩。海风书记对我的印象是不是不太好？"

何其乐就故意逗他，反问他："你说呢？"

李明启脸上做出如丧考妣的表情，肩膀却耸了耸，说："海风书记抓大放小，不会太在意这些细节吧？"

何其乐不说是，也不说不是，用手在李明启胳膊上碰了碰，说："要不然你先送我回家。等我洗了澡，再出来找个地方喝茶，怎么样？"

李明启说："还是去蓝天碧海吧，那里能洗澡，能喝茶，还能钓鱼。"

何其乐问道："钓鱼？钓什么鱼？"李明启说："放心吧，不是美人鱼。蓝天碧海可不是色情场所，正规得很。上次我在那里还碰到了你太太、我的小师妹邱大律师哩。"

两个人泡过了澡，又找了间包房，准备做韩式松骨。穿着韩式服装的服务生上了冰镇银耳，又问他们喝什么茶，说这里的绿茶是免费的。李明启连忙摆手，说最近有报道，酒店、服务场所免费送的茶叶有问题，含致癌物质。服务生想辩解，又被李明启一只手直摆直摆地堵了回去，让她去拿两瓶矿泉水。服务生临出门之前朝两位鞠躬，说技师马上就到。

等两个人躺好了，李明启朝何其乐侧过身子，说："其乐你别怪我，离单位投票不到一个月了，我心里没底，才急着找你讨主意。"

何其乐说："我这两天也是抽不开身，对不起了。"停了停又说："你们报社不归省委宣传部直接管吗？你做了哪些工作？"

李明启说："主要是省报党组管，当然最后要通过省委组织部和宣传部。我在省报党组没有优势,没有直接说得上话的人。我还是看重你这一边。我想请宣传部的方部长、组织部的言部长吃餐饭,再请海风书记和你到到场,你说事情是不是就成了一大半?"

何其乐连忙摇摇手,说:"你太抬举我了,先说两位部长谁去请吧,如果不打海风书记的牌子,你请不请得动他们?如果请得动,你不妨直接单线联系。如果请不动,要靠海风书记的面子,我只能劝你先断了念头,我是没有这个能耐的。"

李明启笑着望着何其乐说:"这事难不难,主要是看你方不方便。你既然这么说,我也不好为难你。这个办法没有创意,却可能最直接最有效,哪怕是在饭桌上什么也不说。好好好,你别摇头,既然你为难,我把这个念头放下就是了。上次你说要帮我策划运作这件事,你有初步想法没有?"

何其乐刚要开口,正好听到技师在外面轻轻敲门,也就闭了嘴。李明启皱了一下眉头,犹豫了一下,还是开口让她们进来了。

何其乐是那种敏于事而讷于言的人,见有外人在场,便不再言必称海风书记,他略为斟酌了一下说:"师兄你知道,搞这些事不是我的强项。实话跟你说吧,老板的牌子我不敢打,我也不想为你的事欠别人的人情。你知道,这种人情是要还的,不会有免费的午餐,我怕我还不起。我这样说,你心里别不高兴,我把我的难处告诉你不是搪塞你,是想看看这步棋到底该怎么走。"

李明启说:"你有你的难处,这我能理解,我当然只想在你不为难的前提下帮我,否则,太勉强了,你不乐意,我也达不到目的。"

何其乐说:"你理解我就好。不过,事情绕来绕去,可能还是得回到老板身上,如果有机会让老板觉得你是个人才,情况就好办多了。"

李明启说:"那我们就不是搞关系了,而是凭真本事。可是,怎么才能让老板觉得我是个人才呢?"

何其乐说:"谋财不害命,巧取不豪夺,办法是人想出来的,关键是还要不露痕迹,不能让老板有什么察觉。你看,这事倒搞得有点像见不了人似的。"

李明启说:"其乐你是不是已经有主意了?"

何其乐说:"前些日子我陪老板到下面转了几天,一直就没揣摩透他的意思。老板带着我和小刘跑了几所学校,看了几家监狱,还参观了一个民营企业家办的幼儿园和养老院,我把那几天的行程串起来一琢磨,好像有点明白了。"

李明启说:"怎么说?"

何其乐说:"你先别管我怎么说,这只是我的感觉。我要是告诉了你,就有一点主题先行的意思,你可能会先入为主,反而不利于展开思路。我的意思是说,如果有时间,你是不是也到我刚才说的那几个地方去跑一跑?"

李明启一下子没听明白,他把头扭向何其乐,疑惑地望了他一眼。

何其乐没有重复刚才的话,他示意技师暂停一下,与李明启对望一眼,说:"现在的人很现实,生活目的很明确,用八个字可以概括,就是升官发财,男欢女爱。可是,一个国家,一个社会,光这样是不行的。人总得要点精神,要点信念、理想和追求。比如说,现在抓党员的'保先'教育,可咱们的报纸、广播电视树了几个有血有肉的正面典型?相反,三天两头都是抓贪官的报道,难怪老百姓以为当官的都是些贪官污吏。"

李明启叹了一口气,说:"现在的正面典型可不好树,一是这种人难找,二是好不容易找到了,人们也不一定相信,相反,还有可能觉得肉麻,觉得是官员在作秀,会连记者一起骂。"

何其乐说:"我只是随便举个例子,以此说明,咱们的舆论和媒体是不是有失偏颇?如果这个判断能够成立,那么,你要是能够查漏补缺,情况会怎么样?"

李明启说:"怎么样?"

何其乐说:"那就会证明,你比别人有思想有眼光,我估计老板总有一天会注意到你的。老板要是注意到了你,比我帮你从中斡旋,安排吃饭呀送礼呀,不强到哪儿去了?到时候不要说报社的副总编,就是师长旅长的,也有得你干。"

李明启说:"对对对,这个思路很好,老板有了想法,我们把它具体化,老板不欣赏这种人欣赏谁?只是……会不会时间太短,一口气吃不成一个大胖子?"

何其乐说:"你在报社报选题没问题吧?你要有了文章,可以放一份在我这里,有机会我直接拿给老板看。真要像咱们猜测的那样,你要有几篇文章对了老板的心思,说不定真会接见你。如果老板大会小会都提到你的名字你的文章,方部长、言部长能不对你刮目相看?当然啰,你们的业务我不太懂,只是给你一些建议,也不知道有没有操作性。还有,就是你这边该做的事还得做,也用不着停下来嘛。"

李明启说:"一想到工程这么大,有时候真想放弃。可是,现在大家都知道我报了名,如果中途停下来,就是临阵脱逃。没办法,只有硬着头皮上了。"

何其乐说:"你们的报纸不是说吗?文化是国家的'软实力',是民族的灵魂,当今社会,缺的就是这个,好好琢磨一下,有文章可写呀。"

两个人做完了韩式松骨,李明启埋了单,下得楼来,便看到了那座鱼池。李明启问何其乐要不要玩一玩,何其乐说算了吧,摆明了是骗人的,何必上人家的当?再说时间也不早了。

何其乐搞不清楚李明启怎么会对这种项目感兴趣。鱼池在进大门的左边,刚才进来的时候没注意,但如果他和李明启煞有其事地到那边去钓鱼,谁知道会不会被熟人看见?玩这种游戏,也太不成熟了吧?

李明启却似乎有些遗憾,两个人上了车,他还在说钓鱼的事,他说:"其实到这里钓鱼很有意思的。鱼钩上没有鱼饵,必须把鱼钩垂放到鱼嘴里然后用手一拽,把它钓住。这是一难,另外还有一难,就是鱼很大,没有小于一斤的,线却很细。按照规则,只有将鱼扯出水面,才能用手去捞。捞上来以后鱼归你,不要你一分钱,线要是断了,你就得赔三十块钱。上次我玩这游戏,一共用了五根钓竿,每次都是把鱼扯离水面的时候断的线,赔了一百五十块钱,连半条鱼也没捞着。明明知道这是不可能完成的任务,心里还老是不服气,玩得越久,赔得越厉害。我怕这次竞争上岗也会是这样。"

何其乐见他把话题又绕了回来,一笑,说:"可你还是想搏一搏。搏一搏,单车变摩托。"

李明启说:"也许是汽车变摩托,但我就是不信邪。上次我问这里的服务员,有人钓上鱼来过没有,她们信誓旦旦,说当然钓上来过,说钓鱼是个慢活,鱼上钩以后不能马上把它扯离水面,得在水里不停地悠它,等你把它弄得精疲力竭了,再没有力气挣扎和反抗了,才有可能把它钓上来。问题是谁有那个耐心呀?耗上大半天钓上条把鱼来,哪有什么成就感?走捷径钻空子完成了不可能完成的任务,那才叫爽。"

何其乐说:"有些事是急不得的,都想走捷径,用最小的成本获得最大的回报,容易把人的心态弄得浮躁。"

李明启说:"理论上说这是对的,但在操作过程中,情况会很复杂,上次到这里钓鱼，就有人趁着服务员不注意下水捉鱼的，有的鱼，嘴巴上挂了好多个鱼钩，半死不活的，把手伸到水里就能捉住，只要服务员对你睁一只眼闭一只眼，把本捞回来也是容易的。"

何其乐说："这已经失去了游戏的本意。半偷半抢，毕竟不是君子的行径。"

李明启说："后来，我想呀想呀，终于想出了一个主意，你猜猜，那是个什么主意？"

何其乐说："我对那玩意儿没研究，你说出来听听。"

李明启说："鱼线为什么会断？就因为线太细而鱼太大太重，但是，如果用两根钓竿、三根钓竿、四五根钓竿呢？双方的力量不就发生变化了吗？几根钓竿钓一条鱼意味着增加了鱼线的承载量，胜算就增加了好几倍，你说是不是这个道理？"

何其乐说："有道理，那你试过没有？"

李明启说："还没有。其实试不试都一样，干任何事情，都得整合资源。你刚才出的主意很好，叫重走……老板之路，如果真能弄出几篇有影响的文章，得到老板的赏识，能够跟老板直接对话，那就更好了。问题不仅在于我是不是老板的红人，还在于别人是不是把我看成老板的红人。不过，其乐你别嫌我烦，在这之前，我也还是想通过你打打老板的牌子。"

何其乐说："你说吧，看我能不能做吧。"

李明启说："请你帮我弄一幅老板的墨宝，上次我来送照片，看到的那幅就成。"

陆海风办公累了，会铺上宣纸，练练字，何其乐有时候技痒，也会在陆海风的鼓励下写上几笔，陆海风常说中国书法博大精深，越琢磨越能参透人生的许多真谛。他曾经就这个话题考过何其乐，问他能不能用一句话或几个字来概括中国书法之精妙。何其乐一连说了几个答案，陆海风都只是摇了摇头，最后还是自己提笔写了几个字，让何其乐看，又马上用浓墨把它盖了。何其乐先是眼睛一亮，然后又频频点头，一副若有所悟的样子。何其乐还算聪明，没有借陆海风的题目任意发挥，通过卖弄自己的聪明来拍陆海风的马屁。但他从内心里觉得陆海风的感悟真的非常独特，有哲学的深度，也有禅意，而且妙就妙在这道理只可意会不可言传，多说一个字，就是俗。后来，何其乐多次用陆海风写的那几个字去看别人的字，去捉摸周围的人和事，每次都有心得。言为心声，字为心迹，着笔的轻重缓急，横竖撇捺的疏密布置，等等等等，似乎都可以归结到那几个字上去。

上次李明启看到的是"厚以载德"四个字。

李明启看似轻松随意提的这个要求，给何其乐的感觉，却决不是即兴而为，而是经过了深思熟虑。何其乐想都想得到，如果李明启把这幅字装裱好了挂在办公室里，那么所有看到的人，也许都会忍不住猜想李明启跟陆海风到底有何种私人关系。"厚以载德"四个字不是随便说的，人们也许会进一步猜想：陆海风似乎还很器重这个人的人品。

这就是李明启希望的效果。

问题是，对于何其乐来说，这却是一件不能做的事。

都知道陆海风的字写得好，但真正见过他手迹的人没有几个，陆海风从来不拿自己的字轻易示人，也几乎不给企业和下属题字，他练字纯粹是自娱自乐，而且给何其乐定了一个规矩，就是每次务必把他练笔的字处理掉。何其乐胆子再大，也只敢偷偷地用废报纸卷了带回家，并把它们藏到书柜的最底层，要让他再转手送人，他想都不敢想。东西如果真的到了李明启手里，他怎么利用它谁还管得着？这事要是传到了陆海风耳朵里，说不定会从人品方面给何其乐投否决票。何其乐当然不会为了李明启去干这种不成熟的事。

何其乐转过身体，尽可能直视着李明启，然后摇摇头，微叹一声，感慨说："师兄呀，你又给我出难题了。老板给我是定了纪律的，他的字一律不准出办公室，每次都要用碎纸机碎掉，他说他不想让自己的字去臭大街。老板这样说当然是谦虚，他在书法方面真的很有造诣。唉，怎么说呢？他既然有言在先，我又怎敢抗旨？你的想法我明白，可是，别说弄不到老板的字，就是弄到了并且在你的办公室里挂了出来，是否能对你的升迁直接起作用，也不一定。毕竟，这有点儿拉大旗作虎皮的意思，别人要是故意装傻，不买这个账又怎么样？"

李明启说："正因为老板从来不给人题字，如果我能弄到一幅，别人不敢说，起码我们单位的那些头儿，就不敢藐视我，作用是不言而喻的。我想，你是担心我会到外面去炫耀吧？我会那么傻吗？"

何其乐一笑，说："你要不炫耀，有没有那幅字又有什么区别？"

李明启怔了一下，一下子没找到词，只好"嘿嘿"地笑了两声，边笑边把头低了。

第五章

柳絮很少给贺桐打手机，要有什么事，就往他办公室打电话。贺桐对柳絮的手机号码很熟，她找他也是不难的。

两个人平时的联系却很少，而且往往是贺桐主动给柳絮打电话。柳絮不想把跟贺桐的关系处得太张扬。

在这方面，他们有一种难得的默契，贺桐也只在出差在外的时候，两个人联系才会多起来。他们宁愿舍近求远，决战于千里之外。

星期六上午，柳絮在家里接到了贺桐的长途，是从北京打过来的。

贺桐说好久没打球了，心里痒得很，就想打打球。柳絮这几天公司的事很多，没法抽身去北京，只好含糊其辞。贺桐很理解的样子，很快主动地转移了话题，好像扯得还很远，他说："最近挺忙的，查医疗卫生系统的商业贿赂。检察院一下子在医院里抓了一大批蛀虫，那些'白衣天使'黑得很，几角钱的药敢卖几十块，搞得老百姓有病不敢治。同时也天真得很，根本没想到吃回扣是犯罪。从院长副院长到药剂科、设备科的科长，再到处方医生，一路下来，真的是顺藤摸瓜，一摸一大串，一摸一个准。搞得检察院的同志畅快无比，说办案从来没有这样顺利过，侦查工作三下五除二就完成了，往法院一送，马上就要开庭审理。这次政府反医疗腐败声势浩大，行贿的受贿的一起抓，几乎没有漏网的，除非是恰好在这之前死掉了。你还别说，还真的有这样的人，咱们的熟人，流金世界的法人代表肖光宗，他的死很蹊跷，说句不该说的话，搞不清他到底是真死还是假死，不过，他要不死，涉嫌行贿的罪名恐怕也逃不掉，连他弟弟都这么说，好像他哥哥的死是一件值得庆幸的事似的。"贺桐最后叹了一口气，说："唉，真是人心不古呀。"

肖光宗是做药品生意的，在内地有个很大的制药厂。

听贺桐说了这段话，柳絮又有点后悔了，她知道，贺桐说话不仅喜欢曲里拐弯，还总是惜墨如金，他说到肖光宗不可能是为了纯粹的扯淡。她也许应该上一趟北京。其实，家里的事再大也比不过流金世界的拍卖委托。她有点后悔那么快地婉言谢绝了贺桐，犹豫着要不要改口。

如果改口，贺桐会不会认为她太现实了，从而看轻了她？可是，这些天她一直在找肖氏兄弟，正苦于没有线索，贺桐这不是把线索主动送上门来了吗？

贺桐倒是没让她为难多久，告诉她，执行局的曹局长没有陪他上北京。

柳絮是冰雪聪明的人，马上领悟过来，贺桐这是在暗示她赶紧去找曹洪波。

可是，他干吗不直接说呢？

柳絮因此留了一个心眼，不想表现得太机灵。女人可爱不可爱，跟聪明不聪明没有必然联系。相反，很多男人似乎更喜欢跟傻乎乎的女人交往，因为花瓶一样的女人，更能给他们充分展示自己的机会，也会让他们觉得更安全、更放心。柳絮明白这一点，便有意无意地装傻，说："你的意思，是让我去找他？"

贺桐说："你觉得呢？"

柳絮只好继续装傻下去，说："如果我去找他，要不要请你给他先打个招呼？"

贺桐说："不用，你先找他，看他怎么说。另外，刚才我跟你说的事，你心里有数就行了。"

柳絮说："好。"

柳絮接完电话后呆在原地没有动，把刚才和贺桐的通话又在脑子里过了一遍。

还没有三分钟，电话又响了。一接，竟是曹洪波。曹洪波问她在干吗。柳絮换了一种口气，说："我一个家庭妇女能干吗？在家呆着呗。"曹洪波说在家呆着好。柳絮说好什么好？哪个呆在家里发了财的？

曹洪波在电话里笑了，话锋一转，说："金达来拍卖公司的陈一达总经理真是个聪明人，知道我早就不钓鱼了，也早就不唱卡拉OK了，就请我到S市去玩。我当然不会去。没想到过了一会儿肖耀祖又来了电话,他说,听说曹局在S市出差,晚饭就由他安排行不行?这里有家餐厅,有道菜叫龙虎斗,其实就是干锅牛蛙和五步蛇,味道不错,一定要请我去打牙祭。见鬼,今天是星期六,我到S市出什么差?肖耀祖其实也是想请我去S市,又怕我不给面子,瞧,多狡猾。"

柳絮一向不喜欢曹洪波说话七拐八弯的,不过,这次却没有工夫责怪他。曹洪波提供的信息让她心头一紧:肖耀祖不仅真的已经回来了,而且还跟陈一达搅到了一块儿。

柳絮赶紧说:"你答应肖耀祖,我这就陪你去S市。"

曹洪波说:"去S市干吗?龙虎斗那道菜很贵的,是你埋单还是陈一达埋单?再说了,我到哪里出差,难道要陈一达或者肖耀祖安排?我干吗要到S市出差?我难道不能到H市出差吗?"

柳絮一笑,说:"狐狸再狡猾,也逃不过好猎手,我真是服你了。"

"还不是为了你?我要肖耀祖听我的安排,还得想办法把陈一达支开。肖耀祖要见我理所当然,陈一达见我算怎么回事?"

"你是局长呀,人家要把你摆平,好让你给他业务呀。"

"你呢?你不想把我摆平?"

"你什么意思?我跟你什么关系,陈一达跟你什么关系?"

"好了好了,跟你开句玩笑。肖耀祖回来的事我跟贺院长汇报过了,他跟你透了信没有?"

柳絮心里一慌,嘴里却说:"他跟我透什么信?他跟我什么关系,你跟我什么关系?"

曹洪波嘻嘻一笑,说:"你说什么关系?好了好了不跟你斗嘴了。我还真的想你了,你说,我们有多久不在一块儿了?要不然,我们这就去H市?"

柳絮说:"你安排吧。"这话一说完,又怕曹洪波认为她太急切了,赶紧补充说:"你在哪儿?躲在家里卫生间打电话吧?你能请动假吗?"

曹洪波说:"我什么时候要请假了?向谁请假?这么多年了,你还不了解我?"

曹洪波的老婆几年前发现得了类风湿病,三天两头要住院,也难为他了。他老婆可能觉得他也不容易,对于他外面的事,也只好睁一只眼闭一只眼。否则，他那套家里家外的理论哪里玩得下去？

柳絮说："那行，你定个时间吧。嗜，最近买了条狗，比小孩还难带。我先安排一下吧。"

曹洪波说："你怎么也养上狗了？不是受咱们贺院长的影响吧？他可是我们院里的狗博士。"

柳絮说："是吗？我是第一次听你说。今年是狗年，养狗，图个吉利罢了。要不，我弄完了就打电话给你？"

曹洪波说："好吧，我等着。"

一个小时以后，两个人见了面。见面的地点是曹洪波定的，去H市的高速公路入口处，他是从院里打的到那里的。柳絮知道他的用心，他是怕她去院里接人不小心被别人看到。最近院里抓作风整顿，抓队伍建设，规定了几条"严禁"，几条"不准"，曹洪波不想给同事留下话柄。

跟贺桐有了关系之后，柳絮跟曹洪波的关系便更加小心翼翼了。男女关系的事情不管私下里怎么样随便，在外人面前，也还是得藏着掖着，尤其对于女人来说更是这样，这是一种最起码的自我保护，如果你在别人眼里人皆可夫，就像一辆谁都可以上的公共汽车，你还有什么含金量？那不成卖的了吗？跟那些桑拿房、歌舞厅的小姐有什么本质的不同？

曹洪波愿意主动带柳絮去见肖耀祖，已经很不容易了。肖耀祖又不是傻瓜，他要看不出他们两个人的关系，不等于白在商场上混了吗？

也不知道曹洪波是怎么回事，一上车，便一个劲儿地把话题往贺桐身上扯。说郑院长无为而治，当甩手掌柜，贺桐则大有主持全面工作的架势。马上就要换届了，上面一动，下面也会跟着动。

曹洪波说："贺桐这个人太有魄力了，雷厉风行的，他那个圈子里的人摩拳擦掌，正准备大干一场哩。"

柳絮的心思本来在肖耀祖身上，曹洪波说的那些话，跟她并没有直接的关系，也就左耳朵进右耳朵出。但听到这里，却激灵了一下，顺口问道："怎么，你跟贺院长的关系不是一直还可以吗？你难道不是他那个圈子里的人？"

曹洪波说："我也不知道是不是他那个圈子里的人，原来我们的关系还可以，最近不知道怎么啦，反正我也说不出是什么味道，就是觉得……嗜，我也说不清楚，总是有点怪怪的。"

听了曹洪波的话,柳絮本能地觉得应该把这话题避开,便摇摇头,说:"你也够为难的,工作任务重,还得对领导察言观色,想着都替你累。"

曹洪波一笑,说:"现在在场面上混的人,哪个不这样?埋头拉车不抬头看路,那是驴子。好在习惯了就好了。我这种人,是懂得别人的好的,人敬我一尺,我敬他一丈。他把我当下属,我把他当领导。反过来说,他要不把我当下属,我也不会把他当领导。"

柳絮感觉到了曹洪波的情绪,隐隐地有些不安,不知道他们两个人之间的尴尬到底与自己有没有关系,想了想,说:"你要觉得你们之间有什么,我劝你不如早点找个机会跟他开诚布公地谈一谈,人家毕竟是副院长,架子总是要有的。说不定,人家心里正等着你主动找他哩,你总不至于指望人家主动屈尊迁就你吧。"

柳絮留了个心眼,她想,他们之间的事要真是因为她,就不可能敞开了谈,只会打肚皮官司,而且,还难得分出个输赢。真那样,只求不要闹得太僵才好。听曹洪波的意思,他似乎并没有往这方面想,那就有可能是贺桐听了她和曹洪波以前的风言风语,而不由自主地在曹洪波面前扮刺猬。

可是,贺桐暗示她去找曹洪波又是什么意思呢?

曹洪波还要带她去见肖耀祖。柳絮原来挺讨厌这个人的,但自从听到了陈一达已经跟他在接触的消息,就有了点不安,心里很紧迫,恨不得早点见到他才好。可是,肖耀祖要是嘴巴不上锁,到外面一多嘴,她跟曹洪波的关系就会成为绯闻,她会连辩解的机会都没有。曹洪波是那么谨慎的一个人,他难道没有想到这一层?

要对肖耀祖施加影响,必须让他觉得她跟曹洪波关系不一般。可是,如果肖耀祖知道她跟曹洪波关系暧昧,又等于让他抓了一根辫子。还有,如果让贺桐听到了这些,他又会怎么想?

这样一想,柳絮便多少有了一点不安,觉得还是应该先探探曹洪波的底,于是未语先笑,瞥一眼曹洪波,说:"等下见了肖老板,你打算怎么介绍我?"

曹洪波笑道:"就说你是我老婆呗。"

柳絮脸一偏,朝曹洪波剐了一眼,说:"人家跟你说正经事哩。你有胆这样对人介绍我吗?你不怕别人传话到你老婆耳朵里?小心人家把你的小鸡鸡割掉。"

曹洪波忙笑道:"我就喜欢看你假装生气的样子,正经得很哩。那你说说看,我不这样说,该怎么说?"

柳絮说:"其实,你怎么介绍我,我是无所谓的。但你不同,我是替你着想。"

曹洪波笑得更响了,说:"谢谢谢谢,我没有办法呀,一个被你搞得神魂颠倒的人,只有豁出去了。"

柳絮说:"正经一点好不好?你是不知道,咱们女人想做一点事,真是太难了。"柳絮叹了一口气,接着说:"我要是省里哪个人的亲戚就好了。"

曹洪波说:"我的柳总,你的胆子可是越来越大了。你要是省里哪个人的亲戚,我跟你的关系就变了,不是暧昧关系,而是成了我拍省里哪个人的马屁。嗯,权衡利弊,你这个想法还真不错,没准真的可以试一试,尽管有点损害我的形象。"

柳絮笑道:"你还当真了?不过,我真要有这样的亲戚,就用不着这样劳心劳力了。别人恐怕会捧着好处来求我笑纳。都知道官儿越大,拥有的各种资源越丰富,也知道这样做绝对不会吃亏,你今天从他那儿得了好处,明天肯定会以另外的形式,加倍地还给他。"

曹洪波从鼻子里"哼哼"地笑了两声,说:"你把社会看得太灰暗了吧?人间自有真情在,比如说我对你。"

柳絮听罢嘻嘻一笑,说:"可惜你这样的人不多了。难得呀。"

曹洪波又一笑,说:"所以你要好好珍惜。不过,不说你是我老婆,说你是我的姨妹,总可以吧?肖耀祖总不至于那么不懂事,追问你是不是我老婆的亲妹妹吧?否则,我怎么介绍你都没有分量,你说呢?"

柳絮沉吟着没有说话。

曹洪波说:"你放心吧,肖耀祖不会乱说乱动的,他要在这里做生意,法院的人他敢得罪?想不清这个道理,我敢跟你这样成双成对地在他面前晃?"

柳絮心想也只能这样了。有些事情,就是顾不了两头。贺桐那边真要有什么情绪,也不见得是什么坏事,就先搁一搁再说吧。曹洪波情绪很高,这对近来谨小慎微的他来说,实属难得。想到这里,柳絮把右手从方向盘上拿开,在曹洪波的大腿上拍了拍,笑道:"到底说了几句人话。可是,如果我们把陈一达挤了下来,他会不会心生怨恨?还有就是,陈一达他们公司可是有伍扬做后台,说不定已经捷足先登了。"

曹洪波把柳絮的手按了按，又拿起来握住，捏了捏，再把它送回到方向盘上去，说："这点我也想到了。资产管理公司已经向我们推荐了金达来拍卖公司，这个伍扬，胆子还真够大。他既然已经打了这碗米，硬生生地把他们挤出局，无异于树敌，难度太大，我看也没有必要。"

柳絮说："我刚才说话太急了。你是知道我的，我可从来没有想过吃独食。"

"这就对了。什么是市场经济？市场经济就是利润摊薄的经济，俗话也说，这钱是赚不完的，有钱大家一起赚，反而安全。你有这种境界，事情就好办多了。"

"是呀，我一个女人，哪里来那么大的野心？能有口饭吃就满足了。只希望中间不要再出别的意外才好，我是怕金达来公司抢了先，不想把蛋糕拿出来分。"

"能有什么意外？以前是没有正式进入拍卖程序，伍扬他要尾大不掉，随他去好了。不到出手的时候，干吗那么剑拔弩张？你放心吧，关键时刻，我会替你把握好的，要不然，我这亲哥哥可不白当了？你不想吃独食，金达来公司也别想。"

这些天来，这是柳絮听的第一句让人心里踏实的话，心里一放松，不禁嘘了口气，送给曹洪波的笑脸，就有点像农夫山泉。

曹洪波迎着柳絮的笑，得意地脖子一梗，头一昂，又伸出手在柳絮方向盘上的手上拍了拍，说："剩下的问题，就看你们两家谁做主拍单位了。到了这个环节，陈一达他们公司就得听院里的，院里纪检会、监察室管下拍卖委托，但只要一进入具体的拍卖程序，就还是执行局的事。执行局负责跟拍卖公司沟通，没有一点自由裁量权怎么行？今天我会想办法让肖耀祖表态，先让你们公司进来。如果你们公司在客户资源方面有优势，主拍公司就是你们公司了，这样，我们接触也就有了正当的理由。房地产拍卖，麻烦多多，你还不得经常找我沟通沟通？"

"我们已经有了买家，很有实力，也很有兴趣。"

"是吗？那就没有太大的悬念了。到时候你怎么感谢我？"

"你说呢？"

"我不说，到时候看你怎么做吧。"

"怎么做？保证让你满意。"

曹洪波哈哈一笑，说："这我相信。"

黄逸飞公司隔两三个月就要打一次招聘公告，招募女性业务员。黄逸飞是学美术的，鉴赏鉴别女性美的眼光很毒，所以，他的公司就像一个百花园。不过，那些业务员在公司一般干得都不会太长久，而且往往是她们炒他的鱿鱼。

这倒不是因为黄逸飞在公司里搞性骚扰，得罪了那些姑奶奶。黄逸飞虽然风流成性，却从来不跟公司里的人乱来。黄逸飞可不是那种先聘后妍的大傻帽，他太清楚了，老板如果和公司员工打成一片，没有了尊卑之分，那还有什么老板的尊严？那还玩得下去？得不偿失嘛。黄逸飞对男人的爱好知根知底，也就知道美女出马一个顶仨的道理，他招聘那些业务员，完全是为了公司的利益，他把她们当作辛勤的小蜜蜂。问题是，情况往往是这样，业务被拉进来了，人却被拉走了。不过黄逸飞也想得通，走了张三有李四，这世界缺金子缺银子，花枝招展的小姑娘，满大街都是。

对于决定离开公司的业务员，黄逸飞不仅不会扣一分钱的业务提成，还有可能请她们喝茶或者吃饭。这时的黄逸飞将会变成一个没有一丝一毫老板架子的人，他会向她们大献殷勤，把她们一股劲儿地往天上捧，还会跟她们掏心掏肺地谈社会谈人生。

他的那些话，对于那些涉世未深，准备在这个纷繁复杂的社会里大干一场的青春少女来说，简直字字珠玑。黄逸飞的口才是在大学的讲台上操练出来的，他可以一边跟你谈人生哲理，一边用流行段子插科打诨，他说话时面无表情，但声调抑扬顿挫，有一种绘声绘色的效果。

黄逸飞有时候运气好，原来的雇主雇员关系，会被他迅速巧妙地转换成另外一种上下级关系。对于那些已经与客户上过床的小姑娘，黄逸飞像大哥哥一样地给她们以忠告：商品社会的本质就是交换，男人向你索取时，你得鼓足了勇气替自己开价，就是卖肉也得卖个好价钱。千万不能太主动，女人太主动等于自贬身价。该说的话，一开始就要说清楚。如果开始就不明不白，到头来肯定是一本糊涂账，最终吃亏的还是你。

比如说，你可以给他当情人，但如果他是有家室的人，为了你们的关系能够长治久安，第一，你必须事先就从他那儿得到一份实实在在的物资保证；第二，你必须随时准备另外再找一个秘密情人，你只有脚踩两只船，才能平息他恋家时你内心的妒忌之心，也只有这样，他才不会让你失望，你也才不会觉得有什么不公平。

黄逸飞说，你是从我公司出去的，你可以把这儿当成你的娘家，而我，就是你的亲哥哥。亲哥哥不会让妹妹在外面受委屈受欺负，为朋友我可以两肋插刀，为了亲妹妹，我可以插朋友两刀。

黄逸飞向某个小姑娘灌输这些思想的时候，那双细长的眼睛会一眨不眨地望着眼前的人儿，尽可能地让它闪烁着温柔而清纯的光芒。他的身体会微微向她倾斜，他的胳膊或者手会非常不经意地碰到她的身体，又马上像鱼一样地游开，但用不了多久，又会回游过来，仿佛无意间身体总会发生偶尔的碰撞或摩擦。他的口头语言和身体语言，会很奇妙地让两个人挟裹着进入一个暧昧的气场。

当小姑娘面对有权有势的男人的诱惑时，内心多少是有些挣扎的，太需要娘家人分担她的压力了，这时便会很自然很轻易地相信黄逸飞，把他当成一个可以吐露心思的朋友和参谋。

黄逸飞对自己的感情把握得很准，对他来说，女孩子能够喜欢多少就喜欢多少，但绝不会对其中的任何一个人动真心。

喜欢是一种相对随便的、轻松的感情，可以像胡椒面似的任意挥洒，情呀爱的，就不一样，那应该是一种灵与肉的交融，搞得不好就会伤筋动骨。而且，女人不生孩子或者不到三十岁，根本体会不到生活的酸甜苦辣，谈得上什么精神层面的交流？跟那些毛都还没长齐的雏儿谈情说爱，不是浪费感情，就是把自己往弱智化方面整，黄逸飞想起来都会觉得好笑。

黄逸飞自由惯了，也怕被人黏住不放。柳絮是最好的挡箭牌，她的大头贴照片被他放置在钱包透明的夹层，一有机会就拿出来炫耀，所以，那些与他有关系的女孩子，事先都知道他有一个漂亮能干气质高雅的富婆太太。

黄逸飞当然不会说他跟自己老婆举案齐眉或恩爱有加，否则，那不是太矫情了吗？你有一个这样的太太，还想到外面去偷腥，你也太不是玩意儿了。黄逸飞只夸柳絮有事业心，说她对挣钱有天生的爱好，简直上了瘾，搞得自己经常处于下岗状态，他甚至给自己取了个绰号，叫黄元旦。什么叫黄元旦？元旦不是一月一日吗？这就是他跟老婆做爱的频率，而他，是个雄性荷尔蒙分泌正常的男人，他是生意人，也算半个艺术家。搞广告是需要创意的，没有爱情，他从哪里获得艺术家的原始冲动和创作灵感呢？

就这样，黄逸飞把自己打扮成了一个因老婆性冷淡而被迫处于半饥饿状态的可怜虫。他当然不甘心于此，他认为做爱是快乐的，此处不留爷，自有留爷处，处处不留爷，自去找门路。那些早已和别的男人尝过云雨之情的小姑娘，会被黄逸飞的话逗乐，一些放得开的，甚至会扬起手来打他，或做把持不住状，借势往黄逸飞怀里倒。

这会儿，黄逸飞跟刚辞职的业务员安琪就处在这种状态。黄逸飞说他的广告公司池塘太小了，而安琪就是一只凤凰。他没有别的指望，就是希望飞出去的凤凰能把公司当娘家。他说："是人就要往高处走，是凤凰就要攀高枝，这没什么可说的，但你在攀高枝之前，就要认准了，对方是不是高枝？靠不靠得住？"

安琪朝黄逸飞仰着脸，扑闪着自己那双明亮的大眼睛，问："怎样才能认得准呢？"

黄逸飞说："如果要你把男人分成两种类型，你怎么分？"安琪嘟着嘴，想了想，终于摇了摇头，说："我很傻的，不知道该怎么分。"

黄逸飞说："对于女人来说，男人可分为两种，一种是可嫁的，另外一种是不可以嫁的。对于前面一种人，你可以率性而为，尽可能表现你最真实的一面，因为你可能要跟他生活一辈子，就没必要伪装。对于后面一种人，你可以现实一点，完全没有必要跟他讲客气。"

安琪低下头，还把一根手指头伸到嘴里咬了咬，问："怎么叫不讲客气？"

黄逸飞叹了一口气，又摇了摇头，说："你这样天真怎么出去混？我真的有点不放心。我记得我跟你们说过一个段子，让你们正确使用男人，你是不是已经忘了？"

安琪说："什么段子？你再讲给我听一听。"

黄逸飞说："平时老板说话不认真听，真该打手板心。"

安琪说："我让你打，你快把那个段子再说一遍。"真的就把手伸到了黄逸飞面前。

黄逸飞伸手把那只手握住，用另一只手轻轻地在上面拍了拍，说："我本来只给别人一次机会的，看你这么乖，就再说一次。一般来说，男人不是什么好东西，这是说你不能太把男人当一回事，你能靠的只有自己。也就是说，你不能把他当一生一世的寄托，只能当一时一事的依靠。"

安琪望着黄逸飞，眼神迷茫起来，不由自主地升腾起了一股雾状的东西。

这无疑刺激了黄逸飞的谈兴，他清了清嗓子，继续侃侃而谈："男人不像女人。你知道一个男人需要几个女人吗？我告诉你吧，起码四个。首先，他需要一个老婆，老婆就像自动表，不上弦照样跑；其次，他偶尔会去找小姐，小姐是电子表，越新鲜越好，用了之后还能随便扔了；再次，他要一个小秘，小秘是怀表，越隐秘越好，男人心里头空，心里要没有个东西揣着，还真不知道怎么着才好；最后，他还需要一个情人，情人是手表，越漂亮越好，这是男人的面子工程，比不过别人，那可如何是好？你看，男人是一种多么贪心的动物，他各种表都想要，只要把时间掌握好。"

安琪咂咂舌，偏着头望着黄逸飞，问："男人都这么花心，我们女人如何是好呢？"

黄逸飞说："这个问题，一般的人我不告诉他。女人了解了男人，与其想办法去改变他，不如好好地利用他，比如说：有才华的可以当顾问，长得帅的可以做情人，挣钱多的可以当相好，有势力的可以做大哥，顾家的当替补，看着顺眼的玩偶遇，懂得浪漫的玩一夜情，智商高情商也高的留下来给孩子做爸爸。"

安琪再次笑了。在她眼里，黄逸飞彻底地改变了当老板时的形象，真的就像一个极具亲和力的大哥哥。她看他的眼神，不禁有了薄雾后面星星似的闪光。

黄逸飞用双手把自己的长头发捋了捋，说："我记得你是学舞蹈的？"安琪抬头望了他一眼，点了点头，问："怎么啦？"黄逸飞说："跳舞的女人对我最有杀伤力。"安琪说："什么意思？"黄逸飞说："意思是，一碰到跳舞的人，我就没救了。"安琪突然仰起脖子，哈哈一笑，说："你也太现实了吧？跳舞的人那么多，你岂不是早就无可救药了？"黄逸飞把嘴凑到安琪耳朵旁边，轻轻地说："我现在只想为你而死，你千万不要跟我讲客气，求求你，好不好？"安琪的笑声很快就收住了，脸上的笑意却还在弥漫，她歪着头白黄逸飞一眼，说："我刚成年不多一会儿，你别吓唬我。"黄逸飞继续贫嘴道："你怕什么呀？只要敢于对我负责不就行了呗。"安琪说："那是的。"

他们这会儿是在一家名叫城市森林的西餐厅用午餐。黄逸飞问安琪什么叫城市森林，安琪再次扑闪着自己的大眼睛，摇了摇头。黄逸飞一本正经地告诉她，城市森林与男人大多数被戴了绿帽子有关。安琪笑得眼泪都出来了，伸出粉拳，朝黄逸飞雨点般地擂了过来。黄逸飞心里怦地一跳，觉得到了该出手的时候，简单地说，他暗自评估了一下，觉得把她带回家已经有了七成把握，剩下的就是找到一个让她觉得不那么别扭的借口。

一个刚刚进来的女人帮了黄逸飞的忙。

当她走过他的身边，黄逸飞马上把手伸向空中，潇洒地打了一个榧子，叫来了餐厅的服务员，嚷着要埋单。

安琪不解地看着他。她叫了一份烤牛扒，刚刚吃了不到一半。

黄逸飞说："对不起，我们得走了。你知道为什么吗？"等安琪摇了摇头，黄逸飞再次凑近安琪的耳朵，压低了嗓子，继续说："跟刚才过去的那个女人有关。你看到了没有？她的臀部像什么？像两扇门板，也像大象，这也就算了，可她偏偏穿一条白裤子，我可真是服了她了，一看就知道不会跳舞。这也就算了，你闻到她擦的香水没有？好像不把人熏死不甘心似的，亏你还有食欲，我没有呕出来，仅仅因为我的素质太高了，真的。"边说边把安琪落在肩上的头发捡起来，先是对着天花板上的灯光照一照，然后用手指去缠它，并把它盘在另外一只手的掌心里，握住。

安琪出神地望着他，说："不会吧，你的神经居然如此脆弱？"

黄逸飞说："你不知道哩，我最受不得这种刺激了，看一眼就够了，还得跟她在一个屋子里用餐，天啦，饶了我吧。我们赶紧换个地方吧，我请你喝1907年的马爹利酒怎么样？"

"1907年的马爹利？"安琪扑闪着一双美丽的大眼睛，问。

"是呀，我不骗你，全城就我那儿有一瓶。"黄逸飞略显得意地回答。

"去你家？你就这样诱惑我吗？"

"你怕不怕？怕就说一声。"

"是由我开车吧？"

"没问题。顺便问一声，你还没拿到驾照吧？"

"当然没有。怎么样，你怕不怕？怕也可以说一声。"

黄逸飞把右手伸到半空中，等着，眉毛微微一扬，示意安琪也把手伸出来，说一声成交，两只手便击出了"啪"的一声脆响。

黄逸飞真的让安琪坐在了驾驶室的位置，只叮嘱了她一句，让她注意踩刹车。安琪倒有了点怯场，说："你真的让我开呀？"黄逸飞说："搞清楚了，是你自己要开的。我要不同意，不是太小气了吗？没事，想过瘾你就过瘾吧，不就一辆本田吗？"

安琪学过车，只是还没有考到驾照，总算慢悠悠地把车开到了黄逸飞家楼下。黄逸飞上次在柳絮那里做了那场艺术品拍卖会之后，用赚的钱在桃花山庄买了栋连体别墅。装修是黄逸飞自己设计的，很有艺术品位。安琪可能是刚才开车太紧张了，进屋之后，来不及东张西望，还在一个劲儿地气喘吁吁。

黄逸飞很自然地拉起了她的手，牵着她，直奔酒柜那儿去。酒柜里还真的有一瓶1907年的马爹利。安琪说："很贵吗？"黄逸飞说："那当然，不过，为了你，是值得的。"

黄逸飞亲自洗了两只高脚杯，又把瓶塞打开了，分别往两只酒杯里倒了一点酒，先把一只杯子递给安琪，接着自己也端起了杯子，他把杯子端到鼻子底下，眯起眼睛，嗅了嗅，抬头看安琪时，就有了醉眼蒙眬的意味。安琪说："这是马爹利，喝葡萄酒才要闻一闻哩。"黄逸飞说："你还知道不少东西嘛，那我问你，你知道喝葡萄酒与接吻有什么关系吗？"安琪滴酒未沾，却有了站立不稳的感觉，不知不觉朝黄逸飞依靠过来。黄逸飞个子高，玉树临风的样子，她个子娇小，自然而然地做出了小鸟依人状，从下往上飞黄逸飞一眼，说："我哪里有你知识丰富？"黄逸飞一只手很自然地朝安琪肩上搭过来，说："那我就教你一点儿小知识吧。据学者考证，接吻始于古罗马帝国。那时葡萄酒价格昂贵，当丈夫外出归来后，都要用嘴唇碰一碰妻子的嘴唇，以检查一下妻子有没有偷酒喝，假如没有，丈夫就要亲昵地吻上一口，这就是接吻的起源。"安琪说："要是做妻子的偷喝了酒呢？"黄逸飞说："那还用说，肯定一顿暴打。"安琪说："我看不一定，如果做老婆的这时微张着清纯透彻的双眼和一双潮热的嘴唇，完全一副欲火焚身的样子，那男人下得了手吗？"黄逸飞说："就像你现在这样子吗？"安琪说："讨厌。"同时身子一软。黄逸飞手臂自然下垂，揽着了安琪细细的腰，他用耳语般的声音喃喃地说："知道喝红酒的礼仪吗？"安琪说："不知道。"黄逸飞说："我们的前戏已经开始了：第一，得先把橡木塞拔出来，轻轻地嗅一嗅大自然神秘的生命气息；第二，缓缓地把酒顺着杯壁倒入，逆时针晃晃酒杯，把它托举在柔和的灯光下，欣赏它的色泽和挂杯，这个时候你要柔情脉脉，仿佛它是一朵花，因为准备为你而绽放，所以无与伦比的美丽；第三，你把你的嘴就上去，轻轻地抿上一小口，要轻得怕哈着了花儿的痒似的，而且不要急于吞下，要让它绵长的芳香充溢在你整个儿的口腔……"安琪呆呆地望着黄逸飞，忘记了说什么。黄逸飞也不想说得太冗繁了，话锋一转："知道应该在什么地方把这酒喝下去吗？"安琪用嗲嗲的声音问道："有几种选择？"黄逸飞说："没有什么选择，那儿应该有幽暗的灯光、曼妙的音乐，还有发自内心的甜言蜜语。顺便提示一下，我家的音响在卧室里。"安琪说："你还不快点带路？我可是一个容易迷路的女孩。"

安琪没有迷路，黄逸飞当然不会让她迷路。

但当他们做过之后，安琪的一句话还是吓了他一大跳，安琪说她不想辞职了。黄逸飞问为什么，安琪说："你把这一切搞得太铺张了，像法国大餐，比无证驾车还让人刺激上瘾。"

黄逸飞一着急，一下子从床上坐了起来，说："你的男朋友呢？你可是为他辞职的呀。"

安琪说："他不过是报社的一个小头目，而且，还有老婆和孩子，我的亲哥哥，你说我犯得着吗？"

黄逸飞说："你什么意思？"

安琪说："怎么啦？你把眼睛和嘴巴张那么圆那么大干什么？不是你教我的吗？我想了一下，你有才华，又长得帅，还有钱，智商不低情商也不低，我干吗要辞职？继续跟你干不是挺好吗？"

黄逸飞说："当然不好。你以为我这里天天有马爹利喝？"

安琪说："我说了要天天喝马爹利吗？"

黄逸飞说："你想喝也喝不成，刚才那酒就是假的，酒瓶是真的，酒是茶叶水兑酒精再兑十滴水，我的傻妹妹，你不会真这么傻吧？"

安琪说："我知道呀。"

黄逸飞说："你知道？你喝过真正的马爹利？"

安琪说："我没喝过马爹利，但我喝过茶叶水兑酒精再兑十滴水，酒吧里到处都是这种货色。顺便说一句，别在那儿发傻了，去洗个澡吧，再顺便想一想，拿我怎么办。我刚才跟你说我刚做完好事，正处在安全期，那也是假的，你没戴套子，完全有可能给一个智商高情商也高的孩子当爸爸。"

黄逸飞说："你……确定这几天没跟你男朋友在一起？"

安琪说:"他是记者,这会儿都不知道在哪里骗吃骗喝呢,我们有一个星期没见面了。"

黄逸飞说:"你……想干什么?"

安琪说:"没有呀,我只是觉得你说的话很有道理,我准备按你说的去做哩。我是一个很乖、很听话的女孩,真的。"

柳絮和曹洪波下午不到一点就到了H市。两个人在H市最好的宾馆凤翔山庄二楼餐厅的小包厢里等着上菜的时候,柳絮溜出去在总台开了间双标。待两人不紧不慢地吃完了饭,便直接上了房间。

曹洪波一进房间就把柳絮抱住了,撮起嘴巴,把自己的吻像夏天的阵雨似的印到了柳絮的脸上,动作急切得就像一个嗷嗷待哺的婴儿,柳絮听凭他忙了一会儿,这才笑着把他推开,建议两个人先去洗一洗。

上床之后曹洪波却有点踩不到点子。在柳絮的帮助下,好不容易找到了地方,却像一个长途跋涉者,似乎连举手敲门的力气都没有了。等到别人从里面开了门,他却又像敲错了门的人一样,在门口探了一下脑袋,便匆匆地退了回去,嘴巴都没有打湿。曹洪波可能没想到自己会这样,沮丧得不知道说什么才好。他心有不甘,埋头苦干了好一阵,仍是无功而返。

柳絮跟曹洪波在一起两三年了,她是第一次发现他如此力不从心。

柳絮猜想曹洪波一定有了什么心思。男人真是一种奇怪和脆弱的动物,他们太要面子,苦撑死撑也要把自己弄得风风光光,但骨子里到底是一条龙还是一条虫,只要一上床便无法掩饰。换一种说法,男人的性能力跟他的自我满意程度成正比,他要是心事重重,你就不能指望他会有良好的临床表现。偏偏这种时候男人的自尊心最强,如果你流露出一丝一毫失望,你可能就会伤到他的心坎和骨髓,没准他会记恨你一辈子。

柳絮自然是懂得这个道理的,便一如既往地温柔体贴,柔情似水。曹洪波在她公司刚刚起步的那几年,是帮她赚过钱的。在柳絮眼里,曹洪波算是够朋友的,除了时不时地睡上一觉,对她从来没有提过经济上的要求。也多亏了他们的这种关系,去年省高院执行局的人被抓进去不少,他却安然无恙。

柳絮这段时间与曹洪波联系得不是很多,只听说他下班以后就呆在家里不出来,照顾高考的儿子和得了病的老婆,他家甚至还被评了本年度司法系统的

"五好家庭"。不过，按照柳絮对曹洪波的了解，他推掉外面的应酬，可能更重要的原因还是为了韬光养晦。

曹洪波的表现不尽如人意，令柳絮不禁担心起来。

她不知道曹洪波对肖耀祖到底有多大的掌控能力。

按照曹洪波先前的说法，肖耀祖这个时候应该还在S市。S市离H市两个小时的路程，他们如果要一起吃晚饭，曹洪波应该在下午三四点以前联系上他。

柳絮像突然想起了一件什么事似的爬起来，从包里拿出手机去充电，借此机会看了一下上面的时间，发现已经快三点了，心里便有点着急。但她是一个沉得住气的人，她也只能听凭曹洪波的安排。

曹洪波骨子里是那种很要强的男人，折腾了半天没有效果，显然让他有点烦躁。他紧随着柳絮一声不吭地爬起来，用房间里的水壶烧了开水，泡了两杯茶，趁热把自己的那杯喝了，又替柳絮把她的那一杯端过来，递给她，让她也喝。柳絮心里没来由地一热，把那杯茶接过去，放到床头柜上，顺势抱住曹洪波的腰，用头轻轻地蹭他。

柳絮跟曹洪波在一起早已没有了什么心理障碍，她放开了逗弄他，终于让他做成了。

柳絮自己先踏实了，她眯缝着眼睛望着曹洪波，发现他也是一副终于交了卷似的轻松感觉。柳絮建议曹洪波睡一会，她自己则穿戴妥当，准备去H市的商场逛逛。

曹洪波说："你先等一下，我这就跟肖耀祖打电话，让他赶紧过来。"

电话很快就通了，肖耀祖问清了曹洪波的方位，说马上就赶过来。

曹洪波挂了手机，顺手把它放在了床头柜上，柳絮见了，把它拿到了电视机旁边的桌子上，告诉他睡觉时别把手机放在床头，有辐射。

曹洪波笑了，算是谢了，说："要不你也休息一会儿吧，就别去逛街了。"

柳絮说："我逛街可不是为了我自己，你也不瞧瞧，你那内衣内裤都可以进博物馆了，也不换一换，真丢人哪。"

曹洪波一笑，说："这种人我还丢得起，谁要是有机会看到我的内衣内裤，估计她也不会在乎。"

柳絮说："你还嘴硬。"

曹洪波说："我不光嘴硬吧？"

柳絮说："那是。除了替你买两套内衣内裤，我还想帮你买块表。"

曹洪波望着柳絮很开心地笑了一笑，然后摇了摇头，拍了拍床沿，让柳絮挨着他坐下，拉过她的手，在自己脸上慢慢地划拉了两圈，又把它凑在自己的嘴唇边，亲了亲，这才从下往上地望着她，说："你真是一个好女人，你去帮我买套内衣可以，这样，只要我穿着它，就像跟你在一起一样。手表就算了，我的手机二十四小时都开着，上面有时间，别浪费那个钱。"

柳絮说："还是买一块吧。"

曹洪波说："算了算了，要不然你替我买根皮带吧，把我拴紧一点。"

柳絮说："革命靠自觉，捆绑是成不了夫妻的。"意识到后面一句话可能让曹洪波产生误会，马上说："手表买，皮带也买。"

曹洪波一笑，说："随你，另外，你逛街的时候顺便想一想，等一下怎么跟肖耀祖谈。"

柳絮说："你替我想吧，他本来就是冲着你的面子来的。"

曹洪波说："你这个小傻瓜，有些话还是要你自己说的。"

柳絮望着曹洪波嘟了一下嘴，又点了一下头，说："行，到时候再见机行事，看怎么说吧。"

曹洪波说："你说，我敲边鼓。"

柳絮说："就是不知道他是不是已经答应了陈一达。"

曹洪波摇了摇头，说："肖耀祖是聪明人，他不会这么快答应陈一达的，他一定会吊起来卖。"

柳絮盯着曹洪波说："没有别的什么人帮我，我真的只能全靠你了。"

曹洪波嘴一撇，似有似无地笑了一下，他抓着柳絮的那只手随之又紧了紧，这让柳絮心里一紧，赶紧说："等下肖耀祖过来，安排些什么活动？"

曹洪波说："肖耀祖吃喝嫖赌什么都来，但最爱的就是嫖，去哪儿都离不开小姐。这也难怪，有个段子不是说吗？男人女人不流氓，除非心理不正常。不过，我让他过来，跟我又是第一次见面，我想他也不至于太放肆。再说了，他那几层楼反正是要拍卖，给谁拍还不是拍？只要不出意外，应该会给我这个面子的。"

柳絮点了点头，不想多说什么，她把自己的手抽出来，轻轻地在曹洪波脸上拍了几下，说："你抓紧时间休息一会儿，我出去一趟就回来。"说完腰肢一扭，拿了手机，轻轻地离开了房间。

柳絮下电梯，走出宾馆大堂，到了自己的车上，她把驾驶室里的小镜子放下来，对着它理了理自己的头发，直到弄熨帖了，这才从手提包里掏出手机给杜俊打电话。杜俊还在睡觉，懵里懵懂的，但很快就完全清醒了。柳絮告诉他肖耀祖已经露面了，拍卖委托的事可能马上就会定下来。杜俊说那好呀。

柳絮说："你原来不是说有个买家吗？最近有没有跟他联系？"

杜俊说："有些天没联系了，因为咱们这边没落实，所以我也不好追得太紧。每次都是他们找我，看样子很有意向。"

柳絮说："光有意向还不行，还得看他的实力。你抓紧时间落实一下吧。如果我们手里能抓住一个实打实的买家，对于我们拿到委托，会很有帮助。"

杜俊说："我知道，我马上问一下。"

柳絮本来还想让杜俊准备一下，可能到时候会让他过H市来，想了想，还是没说。曹洪波既然有把握约到肖耀祖，等下见了面，就能多少摸清他的底细。到时候再做安排也来得及。

柳絮接下来开始想另外一个问题：肖耀祖和陈一达的接触到了哪一步。当然，这个问题不是她能够想清楚的，等下见了面，自然就会知道。她希望真的像曹洪波说的那样，能够顺利地拿到拍卖委托，哪怕是肖耀祖能够给他一个实实在在的承诺也行。但人就是奇怪，柳絮又怕太顺利了，反而心里会不踏实。

曹洪波并不是一个大包大揽的人，说话办事从来不满打满算。他为什么开始不沾边，现在又说得那么轻巧？

再者，即使肖耀祖痛痛快快地表了态，也还有一个跟信达资产管理公司沟通的问题，伍扬会不会买曹洪波的账？

还有，如果曹洪波出面帮她把事情搞掂了，贺桐又会怎么想？她又该怎样向他解释自己和曹洪波的关系？

柳絮心里不禁七上八下起来。

柳絮把车子发动了，"啪"的一声打开了音响，她同时说服了自己：现在的情况只能是走一步看一步，遇山开路，遇水借船，见招拆招了。有些问题，也许根本就不是问题。或者换一种说法，解决问题最好的办法就是不去想怎么解决问题，因为能不能构成问题，还得看关系。关系不到位，到处都得磕磕绊绊，关系一顺，哪里都能畅通无阻。另外，不要以为关系越复杂事情越难办，有时候，关系错综复杂有错综复杂的好处。有些事，做了就做了，没有人特意去捅破那层窗户纸。

杜俊接柳絮电话的时候正在柳茜床上。他刚挂机，柳茜的胳膊就搭了上来，仰着脸望着他说："怎么样，是不是快要到感谢我的时候了？"

"怎么啦？"杜俊回望了她一眼，说。

"你别装傻了好不好？以为刚才我不出声是怕你那位柳总发现你和我在一起呀？我在听你打电话呢。"

"那你还问？这不八字还没一撇吗？"

"瞧你那紧张样儿。你应该说：凭什么感谢你？你都做了些什么？"

"你这么有自知之明，还用我说什么？"

"什么话？你也太不了解我了吧？我就是太笨了，所以什么事都靠自己争取。我不提醒你，你会想到我吗？"

杜俊鼻子里"哼"地一笑，不再说什么。他认为柳茜简直是在胡搅蛮缠，对这种人你有时候就是找不到话说。但是，这次可是你杜俊自己要来的，周末，公司没什么事，闲着也是闲着，还不如过来跟她厮混。这几年，柳茜的厨艺可是长进不少。

杜俊觉得跟柳茜交往是对自己的一种考验或者挑战：看能不能真正做到只动身子不动心。一般来说，男人要有志气会把自己比喻成好马，而好马是不吃回头草的。不过，杜俊倒是没费多少劲就说服了自己：好马又怎么样？好马还不是被人骑的？不错，柳茜曾经背叛过你，可她现在回来又不是逼你娶她，让你睡还不收钱，岂不是大大地便宜了你？

况且在柳茜回来之前便有了柳絮。说到底，男人是离不开女人的，女人可能是害人精，也可能是安慰天使。对于男人来说，和女人做爱，至少可以当安眠药。和女人交往的时候，如果你受到了伤害，只能证明你自己太嫩。再说了，任何经历都是一种精神财富。柳茜即使真的伤害了你，随着时光的流逝，这种伤害也早已结出了秋天的果实。杜俊觉得柳茜让他有了两个收获，第一，第一次透彻地了解了女人；第二，自己在女人面前已经具备了足够的免疫力。他相信，从此以后他再也不会被一个女人蒙骗了，即使面对天仙妹妹，也可以做到头脑不发热，胸口不乱跳。

正因为有了这样的思想境界，杜俊才能让自己在两个柳姓女人之间左右逢源。

他对自己与柳絮的关系是很满意的。那是一种什么关系？那是一种雇佣关系，一种合同关系。柳絮跟他第一次做爱之前喝了酒，但就是在那种酒醒了之后脑袋半清不醒的状态下，仍然不忘与他约法三章：你可以爬在我身上，但不能爬在我头上，你只要把明里暗里的两份工打好就行了。对此，杜俊没有觉得自尊心受到了伤害，相反，柳絮的这些想法正中他的下怀，简直就像天上掉下来的馅饼，他吃完以后一抹嘴，便可以吹起口哨走人。

杜俊早就认为自己想明白了：咱这一辈子决不给哪个女人做老公。黄逸飞对他的前员工安琪说过：对于女人来说，男人无非两类——可嫁的与不可嫁的。杜俊从另外一个角度，也把男人分了类：给别人戴绿帽子的和被别人戴绿帽子的。他坚信，避免成为后一种男人最简单、最保险的办法，便是不娶老婆不结婚。

柳絮和柳茜都是人尖儿，杜俊想跟谁睡就可以跟谁睡，而且根本不需要负什么责任，他对目前的格局那是相当的满意。

当然，在跟柳茜交往的时候，杜俊的思想还是要稍微复杂一些。杜俊对柳絮还是很尊重的。一个女人，要在男人堆里混饭吃，不容易。再说了，柳絮对自己真的不薄，他犯不着对她怀有非分之想。对于柳茜，却多少有点儿心存芥蒂。准确地说，是多少有点防范。在杜俊眼里，他这位初恋情人，太工于心计了。

两个人直到下午还没有起床，完全是柳茜的原因：昨天夜里她一共要了三次，而且总是由她控制节奏，先是像小猫一样温柔，等他被逼得像老鼠一样的活蹦乱跳之际，她马上把自己变成了发情的豹子。杜俊对此早已习以为常了，他知道每个月她都要如此这般一两次。他进而猜测：这个平日里头脑清醒得像计算机一样的女人，也许正是通过这种颠鸾倒凤的疯狂，才维持了她自己灵与肉的生态平衡。

被柳絮来的电话打断以后，两个人都没有了睡意，各自望着天花板想了一会儿心思，后来，还是柳茜打破了沉默，她趴在杜俊身上，用纤细和白净得像一棵葱似的手指头，在杜俊胸前划来划去，然后一个字一个字地说："我想搬到你那儿去住。"

杜俊说:"什么?"侧过身,眼睛睁得大大的,望着她。

柳茜说:"我想把这个房子卖了,在你那借住一下,你不反对吧?"

"我那是公司给租的房子。"

"那又怎么样?"

"我的意思是说,你这房子才买多久?干吗要把它卖掉?"

"本来我也没想到把它卖掉,可是,昨天我上网看到了一个消息,我被刺激了。别人做得到的事情,我为什么做不到?"

"什么事?"

"等下我把那篇文章找出来,你自己在电脑上看吧。怎么样,没问题吧?"

"什么?"

"你这人怎么回事?这不正跟你说我住你那儿去的事吗?"

"你……一个白领,一个富婆,到我那个贫民窟,会不习惯的。"

"要拒绝我找个好点的理由行不行?你是怕我住过去以后,你不方便吧?"

"哼,我有什么不方便的?"

"你还嘴硬。那我问你,你为什么一直不让我到你住的地方去?好,这个问题你可以不用回答。早几天你拗不过我,让我去了,你知道我发现了什么?"

"什么?"

"你的洗漱间里有两把牙刷。"

"你过几天去,也许有三把牙刷呢,我换了牙刷,前面的懒得扔掉,不行呀?"

"问题是,当时那两把牙刷都是湿的。"

"我早晨用一把,晚上用另外一把,不行呀?"

"行。房间里的两双拖鞋怎么解释?床上的长头发又怎么解释?你的脸皮还没有厚到敢说是你自己的头发吧?那是已经染了四十天左右的女人的头发,因为它有二十多公分长,发根是黑色的,发梢是咖啡色的。我想她的年龄应该在二十八到三十二岁之间。"

"打住。"杜俊一笑,干脆从床上坐起来,眼睛望着柳茜,他不能由着柳茜的性子,像审犯人似的跟自己说话。你是我什么人?未婚妻吗?不是。女朋友?也不是。我们是偶尔在一起睡觉的人,是性伙伴,平等互利的合作伙伴。你没有权力管我,就像我也不会去管你的其他私生活一样。

柳茜躺在床上没有动，她迎着杜俊的目光，眼珠子一睃一睃的，好像从他的眸子里阅读出了他的思想。她突然莞尔一笑，说："瞧把你急的，脸都白了，跟你开玩笑呢。"

杜俊也就嘿嘿一笑，说："我的脸是急白了吗？非也，是被你掏空了，显得白。"

柳茜却没有心思跟他开玩笑，她幽幽叹了一口气，说："这个世界，真他妈的多的是高人。我没做到倒无所谓，问题是我连想都没有想到。而她当初的情况，跟我的情况何其相似乃尔。"

"你到底在说谁呀？"

"我真他妈的佩服死她了！"

这个世界还有被柳茜打心眼里叹服的女人？杜俊的好奇心被柳茜挑逗起来，急着让她把手提电脑打开，翻看那篇文章。柳茜帮他找到之后进了浴室。

杜俊很快看完了，两眼直瞪瞪地望着天花板，发了半天呆。

那个令柳茜自叹不如的是一个上海的小女人，以一幢一百五十万的房子起家，在短短的四五年以内，让自己的资产，涨到了差不多一个亿。

谁不对财富的神话动心？

要知道，这差不多是一个有了财富便可以拥有一切的社会。

但是，网络上的东西能信吗？早段时间还有一个别针换别墅的神话哩，结果怎么样？报纸上说了，假的，人家只是闹着玩儿。

对刚才看到的故事，杜俊本来可以一笑了之，问题是柳茜却似乎很当一回事。这么多年，他对她太了解了，或者说太不了解了。她那小脑袋瓜里要是想到了什么主意，一定会锲而不舍地去做，谁也别想拦着她。杜俊知道，对网上的这个故事，他可不能掉以轻心。

挂在天涯网站上的故事是这样的：

> Mary 来自浙江，民营企业家辈出的地方，不算很漂亮当然也不丑，不过即使她昨天不是开宝马来我也会记得她，因为她的确很特别，每天准时起床，准时刷牙，准时上课，准时吃饭，准时晚自习，准时上厕所……甚至每天三餐的食谱也很少变化，这样的人想不记住她也不行。大四实习在民营企业，被作为她老乡的老板看中，当了他的女朋友，老板送了套房子

给她，当时价值一百五十万。然后她做了件让我们所有人瞠目结舌的事情，半年后（她还没毕业）将房子以二百五十万左右的价格卖掉，然后分成五份，首付各五十万左右贷款买了五套房子，租给外国人住，半年后再卖掉两套，买进六套……然后继续……三年后当她发现自己的家产比那个生意一直不顺利的老板还多的时候，送了那老板一套两百多万的别墅作为分手费，然后就一直一个人，她不喝酒不抽烟，穿的衣服倒的确是名牌，但是绝对不起眼。Mary跟我说，她其实很无聊，每个月的工作只需要一天就完成，这一天她只做一件事情，开着宝马到处收钱或者和租借她房子的客户沟通下感情，她基本上只租给外国人和港台同胞，因为她说大陆人信用太差，麻烦，外国人付钱爽快，弄得我们其他同学很郁闷。我说你过的神仙般的生活，她说非也，其实我很痛苦的，大家老同学而且都是女人也不说什么虚伪的话，我现在连认识个男人都不知道该上哪里去认识。大家哈哈大笑，说那你和以前的男朋友分手干吗？好歹也是个民营企业家，而且你们也在一起差不多四年了。Mary沉默了会幽幽地来了句：审美疲劳。结果大家都被逗乐了，这才发现那个生活规矩得像个小老头似的Mary其实也挺幽默的。那Mary什么性格呢？我总结下，感觉是：能吃苦，有韧劲，大智若愚，低调。下面说说我自己。说自己，还是从我和Mary的对话引出来吧。我们聊到我奋斗了两年的工作地点陆家嘴（刚刚跳槽，现在不在那鬼地方了），Mary说她在仁恒滨江花园也有五六套房子，都租给台湾人了。我随口问了句那里的房子该多贵啊，Mary想了想，说这几个月开始降了，你如果要买的话三万六一平方米给你吧。是的，各位天涯朋友，你们没看错，三万六，不是三千六。我愣愣地看着Mary，老老实实告诉她，偶（我）不吃不喝不买衣服不逛街所有工资存起来，三个月刚好能够买你一平方米。Mary语录，语录一：我最得意的投资？嗯……让我想想，就是浦东芳甸路那个案子吧，放号之前，我每人两百块雇了十个民工帮我去排队，什么？别人给一百？我知道，我特意多给些，这样才有积极性，结果我那十个人帮我排到了十个号，大概一百万一套房子，我买十套，首付百分之二十，花了我两百万，两周，对就是两周后，我成功地以一百二十万左右一套卖掉，所以两周时间我净赚两百万，而且赚的还是现金。（这里我用我们会计的专业术语分析给大家听听，这两周其实上海房价上涨百分之二十，照道理来说如果要净赚两百万需要一千万成本，但是 Mary 同学实际只用了两百万成本，另外八百万成本她可以说是占用了银行的资金，当然是合法地占用，她还是支付了两周的贷款利息，尽管可以忽略不计。所以这两周内发生两个事实：上海房价上涨百分之二十，Mary 资产增长百分之百。）你们说我最重要的一步是什么？是我比别人多花一百块雇用民工，我告诉你们一个事实，别人一百块钱雇的人绝对排队排不过我两百块钱雇的，别问我为什么，这就是积极性的问题。这叫啥？舍不得孩子套不住狼！语录二：小叶，你别嫌仁恒滨江花园贵，三万多一平方米，最小户型两百平方米，一套就要七百万，我知道，莘庄那里一百万可以买一套，但我告诉你我宁愿要一套仁恒的，也不要七套莘庄的，为啥？分析给你听听。我仁恒滨江花园两百平方米的房子月租金两万人民币是绝对没问题的，莘庄那里的呢？一百万买来的，可以租个一千二至一千五左右吧，你去乘七，了不起一万多点，是不是只有仁恒那里的一半？这就叫投资收益比。更何况，仁恒的房子我都租给跨国企业，他们一租就是一年起跳，信誉好得没话说，说穿了这点小钱他们根本不在乎，对我来说这个收入来得特稳定。那莘庄那里呢？租房子的都是那些来上海打工的人，好听点叫小白领，难听点就是打工仔，他们收入根本不稳定，还经常好几个人合租，跟他们算账超级麻烦超级累，收他们点钱好像我是强盗似的，更可怕的是他们信誉很差，虽说都是付三押一，还不至于赊账，但是万一他说好租一年，结果半年就跑路了，我剩下半年房租怎么办？我还得出去找客户，风险成本超高，所以没意思。语录三：我现在打算就留下仁恒那五套和古北那四套，其他房子全卖了。我不是觉得房子还会跌，我是觉得这房子就算涨，也涨不了多少，市场已经成熟多了，远远不如前几年了，房子已经赚不到钱了，所以不如套现。套现了干吗？看啦，有机会就投资，实在不行就还掉点贷款。我老了，没动力了……前面有朋友问到 Mary 同学的资产问题，其实我也不知道，不过我可以推算一下，五套仁恒，算每套七百万，四套古北，算每套五百万，这样就有五千五百万，其他的房产她没透露，我猜测，注意，是我猜测的，她所有的房子加起来没有一亿也有八千万吧，不过她还欠了银行的贷款，估计占她房子总价值的百分之三十至百分之五十，所以 Mary 同学实际资产大家自己算。

柳茜的喊叫打断了杜俊的沉思。每次洗澡柳茜总是大呼小叫，制造出来的音响效果，与她平时叫床的声音相比，几乎可以乱真。杜俊知道接下来他将得不到安生，柳茜会向他下达一个一个指令，让他帮忙把原本应该由她带到浴室里去的东西，一件一件找出来递给她。比如说干燥帽和吹风筒，三角裤和胸罩，以及女人用的各种瓶瓶罐罐。

只要两个人在一块儿，替柳茜擦润肤露的工作总是由杜俊来完成。这是一项技术活儿，轻了，那些乳状的化工涂料渗不到皮肤里面去；重了，柳茜会喊疼。那时杜俊就惨了，轻则遭到斥责，说他简直是个大笨蛋；重则粉拳上身，而且从来不管轻重和打击的部位。

杜俊有时候觉得自己很贱，甚至怀疑是不是有被虐倾向。但他在柳茜面前，不知道怎么就有那样的好脾气，他总能忍气吞声，不说乐此不疲，至少从主观上来说，总是力求精益求精，避免偷工减料。

这次也是这样，柳茜朝镜子嘟嘟嘴，杜俊马上用湿的干的两块抹布把镜子擦得干干净净。柳茜把头往左边歪一下，又把头往右边歪一下，扭了扭脖子，又扭了扭屁股，终于对镜子里的美女送上了满意的一笑。柳茜做这些动作时，从来都把杜俊当成是空气，杜俊也配合默契，从来不打扰她自恋。

柳茜让杜俊为她系胸罩的时候还是叹了一口气，重复了那个已经说过不下于一百次的话题，说："还是小了一点点。"

杜俊知道该轮到他发言了，语气很坚定地说："胡说八道，这还叫小呀？再大就要爆棚了。"

柳茜说："你也学会说假话了。不过，我听着还是蛮舒服的。"

杜俊说："事实摆在这儿，用得着我说假话吗？再说了，男人千奇百怪，审美观不会完全相同，有的人看重大小，有的人看重形状。"

柳茜说："你们柳总用什么杯？"

杜俊说："什么？"

柳茜说："又给我装傻吧？算了，管她呢，跟你讲个冷笑话吧，你知道小红帽是怎么变成太平公主的吗？"

"中西文化交流的结果吧？"

"放屁。你这人，一点幽默感都没有，不知道当初怎么就喜欢上你了。告诉你吧,这是一个脑筋急转弯的问题,快猜。"

杜俊猜了半天也没有猜出来。

柳茜不耐烦了,说:"她的奶奶被大灰狼吃掉了。你就是大灰狼。"

杜俊想了一下,还是笑了。他其实觉得这算不上什么笑话,对柳茜后面加上去的那句话,他也不敢苟同,他不是大灰狼,就像柳茜也不是小红帽一样。

杜俊回到了柳絮的那个电话上,问柳茜她以前说的那个买家怎么样了。

柳茜已经穿戴停当,她对着镜子里的自己瞅了瞅,这才转过身来对着杜俊,伸出食指托着他的下巴,让他把脑袋扭过来望着自己,说:"你看我像不像?"

杜俊尽管多少有了一点心理准备,但还是一下子没反应过来,或者,认为柳茜这个时候才开始讲笑话。杜俊打认识她开始,就没有怀疑过她的智商,相反,她总有办法让杜俊搞不清状况,不知道她哪句话是真的,哪句话只是信口雌黄。杜俊知道柳茜能折腾,可是,购买流金世界,没有一个亿,也得好几千万,她有这能耐吗?

她也准备用一根别针换一幢别墅?

第六章

接到曹洪波打来的电话之前,肖耀祖正在金狮大酒店三十八楼总统套房里打麻将。另外三个人,一个是伍扬,一个是金达来拍卖公司的总经理陈一达,还有一个十八九岁的小姑娘。

房间是肖耀祖开的。肖耀祖很善待自己,到哪儿都只住总统套房。尽管欠信达资产公司几个亿,在吃喝玩乐方面,却很讲究,一点也不像负债累累的样子。他跟伍扬不打不相识,一场官司下来,两个人惺惺相惜,处得就像哥们儿。

这当然是在私下场合。伍扬虽然处事比较张扬,也还不至于去犯官场上的常识错误。债权人债务人的关系是什么关系?是黄世仁和杨白劳的关系,要是在别人看起来好得可以穿一条裤子,伍扬的主任还当得下去?

两个人甚至长得都有几分形似,理的都是平头,短短的头发很精神地向上一根根地竖着,一副精精瘦瘦的骨架,都喜欢穿名牌用名牌,只是肖耀祖身材比伍扬矮了半个头,说话的语速比伍扬快两三拍,以至他的声音显得有点尖。据说他是没有读过多少书的,却戴着一副金边眼镜。尽管脸色因为长期纵欲有点发青,却仍不失儒雅。他的手指白净修长,左手无名指上戴着一枚铂金戒指,上面镶嵌着一颗硕大的祖母绿宝石。金边眼镜和铂金宝石戒指便成了他的标志性饰物,让那些涉世不深的小姑娘一眼就能看出他是一个有钱人。

尽管陈一达跟肖耀祖是第一次见面,但因为有伍扬穿针引线,中间就省了许多繁文缛节。肖耀祖那只戴着戒指的手,动不动就往陈一达肩膀上拍。

陈一达心里清楚，要拿到流金世界拍卖标的，伍扬他们公司固然重要，眼前这位肖耀祖手里也握着生杀予夺大权的一半。再说了，人家虽然欠了一屁股的债，怎么说也还有资产过亿的身价。他心里不怵是不可能的。因此，相对于伍扬和肖耀祖来说，陈一达是笑得最频繁的一个人，而且在面对肖耀祖的时候，便多少有一点献媚讨好的味道。

打牌的时候肖耀祖坐在陈一达的对面，伍扬坐在他上手，下家就是那个十八九岁的小姑娘。她是肖耀祖这次过来找的玩伴，姓毕，叫什么名字不知道，肖耀祖介绍说她是省艺校二年级的学生，学舞蹈的，省电视台搞文艺演出什么的，经常去伴舞，肖耀祖叫她小BB，也让大家都这么叫她。

陈一达先从伍扬那儿得到了肖耀祖的不少情况，知道这场牌打得怎么样至关重要。

信达资产管理公司已经向省高院执行局推荐了金达来拍卖公司，只要肖耀祖一松口，也用书面的方式向省高院推荐，这事差不多就算成了。

可是，肖耀祖会轻易表态吗？

可能首先得看这牌怎么打。

偏偏肖耀祖是个在生活作风上很随便，在牌桌上却很严肃认真的人，刚才位置的排定就是他坚持摇骰子的结果。陈一达从伍扬那里知道了肖耀祖的臭毛病，仗着财大气粗，总是吹嘘自己的牌技超一流。他要是认为你的牌打得不怎么样，白花花的银子输掉了不算，他可能还会怀疑你的智商。因此，不输钱是不行的，故意输钱也是不行的。

对于打惯了业务牌的陈一达来说，这场牌的技术要求更高。不能赢肖耀祖的钱，这是肯定的。只有脑子烧坏了的人，才把钱当卫生纸。肖耀祖要是输了钱，可能会不在乎，但也决不会其乐融融。赢钱当然能让他快乐，会让他心情好，问题是你陈一达在输钱的过程中，还得让肖耀祖尊重你。按照肖耀祖的说法，他喜欢高手之间的对决，所以，只有让他觉得胜利来之不易，你才会被尊重，才不会被藐视。

陈一达却宁愿相信肖耀祖是那种表面上看起来自信自大、骨子里其实自卑胆怯、缺乏起码安全感的人。这种人多少会有那么一点神经质。

陈一达觉得自己以前的经验这次可能用不上。

金达来公司的业务做得好，却从来没有出过什么事，因为陈一达从来不直接给别人送钱。不是不想送，是不敢送，怕害了朋友也害了自己。但不花钱怎么能把生意做开？不现实嘛。要想做成事，必须把那些人拉过来为你所用。怎么拉？最好的办法就是看他喜欢什么，然后投其所好。什么最值钱？钱最值钱。但现在反腐败的力度越来越大，谁敢乱送钱？谁敢乱收钱？所以，明给也好，暗送也好，困难都很多。困难多不怕，人的脑子就是用来想问题的，困难再多，能想出来的办法更多。什么是商人？就是凡事都可以商量的人。什么是生意人？就是遇到问题总能生出主意来的人。其实，这在生意圈里，几乎是公开的秘密，就是每当作完了一笔业务，便组织几场牌局，改送钱为输钱。陈一达因此打惯了业务牌，技术已炉火纯青，完全能够在可以预计的时间内把必须输掉的钱，输得不显山不露水。陈一达输多输少，其实在按功行赏，回报那些帮助过他的人。那些人也心领神会，打牌的事按下不表，还可以在外面唱高调，说陈一达一毛不拔，给他业务让他发财，却从来没有喝过他一口水，吃过他一顿饭。

陈一达来的时候从保险柜里拿了十万块钱，他的任务就是把它输给肖耀祖。

肖耀祖是债务人，在执行案件中，是被执行人。但因为他有选择拍卖公司的权力，陈一达就得把他当大爷，当衣食父母。

没想到肖耀祖一上场就直嚷嚷："赌场无父子，我打牌有三条规矩。第一，自己不出老千也决不许别人出老千；第二，不准放水打业务牌；第三，不准赊账。"

这话本来是说给陈一达听的，没想到小 BB 沉不住气，把话茬接了过去，她朝肖耀祖一笑，说："我是新手，什么是出老千，什么是放水？"

肖耀祖忙着张牙舞爪地活动指关节，把小 BB 的问题推给了伍扬，说："小学生妹，未免天真了一点，伍叔叔给她解释解释。"

伍扬说："小 BB 没看过香港电影吗？出老千就是作弊，放水就是故意打乱牌，故意把自己的钱输给别人。"

小 BB 说："不准出老千我同意，反正我又没打算作弊。可是，为什么要把自己的钱故意输给别人呢？"

小 BB 就是再天真，这话也问得有点不恰当。伍扬抿嘴一笑，望了她一眼，并不打算回答这么弱智的问题。

肖耀祖说："你哪来这么多问题？老师才负责回答学生的问题，我们不是你的老师，所以这个问题不用回答。"小 BB 的本钱是肖耀祖提供的，刚才他当着伍扬、陈一达的面甩手给了她两万。肖耀祖接着说："你记住了，你得想办法赢钱，赢了，这本钱算你的，要是输了，就有点麻烦。"

小BB还是忍不住做出学生样儿，仰着脸问肖耀祖："有什么麻烦？"

肖耀祖说："我打牌可以当饭吃，当觉睡，如果给你的钱被你三下五除二就输光了，我又还没有尽兴，那怎么办？"

小BB说："那还不简单，找你贷款呗。"

肖耀祖："我可跟你说清楚了，这牌局一开，我可就不会再借钱给你，机会只有一次，能不能被你抓住，那就要看你的本事和运气，不过，我看你输得起，青春就是本钱，钱输光了，就输衣服，外衣抵两千，内衣内裤抵五千，要是都输了，就输人，一次算一万，怎么样？"

伍扬说："朋友妻不可欺。钱我们敢要，人我们可不敢要。小BB要是真的只剩下身子，账还是得记在你肖老板头上，转移支付。"

肖耀祖"呵呵"笑了两声，说："小BB你听到没有？这儿也就我把你当宝贝，输给伍老板和陈老板，人家都不要。"

小BB嘟着嘴说："谁输谁赢还不一定呢，换了我，也只要钱不要人，有钱可以去泡GG。"

伍扬说："有志气有志气。打牌说不定的，蛇有蛇路，狗有狗道，有人靠技术，有人靠胆识，有人靠运气，胜负真的很难说，不过，为了以防万一，我建议小BB这会儿先加一件衣服。一个女的跟三个男的打牌，往往两种结果，要么三吃一，要么一吃三，你要有心理准备。"

陈一达想给肖耀祖留下一点好印象，撇开小BB的事不谈，接上原来的话题，附和肖耀祖，说："我也反对打业务牌。放水是放不好的，你要存心帮某一个人，不和他的牌，等到打了一两圈别人和了一个大番子，他可能输得更多。你本来想帮他，结果却害了他。"

肖耀祖说："两种人我都看不上，一是故意放水的，二是在牌桌上行贿受贿的。人生在世，嫖赌二字，这赌要是变了味，那还有什么乐趣？"

陈一达听了这话不知道怎么往下接，只好说："那是那是。"

说话间，小BB兴奋地叫了起来，说她和了。

肖耀祖说："你真是新手。老手第一局是不和的，赢头盘付尾账，看来你今天脱定了。"

小BB说:"真的呀？那怎么办？"

伍扬安慰道:"你别信肖老板的,现金不抓不是行家,我看你打牌蛮有感觉的,说不定我们三个都不是你的对手。"

小BB说:"谢谢你的吉言,你刚才那口诀怎么念的？什么少吃多碰亡命顶,对倒夹张不如什么自摸？"

伍扬哈哈一笑,说:"肖老板在此,你还用得着自摸？好好拜拜师,让肖老板教你怎么碰、怎么顶。"

小BB说:"你好坏哟,白叫你伍叔叔了。"

三个男人比赛似的大笑起来,肖耀祖的声音最响。

麻将机洗牌的时候,另外一副牌已经自动地砌好了堆在面前。大家忙着调整手里的牌,一副很认真的样子。

小BB的技术也实在太不熟练了,不停地把面前的牌调来调去,左手里还握着一张牌,过一会儿就要看一次,好像一不小心就会起变化似的,她的两只眼睛倒是不断地扑闪扑闪,脸上的表情也很丰富,一会儿翘嘴,一会儿咬嘴唇。轮到她出牌的时候,陈一达也会乘势瞅她两眼,暗自揣摩她那副清纯样儿,到底是不是装出来的。

肖耀祖打牌真的很讲规矩,不管是谁放的炮,该他和牌的时候决不讲客气,能做大番子的时候也决不心慈手软。陈一达拿定了主意,决定先赢后输,先给肖耀祖一个下马威,然后再让他扳本和赢钱,他只要把节奏控制好就行了。

此外,他还决定拍拍肖耀祖的马屁。每个人都是喜欢戴高帽子的,这是人内心深处被别人尊重的需要。小BB长得很漂亮,肖耀祖不过是把她当饰物和消遣物,是用来炫耀的,而频繁更换饰物的男人,心里虚得很,他们需要时不时地听到恭维话和奉承话,这应该会让他像吸了鸦片似的飘飘欲仙。

陈一达想拍肖耀祖的马屁却不知道该从哪儿下手。他那戒指倒是不错,但毕竟是身外之物,你要是傻乎乎地夸他这个,他心里没准会笑你没见过世面。陈一达一下找不到词儿,偷偷看了旁边的伍扬一眼,却见他抿嘴而笑,嘴巴像上了锁的门似的紧紧闭着,神情专注地抓牌出牌。

尽管小BB的两只白白净净的小手在牌桌上跳舞似的灵动,这牌打得仍然有些沉闷。这显然不是陈一达希望的效果。不过,陈一达越是着急反而越是找不到话说。

还是小 BB 打破了沉默，她的手机响了一下，抽空一看，是条信息，忍不住就笑了，笑完之后还故意朝三个男人挨个儿地看了一遍，笑得更响了。肖耀祖批评她，说她打牌本来水平就差，还三心二意，不务正业。小 BB 强忍着笑，眼波朝肖耀祖飞了几飞，说："原来地球人都知道你是坏蛋！"这下肖耀祖不干了，说："扯什么淡？"越过麻将桌，把小 BB 的手机连夺带抢地抓了过来，其他两个人也就不再动作，盯着肖耀祖看信息。

肖耀祖看完之后也乐了，瞅着伍扬说："还真是说我的，不过，你也跑不掉。"又嘿嘿地笑了两三声，这才把手机上的段子念出来："小妹妹初入社会，第一要紧的事就是要学会观察男人：头发一边倒，混得比较好；头发往前趴，混得比较差；头发两边分，正在闹离婚；头发往后背，情人一大堆；头发根根站，不是领导就是混蛋！"

陈一达说："还好，没有说我。"

原来陈一达是个光头。

小 BB 说："可以加一句：脑袋光溜溜，一天三次都不够。"

肖耀祖爆笑起来，原来文质彬彬的样子一点踪影也看不见了。他朝小 BB 抡起手机，一副就要砸过去的样子，边笑边说："我日你。"

小 BB 的脸上却很平静，只微微有点笑意，说："你急什么？我又没说你。这话是我同学说的，她朋友就像陈总一样，不仅聪明绝顶而且精力充沛得很，搞得她又想见他又怕见他。是不是呀，陈总，你们这种人是不是都这样？"

肖耀祖侧着脸望着陈一达，学着小 BB 的样子和腔调，说："陈总，你们这种人是不是都这样？"完了正一正声，对伍扬和陈一达说："我们齐心协力，把小 BB 的钱赢过来，好不好？等她没了本钱，就让她去搬救兵，她们艺校的同学，一个比一个漂亮，一个比一个水灵。当然，最漂亮最水灵的还是咱们的小BB，真的，小 BB，你叫几个同学来吧，一个一万。说刚才那话的同学可以考虑给两万。"

小 BB 说："给谁？给我还是给我同学？谁要你的臭钱？我想要钱，不知道在牌桌上赢你呀？"

肖耀祖边笑边说："你厉害你厉害。"

小 BB 脸变得很快，这时嫣然一笑，两朵红云上脸，她瞥一眼肖耀祖，又把头埋了，说："你才厉害哩。"

肖耀祖又爆发出一阵爽朗的笑声。

陈一达不禁对小BB刮目相看，没想到眼前这个细皮嫩肉的小姑娘，竟能把气氛一下子搞得其乐融融，他暗下决心，瞅准了机会，一定给她放个大炮，算是给她的奖金。

还没到陈一达掐好的时间，牌局就要散了。粗粗一算，伍扬和肖耀祖没有什么输赢，陈一达输了八万，几乎都输给了小BB。小BB再次让他另眼相看：她甩手把两万扔给了肖耀祖。

这一点，连肖耀祖也没有想到，说："怎么啦，傻瓜？不要这样吧，这钱本来就是给你的呀。"

小BB说："我才不要嗟来之食呢。君子爱财，取之有道，凭本事挣钱，那才踏实。"

一场牌下来几乎就没说什么话的伍扬，这时也忍不住看了小BB几眼，说："不错，小姑娘不错。"

整个来说，这场牌打得还是有效果的，要说遗憾，只有肖耀祖一个人有点遗憾。他是一个喜欢热闹的人，如果像小BB这样的小姑娘能有五六个围着他转，那就最好了。他为什么到哪儿都要订总统套房？因为他追求的是这样一种境界：自己穿得衣冠楚楚，五六个一丝不挂的美女，围着他饮酒作乐、翩翩起舞。

肖耀祖的这个爱好，陈一达要等到和他混得熟得不能再熟以后才会知道。他见气氛还好，便扭头望了伍扬一眼，见伍扬似有似无地颔了颔首，便欠了欠身，准备请肖耀祖到另外一间房里去，避开小BB，与他单独谈一谈。

没想到这时肖耀祖的手机响了。

肖耀祖倒是并不避讳，当着众人的面接了曹洪波的电话。

陈一达的脸色一下子凝重起来，伍扬看了他一眼，略微有点不屑地把眼帘一垂。陈一达马上在座位上把自己的腰板挺了挺。

肖耀祖接完了电话，朝伍扬笑笑，说："这个姓曹的，比你架子大，难请呀，两位都听到了，他这会儿在H市，让我去一趟。"

伍扬笑着说："我跟他不一样，生意要做，朋友也要做。"

陈一达飞快地瞥了伍扬一眼，又紧盯着肖耀祖，说："那，要不要跟曹局说一说，我们一起开赴H市？"

不等肖耀祖表态，伍扬说："不必了吧？"

陈一达赶紧说："那行，我们就不陪肖老板了。肖老板什么时候有兴致，咱们再切磋切磋？"见肖耀祖不表态，又望了小BB一眼，接着说："小BB厉害，下次我也带个美女来，找你报仇雪恨。"

肖耀祖马上说："好啊，到时候看有没有小BB这么好的手气。"

女人天生就是购物狂，商场上琳琅满目、花花绿绿的货色最能让她们入迷，想象占有它们之后可能获得的艳羡的目光，最能让她们产生虚荣的幻觉和满足。女人当然也有走眼的时候，有些东西付款之前觉得非要不可，买回家一试，却怎么看怎么别扭，于是往柜子里一塞，就忘了它们的存在。女人就是这样善变。不过，做老公的还真得感谢这种善变，因为她最多也就是跟人民币过不去，如果要把这种劲头用在男人身上，这社会可能更乱套。

不过，柳絮倒是早就过了把逛街、购物当心灵桑拿的年龄。她认为逛商场主要是未婚女孩子的事，省下钱买下足够的商品，以便把自己打扮成花枝招展的商品，然后，等着男人上门采购。现在的她，像男人一样实际，买东西先认牌子，再看色彩和款式，只要第一眼能看中，刷了卡拎了东西就走，决不会在商场流连忘返。

但今天有点不同，她不想速战速决，她得留出时间让曹洪波好好地休息一下。另外，她也得好好儿地想一想，等下跟肖耀祖见了面，应该怎么应对。

曹洪波不是那种特别注重仪表的男人，柳絮跟他见面算是比较多的，但她却很少看到他穿便装，西装革履的样子更是难得一见，整天除了法官制服还是法官制服。从个人爱好上来说，柳絮其实更喜欢伍扬那种精致的男人。这是一个过度包装的年代，好东西更需要画龙点睛的包装。但从另外一个方面来讲，法官制服又是曹洪波最好的包装，因为它最能体现他的附加值。

伍扬有他自己的自留地，他恃财傲物（不错，是财富的财），不过是另外一种形式的设防，目的是防止别人在他的地盘上插足，就像一个绝世美女，伪装冷漠是为了谢绝一般男人的滋扰一样。

对此，柳絮本来也没有什么好说的。但是，一个人做事不能太极端。说穿了，你伍扬不也是利用职务之便？做人要厚道，你不让别人染指，别人就会让你吃独食？你吃得下吗？你不会被噎着吗？

不知道为什么，柳絮总是对伍扬有点耿耿于怀，这不仅仅是因为他拒收了她的礼，也不仅仅是因为他对她的态度总是那样不冷不热，关键的问题是，伍扬跟她以前交往的法官、银行资产公司的头头脑脑不一样，她跟他们总能找到契合点，跟伍扬却找不到。

找到契合点就好办。按照柳絮的经验，做生意其实很简单，第一是找对人，第二，是看你要他办的事他能不能办，以及他办完之后能得到什么利益。如果你和他能在利益上结成共同体，就等于上了一条船，这样，你的事也就成了他的事，他办起事来就会积极主动，因为他为你办事的时候，等于是在为自己服务。

问题清楚了，你有你的船，伍扬有伍扬的船，两条船挤在一条窄窄的、只能容纳一条船通过的河道上，不产生碰撞、不产生摩擦怎么可能呢？

她是愿意妥协的，是愿意退而求其次的，也就是说，她可以让伍扬上她的船，或者她上伍扬的船。

伍扬却趾高气扬的，似乎并不认为她有和他平起平坐、讨价还价的资格。这就过分了。

所以，尽管柳絮知道，给不给曹洪波买礼物，他都会不遗余力地帮助她，但柳絮绝对不会去省那几个小钱。这不仅是礼多人不怪的问题，最主要的是，她在曹洪波身上使劲，要在伍扬那里发挥作用，让他明白：曹洪波跟我关系可不一般，他和我在一条船上，你如果轻慢我，得罪的可是曹洪波。

柳絮还不知道肖耀祖和伍扬、陈一达的接触到了什么程度，是不是已经达成了某种默契。因此，她更加需要在这关键时刻，借助与曹洪波的关系，在肖耀祖面前闪亮登场。只有这样，肖耀祖才会重新掂量，才会重新选择，或者，由他出面，帮着她维护与伍扬、陈一达之间的平衡。

除此之外，柳絮手里还有一张牌，那就是贺桐。这个社会，一个人的话语权是由他的社会地位决定的，而一个人的社会地位又往往取决于他手中的权力。贺桐比曹洪波官大一级，无疑拥有更大的影响力。柳絮有一种感觉，贺桐还是愿意暗中帮她的，只要这种帮助不至于引起别人的非议。这就够了。柳絮不是那种风风火火的人，她要的是结果而不是过程。唯一的遗憾，是贺桐和曹洪波的关系似乎有点微妙。否则，柳絮这边的砝码要大得多。现在呢？不知道这两个男人之间到底怎么回事，曹洪波倒像一个气鼓鼓的小青蛙。这对柳絮来说可不是一个好兆头。因为如果他们俩不是一个圈子里的人，在做同一件事情的时候，完全有可能会相互猜忌，甚至在关键的时刻留一手。这样，两股帮助她的力量反而会相互抵消。

比如说，柳絮跟曹洪波在一起的时候，就很担心接到贺桐的电话，反过来说也是一样。照道理讲，她应该给贺桐回个话，因为正是贺桐暗示她去找曹洪波的，回个电话是最起码的礼貌。现在呢？她是跟曹洪波见了面，可跟贺桐就不知道该怎么说。这事再拖几个小时可以，时间久了，就不行，柳絮得顾及贺桐会怎么想。

柳絮的手机响了。

还好，不是贺桐。

但保姆红玉的电话又让她担心起来，原来她一走，格格就开始喊肚子痛，已经拉了三次稀屁屁了。红玉问她能不能早点回来。柳絮叹了一口气，说可能早不了，让红玉赶紧的带格格上医院看一看。红玉问她要不要通知黄逸飞，柳絮想都没想，说算了吧。

柳絮匆匆忙忙地买了几件东西，刚付完钱，手机又响了。这次是曹洪波，他告诉她，咱们的客人肖总到了，让她赶紧回房间。

柳絮听出来肖耀祖就在曹洪波旁边，因此她对曹洪波电话里的用词很满意。什么叫"咱们"？什么叫"回房间"？肖耀祖要是听不出其中的暧昧成分，除非他脑子里装的全是大粪。

当门从里边打开的那一秒钟，柳絮还是有点吃惊，她没想到开门的会是个十八九岁的小姑娘，但在房门完全打开之后，柳絮不仅恢复了平静，而且及时地让盈盈的浅笑占领了刚才有点儿紧绷的脸。曹洪波及时地把她介绍给了肖耀祖，接着，肖耀祖把小BB介绍给了柳絮。

两个人互相热情地打招呼，好像久别重逢的老朋友。

柳絮事后想起跟肖耀祖的这次见面，感触颇深，发现原来自己还颇有表演才能，因为按照她最开始的想法，她原本是应该很鄙视肖耀祖的，却发现他并没有想象中的那么讨厌。像她一样，他的热情也许有点夸张和做作，但他镜片后面眼睛里的闪光却是真实的，那是出于一个男人对女人的欣赏。关于拍卖委托的事，柳絮心里一直没有底，而肖耀祖的态度又至关重要，柳絮向他示好还来不及呢，当然不会拒绝他送过来的秋波。

柳絮心思缜密，关键时刻绝对不会冷落曹洪波和小BB。事情经历得多了，她不会觉得小BB有什么地方刺眼。说穿了自己还不像她一样？青春和美色，永远是女人可资利用的资本。可悲的不在这里，可悲的仅仅在于一个女人除了这个再没有别的。反过来说，如果你还有别的，又有青春和美色，那么，妹妹呀，你就大胆地往前走吧。

柳絮很快放下了架子，是因为她觉得自己没有什么架子可端的。而要融洽和别人的关系，最简单的办法，就是赞美别人。柳絮首先称赞肖耀祖的好眼光，说最能鉴别男人品位的是看他找什么样的女朋友。你是怎么找到小BB的？是打灯笼找的吧？肖耀祖问，怎么说？柳絮叹了一口气，说："你让男人羡慕，小BB让女人嫉妒。刚才她开门我就眼睛一亮，然后就一直纳闷，这小丫头是哪里来这么好的身材和容貌？更重要的，怎么会这么有气质？是搞艺术的吧？"柳絮就是有本事，她的话听起来居然一点都不肉麻。也是歪打正着，后面的话，还沾上了边，因此一下子拉近了与小BB的距离，刚才她还酷酷的，摆出爱理人不理人的样子，这时明显地兴高采烈起来，反过来夸柳絮有气质，有超凡脱俗的味道。柳絮搂了搂小BB，夸小姑娘嘴像抹了蜜似的，真的很会安慰人。

有了这样的铺垫，柳絮索性当着众人的面把替曹洪波买的东西全部掏出来，让他这就换上。曹洪波朝肖耀祖"嘿嘿"地笑着，拎着内衣内裤和苹果牌牛仔裤进了卫生间，夹克是他出来以后柳絮替他穿上的，另外，她跟他买了条皮带，也让他换上了。

肖耀祖最先尖叫起来，说："哇塞，这才叫局长的风采。柳总会打扮人，下次买东西一定请柳总当参谋。"

柳絮说："没有呀，主要是洪哥衣架子好啊。肖总的邀请我却不敢当。为什么呢？肖总本来就是精致男人，要想再锦上添花，可不容易。不过，你要是真的肯请我和小BB当参谋，保证你看起来更有活力更年轻。"

小BB说："不行不行。他已经桃花朵朵开了，再把他打扮得俏一点，不知道又要残害多少阶级姐妹。"

说得大家都笑了。曹洪波焕然一新，老是忍不住往镜子里瞟。他笑眯眯地朝柳絮点点头，说不错不错，又画蛇添足地加了一句："回头再跟你算账。"

肖耀祖反应很快，迅速把这话往歧义里引导，朝柳絮挤挤眼睛，说："我们是不是要告辞，让曹局找柳总好好地算算账？"

柳絮故意老皮老脸地一笑，朝曹洪波瞟一眼，又回过来望着肖耀祖，说："你以为我跟他的账算得清楚吗？"

这次肖耀祖摇开了头，说："曹局真是好福气，柳总不简单呀。"

柳絮说："肖总这是夸我吗？行，凭你这句话，今晚我请客。"

肖耀祖说："两个男人在这里，你敢说请客？太伤我们的自尊心了吧？"

曹洪波说："你们很饿吗？我怎么一点也不觉得？"

肖耀祖说："要不然，我们干脆回省城算了，H市地方太小，我怕没什么好吃的。"

小BB说："我知道一个地方，专门吃虾的，有口味虾、桑拿虾，还有醉虾。"

肖耀祖说："吃虾好吃虾好，女蟹男虾，吃了以后男人会很生猛，正好找人算账。"说完分别望着曹洪波和柳絮，自己率先笑了。

这话却让柳絮警觉起来，自恃跟曹洪波关系很近，肖耀祖说话便有点口无遮拦。他要是把今天的事往外一说，话又传到贺桐的耳朵里，情况就会很不妙。

得想办法封封他的嘴才行。

机会终于来了。大家在一个叫海边小筑的海鲜城吃了虾，又去了一个叫神奇宝石的汗蒸房。汗蒸房是时下刚兴起的玩意儿，将托玛琳材料（国人称为碧玺，传说是老佛爷慈禧太后最钟爱的一种宝石）加热，据说能产生大量的远红外线和负离子，人在里面蒸上个把小时，不仅能够消除疲劳，还能治疗各种疑难杂症。汗蒸房男女混蒸，中间的墙壁上悬挂着一台21寸彩电，里面放着世界著名的情色电影，人在里面要不了多久，便会血管贲张，大汗淋漓。

趁着曹洪波和小BB去换衣服，柳絮逮着了与肖耀祖单独在一起的机会。柳絮告诉肖耀祖，省高院还有一位领导，也非常关心她，同时也十分关心肖总的案子。肖耀祖连忙问谁呀，柳絮望着肖耀祖，眼睫毛直闪直闪地装嫩，要肖耀祖猜。肖耀祖第一个就猜了贺桐。柳絮一笑，说恭喜你，答对了。柳絮接着说："我跟贺哥关系还可以，他特别叮嘱我，让我哪天跟肖总在一起的时候，一定给他去个电话。不知道肖总会不会介意？"

肖耀祖说："你怎么会认为我会介意呢？我太不会介意了。多个朋友多条路，何况是贺副院长。"

柳絮说："那，我现在就跟他打电话？"

肖耀祖一笑，说："我没关系。不过，要是……万一曹局突然进来，对柳总可能不好吧？"

柳絮也一笑，说："没什么不好的呀，大家都是朋友呀。不过，曹局有时候器量有点小，你明白我的意思吗？"

肖耀祖笑得更暧昧了一点，说："我明白我明白。有些账，是算不清楚的，对吧？"

柳絮说："肖总真是聪明人，聪明的好人。"

肖耀祖说："承蒙夸奖，我就是不够聪明，不会算账，不知道柳总……能不能给我一个机会，让我学一学？"

柳絮说："肖总好露骨呀，刚才还夸你是好人咧，白夸了，不过，我们得先有合作，才会有账算，对吧？"

肖耀祖说："把账算好了再合作也可以呀。"

柳絮头一偏，把漂亮的眸子朝肖耀祖一睐，说："你好……"后来的话却生生地咽了回去，因为正在这个时候，小BB一挑门帘进来了。

安琪赖在黄逸飞那儿不走了。

本来她想向黄逸飞收回辞职报告，还是去公司上班，就当什么事也没有发生过。但黄逸飞不同意，两个人都同床共枕了，还能说什么都没有发生吗？安琪涎着脸皮笑嘻嘻地说："你紧张什么？我又没让你负责任。"黄逸飞对于这句话倒是很聪明地未加反驳，否则就成了抢着对她负责，他还没那么傻。对于安琪的要求，黄逸飞坚持着没有让步。他是因为安琪要求辞职才把她当成一个地位平等的女人来诱惑的，如果让她回公司上班那算什么？那不成了利用职务之便诱奸女员工？不要说作为老板这太掉价，恐怕时间一长，安琪还会免不了摆出老板娘的架子，那样，公司的管理就会乱套。黄逸飞当然不会开这个先例。黄逸飞把该说的话都说了，最后补充道："做人总得讲原则。"

安琪笑了笑，根本不屑与他讨论这个问题，她仰望着他，装着傻乎乎的样子，问："那你准备拿我怎么办呢？"

黄逸飞说："你不是有男朋友了吗？找他去呀。"

"现在你也是我的男朋友呀。不是你教我可以脚踩两只船的吗？"

"啊，你还蛮会抓人的话柄，可是你傻呀妹妹，男人上你之前说的话是不能算数的,要听也只能反着听。"

"那我就脚踩一只船,踩你。"

"干吗呀?"

"因为你比他强呀。"

"还有比我强的哩。"

"那跟我没关系,你呢?不能跟我说没关系吧?"

黄逸飞不知道安琪怎么又把话题绕了回来,对这个乍一看傻乎乎的小女子,还真的不能太掉以轻心。黄逸飞为了打消她的邪念,本来还想向她说明,拿根小棒棒在一个洞洞里搅一搅真的不算什么,千万不能太当一回事,并由此作出什么重大决定,一瞥安琪,见她一副吃定了他的样子,也就什么都不说了。他气鼓鼓地拿上公文包,准备一走了之。

安琪一把拉住了他。

黄逸飞说:"干吗?"

安琪嘟着嘴,嗲嗲地说:"亲我一下。"

黄逸飞说:"你想得美。"把被安琪抓着的那只手一甩,走了。

安琪索吻不成,并不生气,笑着向他扬了扬手,轻言细语地叮嘱他开车小心。

黄逸飞转过身来,拿食指指点着安琪,嘴张了张,终于没有吐出一个字。

安琪笑得像桃花一样灿烂,倚在门边,歪着头望着黄逸飞,说:"你是不是想警告我,不要偷家里的东西?"

黄逸飞说:"你最好到外面去偷人。"说罢,头也不回地走了。

快到中午的时候,黄逸飞收到了安琪发给他的信息,她称他为老公,告诉他,午饭已经准备好了,有他最爱吃的香菇肉丝和干煸四季豆。

这条信息让黄逸飞动了一会儿脑筋,他想起来了,安琪在公司工作了差不多一年,不算昨天,他们总共才在一起吃过一顿饭。不过,他模模糊糊地记得,那次好像真的点了这两份菜。但这说明不了问题。顶多说明她很早以前就动了心思,而且记忆力还不错。可是,越是这样,他越想敬而远之。现在的年轻人,有几个是自己做饭吃的?自己动手做饭总给人一种居家过日子的感觉,对于黄逸飞来说,可是尽量回避的。再说了,他真正喜欢吃的其实是西餐。

黄逸飞家里锅碗瓢盆都有,但冰箱里除了几瓶酒和几包方便面,其他什么都没有，实际上，他从来没在家里开伙，安琪能为无米之炊？当然，她可以上菜市场买这买那，可她没钥匙，她敢不锁门到外面逛？万一家里进了贼她怎么向他交代？

问题是，自己刚气鼓鼓地离家没几个小时，她有必要向他撒谎吗？她敢吗？

公司的人都知道，黄逸飞即使算不上美食家，在吃的问题上也堪称讲究，不仅了解多种食物的药用功能，还有一个奇怪的爱好，就是对于享用过的经典美食，一定要想办法弄清楚其主料、作料及制作流程。当初跟柳絮谈恋爱的时候，除了精湛的绘画能力，另外一个打动柳絮的，便是他那丰富的烹饪知识，以及他对制作某一道菜肴的活色生香的描述，那简直是语言的盛宴，有令人口舌生津之奇效，当年的柳絮就是中了他这一招，才把他当成一个具有艺术家气质的居家好男人的。

这样看来，安琪也许真的早就动了心思？

但是，设想一下，黄逸飞如果回来之后发现家里冷火冷灶，饥肠辘辘的他将会怎样暴跳如雷？安琪既然知道他爱吃什么，就应该知道用假话让一个男人的胃难受，后果有多严重，她要敢在这件事上装傻，那可是真的傻。

这样说来，安琪应该真的为黄逸飞做了香菇肉丝和干煸四季豆。也就是说，她去过了菜市场或者超市。可是，她是怎么做到这一点的呢？

黄逸飞怎么也想不到，安琪会把他大门的锁给换了。

对于安琪来说，这事倒是很简单，黄逸飞刚下地下车库没几分钟，倚在门口的安琪叫住了小区做清洁的工人，塞给她二十块钱，让她帮忙去弄一个急开锁的电话号码。小区管理很严格，没有那种牛皮癣似的广告，但你只要一上街上，汽车站站台广告窗里，急开锁呀，办证呀，家教呀，甚至陪聊呀找小姐之类的电话，没有找不到的。

安琪以掉了钥匙的别墅女主人的身份，用不到一个小时的时间，就把黄逸飞没有想通的问题给解决了，然后很从容地出了门。安琪在去超市的路上忍不住想笑，因为黄逸飞如果这个时候回来，他会连自己的家都进不了。

黄逸飞以为把自己的家庭情况在公司里瞒得严严实实的，真的有点自欺欺人。在员工眼里，像他这种规模的公司的老板，是没有什么秘密可言的。安琪知道他的老婆是做拍卖的，知道他俩各干各的，没有离婚却实实在在地分居。安琪是那种认为干得好不如嫁得好的女孩子，她虽然还没有下非黄逸飞不嫁的决心，但有了昨天晚上的肌肤之亲，对他却有了一股莫名其妙的依恋，觉得试试也无妨。

安琪离开公司的时候，在财务室领了五千六百块钱的工资和业务提成，按照她的花钱速度，熬上个把月是没问题的。安琪自视甚高，她给自己总结的长处有三点：第一，高智商加漂亮（安琪常常将一句网络名言活学活用，不断对自己进行心理暗示：跟漂亮的女人比智商，跟智商高的女人比漂亮）；第二，有一手在同龄女孩子中难能可贵的烹饪手艺；第三，脸皮比较厚，可以把别人的挖苦讽刺当成表扬话来听。一天二十四小时，一个月有七百二十个小时，她不信她搞不掂黄逸飞。退一步来讲，她如果黏不住他，也几乎没有什么损失，她可以一边和原来的情人来往，一边想另外的办法。

黄逸飞在为自己的居家安全担了一下心之后，接下来开始想安琪这个人是怎么回事。说实在的，他还真没有这方面的经验。有赖在他那儿不走的，但他只要态度坚决地表白自己是个花花公子，根本不想负责任，也负不起什么责任，那些女孩子就能马上搞清楚状况，再多少打发点钱，也就好合好散了，从来没有谁寻死觅活地要跟他绑在一块儿。女孩子也是人，也得图个想头，你把人家的想头像掐死一只蚂蚁似的掐死了，她还缠着你不放，那不摆明着跟自己过不去吗？这世界多现实呀，与其一条道上跑到黑，不如轻轻地挥一挥手，转身到别的地方去找机会。你以为这个世界上就你一个男人呀？跟你做菜做饭下厨当老妈子，对不起，姑奶奶伺候不起。

安琪却是主动请缨。黄逸飞想了想，觉得该说的重话也说了，这家伙又不是脑瘫，怎么会听不进去？她不会因为跟你睡了一个晚上就真的死乞白赖地要嫁给你吧？

黄逸飞还没想好该不该给安琪回个话，她的第二条信息又发过来了，安琪说："老公，我等你回来喝酒。"

这已经是明目张胆地挑逗了。黄逸飞简单地回顾了一下昨天晚上两个人在一起颠鸾倒凤的情景，下身居然有了一点反应。棋遇对手，酒逢知己，都是人生幸事。床上的安琪简直是个尤物，黄逸飞身经百战，对女人的鉴赏能力是很强的，他不仅给安琪打了满分，还分两次各给她加了十分。

问题是黄逸飞这时不想跟安琪一起喝酒。有个段子用酒来形容女人，说处女是洋酒，男人总想尝一口；少妇是红酒，喝了一口想两口；情人是啤酒，爽心又爽口；老婆是白酒，难喝也要喝一口。黄逸飞准备诱惑安琪的时候，是把她当成红酒和啤酒的，她这会儿老公老公地直叫唤，在黄逸飞心目中，马上就降到了白酒的地位，而且是那种散装白酒，还不知道是不是用工业酒精勾兑的。天啦，万一喝了假酒，不仅头会大，说不定还会死人呢。黄逸飞追求女孩子，从来都是嘴巴上抹蜜，心里静如止水，而且一旦泡上，对方在他心目中马上就贬了值，他不可能为安琪坏了规矩，所以，压根就没打算回信息。

　　黄逸飞初步有了主意，这两三天他根本就不会回家，如果安琪一直赖在那儿不走，他会把另外一个女孩子带回去，当着安琪的面上床，让你看看我是什么货色。真的要比谁的脸皮厚，女孩子哪里是男人的对手？男人只要没有单位或者老婆管着，在男女关系上，他想要多无耻就可以多无耻，还可以美其名曰风流不下流。哼，安琪，你还太嫩了。

　　安琪没等到黄逸飞的消息，却接到了另外一个男人的电话，正是李明启。他问她在干吗。她顺口说在上班。他说都几点了，还上班？她说你烦不烦？一点活儿没干完，加点班不行呀？他说，行，怎么不行？她说，废什么话，我这儿正忙着哩。他说，你先忙着吧，等下我打电话到你公司来。她说，干吗呀？查岗呀？我告诉你，刚才我骗你哩，你不是让我辞职吗？我真的辞职了。他说，好呀。你是不是为我辞的职？你是不是想我想得要死，准备千里寻夫？她说，呸，你养得起我吗？

　　安琪惦记着黄逸飞的消息，就把电话匆匆地挂了。她一下子对李明启没有了感觉。这感觉有点像猴子掰苞谷，掰一个扔一个，却很奇妙，安琪安慰自己说，我是一个小心眼的女孩儿，我的心里只能容下一个男人。这种评价自己的方式让她笑了，觉得自己其实蛮善良的。

　　她准备集中精力对付黄逸飞。

　　可是，黄逸飞会轻易就范吗？

　　她不知道。但昨天晚上的感觉真的很好，黄逸飞让她明白了什么叫高潮迭起。安琪想到这儿，不经意地笑了，下意识地摸了一下自己的脸。她发了一会儿呆，然后起身坐在了餐桌上，就着泰国香米做成的香喷喷的米饭，把自己做的那几个菜，一丝不剩地消灭得干干净净。她洗了碗筷，把厨房收拾好，然后回到了客厅里。电视机柜的抽屉里，堆满了影碟，居然大部分是港台和韩国的连续剧。这是黄逸飞自己看的还是他替以前的那些女朋友准备的？安琪不想管这个问题,她打开影碟机,蜷曲在沙发上,开始一边嗑着五香瓜子,一边津津有味地看韩剧。

李明启尽管知道安琪就那德行,但听了她电话里那些抢白,也还是有点不爽。

他们是半年以前认识的,安琪他们公司找省报要广告版面,托熟人的熟人找到李明启,就这样认识了。后来,李明启还亲自出马,冒着违反规定的风险,为安琪的那个广告客户做了一篇软文,一来二往,两个人便开始有了那层关系。

李明启出来之前说好了要带上安琪的,但临行前又改变了主意。这次出行对他来说意义重大,带上个女的太张扬不说,还分心。在李明启眼里,安琪是那种为了玩什么都可以不顾的女孩子,再说她已见识过跟李明启在一起的种种好处,吃香的喝辣的不说,每次李明启拿红包,她都有份,开始她还有点心软,到后来习以为常,就恨不得拿红包拿到手软,因为对她来说完全不用费神劳心,真正的不劳而获。

李明启说要带安琪去云游,没想到她真的就在公司辞了职。

本来她在公司也不是非辞职不可的,好好地跟黄逸飞说说,请十天半个月的假也是可能的,但安琪每个月伴着李明启拿的红包,比公司的工资高两三倍,那份工作留不留着就无所谓了。她没想到李明启会临时变卦,一开始,安琪还以为李明启泡上了别的小妹妹,李明启赌咒发誓,主动地打了手机详单让她审查,这才让她相信他这次外出真的是为了自己的前程。

李明启对于安琪的辞职倒是有点小感动,觉得这小姑娘对自己多少有点情意,为了和自己厮混居然可以连工作都不要。脾气是有的,可是,现在长得漂亮点的女孩子哪个没脾气?要真没脾气,你可能又会嫌她木讷哩。

李明启那几天满脑子都是待写的锦绣文章,对安琪的事没有想得太多,否则,他在自鸣得意的兴奋中,应该想到安琪这种不留后路的搞法对他其实是一种潜在的威胁,因为按照公平交易原则,我对你付出,我就有权力向你对等索取。李明启向来看不起那些搞广告的,只觉得安琪辞职意味着丢掉了低三下四的一份工作,倒不见得是什么坏事,凭她的条件和李明启这么多年建立起来的人脉资源,要给她找份有头有脸的工作,也是分分钟的事。

问题是,李明启的出尔反尔给安琪留下了言而无信的印象,这就有点要命。

男人可以坏，因为男人不坏，女人就将失掉很多让男人引诱的机会。但你勾引我之后，必须洗心革面，重新做人，要呵护我，心疼我，把我捧在手里，含在嘴里。你不能继续坏，否则我会没有安全感。没有安全感的人最容易红杏出墙，要真碰到那档子事，你可不能怪我。

李明启一向认为安琪是那种做事不用脑子的人，哪里会想到自己的决定会让安琪动别的念头，而且最终导致两个人的关系走向绝路。那几天他很忙，和安琪的见面匆匆忙忙的，根本就没有做好必要的安抚工作。

作为中层干部，要离开报社，必须先给领导打招呼，这是报社的管理制度。

找个请假的理由倒是很容易，问题在于这是关键时期，别人都在抓紧笼络人心，自己却不得不离开报社去外围作战，在地利上就处于了劣势。如果社里没有一个人替他撑着，李明启很有可能会顾此失彼。他当然不会让这种情况出现。

综合评估，李明启并没有抓到一副好牌。地利不够，就得靠天时、人和去弥补。李明启想来想去，在社里还真没有一个贴心贴肺的朋友，能担当起大任的，唯有林社长。

这并不是说李明启跟林社长的关系有多铁，而是人到用时方恨少，他没有别的选择。

可是，该想个什么办法才能把社长大人给稳住呢？

李明启做记者多年，经常在外面胡吃海喝，早就落下了一身富贵病，高血压、高血脂、高胆固醇，报社里像他这样"三高"的人还真的不少，他可以据此请几天病假，估计林社长那里不会有问题，但如果要对林社长寄予更大的希望，让他在自己外出期间能够通通风，报报信，那可真得在他身上下下功夫。

林社长长得一副阿弥陀佛的样子，不见人的时候笑不笑不知道，见到人的时候却肯定在笑，哪怕你是社里的门卫或清洁工，搞得社里的每一位员工都觉得林社长对自己还可以。李明启觉得林社长对自己也还可以，但跟别人比，也看不出更多的优势。他想了一个晚上，终于想到了拉近与林社长距离的办法。

林社长的老婆是做安利产品的，天上的事情知道一半，地上的事情就没有不知道的了。光知道还不行，还要告诉别人，所以话就特别多。李明启决定从他老婆那儿入手。

李明启是临行前一天晚上去林社长家的，先听社长太太谈了半个小时的国际风云，再听她谈了半个小时的时事政治。李明启很谦虚，不仅在她高谈阔论的时候谦虚得像个蒙童，还向她主动请教了关于要不要炒股票的问题。股市低迷多年，最近似乎有点启动的迹象。社长太太一笑，说一个人问要不要炒股票，可以先问他炒股票的动机是什么，是投资，还是投机，还是为了体验生活？李明启稍微夸张地眼睛一亮，直接吹嘘说社长夫人的说法相当有新意。社长夫人更加起劲地侃侃而谈，说我更倾向于把炒股票看成一种生活方式，炒股的人，夜有所思，日有所谈，都离不开股票，涨涨跌跌，让人的心情就像坐上了过山车，真是冰火两重天，那是很伤身体的啊，像李主任这样的人，不缺钱，缺的是一种对自己身体的珍爱。

　　幸亏李明启早有准备，连忙点头称是，说原来他还有点拿不定主意，听了社长夫人的一席话，真是受益匪浅。钱是让人快乐的，但如果挣钱的过程让人备受煎熬，而且还不一定十拿九稳地能够挣到钱，那又何必自己给自己找难受呢？有什么东西比生命本身更重要？当然没有。生命在于运动，生命也在于调养，李明启于是高高兴兴地买了一万多块钱的安利产品。

　　这期间，林社长甘当绿叶，在旁边静静地坐着，笑眯眯地一会儿望着自己的太太，一会儿望着自己的下属。林社长的笑脸总是让他底下的人鼓起勇气，李明启于是很轻松地提了一下请假的事。

　　林社长是个内外有别的人，听了李明启的话，并不急着表态，只是把一张笑得圆乎乎的、保养得极好的脸转向太太，等到她和李明启打了招呼，起身回避了，林社长这才起身，亲自为李明启加了水，又把电视机的声音关小了，这才向他微微倾着身子，轻言细语地说："请假是没有问题的，只要把部里的事情安排好了就行。问题是，你为什么要挑这时候请病假呢？你考虑好了吗？"

　　李明启朝林社长望去，只见他两只眼睛因为面带微笑而眯成了一条缝，却又十分清澈、明亮，仿佛透着对自己的关切。

　　李明启点了点头，算是回答。

　　林社长可能希望李明启会说出偏偏这个时候请假的具体理由，没想到他仅点了点头，林社长见他没有再往下说的意思，心里多少有些失望，从脸上却也看不出来，甚至还笑了笑，说："好好好，考虑好了就好。"他也点了点头，好像对李明启的表现十分满意。过了半分钟，又慢声慢气地说："副社长的岗位竞争会很激烈呀。"

"所以，要林社长大力支持才行呀。"李明启说，这次倒是没有含糊。

"我们共事这么多年，你的能力我是知道的，我的为人处世，你也是知道的。你们这次报名的同志，各有所长，我是巴不得你们每个人都上来的，这样，咱们社里的班子力量就强了，只可惜上面有名额限制。"林社长说。

"我是凑热闹，给他们几个当当绿叶。"李明启说。

"心态放正，积极努力，顺其自然。我对这次准备竞争上岗的同志都是这样说的。咱们的干部任免程序，越来越公开透明，我相信最终选上来的同志，肯定是最适合的。这最适合的人选中间，也包括你李明启呀。"

林社长不过说了一番场面上的套话，李明启心里没什么感觉，但脸上做出来的表情却多少显得有些激动。李明启也想过要不要给林社长送信封的问题——电脑普及的时代，还有几个人写信用信封的？所以，信封的功能很快被开发出来，可以用来装钱，当红包使。

不过，李明启很快就打消了这个念头。第一，现在查买官卖官查得紧，万一有什么闪失，等于自己的政治生命玩完儿；第二，投票选举时，社长一票的权重最大，如果林社长要卖票，只能卖给一个人，卖给谁？如果不考虑其他因素，当然是卖给那个出价最高的人，李明启心里没底，不知道什么价位才能算最高，而如果不能保证自己的出价最高，等于给自己找麻烦，因为肯定会被林社长退回来。

如果非要送钱，就得把握好时机，让他那张票，铁板钉钉跑不掉。这会儿，好像还不到时候。

林社长把一只胖胖的手伸到半空中，可能是准备去拍李明启的肩膀，又可能是觉得这个动作有点江湖气，便临时改变了主意，让它在空中慢慢地起伏了两三下，终于落到了另外一只手里。他把两只手搓了搓，望着李明启，继续说："明启呀，这些年，你是不错的，应该说相当不错，是不是？今年，明年，工作上要更上一层楼哟。"

李明启熟悉林社长的说话方式，仍然小鸡啄米似的点头，说："今年，明年，我都会努力工作，不辜负社长的希望。"

是工作更上一层楼，还是位置向上挪一挪？林社长没有说透，但李明启这个时候就必须表现得心知肚明的样子，必须提前表表决心。但话又不能说得太过了，否则，领导又会认为你太沉不住气，太不成熟。

林社长好像摸透了他的心思，示意他喝茶。李明启一边说谢谢，一边端起茶杯，放在嘴巴边碰了碰。林社长一直笑眯眯地望着他，等他把杯子轻轻地搁在了茶几上，这才慢条斯理地说："你也不要光是埋头工作，同事之间，也还是要多走动走动，是吧？"

李明启说："是是是，多谢社长提醒。"

林社长抬起手在空中摇了摇，又点了点头。

李明启始终摆出一副聆听教诲的样子，头微微朝林社长倾斜着，脸上始终泛着微笑。

但林社长说完上面的话，就不再继续往下说了。他甚至拿起遥控器换了一次频道。

李明启一下子明白了自己在林社长心目中的地位。

如果不出奇招，这次竞争上岗的结果会很悬。

李明启欠欠身，做出一副起身要走的样子，又突然像想起了什么似的，一边点头一边望了林社长一眼，又扭头望了一眼林太太刚才进去了的那扇房门，动作飞快地从裤子口袋里掏出了一个小瓶子，笑一笑，说："这个这个……你拿着。"边说边往林社长手里塞。

林社长说："什么？"

李明启说："上次到你办公室，你说到的那个……东西。"

"什么东西？"林社长可能确实是忘了。

李明启又扭头望了那扇门一眼，凑近林社长，用耳语般的声音说："西班牙苍蝇。"

这是一种西方的春药，是从绿色的西班牙鼓风虫中提炼出来的一种斑蝥素，据说比伟哥还厉害。上次李明启去林社长办公室，碰到他正在看一本杂志，见他进来，有些慌乱地把那本杂志藏在了大班台的抽屉里。李明启是个有心人，回到自己办公室后，找到同样一本杂志从头到尾仔仔细细地看了一遍，运用排除法，觉得能够让林社长慌乱的，唯有那篇介绍"西班牙苍蝇"的文章。

林社长愣在那儿，他呆呆地望着李明启，脸似乎都有点儿红了。他压根儿没想到李明启会给他送这个，尤其没想到会在家里给他送这个。

林社长还是很快就恢复了平静，很及时地笑了，他把那个瓶子朝李明启推过来，说："明启呀，你这是什么意思呀？"

李明启很诚恳地笑了笑，说："没什么意思呀，孝敬你哩。"

林社长说："可是，这很容易让我产生误会呀，你会让我自然而然地思考这样一个问题：我老了吗？我需要这个东西吗？"

李明启说："你可别这样说，我就是再傻，也不至于有这个意思。我哪儿有胆量冒让你误会我的风险？社里谁不知道，社长你精力最充沛了？可是，也许只有我知道，社长你是五十几岁的人，十几二十岁的心脏。"说着一笑，还朝林社长挤了挤眼睛。

林社长再次愣了愣，连嘴巴都微微地张开了一点点。

李明启话锋一转，说："社长，我们之间还有一层渊源我从来没有说过，我有个同学，在你同学下面读博士。"

"谁？"

"新闻传播学院的。我同学姓马，男的。他有个女同学，姓綦，这个姓比较少，对吧。"

"对对对，綦……姓是比较少见。明启呀，我们共事也有好几年了，又有你刚才说的这层关系，这个，嗯，是吧？你的事，不敢说包在我身上，干部任免的程序你是知道的，但是，该我说话的，嗯，对吧？"

"谢谢社长。"

"从今天晚上开始，我们之间，嗯，就不要分彼此了。"

"太谢谢社长了，顺便说一下，西班牙苍蝇的催情作用是这样一种机制——毒性本身创造出极大的恐惧快感，据说吃的人在存活下来的同时将感到无比强大，势不可挡。"李明启一字不漏地把杂志上那段话背了下来。

林社长笑容可掬地摇了摇头："死而后生，这是你们年轻人才热衷的冒险游戏呀。"

"你放心，这已经是第 N 代产品了，绝对没有毒副作用，我自己就用过。"

"明启，你很毒呀，哈哈。"

"没办法，富贵险中求嘛，我相信社长能理解，对吧？"

"这个就不用再说了，嗯，你说呢？"

"增一字则太长，减一字则太短。"

"我别无选择，只有笑纳了？"

林社长说着，把那小瓶子塞到了茶几下面的报纸底下，还不放心似的，又在上面压了几本旧杂志。

李明启知道这着棋有点险，搞得不好，很有可能被林社长当成一种要挟。如果他屈服了，岂不等于承认自己被李明启抓住了把柄？那日子还有得过？不想方设法把李明启弄走才怪。但也不见得，只要他妥协，也许就能达成默契。李明启跟他无冤无仇，他这样做，也无非是利用自己达到他的目的，至于说那种损人不利己的事，应该不会去做。

李明启也觉得用这招有点不光明磊落，但他实在没有更好的办法让林社长把屁股坐到自己这一边。他这样做只是权宜之计，等条件成熟了，大家知道了他跟何其乐和陆海风的关系，这一招会很快被自己和林社长忘记。

林社长的反应让他满意，他挪挪屁股，在沙发上坐稳了，好像要趁机享受一下阶段性胜利的果实。

李明启在单位摸爬滚打，对官场上的一些潜规则已有一些心得。过去光知道撅着屁股干活，其实是在走弯路。现在这个社会，不仅要会做事，更要会做人。怎么做人？不是率性而为，而是夹着尾巴做人。必须忘了你的才华与个性。换一种说法，你得把自己整平庸了，你别老想着读书时的理想，你也别老想着一个人抵抗体制。前面的想法会让你自己难受，后面的想法会遭到别人讨厌。

李明启刚走出大学校门的那会儿哪里知道这些？那时候他很冲，感觉自己就像早晨八九点钟的太阳，这个世界不是咱们的还能是谁的？但李明启上班不到一个月，就被当头泼了一盆冷水，这件事还跟当时的林副社长有关——李明启花一个多星期弄出来的稿子被他枪毙了。李明启直奔林副社长的办公室，一定要他给个理由。林副社长哼哼哈哈，说到时候你就知道了。李明启犟劲上来了，问林副社长自己的稿子写得怎么样？回答说，有理有据，文采飞扬，不错。接着问，稿子违法了吗？回答说，没违法。又问，稿子违规了吗？回答说，也没违规。再问，既没违法又没违规，文章写得又不错，为什么不能发？林副社长说，就凭你问的这几个为什么，这文章就是不能发。原因明摆着，大家都知道，就你不知道，可我不能告诉你。李明启还算有点涵养，没有破口大骂这是他妈的什么混账逻辑。林副社长有点于心不忍，挂着李明启当时认为极其伪善的笑容，边点头边对李明启说，稿子不发是为了你好，也是为了报社好。年轻人，你要想交学费，有的是机会。可这次学费，你交不起。

那是一篇关于某市市委书记买官卖官的报道，当时已被批捕，基本的犯罪事实已经侦查终结。后来还是外省的媒体最先报道了这件事。

事情过去了一两年，李明启也没发现林副社长压着他的稿子不发高明到哪里去。等到李明启因为"群众观点"的事领到了到居委会锻炼的机会，又挨了老婆一顿骂，这才幡然醒悟。

李明启的老婆姓冯，在一所中学教政治。

冯老师上大学学的是哲学专业，那个时候还是过门不久的小媳妇儿，便已常常用教科书式的语言点拨李明启：为什么人人都想当官？因为权力是个好东西，谁拥有了它，谁就可以指使他人，调配资源为自己所用。在咱们这个社会，有权即有势，便能最大程度地控制局面，便能轻而易举地占据主导地位，获得更多的话语权。总之，财富是最能控制他人的硬通货，权力则是最能控制他人的软鞭子。一个人可以被赋予权力，也可以被剥夺权力，但作为权力最集中的官场，却永远需要被尊重。那是一个马蜂窝，捅它的人永远当不了英雄，不被马蜂蛰就算最大的幸运。当然，敢于捅马蜂窝的人也可能博得一时的喝彩，但那种虚名，能给你带来什么？你以为自己在仗义执言，可在别人眼里，你不过是连堂吉诃德都不如的傻瓜蛋。

关于如何处理跟领导的关系，冯老师是这样开导自己老公的：那是抬轿子和坐轿子的关系。要想坐轿子，必须先学会抬轿子。一般来说领导会这样考虑问题，要我提拔你，除非你紧紧地跟着我，时时处处维护我，否则，则无异于培植异己，你越有能力，越有可能构成对我的威胁，并在关键时刻跟我撂担子，下绊子，摔轿子。

李明启并不完全同意冯老师的长篇大论，但又觉得她讲的似乎也并非没有道理。他本能地不想接受冯老师的教诲，却又感到自己正一步一步地沿着老婆大人指引的道路前进。

所幸的是冯老师并不着急。她知道，有些事情是急不得的。只有当李明启自己觉悟了，观念改变了，才会脱胎换骨。

跟何其乐多多接触也是冯老师的主意。遗憾的是，何其乐似乎并不想仅仅凭着师兄的缘分来帮他，他总是强调实力。

李明启在何其乐的面前故意装傻，不禁模仿起了冯老师的腔调，问："什么是实力？实力就是关系，说你行你就行不行也行。我缺的就是替我说话的人。"

何其乐说:"怎么说?就说你行?我去说,还是海风书记去说?我有资格说吗?海风书记又能说你什么?"

直到前不久两个人才终于达成了共识,或者说李明启才真的有所悟:你想要别人帮你,你得先给别人创造帮助你的条件,让别人帮助你的时候能够理直气壮,能够有摆到台面上说的理由。一句话,你得先干出点成绩,你得先把自己弄成千里马,然后让陆海风或者宣传部、组织部的头头脑脑,当你的伯乐。

李明启要走上层路线,何其乐是唯一的桥梁,李明启只能听他的。

怎么干?李明启也颇费了一些心思,蛮干不如巧干,蛮干费时费力,讲究的是积累,从量变到质变。巧干就不一样,费力不讨好的事,坚决不干;谁都可以干的事,最好不干;能让领导喜欢的事,毫不犹豫地抢着去干。李明启就是从那个时候开始弄安利产品的,林社长的太太找他一游说,他就成了她发展的下线。

李明启从此有了经常去林社长家串门的理由。但林社长毕竟是林社长,每次李明启一来,就把老婆叫出来,让他们"谈业务",李明启很快发现,社里的人就像得了流行感冒似的,都开始迷恋上了安利产品,只是不知道那些同事,是不是都是林太太的下线。李明启这才知道,原来以为自己很聪明,其实别人一点都不比他笨。是呀,当社长家的门只为你一个人开的时候,那叫机会,如果那扇门同时为一百个人开,那只能叫安利产品直销人员的沙龙。

李明启不再轻易地拜访林社长,他有点害怕在林社长家里碰到别的同事。他知道自己还没修炼到家,真的遇到上面那种情况,自己不尴尬也怕同事尴尬。

从经济学的角度来考虑,如果大家争着拍一个人的马屁,那些拍马屁的人的成本,只会水涨船高。

李明启给林社长送那一小瓶药,反反复复地考虑了好几天,并做了一个小小的逆向思维:如果大家都只知道一味地拍马屁,也许你拿根马刺扎它一下,反而可以收到意想不到的效果。此举也可以说是对冯老师所打比喻的深化,你抬轿子的时候,不一定从始至终都讲究平稳,你也可以故意颠一颠坐在轿子里的人,让他觉得自己的安全度、舒适度跟你有关,因此最好也能给你一些小恩小惠,以显示对你的重视。

要特别注意的是,这一招不到万不得已,不要轻易使用,而且一定要把握好分寸。千万不能太强势,不能让领导误认为你在对他进行威胁。只能让他觉得你是一个耍脾气的孩子，而且你要求不高，一颗糖果就能给打发了。

李明启太了解林社长了，知道他是一个人老心不老的人。但他有个特点，就是从来不在单位里和女同志拉拉扯扯。刚才李明启特意提到他的那个同学是有原因的，他导师带的那个姓綦的女同学就是林社长的情人，而林社长的女秘书，就是那个博士生导师的相好，两个人完全是资源互换，关键时刻还能在对方老婆那里打掩护。

李明启是因为一个偶然的机会知道这个秘密的。

马同学在国外有个亲戚，所以他还兼职负责为他的导师弄一些国外的保健品。有一次，他请李明启出面，帮自己的儿子进了最好的幼儿园。李明启那几天心情不佳，想离开报社去读博士，被马同学劝阻了，说除非是在职的，读完了，还回报社，否则，太不值得了。报社记者多好，无冕之王。博士出来有什么用？儿子上幼儿园的事都解决不了。博导都没用，博导博导，一拨就倒。那天喝了酒，李明启从马同学嘴里掌握了与林社长有关的秘密。

掌握了别人的秘密就等于有了一个掌控别人的机会，但对于要不要利用这个机会，李明启也是经过了思想斗争的。但他很快说服了自己：他没有要挟林社长，他不会伤害他，为了自己的前途，他会永远地把这个秘密保守下去。他只能装着走路不小心，让肩膀上的轿子晃了一下，一小下下。

李明启这几年没少暗中观察揣摩林社长，结果是对他越来越钦佩，自从他当社长开始，社里的人便慢慢地分成了两拨。这正是林社长稳坐钓鱼台、四两拨千斤的领导艺术。道理很简单，大家团结一致，容易一致对上，他的轿子就可能坐得不安稳；如果有两派势力互相斗来斗去，就都会到领导那里去寻求支持与庇护，领导也就有机会两边送人情，权威也就建立起来了。

"西班牙苍蝇"毕竟还是有点太敏感，两个人一时不知道该往下说什么。

这一冷场，就有了一点不自然。

林社长的嘴角轻微地动了动，可是，既没有弄出一丝微笑，也没有说什么。他再次拿起电视遥控器换了一下频道。

李明启理解林社长，知道他这是在下逐客令，赶紧起身告辞。

林社长客气地挽留，李明启只好连声说打扰打扰。林社长不再坚持，起身从里屋把老婆叫了出来，两口子热热闹闹地送客，却又不得不压低声音，好像生怕被隔壁邻居听到。李明启很知趣，门一打开便无声地扬扬手，很快地转身下了楼梯。

当防盗门轻轻地撞上之后，林社长对已经做到了钻石级别的安利产品直销员老婆摇了摇头，闷声闷气地笑了一声，说："这个李明启，都几十岁的人了，还搞不清状况。他向我请假，连真实的原因都不告诉我，真是幼稚。"

他老婆说："我看他是有求于你，几年以来，他第一次买这么多东西。"

林社长说："对人还是要真诚。你求我，就得说真话，这是最起码的常识。逢人只说三分话，不可全抛一片心，这话在其他场合也许是对的，在我这儿不灵。我要是搞不清楚他想干什么，我怎么帮他？"

"你是说，他对你留了一手？"

"不管怎么说，马上就要进行民主评议了，他在这个节骨眼上请假往外面跑，如果不是疯子和傻瓜，就是有别的阴谋。"

"这种人最不好交了。交钱不交心，没用。"

"看你说的，他那是买产品的钱，你用不着有心理负担。"林社长顺便批评了一下老婆，接着说，"反正我已经提醒他了，怎么考虑是他自己的事。"

林社长的老婆把茶几上的一次性杯子收拾了，若有所思地点了点头，说："我对他的印象一直不怎么样。"

"怎么说？"

"我也说不清楚，我总觉得这个人假得很。你对他可得留个心眼儿，我担心这家伙说不定会跟你闹出点什么事情来。"

"稳定压倒一切，还是不要出什么事才好呀。"

"有些事，也是由不了哪个人的。"

林社长这时早已坐在了沙发上，他盯着老婆看了一眼，又把头仰起来望着天花板，像回答他老婆，也像是自言自语："他能闹出什么事情来？我倒想看看。"

第七章

　　安琪看碟看到下午四点钟，然后，给黄逸飞发了一条长长的信息，问他回不回来吃晚饭，她正在为他煲天麻乳鸽汤，主菜则是她从电视上学来的，叫枸杞芝麻虾，蔬菜问他是喜欢清炒韭菜，还是醋熘包菜。

　　快六点的时候，饭菜都上了桌，安琪见黄逸飞仍没回信息，便直接用座机打了他的手机。黄逸飞的手机设置了彩铃，是信乐团的《死了都要爱》。但那边的黄逸飞似乎有点不耐烦，没等那个"爱"字唱完，就把手机给摁了。

　　安琪心里清楚了，黄逸飞收到了她的信息，只是懒得理她。

　　她一笑，并不往心里去。

　　她并不想改变黄逸飞，或者说，她并不想一下子就改变他。她知道，做什么事情都有一个过程，她等得起，拖得起。她于是坐在餐桌上，开始享用自己烹饪的那几道菜，味道不错，尤其是新做的枸杞芝麻虾，真是色香味俱全。唯一有点遗憾的是乳鸽汤咸了一点点，当时少放一点点盐就好了。由淡变咸容易，由咸变淡就得加水，不过，要真加水那汤便不可能有原来那么鲜。厨艺是个手艺活，要把菜做好，必须要有爱心和想象力，现在的女孩子有几个下得厨房上得厅堂？你个黄逸飞，最好在姑奶奶我觉得这事还好玩之前回来，否则，有福不会享的人可是你。

　　黄逸飞这会儿没有心思理安琪。他正烦躁着，郁闷着。

　　出了点事儿：他自己亲自跟的一个单黄了。

省里新建了一条高速公路，两边的广告牌差不多有一百块。本来已经达成了意向，黄逸飞的公司只要象征性地交一点押金就可以拿下五年的使用权，再分包给别的广告公司或者直接卖给客户，中间的差价差不多有两百万。黄逸飞有个表叔，是省高速公路管理局的一位中层干部，一直在帮黄逸飞运作这件事。没想到省高速公路管理局新上任没两年的关局长犯了事，上个星期才被"双规"，今天上午便被批捕了。

一时小道消息不断，说他刚上检察院的车，还没开到办案组下榻的招待所，便来了个竹筒倒豆子，把自己犯的事全招了。像其他贪官一样，他的事主要在两个方面，一个是经济问题，一个是生活腐化问题。据说钱是藏在地板下面的（另外一个版本，说先塞在避孕套里，再塞在液化气钢瓶里），早上说还只有七八百万，到了下午，金额一下子涨到了五六千万。因为冰箱冷冻室里有块奶酪，里面夹塞的几本存折，被搜查的办案人员找到了。花花事也不少，第一次就交代了八个，后来一挖，凡是送钱超过二十万、保持性关系在一个月以上的，就有三十多个。除了一个是电视台的节目主持人，其他的基本上是美容美发厅和歌厅的小姐。上面发下话来，不管涉及谁，要一查到底，这是对上。对下，则要求局里的干部，先自审自查，如果有问题，务必在规定的时间内向已进驻的省纪委省检察院联合办案组说清楚，争取宽大处理。

黄逸飞和表叔是在一座茶坊的小包厢里见的面。表叔把上面的事一说，觉得不用再讲道理了，该撒手就撒手吧。

黄逸飞却一时没有回过神来，说我跟姓关的不认识，八竿子打不着，他的事跟我有什么关系？上面爱抓谁抓谁，我跟你们局里可是签了意向协议的，做的是正当生意。

表叔一笑，心里说这家伙怎么这么幼稚？都做了这么多年的生意了，怎么这点事都想不明白？什么是意向协议？那是可执行也可以不执行的。什么是正当生意？你到东门蔬菜批发市场买的小菜，贩到西门零售市场去卖，加个几分钱几毛钱的差价，也许是正当生意。只要跟权力部门沾上一点点边，你的生意正当不正当，可能就得打个问号。现在什么社会？关系社会。一个人单打独斗能成事吗？成不了，得整合资源。什么叫整合资源？就是有钱的出钱，有权的用权，权钱结合才能所向披靡。比如说关局长，他的钱是从哪里来的？是从天上掉下来的吗？不是。是他口袋里固有的吗？也不是。他的钱是别人送的，有受贿的必然有行贿的，听说这次建筑公司的头头、大的小的包工头，也被抓了不少。

黄逸飞说："那又怎么样？"

表叔这下就搞不清黄逸飞是真傻还是装傻了。他瞪着黄逸飞看了几秒钟，又取下金边眼镜擦了擦，重新戴上，再次盯着他看了好一会，这才"那个""那个"了两三声，用手在自己和黄逸飞之间比画着，说："好好好，咱们就拿你这单生意来说吧，像我和你，当然不是钱和权的问题，因为用不着。可是，你是知道的，我在局里管工会，有什么实权？但是，如果，嗯，如果没有我这个表叔，你会连门都进不了。你进了门，我又不能直接办，怎么办？就得去找别人。怎么找的人？有些情况你知道，有些情况，你就不一定知道。因为我们要找的那些人，警惕性都很高，要求一对一操作。现在，我还担心那些人口风不紧，一顿乱说咧。你倒好，还想做春秋大梦。"

黄逸飞又不是真的傻，哪里会不懂得这些道理？他只是不甘心罢了。广告公司生意不好做，他还指望着靠这单生意打个翻身仗咧。就此放弃，岂不是偷鸡不成蚀把米？这姓关的也是，迟不出事早不出事，偏偏这个时候出事，真他妈的该判死刑。

表叔还就是怕黄逸飞这么想。前段时间他为黄逸飞的事，可没闲着。那件事能够做到现在这种程度，除了他在单位为人处世不错，大家肯买他的面子，另外一个更重要的原因，是因为这件事情太小，别的人没几个看得上眼。他要找的那些同事和领导，可是见过大钱的。表叔有句话没有跟黄逸飞说，他的事当初之所以有点谱，也是因为关局长点了头。

就说关局长吧，真的收了五六千万又怎样？还不是小儿科？说句不好听的话，一个管交通管修路的厅局级干部，要么干干净净，白璧无瑕，要是贪，要没这个数，只能证明他没本事。五六千万算什么？高速公路只能修千把米。不要说是关局长，换另外任何一个人过来，很难说不会是这种结果。关局长是因为前任出了事，千挑万选选出来的。他上任时，发过毒誓，还上过报纸。可是，那又怎么样？不要问他为什么会贪，要问他怎么能不贪。

这就好比让一个饥肠辘辘的人去看守粮库和食堂，不偷不吃，可能吗？更何况这时候还有人过来怂恿你，说偷吧，拿吧，粮库和食堂没有监控设备，也没人管你。你不偷不拿，就是傻瓜，别人一样不会相信你的清白。更有甚者，有人还会亲自动手，把那香喷喷的大米白饭和美味佳肴，恭恭敬敬地端到你面前，像伺候挑食的小祖宗似的追着往你嘴里塞，因为你不偷不拿，你就跟他们不一样，这会让他们非常不自在。

正是吃晚饭的时候，两个人随便叫了几个菜，有一搭没一搭地说话，闷闷地喝酒。

表叔生怕黄逸飞不明白，有句话已经翻来覆去地说过两三遍，这会儿主动端起酒杯，示意黄逸飞也把酒杯端起来，等到两人碰了一下，表叔说："破财消灾破财消灾，这事没做成，不是坏事，是好事。"

黄逸飞冷笑一声，没有说话。黄逸飞这里那里地撒小钱，粗粗算起来，也有十来万。这下好，打了水漂，不是一句坏事变好事安慰得了的。

黄逸飞朝空中吐出了一口酒气，冲着表叔摇了摇头，说："我就不明白，那帮家伙，要那么多钱干什么？"

表叔说："钱多干什么不好？有钱能使鬼推磨。谁不想让自己的钱多一点？这跟你做生意的道理是一样的。"

黄逸飞说："一样个屁，有本事他也去做生意呀。"

表叔发现黄逸飞对他的态度似乎有了一点变化。在这之前，他对他是恭恭敬敬、言听计从的，今天却似乎有点不以为然，甚至还有些埋怨他的情绪，好像这事当初不是他黄逸飞来求他，而是他主动热脸贴冷脸贴上去似的。但表叔大人有大量，不会去跟黄逸飞计较。再说了，挣钱不容易，白白地花了钱，一个响声都没听到，这事搁在谁身上都心疼。

表叔也跟着叹了一口气，说："其实，钱本身是没有什么好坏之分的，谁都想挣钱，就看该得不该得。"

黄逸飞说："什么叫该得？什么叫不该得？有几个人认认真真地想过这个问题？又有几个人能把这个问题，说得清清楚楚明明白白？"

黄逸飞这样起高腔，拿这种质问的语气跟自己说话，以前可从来没有过。

表叔鼻子里"哼"了一声，他没想到黄逸飞会这样。关局长被抓起来了，单位里风声鹤唳，人人自危。但事情总有过去的时候，事情一旦过去，该做的工作还得做，所以，黄逸飞的事还不能说完全被判了死刑，也就是先搁一搁的问题。

没想到他竟如此沉不住气。

既然这样，那就算了吧。你花了钱，就给个机会让你好好儿地发泄一下吧。这顿酒一喝，咱就两清了。想到这里，表叔捺着性子，接口道："见钱眼开，利令智昏，还是不行的，出事是迟早的事。"

　　黄逸飞说："你们做官的可能不一样，对于我们这些做生意的人来说，谁不想平平安安？赚不赚钱，只看有没有能耐，有没有财运。"

　　表叔见黄逸飞把自己划到了"你们"的圈子里，心里更加不是滋味，但他拿定了主意不发作，便避重就轻，讨论后面的问题："有能耐就一定赚钱吗？这世界上有能耐的人多了，个个都腰缠万贯？我看不见得。你再有能耐，还不是一样求人？"

　　黄逸飞看他一眼，张张嘴，却没有说什么。他端起酒杯，自顾自地把里面的酒一仰脖子倒进了嘴里。

　　表叔接着说："你要不想求人，你就得安于清贫。你要想发财，要想升官，你就脱不了俗。"

　　黄逸飞又一次替自己把酒杯斟满了，端起来，一下子把它灌到了嘴里。

　　表叔说："这单生意做不了，只能说运气不好，并不能说你做生意的路子错了。财运是什么？财运就是人脉。在这个社会，人际关系是第一生产力。"

　　黄逸飞说："成也人脉，败也人脉。他妈的，最近也不知道犯了什么邪，做事老不顺。"

　　关于黄逸飞在外面泡妞的事，表叔时有耳闻。世界是公平的，你太有女人缘，财运方面可能就会有些损失，不可能所有的好处都让你一个人全占了。

　　但表叔毕竟长了一辈，这话他不方便说。他抿了一口酒，用政工干部的语气说："说来说去，可能还是一个世界观、价值观的问题。人到底需要多少钱才是一个够？吃不过三餐，躺下不过几尺。但是，钱多钱少，却决定了你吃穿用度的质量，谁不想活得潇潇洒洒、风风光光？这都得要钱。钱应该是可以让人幸福的，否则，干吗每个人都那么爱钱，恨不得削尖了脑袋往钱眼里钻？为什么有的有钱人不幸福，可能是因为他的钱来路不正，不敢光明正大地花。"

　　黄逸飞插话："捞的时候是钱，存在家里是定时炸弹。"

　　表叔说："是呀，对任何一个贪官来说情况都差不多，要么不贪，否则，贪几十万或者几千万，结果是一样的。嗐，钱呀钱，人不能把你带进坟墓，你却可以把人送进地狱。"

也许是表叔说这番话时，表情太严肃了，黄逸飞不禁怔了一下，紧接着一拍桌子，笑了，说："我们这些人是不会下地狱的，我们的钱都是挣来的，辛辛苦苦、奴颜婢膝挣来的。只有那些一伸手就可以把钱捞到手里的人，才会下地狱。这些傻瓜，捞了钱又不花。傻，真他妈的傻。"

表叔说："怎么没花？他不是找了几十个女人吗？不给钱，哪个肯跟你一个五六十岁的糟老头当情人、当干女儿？"

黄逸飞嘴一撇，说："女人？瞧他，我的都是些什么女人？档次太低了吧？成本太高了吧？"

表叔"嘿嘿"地笑着，又摇了摇头。在他们两个人之间，这个话题毕竟是不怎么好讨论的，得顾及起码的尊卑。

黄逸飞不知道是已经喝高了，还是觉得无所谓，却没有停下来的意思，他打了个嗝，说："那你的意思，要是没有女人他就不贪了？"

表叔摇摇头，又"嘿嘿"地笑了两声，他是一个可以管住自己嘴巴的人，有些问题说不讨论就是不讨论。

他没有因为黄逸飞的几次失礼而跟他计较，先将他的酒杯添满了，再往自己酒杯里象征性地加了两滴，放下酒盅，端起酒杯，跟黄逸飞碰了一下杯，做出很豪气的样子，率先把自己杯子里的酒干了。

黄逸飞也把杯中酒一口干了，把酒杯重重地往桌子上一搁，又抓过酒盅要倒酒。这次他想起来了，所以先替表叔斟满了，才往自己杯子里倒。他端起酒杯，主动地跟表叔碰了一下，也是一口气把酒杯里的酒干了，吐一口气，说："女人……"

表叔一看黄逸飞的架势，赶紧起身，劝他别喝了。

黄逸飞一扒拉，把表叔伸过来的手打开了。他让表叔坐下，用左手将表叔跟前的酒杯端了起来，递给他，又用右手把自己的酒杯端起来，发现杯子是空的，抓过酒盅，又把酒杯斟满了，然后，不知轻重地和表叔的酒杯碰了一下，说："干，为红颜祸水，咱……哥儿俩……干了。"

表叔看黄逸飞已经有点不像话，赶紧叫服务员进来埋单。

黄逸飞说："你干干干什么？今天是个好日子，我高兴，我痛快，咱……哥儿俩一定要……一醉方方方方休。"

黄逸飞被表叔搀扶着出了茶楼，冷风一吹，顿时清醒了不少。他要开车送表叔回去，表叔哪里敢坐他的车？他从黄逸飞的口袋里摸了车钥匙，开了门，把黄逸飞塞进了副驾驶的位置。表叔还没从车头绕过来，黄逸飞"哇"的一声就吐了。奇怪的是，他的脑子异常清醒，不明白今天没喝多少酒，怎么就醉了。

表叔把黄逸飞送到家门口的时候，安琪正在浴室里泡澡。他把黄逸飞身上的钥匙都试遍了也没帮他把门打开。

黄逸飞本来喝得已经头昏脑涨了，这下酒醒了一大半。他看到了客厅里的灯光，听到了电视机里的声音。他努力地撑开眼皮望着表叔，好像希望他告诉自己到底是怎么一回事。表叔一边搀扶着他，一边摇了摇头。黄逸飞使劲地摇晃着自己的脑袋，终于想到了安琪。他以为是她从里面把门反锁了，便使劲拍门，里面毫无反应。他打安琪的手机，无人接听。打家里的电话，终于把安琪从浴室里叫了出来。

表叔没见过安琪，但知道黄逸飞和柳絮的情况，看到安琪裹了一条大浴巾出来，也不觉得惊奇。黄逸飞一见安琪就准备开骂，但一股酒劲上来，便摇摇晃晃地冲到了卫生间，"哇"的一声又吐了。

安琪紧跟着到了卫生间，半蹲着身子，一只手扶着黄逸飞的胳膊，一只手贴着他的背，轻轻地来回抚摸。黄逸飞想把她甩掉，却没有成功，只好依着她，继续对着抽水马桶大吐特吐。

表叔也跟了过来，三言两语地把情况跟安琪说了，说吐了就好，让安琪早点安顿黄逸飞睡下。安琪说好。表叔见帮不上什么忙，又怕安琪扎在身上的大浴巾不小心会掉下来，忙告辞走了。

黄逸飞吐完之后直起身来，问安琪怎么还没有走。安琪傻傻地望着他，一下子没想好怎么回答。黄逸飞把身体斜靠在墙上，瞪着安琪直喘粗气。安琪想上前扶他，被他拨开了，再次问她怎么还不走。安琪没想到黄逸飞会这样，委屈得直想掉眼泪。黄逸飞见她泪珠在眼眶里打转转，更烦躁了，扯开嗓子让她走。安琪咬着嘴唇望着黄逸飞，眼泪珠子再也没有忍住，唰唰地直往下掉。她突然转过身朝隔壁卧室冲去，她洗澡时脱下来的衣服全都扔在床上了。

安琪的眼泪吓了黄逸飞一跳，他不记得已经有多久没有见过女孩子流眼泪了。他心中最柔软的一个角落，被什么触动了。胃一酸，又差点吐出来。他离开卫生间，也跟着到了卧室。

安琪背对着他。大浴巾已经被她扯掉了，她在穿胸罩，一边耸动着肩膀，一边反过手来扣着胸罩的搭扣。

黄逸飞面对着安琪瑟瑟抖动的胴体，想自己是不是太过分了。他向她慢慢靠近，终于把两只手搭在了她的肩膀上，他想把她扳过来让她面对自己，却没能做到，他没想到安琪跟他拗起来会有那么大的力量。黄逸飞想说点什么，却又觉得说什么都是多余的。两个人僵在那儿好一阵，最后还是黄逸飞先说话，他说："要不然，你去帮我泡杯热茶吧？"安琪用手背把眼泪抹干了，说："行，喝了你就去死。"

安琪走出卧室，穿过客厅，到厨房里去帮黄逸飞泡茶，等她回到卧室的时候，黄逸飞已经横躺在床上睡着了。

安琪帮黄逸飞脱掉皮鞋、袜子和衣裤，又把他塞进了被子，望着弓着身子侧身躺着的黄逸飞，安琪反而拿不定主意该不该离开。她开始觉得这事一点都不好玩了。长这么大，还从来没有人对她这么吼过。你他妈的黄逸飞，凭什么？

安琪对黄逸飞充满了鄙夷，她准备穿上衣服永远地离开这儿。没想到她的手会突然被黄逸飞抓住，原来他刚才睡觉是装的，安琪让他放开，黄逸飞哪里肯听？安琪用另外一只手拼命地打黄逸飞的手臂，黄逸飞发狠地扛着。安琪干脆扑上去，在他的胳膊上使劲地咬了一口。黄逸飞一下子松开了，从床上跳起来，抡起胳膊，准备朝安琪劈去，想想，终于在半空中停住了，嘴里却骂骂咧咧，说："你干吗咬人，你是狗呀？"

安琪说："你他妈的才是狗，不知好歹的疯狗。"

黄逸飞说："你又咬人又骂人，你才是疯狗。"

安琪说："黄逸飞你不得好死，我就是要咬你要骂你。"

黄逸飞一下子把安琪抱在怀里，他嘻嘻一笑，说："你咬呀你骂呀。"

安琪使劲地把胳膊从黄逸飞的搂抱中挣脱出来，劈头盖脸地朝黄逸飞打过去，黄逸飞一边躲一边把她抱离地面，把她直往床上扔。安琪张牙舞爪朝黄逸飞抓过来，他只好又去躲。等安琪再次弹起来，黄逸飞又想去扑，这次安琪早已曲起腿朝黄逸飞踢去，只听得"哎哟"一声惨叫，黄逸飞被踢中了下身，痛得跪到了地上。他嚷道："你这臭婆娘，想要老子的命呀。"

安琪说："你就装吧。"

黄逸飞说："你真的……会要老子的命。"

安琪觉得情况有异，赶紧从床上跳下来蹲在黄逸飞身边。黄逸飞哼哼唧唧了半天，伸手搭在安琪肩膀上，慢慢地起身，挪到了床上。他的手从安琪的肩膀上滑下来，握住了安琪的手。安琪试着往回抽，黄逸飞则慢慢地握紧了它。黄逸飞望着安琪，说："干吗用那么大的力气？你真的那么恨我呀？"

安琪说："谁恨你了？你是什么东西，值得我恨？"

黄逸飞说："我是什么东西？你说我是什么东西？"

"我管你是什么东西。你不是让我走吗？放开我呀。"安琪一边说，一边想把黄逸飞的手甩掉。

"行了，别闹了。"黄逸飞说，把安琪的手握得更紧了。

"谁闹了？我有资格跟你闹吗？你把我当一回事儿了吗？"

"好好好，算我不是东西，行了吧？"

"不行，你本来就不是东西。"

"哇，这么多年以来，你是唯一知道我不是东西的人。"

"那又怎么样？"

"别走。"

"你说什么？"

"留下来，别走。"

"你说不走就不走？你让我留我就留？"

"求求你。"

"什么？"

"求求你，别走。"

黄逸飞蹲下身子，把安琪抱起来轻轻地放到了床上，然后，伸展开长长的双臂拥抱了她，他把她抱得很紧，让她压根就不能正常呼吸。

不知道过了多久，黄逸飞总算慢慢地让胳膊松了一点点，他弓起身子，把自己的头埋在了她的双乳之间，他的呼吸弄得安琪直痒痒。

不一会儿，黄逸飞哭了。

安琪不知道黄逸飞为什么哭，问他，他不说，反而哭得更起劲。

安琪叹了一口气，用两只手抱住了黄逸飞的头。

金狮大酒店有间商务会所，会所里有间茶坊，叫清风竹影，与肖耀祖住的总统套房同在三十八楼。从 H 市回来的第二天下午，肖耀祖请柳絮上那儿喝了一次茶。这茶一喝，流金世界的事便开始有了一点眉目。

肖耀祖说："明人不说暗话，现在房地产价格这么高，我不可能把那几层楼放到拍卖公司去糟蹋。但是，杀人偿命，欠债还钱，自古就是这个理。我不想赖，也没办法赖，东西被法院封着，真的是跑了和尚跑不了庙。这几天，你们不少同行找过我，他们的名片我有一大堆，有总经理亲自来的，也有打扮得花枝招展的女部门经理来的，我都不理。但有个人我却不能不理，你知道是谁吗？"

柳絮当然知道，但她颔首抿嘴一笑，轻轻地摇了摇头。

肖耀祖用戴了镶嵌着那颗硕大的祖母绿的铂金戒指的左手，轻轻地在桌面上弹了弹，说："柳总真是一个优雅的女人，你可以保持自己谜一样的心思，你对面坐着的人，却忍不住要哇啦哇啦。我告诉你，那个人就是陈一达。我为什么不能不理他？因为他后面有个姓伍名扬的人。伍扬对我来说太重要了，他的小指头把那算盘珠子左一拨右一拨，对我来说，就是好几百万上千万。"

柳絮说："他们现在使用的应该是计算器吧？"

肖耀祖说："柳总真幽默。在计算器上加一个零减一个零更简单，你说是不是？"

柳絮说："开句玩笑。你的意思是说，还是想和信达资产公司达成和解？"

肖耀祖说："对，能够达成和解，对于双方来说，成本都是最低的。问题是，这样一来，基本上就没有你们拍卖公司什么事了。"

拍卖作为强制执行的一种辅助手段，只有在被执行人拒不履行还款义务的条件下才会使用，换句话说，即使对拍卖标的进行了评估，即使已经打了拍卖公告，只要被执行人这时能够清偿债务，法院就有可能对拍卖活动叫停。柳絮做拍卖公司已经好几年了，对这种事情早已习以为常，这可以说也是拍卖公司运作项目过程中的一种隐形风险。

尽管早有这种心理准备，但肖耀祖的话还是让柳絮心里一沉。为了不让肖耀祖看出来，她端起茶杯，微微地噘起嘴，轻轻地吹了吹气，把嘴凑在茶杯的边缘，趁着抿茶的工夫偷偷地吐了一口气。放下茶杯时，她已面色如常了，脸上仍然洋溢着盈盈浅笑，说："和解的事，已经跟伍扬谈了吗？"

肖耀祖说："还没有。我本来要跟他谈的，但见了柳总，我觉得先跟柳总谈一谈，可能会更合适。"

柳絮眉毛一扬，望定了肖耀祖，说："噢，为什么呢？"

"伍扬这个人，我还是有些了解的。作为信达资产管理中心的主任，他肯定不希望我跟他和解，因为被查封的资产大于负债，拍卖所得款，他可以满打满算，以清偿我们欠他们公司的债务。但作为个人，他是不是也会这么想，我看就不见得。他跟那个……什么金达来公司的关系，在你们行业里面，好像不是什么秘密吧？"肖耀祖说到这儿故意停了下来，盯着柳絮，好像在等她回答。

柳絮却一笑，未置可否。她在等着肖耀祖往下说。

肖耀祖把两只肘子支撑在茶几上，用右手把左手无名指上的戒指轻轻地拭了拭，仍然目不转睛地望着柳絮，说："如果我们和解了，你们公司也就没有了做这笔业务的可能性，同样，那个金达来公司也没有。我想这可能又是伍扬不愿意看到的。所以，从这个角度来说，伍扬又有可能阻挠和解的达成。"

这次柳絮毫不含糊地点了点头。

肖耀祖说："伍扬要让和解达不成，其实很简单，他只要主张已经生效的法律文书赋予的权力就可以了。可是，要真那样，我就得付本金、利息还有滞纳金。"

柳絮说："换句话说，你不想东西被拍卖，只想用最低廉的成本达成和解，对吧？"

肖耀祖说："那是当然。其实，他们信达公司在回收债权的时候，也是可以讨价还价的，并不是没有一点弹性空间。"

柳絮脑子飞快地运转，她对肖耀祖约她喝茶的动机好像有点明白了，但她不会说，她要等肖耀祖自己说出来。

肖耀祖喝了一口茶，望着柳絮继续说："既然有弹性空间，就有文章可以做。你也许在想，这事你干吗不直接去找伍扬谈，反而跟我来谈？不错，我确实可以跟伍扬谈，与他直接达成某种交易。但是，这样做也存在很大的风险，在他那儿，可能是以权谋私，在我这边，有可能变成行贿。最近省高速公路管理局的关局长不是出事了吗？风声很紧，所以，我不打算这么做。我估计，这种方式在伍扬那儿也行不通。"

柳絮附和着一笑，说："肖老板确实没有必要这样做，像你这么大的老板，没有必要为了区区几百万上千万，栽这种跟头。"

肖耀祖受了柳絮的夸奖，嘴笑得更宽了，却把两只手摆了摆，表示谦虚，等到两只手放下来以后,肖耀祖继续说:"不过,我也不想被伍扬牵着鼻子走。所以,我必须借助于柳总你的力量。"

柳絮说:"我?怎么说?"

肖耀祖说:"我不可能从别的地方弄钱过来还信达资产公司的债,那么,钱从哪里来?从流金世界上来,我得先把它卖掉。现在房地产价格一个劲儿地往上蹿,流金世界就是一座金山。"

柳絮说:"也就是说,你只是不想让流金世界被法院当作执行标的拍卖,而是想自己卖,对吧?"

肖耀祖说:"也对也不对。拍卖和变卖,都是变现的方式,但如果是拍卖,驴肉会变成小葱豆腐的价。这点,柳总应该比我清楚吧?好好好,我们不讨论这个问题。总之,如果由法院委托拍卖,我将会失去对流金世界的话语权,对我来说未免太被动。我也不想自己卖,这几年我呆在香港,对这边的行情并不清楚,我也没那精力。我想让你卖,或者,如果柳总同意,可以让金达来公司和你一起卖。我对你要提的条件是,凡属涉及法院那边的事情,你替我搞掂。顺便,替我牵制伍扬和陈一达,谁都知道他们两个人是穿一条裤子的。怎么样,我说得够坦率了吧?"

柳絮笑了,说:"这样,我们公司,可能还有金达来公司,就得听你的,因为我们是你的被委托人。"

肖耀祖在柳絮说话的时候,微微偏着脑袋望着她,样子就像在欣赏一幅画。柳絮说完了,他也就一笑,微微点了一下头,很谦虚的样子。

柳絮接着说:"你把金达来公司拉进来,等于让伍扬为你所用,而我,法院这条线可以替你走通。肖总,你这算盘打得才精哩。"

肖耀祖听了这话,一仰脖子,笑了,说:"这叫充分调动各方面的积极因素,这种组合应该是最佳的,你说是不是,柳总?"

柳絮点了点头,但她马上意识到了另外一个问题,便身体稍微前倾,说:"可是,我们拍卖公司并没有变卖的资格,没有这种经营范围。陈一达的金达来公司也是。"

肖耀祖说:"这种小小的技术问题难不倒柳总吧?到时候,只要真的找好了买家,也可以组织一场拍卖会呀。只不过是做做样子而已。"

柳絮偏着脑袋想了一会儿,一笑,把脑袋朝另外一边一偏,望着肖耀祖,说："既然肖老板这样看得起我，我可以试试做做法院的工作。那么，金达来公司是怎么想的呢？他们什么意见？"

肖耀祖说："如果柳总这边没有问题，我再去找他们谈。"

柳絮说："你还没有找过他们吗？"

肖耀祖说："还没有。有一点柳总务必放心，我会按法院的标准付你们的佣金，甚至可以考虑略高一点，所以，我想，既然柳总同意，陈一达那里问题应该也不大吧。"

柳絮说："你对陈总很有信心吗？"

肖耀祖说："你指的是由他搞掂伍扬的事吧？如果他影响不了信达资产公司，那我们找他干吗？"

柳絮笑笑，点了点头。

肖耀祖喝了一口茶，用那只戴了戒指的手轻轻地摸了一下鼻子，定定地看着柳絮，说："还有一个问题，你觉得流金世界卖出去有没有问题？"

柳絮心里说，当然没有问题。在拍卖公司那里，就是一堆狗屎也能卖出去，关键是卖什么价。肖耀祖关心的问题，应该是流金世界的成交价，而不应该是卖出去的可能性。他这么问，是什么意思？

柳絮只当这是肖耀祖的口误，却不纠正，一笑，说："只要没有瑕疵，卖掉是没有问题的。"

肖耀祖并不回答有没有瑕疵的问题，追问道："那你估计需要多长时间？"

"肖总希望多长时间？"柳絮反问道，继续避开了价格问题。

"对我来说，时间越短越好。"

"噢，为什么？时间太短了，也许会影响价格，因为时间短，招商便可能不太充分。"

"价格不能太低，时间越短越好，这就是我的要求。怎么样，没问题吧？"

"可以问为什么吗？"

"什么为什么？"

"怎么会那么急？"

肖耀祖再次摸了一下自己的鼻子，眼光一斜，瞟了不远处弹钢琴的小姐一眼，又很快把眼光落在了柳絮脸上，他一笑，说："我跟柳总是第二次见面，以后熟了，我什么话都可以告诉你。"

"不不不，肖总任何时候都可以保守自己的秘密。我只是想知道，肖总能够具体给我多少时间。"

"具体时间我也说不好，总之，赶前不赶后吧。另外，并不是我有意想向柳总隐瞒什么，只是……"

"我理解。"柳絮打断了肖耀祖的话，说，"肖总放心，我不是一个好奇心强的女人。"

"那……我们预祝合作愉快？"

"肯定愉快。"

"时间很紧，你看这样行不行，我马上约陈一达谈一谈，让他做信达资产公司的工作，等他那边有了眉目，我们三个人再聚一聚？"

"我是肖总的被委托人，听肖总的安排吧。"

没过几天，柳絮很快就接到了肖耀祖的通知，说陈一达提议大家一起聚一聚。聚一聚就是吃饭的意思，表示这事很快就能进入议事日程。

聚的地点就定在金狮大酒店湘粤餐厅。柳絮和陈一达本来就互相认识，加上肖耀祖从中穿针引线，那餐饭便吃得热热闹闹。只是在埋单的时候出现了意见分歧：柳絮和陈一达互不相让，都争着做东。后来还是肖耀祖做了裁决，说在埋单的问题上就不要搞女士优先了，就让陈总表现一回吧。

吃完饭之后两个男人要去搞活动，并坏坏地笑着，怂恿柳絮一起去。柳絮笑了笑，说我去可能会坏了你们的好事吧？他们便放了柳絮一马。

那天吃的是午餐，柳絮想回去看看格格，顺便在家里睡一会儿。她和肖耀祖、陈一达分手之后在车上给杜俊打了个电话，把事情简单地说了一下，要他下午去公司等她，她再把详细情况告诉他。

接了柳絮的电话，杜俊赶紧约了柳茜，问那个人什么时候过来？

柳茜像没听懂杜俊的话似的，一边对着化妆镜描眉，一边问："谁呀？从哪里过来？"

杜俊"嘿嘿"一笑。他也不知道该如何称呼柳茜原来的那个男人。

杜俊一笑，柳茜就明白了，踹了杜俊一脚，说："你说的是他呀！我什么时候说过他要过来买楼了？看来，我不把几千万摆在你面前，你是不会相信买楼的是我了。"

杜俊嘴一撇，又笑了，这次却没有说什么。

柳茜说:"我最受不了你的就是这个,你什么时候别这么小瞧我行不行?"

杜俊说:"不是买套房,也不是买辆车,而是购买省会最繁华的街道上整整四层商业铺面,我的姑奶奶,你拿什么买?"

柳茜说:"亏你还做了几年拍卖生意了,你没听说过吗?不怕没钱,就怕没项目。如果位置不好,周围的生意没做起来,我可能还没兴趣。现在呢?等于是钱放在了你脚边,只需要你弯腰去捡嘞!"

杜俊嘟囔着:"想捡钱的人多了,就怕闪了腰。"

柳茜说:"算了,我懒得跟你磨嘴皮了。男人可以穷,但不能没有想象力。你这个人别的都好,就是太实在了。这是你可爱的地方,也是你可怜可憎的地方。哦,对了,肖耀祖在委托你们卖楼之前,肯定要找人评估。一旦知道他找的是哪家公司,立即告诉我。"

"你当真了?"杜俊问,他有点不敢掉以轻心了。

"我像开玩笑的样子吗?"柳茜一笑,还伸手在杜俊脸上摸了一把。

"我希望你只是说着玩儿。"

"说着玩儿?我可能会让你失望哟。"

"你……"

"我这几天可能要外出一趟。"

"去哪儿?"

"你不就指望我去深圳吗?对,我去深圳。你紧张吗?"

"我干吗紧张?你的事我管得了吗?"

"你这样想最好了。你记着,我不跟你打电话,你别找我。"

"没问题。"

"你钓过鱼吗?钓鱼之前总得撒窝子吧?"

"什么意思?"

"没什么意思,你也别瞎琢磨,到时候,我会把我的计划告诉你。顺便问一问,我不在的时候,你会不会很乖?"

"这又是什么意思?"

"也没什么意思。"

柳茜就是这样,对杜俊一会儿冷一会儿热,总让人搞不清她到底是什么意思。好在杜俊也是三心二意,所以心里头完全可以满不在乎。刚开始他对她多少有点指望，也不过是因为曾经包过她的那个老板。杜俊知道柳茜跟他还有联系，两个人在一起时，柳茜就接过他的电话，那个老板据说在深圳做得很大，可是，每个人有每个人的地盘和福地，他是盖了楼卖给别人的人，会为了柳茜花几千万来这里买别人的楼盘？

杜俊当然不作这种指望。但是，物以类聚，人以群分。像他那种层次的有钱人，交往的也都是有实力的老板，让他在那个圈子里散布散布消息，找个把愿意过来投资的人，也不是不可能。没想到柳茜却想自己做，这就有点不靠谱了。一个二十几岁的姑娘，靠别人给的几个钱，怎么可能玩转这么大的项目？

杜俊和柳絮有个大致的分工。柳絮掌控全局，主要负责拿委托。现在肖耀祖已经表态，和陈一达也已达成了意向，委托的事等于有了眉目。自己负责找的买家，却是八字没一撇。如果这事不能及时定下来，或者金达来公司在他们之前先找到了买家，他和柳絮就会很被动。

正心上心下地想着这些事，柳茜却不放过他，硬要他陪她上街。柳茜跟柳絮完全不同，三天两头如果不往商场里跑，好像浑身的骨头都不自在。杜俊曾经问过她，说你买那么多包包干什么？柳茜认为这个问题很愚蠢，反问杜俊，女人买包包需要理由吗？后来杜俊见识了柳茜出门时为挑选拎哪个包包心情烦躁的样子，终于明白了，原来她买那么多包包，为的就是每次出门时不知道拎哪一个。同样的理由，女人买衣服也是这样，越是衣柜里被塞得满满的女人，越是没有衣服穿。

但杜俊这次却不想去，柳絮说了让他在公司等的，上班时间陪柳茜逛街算怎么回事？再说了，柳茜可不好伺候，陪她逛街不仅是个体力活，还是个脑力活。她如果征求你的意见，你的回答如果不到四个字，她会把你打击得灰头土脸。杜俊有时候心里很不服气，搞不清她凭什么对自己颐指气使，有几次恨不得拂袖而去。但杜俊在柳茜面前也就那么一点出息，心肠总是硬不起来。

幸好，杜俊陪柳茜逛街的时候柳絮没来电话，她要是问起买家的事，他还真的不知道该怎么说。

杜俊的担心是多余的，柳絮刚到家不久，就接到了贺桐的电话，让她到白鹤湖高尔夫球场去打球。

这次是真的打球，只有一点小小的意外，柳絮的同学邱雨辰也在场，除她之外，还有一个又高又帅、长得有点像周润发的男人。邱雨辰介绍说，那是她的合伙人，姓鲍，名高潮。鲍律师和柳絮握了握手，就自己的名字补充说："我这个名字听起来很情色，其实政治色彩很浓，完全是'文革'时期的产物。那个时候'抓革命，促生产'，最时髦的话，就是一定要掀起农业生产和工业生产的新高潮。"

鲍律师以上这段说文解字，一定在不少场合说过，所以很溜，听起来也像那么一回事。贺桐可能是第一次听到，免不了借题发挥，说："鲍律师这个名字与时俱进，对客户有一种暗示，一个字，就是爽。"

说得大家都笑了，纷纷拍贺桐的马屁，说领导水平就是高。高在哪里？就是善于提炼和总结。

柳絮看出来了，邱雨辰和鲍律师跟贺桐已经很熟，是那种可以随便开玩笑、说荤话和黄段子的关系。可是，柳絮还记得，就在几个月以前，邱雨辰还曾托付过她，让她有机会介绍自己和贺桐认识。

上了一个果岭，邱雨辰和鲍律师有意落在了贺桐和柳絮的后面。贺桐挥出一杆，朝前望了望，摇了摇头，把手里的球杆递给了旁边的球童，侧着身子等柳絮过来与她并肩而行，然后问了一句："怎么样？"

柳絮不知道贺桐问她哪方面的情况，又不好追问，也就笑笑，点了点头，回答说还可以。

向前走了十几步，贺桐说："曹局还可以吧？"

见曹洪波是贺桐的安排，柳絮本来记得一定要给贺桐回个话的，不料却忘了，这时见贺桐主动问起，便赶紧说："还可以吧。"

贺桐又往前走了两三步，突然说："你们谈起过家里的狗吗？"

柳絮赶紧把脚步停下来，仰着头望着贺桐，柳叶眉一挑，长长的睫毛一眨，就有了微微吃惊的表情，她接着摇了摇头，说："没有呀，怎么啦？"

贺桐回应一笑，说："没什么，随便问问。这个曹洪波，最近像变了一个人似的。"

柳絮说："是吗？"并不往下追问。她心里清楚，关于曹洪波的话题，自己说得越少越好。

贺桐说："曹洪波工作还是不错的。去年院里出了那么大的事，查过他，也没发现他什么问题，这就不错了。"

柳絮点点头，并不接贺桐的话，她甚至都不敢抬起头来与他对视，因为走在她旁边的贺桐，似乎总在居高临下地扫视她。

贺桐说："这一届班子要到期了，老郑多次放出风来，要去司法厅，还有两个副院长也到了年龄，要退下来。所以，院里的班子可能会大动。"

柳絮仍然只是点了点头。她点头的意思已经很明确了，仅仅表示她在认真听贺桐说话，这是一种起码的礼貌。其实，省高级人民法院人事调整的事跟她有什么关系？

贺桐往后望了一眼，继续说："你那位同学不错，她老公何秘，也不错。"

柳絮知道这时候该说话了，她也很快地朝后面的邱雨辰望了一眼，说："是呀，她很能干的，比我强多了。不过，不管是她还是我，要把事情做开，都离不开你贺院长。"

贺桐说："是贺副院长。"

柳絮说："那个讨厌的副字，我想很快就会去掉了吧？"

贺桐说："谁知道呢？看领导怎么安排吧。"

柳絮说："我想应该没什么问题。哦，对了，早些时候，邱律师还让我介绍你们认识，既然你们的关系都这么熟了，再约其乐出来，就更方便了。"

贺桐说："是呀，哪天大家一起聚一聚吧。"

柳絮说："说好了，我做东。等下我跟雨辰说说，让她来安排，好不好？"

贺桐说："好呀。"又爱怜地看了柳絮一眼，接着说："你真是一个不一般的女人，跟你见见面，说说话，总是很舒心。"

柳絮听了，也含笑回望了贺桐一眼，又似娇羞地把头低了，轻轻说："贺哥能这样说，我知足了。"

贺桐抬头望着远方，深深地吐了一口气。

柳絮停下脚步，回头望着邱雨辰和鲍高潮，示意他俩跟上来。鲍高潮快走几步，凑着贺桐耳朵边说了几句话，逗得他哈哈大笑起来。

邱雨辰扯扯柳絮的衣角，让她和自己一起落在后面，然后悄悄地向柳絮透露了一个消息，并让她把这个消息暂时藏在肚子里。

邱雨辰告诉柳絮，肖耀祖的哥哥肖光宗没有死。

这消息还是让柳絮一怔：肖耀祖急着要把流金世界卖掉，跟这件事有没有关系呢？

第八章

  与人交往第一印象太重要了，你做的某一件事，说过的某一句话，甚至一颦一笑一个眼神，都可能不经意间给别人留下特殊的印象，以后，你想改变别人对你的印象，可能需要做一百件别的事，时间则需要几年甚至一辈子。更要命的是，你以为自己已经脱胎换骨重新做人，在别人眼里，不过是换汤不换药，骨子里还是那副德行。

  李明启在社会上碰过几次壁之后，决定改变自己。他原来老想着改变社会，慢慢发现这个社会不是随便什么人想改变就那么容易改变的，能够适应它就很不错了。刚进报社那会儿，他像爆竹一样一点就着，碰到一些社会问题往往夜不能寐，凭着一腔热血激扬文字，挥斥方遒，以为靠自己的战斗檄文就可以唤醒社会良知，敢教日月换新天，结果怎么样？他的那些爱憎分明有棱有角的恢宏巨制，要么发表都很困难，要么雨点落到水里，偶尔泛起一点小涟漪，马上雨过天晴，世界该怎样还是怎样。

  李明启吃了一堑又一堑，终于长了一智，开始承认个人能力有限，再也提不起精神做那种费力不讨好的事。社会是大家的，别人都想着在社会上捞世界，你一个人跳出来呐喊和鼓动，能够拉动时代的列车滚滚向前？

  李明启思想观念的改变有冯老师的一份功劳，大概政治课上多了，冯老师在家庭生活中很少跟李明启摆事实讲道理，她只是"不经意"地提醒他，他的同学这个混得怎么样，那个混得怎么样，总是把不同的标杆树在那儿让李明启自己去比照。对于李明启回家之后对工作方面的抱怨，冯老师听是听，但从来不给予过多的精神安慰。她说，这个世界没有人特意与你为敌，除非你硬是要站在别人的对立面。现在大家为什么讲双赢？就是因为这个社会已经变得很开放很包容，你死我活的斗争哲学已经没有市场了，人在社会中生存，就是要善于互相利用，各取所需，主观为自己，客观为别人。你就是自私点也没有什么关系，别人即使不理解你，至少也不至于不理你，因为人人都是自私的，你有别人都有的毛病，别人也就不会把你当成异己。但是，你要是整天摆出一副忧国忧民的士大夫架势，处庙堂之高则忧其君，处江湖之远则忧其民，别人就会把你当怪物或者神经病，你以为你是谁？

在社会和家庭的双重压力下，李明启明白了一个道理：你不要以为自己是谁，你就是你，一个脑袋一个身子两条胳膊两条腿的普通人，你混得好不好，取决于你在集体或圈子里的位置，你有话语权和影响力，你才有可能活得滋滋润润。

李明启离开省城时内心里很有些隐隐的冲动。

这种心态好久没有过了。他对自己的这次行动有个称呼，叫无主题采风，觉得有点地下活动的味道。他对报社、对林社长隐瞒了请假的目的，也不准备跟下面地委市委宣传部的人打招呼。他知道自己当不了独行侠，甚至当不了堂吉诃德，但至少可以呼吸一点自由的空气。

啊，自由新鲜的空气。

前面的决定有点冒险，等于把林社长排除在了自己的计划之外。林社长是帮他，还是踩他，或者事不关己高高挂起，对于李明启来说，便成了一个不确定的因素，但李明启希望对他的那次拜访，至少可以先稳住他。如果他李明启真的能以文章扬名立万，获得陆海风的青睐，再由何其乐做做务虚的工作（什么是务虚的工作？无非是煽煽风点点火，制造一点点似是而非的舆论和口风），就能给自己制造出一种神龙见首不见尾的声势，届时他不仅能引人注目，还会成为一个有来头的人，到那个时候，不怕林社长不对自己刮目相看，说不定还会反过来主动跟自己亲近亲近。

至于不给下面的单位打招呼，意味着李明启主动放弃了以前那种钦差大臣般的礼遇，这些天的衣食住行，得完全靠自己解决。好在李明启虽然把每个月的工资原封不动地交给了冯老师，在外面拿的红包却完全归自己掌控，这点钱还是花得起的。

冯老师今年正好当着高三文科班的班主任，整天想的问题，除了怎样把班上的升学率搞上去，就是怎样让他们刚上小学三年级的儿子多学几门特长，钢琴、美术，还有拉丁舞，把个十来岁的小男孩折腾得像个不堪重负的小猴子。李明启曾经问过冯老师，学这学那就是素质教育？人家国外的孩子可都是玩大的，为什么不让咱们的孩子也好好地玩一下？冯老师反问道，你这是在中国还是在国外？你愿意让自己的孩子输在起跑线上吗？如果单位上、社会上的人都这样，你能不这样吗？你的儿子要是这也不会那也不会，将来怎么考大学娶老婆？李明启知道论口才他不是冯老师的对手，也不敢承担坚持不让孩子学这个学那个所产生的严重后果，只好碰到问题绕着走，在儿子的教育问题上当甩手掌柜。

李明启家里有辆别克君威，是一个采访单位半卖半送的二手车，李明启当时以为捡了个便宜，没想到买车容易养车难，养路费、过桥费、保险费不说，光是加油就是一笔不小的开支。李明启这次算私人行动，交通问题得自己解决。本来可以把事情向冯老师说清楚的，但李明启怕麻烦，担心自己说明白了，冯老师反而不明白，所以跟她打招呼的时候，只说是外出公干，名义上还是为了完成报社的采访任务。还有一个原因，冯老师忙里偷闲，刚考上驾照不久，开车的瘾头大得很，儿子这里接那里送，没个车也不方便。没办法，李明启只好坐大巴或打的。

李明启按照何其乐提供的路线前进，一路上都在进行角色转换，努力把自己当成省委书记陆海风，铆足了劲儿揣摩陆海风的所思所想。

李明启一开始便满脑子的疑问，学校、监狱、幼儿园和养老院，这些地方跟一个省的GDP有关吗？跟一个省的精神文明建设有关吗？它们会触动陆海风哪根隐秘的神经呢？

李明启既不想随便掏记者证，也不想把自己当观光客，这就使他的身份有点不伦不类，他只能走马观花，道听途说，而无法深入了解那些单位的核心信息。可是，临行前何其乐曾经明确无误地告诉过他，陆海风微服私访时，也就这里看看，那里瞧瞧，去那些单位时，既没有让当地的领导陪同，也没有被下面的人认出来，跟他目前的处境完全一样。

李明启不想在所有的细节方面太依赖何其乐，觉得凭他多年在下面转悠的经验，完全可以做到对陆海风书记的微服私访进行情景再现。确实，对于一个称职的新闻工作者来说，缺少的不是新闻，而是一颗敏感的心和一双敏锐的眼睛。李明启觉得自己并不是一个缺心眼的睁眼瞎。

李明启这里荡荡，那里晃晃，跟的士司机聊天，加入公园里晨练的队伍中，甚至去逛超市和菜市场，他窥视别人的面部表情，偷听别人的谈话，像一条鱼似的，在一个个陌生的城市东游西荡。有时候，他脑子里也会灵光一闪，可等他回到住所，打开笔记本电脑，想用文字奋起直追，却又一片茫然。

李明启以前在下面出差，什么都会被别人安排好，吃喝玩乐，都是一条龙服务。连那些地市的党政一二把手，都不敢怠慢他，把他当成能够通天的人物供着，或请他吃饭或屈尊到他下榻的宾馆看望，那种感觉何等荣华尊贵。

这次的反差可就大了，因为什么都得自己掏腰包，就没有了那么多讲究。早餐啃面包，中午和晚上吃盒饭，一天下来还得算一算到底花了多少钱。再说住的地方，四星级五星级是不敢住的，能找个安静、干净的招待所就行。只可惜，如今这种地方还不容易找。

李明启到另外一个城市的第一天，住的就是招待所，不料人刚进屋没两分钟就来了骚扰电话，一个嗲声嗲气的女声问他要不要做按摩。李明启随口问什么按摩，对方反问道，先生是从火星上来的吗？按摩都不知道呀？按摩就是打洞啦。气得李明启一下子把电话线给拔了。谁知墙壁不隔音，左边是一桌麻将，稀里哗啦，闹了一个通宵。中间李明启找过服务员，服务员说，对不起，您是我们的客人，他们也是我们的客人，说得李明启再也找不到词儿了。右边更缺德，夜半三更突然床铺乱响起来，还伴随着男欢女爱的嚎叫，好像生怕邻居不知道他们在做爱（或者叫打洞）似的。李明启还算有点幽默感，居然听出来那女的叫得并不真实，他称之为"假叫床"。李明启进而想，既然只是男女苟合，为什么不闷骚？非要搞得那么夸张隆重，那么轰轰烈烈？李明启当然很快得出了结论，小姐为什么假叫床？因为对她来说是一种职业操守，以满足那个付了钱的男的的需要，是受市场经济的影响。

那天晚上李明启一宿没睡，由一个"假"字开始，不禁浮想联翩，而且很快升华到了理论的高度：这个社会假东西太多了，假烟假酒假钞假药假章子假牌子假文凭假学历假画假古董假业绩假政绩假话假人假情假意，凡事假字当头，你糊弄我我糊弄你，诚信缺失，道德沦丧，急功近利，害人害己。要建立和谐社会，必须从打假开始。

　　李明启被吵得睡不了觉，干脆爬起来写文章。他稍一凝神，竟文思泉涌。

　　虽然已经很久没有写过长篇大论了，下笔未免有些生涩，但写完稿子以后李明启还是很兴奋，更加睡不着觉了。他匆匆地看过一遍，也还满意，马上就想发给何其乐，让他看看，提提意见。他知道何其乐是个中规中矩的人，这个时候不可能在线上，但他一刻也不想耽误，希望何其乐一开机就能看到。但这破烂招待所没有接通网线，要上网还得到外面的网吧去。

　　早上六点，城市还处在半睡眠状态，大街上只偶尔有辆小车和单车驶过。

　　网吧是通宵营业的，大大的红色荧光招牌，让人很容易就能找到。里面装修得像宾馆似的，有大厅，有卡座，还有 VIP 包房。让李明启没有想到的是，他一连进了三四家，每一家都座无虚席。李明启看到网吧里大部分是一些十几岁的青少年，玩游戏玩得如痴如醉。

　　后来李明启进了街边一家小网吧，管理员正趴在柜台上睡觉，他见正好有个空位子，便径直走了过去，没想到他刚把 U 盘插上去，便有人拍了一下他的肩膀。李明启回头一看，是一位小姑娘，长得眉清目秀的，鼻头正中央还长着一颗芝麻大小的痣。她跟他说，位子是她的，她刚才只是去上洗手间了。李明启一边站起来，一边忙说对不起。小姑娘一笑，取而代之坐在了那张椅子上。她没玩现在流行的网络游戏，而是在玩扑克牌。她见李明启呆在她身后没有离开，便扭过头来看了他一眼，好像还若有若无地笑了一下。李明启躬下腰来，说他有点急事，问她能不能借用一下电脑。她一笑，说好呀，没问题。重新站起来，把位子让给了他。李明启没几分钟就发完了邮件，起身道了谢，就走了。他有点困了，想重新找家宾馆好好睡一觉。

　　何其乐一上班就收到了李明启的邮件。他先是匆匆地浏览了一遍，到中午陆海风离开办公室之后再仔细地看了一遍，心里不禁叫苦不迭：李明启的文章太轻了，太飘了，虽然不乏灵气，语言也还犀利，却根本没有他希望的那种丰厚的内涵和穿透力。

　　何其乐给李明启打手机，没想到手机关着，便在 QQ 上给他留了言，让他尽快和自己联系。

　　何其乐是个喜欢看闲书杂书的人，历史地理时事政治，尤其对领袖人物的传记很感兴趣。一篇文章改变一个人的命运，这样的例子可以举出很多。但是，领导爱才，爱的不是你文章中的词藻和小聪明，而是字里行间流露出的那种高屋建瓴的眼光和真知灼见，既不是图解政策的官样文章，也不是哗众取宠的揭秘报道。

何其乐以前对李明启了解得并不是很多，看了那篇编排得还算精巧的市井文章，就开始怀疑他给李明启出的那个主意的实用性。按照何其乐对陆海风的了解，这种幽默小品文式的东西，有点不登大雅之堂，他是不敢拿到陆海风的桌面上去的。

这阵子陆海风常常眉头紧锁，情绪不是很好，何其乐知道，这是由省高速公路管理局关局长出事引起的。

关于关局长的告状信，何其乐早几个月以前就看到了，也正是陆海风下令彻查，才出现现在这个结果。早几天省纪委卜书记和省检察院李检察长向陆海风汇报案子的侦查情况，使用了"反腐败的又一重大成果"这样的表述方式，陆海风心情沉重地摇了摇头，说我真的不想看到这样的成果，我真的愿意你们失业，上班就是一张报纸一杯茶。这个案子查下去，又不知道会有多少干部落马。可惜呀。

在那次小型的汇报会议上，纪委卜书记谈到了干部的选拔问题，他认为考察干部不要把为当官而当官的人放到实权位置，这些人当官的动机就是为了谋利，把权力当成一种资源，一种交换资本，一有机会就进行权力寻租，这是腐败的根子。

检察院李检察长同意这种观点，他补充说，我们的干部缺乏的是一种信念，一种精神。过去讲当官不为民做主，不如回家卖红薯。现在的一些干部，连封建社会的七品芝麻官都不如。什么是人民的公仆？就是人民花钱请的仆人，是看人民眼色行事的人，简言之，也就是人民的打工仔。不仅要能吃苦，还要能吃亏，多讲奉献，少要回报，只有安于清贫，压抑私欲，才能把胸襟扩大，装着人民和社会。

何其乐听惯了这种官话，并不以为然。在这种场合，他是不需要发言的，只要把脸上的表情做得没有表情，再把会议记录做好，也就可以了。

陆海风大会上做报告也好，小会上做指示也好，也是很少说这种绝对正确的空话的。他习惯在明确方向的前提下，采取提问的方式，给人一些具体措施的建议。李检的话说完以后，何其乐在记录本上一字不落地记下了海风书记的讲话:为什么会"前腐后继"?前面的局长倒下了,后面的迫不及待地扑上去堵枪眼,为什么?他怎么会那么"勇敢"?我们怎么会那么被动那么"无奈"?为什么要等到出现了腐败再去打击?这里可能有我们在考察干部上失察的问题,但根本的原因还是制度。小平同志说,一个坏的制度,可以让好人变成坏人;一个好的制度,可以减少坏人做坏事的机会。这话让人深思呀。所以,当务之急,是规范权力运作监督,是防患,从源头上反腐,能不能真正做到透明行政?比如说,任何公开的会议是否都可以让老百姓旁听?政府文件、重大决策是否能对外公开,最广泛地接受社会监督?可不可以将领导干部的财务状况,配偶子女的工作状况,完全彻底地处于社会的监督之下?到底应该怎样整合社会所有的力量,整体预防腐败?

　　何其乐知道,陆海风的这些意见或建议,不可能很快得以落实,甚至很难在短时间内取得实质性的进展。因为陆海风也好,甚至执政党也好,要对抗的除了制度中的弊端,更有每一个社会成员的处事观念和行为方式。"章子不如条子,条子不如面子。"如今,要升官,要调动,看个病,升个学,最优选择不是什么按程序办,按制度办,而是找关系,求关系。在官场中,所谓的"干爹""同门子弟""老乡""部队战友"……都是以"情"以"义"以"关系"作为媒介来诱导、来联结的。这种潜规则,不仅是官场中人的心里默契,就是社会中的各色人等,在利益算计与索取时,也无不以此作为约定俗成的行为选择。相反,你要不搞这些,你就会事倍而功半,别人轻而易举得到的东西,你拼死拼活也得不到,你很快就会被社会淘汰。

　　要帮李明启,除了让他下去做社会调查,弄出几篇所谓惊世骇俗的文章,难道真的没有更好、更直接的办法了吗?这个办法是不是太书生气了?还是你心里压根儿就没有真的下决心要帮他?

　　李明启如果找的不是他,而是另外一个人,这个人可能会先替他穿针引线,而不是让他自己去跑。科长也好,处长也好,厅长也好,据说都是明码实价的。何其乐早几天周末上街打的,跟的士司机聊天,问他是不是在部队干过,没想到马上得到了的哥的好感,说他会看人,有眼光。前部队副连长告诉他,他本来可以转业到县税务局工作的,条件是得花十几万打点。何其乐问他不打点会怎么样,他说不打点你就去不成,就那么几个好点儿的单位,排队的人有几十个上百个,凭什么给你?可是,真要打点,你敢吗?你如果去了,这打点的十几万还不想办法捞回来？怎么捞？还不受贿索贿？不被发现还好，一旦发现，就得家破人亡。但我不去，有的是人抢着去。那些人想不到这个情况吗？当然想得到，别人就是冲这个去的。饿死胆小的，撑死胆大的，你怕，别人不怕。大家都这样，谁怕谁呀。你看着吧，他不捞才怪哩。他不捞，他原来的投资怎么收得回来？他靠什么还当初借的钱？瞧，这就是咱们的社会。

的士司机想到的问题，何其乐当然也想得到。但他心里对人对事的看法，总算没有那么悲观。社会问题很多，但社会一天一天在进步，却也是事实。

回到李明启的事情上。他觉得做这种事情，总得有工作成绩做底子，再多少加点润滑剂，才能顺理成章。纯粹的买官卖官有没有呢？他不敢说。但要他自己参与这种事，却无论如何做不到。

何其乐想玉成李明启的好事，这时却开始担心自己出的那个主意反而会耽误他。他很明显地感到李明启是相信他的，对他寄予了很大的希望。可是看了他的那篇文章，何其乐的心里没底了。

但是，开弓没有回头箭，李明启都已经在下面跑着了，难道又把他叫回来？叫回来容易，可你有什么更好的主意、更好的办法吗？问题既然出在文章上，那就先帮他弄几篇文章出来再说吧。

何其乐很清楚，现在陆海风脑子里想得最多的，还是干部的廉洁问题。这关乎党和国家的生死存亡。早几年抗洪抢险，这里那里到处都是管涌，搞得不好是要决堤的。培养一个干部不容易，毁掉一个干部却轻而易举。这里有干部自毁前程的主观因素，也有很多社会原因。尽管陆海风是省委书记，但他难免也有他的思维定势，如果真能炮制出几篇令人耳目一新的文章，应该不可能不引起他的关注。

关于怎样惩治腐败，何其乐还是有些想法的。他的这一想法已经酝酿很久了，但因为多少有些另类，便始终不敢向陆海风书记提出来，担心海风书记会说他不成熟、幼稚，甚至说他想了他不该想的问题。

他的那个想法其实很简单，用两句话就可以概括：亲身体验妙，举报贪官发钞票。

先说第一句话。

何其乐看过不少贪官在监狱里写的忏悔文章，真的比他们在台上做的反腐倡廉报告真诚一百倍，有价值一百倍，为什么？因为只有身陷囹圄，才能真正体会到什么叫早知今日，何必当初；也才能真正体会到自由和阳光的可贵。如果在对干部委以重任的时候，能够先让他到监狱里去面壁一些日子，读读法律书，劳其筋骨，苦其心智，甚至饿其体肤，让他充分体验一下度日如年的阶下囚滋味，那么，他对准备坐上去的官位，会不会有一种倍加珍惜的感觉呢？会不会有一种如履薄冰的感觉呢？总而言之，这会不会是一种很好的自律训练呢？

当然，光有自律还远远不够，还必须有监督，而且不是一般的监督，是一种无所不在、无时不有的监督，让领导干部无论是行使公权的言行，还是八小时以外的私人活动，都处在社会和舆论的监督之中，使其成为领导干部必须支付的职业成本。

为什么老百姓对抓贪官的事越来越麻木，甚至还有不少人羡慕贪官？因为从价值观念上来讲，从舆论导向上来讲，并没有造成一种视贪官如粪土的共识。最起码，似乎反不反贪官与老百姓的生活并没有直接的联系，而最了解贪官斑斑劣迹的，就是老百姓，就是贪官身边的人。他有没有情妇？住什么样的房子？开什么样的车子？孩子有没有在国外留学？家里的红白喜事有多大的排场？所有的经济支出是否跟合法收入对等？甚至，抽什么烟喝什么酒穿什么牌子的衣服打多大的牌，等等等等，老百姓和他身边的人心里最清楚。为什么没有人举报？因为你举报之后不仅得不到实惠，还有可能被打击报复。但是，如果举报之后一经查实，便给予举报者百分之五、百分之十甚至更高的现金奖励，那将是一种什么局面？那将是一场多么声势浩大的人民战争？与其依靠老百姓的觉悟，不如依赖经济杠杆。真要那样，那些贪官污吏，便会无处藏身，才真的会有如过街老鼠，人人喊打，也等于在任何存在公权私化的可能性的领域，都装上了摄像头，那才叫莫伸手，伸手即被捉哩。

这是不是对陆海风书记关于怎样整合社会所有力量，整体预防腐败的提问的一个回答呢？

可是，这种亲身体验式的教育，预设的前提就是把到党校里去学习的人假设成犯人，这种观点是不是太出格了？是不是太打击一大片了？是不是太不具备操作性了？或者，会不会因此而搞得风声鹤唳、草木皆兵，从而使始作俑者成为众矢之的？

何其乐一直以来给陆海风的印象是老成持重，这些观点一出，说不定马上就会改变陆海风对他的印象。至于这印象是朝哪个方向改变，何其乐却有点拿不准。早段时间何其乐陪陆海风下去,就参观过不少监狱。何其乐认识的不少科局级干部,对于在党校学习的机会非常重视,认为是建立社会资源横向联系的一个绝好平台,对于在党校学习期间由省委市委组织部门管考勤的事,却颇有微词,说搞得像坐牢似的,一点都不自由。

陆海风为什么要参观监狱?他是不是也想到了这个创意?

陆海风不说,何其乐也不敢问。但是,如果通过李明启的文章,把这种想法婉转地表述出来,然后再拿给陆海风看,情况会怎么样呢?

不管怎么样,何其乐作为背后推手,至少会有很大的回旋余地。

这样,何其乐就不是简单地帮助李明启了,他同时也等于在帮自己。

他真的很想试一下。

何其乐这段时间还真的不清闲,因为需要他帮忙的还有自己的老婆邱雨辰。

本来两个人说好了的,何其乐决不为邱雨辰业务上的事出面找人。邱雨辰有能力,也愿意自己单独发展。靠老公的关系赚钱,那不是真本事,而且很窝心,心理负担也会很重。因为一旦动用何其乐的关系,势必会让他欠下别人的人情。一来二往,何其乐可能就会深陷其中,他会很容易失去自己的独立性。而一个缺乏独立性的人,很容易变成一个没有原则的人。今天你牵着他的鼻子走,明天他的鼻子就可能被别的什么人牵着走。在陆海风眼皮底下做事,你要是长袖善舞,说不定仕途就到了顶。相反,如果能独善其身,受重用是迟早的事。邱雨辰权衡利弊,轻易不会为一两笔业务让自己老公破例。

但这次的情况有点不一样。

这次的标的太大,当事人开的价码太高,而邱雨辰想单凭自己的能力搞定又似乎没有绝对的把握。

因为要违反两个人当初的君子协定,所以,邱雨辰跟何其乐谈这件事的时候,地点没有选在家里,而是一座五星级宾馆的茶坊。

邱雨辰并不觉得这样煞有介事是多此一举。她希望何其乐能够不受夫妻关系的影响,客观地考量这件事。当然,她用的也是试探性的、商量的语气。

邱雨辰问何其乐:"有一个收费可能超过一千万的案子,你说我该接不该接?"

面对如此高的开价,不要说邱雨辰,何其乐也会心动的,按照他目前的工资标准和正常收入情况,他得用两三百年的时间才能挣那么多钱。

何况，何其乐也不是不食人间烟火的神仙，他明里暗里还不是一样要帮柳絮、李明启？为什么反而对自己的老婆铁面无私？况且，邱雨辰收的是律师费，合法。

问题恰恰就在这里，柳絮也好，李明启也好，对于何其乐来说毕竟都是外人，能帮是情分，如果实在帮不上，他也没什么义务和责任。最主要的是，不管怎么帮，都不会落下把柄，除非何其乐收了柳絮或者李明启的钱财。

先说柳絮，何其乐不可能把跟柳絮的关系搞得那么俗，他倒是真心实意地想帮她，不会要求她任何回报，而且他绝对会掌握分寸，会给被请托的人留下足够的腾挪空间。师傅领进门，修行在个人。他利用自己的影响力帮柳絮搭上关系，剩下的功课由她自己去做。至于具体什么事，能不能办，怎么办，他就不用管了。

至于李明启，两个人在情分上要生分一些，最主要的是，他的事办起来要求具有更高的技巧。李明启要求进步，要求组织上给他压压担子，这都没有什么可说的。但他的事却比做一笔生意难多了。问题的复杂性在于，任何一个行政职位，都是一种稀缺的资源，都会吸引不知道多少双眼睛。谁找谁运作，谁想帮谁，谁不想帮谁，全部都在暗中博弈。就像押宝一样，谁也说不准谁是最后的赢家。

回到邱雨辰的事情上来，如果何其乐亲自出面替她奔波，马上就会暴露在众目睽睽之下。本来只可意会不可言传的事，会很容易落下口实。更何况邱雨辰要公关的这件案子有点棘手，不仅牵扯到药检、卫生、国土等部门，还关系到省、市两级政法委员会。因为它的当事人之一是省内小有名气、死而复活的港商——做药品和房地产生意的肖光宗。

即使何其乐愿意出面，光靠他的面子别人买不买账？还要不要借助陆海风的影响力？

关于这一点，邱雨辰心里也还没有底。

何其乐不可能一下子把具体的法律关系理清楚。但他首先对肖光宗的生死之谜产生了怀疑，对邱雨辰来了个刨根问底。

邱雨辰回答说："前段时间反医疗系统的商业贿赂，声势浩大，肖光宗是做药品生意的，可能多少有些牵连，他要想平安脱身，除非他死了，所以，他就死了。"

何其乐说:"那怎么这么快就活过来了呢?"

邱雨辰说:"躲过了风头,他肯定把各种关系摆平了。不过,他仍然很谨慎,根本就没有在内地露面。他有个弟弟叫肖耀祖,也是公司的大股东,这边的事,都是他在张罗。"

何其乐说:"肖光宗的背景这么复杂,我能不能插手?我插不插得上手?"

邱雨辰说:"所以,我要征求你的意见。"

这是何其乐最欣赏邱雨辰的地方,她理解他的苦衷。

是呀,别看他是陆海风的秘书,手里其实并没多少实权。说穿了,如果他要对关键的人物施加影响,不打陆海风的牌子,几乎不可能。别人会不会帮他,最终也要看他会不会反过来在陆海风书记那里为自己今后的什么事儿施加影响。这样一来,就成了心照不宣的现货或期货交易。可是,这种事情,他要是搅进去了,恐怕真的就再也难得脱身了。因为一件事做得,两件事也做得。或者说,一件事是做,两件事也是做,开口子容易,要想把口子堵上,可就没那么容易了。而且,一旦陆海风听到风声,只要发个话,便可以实施足球比赛中的突然死亡,一句话就可以让事情终止,何其乐为这件事所做的一切,包括这些年他在工作中的所有努力,便随时可能前功尽弃。

邱雨辰跟何其乐谈话之前便预测到了这种结果,听了老公的心声,也就谈不上什么失望。其实,她也并不是想让何其乐真的到这个单位那个单位跳来跳去,那也太掉价了。她以前做律师业务,从来都跟何其乐撇得很清,连她的合伙人鲍高潮都笑她,说她放着那么好的资源不用,简直就是跟人民币过不去。每次她都能一笑而过。但这次真的有点不一样,她太想做这笔业务了。

如果做成了,何其乐还有必要死抱住那份工作不放吗?

这其实才是邱雨辰真正关心的问题。

他会为她孤注一掷吗?

或者说,他愿意为一千万人民币改变自己的生活道路吗?

这笔业务是流金世界置业有限公司的人主动找到她的。她问他们为什么。他们笑而不答,被问急了,便说我们肖老板这么做肯定有他的道理。一千万不是律师费,是风险代理,事情办成了,按标的总额八千万的百分之十三提成。否则,你还得赔上差旅费和公关费。

邱雨辰和鲍高潮从贺桐那里了解了肖光宗、肖耀祖两兄弟的相关情况,也仔细审查过他们公司提供的案卷材料，觉得凭现有的证据，胜率便可以超过百分之七十，剩下的百分之三十，得靠关系，而且不是一般的关系。

邱雨辰当时就明白了他们找她的原因。

邱雨辰跟何其乐商量这事是出于对他的尊重，她得让他有心理准备，除此之外，她接不接这笔业务其实无须征得他的同意。她是他的老婆，是否利用或怎么利用这个身份去开展业务，是她自己的事，此其一。其二，还得看她要接触的那些单位的人，是否买她这个账。

不管怎么样，对于邱雨辰来说，这是一项富有挑战性的工作。有些事情只能边做边想。

而且，即使抛开关系的因素，胜率不是已经占到了百分之七十吗？

所以，在约见何其乐之前，邱雨辰其实已经拿定了主意：案子当然要接。

为什么不接？

何其乐其实没有表态。或者说他表示同意邱雨辰一开始的说法，让她考虑这个问题的时候，不受他们之间夫妻关系的影响，完完全全把他的因素排除在外。

邱雨辰问："完完全全把你的因素排除在外？"

何其乐笑了，说："是的，就像你从来没有和我说过这件事一样，对，从来没有说过一个字，你只要合法从业就行了。"

那次喝茶之后，邱雨辰邀请何其乐一起回了一趟家，说要去看崽崽。他们刚进屋，被关在铁笼子里的崽崽，便兴奋得朝他们摇尾乞怜。它撒了尿，房间里弥漫着八月桂花般浓郁的又香又臊的尿骚味，但他们却没怎么理它，把门一关便宽衣解带直接去了卧室。何其乐说："也许，我们该生个儿子了？"

邱雨辰说："谁说不是呢？但如果真的接了那个案子，可能还得等一等。"

何其乐没有回答，那一阵子他在邱雨辰身上忙乎着，可能没顾上。

下午一上班，陆海风却主动和何其乐谈到了不久前的那次出行。问他知不知道为什么要到下面走一趟？何其乐想了想，说："体察民情，关注民生，顺应民意，深得民心。"

陆海风笑了，说他脑子快，总结出来一个"四民主义"。他说："办公室坐久了，得下去沾沾地气。不下去怎么了解下面的情况？不了解老百姓的喜怒哀乐，怎么在感情上贴近老百姓？"

何其乐点头称是，又问要不要作为一项制度，让党政各部门的一把手，每年拿出一定的时间去试行。

陆海风摇了摇头，脸上看不出什么表情。后来他问下午有什么安排。何其乐告诉他，省高院的郑院长和贺副院长三点钟会来汇报工作。

陆海风点点头，表示知道了。他拿起笔，在记事本上写了点什么。

下班以后，何其乐替陆海风收拾桌子的时候，看到了陆海风写的那几个字，正是他说的"四民主义"。

何其乐对着那几行字看了很久。

肖耀祖不想让法院拍卖流金世界裙楼，用专业术语来说，是想改强制拍卖为任意拍卖。

强制拍卖是指有关国家机关依照法律的规定，将被查封、扣押、冻结的财产强制予以拍卖的行为，不以被执行人的意志为转移。在这种情况下，肖耀祖是否同意，不影响拍卖的进行。在变现之前，流金世界裙楼的产权虽然仍然归属于肖氏兄弟的公司，但他们对财产的处分权受到了限制。

如果是任意拍卖，肖耀祖的权力可就大了，是否拍卖，由谁拍卖，完全可以由肖耀祖自己决定。

肖耀祖自己其实也很清楚，他不可能将强制拍卖完全改成任意拍卖，那样的话，等于法院对查封的标的物失去了控制，也等于前面的判决，信达资产公司的申请执行，都被悬空或推翻，谁有这么大的能耐？谁能担得起这个责任？他只能退而求其次，求得法院和申请执行人的同意，给他一点时间，让他先把已查封的流金世界裙楼卖掉，再用变现的钱，偿还信达资产公司的债务。

要做到这一点也不容易，必须同时具备两个条件。第一，得法院同意。法院拍卖被查封的财产，就是为了能让被执行人偿还债务，拍卖只是最后的手段，在这之前只要你能把钱还了，完全可以不动你的财产。当然，这得有时间限制，不可能光凭你一句话就让你无限制地拖延时间。你自己要卖被查封的财产也可以，但整个交易程序得由法院掌控，尤其是成交款，必须由法院控制，以确保资产不会流失。从操作性来讲也是，谁敢买被法院查封的财产？如果没有法院的裁定，买家便办不了产权过户手续。

第二，得作为申请执行人的信达资产公司同意，否则，明明通过强制拍卖就可以实现的合法权益，为什么要放弃？除非另外一种方式能够多、快、好、省。何谓多？就是使债权人实现利益最大化。何谓快？就是节约时间，减少环节。何谓好？就是双方协商解决问题，而不至于搞得针尖对麦芒。何谓省？就是节约成本。即使这样，信达资产公司也会要求法院参与和主持，以使在实施的整个过程中，一直受法律保护，从而绝对安全。

肖耀祖很急切，早早地就把给柳絮和陈一达公司的委托书打印好了，故意在他们两个面前晃了晃，却迟迟不肯签字盖章。按照他自己的说法，他这是向两位表态，他不会再选择别的拍卖公司，他不签字盖章，是因为如果不能得到法院和信达资产公司的同意，只会变成他自己一个人瞎起哄，剃头担子一头热，没用。

柳絮和陈一达这会儿等于上了同一条船，便经常打电话通气，知道肖耀祖这是不见兔子不撒鹰。不过，对此柳絮和陈一达倒也能够理解。肖耀祖这样做，其实是在试探他俩，想看看他俩对法院和信达资产公司到底有多大的影响力，同时也等于把球踢给了他们两个：想早点拿到业务，就早点把跟法院和信达资产公司的关系理顺。

柳絮和陈一达很自然地分了工。

柳絮跟贺桐一起到白鹤湖高尔夫球场打完球之后，并没有散场，大家一起去了一个名叫樱花之谷的地方，那里据说是一个曾在日本做过"妈妈桑"的女人投资开发的，不仅漫山遍野栽的都是樱花树，尤以温泉闻名遐迩。跟打球一样，仍然是鲍高潮负责埋单。

两男两女，明眼人一眼就能看出来，贺桐和柳絮是什么关系。柳絮有点奇怪，不理解贺桐这次为什么不避嫌，她因此更加加深了自己的判断——贺桐跟两个律师的关系，已经非同一般。

很自然地，四个人分成了两对。一开始邱雨辰和柳絮还有些牵扯，说一些女人之间的体己话，慢慢地，她就把柳絮完全地交给了贺桐。这样看来，邱雨辰也应该知道她跟贺桐的关系，只是不知道她会不会跟何其乐说。其实，柳絮这种考虑完全是多余的。何其乐知道了又怎么样？不知道又怎么样？俗语说，一个成功的男人后面肯定有一个优秀的女人，一个成功的女人上面肯定有一群优秀的男人。何其乐又不是傻子，他要是以为像柳絮这么出众的女人，一方面在生意场上混，一方面还能守身如玉，那未免也太天真了。再说了，她就是想守身如玉，又是为谁而守呢？

柳絮进而想，邱雨辰也是在外面混的，也很漂亮也很出众，不知道何其乐对她放心不放心。女人都有好奇心，柳絮在内心里偷偷考量过她跟鲍律师之间的关系，却没能看出什么名堂，她便默默地替何其乐庆幸和祝福。

樱花之谷温泉休闲中心刚开发出来不久，目前处在试营业阶段，外地的客人不是很多，邱雨辰借口白天打球太累了，泡了个澡，便进了按摩房。鲍律师原本就跟这里的女老板认识，被她叫去洗鱼浴了。这是他们这里的特色项目，据说温泉池里养了数百条三四寸长的小鱼，人泡在里面，那些没有牙齿的小鱼会特别亲密地围绕在你周围，对你"亲亲啃啃"，啄食你浑身老化的皮质、细菌和毛孔排出的体内垃圾和毒素，你会有一种被那些水中技师轻微攻击的呵痒式的快感。

剩下贺桐和柳絮，先是到大池子里泡了泡，然后一间一间地在围着池子建造的小木屋里钻来钻去，体验各种中药浴。他们之间的谈话，因而显得断断续续，却也很融洽。

贺桐似乎很关心柳絮和曹洪波见面的情况，一天之内居然两次提到他。

柳絮心里好笑，又不是捉奸在床，你这样东一榔头西一棒子的，能问出个什么名堂呢？你不会真的那么小心眼吧？

刚才在车上时，柳絮便打定了主意，与其闪烁其词，还不如就事论事，把最重要的内容"贪污"了，把在H城一起和肖耀祖见面的情况，一五一十地都告诉他。肖耀祖已经有了自己的打算，正好听听贺桐的意见。再说了，要把这件事办成，曹洪波和贺桐，是她怎么绕也绕不过去的两个男人。

贺桐却不是一个容易被敷衍的人，他从柳絮简单的描述中，一下子就找出了破绽。他问柳絮，和肖耀祖见面的地点干吗放在H市？柳絮老老实实地告诉他，说都是曹洪波的安排，也不知道是什么意思。贺桐说是吗？马上又换上了一副很理解的表情，边点头边说，我也想这应该是他的主意。说到这里贺桐戛然而止，却俯视着柳絮，好像要从她脸上读出什么文章来。

柳絮心里多少有些忐忑，她知道自己这会儿不能随便说话，否则，只会言多必失，或越描越黑。在这么关键的时刻，她不能冒一丝一毫让贺桐不高兴的风险。

幸好贺桐很快转移了话题。

让柳絮没有想到的是，贺桐再一次谈到了狗。

贺桐说出来的话已经与刚才的话题完全不搭界了，使用的语气有点像赵忠祥解说《动物世界》。他说："爱斯基摩人生活在一年四季冰封雪冻的北极，狗是他们的生活伴侣，也是他们唯一的运载工具——雪橇的动力。怎样才能让狗多拉快跑，可不是一件容易的事。爱斯基摩人的办法可真叫绝，他们把雪橇狗分成两个层次：领狗和力狗。领狗只有一条，力狗却是一群。领狗拥有很多特权，不仅吃好的，睡好的，还从来不挨鞭子。力狗的待遇可就差多了，大家一起抢着吃，还经常吃不饱，狗舍也差，拉雪橇的时候，只要跑得稍微慢了一点，主人的鞭子就会准确无误地落在身上。力狗充满了对领狗的仇恨，往往借拉雪橇的机会，恨不得一起朝领狗下手，把它咬烂撕碎。然而，爱斯基摩人决不会让这种情况发生，他们的办法又简单又聪明，就是让领狗的缰绳永远比力狗的长一条半身子……你想那会是一种什么情景？"

柳絮一笑，摇了摇头。她做出来的样子，好像还沉迷在贺桐磁性的声音里似的。柳絮觉得贺桐这个人跟一般的人不一样，在他面前，她总是不能完全放松和放开，他也似乎总是想让别人去揣摩他的话。柳絮采取的策略却是以不变应万变，尽量不在他面前表现自己的机灵。

一群力狗拼命地往前跑，为的是去撕咬前面那条领狗的尾巴或者后腿。结果呢？飞奔的雪橇完全被力狗拉动，领狗不需要出一点力，它唯一要做的，就是保持和力狗的距离。

可是，贺桐干吗要说这个故事？他到底是什么意思呢？

柳絮还不能不接贺桐的茬，她想了想，说："爱斯基摩人挺残酷的，他们利用狗之间的矛盾达到自己的目的。"

贺桐说："你怎么会这样想？不过，你这种说法也挺有意思的。你知道吗？其实人跟狗差不多，都想当领狗，不想当力狗。"

柳絮说："这可能是你们男人的想法吧？想当官，而且想当正职。"

贺桐忍不住哈哈大笑，但笑声很短促，刚冒了一个头，就被自己咽了回去。

柳絮怕冷场，就说："上次我送了一条萨摩耶给雨辰，那也是雪橇犬吗？"

贺桐说："是，此外还有哈士奇、阿拉斯加。这些狗在当地很普通的，在咱们这儿，却被那些商贩炒到了天价。"

柳絮说："听了你的故事，我不知道还会不会喜欢萨摩耶，可是，它真的很漂亮，它的毛白得像雪一样。"

贺桐轻轻地笑了笑，说："不是我的故事，是我讲的狗故事。"他伸出手，在柳絮的胳膊上轻轻地捏了捏，好像是对她说错话的惩罚。

柳絮吐了吐舌头，觉得时机到了，她把贺桐那只已经放下了的手拉住，握了握，仰起脸望着他，说："流金世界可不可以暂时不拍卖？"

"怎么，肖耀祖那儿的工作还没有做好呀？"贺桐关切地反问，另外一只手也行动起来，把柳絮的手包在中间。

"肖耀祖想自己卖。"

"你怎么会替他当说客呢？如果不由法院委托拍卖，不就没你们公司什么事了吗？"

"如果法院同意由他来卖的话，他可能也还是会委托我们公司。"

"为什么？"

"他可能想拥有更大的控制权吧。"

"那么你呢？离开了司法委托的大平台，你能掌控肖耀祖吗？"

"嗯，这里还有一个跟他进一步衔接的问题，不过，我是这样想的，如果拍卖委托不是由法院下，而是由肖耀祖下，那么，贺哥帮我就帮在了暗处，谁也说不了我们的闲话。"

贺桐抓着柳絮的手，把它放到嘴唇边轻轻地碰了碰，说："有人说闲话了吗？你都听到了什么？"

柳絮就怕贺桐误会，连忙摇了摇头，说："倒是没有。可是……这种事情还是要尽量避免才好，你说是不是？"

贺桐轻声一笑，并不回答柳絮的问题，他说："肖耀祖这样做，归根结底还是想绕过法院，当然，他是绕不过去的。他没有别的选择，只有乖乖配合。他想自己卖，也不是不可以，不过，这首先得信达资产公司同意才行呀。"

"我们会让信达资产公司同意的。"

"我们？你说我们指的是谁呀？你跟伍扬很熟吗？"

"还有另外一家拍卖公司一起做这件事，他们跟伍扬的关系很铁。"

"这听起来像个阴谋似的。"

"不是阴谋是阳谋，法院可以控制成交款，而且，不管最后的买家是谁，以后办理解封手续，下确权裁定，还是法院的事。"

"你的说法很专业哩。那么，曹洪波是什么意见呢?"

"我还没和他说这件事。"

"是吗?"

"是。我想知道，你觉得怎么样呢?"

"要不然，你先和曹洪波说说吧。"

"由他来向你汇报，在这之前，你并不知道这件事，对吧?"

"这样效果会不会更好一些?"

"应该是。另外，那个肖耀祖想和你见个面。"

"就他一个人吧?"

"我陪他来，行吗?"

"你知道，我一般不跟当事人见面的。不过，肖耀祖是个例外，你知道为什么吗?"

柳絮摇了摇头。

"小傻瓜，因为为了你的事可以破一次例呀。不过，这个肖耀祖不知道嘴巴臭不臭?"贺桐把掌心里柳絮的手揉了揉，说。

"他如果到外面乱说，对他又有什么好处呢?另外，我也可以特别提醒提醒他一下，你说呢?"柳絮试探着说。

"那倒没必要，反而搞得像此地无银三百两似的。再说了，我也就最多和他一起吃餐饭，具体的事，饭桌上不要谈。你们先去找曹洪波，看他怎么说。"

"这样就行了。"

柳絮心想，贺桐和曹洪波两个人有意思，碰到什么事情总是你推我，我推你。不过，柳絮对此也能理解，贺桐要帮她，如果越过曹洪波，不仅不符合由下至上的报批程序，还有可能引起曹洪波对他们两个人关系的疑心。同样，如果曹洪波当着柳絮的面轻易表态，又怕在贺桐那里通不过，失了面子。

夜渐深，一阵凉风掠过，让柳絮一个激灵，不由自主地把手从贺桐手里抽出来，抱紧了自己的身子。

贺桐关切地问:"怎么啦，是不是有点冷?要不然，我们回房间去吧?"

柳絮看一眼贺桐，点了点头。

几个月前，省高院应信达资产公司的要求，早就要对流金世界一至四层裙楼进行评估拍卖，后来也是柳絮找了贺桐，才让拍卖程序暂缓启动，但评估的事一直没停，现在评估报告总算出来了。

当天晚上，曹洪波便约了柳絮，并把一份评估报告的复印件交给了她。

曹洪波说："按程序，这份报告要返回给执行案子的双方当事人征询异议。你说肖耀祖自己想卖，他给你们下委托没有？"

柳絮说："八字还没一撇的事，他能下委托吗？再说了，到了下委托的时候，你能不知道？那不等于架空你们法院吗？肖耀祖有这个胆儿吗？有这个能耐吗？"

曹洪波笑笑，没有跟柳絮争论，因为这是明摆着的事，用不着争论。

柳絮心里着急却可以理解。肖耀祖光打雷不下雨，委托的事也就一句话放那儿搁着，迟迟不见进一步的动作。应他的要求，柳絮还安排他和贺桐见过了一面。餐桌上大家什么也没说，但贺桐和柳絮的关系，肖耀祖应该一眼就能看出来。那次吃饭只有他们三个人参加，肖耀祖特意为贺桐准备了一小罐台湾产的冻顶乌龙，贺桐顺手就转赠给了柳絮，席间柳絮替他夹菜，用的也不是公筷，而是她自己的筷子，贺桐理所当然地接受了，并没有过多的客套。因为柳絮事先给肖耀祖打了招呼，所以吃饭的时候大家都没谈案子，只在分手告别的时候，贺桐像很随便似的跟肖耀祖说，今后如果有什么事要找他，可以先跟柳絮说。那次是肖耀祖和柳絮一起送贺桐回的家，回来的路上肖耀祖发了句感慨，说陈一达和伍扬要有柳总和贺院长的关系，就好了。柳絮当时也就谦虚地笑了笑，并没有说什么。

柳絮心里明白，如果陈一达在伍扬那儿遇到了困难，肖耀祖那边就不可能有进一步的动作。尽管这样，这份评估报告出来得还是非常及时，作为合作伙伴，柳絮不可能直接去逼陈一达，但她可以拿着法院给她的东西在肖耀祖面前摆摆谱，意思很明确：你老人家下委托的事不能再拖了，你得赶紧问问陈一达他那边到底怎么搞的，否则，省高院那边不可能无限期地等下去。

曹洪波："有些话你可以直接跟他说，就说法院结案有时间限制，不能老等他，围着他的指挥棒转。"

柳絮只好回过头来替肖耀祖说好话，说："肖耀祖其实也有他的苦衷，如果省高院和信达资产公司不同意，他就没有权力下委托。"

曹洪波说："那又怎么样？总不至于让我主动去找他吧？他得先做通信达资

产管理公司的工作,让他们有个明确的态度,让他们来跟我们说。"

柳絮说:"我知道。"

曹洪波说:"虽然这份评估报告肖耀祖马上就会看到,但我现在拿给你,还是有点违规。你得赶紧找到肖耀祖,让他知道这回事。你说呢?"

柳絮当然明白其中的奥妙,听了这话,马上拨通了肖耀祖的电话。肖耀祖也很爽快,问柳絮有没有时间。柳絮望着曹洪波,见他点了点头,就说她这会儿正好有空,肖耀祖问她方不方便去他住的地方。柳絮又望着曹洪波,见他再次点了点头,便说可以。

柳絮请曹洪波一起去。

曹洪波想了想,说他还是不上楼和肖耀祖打照面了,就在车上等她。

替柳絮开门的就是小BB,她和肖耀祖穿的竟是情侣睡衣,一看就是牌子,柳絮少不了又赞扬了几句。小BB笑着道了谢,腰肢一扭便去帮柳絮泡了茶。

肖耀祖坐在总统套房会客室的真皮沙发上,把那份报告随便翻了翻,还给了柳絮,他捂着嘴,打了个哈欠,又为此向柳絮道了歉,说:"这事我也听说了,这份报告没用,因为我是不会让省高院拍我的东西的。柳总放心,评估报告征询异议不是还有十五天时间吗?我会在这期间把给你们的委托做好。"

柳絮说:"谢谢。"

肖耀祖说:"刚才的报告我看了,另外,我找人也做了一份,你先拿份原件去,你们卖的时候,就按这上面的价格做吧。"

柳絮说行。

会面没有十分钟,柳絮见肖耀祖哈欠连连,连忙起身告辞。

回到车上,曹洪波亲自比较了一下,发现两份评估报告的评估值并不一样。

这本来很正常。评估值取决于评估目的和评估方法,允许在一定范围内上下浮动。奇怪的是,肖耀祖找人做的那一份,评估值低了一千多万,这本来也还没什么,如果肖耀祖对结果不满意,还可以让他们重做,直到评估值跟省高院提供的那份报告接近或稍微超出。

肖耀祖作为财产所有权人,理应希望流金世界四层裙楼越值钱越好,他刚才看了她拿来的评估报告,怎么还会把那份自己找人评估的报告轻易示人呢?

柳絮有点不理解,说:"这肖耀祖怎么回事?他怎么会贱卖自己的东西呢?"

曹洪波皱着眉头沉思了片刻,突然笑了。柳絮问他笑什么,曹洪波又摇了摇头。柳絮更急了,问他到底怎么回事。

曹洪波说:"有个消息你听说了吗?听说肖耀祖的哥哥肖光宗还活着,只是还不敢在内地露面。"

柳絮点了点头。

曹洪波马上看着柳絮问:"谁告诉你这个消息的?"

"这个重要吗?"她不想让曹洪波瞎猜,补充说,"我有个朋友,是做律师的。"

曹洪波点了点头,说:"好好琢磨一下吧,这里面一定有文章。不过,对于你们公司来说,倒是价格越低越有利。价格越低,意味着越容易成交,对吧?"

柳絮又点了点头。

曹洪波说:"我估计肖耀祖在伍扬那儿的工作还没有做好,凭我对伍扬的了解,这工作不好做。没办法,再等他几天吧。"

柳絮说:"也只有这样了。"

对于肖耀祖找人评估的价格比高院评估的价格低的问题,杜俊也觉得有点不可理解。

两份评估报告都是柳絮交给他的,她问他,能不能快点约见那个买家,大家见面谈一谈,看他们有什么问题需要我们解释,我们也好考察一下他们,看他们是不是真的有意向,到底有没有实力。

杜俊嘴里说好,心里却直打鼓。柳茜去深圳一个星期了,中间一个电话也没有。他原来还指望柳茜能介绍一两个买家,没想到柳茜却声称要自己做,说话越来越不靠谱,真是信她不是,不信她也不是。

再说了,如果柳茜真的有能耐自己做,就得让柳茜和柳絮见面,那又会是一种什么局面呢?

杜俊觉得不能在一棵树上吊死,得想办法多找几个买家。

杜俊以肖耀祖提供的那份评估报告为蓝本,制作了一份标的简介,挂在了公司的网站上,又从这几年在公司买过东西的客户中挑选了几个有实力的目标客户,打了电话,发了传真。他希望用这种广泛撒网的方式,找到一两个买家。只要有人有意向,就抓住不放,先把他弄过来跟柳絮见见面也好。

这样过了两三天,一点效果也没有。

杜俊有点急了。

他不知道该不该给柳茜打电话。她说过，等评估公司的事一确定，马上就告诉她。现在评估报告都已经出来了，不管她是真买还是假买，也许都应该告诉她一声。但是，柳茜临去深圳的时候又交代过他，她如果不跟他联系，他不要主动给她打电话。

这就让杜俊有点左右为难了。

杜俊没想到，其实柳茜早几天就从深圳回来了，只是没有跟他联系。这也就算了，没想到她没跟他联系，却一直跟伍扬黏在一起，这就有点让人不爽。其实，你要跟谁在一起没人管你，但你连电话都不打一个，也太不把人放在眼里了吧？你他妈的什么意思吗？

杜俊一直告诫自己用不着生气，心里却总是像被一大捆稻草堵住了似的不畅快。

杜俊潜意识中一直有个想法：被女人夺去的东西，一定要女人还回来。哪怕是由这个女人夺去的东西，由别的女人来偿还也行，否则，真的很难维系心理平衡。他这会儿不想理柳茜，却想约柳絮，可是，想约柳絮心里又有点发虚。一来，两个人什么时候约会，一向都由柳絮决定，就像她仍然是老板，和他上床不过是她安排的一次加班；二来，她要是催问起落实买家的情况来，他真不知道该怎么回答。

柳茜早已回来了的消息，是贺小君告诉杜俊的。

贺小君在一家银行上班，中午和几个同事到一家名叫"左岸风车"的中西餐厅用餐，碰到了柳茜，柳茜跟伍扬在一起，两个人亲热得就像一对情侣。

作为杜俊的同学和好哥们儿，贺小君和柳茜很熟，在这种场合碰到她和一个男人在一起，就有点不自然，打招呼不是，不打招呼也不是，只好装作没看见。

没想到柳茜倒是挺大方，不仅过来和贺小君拉了拉手，还说哪天把杜俊叫上，大家一起聚一聚。

贺小君到底没有忍住，和柳茜分开之后便打电话告诉了杜俊。

贺小君并不认识伍扬，柳茜也并没有给他俩作介绍，那个男人是伍扬是杜俊听了贺小君的描述，猜的。

后来柳茜亲口承认了，她笑嘻嘻地望着杜俊，问他是不是吃醋了。

杜俊鼻子里一哼，说："我吃哪门子醋？"

柳茜说:"就是呀,你的前女朋友又不是一个乱来的人,她在工作,你又不是不知道,她的事业心很强哩。"

柳茜这样说,杜俊就没有话说了,只好转移话题,问她深圳之行情况怎么样。

柳茜说:"还可以呀。"

杜俊说:"什么叫还可以?买家到底是你的朋友还是你自己?"

柳茜白了杜俊一眼,说:"当然是我自己啦。不是已经跟你说过了吗?"

"谁知道你?那你知道流金世界裙楼值多少钱?"

"等着你告诉我,黄花菜都凉了。"

"你知道了价格,还认为自己买得起,我没说错吧?"

"没错。"

"你想空手套白狼?告诉你,那种好时光已经过去了。"

"你不用告诉我什么。我太了解你了,你是一个太没有想象力的人。这也是我回来以后没有找你,而是去找伍扬的原因。"

"可是……"

"可是你哪里来的钱?对吧?肖耀祖这不还没把委托给你们吗?到他下委托的时候,我的资金应该也差不多可以到位了。"

"多少?差不多八千万呢。"

"你把眼睛瞪那么大干什么?我知道是八千万,准确地说,是八千零一十九万元,对吧?"

"肖耀祖的委托,分分钟可以下。"

"这话是你们柳总告诉你的吧?让我来告诉你吧,别想得那么顺利,要肖耀祖给你们下委托,可没那么容易。知道为什么吗?还是让我来告诉你吧,这取决于信达资产管理公司跟肖耀祖谈判的情况。"

"你了解的情况倒是不少,那你告诉我,信达资产管理公司跟肖耀祖的谈判会有结果吗?什么时候谈得好?"

"现在是肖耀祖比信达资产管理公司着急,肖耀祖希望信达资产公司减免债务,可是,伍扬就是想免,也免不了。因为这可不是伍扬一个人做得了主的,得集体研究,而且,还得去北京报批。"

"那怎么办?"

"怎么办？凉拌。有一句话，叫冷水泡茶慢慢浓。你等着吧，好戏还在后头哩。"

"你怎么啦？好像唯恐天下不乱似的。"

柳茜说："没有呀，我干吗要唯恐天下不乱？算了，我们不谈这个了。贺小君马上就要当银行的支行长了，你听说了吗？"

"嗯。"

"我们哪天约他一下，聚一聚。"

"我们？"

"怎么？我让你丢脸吗？"

"不不不，我是说，我……们跟他聚什么聚？"

"你是真傻还是假傻？我这不是想帮你的同学吗？我想在他们行里开个户，帮他揽储哩。如果我在他那儿存个三五千万七八千万的，他还不把我当姑奶奶似的供着？"

"得了得了，你当我的姑奶奶还不够，还要给他当姑奶奶？"

"说到底，你还是不相信我。"

第九章

昨天晚上折腾得够呛，李明启一觉醒来，差不多到了下午三点。

打开手机，秘书台通知他，何其乐找过他，他赶紧打电话过去，何其乐却已经上班了，说他正在开会，便匆匆地挂了电话。

简单洗漱完毕，李明启离开宾馆去找吃的。肚子很饿，却没什么胃口。在路边店吃了一碗炒河粉，算是把早餐和中餐一起对付了。走在陌生城市的街道上，李明启只觉得懒洋洋的，打不起精神，一摸额头，竟有些发烫。他驻足张望着，就近找了家药店，估摸着买了点药便回了宾馆。吃下之后，头有点晕，一边看电视，一边歪在床上睡着了。

一觉醒来，又到了晚上九点，只觉得头昏脑涨，浑身没有一点力气，这才知道自己可能真的病了。

拿过手机，上面有两个未接电话，一个是老婆冯老师的，一个是何其乐的。

他先回了何其乐的电话。

何其乐告诉他，他看了发过来的那篇文章，老实说，不怎么样，路子完全不对。

受了何其乐的批评，李明启反而很高兴，觉得何其乐对他不客气，实话实说，那才叫朋友。再说了，何其乐说不行可比陆海风说不行好多了，他于是"嘿嘿"地笑着，让何其乐继续往下说。何其乐说，今天下午和省高级人民法院的领导一起开会，海风书记就反腐败问题又发表了一些意见，很有见地，也说明反腐败问题是他这段时间一直考虑的重点问题。现在回想起来，上次海风书记在下面做调研，也是以这个为中心的。我们写文章，就围绕着这个写。

何其乐的声音在手机里面轻飘飘的，李明启听清了他的每一句话，却没有一个字进到脑子里，更别说针对何其乐的话发表看法，只是间歇性地"嗯嗯嗯"表示在听。何其乐很快感觉到了有点不对劲，问他怎么啦，是不是病了？李明启忙说是的。何其乐要他注意一点，说既然你病了就不和你多说了，我发了篇文章过来，你先看看，如果觉得还可以，可以让你先拿出来救救急。李明启赶紧谢了，问何其乐是不是他的大作。何其乐说，就算是吧。李明启说，那有什么不行的？大秘的大作，肯定对海风书记的口味。

李明启长叹了一声，说："兄弟这样帮我，我真的不知道该怎么感激才好。"

何其乐说："感激不感激的先别说，先看文章吧。"

李明启说："好，我这就去看。"

李明启搁了何其乐的电话，接着又打通了家里的电话，正是冯老师接的，问他下午干吗不接电话。李明启说他没听见，病了，睡到刚才才醒来。这时正好有点鼻子痒，便稍加夸张地打了个喷嚏。

冯老师说："昨天不还好好的吗？怎么突然之间病了？"

出门在外，两口子每天都通通电话，这已经成了一种习惯。冯老师这话放在平时不觉得，李明启这会儿身体不舒服，人有点烦躁，听冯老师的话倒像怀疑自己在撒谎似的，弄得心里很不爽，他没有精神替自己辩解，只说早晨可能受了一点凉，感冒了。

冯老师问："你上医院没有？搞药吃没有？谁跟你一起出的差？要不要我打电话给他，托人家好好照顾你？"

李明启心里烦得什么似的，又不好发作，只好先咳嗽了几声，又装着气若游丝的样子，说："我上了医院，打了针吃了药，这次我是一个人出来的，自己会照顾好自己，你别担心，可能休息一个晚上就好了。"

冯老师终于不再说什么了，让他好好休息。

李明启忙说好好好，问了几句儿子的情况，赶紧挂了电话。

一整天就吃了一碗炒河粉，却一点都不饿。李明启倚在床头坐着，拿着遥控器开了电视，一个一个地换台，什么也看不进去。有一会儿，他对自己为什么会栖身在这里觉得有点奇怪，摇摇脑袋，好像从里面可以摇出答案。他的鼻子又是一阵发痒，不禁"阿嚏"一声打了个喷嚏，惊天动地，弄得眼泪鼻涕都出来了，只好赶紧从床上跳下来，冲到卫生间去收拾。镜子里露出来的那张脸，神情萎靡，眼睛是红的，鼻子也是红的。李明启放水洗了一把脸，使劲闭上眼睛，再睁开，以便把自己弄得精神一点。他有点摇摇晃晃地回到了卧室。

李明启先用座机通知总台开通了长途电话，然后打了安琪的电话。电话通了却没有人接，一看手机上的显示，才知道刚才打的是座机，晚上十点钟了，公司哪里还有人？再说，她自己不是说已经辞职了吗？于是改打她的手机，谁知道却是关机。

在李明启的印象中，安琪是从来不关机的，即使晚上睡觉也只是把手机调到振动，这会儿怎么关机了呢？李明启进而想起，他们已经好几天没有联系了。自从他出来以后，每次都是他主动打电话给她，她说起话来，也是爱理不理的，让他觉得很没趣，倒好像他是个无赖，非缠着她不可似的。李明启不会真生气，只当她还在耍小性子。现在病了，想和她聊聊天，听几句安慰话，却找不到人。

李明启感到脑袋一阵一阵地发胀，知道感冒病毒正肆虐着自己的身体，他用手指头在两边的太阳穴上使劲地按了按，吃了一次药，又喝了一肚子水，在床上躺了一会儿，似乎感觉好一点了，想了想，便离开了宾馆。

李明启到底惦记着何其乐发过来的文章，上街找网吧去了。

有了昨天晚上的经验，李明启直接去了街边那间名叫"流星雨"的小网吧。

没想到"流星雨"网吧里也是满的。

李明启不明白网吧生意怎么会那么好，看来得为自己的手提电脑办个无线上网卡，否则还真是不方便。李明启正转身准备离开，不想这时有个人站起来，"嘿"的一声和他打了一个招呼。

鼻头中央一颗芝麻大小的痣，正是昨天晚上的那个小姑娘。

李明启见她正望着自己，连忙走了过去，笑着说："这么巧呀？"

小姑娘说："这几天我每个晚上都在这儿，只要你来就能碰上我，所以，也不算巧。怎么，是不是又想用一下电脑？"

李明启说："方便吗？我只需要几分钟。"

小姑娘说："没什么不方便的，你尽管用吧。"边说边起身把位子让给了李明启。

李明启打开自己的邮箱，很快把何其乐发给他的那篇文章下载到了U盘上，他说了谢谢，起身把位子让给小姑娘。

小姑娘在他弄电脑的时候一直站在他身后，这时却不急着去坐那张椅子，她用手扶着椅子背，仰着脸望着从椅子上退出来的李明启。

李明启被望得有点不好意思，伸手摸了摸自己的脸，一笑，问："有什么问题吗？"

小姑娘也一笑，把头一偏，将视线从李明启的脸上移开了，又摇了摇头，说："没什么问题，我只是想知道你是干什么的。"

李明启说："那你猜猜我是干什么的？"

小姑娘再次摇了摇头，说："我猜不到，是不是老师？"

李明启说："你为什么不猜是老板而猜是老师呢？"

小姑娘说："你不像老板。其实你也不是很像老师，我猜不出你是干什么的，只是乱猜。能告诉我你是干什么的吗？"

李明启说："你为什么想知道我是干什么的？我们俩又不是很熟，你表现出对我的职业感兴趣，我会认为你其实是对我本人感兴趣，小姑娘，你不觉得这样很危险吗？"

小姑娘眉毛一扬，眼睛睁得大大的，还不由自主地"哇"了一声，但她马上又笑了，说："我知道你是什么样的人了。"仍然仰起脸正视着李明启，不等他回答，接着说："你是半个坏人。"

李明启也笑了，一笑便带发了咳嗽，急忙转过脸去忙乎了一阵，手伸到口袋里去掏面巾纸，却没掏着。他的胳膊被碰了一下，原来是那小姑娘从自己随身带着的包里拿出了面巾纸，递给了他。李明启接了，扭着头把鼻子嘴巴清理了，这才转过脸来，看了看小姑娘，笑了，又摇了摇头。

小姑娘说："你为什么笑？你为什么摇头？你想说你不是坏人，还是在想我是什么人？"

李明启说："我像是坏人吗？"

小姑娘说："差不多吧。"

李明启说："什么叫差不多吧？"

这回轮到小姑娘笑了，她学他的样儿，也摇了摇头。

有点意思。

李明启一开始并没有想过她是什么人，为什么整夜呆在这么一个小小的网吧里。第一次见面没说几句话，这次说的话却有点奇奇怪怪的。她也就十八九岁的样子，李明启很容易把她当成一个厌学逃学的高三学生，或者参加了高考没考上大学，大人又管不住的那种。她穿着一身耐克休闲服，只是不知道是正牌的还是仿冒的。如果是正牌的，证明她家里的条件还不错，她在外面贪玩可能是因为父母亲关系不好，她在家里没有温暖感、归属感和安全感，也可能是因为大人忙着挣钱干事业，忽略了她，冷落了她，只好在网上找朋友找乐趣。但是，有钱人家的孩子不大会泡这种小网吧，一是因为家里可能就有电脑，二是上得起那种高档奢华的网吧。毕竟，这里只有二十来台机子，客人参差不齐，好像什么人都有，一个女孩子在这种地方过夜，还是存在很大的安全隐患。如果她穿的耐克休闲服是仿冒的，待在这种地方倒是解释得通，问题是她干吗要待在这里呢？她是什么人？她玩游戏一点也不投入，一边玩还一边东张西望，而且，不管是第一次还是第二次，几乎都是她主动和李明启打的招呼。她说话明显地与她的年龄不相称。现在十八九岁的女孩子，谁会主动和陌生人说话？她们大都酷酷的，要么低头看地要么抬头看天，习惯了对周围的世界视而不见充耳不闻，尤其是那些喜欢上网的孩子，似乎总是活在自己的世界里。可眼前这个小姑娘，一点也不怯生，说的话还让人挺费捉摸，她到底是个什么样的人呢？

李明启懒得猜，请她告诉他她是什么人。她说，我为什么要告诉你？你还没有告诉我你是什么人哩。

他们站在那里说话已经惹得周围的人不高兴了，有个半大不大的小伙子还扭头望了他们好几眼，眼光凶凶的，好像泛着绿光。

网吧旁边有家福建沙县小吃店，李明启进网吧之前就注意到还没打烊，他想过去吃点东西，试着邀请小姑娘一起过去坐坐，她想都没想，很爽快地同意了。

李明启问她想吃点什么，她要了一份天麻炖乌鸡、一碗馄饨和一笼小笼包，李明启要了一笼蒸饺，他在调料里面特意多放了一些辣椒和醋。小姑娘看了直摇头，说他好像有点感冒了，最好少吃辛辣的东西，应该多吃点流质的东西。

李明启并没有听她的劝，只是越发觉得这小姑娘有点特别，她是干什么的？她真的只有十八九岁吗？

小姑娘这会儿的注意力似乎全部集中在吃的东西上，好像比李明启还饿似的。李明启才吃了两个饺子，却没了胃口，他放下筷子，干脆望着对面的小姑娘。

小姑娘头也不抬，但趁着吃东西喝汤的间隙，对李明启说："喂喂喂，这样看着一个姑娘吃东西，不是很礼貌吧？"

李明启说："我这是在恭维你哩。你没听人说过吗？对一个人最大的关心与恭维，就是在他胡吃海喝的时候，有人在旁边欣赏他。哇，像你这么能吃的小姑娘真的不多了。"

小姑娘嘴里正好塞进了一个小笼包，笑笑，却没有顾得上回答。

李明启说："你到底是干什么的，像好几天没吃东西了似的？"

小姑娘已经把刚才的小笼包咽了下去，又埋头喝了一口汤，这才说："你是不是开始对我感兴趣了？按照你的逻辑，一个男生如果对一个女生感兴趣，是不是意味着一种危险也开始了呢？"

"我一个大男人，能有什么危险？"李明启把背靠在椅子背上朝后一仰，望着对面的小姑娘一笑，说。

"告诉你吧，我曾经是个吧女，就是酒吧里陪男人喝酒的那种。先把酒喝下去，再跑到卫生间抠喉咙，直到把酒呕出来，然后再去喝，喝了又去抠，循环往复，以至无穷。我那时靠卖酒提成为生。我见过各种各样的男人。怎么样，你现在害怕了吗？"小姑娘一边对前面的食物风卷残云，一边从从容容地说。

"在这之前呢？"

"多久之前？幼儿园、小学、中学，还是大学？对，我上过大学，只是……喂，我干吗要告诉你？你是记者呀？"

"如果我真是记者呢？"

"嘿，还别说，凭你刨根问底的样子，你没准还真是记者。如果你是记者，我就跟你说出我的故事，你真的是记者吗？"

"是。"

"我不信。你给我看你的记者证。"

"可以。不过，不在我身上，在宾馆里。"

"为什么在宾馆里？你不是本地人吗？"

"我是不是本地人你不知道呀？可见你也不是本地人。"

"你反应挺快的。我不是本地人，没上学了，也不做吧女了。你刚才说的不错，我已经两天没吃东西了。喂，我干吗对你说这些？你真是记者吗？"

"除了让你看记者证，还有什么更好的办法可以证明我的身份？再说了，我干吗要骗你？"

"接下来你该采取激将法了，说，你要是不相信可以跟我上宾馆呀。"

"我没说，这可是你说的。"

"我只是把你想的说出来了，对吧？不过，你还别说，这样邀请我跟你上房间，真是一个不错的借口。"

"我……"

"我是无所谓的啦。"

"你无所谓难道我有所谓？"

"你那儿有套子吗？说好了，没有套子我是不做的啦。"

"有套子我也不做，你没看到吗？我病了。"

"那我们说好了，我跟你去宾馆，只是想跟你讲讲我的故事。怎么样，我们要不要拉拉钩？拉钩上吊，一百年不许变。嘻嘻。"

黄逸飞第一次感受到了男人累断腰是怎么一回事。

黄逸飞已经连续三天没理朝政了。他的所谓朝政其实就是公司的事务，第一天上午还有公司的几个电话打过来，黄逸飞让他们看着办，后来一烦，干脆把手机关了，从此就没有下过床。

人不吃不喝当然是不行的，何况每天还有几次超过一场篮球比赛的体力支出。黄逸飞上场的时候尚能生龙活虎，只要一射完，便马上变成了一条死蛇。但死而不僵，他会很快被唤醒，像一座小小的火山似的重新喷发。

安琪也起了变化，她原来并没有太把男人当一回事，没想到在自己被弄得高潮迭起后，会对一个男人疼爱有加。她能明显地感觉到黄逸飞的体味让她的神经亢奋无比，牙根直痒痒，恨不得随便逮着他身体的某个地方，把细细的牙齿深深地刺进他的肉里去。起变化的还有她的骨头，她明白了风骚入骨是怎么一回事，骨头像含在嘴里的巧克力一样被融化是怎么一回事，骨头变轻了人可以脚不沾地在房间里穿行又是怎么一回事。对于一次又一次让自己死去活来的男人，她真的是又爱又恨，只要她一搂抱着他，或者他的一只手随便地搭在她身体的任何一个部位，她就觉得浑身的皮肤都在欢欣雀跃，要么冷得直起鸡皮疙瘩，要么热得黑汗水流，直想找个地方慢慢融化了这不知道拿它怎么办才好的肉身，她真的觉得自己成了仙，可以不吃不喝不睡觉。

与黄逸飞不舍昼夜的肉搏大战，还让安琪母爱泛滥，她不用吹灰之力便把黄逸飞幻想成了自己的孩子，是从自己身上掉下来的肉，自己可以不吃不喝不睡觉，却决不能让黄逸飞也这样。相反，她还要让他吃好喝好睡好。

烹饪不仅是一种兴趣，更成为一种需要。为了黄逸飞，安琪更是愿意钻研和琢磨。书、电视和网络，都是老师。尤其是网络，可真是一个好东西，你想了解的知识应有尽有。安琪查看了有关网站，把增进男女"性福"生活的药膳食谱专门拿一个小本子记了下来，好在市场上什么都有，能够很方便地让她照本宣科。

情况往往是这样，当黄逸飞因为辛勤工作而酣然入睡的时候，安琪便会悄然起床，迈着轻快的步子来到市场，自掏腰包采购各种助性的食物。她的厨艺日益精进，连美食家黄逸飞都会一边喝着汤或一边咀嚼着菜，一边向她投来嘉许和惊叹的目光。

在这种情况之下，李明启被轻而易举地忘到了爪哇岛。安琪的手机早就关掉了，黄逸飞、从他家到菜市场的道路，成了她全部的世界。

他们这样一起过了一个星期，直到安琪花光了自己口袋里的最后一块钱。

这个时候他们早已经"老婆""老公"地互相称呼了。

公司的同事都知道安琪早就辞职了，所以，当她和黄逸飞相携着走进公司的大门时，便多少有点惊讶。不过，这个社会的口号是"一切皆有可能"，他们用一秒钟便理解和接受了安琪泡上了他们老板这样一件事实。

黄逸飞和安琪想了解公司的现状，却没有那么容易。首先是人员，有些已经走了，有些正准备走，剩下来准备与公司共存亡的，是那些既不能替公司挣钱，也不知道去哪里的主儿。他们都是黄逸飞以前做业务时留下来的副产品——除了给回扣，还得照顾关系户，给他们的七大姑八大姨一两个就业岗位，不干事照样拿钱；其次是资金，财务部长秦老太太是黄逸飞的远房亲戚，一个在大型集体企业做过财务副科长的注册会计师，退休后就一直跟着黄逸飞干，人古板而忠诚，她告诉黄逸飞，公司还有三万多块钱的流动资金，其中包括一万八千六百元的应收款，那是帮一家酒楼做广告牌，验收之日该收的，不过，听说他们对活儿不满意，正准备找碴儿赖账；第三是业务，手头的业务全部做完了，本来有六七单业务在谈，因为跟黄逸飞联系不上，一半被别的公司抢走了，另外一半被已经走掉的业务经理带走了。

黄逸飞坐在大班椅上，用手指头把安琪勾了过来，那时她正坐在沙发上用两只手撑着下巴望着黄逸飞发呆。黄逸飞让安琪坐在他的大腿上，一只手搂着她的腰，一只手撩弄着她耳后根边上的一缕头发，又用那只手顺势把她的耳朵扯了扯，说："你看到了也听到了，这就是公司的状况，如果没有钱进来，大概还可以维持半个月。我的车已经跑了十几万公里，估计还抵四五万块钱。房子做的按揭，每个月要交五六千。这就是我全部的家当。哦，你可能也知道，我还有个女儿，还要负担她的抚养费，怎么样，现在，你还想跟我当老婆吗？宝贝儿，现在打退堂鼓还来得及。"

安琪并不回答，她在黄逸飞怀里慢慢地挪动着身子，到差不多正对着他了，便伸出两只手抱住了黄逸飞的头，她把自己的脸贴上去，用嘴唇寻找他的嘴唇，很快把自己的舌头塞到了他的口腔里。黄逸飞一边笑着一边试着把她推开，哪里做得到？只好由着她胡来，希望她快点搞完。

安琪得寸进尺，她的手像一条活泼的鱼似的从他的衣服里抄进去，在他的胸肌处游弋。她的呼吸急促起来，俨然已经进入角色，"我要。"她说。

黄逸飞就是再宠她也不会再容她继续胡来了，他一边把她推开一边强行站了起来，他搂着她免得她摔到地板上，又在她脸上嘬了一下，说："你别闹了，公司够乱的了，你还嫌不够呀？想想怎么办吧。"

"我要。我就想在这儿要。"

"别胡闹。公司的人随时可以进来哩。"黄逸飞边说边躲着安琪，一把拉开了办公室的门。

没有什么人可以叫来商量，公司里零零星星的几个人，做出伏案工作的样子，十有八九是在纸上乱写乱画。那些开着电脑的，十有八九也是在QQ聊天或玩游戏。黄逸飞正眼都不看他们，径直跑到财务部，再次核实了一下公司可供调动的资金。秦老太太忧心忡忡而又满怀期待地望着他，好像只要他一张口就会说出令人振奋的消息。黄逸飞做视而不见状，保持着老板在下属面前应有的深沉。他让她开了一张一万元的现金支票。

黄逸飞目不斜视地回到了自己的办公室。

安琪见他进来，故意把头一偏，鼻子里"哼"的一声，把嘴翘得老高，不理他。

黄逸飞就喜欢安琪这副小女人的娇嗔样儿,把门一关,扑过去抱着她的脖子就啃,终于把她弄痒了弄笑了。

等两个人闹够了,黄逸飞再次坐到了大班椅上,安琪修长的腿一撩,斜跨着坐在大班台上。黄逸飞叹了一口气,在她的鼻子上拧了一下。安琪不客气地扬起巴掌,朝黄逸飞劈过来,快靠近他的脸时收住了劲儿,只在他的脸颊上刮了一下。黄逸飞伸手把安琪的手按住,望着她,一笑,说:"怎么办,公司可能要关门了?"

安琪把自己的脸靠过去,在黄逸飞的脸上蹭了蹭,又就势一滑,滑到了他怀里。她吊着他的脖子,嘻嘻一笑,说:"你说怎么办就怎么办,这种男人的事情你不要问我,问我我也不知道,反正我已拿定了主意,嫁鸡随鸡,嫁狗随狗。"

黄逸飞说:"什么嫁鸡随鸡,嫁狗随狗?那你说我是鸡还是狗?"

安琪说:"你不是鸡也不是狗,你是鸭子,咕哇咕哇叫的水鸭子。"

黄逸飞说:"你还开心,过两天等揭不开锅了,看你还开心得起来。"

安琪说:"天无绝人之路,老公,我对你很有信心。"

黄逸飞说:"什么信心?相信我可以把你卖个好价钱是吧?"

安琪说:"哇,你这个没有良心的家伙,你真做得出来。你真要卖我,我就跟你来个一哭二闹三上吊,让你一辈子不得安生。"

黄逸飞说:"逗你玩的,小傻瓜。我怎么会卖你?我就是卖自己也舍不得卖你呀。"

安琪说:"你想把自己卖给谁?卖给你那个富婆……前妻呀?"

黄逸飞说:"别提她,你提她我跟你急。嗯,你等等,我怎么把她给忘了?我们……也许还真的应该去找她,对呀,去找她。"

安琪说:"你怎么回事?一提你那前妻,怎么就像中了邪似的?"

黄逸飞说:"不是中邪,是中彩,彩票的彩。你不知道,我对经营这个鸡巴广告公司早就厌烦透了。现在我快走投无路了,只能改弦易张,这叫东方不亮西方亮,黑了南方有北方。对,我得去找她,我的事,她管也得管,不管也得管。"

安琪说:"你找她借钱呀?"

黄逸飞说:"我找她借什么钱?一个大老爷们找女流之辈借钱,那也太丢面子了吧?你放心,我不找她借钱。"

安琪说:"你找她借钱我又没意见,我不觉得丢面子哟。不过,既然你不找她借钱,那你找她干什么?"

黄逸飞说:"这事不是一两句话能说清楚的。走,我们回家。"

安琪说:"回家去干吗?你想搞我了是不是?嗯,是不是?"

黄逸飞说:"是是是,你这八辈子欠操的小贱人,你等着吧,看我怎么搞死你。"

黄逸飞也就说说而已。两个人回家以后没有去卧室,而是去了地下室。黄逸飞买别墅时,地下室没有算面积,算开发商送的。

黄逸飞的家装是那种欧洲田园风格,在客厅里做了一个壁炉,地下室的入口很巧妙地隐藏在壁炉的后面。安琪在这里住了好几天了,居然没发现家里还有个地下室。

地下室没有装修,保持着毛坯房的样子。黄逸飞一进地下室便啪啪地把所有的灯都打开了。安琪眼睛一亮,还以为自己进入了一个画展的展厅。

仔细一看又不像,那些画并不是直接挂在墙上的,而是贴在木板上的。那些木板横着竖着朝墙放着,有的上面贴着一幅画,有的上面贴着两三幅。屋子中间是一张大大的画案,上面胡乱地堆放着一些笔墨纸张,桌子旁边有一只青花大瓷缸,里面插着已经装裱好的画。离瓷缸稍远的地方,有两三只浇花用的水壶,像是随便扔在那儿的。此外,墙角处散落着电熨斗呀紫外线灯呀以及其他的瓶瓶罐罐,其中有只脸盆,里面不知道装着什么东西,都已经长了长长的白毛,散发出一股奇怪的气味。

安琪奇怪地望着黄逸飞。

黄逸飞倚靠着画案,脑袋像立式摇头电风扇似的转着,像个小财主打量着屋后的一亩三分地似的打量着房子里的一切,见安琪望着自己,这才接了她的目光。他先把两只手压在安琪的双肩上,偏下头,望着她的两只眼睛看了好一会,这才说:"除了我自己,还从来没有人到这里来过,知道为什么吗?"

安琪摇了摇头。

黄逸飞说:"因为我在把你当老婆搞。"他的左手仍然按在她的右肩上,右手则抬了起来在空中画了一个大半圆,仍然目不转睛地盯着她的眼珠子,问:

"你知道这是什么地方?"

安琪从来没见黄逸飞这样严肃认真过,她再次打量了一下周围,说:"我看像是你的画室吧?"

黄逸飞嘴一撇,笑了,说:"如果是画室,我干吗搞得神秘兮兮的?这不是画室,告诉你吧,这是人民币制造车间。不不不,我不做假钞,做假钞可是要坐牢的。我做假画,比做假钞强多了,一张假画,可以换来一皮箱真钞,还没有人管你。"

安琪的眼睛睁得大大的,问:"有那么神奇吗?"

"有那么神奇吗?"黄逸飞学着安琪的腔调说,他把左手也从安琪的肩上拿下来,双手在空中一挥,说:"说吧,老婆,你想要谁的画?齐白石?徐悲鸿?还是张大千?"

"他们的画谁的值钱?"安琪说。

"他们的画谁的都值钱,按照现在的行情,随便谁的一张真画,没有几十万上百万,根本拿不下来。"黄逸飞说。

"你说的可是真画哟。"安琪说。

黄逸飞又是撇嘴一笑,他躬下腰,把那些装裱好的立轴从画缸里抱出来,往画案上一摊,说:"你打开看看,能分出真画假画吗?"

安琪说:"我当然不行,可是……老公,我说真话会不会打击你?"

黄逸飞说:"我知道你想说什么,你怕这些假画蒙不了那些买家。你放心吧,如果不能以假乱真,我敢开几十万上百万的价吗?你不想想这别墅是怎么来的。你以为真是开那个破广告公司挣的呀?"

安琪不知道自己该说什么,她信手打开了前面的一幅画,问:"谁的?"

黄逸飞一看,仿的是张大千的泼彩山水,这恰恰是他最满意的一幅,光是题跋便劲拔飘逸,外柔内刚,独具风采。

黄逸飞忍不住侃侃而谈,说:"张大千是现代画坛的天才、奇才、怪才,其创作集文人画、作家画、宫廷画和民间艺术为一体,人物、山水、花鸟、鱼虫、走兽,无所不能,无所不精。他的画在早、中年时期,主要以临古仿古居多,花费了大半生的精力和时间,从清朝一直上溯到隋唐,对各时代的代表画家逐一钻研,潜心临摹。到晚年,更是自创泼墨泼彩法,在继承唐代王洽的泼墨画法的基础上,糅入西欧绘画的色光关系,而又保持中国画的传统特色,半抽象半具象，具有一种恣意纵横、墨彩交辉的诗画意境。你仔细看看，这幅画有没有我刚才说的这种神韵？"

安琪哪里看得出来？但她不想扫黄逸飞的兴，马上吊着黄逸飞的脖子，在他脸颊上亲了一下，说："老公你好棒哟。"

黄逸飞说："更重要的是，张大千本身就是作伪的高手，有人说，张大千的艺术历程，就是由深入临摹古人，自行创意，以及伪造古画三种互为动力的元素激荡而成的。现今，由他伪造的古画已真假难辨，甚至被当作古画精品收藏在世界最著名的博物馆中。张大千能做的事情，我为什么不能做？他能做到的事情，我为什么做不到？"

安琪说："老公你真的很棒，我想知道，你是怎么做到的？"

事到如今，黄逸飞并不想向安琪隐瞒什么，他伸手在她脸蛋儿上捏了捏，不无得意地说："你是说我怎么能把仿造他们的假画做到以假乱真？这么跟你说吧，对于一个正规的美术学院的毕业生来说，临摹是最起码的基本功，何况我还在高等学校里教过书育过人？不是吹牛皮，如果光从绘画技法上来讲，老公我想作谁的画就可以作谁的画。再说了，买画的没几个懂画，他们买画的目的也各有不同，要蒙他们其实不难。但是，要做就要做得专业，而要做得专业，功夫却在画外。"黄逸飞说到这里扫了墙角处的什物一眼，回头朝安琪一笑，继续说："我并不是忍不住，你既然打定了主意要跟着我做老婆，就有权力知道你老公的生财之道。下面我说的话比前面说的更专业，你要仔细听好了，因为有些事，以后要靠你来做帮手哩。"

安琪很认真地点了点头。

黄逸飞说："齐白石也好，徐悲鸿也好，张大千也好，都已经死了几十年了，而我画的画却是新的，这就有个做旧的问题。我们先说纸张，画国画用的是宣纸，是以植物纤维为原料经过许多道工艺处理制成的，植物纤维在氧、紫外线、湿气等等自然因素的作用下，会发黄变脆，极细小的灰尘粒子也会向纸张纤维中渗透，时间越长，这种渗透作用效果越明显，所以，新画和老画在成色上就不一样。那么第一步，就要想办法让纸张看起来很旧很老。办法很多，第一，可以用三氯化铁做旧，就是用百分之一的三氯化铁溶液把纸浸透或在纸上喷洒数遍，过六七天，纸张的颜色会发黄，再过一段时间，黄中泛灰，看上去就有旧纸的感觉。还有一种办法，就是拿紫外线灯去照纸，让纸张老化的过程人为地缩短。如果嫌麻烦,还有一种更简单的办法,就是用茶叶水染,你听说过茶叶水煮蛋,但听说过茶叶水染纸没有?没有吧?可见很多东西可以一专多用。除了茶叶水,别的类似颜色的水也可以,比如说烟丝水、乌梅水、稻草水、麦草水等等,还有,把酱油用水调淡了,也行。你是不知道,当我到拍卖会上装模作样地看预展,听到别人说这幅画有味道那幅画有味道的时候,我总是忍不住想笑,什么味?酱油味、五谷杂粮味。"

安琪很认真地说:"老公,我发现你漏掉了一种东西。"

黄逸飞说:"什么?"

安琪说:"尿。"

黄逸飞说:"尿?还屁哩。有辱斯文嘛。真要用尿来染纸,那会是什么味?臊味,不妥嘛。"

安琪说:"那你得陪着我,不要让我一个人在这里干这些活儿,否则,我就在你的画上尿尿。"

黄逸飞笑了,他想,真要惹了她,她没准真会干这种没有觉悟的事。

安琪从画缸里又拿出了一幅画,轴头是瓷的,打开一看,装裱的绫子是旧的,上面还有霉迹,围在里面的画不仅是旧的,画上还有折痕。她把画拿起来,对着光照了照,又把鼻子凑上去嗅了嗅,这才转过头望着黄逸飞,说:"老公,你不会说这幅画也是假的吧?我看这画可能有几百年了呢。"

黄逸飞说:"最假的就是这幅画了,我都不敢拿出来。主要是画得不好,这画不是我画的,是买的,五十块钱一幅的行画。你别看上面的仕女画得很细,其实没什么功力,学过几年的学生都画得出来,做一个灯箱,把原画衬在里面,上面罩着一张宣纸,照着描就行。不过,这幅画做旧却费了不少功夫,我先告诉你这折痕是怎么做的吧。先把画按我刚才讲的办法,在成色上弄旧,再把画裱托一下,然后用火把画烤焦或者用熨斗烫焦,再然后用手搓卷,裂纹自然就出现了。这时要注意力度的把握,太轻,折痕出不来,太重,又会弄得太零碎。再说这屋漏痕和霉点。以前人们住的房子没有现在这么高级,有可能漏雨,一沾在画上,就是这种效果,这当然也是做出来的,把画挂在墙上,模拟一下漏雨的场景就行了。只是,淋下来的不是雨,而是那些有色有味的茶叶水之类的东西。再说这霉迹,更简单,先把字画弄得略带潮湿,放到温度较高的地方,过一段时间,自然就会长霉,形成霉斑。做屋漏痕和霉斑的时候,注意不能让它们破坏了整个画面，行话叫品相，品相不好，就卖不了高价。这同女孩子的长相几乎可以决定女孩子的命运是一个道理。"

安琪想打断黄逸飞，被黄逸飞扬手制止了，他说："你先别急，等我把话说完，人们常说诗书画印，一幅画里，就能蕴涵这几样东西，诗书不说了，那是要功力的，现在说印，以前鉴定书画的真伪，印是一个很重要的方面，现在随着电脑刻章的普及，这个方法不灵了。但新章含油多，色泽显得十分鲜艳，也就需要做旧，怎么做？也是先把印用火烤一烤，让其中的油脂大部分挥发掉，然后再往画上盖，盖后再略在上面撒上一些灰尘，就可以显出旧感，另外，如果画的年代十分久远，也可以在印泥中直接掺点墨，这样钤出来的印章，红中带黑，仿佛经过了岁月的沧桑，效果也不错。这样做了还不算，如果拿张白纸盖在印上，再用指甲在上面擦擦，印泥就会拓在纸面上，那可就露馅了。怎么办？钤完印后先晾几天，再拿纸反复拓，让印泥渗到纸里去，直到再也不脱色为止。"

安琪边摇头边咂舌，说："想不到做假画也不容易。"

黄逸飞说："这才刚刚开始呢，做假画难，卖假画更难。做假画讲究的是技术，卖假画是从别人口袋里掏钱，讲究的可不光是斗智斗勇，还要有一些诈骗犯的手段和伎俩。当然，如果你不想卖高价，那又另当别论。现在北京、天津、南京、西安，到处都有做假画的，流水作业，已经产业化，卖的就是假画的价，真要卖出天价，最好的办法就是跟拍卖公司联手。里面的猫腻就更多了。现在，你知道我为什么急着去找我那……前妻了吧？"

安琪点了点头，说："她会同意吗？"

黄逸飞叹了一口气，说："我已经找过她了，她不同意。"

安琪说："她为什么不同意？是不是因为她的公司做大了，怕卖假画坏了她的名声？"

黄逸飞说；"应该不是。我并不想坏她公司的名声，那可是损人不利己的事。相反，我还要竭尽全力维护她公司的名声。"

安琪说："你别说漂亮话，你用她公司的名义去拍卖假画，又怎么能维护她的名声呢？"

黄逸飞说："这你就不懂了，拍卖假画学问大了。简单地跟你说吧，即便是大的拍卖公司，保真的拍品能够有百分之七十就已经相当不错了。我做拍卖会，真品率则要求超过百分之九十五，假画只能有几张，而且，必须坚持两项基本原则：第一，质量上乘，不能滥竽充数，即使请国家级的专家来鉴定，也不敢随便开口说是假画；第二，必须按真画的价格成交，不能轻易降价，一降价，窗户纸就破了。所以，一场拍卖会只要能卖出一张假画，我就赚了，赚肿了。回过头来说，如果一场拍卖会能有百分之九十五的真品，还怕吸引不来买家？"

安琪问："一场拍卖会，拍品有多少？总得一两百张吧？那么多的真品从哪里来？"

黄逸飞伸手拍了拍安琪的脸蛋，说："问得好。一半征集一半借。征集的东西严格把关，宁缺毋滥，只要有一点点怀疑，马上毙掉。借就容易了，可以找同学，也可以找老师，甚至还可以找文物商店借找博物馆借，博物馆的东西货真价实，但不允许买卖，这也好办，安排几个托儿，不管多高的价，都把它买回来，多安排几个托儿，场上气氛还热闹得很。有了这些硬通货作陪衬，有了场上的那种火药味，咱那几幅假画还怕卖不出去？"

安琪说："可是，几十万上百万的东西，卖掉以后真的没有人来找吗？"

黄逸飞说："记住一句话，世人买假不买真。这里面的意味，你要花很长时间才能体会得出来。开始我就说过，买画的人动机各异，有的是为了送人，送画的人，可能只关心那画值多少钱，收画的人不一定懂画，既不敢轻易示人，也不敢随便悬挂，这种人最让我喜欢了。还有的人买画是为了投资，在我这里花五十万买的，如果在北京、上海或者香港、台湾能七八十万出手，已经有了超过百分之二十的利润，他还会来找我的碴儿？再找我买画倒是有可能。还有的人，身价几千万几个亿，即使发现真买了假画，也不会吭气，因为在他眼里，几十万上百万，跟别人眼里的几十几百把块是一样的，他要说出来，反而丢面子，别人不仅不会同情他，还会背地里把他当傻瓜。"

安琪说："这些道理你跟你那富婆前妻说过没有？"

黄逸飞说："她知道，可就是不愿意再跟我合作。"

安琪略为沉思了一会儿，突然诡秘一笑，说："我知道她为什么不同意了，她可能还爱着你。"

黄逸飞说："她爱我？你放心吧，她就是爱一堆臭狗屎，也决不可能再爱我。"

安琪说："老公我爱你，你就是一堆臭狗屎我也爱你。"边说边抱住了黄逸飞的腰，又用一只手从他后背抄过去，摸着了他的头，把它慢慢地往下按，等到两张脸凑到了一块儿，安琪不费劲儿就把黄逸飞的嘴唇掀开了。

第十章

转眼之间五一长假就要到了。

柳茜早早地就跟伍扬说，湖南张家界不错，凤凰也不错，希望到那里去玩一下。

伍扬问："就我们两个人呀？"

柳茜说："你觉得我们俩成双成对不行呀？你要有胆子，可以把你太太也带上呀，一拖二，看你能不能照顾得过来。"

伍扬看了柳茜一眼，知道她在开玩笑，便抿嘴笑了，说："你让我好好地考虑一下吧，一拖二，看我能不能拖得起。"

柳茜知道他在敷衍她，也不恼，轻轻松松地说："可以，你好好考虑吧，等烤煳了，正好吃韩国烧烤。"停了一会儿，见伍扬没有反应，又兴致勃勃地说："听说韩国女人比日本女人更贤惠，顺眉顺眼的。你太太长得是不是很漂亮？是像全智贤还是李英爱？"

伍扬一笑，说："你大概是韩剧看多了。"

柳茜说："你的潜台词是不是我猜错了？她其实是个女强人，或者干脆是个母老虎，对吧？"

伍扬说："她又没惹你，你干吗老跟人家过不去？"

柳茜一笑，说："你心疼了还是烦我了？"

伍扬说："也不心疼她也不烦你，只是觉得你跑题了，刚才我们讨论什么来着？不是说五一节外出的事吗？"

柳茜歪着脑袋望着伍扬，说："人家好奇心上来了，八卦一下不行呀？"

伍扬把头一扬，避开了柳茜的视线，对着看不见的虚空，做出深情的一笑。

柳茜不依不饶，不为他的鬼样子所动，说："听说你那韩国老婆不喜欢吃韩国泡菜还不喜欢吃素，是个商界奇才，厉害得很？"

伍扬把目光收回来，盯着柳茜看了一会儿，又笑了，说："一个女人对另外一个女人感兴趣，会让她身边的男人产生误会，以为你其实是对他感兴趣？告诉我，柳茜同学，你是不是想取而代之？怎么样，要不要我休了她娶你？"

柳茜也笑了，说："谁对你感兴趣？你敢娶我吗？你敢娶我可不敢嫁，主要是没有你太太那么有本事，那么会挣钱，怕你会过得没有现在这么滋润，这么潇洒。"

伍扬说："你什么意思？你这样说不等于骂我是吃软饭的吗？"

柳茜嘻嘻一笑，说："那我更不敢嫁给你了，说不定你哪天被抓了，我还要帮你送牢饭。"

伍扬再也忍不住了，连"呸"三声，骂她是乌鸦嘴。

柳茜可不是什么纯情少女，对付男人的那一套她全会：对风流男人靠斗智，对聪明男人靠调情，对老实男人靠撒娇。跟伍扬交往时，她常常把这三种技能交替使用，没想到伍扬还挺吃她这一套。

柳茜隐隐地听说过，伍扬的老婆其实并不是地道的韩国人，是东北延边的朝鲜族，早年到韩国留学，不知道怎么入了韩国籍，更重要的是，他们的婚姻关系似乎早已名存实亡，根据是真正见过伍扬他老婆的人没几个，据说两人结婚没多久她就返回了韩国，很少在这边露面。

玩笑开过了，柳茜说："咱们言归正传，如果你不想就我们两个人去，还邀些什么人呢？我们班的同学不行，你那些同事更不行。你邀的人，最好我认识，或者是我想认识的，起码要对味，能够一起玩得来，对吧？"

伍扬并不反对和柳茜一起过五一长假，只是不想到外面去旅游，尤其不想去张家界。听说那里是韩国人出国游的首选，韩国政府鼓励他们的国民去张家界，按人头给予补助，就连农民也能拖家带口地到那里去潇洒走一回。所以张家界很多商店的招牌用的就是韩文，连卖茶叶蛋的小姑娘老太太都能丢几句韩语。伍扬过惯了养尊处优的生活，要他去跟他老婆的阶级兄弟去饭店抢椅子去宾馆抢房间，他还不如呆在家里哪儿都不去。但真要在家里待上整整七天，恐怕也会憋出病来。

伍扬见柳茜逼他邀玩伴，心里一凉，知道她约他去外面玩是另有目的，便留了一个心眼，一笑，说："我这边也没有什么合适的人，你说邀请谁好呢？"

柳茜说："肖耀祖怎么样？"

见伍扬向自己投来有点异样的目光，柳茜有点怪自己嘴太快了，赶紧解释："我这人心里存不了什么事，我不是受朋友之托想买流金世界那几层楼吗？大家一起去玩一趟，也算公私兼顾。再说，女人都有点小心眼，咱们一起去玩，肖耀祖应该会抢着埋单吧？开源节流，玩也玩了，还能省一笔小钱。"

柳茜说的也是心里话，如果真能把肖耀祖约上，七八天的朝夕相处，肯定能让大家加深一点了解，这样，事情真的做起来以后，就会少走很多弯路。

但伍扬不是杜俊，杜俊跟她在一起，思维经常短路，本来很灵光的脑子总是像被灌了水似的会生锈，但只要她半嗔半撩、半诱半逼，他又总会说出他的所思所想。伍扬却不一样，柳茜觉得自己的心思，他一眼就能看出来，如果看不出来，他会干脆把它丢到一边，直到她忍不住，自己主动说出来。

等柳茜真说了邀肖耀祖一起去旅游的主意，伍扬马上把他的脑袋摇得像拨浪鼓，还怕柳茜纠缠，干脆说："不行，肖耀祖就不要考虑了。这是敏感时期，我跟他搅到一起不合适。"

伍扬说的是真话，这些天肖耀祖一直在找他，能躲他都躲了。

陈一达也跟他说了肖耀祖的事，伍扬就没那么客气，直接把他说了一顿，仗着比陈一达大几岁，伍扬让他今后说话办事用点脑子。伍扬为了防止类似的事情再度发生，忍着不快开导陈一达："流金世界四层裙楼放在法院拍卖，信达资产公司只是一个选择拍卖公司的问题，只要在程序上合法，没有人能够说什么。如果按肖耀祖的意思来，事情就多了，主要是他一开始就要求减免债务，这是好轻易表态的吗？如果那几层楼先由着法院拍卖，卖的钱不够清偿债务，又找不到肖氏兄弟的其他财产，为了早点结案，差个几十万几百万，说免也就免了。如果还没进入拍卖程序就先减免债务，就有点本末倒置。主要是减免的幅度不好掌握，少了，对肖耀祖没什么意义，多了，公司内部的人就会起疑心，以为我从中捣鬼，吃了回扣，收了黑钱。由法院拍卖多省事，你光明正大地收你的佣金就行了。再说了，如果由肖耀祖来当操盘手，钱多了还好办，反正多卖出来的钱必须返还给他们，万一卖的钱不够，怎么办？他们是不是还会要求再减免一次？"

陈一达讷讷地说："现在房地产的价格一个劲儿地往上涨，应该只有多不会少吧？"

伍扬从鼻子里哼了一声，没有回答陈一达这个问题。

这样的回复让陈一达很为难，转告给肖耀祖不是，不转告给他也不是。转告给他，自己当初在肖耀祖和柳絮面前有意无意夸过海口，现在搞不定，等于承认自己没有那个本事。不转告给他，也只能躲过初一却躲不过十五，肖耀祖迟早会知道，万一误了人家的事，说不定还会怪罪他。陈一达权衡利弊，还是把公司一个姓文的部门经理叫上，和肖耀祖打了一次牌。文经理是个二十五六岁的女孩子，刚结婚，说话办事很放得开，以前做过某个传销产品的讲师，特别会说荤段子黄段子，与其说那是在打牌，不如说是她在包场说相声。陈一达趁着气氛好，装着不经意的样子，说了伍扬的态度。肖耀祖却只是点了点头，未置可否。

柳茜还从来没有跟肖耀祖见过面，她不想一开始就以买家的身份出现，那样两个人就成了交易的双方，卖的怕卖贱了，买的怕买贵了，都在价格上打转转，便难得开诚布公。这不是一桩简单的交易，柳茜要逾越的障碍很多，她要尽可能摸清对方的底细，而决不能让对方一下子就看出自己的斤两。即使对伍扬她也没有完全说真话，只说她的一个朋友看中了它，让她先了解了解情况。

柳茜还担心另外一个问题：这个问题将随着伍扬问题的解决接踵而至，也就是说，真到了开始卖的时候，肖耀祖便只会认钱不认人。

这才是问题的关键。

她早些天的深圳之行不是很顺利，原来包她的那个宋老板，又另外包了一个人，对她虽然不至于不理不睬，但对她开口向他借钱的要求，却毫不含糊地拒绝了，同时提醒她注意两点。第一，那份因为到期而自行失效的包养协议之第七条：包养期满不再发生任何经济往来；第二，他另外送给她的房子只是一时兴起，并不意味着他们之间的关系还有另外的内容或伏笔。宋老板说完上面的话以后问她，你明白我的意思了吗？柳茜当然明白。她觉得有无数只长着长长指甲的无形的手指，正在争先恐后地抓她的脸皮，而她还必须若无其事地面露微笑，替自己辩解说她只是借而不是要。宋老板咧嘴而笑，露出一排整齐洁白的好牙齿，宽厚地摇了摇头，对这个话题再也没说一个字。柳茜因为高看自己而在宋老板面前丢了人，不禁羞愧难当。

她不怪宋老板，对他来说，两个人的生意早已交割完毕。他为她在深圳最好的酒店开了房，却没有上她的床，他甚至带着新的被包养者和她一起吃饭泡吧打高尔夫球去小梅沙游泳。对他来说，柳茜已经成为过去，在他心目中，她的分量与一个能够让他尽地主之谊的普通朋友并无差别。

柳茜又想起了在网上看到的那则真假莫辨的故事，坚定了自己一定要成为亿万富姐的想法，也理解了那个上海女同胞为什么要把几百万摔回给当初包养她的老板的动机，当飞离深圳的航班快速爬升，她透过舷窗看到那些像火柴盒一样越来越小的房子时，不禁暗暗地对自己说，我柳某人也会有那么一天。

柳茜盘点了一下自己的资产，如果房子能够顺利卖掉或者抵押出去，她可供支配的资金大概有一百一十万到一百三十万。这段时间股票疯涨，她在股市里投了几十万，账面上倒是赚了百分之二三十，但只要还没把股票卖掉，就只是纸上财富，算不得数。而她从伍扬那里了解到的有关情况是这样：流金世界置业有限公司欠信达资产公司本金六千万，孳生利息两千多万；关于流金世界四层裙楼的评估报告则有两个版本，法院委托的评估是九千三百多万，肖耀祖自己找人作的评估是八千来万。情况明摆在那儿，柳茜心里很清楚，自己要买流金世界四层裙楼的念头，可以用一个生动形象的比喻来形容：蚂蚁撼大树。

柳茜其实随时可以放弃这个说给谁听谁都会认为她简直像开国际玩笑的荒唐之举，但她自己并不这么看，她觉得自己从来没有像现在这样头脑清醒过，她没有为自己找退路，哪怕为此输得精光。那又怎么样？权当她没有被人包过，权当自己是个刚毕业的大学生。而她跟一个刚走出大学校门的雏儿相比，已具备了无可比拟的优势：她的道德底线已被彻底击穿，因而她更能在这个多姿多彩的社会里左右逢源。

因为伍扬不愿意与肖耀祖同行，柳茜内心里便果断地取消了原来的计划。

怎样回绝这件由她挑起来的事儿，却颇费脑筋。为了不显得唐突，她准备第一次向伍扬撒谎。

机会终于来了。

那是五一节前三天，两个人在一起吃来凤鱼，半途中间，柳茜的手机响了，她愣了一下，给伍扬示了一下意，起身避开吵吵嚷嚷的餐厅，到外面去接了电话。回来的时候柳茜已脸色大变，跟伍扬说，电话是老家打来的，奶奶在家里打麻将，清一色自摸，一高兴便中了风，目前正躺在医院里昏迷不醒，因此她必须马上赶回老家去。

伍扬对此表示同情，马上结了账去银行，取了一万块钱给柳茜，说给奶奶治病要紧。伍扬说话时有意省略了"奶奶"前面的"你"字，以使两个人的关系保持着可左可右的暧昧。柳茜没想到伍扬会那样出手大方，差点扑哧一笑把自己的谎言揭穿。她执拗地不肯收伍扬的钱，好像一收钱自己便成了骗子和乞丐。伍扬还要坚持，说没那么严重，他就是想表达一点心意。柳茜很正经地说，咱俩的情分还没到这份儿上，你的心意我领了，我也会更加觉得你是一个有情有义的男人，但这事我应付得了。

最后两个人达成了妥协，柳茜先回老家，如果需要，伍扬过两天再开车赶过去，钱则由他准备着，柳茜什么时候需要开口吱一声就是。

柳茜嘴里说好，心里知道这件事永远不会发生。

伍扬永远没法知道，柳茜的奶奶连她自己也没见过，在她出生的前一年就得病死了，她老家在千里之外的一个山沟沟里，根本就还没有通乡际公路。

刚才给柳茜打电话的人是杜俊，他的同学贺小君约他开车去海南，问她有没有空。

柳茜想都没想就答应了杜俊。

在她逐渐清晰的计划中，贺小君是另外一颗至关重要的棋子。

柳茜可能也不会知道，就在她真心实意地拒绝伍扬同样真心实意地送给她的那一万块钱时，他对她有了新的认识。伍扬没少跟各种各样的女人打交道，她们对钱财的态度，使她们的人格品位高下立现。一个念头来到了伍扬心里：这个女人才不小心眼哩，她的心思大得很，就怕她修行不够，眼大肚小。

小姑娘把碗筷一放，真的把一只小手软软地朝他伸了过来。但李明启并不打算和她做幼儿园小孩的拉钩游戏，他反应还算快，故意误解她的意思，见餐巾纸正好在他的左手边，便顺手扯了一截，叠好，递给她。她一愣，随手接了，朝他瞟一眼，一笑，算是谢谢。

李明启躲着小姑娘的眼光，他没想过要真的带她去宾馆。

他事后想起来，自己的态度并非始终如一，他起身时说的那句话就有点歧义，很容易让人误以为是一种邀请，他说的是"走吧"。

这样，跟在他后面走出沙县小吃店的小姑娘，便没有返回小网吧，而是直接挽住了李明启的胳膊，动作既熟练又自然，好像他们是一对真正的情侣。李明启想起来了，这肯定跟她以前做过的职业有关，她做吧女的那会儿，肯定没少半挽半搀过那些真醉佯醉的酒鬼。这个想法让李明启有点不爽，他想把她的手甩掉，又怕显得太假正经了，也似乎有点不舍。

可是，真的把她带到房间里去吗？去干什么？给她看自己的记者证，再听她讲故事？那不真成吃饱了撑的了？李明启太知道孤男寡女在一个房间里最可能干什么了。现在的姑娘真是胆大，你要是把她卖了她可能都搞不清楚是怎么回事。不过，她做过吧女，对男女之事也许早就看得稀松平常，刚才她说没有套子她不做，言下之意有二：一、她不职业，不是专门的女性工作者，所以不会套子随身带；二、如果有套子，你只要想做她可以奉陪。李明启想到这里有点怯，他活了几十年了，也算是个走南闯北的人，可他还没嫖过娼哩。

李明启不想自己怯，便在内心里进行了一场并不激烈的思想斗争。两个声音轮番发言，一个说，没嫖过娼怎么啦？了不起呀？另一个说，嫖过娼又怎么啦？会死人啦？

前面那个声音说，没嫖过娼不一定证明你是好人。

后面那个声音说，嫖过娼也不一定证明你是坏人。

才一两个来回，两个声音就达成了共识：说来说去，也就鸡巴点事，有什么可怯的？她就是小姐又怎么样？现在找人过性生活太方便了，连男的强奸女的的事都少多了，难道你还怕她强奸你或者把你吃了？

可是，万一她不仅是女性工作者，而且还是个小偷呢？在这人生地不熟的地方，岂不是自己给自己添乱、找麻烦？

可是，她真是小姐吗？

如果真是小姐，她完全没有必要藏着掖着，她可以用性感的穿着、勾人的眼风、用半启的嘴唇里慢慢伸缩和搅动的舌头等等肢体语言明示或暗示你，她甚至可以明目张胆地问你要不要打洞（就像招待所的那个骚扰电话），她也不会连续两个晚上待在同一个小网吧里，玩无聊的扑克牌，因为对她来说，时间一样也是金钱。她会栖身在街边那些灯光黯淡的茶室、按摩房或酒店的KTV、美容美发室，因为那些地方才是公开或半公开的性交易市场。她上过大学，一定具有起码的判断能力——在那个小网吧里等待嫖客无异于缘木求鱼。

可是,如果她不是小姐,干吗随随便便地跟一个才见过两次面的男人又是吃东西又是上房间?她到底是干什么的?她想干什么?她能干什么?

事后李明启在分析自己为什么会在那个城市遭遇生命中最窝囊、最屈辱的一段生活经历时,给自己找了各种各样的主、客观原因:第一,如果不来这儿,就不会碰到小姑娘这个人,当然也就不会发生以后的事;第二,如果自己不是记者,没有那种职业好奇心,也就不会对一个形迹可疑的、萍水相逢的人,发生进一步的兴趣;第三,如果自己那会儿不是头昏脑涨,两条腿像灌了铅似的不听使唤,也一定会谢绝她的搀扶,并从她的行为举止中提高应有的警惕;第四,如果不是老婆的电话搞得他心烦,安琪把手机关了搞得他意乱,他也不会产生放纵一下、堕落一次也没有什么大不了的想法。

不管怎么样,小姑娘还是跟李明启一起上了房间。

她一进屋就把自己四仰八叉地横搁在了那张被子都没有叠的双人床上,闭着眼睛很享受地躺了一会儿,这才朝坐在窗户下面的椅子上的李明启侧转身,说:"躺在床上的感觉真好。知道我为什么会发这样的感慨吗?"她似乎来不及等待李明启的回答,接着说:"因为我已经三天三夜没有在床上睡过觉了。"

李明启见小姑娘一进屋就把他的床霸占了,便只好坐在了现在的椅子上,他很累,却一直没有动,既没有起身开电视,也没有为小姑娘烧水泡茶,听了她刚才的自言自语,随口问道:"你干吗不睡觉呢?"小姑娘说:"有时候睡不睡觉由不了你自个儿,我想睡可没地方睡。你难道没有看出来吗?我是一个无家可归的孩子。"

小姑娘在床上坐起来,半倚在床头,望着李明启,像是等着他的回答。他却似乎没有什么反应,有些木然地望着她。桌子上有大半杯水,是出门之前吃药剩下的,他觉得有点口干舌燥,端起杯子把里面的水一饮而尽。

小姑娘问:"你干吗不给我倒一杯水?"李明启说:"你起来自己倒吧,像你一样,这会儿我也只想睡觉,你也看到了,我病了,今天还在吃药。"小姑娘这个时候也注意到了桌子上的药盒,她想起床,又终于没有起来。她一边朝床边挪一挪,一边望着李明启,试探性地对他说:"要不然你也过来躺一会儿?"李明启说:"鸠占鹊巢的可是你,我要上床,用不着你批准吧?"小姑娘说:"当然不用我批准,你不上床,纯粹是因为怕我吧?"李明启说:"我怕你什么?"小姑娘一笑,说:"那就只有你自己知道了。"李明启盯着小姑娘没吭声,也没有动,他在心里简单地回顾了一下和小姑娘相识的过程,总觉得哪里有点不对劲儿。毫无疑问,他等下肯定要躺到床上去,否则,对于一个感冒病人来说,就这样一直坐在椅子上熬过漫漫长夜,那算怎么一回事?他对刚才小姑娘说的那句话不敢苟同,他觉得上不上床应该由他自己决定。在自己开的房间里,由她邀请他,总有一种说不出来的别扭。他真的想不出她接下来要干什么,难道她真是小姐?就是巴不得你早点干了她?

李明启这时可是一点性欲也没有。

小姑娘说:"你别想那么多,我不会把你怎么样的。"

这话是为了打消李明启的戒备,听起来却让人有点不舒服,好像他在她眼里倒成了弱势群体。李明启不禁好笑,说:"难道我怕你把我怎么样?"

小姑娘眉毛一扬,说:"最坏的结果是我把你强奸了。可是,这种事情不仅要软件好,还要硬件好才行呀。不不不,我不是说你的硬件不行,我是说,如果你不够硬,我想做什么那是空的。如果你坚挺起来了,就不是我强奸你的问题了。"

李明启没想到她还真说得出口,不过,仔细一想,她说得倒也不错,主动权其实在他自己这一边。

小姑娘见他没说话,继续说:"你过来吧,我答应过给你讲我的故事。从你决定带我回房间开始,我也做了一个决定,不管你是不是记者,我都把我的故事告诉你。"

李明启觉得如果仍然坐在椅子上不动,反而会显出另外一种心虚,便随意地一笑,轻轻松松地上了床。他没有脱衣服。本来袜子也不想脱的,又觉得那样太刻意了,便把它脱下来,远远地扔到了墙旮旯儿。

两个人刚才来宾馆时,小姑娘一直挽着他的胳膊,算是有过了身体接触。李明启这时却尽量避免碰着旁边的她,其实,按照他现在的身体状况,他完全可以像柳下惠似的坐怀不乱。但是,他这时倒有了一个明确的想法,觉得只要有意或无意都不碰她,自己才能控制局面。

小姑娘却没有那么老实,她把手伸过来,直接搭上了李明启的额头。李明启本能地想把她的手拨开,半途中间却停了下来。他没想到小姑娘的那只手,居然可以那么柔软,那么清凉。小姑娘说:"哎呀,你是真的病了,额头好烫。"

李明启把自己那只举起来的手压在了小姑娘的手上，捏了捏，然后把它拿开了，说："你不要碰我，离我远一点，感冒很容易传染的，你要是病了，也会很难受。"

小姑娘说："没想到你倒蛮怜香惜玉，不过没关系，我经常喝酒，扛得住。"

李明启说："没听说喝酒能防治感冒。"

小姑娘说："真的吗？那会儿我们可经常说这话。有时候是我们说，有时候是客人说。"

李明启头一沾上枕头，好像就变重了，听了这话笑了一下，说："劝人喝酒，什么歪道理都可以成为理由。"

小姑娘说："有可能吧，我们不谈这个。我借你的床睡觉，总得替你干点事情，怎么样，你还要不要喝水？要不要再吃一遍药？"

李明启摇了摇头。

小姑娘说："感冒以后要多喝水，我起来帮你烧点水喝吧。"

李明启说："好吧，你一边烧水一边给我讲故事。"

"我爸爸死了。"小姑娘开口说，"这是我妈妈的说法。可我觉得我爸爸不是死了，而是跑了，丢下我们娘儿四个跑了，是的，我还有两个妹妹。我们家是农村里的，否则就是偷偷摸摸也生不了三个孩子。如果我爸爸真的只是死了，我们可能只会怀念他，但如果他丢下了我们一个人在外面生活，对我们这些做子女的来说，可就太残酷了。我老是想，他为什么要扔下我们？他跟妈妈之间到底发生了什么？要不然，她为什么一提到他就咬牙切齿？他不想我们吗？他一口气生下了三个孩子，却从来没有尽一丝一毫做父亲的责任，他甚至没有留下一张照片让我们观看和记忆。他是我四岁多的时候突然从家里消失的，我记不起他的样子，我两个妹妹对他更是没有什么印象。你能想象这十几年我们是怎么过来的吗？你能想象？不，我都没法想象。

"我妈妈真是一个不平凡的女人，虽然她对我爸爸的恨似乎从来就没有停歇过，但在供我们三姊妹上学的问题上，却从来也不含糊，她认为只有读书才能改变命运。

"可是，一个农村的寡妇要把三个女儿拉扯成人，还要让她们一个个都考上大学，她将经受怎样的艰辛、磨难甚至屈辱？只有我妈妈一个人才知道，她究竟欠了别人多少钱，遭受过多少讥笑和白眼。就这样，我上完了小学，念完了初中。

"我懂事早,成绩也好,可我再也不愿意上学了,向妈妈提出来,我可以到南方去打工,帮她一起供养两个妹妹。我妈妈把我一顿痛骂,说你就这样给你两个妹妹做榜样?你要是心疼我,真想带个好头,你就给我安安心心读书,读高中考大学。否则,我这么多年的苦就算是白吃了,你就是逼我死。

"我没有退路,只好发奋读书,这样一熬又是三年,到我真的接到大学录取通知书的那一天,我和我妈妈不禁抱头痛哭。从考大学的角度来讲,我是出头了,可是,入学报名时要几千块钱,以后每年都要花费好几千,怎么办?还有,我大妹妹在上高二,小妹妹准备考高中,我们三个人,真的就像是三台吞钱的机器,怎么办?怎么办呀?别人拿到大学通知书,欢天喜地,办酒宴请老师请乡里乡亲。只有我们家,倒像死了人似的愁眉苦脸、悲悲戚戚。

"我又提出来,大学我不上了,还是去南方打工,以补贴家用。反正我已经向别人证明了我不比别人笨,我能考上大学,我已经给家里争了面子。我一边打工,一边可以上成教。听了我的话,我妈妈半晌没有做声,我以为她默认了,便把录取通知书拿出来,准备把它一把撕掉。我妈妈这时候说话了,她说,撕吧,撕了以后给我准备一根麻绳,让我死在你面前。你以为考上大学就给我争面子了?好好上你的大学,活出个人样来,那才是真正孝敬你苦命的娘哩。你放心吧,今年上学的钱我已经给你攒下了,你别管我是找人借的还是卖血得的,你就安心去上大学吧。不过,以后几年上大学的钱就靠你自己想办法了。我听说上大学能够贷款,还能当家教打短工,你就是帮人洗衣服、擦皮鞋,也是个活儿,你管好你自己,我还有你两个妹妹哩。后来我才知道,我那可怜的母亲,竟瞒着我们偷偷地卖了一个肾。

"我就这样上了大学。上了大学我才知道,那里也不是天堂。先说贷款吧,就不是一件容易的事儿。贷款手续繁多,家庭贫困只是条件之一,还得成绩优异,这就意味着第一学年根本就没有戏;我只有找别的生财之道。学校军训一搞完,我便开始行动。我先找老乡中的师兄师姐摸了摸情况,然后找来一张硬纸板,写上'家教'两个字,便学他们的样儿,站到了离新华书店或图书馆不远的马路上。我把牌子竖在胸前,等着顾主挑选,对此我很有信心,所以胸脯挺得高高的。据说那些请家教的人,都喜欢大一的学生,因为刚搞完高考,内容记得很清楚,还有成功的经验。可是,连续三天,没有几个人问我,而跟我一起站马路的同学，运气却比我好，有两个没半天就找到了主儿。我很纳闷，就去问别人是怎么回事，他们都笑笑，摇摇头。我想这里面一定有什么奥妙或诀窍，便缠着一个师兄不放，让他为我指点迷津。师兄被我缠得没有办法，终于向我说了其中的弯弯拐拐。

"我没想到师兄说我没能找到工作的第一个原因，居然是因为我长得太漂亮。

"师兄说，就冲你这狐媚样儿，哪个敢找你？男主人倒是挺乐意，女主人呢？像防贼一样地防着你还来不及哩。请你当家教，那不是引狼入室吗？

"我说，我当我的家教，坐得正行得正，按劳取酬，哪里会有那些事？

"师兄说，这种事几乎每个月都有发生。你既然问到我，就要相信我不会拿假话糊弄你。那些请家教的人，只会多一事不如少一事。还有一种情况，如果来个男的，他不是为孩子而是请你帮他本人去补习外语、培训电脑，你敢不敢去？你不去，可能真的失掉了一次机会，可你要是去了，说不定就掉进了一个陷阱。我不是吓唬你，给你讲一个半年前上过报纸的真人真事吧，也是我们学校的一个大一女生，被人以做家教的名义骗到了郊外，先奸后杀，直到现在还没破案。

"我问他，照你这么说，我岂不是吃不上这碗饭？

"师兄说，也有吃这碗饭吃得好的例子，但你太小了，我不好意思告诉你。

"我当然不干，逼着他说，他说出来的话却让我倒抽了一口冷气，原来有些女学生名为去做家教，实为陪睡，甚至被人包做二奶。

"师兄的话再也刹不住，他说，你没看到一到周末咱们校园周围便停满了各种各样的小车吗？那是干什么的？接校园里漂亮的女学生到外面去玩去过夜的。在那些有钱人的眼里，所谓的高等学校，不过是最大的性交易市场。带女大学生出去，不仅有档次，还比外面的三陪小姐单纯。

"我问，难道没有别的出路了吗？

"师兄说有呀，你可以去麦当劳、肯德基等洋快餐店打短工。那里的管理还是比较规范的，基本上不会碰到性骚扰的问题。但具体的工作时间不能由你选择，可能会与你上课的时间相冲突，还有就是劳动强度很大，一进去你可能会被安排一个星期到一个月去拖地、擦桌子和清理厕所，可以累得你眼冒金星、四肢瘫软，而你一个月下来的劳动报酬大概是四百到六百块钱，如果你想弄清楚洋资本家是怎样榨取咱们中国工人劳动血汗的，不妨一试。

"我没有去麦当劳和肯德基，我不是怕苦怕累，我是怕影响学业，也嫌工资太低。我对师兄的话半信半疑，但暂时没有更好的出路，便还是坚持到新华书店、图书馆、文化宫之类的地方去举'家教'的牌子，我不相信我的运气会一直那么差。

"机会终于来了，找我的是一个七十多岁的老头儿，文质彬彬、慈眉善目的，还戴着一副金边眼镜。他跟我说，他是帮他的孙女儿找英语老师，小姑娘十三岁，正读初一，她的爸爸妈妈，也就是他的儿子媳妇，在外国工作，想让孩子在国内念完高中再出国。他还主动拿出一本相册，让我见识见识他的家人。

"我看了他们的全家福，看了那一对在国外的夫妻以凯旋门为背景拍摄的照片，当然还看到了他的孙女儿，老头子告诉我，孙女儿的照片是在她自己的书房里照的，她现在的问题是有点沉迷于上网，找个家教给她补课还在其次，主要是陪她玩儿，看能不能把她的注意力从网上拉出来。

"他开的工资很诱人，每小时二十元，我很快换算了一下，如果每天打工两个小时，一个月我就能挣一千二百元，这不是比受洋资本家剥削强多了吗？见我没吭声，老头儿似乎急了，赶紧补充道，如果真的能让他的宝贝孙女儿戒除网瘾，他还有额外的奖赏，幅度甚至可以高出家教工资。

"如果不是师兄给我讲过那番话，我肯定立马就会跟他去他家看看，现在我留了一个心眼，就朝他笑笑，问他为什么从这么多人中间单单选了我？他很和善地朝我笑了笑，说，不瞒你说，我偷偷地在这里观察好几天了，我觉得你长得最顺眼，老老实实本本分分的样子，穿着也最朴实，你是大学新生吧？那就对了。我想，如果不是家里经济方面有困难，你不会这么早就出来讨生活。如果给你这个机会，你应该比别人更会珍惜。

"不知道为什么，听了这话我竟然心头一热，差点流下泪来。但我仍然没有解除戒备之心，装着很遗憾的样子对他说，我因为有急事要赶回学校，问他能不能把他的姓名、家庭住址告诉我，等明天他孙女儿在家时我直接上他们家？

"他笑了，说，小姑娘警惕性蛮高的，这样好，我喜欢，现在社会很复杂，害人之心不可有，防人之心不可无，欢迎你对我讲的情况进行调查，另外，我也想在下次见面时看看你的学生证。我拼命点头，说没有问题。

"跟他分手后，我按照他提供给我的地址，紧赶慢赶地找到了那个小区。没想到那是有名的市公务员小区，物业管理公司的人都认识那个老头儿，他退休之前是省里一个什么厅的厅长，他说的话也句句都是真的。当时我兴奋得什么似的，暗下决心一定要抓住机会好好儿干。

"我不知道我是不是一个戒备心很强的人，过了一会儿，我又怀疑了，这样的好事怎么会这么轻易地落在我头上？

"所以，我还是找到了那个师兄，征求他的意见。他听了我说的情况，只是笑笑，又摇了摇头。

"我问他为什么摇头，那个老头儿是不是有什么问题？

"他不说，只是摇头，只是笑。他被我逼急了，就问我，能不能让他见见那个老头儿。我突然警惕起来，他也在找雇主，如果让他们见了面，他会不会想办法把我挤掉，而让自己取而代之？我嘴里说好呀好呀，其实心里已经打定了主意，我今天晚上就会去，一个做过厅级干部的人能对我怎么样？就是龙潭虎穴，我不去又怎么知道呢？而我，太需要那份工作了。也许我最应该考虑的，不是危险不危险，而是他们最终会不会看中我。

"上他们家去之前，我特意把自己收拾了一下。所谓收拾，其实就是洗把脸，换上一套干净的衣服，说来可怜，我已经好几年没有穿过新衣服了，我是班上唯一没有手机或小灵通的人。进小区之前必须在门卫处登记，保安和他通了话才让我进去。这反而又让我踏实了一点，我想，他有社会地位，住的小区还这么正规，应该不会有什么问题吧。

"但是我想错了。

"不不不，他没有强奸我，他也没有提出要包养我，但他带给我的屈辱，比这两件事加起来还要强几倍，至少我当时的感觉是这样。你别着急，让我慢慢跟你说。

"我按门铃进去以后，发现偌大的房子装修得就像一个宫殿，墙上挂的几幅照片倒是让我很快安下心来，因为其中有一幅我上午已经看过，正是他们的全家福，这至少证明他的身份是真实的。

"但我没有看到他的孙女儿，我问他什么时候能见到她，他给了我一个长者的慈祥的微笑，让我别着急，说这事完全可以由他做主，如果我没有意见，从现在开始就可以算时间。我说那可不行，我还没有见过你的孙女儿，也还没有正式开始工作，怎么能开始算钱呢？他又笑了，说你真是一个纯朴可爱的小姑娘,边说边为我倒了一杯水。我起身把那杯水接了,并说了谢谢,但我决不会去碰那杯水,这也是师兄告诉我的。他说初次去见工,如果对方家里只有男主人,千万不要轻易吃别人家的东西、喝别人家的水,因为现在要把致幻剂呀兴奋剂呀迷魂药呀之类的东西弄到手,简直太容易了。还是小心一点好,小心驶得万年船。

"老头儿并没有逼我喝那杯水,他很和善地问了我一些学校的情况和家里的情况,我想,他也许在进一步地考察我吧,便老老实实地说了,还特意把新发下来的学生证拿给他看。他接过去很认真地看了看,又找我要了身份证,也很认真地看了看,大概觉得还满意,便把它们还给了我。那天晚上我在他家待了两个小时,一直没有等来他的小孙女儿,其间他进里屋打过几个电话,回头跟我说,小丫头网瘾太大了,家里有电脑还不上,非要到网吧里上。唉。

"那天我始终没有等到准备给我做学生的小女孩,我以后又去过两次,也是呆了两个小时,就在客厅里默默地陪他看电视,一直就没有看见他的小孙女儿。我心里犯嘀咕,准备最后再去一次,如果还见不到小姑娘本人,我就准备放弃算了。虽然耽误了三个晚上的时间,我却不好怪人家,因为我自己没有通信工具,不能在她在家的时候等到人家的通知,只好先去他家守株待兔。

"没想到第四次去她还是不在。老头儿连声向我道歉,一定要把前三次包括这一次的工资付给我,我不肯收,他执意要给,两个人僵持了好半天,我怕拉拉扯扯起来不好,终于把那一百六十块钱收下了。老头儿见我收了钱,就把我带到了他的书房里,当时我心怦怦直跳,不知道他下一步要干什么。还好,书房里除了靠墙的书架,便只有一张电脑桌和一把椅子。他让我坐在那把椅子上,打开电脑,按了一些键,很快,一些画面便呈现在我面前了。

"我乍一眼并没有看出是什么东西,再认真一瞅,不禁面红耳赤,原来竟是女人生殖器的特写照片。我惊呆了,第一次明白了呆若木鸡是怎么一回事,要知道我才十八岁,面对屏幕上别的女性性器官赤裸裸的展示,我羞愧难当,特别是旁边还有一个可以做我爷爷的男人。这个老男人把手撑在电脑桌上,身体弯得像一只虾公,正好把我堵在那个死角里。

"他点击了一下鼠标,画面变了,但仍然是女人的下体。再点击,画面又变了,但仍然万变不离其宗。我羞得低下了头,不敢看前面的屏幕。他大概有条不紊地点击了五六十次才停下,我如坐针毡,把头低得低低的,还使劲闭着眼睛，就是不明白为什么没有从椅子上冲起来跑掉。

"这时老头儿开始说话了，因为他离我离得实在太近，他口腔里散发出的那种腐肉的气味，直往我鼻腔里灌，让我恶心得直想呕吐。

"可他说话的语调却是抒情的、梦幻的，好像在念诗，他说，告诉我你看到了什么？

"我吓都吓蒙了，哪里还敢说话？

"他可能也没指望我说什么，沉浸在自己的世界里自言自语：噢，它们是真正的花儿。俗人都喜欢用花形容女人，可有几个人明白，说女人是花，不是指她的面容，而是指她身体内部最隐秘的生殖器官。是的，只有它才真正配得上用花蕊、花瓣来形容。花，本来就是植物的生殖器。瞧瞧，它们多么妖媚，多么具有生命的张力。它是水做的，既是生命的泉眼，也是生命的通道，多么神奇，多么滋润，多么精致，多么让人迷恋，捉摸不透又令人神往。它会笑，它的纹路像怒放的花朵的轮廓与经纬，那是生命力的爆发、召唤与诱惑，让人忍不住把脸颊贴上去，感受它的娇嫩、亲切与芳香。望着它，身心疲惫的人，会慢慢恢复元气，心烦意乱的人，灵魂会得到净化，会变得像孩子一样天真无邪……

"我再也忍受不了啦，突然站起来把他扒拉开，冲到了客厅里。他跟跟跄跄地紧跟着返回到了客厅，像一个受了委屈的孩子，用一双惊愕的甚至哀怨的眼睛望着我，倒好像我是一个怪物。

"我心里说，你才是怪物哩，你才是下流无耻的变态佬哩。你为了拍摄女人的下体，居然把家里的人全部搬了出去，把涉世未深的小姑娘哄骗到家里，并企图用几个小钱打动她们，让她们出卖自己最隐私的部位，我倒想知道，那些照片中间，有你儿媳妇的吗？有你孙女儿的吗？

"这样一想，我自己先平静下来了。我本来想把他刚才给我的钱摔到他脸上，然后夺门而去的。这时我改变了主意，凭什么我要白白地受他羞辱？那不太便宜他了吗？他给了我一百六十块钱，前三次是我应得的，因为每一次我在这里都待满了两个小时，这次的钱我收了，那我就再待满两个小时吧。我看你还想说什么，还想干什么。我料定了他不敢跟我动粗，他要真动粗我才不怕哩，我会一边和他厮打一边大喊大叫大哭大闹，我就不信邻居听不见，我就不信他会不顾影响，愿意把这丑事张扬出去。再说了，一个七十多岁的糟老头儿能有多大的战斗力？他不是喜欢花爱花恋花吗？我一拳打过去一只手抓过去，说不定就能让他老脸开花。

"当然，这一切都没有发生。他远远地坐在拐角沙发上，还想进一步做我的思想工作哩。他说，你觉得这件事很突然，可能有点害羞，这我完全能够理解。我喜欢花儿，但不会摘了花儿来保存。也就是说，在拍摄的过程中，我不会与你发生一丝一毫身体接触，我不会动你一根寒毛，这一点，我可以用我的人格担保。此外，我对你身体的其他部位不感兴趣，包括你的脸蛋儿，虽然你长得很美很水灵，也就是说，你的脸将不会出现在我的镜头里，这一点，我也可以用人格担保。我只对收集各种各样的花儿感兴趣，你也看到了，它们多像一件一件的艺术品呀，难道你不觉得吗？

"我让他在我耳旁絮絮叨叨，始终没有看他一眼。我当他根本就不存在，拿起茶几上的一把水果刀，一边在手里把玩着，一边看电视。他左说右说，我始终没有张口对他说一个字，我看着墙上的挂钟，时间一到，立即起身，从那儿永远地走掉了。"

说到这儿，小姑娘停了下来，李明启不禁叹了一口气。

小姑娘说："怎么样，你好像很累？要不然，你先睡吧。"

李明启说："你呢？"

"我想洗个澡，你允许吗？"小姑娘问。

"你的故事好像还没有讲完吧？"李明启也问。

"你真的对这些破事感兴趣吗？"

"嗯，怎么说呢？有点出乎我的意料吧。"

"不知道为什么，我一看见你，就觉得你是有耐心听我讲故事的人。不过，你看起来真的很疲倦了，我的故事是还没有讲完，还长着哩。今天太晚了，你要是放心，你就先睡吧，我想洗个澡，我已经几天没洗澡了。"

第十一章

　　柳絮好远就听到了格格的哭声，不禁心头一紧。本来想赶紧进门，又改变了主意，她突然有一种很奇怪的冲动，想看看自己不在家时，小红到底是怎样对待格格的。这小保姆最近不知道是怎么回事，脾气有点改变，对她不冷不热的。她几次想找她谈谈，又怕太刻意了效果反而不好，她想不如先暗中观察一下，看能不能弄清到底是什么原因。

　　她有意把脚步放轻，以免被屋里的人发现。刚走到门口，里面便传来小红训斥格格的声音，格格刚哭出声，小红的声音更大了，格格立即噤了声。柳絮隔着墙壁和门仿佛都能看到女儿这时的样子：她肯定咬着嘴，用可怜巴巴的眼神望着小红。格格咬嘴唇的习惯是从断奶的时候养成的，以后只要心情一紧张，就咬。即使在上下嘴唇上涂上黄连也不顶事，柳絮只好希望她长大了会慢慢把这习惯改掉。听到格格在屋里哭，柳絮很是心疼，本想立即开门进去看个究竟，又怕就这样进去会弄得小红很尴尬，便倒退了几步，掏出手机，没拨号就放在耳朵边，做出一副和人通话的样子，故意很大声地说着什么事，边说边开了门，这才把手机挂了。

　　格格朝柳絮直扑过来，刚才被压制住的哭闹得到爆发，更响了，眼泪鼻涕立即弄得满脸都是。柳絮发现小红没有像平时一样乖巧地过来从她手里接包，好像没有看到她进屋的样子，继续在厨房里忙乎。

　　柳絮顺手把包往沙发上一搁，弯下腰把格格抱了起来，顺势从茶几的纸筒里抽出几张面巾纸，在格格的脸上轻轻擦着，问她怎么啦。格格噘着嘴，用手指着小红，说："阿姨坏。"柳絮顺着格格的手望过去，见小红背对着她们母女，连身子都没有转一下，柳絮只好转过脸来问格格："阿姨怎么坏了？"格格说："她不给格格糖糖吃。"柳絮说："那是妈妈不让阿姨给格格吃的。妈妈不是跟格格说过吗？糖吃多了是要坏牙齿的。我们的目标是什么？"格格似乎很不情愿地回答："没有蛀牙。"柳絮说："对呀，要想不得蛀牙，必须少吃糖。这个道理海狸先生知道，格格也知道，对不对？"格格说："可是，糖糖是爸爸帮格格买的。"柳絮说："噢，原来爸爸来过了。不过，爸爸买的糖糖也是糖糖，也不能吃，或者，也要少吃。"格格说："我只吃三颗行不行？"柳絮说："不行。"格格说："那我只吃两颗，行不行？"柳絮说："不行。"格格说："那我只吃一颗，行不行？不，我一颗都不吃，我只把它放到格格的嘴巴里，舔一舔，行不行，妈妈？"

柳絮笑了，把小红叫了过来，对她说："格格真的一颗糖都没有吃吗？"小红点了点头，柳絮刮了刮格格的鼻子，说："如果格格真的一颗糖糖都还没吃，今天可以吃一颗，不过，应该是在吃完饭之后，行吗？"格格嘟着嘴，点了点头。

按照约定，今天并不是黄逸飞来看格格的日子。不过，柳絮并不是那种狭隘的人，黄逸飞多来看格格几次，她也是欢迎的。但黄逸飞每次来从来没有买过糖，今天怎么想起买糖了？还有，小红的脾气近来变得让人难以捉摸，也不知道跟黄逸飞有没有关系，她毕竟是他的亲戚。柳絮跟黄逸飞的关系不正常，柳絮从来没跟小红说过，但小红就是傻子也能看出其中的名堂。柳絮在想要不要找机会跟她谈一谈。

正准备吃饭的时候手机响了，一接，是曹洪波。

曹洪波问她吃饭没有，柳絮告诉他正准备吃，又问他说话方不方便，是不是要她过去埋单。曹洪波假装生气了，问她是不是弄错人了？他什么时候让她埋过单？他告诉她，老婆又住院了，保姆去当陪护，他孤家寡人一个，正在大街上数汽车玩，饿了，却不知道吃什么东西才好。柳絮边接电话边离开餐厅到了卧室，脚尖一勾，轻轻地把门掩上了，说你说得这么可怜兮兮的，是想要人过来陪你吧？曹洪波顺着杆子往上爬，问她方便不方便，柳絮说："局长大人要接见我，一向是看你方不方便，什么时候轮到过你问我方不方便了？"

柳絮刚把自己收拾完毕，曹洪波又来了电话，说他已经到了一家叫"廊桥驿站"的茶坊，让柳絮直接过去，曹洪波告诉她，他已经替她点了九龙全鱼，问她还想吃什么菜，柳絮说随便，让他安排。

下班高峰已过，柳絮一会儿就到了。

曹洪波本来在玩手机，见柳絮推门进来，夸张地从座位上一跳，赶在柳絮前面替她把椅子抽出来，顺便在她双肩上轻轻一压，安排她坐了下来，又接过她的包，把它挂在衣帽架上。回头见柳絮扭头望着他，躬腰在她脸上嘬了一下，这才回到自己的座位上，用遥控器叫来了服务员，先是替柳絮叫了茶，又让赶紧上菜。柳絮一笑，问他什么时候学会了献殷勤。曹洪波说，天生的，难道你以前没发现？柳絮说，没发现，所以有点受宠若惊，倒觉得你像要耍什么阴谋诡计似的。曹洪波一笑，说，怎么这么说？你看出什么来了？柳絮说，我很相信直觉的，一个严肃认真的人，突然对你大献殷勤，肯定非奸即盗。曹洪波说，那你说说看，你是怕我偷你，还是怕我奸你？柳絮说，看看，狐狸尾巴露出来了吧。

待两个人的打情骂俏告一段落，柳絮这才正了正色，问了他老婆生病住院的情况。

曹洪波眉头直皱，一边摇头，一边用平淡得像矿泉水一样的话语说，类风湿关节炎被医学界称为第二癌症，送她上医院算是体现人文关怀，唯一的指望是希望能减轻她的痛苦，看能不能熬到新的医疗技术有所突破的那一天。

柳絮其实也是客套，她跟曹洪波的老婆并不熟，虽然在她第一次住院时就去看过她，但两个人说的话前后加起来还不到五句，大家心里都明白，柳絮明地里去看她，其实是因为她老公。也不能怪曹洪波太冷漠，看着病人关节萎缩、变形的样子，一般的人都会觉得很恐怖、很揪心，恨不得眼光早点落到别处。这病也不是一天两天了，曹洪波工作又忙，还经常要出差，除了把她往医院里送，交给医生、护士和保姆，还能有什么更好的办法？

菜很快就上来了，都是柳絮爱吃的口味菜。柳絮没少跟曹洪波一起吃饭，但以前几乎都是柳絮安排菜单，没想到这次由他点菜，居然这么合她的口味，是巧合还是他太细心？柳絮不会太花心思想这些事，她只是觉得曹洪波今天的行为举止有点怪。曹洪波问柳絮要不要喝点什么，柳絮摇了摇头，让他自便。曹洪波也不跟柳絮客气，给自己要了瓶啤酒。

柳絮喜欢吃鱼眼睛，九龙全鱼一上来，曹洪波就小心翼翼地把鱼眼睛挑了夹到了柳絮碗里。这次柳絮谢都没有谢，她已经拿定了主意，且看曹洪波怎么开口。照道理来讲，他是没有什么事要求到她头上的，除非是借钱。他老婆那种病，治不好，却需要不断地烧钱。柳絮心里很清楚，曹洪波真要开口找她借钱，她是没有什么选择的，不怎么好拒绝，唯一要考虑的可能只是额度。

柳絮没想到曹洪波跟她见面似乎只是为了和她谈郭敦淳。

如果曹洪波不提，她几乎都已经把他给忘了。

曹洪波说："你是不是觉得我这个小舅子太阿弥陀佛了？"

柳絮说："你很了解咱们郭副总嘛。"

曹洪波放下筷子，把两只手撑在茶几桌面上，意味深长地看着柳絮，直到她也停下筷子回望着他，这才慢慢地摇了摇头，说："我肯定比你了解他，但是，我跟他认识几十年了，仍然没有把握对他下一个什么定义。你跟他才接触一次吧？你看到的是很表面的情况。"

柳絮说："你是说这个人其实不简单？"

曹洪波说："要一个男人说另外一个男人不简单可不是件很容易的事。这样吧，我说一件他小时候的事，你听了以后也许会改变对他的印象。"

这件事发生在郭敦淳六七岁的时候，那时候政治运动很多，今天批这个明天斗那个，既充满了你死我活的火药味，又极像是一场变了味的乡村文艺演出。郭敦淳家庭出身不好，父亲早逝，他与母亲相依为命。但因为外公家里的成分是地主，每次大队开批斗会，母亲都免不了以地主婆的身份被拉去陪斗。郭敦淳小小年纪，却想改变母亲的命运。

机会终于来了，有一次大队的高音喇叭广播通知，说县革委会主任要来检查工作。母亲早早地便被押到了大队的批斗会场，这次郭敦淳没有跟着去，而是去了公社通往大队的乡村公路上。终于，他远远地看到了吉普车扬起的尘埃，便深深地吸一口气，面对广阔的田野，开始扯开嗓子高声背诵毛主席语录。不出郭敦淳所料，吉普车在他身边停了下来。郭敦淳头也不回，继续背诵，直到感觉有人轻轻地拍了拍他的肩膀。

接下来，县革委会主任和他的陪同人员，在公路边对郭敦淳进行了一次简单而严格的测试。结果令人惊奇，郭敦淳不仅能背诵"十六条"，还能一字不落地背诵《愚公移山》《纪念白求恩》和《为人民服务》。县革委会主任兴奋地摸着他的头,一个劲儿地夸他是毛主席的好孩子,是无产阶级的红色接班人。又问他是谁教会了他这一切,郭敦淳昂着头,非常骄傲地告诉他,是他的母亲。

郭敦淳没有使用"妈妈"这个词的当地方言,而是使用了庄严的书面语。县革委会主任脱口而出:"有其子必有其母,多么伟大的母亲呀。"

当然事情的结果有点黑色幽默,县革委会主任当场表态,要把郭敦淳树为学毛著的标兵,要到全县各地巡回讲演,后来才知道他的妈妈居然是那种成分,只好作罢。不过,从此以后,郭敦淳的妈妈也从挨批斗的地富反坏右的名单中删除了,因为她自己虽然是地主婆,她儿子却是毛主席的好孩子。

曹洪波讲完了郭敦淳小时候的故事,又替自己的杯子斟了一次啤酒,把头埋下去,把上面的泡沫吮干净了,才这抬起头望着柳絮,问她怎么样。柳絮说,心思太重了。曹洪波说:"我也觉得。可是,你还觉得咱们的郭副总只是一个软柿子吗?"

柳絮一笑,用惯常的口气问:"怎么说?"

曹洪波说:"咱们来谈你的事吧。你要拿的单,得由肖耀祖下,肖耀祖下单之前,必须征得信达资产公司的同意。伍扬是信达资产公司的头儿,他当然最有话语权。可是,在这件事上,他是高处不胜寒,反而没有多少拐弯的余地,此其一。其二,他跟金达来公司的关系你也知道,万——……我是说万一,碰到两家公司利益有冲突,他会牺牲谁?你难道不应该起码找一个能替你通风报信的人?"

柳絮这些天一直没有等到肖耀祖的消息,心里免不了有点不踏实,没想到曹洪波倒替她惦记着这事儿。他说的道理很浅显,她不可能不懂。伍扬投靠不上,郭敦淳便成了她的最佳选择。只可惜当时第一次跟他接触的时候,对他的印象并不怎么好。原来错不在别人,而在自己。女人老讲直觉,其实有时候太相信直觉了,反而有可能误事。

柳絮见曹洪波一直歪着头盯视着自己,不禁一笑,拿起啤酒瓶,悬在半空中,等着他把杯里的啤酒喝掉。柳絮嘴里不说,却用这种方式表示对曹洪波开导她的感激。柳絮整天跟男人打交道,有时候却就是理解不了他们。如果不是曹洪波启发她对郭敦淳重新认识,她在信达资产公司等于还是两眼一抹黑。柳絮用脚指头一想就知道,这个机会再也不能错过了。

柳絮知道这个时候用不着跟曹洪波客气,甚至没必要替自己辩解,便直接要求曹洪波替她安排，让她早点与他见面。

曹洪波把食指竖在自己和柳絮中间，摇了摇，说："你跟郭副总已经认识了，也打过交道，用不着我夹在中间。"

见柳絮要开口说话，曹洪波把拳在一起的手指全部打开了，把自己的手掌像小蒲扇似的摇了摇，说："这件事我是无论如何不能直接出面的。为什么？信达资产公司主事的，除了伍扬就是郭敦淳，伍扬不同意肖耀祖开的价，郭副总当然也不可能同意，他才不会干这种惹火上身的事哩。同样的道理，如果我出面算怎么回事？郭副总是我的小舅子，一个是信达资产公司的二把手，一个是法院的承办法官，传出去像怎么回事？这事办成的可能性有，但也有相当大的难度，你要有一定的思想准备。而且，即使办成了，到时候肯定会各种谣言满天飞，万一哪方的口风不紧，说我早就一屁股坐在了肖耀祖一边，帮他侵吞国有资产，我到哪里去洗清自己？"

柳絮睁大了眼睛，说："有那么严重吗？"

曹洪波学着柳絮的腔调说："有那么严重吗？你忘了前段时间，院里是怎么查我的？我没有别的私心杂念，唯一想做的，就是帮帮你。案子到法院拍，多省事？肖耀祖要七搞八搞，才出现这些麻烦事。但他是商人，两害相权取其轻，咱们也不好说他什么。但这事弄得不好就会失控，所以，这事我能躲多远就会躲多远，你不会介意吧？"

曹洪波说到这里停住了，胸脯顶着茶几，身子朝柳絮倾着，两只眼睛直瞪瞪地望着她，见她毫不犹豫地点了点头，这才不经意地吐了一口气，又把身子挺直了，说："当然啦，你要有什么事，可以随时找我。不过，我们之间说的话，也得烂到我们自个儿肚子里。"

见柳絮再次明确无误地点了点头，曹洪波伸手在自己脸颊上摸了一把，又仰起脖子朝空气中吹了一口气，等把眼光落在了柳絮脸上，朝她眨了眨眼睛，说："再说了，如果我出面，郭副总会不会有压力？会不会反而影响他聪明才智的发挥？我跟你的关系你知我知，他如果真愿意帮你，可能也希望他跟你的关系，天知地知哩。"

柳絮听到这里，心里没来由地一愣，好像这事真的暗藏了多大的阴谋诡计似的。不过，她马上又释然了，她做她的拍卖生意，法院委托也是做，肖耀祖委托也是做，只要严格地按规矩办事，就不会错到哪里去。也怪曹洪波，平时说话办事总是神神秘秘、曲里拐弯，弄得别人的心也跟着他一吊一揪的。

柳絮问曹洪波要不要加什么菜，曹洪波摇了摇头，让她通知服务员来埋单。曹洪波这点倒是好，从来不跟柳絮假客套。

柳絮惦记着郭敦淳的事，问曹洪波她什么时候跟他联系好。曹洪波听了这话突然哈哈大笑起来。柳絮有点莫名其妙，直拿眼睛盯着他。曹洪波可能是被喉咙里的口水呛着了，边笑边咳嗽起来。柳絮拿出餐巾纸递给他，他接过去，擤了擤鼻子，总算止住了咳嗽，但脸上的笑却没有被抹干净，边笑边说："总不至于是今天晚上吧？你想把我赶到哪里去？去当午夜牛郎吗？"

柳絮一笑，觉得自己刚才的问话有点不妥，但也不至于那么可笑吧？她站起身来，挥拳朝曹洪波轻轻地擂过去，刚想说句什么，服务员小姐敲门进来了。

等柳絮埋完了单，曹洪波已经一本正经了，他说："上次在H市去过一次汗蒸房，你还记得吗？效果不错。最近他们在这里开了一家连锁店，一起去蒸一蒸吧。"柳絮忙着答应了。

曹洪波准备起身走人，见茶杯里有半杯茶，端起来漱了漱口，弯腰把漱口水吐到那只盛过九龙全鱼的大盆里，关照柳絮说："找个上班时间跟郭副总联系吧，他老婆表面上看起来大大咧咧的，其实是个醋坛子。"

柳絮说："我管他老婆是不是醋坛子，我又不会跟她抢老公。"

"你不会可是别人怕呀，谁叫你长得像电影明星似的。"

"你晚上吃了什么？满嘴油。"

"我晚上吃什么你不知道呀？才几分钟以前的事你就忘了，我真的好伤心。"

"你要是还有心可以伤就好了。"

"你说话太绝了。来，把手伸过来，摸一摸，那怦怦乱跳的是什么？那是一颗为你而跳动的心呀。"

"去你的。"

第二天上午十点过一刻，柳絮打通了郭敦淳办公室的电话。

柳絮要跟那些半熟不熟的重要关系户联系，一般都会选择这个时候。太早了，对方要安排一天的工作，处理手头的要务，接了你的电话只会随便应付几句；太晚了，对方可能已经接受了别人的邀请，你想接下来与他共进午餐，只会被谢绝。十点一刻正好是工间操时间，人体生物钟也比较懈怠，这个时候接到美女的电话，多少会成为对方的兴奋点。

柳絮没想到刚问了一句是不是郭总，还没来得及自报家门，就被郭敦淳听出了声音，很热情地就跟她聊上了。柳絮原来还担心把两个人的关系捡起来要费些事，没想到郭敦淳完全把她当成了老朋友，倒是柳絮受了曹洪波那番话的影响，对他有了些尊重或忌惮。

两个人很快就约好了见面的事，柳絮要郭敦淳定地方，郭敦淳让柳絮定，柳絮想了想，问他"廊桥驿站"可不可以？郭敦淳说可以，又约了时间，说他到时候自己去。

柳絮比约好的时间提前十来分钟到了。这也是请客的规矩：你得提前到，把包厢安排好，然后等被请的人大驾光临。

柳絮特意要了昨天与曹洪波用过的那间包厢。

刚才电话里说到"廊桥驿站"时，郭敦淳没有半点犹豫，显然也是这里的常客，只是不知道他和曹洪波到这里单独喝过茶没有。柳絮觉得自己的这个想法挺有意思的，不禁鼻子里"哼"的一声，独自笑了，但她也没有太往心里去。

郭敦淳很准时地到了，不像有些被请的客人，总要故意迟到几分钟，以显示自己的身份。关于这一点，何其乐有个很经典的说法，他说开会也好，宴席也好，级别最高的人总是最后一个到，最先一个走。这是一个迎来送往的问题，不能乱套。

郭敦淳对柳絮没有任何戒备，而且，好像他到这里来就是被请来拉家常似的，像上次见面一样，一开口便忍不住絮絮叨叨，又差点被柳絮当成了一个居家过日子的男人婆。

郭敦淳家里上有老下有小，最近就有两件烦心事。

第一件是关于他妈妈的，老太太一年多以前得了中风，昏迷了两三天，幸亏送医院及时，才捡回一条命。但从此一边手脚就不听使唤了，更重要的是脑子不灵光，说话不仅口齿不清，人也经常搞不清，管郭敦淳叫爹爹，管郭敦淳的儿子叫弟弟，管郭敦淳的老婆则叫奶奶。老太太把大家的辈分全部搞混乱了关系倒是不大，反正没有一个人跟她较真。人都那样了，你跟她较什么真？

麻烦出在她跟保姆的关系上。老太太生病之前手脚麻利，生病之后所有的地盘都被别人占领了，心里充满了对"侵略者"的刻骨仇恨，看谁都不顺眼，总是变着法子找人家的碴，以把人家赶走而后快。郭家的最高成绩是创造了一个月换六个保姆的记录。郭敦淳是个孝子，但三天两头做老太太和保姆的调解工作，弄得他疲惫不堪。前面几个保姆都是从老家找来的，否则，保姆会听不懂老太太的话，老太太也听不懂保姆的话。说声要走，不仅要付整月的工钱，打发往返的路费，还要替老太太向人家赔不是，说上一箩筐好话。事不过三，没有多久，在老家就再也找不到愿意来伺候老太太的人了。因为保姆的事，郭敦淳还生平第一次跟老婆吵了一架。郭夫人姓辛，本来是个脾气极好的人，认为郭敦淳太宠老太太了，为了她一个人搞得全家不安宁，她这样闹，只有把她送到养老院。

　　郭敦淳第一次跟老婆吵了架，骂老婆混账，说如果我连老娘都照顾不了，那我还算个人吗？郭夫人说，难道养老院就不是人待的地方？你这样由着她的性子来，对她的康复一点好处都没有，只会害了她。

　　两个人谁也说服不了谁，就干脆都懒得说了，直接进入了冷战状态。郭夫人放言，既然你不听我的，那我就听你的，不是一般的听，是完完全全、彻彻底底的听，也就是说，关于请保姆的事，你可以再也不用跟我商量了，你自己看着办吧。

　　跟第二件事相比，前面说的一切不过是小巫见大巫。

　　郭敦淳的儿子今年十八岁，再过一个多月就要参加高考，可他半年多前却迷上了网络游戏，陷入了深不可测的《魔兽世界》。

　　郭敦淳的儿子一直是个懂事听话的孩子，成绩也还不错，如果不是班主任老师一个电话打到家里，根本就发现不了他已沉溺于网络游戏的事。班主任老师问家长，小郭同学已经请了一个星期的病假了，怎么样，现在的病好了没有？因为马上就要进行高考冲刺，各种模拟考试最好不要缺席。郭敦淳夫妇接了班主任老师的电话像一下子掉进了冰窟里，幻想是不是班主任老师打错了电话。他们决定不露声色，且看小郭同学回家之后怎么说。小郭同学基本上准时回来了，郭敦淳问他，听说昨天进行了一次统考，成绩怎么样呀？小郭同学说，这次没有考好，只考了全班第九名。郭敦淳说，听说数学成绩还不错，考了九十七分？小郭同学一愣，说，你都知道了还问？郭敦淳不禁起了高腔，说，我要不问怎么知道你一个星期没去学校了？满嘴谎言。小郭同学脖子一梗，说，你不说谎我怎么会说谎？谁叫你用假话诓我？郭敦淳瞠目结舌，没想到一向孝顺的儿子会顶撞他，甚至找不到合适的词儿去应对。

郭敦淳夫妇一个唱黑脸一个唱红脸，总算让小郭同学承认了逃课上网的事。问他，你还要不要上大学？小郭同学说，当然要上。问，既然要上大学，那你应该怎么办？答，把网瘾戒了，好好上学呗。

郭敦淳夫妇严重地低估了网瘾的杀伤力，或者说，他们太愿意相信自己的儿子能够迷途知返了。但现实是残酷的。小郭同学并没有像他表态的那样，戒除网瘾，冲刺高考，而是继续在学校逃课，对家里撒谎，变成了郭敦淳夫妇眼里的魔兽。郭敦淳向单位请了假，每天送小郭同学上学接小郭同学放学，但小郭同学每次在郭敦淳的目送下进了学校的大门，转背就会从校园后面的围墙上攀爬而出，然后像一颗子弹似的直奔网吧。到了放学的时候，小郭同学已经卡时很准地回到了班上，装模作样地背着书包走出校门，上了郭敦淳停在校门外面马路上的车。

但老师的电话一下子便把这个假象揭穿了。郭敦淳第 N 次在网吧里把逃学的儿子逮到以后，再也无法忍受了，冲过去扬手给了他一巴掌。当谎言被暴力击碎之后，小郭同学觉得再也用不着遮遮掩掩了，开始一次又一次地挑战郭敦淳夫妇忍耐力的极限。其实，郭敦淳夫妇也不是铁板一块，郭敦淳因为对儿子动手的事遭到了老婆的长期埋怨。但除此之外，两个人尚能同舟共济，为了阻止儿子上网，他们简直想尽了办法，反锁，给儿子下跪，把他用安眠药催眠了送到准军事化的魔鬼训练学校进行封闭式治疗，追着某个全国知名的戒除网瘾教授求救……郭敦淳最后放言，谁要有本事能把他儿子的网瘾戒了，他愿意给他发十万二十万奖金。

柳絮眼看着对面郭敦淳那副精神萎靡的样子，心里不禁充满了同情。但是，郭敦淳生活中碰到的这两件事，超出了柳絮的生活经验。她想劝慰郭敦淳，却不知道该说些什么，怕话说不到点子上。原本她是准备一见面就说自己的事的，这时却有点于心不忍，也担心郭敦淳在这种精神状态下，没有全心全意帮她的心思。

柳絮的心思转得很快：郭敦淳愿意接受她的邀请，过来和她一起共进午餐，起码证明他需要一个人听他倒苦水，他的压力之大可想而知。如果这个时候她能施以援手，在这两件事上为他出一份力，帮他解决一些困难，无疑将赢得他的好感，即使出于感激，他也会不遗余力地反过来帮助她。

柳絮对青少年上网的事没有什么概念，但现在的独生子女问题一大堆，却是个个都知道的事实。郭敦淳夫妇为儿子伤透了脑筋，要有办法早就想出办法了，所以，就是借给柳絮一百个胆子，她也不敢在这件事上瞎掺和。吃亏不讨好的事没有人愿意干，吃亏讨好的事就值得干。两件事搁那儿，非此即彼，柳絮决定在请保姆的事上帮郭敦淳一把。

柳絮是这样考虑问题的：老小老小，郭敦淳的妈妈就是一个老小孩，而且是一个被宠坏了的老小孩，与其花精力改变她的陋习，还不如呵她哄她，用她的开心换来一家子的安心清静。这些事由谁来完成？当然还是得由保姆来完成。老太太一张嘴搁在你身上，你得忍着，最好把她的冷言恶语当成赞美诗；老太太一双眼睛一刻不离开你，你也得忍着，她把你当贼似的防着，你不是贼你就完全可以坦坦荡荡；老太太横挑鼻子竖挑眼，你更得忍着，她是病人你跟她计较个啥？她不准你用洗衣机洗衣服，你就用手搓；她不准你看电视，你就不看；她不喜欢听你说话，你就装哑巴；她让你往东，你决不往西，她要你奔南，你决不去北；她老以为别人侵占了她的地盘，你就用实际行动告诉她，你没有那个狼子野心，你只是她的手她的脚，离开了你还就不行。

可是，到哪里去找这种善解人意、任劳任怨的保姆？

哪里都没得找。这个世界上，任劳的人有，任怨的人可不多。但是，重赏之下必有勇夫，重赏之下也必有勇妇、巧妇、忍妇。别人一个月的工资五百，我给你发一千，一千不行再加五百，工资一千五，赶得上写字楼的小白领了。不就一个忍字吗？老太太一个神志不清、手脚不灵便的人，咱们跟她计较个啥？咱们不冲她看冲人民币看还不行吗？

柳絮当下拿定了主意，不禁舒了一口气。她抬头看了对面的郭敦淳一眼，发现他也正微眯着眼睛望着她，两人眼风一掠而过，不约而同地轻声笑了。

柳絮决定把替郭家请保姆的事揽下来，尽管她现在还没有具体的人选，但到家政公司跑一趟，找个性情平和、顺眉顺眼的，应该不费什么事。当然，替保姆加薪的事，她是不会跟郭敦淳提半个字的，否则，那成什么了？好像郭家出不起这千把块钱似的，弄得不好还会伤了人家的自尊心。保姆由她介绍，正常的工资由郭家出，另外加薪的事，则永远成为她和那个保姆之间的秘密。至少她柳絮会守口如瓶，不会在郭敦淳面前邀功请赏。万一哪天保姆漏了口风，让郭敦淳知道了，也不是什么坏事，郭敦淳只怕心里会更感激她，会把她当成可以交、值得帮的朋友。

还有一点，这事恐怕得跟郭敦淳的老婆一起商量着办才妥当。男主外，女主内。如果这事她和郭敦淳自作主张办了，作为家里的女主人，郭敦淳的老婆要不怀疑她跟自己老公的关系那才奇怪呢。柳絮想到曹洪波的提醒，不禁暗自一笑，她当然得内敛一点，可不能顾此失彼，平白无故地把好事给办砸了。

想到这里，柳絮轻轻地叹了一口气，感慨说："哎，真是家家都有一本难念的经。郭总在单位操心的事就不少，没想到家里还有一大堆事要处理，想想也真是不容易。不知道郭总家里的保姆请好没有？"

郭敦淳说："最近一个保姆是上个星期走的。这几天想请却没有合适的，没办法，我和老婆只好每天轮流回家照顾老太太。上有老下有小，都不省心，有时觉得活得真没意思。"说着一耸肩，摇摇头，忍不住叹了一口气。

柳絮说："我们家保姆还不错，早几天听她念叨，说有个亲戚想出来找点事做，当时我没在意，要是郭总信得过我，我先去打听打听她的情况，怎么样？"

郭敦淳摇摇头说："柳总算了算了，我那老娘我知道，其实责任真的不在保姆。你别麻烦，这事弄不好的。"

柳絮说："人合不合得来，也要看缘分。这种事情，很难说只是哪一方的原因，一个巴掌拍不响哩。要不然，你先介绍我跟嫂夫人认识，让她先考察考察？"

郭敦淳说："算了算了，她已经表过态了，说请保姆的事她再也不管了。"

柳絮说："她那是说气话。家庭是女人的半壁江山，她能不管吗？她今天不是就回家照顾老人家去了吗？"

郭敦淳笑了，把眼睛半眯起来，望着柳絮。

柳絮说："差点忘了，嫂夫人是做什么工作的？"

"她没有工作。"郭敦淳说，"开了一家书画店。"

"书画店？"

"是呀，你不认识她，她可认识你。早几年你们公司不是做过一次艺术品拍卖吗？我和她都参加了。"

"是吗？"

郭敦淳抿嘴一笑，抬眼望着柳絮点了一下头。

何其乐没想到黄逸飞会给他打电话。他们两个人自然是互相认识的，却从来没有单独打过交道。

何其乐对于黄逸飞请他去"廊桥驿站"喝茶的邀请有点犹豫，主要是不知道黄逸飞找他的目的是什么，也不知道两个人见面之后会不会尴尬。对于这位几年前风流倜傥的情敌，何其乐虽然不至于耿耿于怀，却也没什么好感。

其实，何其乐要想拒绝黄逸飞很容易，说声自己没时间就可以了。何其乐自觉不自觉地把自己的言行提高到代表陆海风形象的高度，不会在外人面前乱摆谱，但他工作忙时间紧也是真的，不是随便什么人说见就见的。

何其乐让黄逸飞有什么事就在电话里说，黄逸飞却执拗着不肯。请他到办公室来谈，也被黄逸飞婉言谢绝了。黄逸飞说他想见他纯粹是自己个人的私事，跑到办公室去谈，未免太正儿八经了。他说他可以等，今天不行等明天，明天不行等后天，一直等到何其乐有时间为止。

黄逸飞说的私事让何其乐起了好奇心，可想来想去就是想不通黄逸飞会为了什么样的私事来找他。

何其乐想跟柳絮先通通气，打通了她的电话，话到嘴边却咽了回去。他当然早就知道了柳絮和黄逸飞的婚姻是一种什么状况，找她问黄逸飞的事，十有八九会给她找别扭。

那天回家以后，何其乐倒是把黄逸飞找他的事跟邱雨辰提了一下，让邱雨辰帮他想想黄逸飞到底想干吗。在何其乐看来，他们两个真是太井水不犯河水了。

邱雨辰跟他开玩笑，说这个黄逸飞也太记仇了，到现在还惦记着过去那些陈谷子烂芝麻的事。何其乐骂她神经病。邱雨辰于是很严肃地想了想，却也没有想出个所以然来。她说，你要知道他为什么找你，早点跟他见一面不就行了？难道你心里有鬼怕跟他见面？犯得着为这种人心上心下吗？何其乐自然不承认自己心上心下。邱雨辰笑笑，再没追究。她只是觉得有点奇怪，何其乐并不是一个沉不住气的人，怎么会被黄逸飞的一个电话搞得心神不定？

事一多，何其乐很快就把黄逸飞找他的事给忘了。

没想到却被黄逸飞缠上了，何其乐有次替海风书记去鹏程大酒店见北京来的一位客人，在宴会厅用餐的时候，居然被他堵在了餐桌上。何其乐只得赶紧和他定下了喝茶的时间。

他们没有去"廊桥驿站"，尽管那个地方何其乐也还喜欢，但因为是黄逸飞的提议，便有意说了另外一个地方，似乎这样可以显示自己不是一个能被轻易摆布的人。何其乐说的那间茶庄叫丹青心语，新开张不久，是省城第一家以书画艺术为主题的茶庄。纯中式装修，大厅和包厢里挂着当地名家的墨宝，大厅里不定期地还有省艺校乐器班的学生来表演，届时丝竹之声相闻，算得上一处风雅之地。

黄逸飞早早地定了一个包厢，与安琪两个人在里面候着，等着何其乐的到来。

何其乐有意地迟到了几分钟，并不对自己的迟到表示歉意。黄逸飞对此倒也不计较，他和安琪两个人同时起身，先后把手向他伸了过去。黄逸飞的手指白净修长，与何其乐握手时却好像有意在暗中使劲儿。安琪的手指也是白净修长的，却小了一圈儿，也柔软很多。她跟何其乐握手时并没有用劲，只是伸到他面前，任他轻轻一捏，便很快地缩了回来。黄逸飞嘴里嘟囔着，不知道是怎么介绍安琪的，何其乐朝她边点头边笑了笑，以后便再也没有看她一眼。她则安安静静地坐在黄逸飞旁边，埋着头，一个人玩着手里的手机。

黄逸飞问何其乐喝什么茶，何其乐说随便，黄逸飞一笑，说这里没有随便。何其乐说，那就来瓶矿泉水吧，黄逸飞不同意，向何其乐推荐，说这里的铁观音不错。何其乐摇摇头，说他没有喝茶的习惯，只要沾一点点茶，晚上准失眠。黄逸飞说，不会吧？跟陆海风书记当秘书，说不定什么时候就要加晚班，那还不要喝茶提神？何其乐说，正因为这样才不能喝茶，否则，加完了班睡不着觉，第二天上班就惨了。黄逸飞点了点头，表示对何其乐的说法认可，但仍然坚持何其乐来杯普洱茶，说普洱茶是全发酵茶，不会影响睡眠。何其乐固执地摇摇头，坚持喝矿泉水。黄逸飞只好随了他。

接下来，大家都闭了嘴。

何其乐的沉默显得很自然，因为他来这里本来就是受黄逸飞之约，来听他说事的。黄逸飞的沉默则是为了寻找开口的机会和方式。终于，他清了清嗓子，选择了开门见山地提出自己的要求。

何其乐在黄逸飞开口说话的时候，很平静地注视着他，尽管不带什么表情，却也没有故意拿架子。

没想到黄逸飞提的要求竟然比李明启还过分，他不仅向何其乐索要陆海风书记的墨宝，还希望陆海风书记为他正着手筹办的一次慈善艺术品拍卖会题字。

黄逸飞刚把话说完，何其乐便毫不含糊地摇了摇头，明确地向他转告了陆海风书记对自己所写的字的处理方式，表示爱莫能助。

黄逸飞被回绝以后并不甘心，强调他的拍卖会不以营利为目的，拍卖所得款中的大部分将捐赠给失学儿童、留守儿童。六一儿童节快到了，陆海风书记题题字可以体现省里的党政领导对祖国下一代的关怀和关心。

何其乐一笑，说："黄老板显然对人民政府工作规则不太了解，跟讲话一样，陆海风书记这种级别的领导干部，题字超越了书法艺术的范畴，带有政治色彩和组织意图，不是一件随便的个人行为。"

黄逸飞说："所以我才找你，由你去游说陆书记，好在这是一件于公于私都有好处的善事，除非你成心不帮助，否则，应该只能算一件举手之劳的小事吧？"

何其乐再一次摇了摇头，说："你太高看我了，我刚才不是说了吗？海风书记的一言一行，必须受人民政府工作规则的约束，不是我一个小秘书能左右的。再说了，慈善拍卖会的牌子也不是随便能打的，得先向民政部门打报告，取得他们的批准，真需要哪个省领导题字不可，他们会往上面报，用不着你自己东跳西跳的。"

一听这话，正端着茶壶替自己斟茶的黄逸飞不禁一愣，停止了手里的动作，连旁边的安琪也忍不住抬头看了何其乐一眼。

何其乐自己也是一愣，忙跟黄逸飞道歉。他跟黄逸飞不熟，其实用不着说这种重话。

黄逸飞马上回过神来，正好把茶斟到七分满的位置便停了下来。他把茶壶轻轻放到桌面上，冲着何其乐一笑，说："我没有皇粮吃，自然得跳来跳去。民政部门我们当然要去的，只不过，有些事情倒过来办反而好办，比如说，如果有陆书记的墨宝开路，我们就要省很多事。"

何其乐心里说，敢情你是拿陆书记当枪使呀，你黄逸飞也太把自己当回事了，跟这种人还真不好谈，想到这里，何其乐说："这是你个人的想法，只是我真的帮不了你。"

黄逸飞说："是帮不了我还是不愿意帮我？你干吗不问这场拍卖会由哪家拍卖公司来做？当然啦，你不用问就知道，肯定是由一诚拍卖公司来做。"

何其乐一笑，说："那又怎么样？别说柳絮从来没有跟我提过此事，就是她向我提同样的要求,结果也是一样。"

"是吗?"黄逸飞眉毛一挑,望着何其乐,稍微做出一副神秘的样子,轻轻地笑了,"如果我告诉你,我已经通过别的渠道弄到了陆书记的墨宝,你会相信吗?"

轮到何其乐挑眉毛了,他很认真地盯着黄逸飞看了两三秒钟,随即笑着摇了摇头。

"怎么样,我说咱们的何大秘书不会相信吧?"黄逸飞碰碰旁边的安琪,像打赌赢了似的一笑,示意她把东西拿出来。安琪随即从随身带着的那个大大的亚麻拷包里掏出了一本书,正是上次一诚公司做艺术品拍卖的图录,一翻,便拿出了一张折叠得跟书本一样大小的条幅。

黄逸飞用两根手指头轻轻地把那张纸夹着,递给何其乐。何其乐迟疑了一下,伸手把它接了过来。他把它打开,让自己的眼光在上面停留了十来秒钟,又抬头望了望黄逸飞。黄逸飞起身站在他身后,伸手帮何其乐托住了条幅的一只角,脑袋朝何其乐一靠,脸上立即泛起了春天般的微笑。

何其乐则把头朝外面一偏,说:"你从哪里弄来的?"他把那张条幅照原样折好,递给了仍然躬身站在他后面的黄逸飞。

黄逸飞接了,交给对面的安琪,看着她夹回书里,仍然装回到了那个大大的亚麻拷包里。他回到自己的座位上,把拳着的手指在桌面上一根一根地弹开,敲击出短节奏的脆响,笑眯眯地望着何其乐,说:"鸡有鸡道,蛇有蛇路。"

"刚才我还有点拿不准,听了你这话,我倒是心里有底了。"何其乐说到这里,也回应了黄逸飞一笑,故意停下来,不再往下说了。

黄逸飞略显急切地问:"怎么说?"

"赝品。海风书记兼学颜柳,融两家之所长,心正笔正,独具一格,刚才那幅,即使临得几分形似,却断无那种精神和风骨。"

黄逸飞用略带挑衅的眼光看着何其乐说:"何大秘书可否再说得详细一点?"

何其乐迎着黄逸飞的目光,一笑,拿起茶几上的矿泉水瓶,慢慢地喝一口,再把它放回原处,这才娓娓道来:"黄老板是行家,自然知道颜真卿初学褚遂良,后师从张旭,又吸取初唐四家的特点,兼收篆隶和北魏笔意,结体宽博而气势恢弘,骨力遒劲而气概凛然。至于柳公权,既继承了颜体雄壮的特点,又吸取了初唐的俊秀书风,既严谨平稳又开阔疏朗,既笔法灵巧又巍峨劲挺。"

黄逸飞紧紧追问道:"陆海风书记的字呢?"

何其乐回答:"刚劲挺拔方圆兼备,多力丰筋气势开张。"

黄逸飞脖子一仰,哈哈大笑了,边笑边说:"够了够了。何大秘书识书知人,想在你这里蒙混过关,看来是没有指望了。好在你也承认它还有几分形似。"

"那又怎么样?"何其乐问。

"如果把它印在拍卖会的宣传图册上,效果不知道会怎么样?"黄逸飞以问作答。

"你算了吧。海风书记惜墨如金,没有几个人见过他写的字。你这样挂羊头卖狗肉,恐怕不灵。再说了,你不怕省委书记告你侵权?"

"好吧,让我一一回答你的问题。第一,陆书记的字在外面流传得确实不多,但他在文件上、别人的报告上也没少签过字吧?你知道我这字母本的来历吗?香水河文物市场上旧书摊里淘的,机关卖出来的废旧文件上有他的批字,我可是一个字一个字拼凑起来的,有这个水平,应该算不错了吧?"

何其乐不屑地一笑。

黄逸飞当作没看见,继续说:"老百姓认不认识陆书记的字我才不管呢,我的画他们买不起,我走的是高端路线。何大秘书是官场之人,应该知道在咱们中国,灰色经济拥有一个多么庞大的市场。什么是灰色经济?我不是理论家,对下定义没有兴趣,但我可以举例说明。比如说吃喝玩乐,所有跟官员喜欢参加的有关项目,像餐饮啦、娱乐城啦、休闲中心啦、高尔夫球啦、等等等等,在那里消费的人,有几个是自斟自饮、自娱自乐的?如果没有公款消费,如果没有大大小小的老板抢着埋单,能这样繁荣昌盛?所以,我会把眼光盯着他们,官商,做官的和做生意的。或者换一种说法,有受贿可能的人和有行贿可能的人,才是我的目标客户。第二,条幅上没有落陆海风的大名,我可没说这字是陆海风书记题的,我还没有利令智昏到愚蠢的程度。咱们现在虽然是民主和法制的社会,但是,如果堂堂的省委书记要对付一个像我这样的人,还不像是一头大象踩死一只蚂蚁?我才不会拿鸡蛋碰石头呢。不过,有一点我可以跟你打赌,只要我把这字印在图录的封面上,那些有可能买字买画的人,就会相信这是陆海风书记的墨宝,或者说,我就有办法让他们相信这一点。"

"是吗?"

"安琪,刚才何大秘书展开条幅鉴赏的时候,你在那里玩手机,没有一不小心把我们两个人亲密无间的历史性会晤拍摄下来吧?"

安琪在黄逸飞叫她的时候便抬起了头,她脸上平静的表情,就像没有听见黄逸飞说的话似的。两个男人的目光都投向她,等着她的回答。她则直视着何其乐,用关切的语调问道:"乐哥要不要来杯苦丁茶?苦丁茶祛火。"

何其乐说:"谢谢,不用了,我好像并没有上火。"

如果安琪问话时面带微笑,或者特意强调一下其中的某个音节,把它弄成下滑音或上滑音,何其乐没准真的会心里不舒服,因为那会让他觉得自己被耍了,被讽刺了,被算计了,他最见不得把别人当傻瓜还自以为得计的人。现在,他却没往心里去,一是他不会随便跟一个女孩子生气,那也显得自己太小家子气了;另外,黄逸飞刚才谈的那些话,总给他一种很不真实的感觉,像是小孩玩过家家的游戏。他知道黄逸飞开了间广告公司,只是没想到他想在艺术品拍卖上插一手。

你做你的艺术品拍卖会也就算了,干吗要把事情搞得那么复杂?

柳絮知道他这些打算吗?

黄逸飞好像看穿了他的心思,话题还真转到了她身上,说:"咱们的柳总要是知道何大秘书跟我搅到了一块儿,还不知道会怎么想呢。"

何其乐说:"谁跟你搅到一块儿了?黄老板这么说,是太天真了,还是太自以为是了?"

黄逸飞说:"这个社会最适合谣言和谎话的生存和传播。你难道不觉得我设计的这件事,其实很合逻辑,因而很具有操作性吗?只要有一点点靠谱,我们再采取犹抱琵琶半遮面的手法,故意遮遮掩掩,一定会有不少人宁肯信其有,不可信其无。到时候,你当然是不高兴的,因为这多少有点损害你的形象,而你又不可能去对每个人解释事情的真相,因为大家根本不会公开讨论这件事。你也不可能去向陆海风解释这件事,伴君如伴虎,大人物的脑袋瓜子里想什么事,谁搞得清楚。反过来说,你真要去解释,那可就是屎不臭挑起来臭了,对我其实更有利,等于你在替我做义务宣传员。我想,你不会希望这种事情发生,我们的柳总也不会希望这种事情发生,对吧?"

"不是我们的柳总,是你太太。"何其乐忍不住把声音提高了几度,眼光错开扫了安琪一眼,很快又盯紧了黄逸飞,继续说,"你这样做,已经有害人之心了。你能害到人吗？你不会害到你自己吗？"

"生活不如意的人才会想到去害别人，而我现在，就处于爱与痛的边缘，我也是没有办法呀。"黄逸飞嘴一撇，冷笑一声，说，"刚才我有没有说拍卖会将以一诚拍卖公司的名义做？只可惜到目前为止这还是我的一厢情愿。为了让她同意借公司的牌子开一次拍卖会，我可没有少求她，她倒好，理都懒得理我。你要我把她当太太，她可没把我当老公。好啦，这些家丑就不跟你说了。你可是对她有影响力的人，我的话她不听，你的话，她不会不听。"

"如果她不同意你以她公司的名义开拍卖会，一定有她的理由。对于她自己认为有理由做的事，我干吗要去劝她？"何其乐语气缓了缓，说，"市里这么多拍卖公司，你随便找一家不就行了吗？"

"一诚公司开业那会儿就做过这种拍卖会，完了我们两口子和你们两口子，还在一起聚过哩，你真的忘了？那次拍卖会，不管是社会效益还是经济效益，都是不错的。我不明白，以前做过的生意，为什么不能再做一次？现在我回答你第二个问题，自己老婆有一家拍卖公司，我还找别人去合作，你觉得这事正常吗？外面的人会怎么看这件事？那会让我一开始就处于被质疑的地位，太没创意了吧？"

安琪听黄逸飞左一个"两口子"，右一个"老婆"的，抬头看了他一眼，却没说什么话，仍然低着头玩手机。

何其乐不说话了。黄逸飞和柳絮闹别扭的事他不可能不知道，在这个问题上，他心里无疑是向着柳絮的，但柳絮从来就没有跟他提起过这事。他不知道她的态度，自然不便胡乱插嘴。再说了，谁知道黄逸飞和安琪是不是在演双簧？她刚才如果真的用手机拍了照，也就完全有可能用手机录音。何其乐做人坦坦荡荡的，当然不怕黄逸飞派人拍照录音，但小鬼难缠，就像你在繁华的步行街街口下车时，每每有乞丐过来堵在车门口，你会随便丢给他一块钱五毛钱一样，为的是怕被纠缠，为的是尽快脱身。

何其乐掏出手机，看了一下上面的时间，他不想再跟黄逸飞一起待下去了。

黄逸飞说："何大秘书别着急，且听我把话说完。我又不是白用她的牌子，我都提出来了，除拍卖的运作费完全由我负担以外，不仅佣金可以分配，甚至拍卖成交款都可以拿出来分配，可她就是不同意。你说她到底是怎么想的？"

何其乐不打算再开口说话。

黄逸飞像是对何其乐，也像是自言自语地说："你也许会问我，如果不是跟她而是跟别的公司合作，我会不会那么大方？当然不会。难道我疯了吗？把自己辛辛苦苦挣的钱，平白无故地送给别人，你以为我真的要当慈善家呀？慈善家可不是什么人都能当的。第一，他得有钱；第二，他这钱可能来路不正，自己一个人花不安心，做点善事以为就能把钱洗白了。我不一样，我挣的钱百分之百干净，合法。我之所以对我们的柳总不一样，那是因为……我们不是还没有离婚吗？就是离婚了又怎么样？她永远是我女儿格格的妈妈。所以，我跟她谁赚得多一点谁赚得少一点，关系不大，肥水不流外人田。"

何其乐还是不说话，但他的眼光仍然停留在黄逸飞脸上，一点都没有游离，他想听听他还能说些什么。

黄逸飞不紧不慢地说："现在北京、上海的艺术品拍卖很火爆，我得赶紧做，否则就来不及了，知道为什么吗？"

大概预料到了何其乐不会接他的茬，他自顾自地往下说："道理很简单，花无百日红，要不了多久，那些笨蛋就会反应过来的。"

"哪些笨蛋？"何其乐想了想，觉得这话还是可以问的。

黄逸飞无声地笑了，伸手在嘴巴上拍了拍，好像是对它把关不牢的惩罚，他想了想，像下了很大的决心似的说："我不知道你怎么看我，但我既然好不容易把你约了出来，我首先就得对你以诚相待。怎么说呢？我最近的情况相当不好，简单点说，我的广告公司快要关门大吉了。我那里还有些画，都是近几年收藏的，想把它卖了，换点钱以便渡过难关。否则，我的日子会很难过。如果我的生活一团糟，我真不敢想象会不会影响到柳絮。可是，不知道为什么，她似乎不怎么明白其中的因果关系。"

何其乐注视着黄逸飞，好像在判断他的说法是否真的足够坦诚。他想了想，提议道："也许你应该和她好好谈一谈？"

"我就是想跟她好好谈一谈呀，大家都心平气和的，多好。但是，你知道，她很固执的，她根本就没有耐心听我说话。这就是我找你的原因。我相信你对她的影响力。哎，很悲哀呀，我要跟自己老婆对话，居然要通过别人。"黄逸飞说。

何其乐无声地摇了摇头。

"你别摇头，如果我能说动她，我怎么也不会把你请来当面给你戴高帽子。"

黄逸飞说到这里把头一仰,冲着头顶上的吊灯叹了一口气,眼光在上面停了五六秒钟才放下来。他示意安琪把包打开,让她拿出了那幅字,他拿过来,也不打开,把它横着竖着撕成了捧在手里的碎纸片,顺手往上一抛,让它们落得满屋都是,他重新望着何其乐,说:"刚才关于陆海风题字的事儿,纯属开玩笑,我找你就一件事,请你务必捎个话给柳絮,做人做事可不能太绝了。否则,大家都会很麻烦。"

何其乐刚才几乎被黄逸飞描绘自己处境的言辞打动了。听了黄逸飞后面一句威胁似的话,不禁一阵反胃,他觉得自己真的完全没有必要跟黄逸飞在一起待下去了。

他再次看了一下手机上的时间,笑笑,挪开屁股下面的椅子站了起来,说:"如果你找我就为了说这些,我想这件事就到此为止吧,不管是找海风书记索字,还是游说柳絮,我都帮不了你。对不起,我还有个约会,恐怕得先告辞了。怎么样,我来埋单?"

黄逸飞似乎也并不觉得意外,他很快跟着站了起来,同时还没有忘记给安琪示意,嘴上也没耽误,说:"是我请你,当然得由我来埋单。我再穷困潦倒,请你喝杯茶的钱还是掏得起的,何况你喝的还是白开水,噢,不,是矿泉水。你不会连这点面子都不给吧?"

"那好。"何其乐说,他装作没有看见黄逸飞朝他稍稍抬起来的右手,礼貌地冲抬头望着他的安琪淡淡一笑,转身离开了包厢。

"有点难对付吧?"安琪等何其乐的脚步声完全消失后,用手托着自己的下巴颏儿,眼睛迷茫地望着黄逸飞,问。

黄逸飞笑了笑,说:"我没那么悲观。我甚至觉得他这么匆匆忙忙地和我们告辞,就是为了去见我老婆。"

"你吃醋了?"安琪说。

"我吃醋?我干吗吃醋?"黄逸飞以问作答。

"你不吃醋最好,可是我告诉你,我不爽,我很不爽。"

"怎么啦,小傻瓜?"

"你干吗左一个我老婆右一个我老婆的?那我成你什么人了?"

"你是小……宝贝儿,我的心肝小宝贝儿。得了,别吃干醋了,让我们以茶代酒,庆贺我们阶段性的胜利吧。"

"人家都拂袖而去了，有什么庆贺的？"

"你不是真的傻吧？我敢打赌，姓何的今天就会跟柳絮联系，只要姓何的去找她，这事就还有希望，很有希望。"

"你确定？"

"我确定。"

黄逸飞的预料没有错，何其乐一离开茶坊便给柳絮打了个电话。他没有在电话里提黄逸飞的事半个字。这种事不是三言两语能说得清楚的，他只问她有没有时间，方不方便见一面。

柳絮告诉他，她在家替格格整理房间，小红带格格到电影院看《忍者神龟》去了。

何其乐说他要去她家看她，她犹豫了一下，答应了。

何其乐在超市为格格买了些时令水果，见收款处旁边有个花摊，姹紫嫣红的，便忍不住踱过去观赏起来。导购小姐马上就过来了，巧笑兮兮地望着他，问他需要什么花儿。何其乐说随便看看。导购小姐不放过他，轻言细语地问他，是准备送给太太还是女朋友？何其乐觉得现在商场、超市里的导购小姐真的有点热情得让人讨厌，好像顾客都没长眼睛没长脑子似的，还不怎么好说她们。何其乐不满地看了她一眼，转身往收款处走。没走两步又回来了，决定还是替柳絮买一束花。他对花语方面的知识知之甚少，又不想问导购小姐，免得她啰里啰嗦说上一大堆废话，见花瓶里一种蓝色的花开得沉着淡定，便挑了十枝，让导购小姐包上了。

第十二章

当浴巾扎在双乳上的小姑娘从浴室里出来的时候,李明启并没有睡着。他很疲倦地斜躺在床上,手里拿着遥控器,不停地换着频道。

"你都这么累了,为什么还不睡?"小姑娘问他。

"想睡却睡不着。"李明启老老实实地回答。

"该不会是惦记着我的故事吧?"小姑娘问他,见他摇了摇头,又一挑眉毛一挤眼睛,说,"那就是惦记着我了。你这人挺有意思的。"

"你不要自作多情了,我就是想睡睡不着。"

"那好,反正你也睡不着,不如替我给客房服务中心打个电话,帮我借一个风筒,我要吹头发。"

李明启打完电话不久,门铃"丁东"一声响了,小姑娘过去把门半开着,从服务员手里接过了风筒,说了谢谢,轻轻地把门关了。

躺在床上的李明启听到她插上了小门闩。

小姑娘转身进了浴室,风筒嗡嗡地响了起来,但没过半分钟,响声便停了,紧接着小姑娘走了出来,对着床上的李明启一笑,说:"你既然睡不着,还不如让我陪你说话,我在外面吹头发得了。"

她找到了插座,恰好在李明启躺着的床边,弯下腰,把插头往插孔里插,却总是不得要领。她索性站起来,求救似的望着李明启,要他帮忙。

李明启懒得起身,把半边身子伸到床外,左手撑在地毯上,右手接过小姑娘递给他的插头，一次就插了进去。李明启退回到床上，嘴里禁不住骂了一声笨蛋。小姑娘不乐意挨骂，回嘴说什么笨蛋？这本来就是男人干的活。李明启想继续骂她色情，又怕你一句我一句地刹不了车，便忍住了。小姑娘又叫了起来，说你就这样睡觉呀？快去洗一下手吧，地下多脏呀。李明启不想忍了，说洗什么洗，我又不会摸你。小姑娘眉头一皱，旋即一笑，说不见得吧？李明启还是不想动。小姑娘说你去不去？边说边开了风筒，对着他的脸吹了起来。

李明启从卫生间出来时小姑娘已经坐在床沿上吹头发了，他现在有两个选择，一是继续躺到床上去，二是坐到靠窗户边的椅子上去。

尽管两个人已经在床上躺过了，但意义还是有一点点微妙的差别。在这之前，两个人都是和衣而卧，现在的小姑娘却只是在身子上裹了一条浴巾，轻轻一扯她便会在他面前一丝不挂（刚才他上浴室时已经发现她把抹胸和小内裤都洗好晾晒在了里面），这个可能性不仅始终存在，而且概率还比较高，不好预料的是到底是由他来扯，还是小姑娘亲自动手。李明启把自己的犹豫往深里一想便明白了：这不是一个能不能与小姑娘发生性关系的问题，而是一个他到底想不想的问题。

那么，他到底想不想呢？他觉得自己应该是不想的。他虽然找安琪做女朋友，却并不认为自己是个乱来的人。小姑娘虽然长得不错，可她几乎算是他从大街上捡来的，他不知道她的名字，不知道她有没有病，也不知道她会不会讹他。再说了，凭他现在的身体状况，恐怕想做爱也做不了，既然这样，那躺在床上又有什么关系呢？在女人面前，男人最怕的就是控制不了自己。如果男人能够控制自己，女人又有什么可怕的呢？

这样一想，李明启还是做了第一个选择。

宾馆里的洗发液、沐浴露质量都不是很好，好在李明启的鼻子塞塞的，已经无法从嗅觉上分辨出优劣。他躺在床上，奇怪自己为什么没有因为小姑娘的介入而恼火。很明显，如果房间里只有他一个人，这个时候早就昏昏入睡了。他需要睡眠，小姑娘干扰了他。

"要不然，你起来帮我吹头发吧？吹完了头发，我们就可以一起睡觉了。"小姑娘暂时把风筒关了，扭头俯视着他，说："你一边给我吹头发，我一边给你讲故事，这样可以节约时间。良宵一刻值千金啦。"

李明启打定了主意，且看她怎么折腾，便决定爬起来替她吹头发。

"我的头发怎么样?"小姑娘问。

"一般般啦。"李明启说,他已经接过风筒开始忙乎了。他很认真,因为这是他第一次做这种理发师的工作。

"你难道就不能说说假话哄哄我吗?"

"我也没说你的坏话呀。"

"可是,如果你对正在吹着的头发充满了感情,这个过程便会显得非常轻松愉快。同样是做一件事,为什么不把这个过程弄成是一种享受呢?"

"你这个观点不能成立。比如说,假设……我是说假设,你被人强奸,你能享受那个过程吗?"

小姑娘回过头来瞪他的时候,李明启才发觉自己刚才的比喻可能很糟糕。他连忙把手里的风筒关了,不过,却仍然把它拿在手里。他想,小姑娘也许是个叶公好龙的人,她自己说话很大胆,却不习惯别人也大胆说话。

小姑娘盯了李明启很久,突然说:"你伤到我了。"她把眼光一闭,头发一甩,望着墙角发呆。李明启赶紧说对不起。小姑娘很快回过神来,说:"没关系嘞,至少你不是有意的。"她叹了一口气,继续望着墙角,好像那儿还有一个看不见的人似的。她突然一笑,把眼光收回来,神情平静地望着李明启,说:"其实,说到强奸,连我自己也搞不清楚,我第一次失身算不算被强奸。你有兴趣吗?你是不是很累了?你想不想听我把故事讲完?"

李明启望着她点了点头。

小姑娘伸出两只手在脖子后面的发根处捋了捋,从李明启手里拿过风筒,把它扔到了插座旁边的地板上。

"那好,我接着开始的故事往下讲吧。"小姑娘说,"后来,我又碰到过那个老变态三次,也是在新华书店不远的马路边。我不想见他,他真的让我很恶心,所以,远远地一看到他,我就躲了。我没想到他会跟踪我。

"我知道人多的地方最安全,而附近人最多的地方就是新华书店。但我前脚刚进书店,他后脚就跟了进来。书店里人虽然很多,但大家都忙着埋头看书,对周围的一切似乎都没有兴趣。他靠近我,压低了嗓子说,如果是工资的问题,完全可以商量。我不想跟他说话,故意往人多的地方钻。他仍然像一条蚂蟥似的紧紧地盯着我不放,好像他是一只猫而我是一只可怜的小老鼠。当然,那天我还是想办法把他摆脱了。

"这种事情后来又发生了两次,都是他突然从街角冒出来,身手敏捷得像一只猴子。他反复跟我说着钱的事,说只要我答应,一切好商量。他可以一次给我五百块,一千块,两千块……我知道这种情况再也不能继续下去了,如果我一味地躲避,只会被他看成软弱可欺。我准备奋起反抗了。

"但我真的很善良,不想一下子搞得他很难堪,而是准备先礼后兵。我跟他说我们可以去阿根达斯坐下来谈一会儿。

"他立即高兴得屁颠儿屁颠儿了。马上问我阿根达斯在哪里。我也不知道阿根达斯在哪里,我是从同寝室同学的嘴里听到的,她用很不屑的口吻向我们炫耀,说二百四十八元一份的阿根达斯冰激凌火锅也就那样,什么香草来自马达加斯加,什么咖啡来自巴西,什么草莓来自俄勒冈,什么巧克力来自比利时,什么坚果来自夏威夷,不好吃就是不好吃,太甜太腻,边吃还得边用柠檬水漱口,烦人。

"去阿根达斯的主意不是突然冒出来的,我已酝酿很久,就是要利用那个讨厌的老变态满足一下我的虚荣心。我还不到二十岁,有点小虚荣心不算过分吧?

"可是,等我们打的到了那儿才知道,原来我搞错了。第一,它的名字不叫阿根达斯而叫哈根达斯;第二,那应该是有钱的公子哥儿向小MM献殷勤的地方,'爱她就请她吃哈根达斯'。现在的我,则和一个岁数可以做我爷爷的糟老头成双成对,这戏一开场便说不出的别扭。

"我坐在一个自己讨厌的人的目光里,用慢镜头中小鸟啄食般的淑女动作挑食着面前的冰激凌,那算怎么一回事呢?但是,我很快就镇定了下来,既来之则安之,既然有了这个机会,我为什么不好好地享受一下号称'冰激凌王国的劳斯莱斯'呢?我对对面的老变态视而不见不就行了吗?

"老变态花钱埋单时一点也不心痛,他大概以为自己看到了胜利的曙光,所以,一张老脸兴奋得就像猴子屁股。他想开口跟我说话,我在他面前竖起一根手指头,轻轻地摇一摇,意思很明显,就是请他闭嘴。他居然像小孩子一样听话,真的就老老实实地把嘴巴闭上。我很快就把对面的他当成了空气,开始一小口一小口地慢慢品尝。不瞒你说,在这之前我还从来没有吃过冰激凌哩,所以也就没有可供比较的参照。我的舌尖体会到了香软柔滑的感觉,不知道为什么,我的心'咯噔'了一下。说实话,对我来说,那种味道太甜太腻,我不管怎么努力也没法在齿颊间找到淡淡的香草味。

"关于吃哈根达斯的事我不想说得太多了。对我来说,那不是一次值得炫耀的经历,尽管接下来的情节完全是按照我设计的程序向前发展的。冰激凌火锅并没有吃完,四个人一份的东西大概只消耗了不到五分之一。因为他在刚开始尝了一小口之后,便咂咂舌头,再也不肯动一下勺子,并且紧紧地皱着眉头,好像那是一坨一坨的狗屎。

"见我拿餐巾纸擦了擦嘴角,他如获大赦,甚至想起身坐在我旁边的沙发上。我发现了他的企图,朝他一竖手掌,很坚决地阻止了他。我问他,好吃吗?他望着我很快地摇了摇头。我说,可我觉得还可以。你去跟我买两份曲奇香奶冰激凌吧,我要打包带走。

"他很快就把我要的东西买了,坐在我对面,殷勤地望着我,小声地问我是不是可以走了。我说是的,你早就该走了。

"见他一副茫然的神情,我一字一句地说,你没长耳朵是不是?现在给你一分半钟时间,请你从我面前永远消失,否则,我将高声尖叫,让全世界的人都知道,你是一个骚扰少女的变态佬,我说到做到。

"他可能怎么也没有想到我会跟他来这一手,不禁愣在那里,过了差不多一分钟,他才像反应过来似的连声说可是可是……我说可是什么?你跟踪了我三次,等于耽误了我三次找到工作的机会,今天让你花钱只是让你长点记性,我还没让你赔偿精神损失费哩。如果你还缠着我,我会叫人把你的老胳膊老腿全卸了,你信不信?

"他还准备说什么,我又在他面前竖起了三根手指头,我说我喊一、二、三。他突然从沙发上跳起来转身就跑了。

"怎么样,你累不累?真的不累?我的故事你还想不想听?那好,我拣紧要处跟你说我被强奸的事吧。

"我一直没有找到家教的事,也没有找到其他的工作,心里不免暗暗着急。能不着急吗?我从家里带来的钱马上就要花光了,而我从上大学的第一天起就下了决心:决不再向家里要一分钱。如果我找不到事儿,怎么办?

"报到的第一个星期我就到学生处办理了国家助学金贷款申请,开始还抱有很大的希望,可时间一天天过去,却一点影儿也没有了。我那位老乡师兄直泼我的冷水,让我尽快死了那条心。他说国家助学金贷款的政策当然是好的,但下面执行起来就不是那么一回事,得凭关系,结果是那些真正家境困难的学生申请不到贷款，那些有关系的纨绔子弟却可以拿着贷款去买手机、买MP3和谈情说爱。

"好像证明他不是胡说八道，就在他跟我说这话没几天，班上的辅导员找到了我，告诉我说我申请贷款的手续不全。因为在学生提供本人及家庭经济状况的必要资料中，除了要求街道或乡政府一级以上的单位提供关于家庭经济困难的证明外，还要有担保人的担保书及本人的现实表现。

"可是，我到哪里去找符合条件的担保人？除了这个担保人，还要有另外一个担保人，就是还贷担保人，也就是说，如果我毕业之后不想或没有能力偿还贷款，他必须承担连带责任。

"好了，现在说说我们班上的这位辅导员吧。她是一个五大三粗的人，她没有屁股，所以从背面根本看不出她是个女人；她没有乳房，所以从前面看如果不注意她没有喉结，也极有可能看不出她是个女人。她把我约到了她住的单身宿舍，为我泡了茶，示意我坐在她的床沿上。她问我怎么办？我说我不知道，除非你帮我做担保人。她说，我凭什么做你的担保人？我以为她只是因为我随便说的那句话生气了，正准备向她道歉，没想到我一抬头，便看到了她那双充满饥渴的眼睛……

"接下来的事情你该想到了，辅导员是个同性恋，她答应帮我把贷款的事情搞定，条件是每个星期得去她那儿一次，而且只准去一次，她说她是一个理智大于情感的人，她不想因为这种事而毁了自己的正常生活，如果学校知道了，我们两个就得死，而且会死得很难看。

"她提醒我注意，贷款条例中有一条，对于贷款的学生，如果被学校开除、劝退或自动退学，其全部贷款将由学生家长负责归还。

"她不是在威胁我，关于这一点我早就看到了，只是说我从来没想过会借钱不还，所以并不觉得这一条款有什么苛刻。

"我在男女感情上纯得就像一张白纸，也像一个白痴，如果前面没有那个变态佬的事作铺垫，面对一个长得像男人的同性，我一定会恶心得作呕。

"但是，不管怎么说，我并没有从她那儿跑掉，她的声音有点粗，有点沙哑，我把头埋得低低的，根本不敢再抬头看她，纯粹一副手足无措的样子。实际上正是这样，她的声音在我耳朵里嗡嗡地转来转去，我的脑子里像钻进了一蜂箱的蜜蜂，她用一根手指头在我肩头轻轻地一戳，我便像一只充气娃娃似的倒在了她床上……

"如果不是她发现我怀了孕,我们的关系可能会那样一直维持下去,我也可能还在继续上大学。不不不,她当然不会让我怀孕,否则,那不成天方夜谭了吗?让我怀孕的是我那位老乡师兄。

"被辅导员蹂躏的那天晚上,我生平第一次有了喝白酒的冲动,我希望在最短的时间内把自己放倒,以忘了刚才发生的一切。我在商店里买了瓶最便宜的白酒,准备回宿舍后像喝水一样一口气把它喝掉。

"没想到路上碰到了师兄,他拦住我,问我是不是找到了工作?一定要我给他一个机会,让他请我去唱歌,替我庆贺一下。不知道为什么,听了他的话我直想哭。他好歹是跟我接触比较多的熟人,在找家教的过程中也给过我不少建议,鬼使神差,我竟然答应了他。

"学校周围有很多小店,有餐饮店,有网吧,有茶座,有卡拉OK,有住房部,真正的衣食住行一条龙服务。他把我带到了一个唱歌的地方,我不管他,抓起麦克风就再也不放手,搞得他坐在旁边没有一点事干,甚至跟我搭不上半句话。我一首歌不落地唱了两个小时,准确地说,那不是唱,是扯着嗓子叫,是扯着嗓子喊。师兄肯定感到了异样,他一次一次地靠近我,又一次一次地被我推开。他靠近我不是图谋不轨,只是想让我休息一下,喝点水,吃点东西什么的。

"终于,我的嗓子嘶哑得再也发不出一点声音了,那时我正在唱《香水有毒》。字幕上歌词一闪一闪:'你身上有她的香水味,是你赐给的自卑……'我再也忍不住了,眼泪一个劲儿地往下流。师兄吓坏了,抽出几张面巾纸递到我手上,我也不知道自己怎么啦,突然转身扑到了他身上。

"那天他并没有想到要把我怎么样,相反,我像一个溺水的人拼命抓住救命的稻草似的箍着他不放。就在那张肮脏的沙发上,我纠缠着他,三下五除二地替他扒掉了衣裤。

"事情的发展已经由不得他了,他的喘息很快就像一头耕田的公牛。但是,当他的眼光看到我内裤上没有血迹时,他立即就蔫了,把我往外面一推,迅速抓过自己的衣裤,用了不到半分钟便穿戴停当了。他那似乎有点惊慌失措的样子让我百思不得其解,直到半个月之后,我才从他对我审讯式的问话中找到答案,原来他以为我把自己的处女之身卖给了那些像猎狗一样在大学里转悠的老板。那些仗着口袋里有几个臭钱的男人，相信一个荒诞的传闻，说只要替一个黄花闺女开苞，便可以保证一年内他们的生意红红火火。他们做这种事的时候是不戴安全套的，因为他们觉得处女像山涧的清泉一样干净，至于他们是不是会把自己身上的脏病传染给别人，他们才不管呢，因为他们替处女破身的价格是嫖一次娼的二十倍、三十倍，好像里面就包含了医药费似的。

"听了师兄的话，我连死的念头都有了，我恨辅导员，我只是请她帮我贷款，她却毁了我的处女膜，从师兄的嘴里我知道了，它值一万块。

"一万块，那是一笔多么巨大的财富呀，我可怜的妈妈，我可怜的妹妹……

"对于很多女人来说，她的道德底线就是靠那层膜维系的，一旦出于非她所愿的原因破裂，她很有可能会破罐破摔，变成一个对自己不负责任、什么事情也敢去做的人。很自然的，我跟师兄同居了。有几次，我想把辅导员的事告诉他，让他明白他才是我的第一个男人，但我始终没有勇气。

"处女膜换一万块钱的机会只有一次，失掉了就再也不会来，我不能再把贷款的事弄黄了，所以，尽管我恶心死了她，还是每周都去她那儿一次。再说，即使我对师兄说真话，他会相信吗？他并不爱我，从他的眼神里可以看出来，他只是把我当成一个玩物，一个主动送上门来的骚货、贱货。在他眼里，我可能就像一块饭桌上的红烧肉，他想叉的时候就能叉到。

"更可气的是，他信死了我已经有了一万块钱，所以，他动不动就开口找我借钱，有几次居然是为了去追别的女孩子，而且对我还不避讳。

"我懒得告诉他我没有钱，也没有动手打他。他太不在乎我了，我又何必在乎他？我们两个在一起似乎只是证明：男人女人在一起完全可以没有感情，只要各取所需就能相安无事。

"你也许会问我为什么没有离开他，有两个原因：第一，他不爱我，我也不爱他，但我们做爱的过程却很享受，甚至有点让人上瘾；第二，他能帮我赚钱。

"本来我还想完成学业的，可班上根本没有学习的气氛。从小学到初中到高中，读书就是为了上大学，为此我们累了十几年，苦了十几年，被越来越重的书包压了十几年，一旦考上大学，自然要松一口气，大家就像疯了似的玩。可是想来想去，似乎也没有什么好玩的，除了上网和谈情说爱。

"师兄说，这个社会他算看透了。大学有什么好读的？大学毕业的时候就是失业的时候，你家里如果有关系，有没有大学文凭都能找到工作。你家里如果没有关系，大学读了也白读，还不如早点走上社会挣点钱实在。

"他成立了一个大学生商务服务中心，并在宾馆里租了间房子。你问我大学生商务服务中心是干什么的？是打字复印吗？当然不是。说穿了就是拉皮条。他跟几十个女大学生谈好了，有她们的手机号码，然后派人到马路上往小车上发卡，派名片，等到客人有需要，便通知那些女大学生上门服务。

"他安排我跟他一起接电话，负责从那些女孩子身上提成，一次也没安排我出去过。他发现我的身子是干净的，没有病，每次做爱都不愿意戴套子，终于让我怀孕了。

"那时我很无知，自己没发现倒先被辅导员发现了，原来她见我干呕，便偷偷地留下了我的尿液，用早孕测试条做了检查。我没想到她会暴跳如雷并对我动手。长这么大还从来没人打过我哩，我积攒到胸中的怒气终于迸发了。

"我也对她破口大骂，与她对打，直到两个人精疲力竭地坐到床上再也动弹不得。过了一会儿，她爬过来抱着我，扇自己的耳光，跪在我面前痛哭流涕，乞求我原谅她，说她这样做都是为我好。我不为所动，心中雪亮，觉得毁了我生活的人正是她，我得争取这个自我救赎的机会，我明确地告诉她，我跟她的事儿完了，要想相安无事，除非赔偿我的青春损失费，否则，我就要到学校里去告她，让世界上的每一个人都知道她是一个性变态。

"她没想到我会如此绝情，权衡利弊，决定私了。

"我从她那儿拿到了一万块钱，可是，就在我堕胎回来的那天，我们在宾馆租的房间里突然闯进来一伙警察，把师兄的公司一下子就捣了，我们双双被抓进了看守所，紧接着又双双被学校开除。最可气的是，那一万块钱没来得及寄回家，就被当作非法所得没收了。我没有理由不怀疑是辅导员搞的鬼，我从里面一出来就去找她，可是，我再也找不到她了，她从学校辞了职，至今去向不明。"

小姑娘说到这里闭了嘴，望着李明启，好像要看他有什么反应。李明启看了她几眼，问："那么，你到这里来就是为了找辅导员？"

"不是，她如果要躲我，我是找不到她的。再说了，找到了她又怎么样？她已经给过我一万块钱了，我跟她已经两清了。我被学校开除后就到酒吧去上班了。

"怎么样？我的故事精不精彩？悲不悲惨？"

李明启目不转睛地看着她，没有说话。

小姑娘说："讨厌，干吗这样看着我？"她轻轻地扬手在李明启身上刮了一下，说，"你别这样看着我，好怪的。"

"我是觉得有点奇怪，你干吗要把你的故事讲给我听？"

"因为我跟你不熟呀。所有的故事只有讲给你这种不认识的人听才有意义，不是吗？"

"有道理。可是，你知道我是干什么的吗？"

"我只是想借你的床睡一晚，就像你昨天借我的电脑上一下网一样，所以，我只要知道你是分半张床给我睡的人，就可以了。"

李明启愣了愣，一下子没应答上来，他觉得眼前的小姑娘有一种超出她年龄的成熟与油滑。他想了想，说："你昨天希望我是记者。"

"昨天我是随便说的。"

"是吗？可是，不管怎么样，你讲的故事还是有点奇怪，那些倒霉的事儿怎么都让你一个人碰到了？"

"在酒吧里上班时有个客人对我说过，美丽对于一个女人来说，有时候是一种财富，有时候又是一种悲惨生活的诱因。有时候我想，如果我姿色平平，也许就不会碰到这些狗屁事。怎么啦，你是不是在怀疑我讲的故事的真实性？"

"我不知道。"

"那你说说看，我为什么要骗你？"

"是呀，你为什么要骗我呢？"

"因为我没有理由骗你，所以我没有骗你。如果你认为我在瞎编，就当我在瞎编好了。这些故事跟你没关系，我告诉你不过是为了打发时间。"

"我也不是一点都不相信，也许……"

"你别婆婆妈妈了，这事就当我没说，反正跟你没什么关系。"

"是没什么关系，可是，我还是想问你一下，湖南的洪战辉你知道吗？他家里也很穷，生活也很困难，还要照顾一个捡来的妹妹，可是，人家活得多有尊严。即便你讲的故事是真的，我也要说你几句，自爱的人才有自尊。清者自清，浊者自浊。你还这么年轻。"李明启说，他不知道干吗要摆出一副教师爷的面孔。

小姑娘盯着李明启看了几秒钟，打了一个哈欠，笑了笑，说："我不想讨论这件事了。怎么样，你是不是也累了？要不然我们先睡觉？"

"怎么睡？"

"就这么睡呀。怎么啦，你是准备自己睡地板还是准备让我睡地板？"

"好像都不太好，是吧？"

"我也觉得，而且那也太假了吧？没有风，树不会动。"

李明启没想到小姑娘还会丢出一句带有禅意的话来，尽管他对此不敢苟同，却也还是看了她一眼。谁是风啊？谁是树啊？不是还有一句话，叫树欲静而风不止吗？风随心动，风什么时候来，谁说得清楚？

小姑娘见李明启看了她一眼，却没有说话，便把眼睛闭上了，说："我困了，要不然，你去洗个澡吧，我先睡了。"

柳茜没想到股市会一下子那么疯狂起来，有媒体报道为证：小和尚到证券公司开户；休闲中心的盲人按摩师开口闭口都是股票；某城市打的难投诉多，因为的士司机到交易所看大屏幕去了，大街上跑的都是临时雇的代班司机，他们既没进行过专业培训，又不熟悉运营路线；家政市场求大于供，因为保姆很牛气，说辛辛苦苦干一个月，还顶不了一只好股票几个涨停板。柳茜看到这种形势，决定马上清仓，在五一长假休市的前两天把股票全部卖了，扣掉交易税印花税，赚了差不多二十万块钱。

柳茜没把那二十来万块钱放在眼里，但不到半年时间便有这样的斩获却也是一件值得庆贺的事，她打了个电话给杜俊，说晚上她请客。

杜俊听说她把股票卖了，未免替她可惜，说："现在人们都挤着到证券公司开户，好多人把房子抵押了往股市砸钱，你这么快出来干吗？"

柳茜说："你没炒过股，没有发言权。行内有一种比喻，说哄女人上床易，让女人下床难。什么意思？是说把股票炒上去容易，要在高位出局变现就很困难。现在连卖小菜的都在谈股票，那些家庭妇女连基金和味精都分不清楚，就敢往股市砸养老的钱，我看离下跌已经不远了。即使不下跌也没关系，最多少赚几个钱，总比套牢好得多。炒股最难过的其实是心态关，我们不是准备五一长假到海南去玩吗？股票不清仓，总得惦记着，岂不是把游山玩水的兴致都破坏了？"

在炒股票的问题上，柳茜对杜俊倒是很有耐心。几个月前，杜俊就蠢蠢欲动，要到证券公司去开户，被柳茜制止了。柳茜不是怕他亏钱，是觉得他本钱不够，为几个小钱把心思耗在里面不值得。在柳茜看来，男人没有横财不富。用辛辛苦苦攒下的工资炒股，只会把人闹得斤斤计较、患得患失、婆婆妈妈。

人穷志短，马瘦毛长，杜俊跟柳茜比财力比不过，好像也就没有了话语权。其实，如果柳茜从另外一个角度谈这个问题，他会很乐意接受，他太忙了，根本没有精力关注股票的涨跌变化。

柳茜也还是很照顾杜俊的自尊心，并不经常提醒杜俊注意到他们之间的贫富差别，她只是奇怪杜俊怎么会那么安心地给柳絮打工。她对杜俊和柳絮关系暧昧的怀疑从来没有停止过，杜俊却越来越油滑，面对柳茜有盐有醋的诘问，早已学会了打太极。

杜俊在约定的地方等了柳茜差不多半个小时，中间她给他打了个电话，让他先把菜点了，并特别叮嘱他别替她省钱。对杜俊来说倒也省事，便给她来了个只点贵的，不点对的。

柳茜一进包厢的门便扔给了杜俊两个纸袋子，她刚才去了一趟城市之心购物广场，花了四千多块钱为他买了两件T恤，便逼他立即把其中一件换上。

杜俊换上之后才知道，同样牌子同样款式的T恤早已穿在了柳茜身上，原来是套情侣衫。

杜俊问："什么意思？"

柳茜说："让你分享我的胜利果实。咱们要让海南人民见识见识什么叫俊男靓女。"

"太夸张了吧？"杜俊笑着说，"海南人民艰苦朴素得很，上个月有个资金上亿的老板到我们公司参加一宗土地拍卖，穿得像乡村干部似的。"

"杜俊你什么意思？你是嫌这两套衣服，还是不想跟我穿成这样？你总不会打算这次出去不和我双栖双宿吧？你是不是怕贺小君骂你重色轻友？"柳茜说话语速极快，连珠炮似的朝杜俊摔过来一个一个问题。

"我是不想搞得那么形式化。贺小君最近跟女朋友吹了，才想到约我去海南玩的，如果我们太显摆了，不是摆明了刺激他吗？"

"真的呀？这事你怎么不早点告诉我？"

"我也是临时想起来叫你的。"

"好呀，杜俊，我白感动了。"

"我不是那个意思，我是说……"杜俊一时语塞。

他说的倒是真话，让柳茜一起去，确实是杜俊一时的主意，当时贺小君答应得还有点勉强。他对杜俊老是跟前女友纠缠在一块本来就有看法，如果在他面前两个人再黏糊糊的，不是显得他杜俊太不会做人了吗？

柳茜没有对杜俊穷追猛打，她开始有了点隐隐的担心，怕贺小君不乐意她参与，甚至临时改变去海南的主意。

杜茜微微皱着眉头想了想，终于嘴角往上一翘，笑了，望着杜俊说："你这样看重朋友关系，我且饶了你。衣服的事好办，两套情侣衫，我们交叉穿就是了，这样你就不会为难了吧？"见杜俊要插话，柳茜笑着制止了他，继续说："上次我要你跟贺小君谈一下到他那儿开户的事儿，你跟他说了吗？"

"提了一下。"杜俊回答。

"你现在给他打个电话，"柳茜有点急不可耐地说，"就说休完假我马上到他们支行开户，先在账户上存……八十万吧。"

"要不然，让他过来一起吃饭？"

"可以呀。"

杜俊电话打过去，贺小君已经在饭桌上了，而且是他做东。现在的银行业务跟原来比已经有点不一样了，以前都是申请贷款的人请他们，现在为了拉存款，他们也得反过来请客送礼。这会儿贺小君请的就是一个上市公司的财务总监。不过，贺小君接了杜俊的电话还是很高兴的，让他把电话给柳茜，说找个机会再请美丽的富姐。柳茜说，也不要特意请了，这不就要一起到外面去玩了吗？你抢着埋单不就行了吗？贺小君哈哈一笑，说一点问题没有。

柳茜和贺小君通完电话之后明显地高兴起来，她把手机递回给杜俊，问："你说……我们要不要给贺小君找个女朋友？"

杜俊说："如果有合适的当然好呀，你有这样的对象吗？"

在这件事上杜俊倒是很有体会，忘掉一场爱情最好的办法是开始另外一场爱情，忘掉一个女人最好的办法是用另外一个女人去代替她，反正是既不能让心里空着，也不能让床旁边的位置空着。当初如果不是柳絮，很难说他会那么快从柳茜给他的打击中走出来。

"包在我身上吧。"柳茜说完这话便有意地停顿了下来，不再急着往下说。

其实，刚才她让杜俊打电话之前便已经拿定了主意，要替贺小君物色一个女朋友，一个临时的玩伴。否则，三个人出去，贺小君形单影只的，怎么行？

当然，她也可以想办法在海南就地解决，不过，那样做会很不自然，会搞得她像个拉皮条的似的。

柳茜是经过了考虑之后才决定把自己的想法告诉杜俊的。在购买流金世界这件事上，她有好几个地方需要杜俊的支持与帮忙，她不可能既利用他，又事事处处都瞒着他。

不过，杜俊听了柳茜的话却有点奇怪，柳茜跟贺小君并不是很熟，怎么会这么关心起贺小君来？杜俊想到什么说什么，说："你对小君这么关心，是不是有什么目的？"

柳茜好像早料到他会这么问似的，反问道："你说我有什么目的？你没看报纸吗？股市疯涨，存款下跌。贺小君上任伊始，他拉存款的压力肯定小不了，我呢？钱存到哪家银行不是存？为什么不顺便帮你朋友一把？至于替他找女朋友的事，不也是为你好吗？怕你心理负担太重了。"

杜俊笑了，说："听你这么说，我倒有点受宠若惊了，我值得你对我这么好吗？"

柳茜说："你说呢？你别那么作践自己好不好？我对你凶巴巴的，你才爽是吧？"

杜俊说："没有没有，我巴不得你对我再好一点儿。我只是纳闷，谈到替贺小君找女朋友的事，你好像特来劲儿似的，提前告诉我一下，你准备从哪儿去弄呀？"

柳茜说："怎么啦？你是不是也想去找一个？告诉你，别说我对你还没死心，就是死了心，凭你打工挣的那几个子儿，想都甭想。"

杜俊说："我想什么啦？有你我就够了。一个这么有钱的……女朋友，我还用想什么事？每天沉醉在幸福中还来不及哩。"

柳茜说："嘿，听你这话好像有情绪嘛。"

杜俊说："没情绪没情绪，真的没情绪。那，我们要不要把这事先跟小君通报通报？"

柳茜说："我随你呀。"

杜俊说："还是先跟他打个招呼比较好，否则，他没有思想准备，还以为我们背着他搞什么鬼？你说呢？"

"我说了随你呀。"

杜俊就又给贺小君打了一个电话,把柳茜的意思跟贺小君说了,没想到贺小君一口就回绝了。

"杜俊呀杜俊,你叫我怎么说你呢?贺小君今后还要正儿八经找女朋友的,怎么会在男女关系方面随随便便呢?那样,不仅坏了他自己的名声,还有可能失掉机会成本,到真的遇到各方面条件不错的对象时,自己已经失掉了爱别人的能力。再说了,你这电话打得也太不是时候了,他这会儿在饭桌上,能回答你这个问题吗?"柳茜边说边摇头。

"等等,等等。"听了这话杜俊急了,"你说给小君找女朋友,不是去找那种伴游小姐吧?"

"你急什么?又不是给你找!"

"柳茜你可不要乱来。如果贺小君只是需要一个伴游,他自己会解决,用不着咱们替他操心。那些女孩子,多脏呀。他信任我们,我们却给他找个那样的,要是万一染上了什么病,我还算他的朋友吗?"

"说你傻吧,你怎么为这种事操心?你替他准备一盒套子不就行了吗?"

"可是……"杜俊想说什么又没说出来,一副很委屈的样子。

"得了得了,你别皇帝不急太监急了。我们这样忙乎,贺小君不是还没答应吗?他还不一定买账哩。你别想那么多,我知道贺小君是你的好朋友,他又没得罪我,我总不至于害他吧?噢,对了,我一直想问你,你想过重新追我的事没有?"

杜俊没想到柳茜把话题扯到了他俩的关系上,望一眼柳茜,一笑,耸耸肩。

"那你想过我追你的事没有呢?"

杜俊又是一笑,除了耸耸肩,还摇了摇头。

"哪天有时间你想一想吧。"

"好呀。"

"你很不认真嘛。"

"没有吧?"

"没有吧?我看你就有。你最好早点想清楚,过了这个村,可没那个店儿。"

柳茜不是一个轻易改变主意的人,不管杜俊和贺小君怎么说,她都会按原来的想法做下去。

首先，她心里很清楚，自己跟杜俊的关系早已不是真正的恋人关系。鉴于她已经习惯于拿杜俊开涮当下饭菜，那么他们之间便需要一个人当润滑剂，而贺小君并不是最佳人选。相反，只有跟他配个伴儿，才能分散他的注意力，才能逗得他开心。因此，这个事是没有什么选择的。

什么是真正的恋人关系？就是不管说出口还是没有说出口，大家都自觉不自觉地以婚姻或白头到老为终极目标，彼此自觉履行忠诚的义务，起码不能容忍第三者的存在。

她跟杜俊一开始是这样，后来大学毕业走入社会，大家经历了太多的人和事，怎么可能还能像过去那样亲密无间，把对方的感受当成是自己的感受，以足够的包容心和责任心善待对方，共同建造未来的生活呢？

生活是没有什么回头路可走的。

但是，如果大家碰巧都需要一个婚姻，两个知根知底的人通过权衡利弊结合到一起，也不能说不是一种选择。

柳茜与杜俊重逢后从来没有讨论过这个话题。一个大家刻意回避的问题，结论肯定不怎么美妙。就像刚才，她也只能半真半假地谈。这家伙倒好，一不同意，二不反对，三不表态，跟她打马虎眼，搞得倒像是她在求他似的。

可是，只要一方不主动，不坚持，他们两人的关系便怎么都像是一种临时的松散组合，以不向对方提要求换取彼此偶尔的生理需要。

既然两个人都不想打破彼此之间的生态平衡，那就说明这种状态对彼此尚且有利。

其实，柳茜早过了对游山玩水感兴趣、以去过什么地方为荣的年龄。这次自驾游她是准备承担下全部的费用支出的，她这样做当然是有目的的。从深圳的宋老板那里借不到钱，她便只能打贺小君的主意。她还没有想到具体的方案，但她已经直觉地意识到需要一个能够尽可能零距离接近贺小君而又听命于自己的帮手。

当然，她准备花钱全程埋单，必须以一个赚了钱的烧包富婆的形象出现，否则，贺小君会觉得很奇怪，因为她到他的支行开户存钱是在帮他，应该是他感谢她而不是她巴结他才对。刚才杜俊不就开始怀疑她的动机了吗？要是贺小君也觉得她此举不合常理，就会有所戒备。

所以，她要花钱，还得把钱花得自然。如果她摆出一副倒追杜俊的姿态，爱屋及乌，让贺小君觉得是沾了杜俊的光，也许他就不会往别的方面想了。

吃过了饭，柳茜把杜俊带到了自己的住处。

她表现得很浪，一副很有激情的样子。

完事之后，还逼着杜俊跟她缠绵了一会。

杜俊刚才体力消耗比较大，早已疲惫不堪。但跟柳茜在一起，从来都是由她控制节奏，便强打起精神，拣她身上的要害处，做一些安抚性的扫尾工作。

终于，柳茜用手分别拍了拍他的脸和屁股，起身去了浴室。

杜俊眼皮一沉，居然睡了过去。

不知道过了多久，柳茜已经回到了卧室，在他腰上戳了戳，见他睁开了眼睛，便问他接下来有什么安排。

杜俊没什么安排，他本来打算在这儿过夜算了的，听柳茜一问，就知道她还有事，希望他离开。杜俊只得像突然想起了一件什么事似的，借故走掉了。

杜俊前脚刚走，柳茜便也离开了家。

前几天她去过一家在鹏程酒店办公的大学生商务服务中心，跟那个看上去精明能干的经理聊过，知道他们二十四小时上班，准备过去把有关事情落实了。

还是那位经理当班，从他打招呼的微笑中，柳茜知道他并没有认出她。这也难怪，上次她来的时候是白天，脸上罩了一副大墨镜。

柳茜直接问他有没有陪游服务，经理望她一眼，又是一笑，这一笑表明他已认出了她。经理说，他们中心的一项主要业务，便是为成功的商务人士提供陪游服务，他们中心全是兼职的大学生，个个口齿伶俐，身材曼妙，精通社交礼仪，至少懂一门外语。经理一边说一边观察着柳茜的反应。

柳茜没什么反应，懒洋洋地问："真的全是大学生？"

"这有什么奇怪的？你看了早两天的报纸没有？英国剑桥大学有名吧？据报道，英国剑桥大学数百名女生，为了支付飞涨的学费，不惜当伴游女郎、应召女郎或脱衣舞娘赚钱。不是几个人，而是四百五十名。看来哪儿都一样啊，有一种工作，一旦做了就会上瘾，因为它来钱快而且轻松。"经理说。

"还是说你们中心的事吧。"柳茜打断了他。

"我们中心最大的特色，就是我们还会提供雇佣前一个星期以内的健康证明，包括乙肝、肺结核及其他传染病、性病检测报告。"

"你的检测报告是从哪里弄来的？不是大街上买来的吧？"

"绝对不是。如果不相信，可以去省人民医院查档案，假一罚十，对，体检时必须使用实名，否则有什么意义？是不是实名你可以核对身份证和学生证。你绝对放心，我们中心以诚信为本。"

"提供特色服务吗？"

"你指的是什么？"

"性服务。"

"No（不）。"

"不提供性服务为什么提供健康证明？你这不是诱导人家吗？你这不是此地无银三百两吗？"

"No，No，No。不是诱导，不是此地无银三百两。这是劳务市场的基本要求，更是本中心的严格自律。从逻辑上来讲，提供健康证明与是否提供性服务没有直接关系，比如说保姆和餐厅服务员，也要求这些。我们自觉地这样做，完全是一种对客户高度负责的表现。不过，话说回来，本中心不提供性服务并不代表雇主和员工之间不会在工作中产生感情，大家都知道，这是一个爱情速成时代。"

柳茜不想和经理讨论形式逻辑、劳务政策和这个时代的爱情特征，她扬了扬手，制止他继续往下说，要求他让她看看人，挑一挑。

经理突然问："你不是警察吧？"

柳茜一笑，说："你从哪儿看出我像警察？"

"不，随便问一问。"经理一笑，说，"你是警察也没关系，我们办了工商执照，完全合法经营。"

"你的警惕性也太高了吧？"柳茜斜眼朝他一瞥，说，"你是不是怕警察以介绍卖淫嫖娼的罪名逮你？"

"不不不，违法的事我们中心坚决不干，犯得着吗？"他停了停，说，"不过，要挑人可以，得先交订金。"

"多少？"

"不多，每天一千元。"

"这么贵呀？"

"你可以货比三家。你会发现，我们这里是最规范的。一分钱一分货，我们的员工可都是高素质的人才。现在是五一黄金周期间，生意稍微差一点儿。因为假期长,旅游的人一般都会以家庭为单位倾巢出动,所以,我们的价格可以适当地下降一点。"

"是吗?"

"是的,另外还有一点,就是如果你交了订金,无论如何我们是不退的。"

"为什么?你这不是霸王条款吗?如果你所有的员工我都看不上呢?"

"不退订金是考查你的诚意,也是基于对我们自己员工的自信,只要你是我们的客户,我们绝对让你满意。"

最后经理给柳茜打了七折,办了交费手续,让她挑人。说好了,伴游期间发生的相关费用不在此列,由雇主和员工自行协商解决。

候选人存在电脑里面,编号一二三四五,几张大头照,外加一小段视频录像,看起来还像那么一回事。但视频录像无非是展示由笑靥和身段构成的青春魅力,没有半点专业知识的介绍。不过,柳茜也没打算考查她们的数理化文史哲知识,她跟经理的对话冠冕堂皇,其实大家都心照不宣,她知道他这里只能提供什么样的货,他也知道她来这里是为了挑什么样的货。

但一圈下来,并没有柳茜满意的。她怎么看怎么觉得她们的风尘味都太浓了。她可没把贺小君当嫖客。

经理见柳茜没有挑中,将身子半躬在电脑前,在键盘上敲了几下,编号ABCDE,换成了天真活泼型。柳茜一一点击,看完了,还是摇了摇头。她对那几个姑娘的直观印象并不好,尽管她们的眉眼都不错,但她总觉得她们的动作和笑容有点做作。这种看起来单纯清丽的姑娘,要么是装傻,要么是真傻,指望她们有所作为,除非柳茜自己先傻了。

经理见柳茜还没挑中,表情便有些夸张了,意思明摆着,既嫌她太苛刻,又怀疑她自己可能都还没想好要什么样儿的。

但他似乎非常想给柳茜留下一个美好的印象。不知道为什么,他认定柳茜是一个可以给他带来回头生意的人。可是,他让柳茜看完了电脑里储存的差不多五十个姑娘的资料,居然没有一个让她满意。

柳茜说:"这是你所有员工的资料吗?"

经理一直望着柳茜,似乎在努力分辨柳茜脸上表情的意义,他压低了声音,说:"女员工的资料全部在这儿,不过,我忘了问你,你要看帅哥的资料吗?"

柳茜好奇地从电脑上抬起头,眼睛一眨不眨地看着经理,直到他率先把头低了下去。

柳茜一笑,说:"如果我以后有需要,我会来找你的。不过,这次我是替朋友物色,只要女的。"

经理马上抬起头来,冲柳茜笑笑,点了点头,又摇了摇头。

"什么意思?"柳茜问。

"我不敢说我囊括了附近几所高校全部的美女,但在你之前,还从来没有一个客人空手而归过。你的朋友要的只是一个……打短工的,不是挑女朋友,更不是挑未婚妻,对吧?再说了,你的客人喜欢什么样的,你可能知道,也可能不全知道。相信我,男人有时候只是需要换一种口味。"经理嘴里说着,眼光却在柳茜脸上跳来跳去。

"你说得太多了。"柳茜一扬手,不耐烦地打断他,"我知道我要挑什么样的人,只可惜你这里没有。你放心,我到你这里来不是搅事的。钱你先收着,我再给你一天时间,你得帮我挑一个我满意的。"

经理略一沉吟,说:"你一直没有把你挑人的标准说出来,不过,我可以用排除法试着猜一猜。如果我没有猜错,你要的是那种会来事的女孩子,她应该长得很漂亮很漂亮,一下子就能吸引男人,可是决不会被男人牵着鼻子走。她应该完全听命于你,可在那个男人面前却可以做到不露一丝痕迹。换句话说,你要找的这个人,应该美丽而不妖媚,机灵而不狡猾,活泼而不风骚……"

柳茜挥手打断他,眼朝他一斜,说:"你有这样的吗?"

"有。"

"不在这里面吧?"

"不在。她是我女朋友。"

"你女朋友?"柳茜眉毛一扬。

"确切地说是我以前的女朋友。"

"你以前的女朋友?你……他妈的是不是太混蛋了?"

"我不觉得呀。如果是我现在的女朋友,那我他妈的是太混蛋了。既然是我的前女友,跟我有什么关系?我介绍给你,是人尽其才,人尽其用。再说了,我总不能让客人对我们服务中心感到失望吧?"

"好,我喜欢你这种做生意的劲头。她在哪儿?你这里有她的资料吗?"

"没有。我甚至都不知道她这会儿在什么地方。她在我这里干过,是我的助手，而且从来没有出过勤。我保证她就是你要找的人。"

"为什么？"

"我说不上来，但她决不会让你失望。我会帮你联系她，但我不能保证一定能联系得上。"

"既然你对她这么有信心，那就定她了。抓紧给我联系，我等着你的消息。"

"行。"

柳茜不知道为什么会相信那个狗屁经理的话，连那个女孩子长得啥样儿都不知道，便决定了请她。

对她来说，这是一次小小的冒险，但直觉告诉她，她会赢。

尽管贺小君已经通过杜俊回绝了她替他找玩伴的主意，柳茜却不以为然。人们只是不相信这世界上有免费的午餐，但是，如果当一份免费的午餐真真切切地摆到你面前，而且明确无误地向你保证，这份午餐不仅不会坏肚子，而且色香味俱全的时候，又有几个人能够做到心如止水、视而不见？

为此，柳茜愿意跟贺小君也是跟自己赌上一把。

直觉告诉她，她又会赢。

第十三章

伍扬不说行也不说不行，把肖耀祖拖得心里直窝火。

现在他难得见上伍扬一面，约过他好几次，总被他左一个原因右一个理由给推脱了。有次去公司见他，秘书竟以没有预约为由挡了他的驾。尽管事后伍扬打电话给他作了解释，肖耀祖嘴巴上也打了几个哈哈，心里却实实在在地不爽，没少在肚子里骂伍扬他妈的。

肖耀祖在伍扬那里受了冷落，又不好发作，只好把气撒在陈一达身上。

陈一达何尝不想早点把事情定下来？

但伍扬拖着不办自然有他的道理，况且伍扬已经为这事说过他，陈一达也不好再去他那儿碰钉子。陈一达不敢得罪肖耀祖，为了让他消消气儿，便只好想办法陪他玩乐解闷。

肖耀祖在伍扬那儿丢了面子，如果不在陈一达面前摆摆谱，心理老不平衡，便由着他在自己身上花大把的时间和钞票。

他倒要看看陈一达耗不耗得起。

肖耀祖也够狠的，他想要的效果是这样的：板子打在陈一达身上，一定要痛在伍扬心里。

外面不都传伍扬在金达来公司有股份吗？那么，他明地里是吃皇粮的，暗地里就是一个生意人，做生意的人最大的心理忌讳是什么？一是不懂得随机应变，情况发生了变化，却还在用老套路，不一条道上跑到黑才怪；二是意气用事地把生意的另一方当敌人,因为如果情绪大于理智、意气用事起来,就会容易迷失方向,结果必定是一损俱损,只能双输,而不可能一方赢一方输。

肖耀祖就赌伍扬和陈一达输不起。

拍卖公司是中介服务机构,在委托人那里讨饭吃,有奶就是娘,便只能想办法把委托人呵好哄好伺候好,拍马屁还不能拍在大腿上,所以也算是一种技术性很强的脑力劳动,如果要全程陪护,就得体脑结合,身体不好也会吃不消。

肖耀祖倒是好,既没有老婆管也没有组织管,什么活动都能干,而且他也是做生意的,在跟政府有关部门的人打交道时,就是陈一达现在的身份地位,现在倒过来了,被别人像菩萨一样地供着,真是很享受。

陈一达开始还以为肖耀祖好陪,都是做生意的,肯定能体会做"三陪"的个中滋味,同病相怜,不至于太为难对方。再说了,男人贪玩,无非嗜赌好色,别的不敢说,生意场上的男人,哪个会对这些套路陌生?

说实在话,肖耀祖倒也没有特别为难陈一达,但他参与是参与,却总是一副打不起精神的样子,给陈一达一种水泼到河里、拳头打在棉花上的感觉。

陈一达心里直纳闷,想来想去把原因归到了小BB身上,认为是小BB太厉害,要么是把肖耀祖管得太紧了,要么是把他掏空了。

陈一达的判断只对了一半。要一个男人对女人不感兴趣,除非这个男人心理或生理不正常,因为除了女人,还有什么东西能让人觉得新鲜刺激?能与之抗衡的,唯有赌,不是说人生就是一场赌博吗?可见它是与生俱来的东西。

确实,要肖耀祖对女人不感兴趣,除非世界上的美女都死光了。他对陈一达公司的文经理就很感兴趣,当时在牌桌上便恨不得揩人家的油。他坐在文经理上首,不仅洗牌的时候两只手老往人家手边凑,桌子底下的右脚也总是暗地里不安分地撩拨人家。只可惜坐在他对面的小BB警惕性太高,经常拿脚在桌子底下踹他,后来干脆发挥腿长的优势,用自己的两只脚压住了肖耀祖的两只脚,才让他收敛不少。

陈一达没有想到的另外一半原因,是肖耀祖这段时间确实有点心神不宁,流金世界裙楼的事,他拖不起。

还是先说小BB吧。

俗话说一物降一物,肖耀祖经历的女人无数,一切随缘随性,从来没有怵过谁。又因为花钱大方,所以总能跟她们好合好散。

有一个问题是肖耀祖从来不予深究的，就是那些女孩子是不是因为钱才跟他在一起的。

肖耀祖是这样考虑问题的，既然钱是个好东西，那么有钱的人也就是个好东西，钱是人赚的，谁都想赚钱，你赚到了别人没赚到，证明你比别人有本事有能耐，吸引女孩子那就很自然了。硬要把人跟钱分开，不仅不科学，还等于自我贬低，那才叫认钱不认人。

至于你愿不愿意把钱花在女孩子身上，就看她值不值得花，就像你喜不喜欢宝马奔驰劳斯莱斯和你是否会去买宝马奔驰劳斯莱斯一样。把自己当人，把与自己相处的女孩子当物，你就能维护有钱人的优越感，你跟她之间的关系，也才会变得简单。

跟女孩子的关系太复杂了可不好，那会变得很不好玩儿。

小BB的出现稍稍地改变了肖耀祖的上述想法。换一种说法，小BB与肖耀祖以前遇到的那些女孩子似乎有点不一样。她本来也是他的消费品，可同时又让他慢慢地感觉到，这个消费品很有灵性，具体的表现就是，她开始黏他了，开始站在他的立场考虑问题了，一句话，她关心他本人似乎超过了关心他的钱包。

这是多么难得的事呀。

小BB一开始也并没有把肖耀祖当一回事，他确实有钱，也还大方，可是，一个敢于走出大学校门在外面混世界的青春靓丽的女孩子，碰到有钱也愿意花钱的男人的机会，也还是蛮多的。随着两个人交往的次数增多，小BB这才慢慢发现，肖耀祖还是有他的特点的，他尽管在初次见面时会给别人一种虚张声势的感觉，对她倒是挺真实的，偶尔还能说几句心里话。

这就不错了。

小BB天分很高，她觉得一个人欲望太多了，肯定不幸福，欲望太少了，也肯定不幸福。所以，她对未来既有所考虑也没有过多的考虑，对与肖耀祖的关系，也是既有考虑也没有过多的考虑。什么意思呢？简单地说，就是缘聚缘散，一切听其自然。聚在一起的时候，简单实在，万一哪天双方都腻味了，或者一方有了别的、更多的想法，也能轻松分手，就当一场游戏的完结，反正她还年轻。

小BB把与肖耀祖的关系当成是一场游戏，并不意味着她投入的时候不认真。

那种认为凡是游戏就可以不认真，也不必认真的想法，在小BB看来，其实是对游戏的最大误解。游戏的魅力在于它的趣味性和可重复性，而避免受到伤害的最好办法，是彼此认真地遵守既定的游戏规则。

这样就很好理解了，小BB盯肖耀祖盯得很紧，并不是因为有多爱他，而是她目前的身份地位使然，她在玩游戏的时候已经进入角色。

按照小BB的理解，男女关系绝对是一种两人游戏，如果有第三者介入，那就玩不下去。小BB并不觉得上述想法自相矛盾，比如说，对于有妻室儿女的肖耀祖来说，她的介入算不算第三者？小BB认为不算，因为她从来没有要取而代之、成为肖太太的想法。肖耀祖跟他老婆是一场在香港的游戏。肖耀祖跟她，则是另外一场在当地的游戏。两场游戏可以不相干地在不同的时间地点进行。它们之间唯一的关联，就是肖耀祖这个人，他就像是个高尔夫运动员，可以在香港让他的球进洞，也可以在当地让他的球进洞。但如果她小BB跑到香港的球场去，另外一个什么女人跑到当地的球场里来，胡乱地挥上几杆，那就会大乱其套。

小BB对自己的学业也是既认真又不认真的。专业课认真，从不迟到、早退和请假。选修课、公共课不认真，能逃的几乎都逃了。但不管出现什么情况，小BB坚持每天晚上都跟肖耀祖泡在一块儿，决不允许他离开自己的视线超过两个小时。她表现出来的醋劲很大。她看出肖耀祖与陈一达公司那个文经理的关系发展趋势不对，就再也没有让她在肖耀祖身边出现过。小BB一切做在明处，她不知道怎么摸清楚了文经理的底细，回过头来对肖耀祖说，今后他的什么朋友万一犯了什么事，可以去找文经理，因为她老公是市公安局刑侦大队的副队长。

小BB很坦诚地跟肖耀祖交换过上述想法，令他非常惊喜，从此对她刮目相看。

肖耀祖虽然没有读过多少书，却喜欢聪明的女人。其实他的兼容性很强，只要长得足够漂亮，傻乎乎的女孩子和冰雪聪明的女孩子他都喜欢，唯独智商中等却自以为聪明的女孩子，他不感兴趣，觉得她们很烦人，碰到需要跟她们讲道理的时候，总也拎不清。小BB会发嗲，因为学过舞蹈而床上功夫了得，还这么深明大义，让肖耀祖不仅不腻味，还似乎越来越上心，有一种如获至宝的感觉。

肖耀祖从来没有被女人管过，这让他总能天马行空，自由自在，但偶尔心里也会有点遗憾，觉得那些女人都不够爱他。现在有个女人不时用小聪明提醒他某件事值不值得去做，就像一个小孩子，每当他调皮捣蛋的时候总能被关注，他玩起来以后反而会放得很开，那种感觉也蛮好。

小BB决不会像长舌妇似的在肖耀祖耳边唠唠叨叨，那种提醒总是做得行云流水、点到为止。最主要的，还是因为小BB从来不开口向他要什么，有时候两个人上街买东西，她还抢着付账，因为她麻将手艺突飞猛进，加上手气又好，动不动就有上万的进账。

肖耀祖觉得跟小BB在一起没有压力，回头看那些变着法子找他要东要西的女人，他每掏一次钱便对她们看轻几分。小BB黏他是黏他，却也常常发脾气，她骂他，有时还会动手打人。骂是真骂，打也是真打，却总是率性而为，既真实，又有不尽的娇媚。更难得的是，每次小BB骂人打人，都有道理，绝不会无理取闹，没有一次不是因为他说错了话办错了事，而且总是恰到好处，决不得理不饶人。肖耀祖觉得小BB为人处世有分寸，跟她越来越有了默契，只恨现在不能纳妾，否则，早把她当妾纳了。

有次喝酒喝多了，肖耀祖吹牛皮，说认识一个拍电视剧的导演，答应给小BB弄个角色演一演，保证让她一炮而红。小BB当下眼泪就流得稀里哗啦，让肖耀祖心疼了好半天。后来肖耀祖又重提话题，不明白她怎么会对一般女孩子梦寐以求的事，那么抵触和伤心。那次小BB又动手打了他，说你要是嫌弃我，言语一声，别把我往火坑里推，现在谁不知道那帮拍电影、拍电视的家伙痞得很？要上角色得和他们搞潜规则，让他们打炮，你舍得让我去当炮灰？你知道一炮而红是怎么来的吗？就是这么来的。

肖耀祖哈哈大笑，说你怎么这么不知好歹？成名要趁早，你既然不准备跟我一辈子，就得提前替自己考虑。

小BB平静地望着他，说，等我俩的缘分尽了的时候再说吧。肖耀祖不死心，说跟导演睡觉是一条路，给剧组捐点钱，也是一条路，你拍片的时候我二十四小时陪在你身边，看哪个敢动你一根寒毛？再说了，导演是我朋友，朋友妻不可欺，他是绝对不会乱来的。小BB说，朋友妻才不可欺哩，你摸摸胸口问问自己，你心里有几分心思想让我做你老婆了？

话说到这个份儿上已涉嫌违反游戏规则，肖耀祖只好装傻，油嘴滑舌地说，不是老婆胜似老婆,老婆是什么?老婆就是欺,不是妻子的妻,是欺骗的欺,欺负的欺。你对我这么好,我才不会欺骗你哩,我才不会欺负你哩。小BB说,你就是想欺骗我,你就是想欺负我,你是个坏人。

肖耀祖不想成为小BB眼里的坏人,如果真的有那么一天,他没准真会跟他朋友说说,让小BB上上电视。万一她真的红了,自己脸上也有光彩,那他泡的就不是学生妹了,而是当红明星,不比给她几个钱好多了?

但这会儿再提这个话题就有点自讨没趣了,小BB不愿涉足影视界,证明她把跟他的关系看得很重,这让肖耀祖很受用。再说了,如果卖楼不顺利,提也是白搭,这会儿他也没什么闲钱。

肖耀祖的心思小BB并不完全清楚,她也不知道,不知不觉中,她已与流金世界裙楼拍卖的事扯上了关系。

肖耀祖总免不了和小BB一起谈到伍扬。

因为在一起玩过好几次,对小BB来说,伍扬也算是个熟人。小BB从来不对肖耀祖交往的那些男人评头论足,对肖耀祖生意上的事,也从来不乱发议论,但肖耀祖念多了,她也会凭直觉插上几句嘴。她也觉得伍扬拖着不办有点不正常,而要解决这个问题,必须先搞清楚一个情况:到底是伍扬不能办,还是他故意拖着不给办。

这个问题在肖耀祖看来根本就不成其为问题。现在欠银行的钱、欠资产公司的钱的人多了,有几个连本带息还得一清二楚的?肖耀祖认为,伍扬他们资产公司在处理不良贷款时,有很大的弹性空间,就看他愿意把手中的权力运用到什么程度。

肖耀祖急着和他见面,就是想搞清楚这个问题。

肖耀祖不能不着急,因为坊间的传言不虚,他哥哥肖光宗确实没有死。

肖光宗执意不肯在内地露面本身就值得玩味。明眼人不能不猜测,他医药公司的生意做得太大了,可能害怕政府在医药卫生系统刮起的反腐败风暴波及他,否则,他为什么要把自己在流金世界的股权急急忙忙地全部转给肖耀祖呢?

肖耀祖心里清楚,肖光宗把股权转给他确实有这方面的考虑,对肖光宗来说,最理想的状态首先是保护好医药公司,让它毫发不损。万一不行,就让医药公司的损失成为止损点,不让它影响到其他关联产业。

肖光宗准备跟肖耀祖签订股权转让协议的时候,有一个前置性条件,就是肖耀祖必须在私底下对肖光宗有一纸承诺：如果肖光宗能够平安躲过一劫，肖耀祖将把股权原封不动地还给肖光宗，而他除了退还股本金外，还将支付给肖耀祖数倍于同期银行的贷款利息。

不知道是肖光宗当时太着急了，还是太相信自己的亲弟弟了，他在工商变更所需材料上签字的时候，忽略了一种可能性——肖耀祖将会在其拥有完全股权的情况下，让它名下的资产尽快变现，让公司变成一个空壳，到时候别说肖光宗要求返还股权，就是要整个公司，他都会拱手相让。

这就是肖耀祖急于处理流金世界裙楼拍卖的真实原因，他必须赶在肖光宗实现软着陆之前把公司掏空了。

蛋糕就那么大，除去切给信达资产管理公司的部分，剩下的就是自己的。这是一道再简单不过的算术题，信达资产管理公司拿走的越少，留给自己的就越多。

在如何处理和哥哥肖光宗的关系上，肖耀祖倒是没有多少心理障碍，觉得自己准备实施的计划，算不上背后捅刀子。他太清楚了，当时注册公司时注入的股本金，验资完毕不久便原封不动地打回去了，他们一直在拿银行的钱玩儿。那时不像现在，找银行贷款简直太容易了，只要你对经办人员和审批人员敢做承诺敢兑现，好像银行金库的大门，就会为你而敞开。

肖耀祖让肖光宗占的股份比自己多，也还是有原因的。公司成立之初，肖光宗以自己独资的医药公司的名义签署过一份担保文件，但也仅此而已。况且，流金世界出售四层以上的商住两用房时，肖光宗已经拿走了两千多万，哪里亏待过他？倒是他动不动就摆老大的架子，对他指手画脚的，好像他才是公司的功臣，让人实在是口服心不服。

屁。

贷款、拿地、建房、卖楼，公司哪件事不是他肖耀祖一个人做的？所有赚的钱，本来就应该全部归他。

现在，国家药监局的那几个人抓的被抓，判刑的被判刑，好像也没肖光宗什么事。他的医药公司是大头，他虽然没在内地露面，甚至很少待在香港，却一直没有停止活动。再过一段时间，如果他觉得原来一切只是一场虚惊，他一定会回过头来找肖耀祖。

肖耀祖要避免跟大哥直接起冲突，只能巧取不能豪夺。事情都开始倒计时了，他能不着急吗？

小BB感到自己能插上嘴的时候，也会就事论事地帮他出主意："伍总不愿意见你，总有他愿意见和不得不见的人，如果能先把这个人找到，事情就好办了。"

肖耀祖只知道陈一达跟伍扬关系好，但陈一达显然不灵，至于还有什么人可以想见他就见他，他也不知道。再说了，就是找到了这样的人，也基本上没什么用。伍扬可以给这个人面子，但肖耀祖要谈的事却不可能让第三者知道，也还得伍扬给他单独见面的机会才行。

小BB又说："如果非见他不可，就用不着讲究什么方式，找到他住哪儿，硬闯到他家里去。"

肖耀祖说："这是最后一招，不到万不得已，不要用。说来说去，是我求他，要是闹得他脸上挂不住，以后反而不好说话。"

小BB点了点头，想了想，凑到肖耀祖脑袋旁边，把下巴搁在他肩头上，朝他仰着脸，故意夸张地把眼睛眨了眨，说："要不然，我去他公司见他一次？"

"你去干吗？"

"你放心，不是去牺牲色相。我就提醒他，有个朋友惦记着他，日日思着他，夜夜想着他，都快得相思病了。"

"有那么严重吗？"

"开玩笑你都听不出来呀？当然，如果给他带点硬通货过去，效果会更好。"

肖耀祖望着小BB笑了，他摇摇头，伸手在她头上揉了揉，把她的头发搞乱，又在她肩膀上拍了拍，把她的两只肩膀扳过来，让她正对着自己，拿起语重心长的调子，说："钱是好东西，但钱真的不是万能的。宝贝你别皱眉头，我这话不是对你说的。原来我也想过，伍扬是不是吊着卖？不说行也不说不行，就看我出什么价。但我很快否定了这一点，现在什么形势？伍扬胆子再大，也不敢跟我这样明火执仗地打伙求财。这是什么问题？用他们的话说，是国有资产流失，是挖社会主义的墙脚。再说了，他就是敢要，我也不敢送。政府厉害呀，你要是行贿被抓了，会搞得你倾家荡产。我犯得着吗？"

"既然是这样，那他凭什么帮你呢？你如果指望不上他，是不是得另外想办法？"

"这就是我左右为难的地方，不管最后是找伍扬还是找别的什么人，如果一切都公事公办，我就得不了便利。如果我想得便利，就得走险棋，而且必须有伍扬或其他说话算数的人的密切配合。可是，说真心话，我是真不敢跟这些人搅在一起，你别看他们在台上时风风光光的，不知道什么时候就会阴沟里翻船。"

肖耀祖说到这儿叹了一口气，接着又笑了，他不想跟小BB说得太多。她再怎么聪明，毕竟历练不够，不过是个黄毛丫头。再说了，别看肖耀祖咋咋呼呼的，心思却很细，跟女人哪些话能说哪些话不能说，心里自有一杆秤。他跟小BB关系再好，仍然是萍水之缘，要有什么话柄落在她手上，那不等于给自己找麻烦吗？两个人既然结不了婚，就总有分手的一天。真到了两个人分手的时候，你知道那时各自的想法是什么？为了避免因为图嘴巴的一时快活而增加分手时的经济成本，你就得替自己保密，因为你没法预计那时的小BB会是一个什么样的人，会不会除了找你要青春损失费，还找你要封口费。

害人之心不可有，防人之心不可无呀。

小BB觉得肖耀祖的话也不无道理，但如果没有更好的办法，就只有傻等，让伍扬主动打电话过来。

肖耀祖心里倒是爽气了不少。

他一边跟小BB聊天，一边把自己的思路理了理。

他有求于伍扬的地方有两个：第一，是还本付息的额度；第二，是处理他们之间债权债务关系的时间。

这就像天上的两只麻雀，能两只同时抓到当然最好，万一不行，牢牢地抓住一只也可以。肖耀祖做生意这么多年，自然知道为人处世不能太贪心的道理，只有懂得放弃，才能有所收获。

放弃不是消极地等待。

放弃也不是主动地降低价码。

放弃有时候反而需要造势。

肖耀祖需要思考问题的时候有个习惯，就是跳到浴缸里去泡澡。一会儿把身体在热水里泡得酥酥麻麻的，一会儿又用冰冷的凉水从头浇到脚，不停地在冰火两重天的境界里循环往复，让浑身的毛孔一会儿打开一会儿紧缩。血液循环的加速，常常给他带来意想不到的灵感。他已屡试不爽。

这种时候他会拒绝小BB的殷勤与缠绵，即便她提出来要跟他一起洗鸳鸯浴，也会被他态度坚决地予以拒绝。

这次也是这样。他让小BB上街去买点水果，自己则去了浴室。

差不多一个小时以后，一个大胆的想法慢慢地在肖耀祖脑子里成形了，清晰了。

这是一步有风险的棋，但是，如果控制得好，会成为一箭双雕的高招。

肖耀祖准备造势了，他要让信达资产公司乃至于法院相信，流金世界裙楼其实是个烫手的山芋，如果不快速变卖变现，说不定会有人对其产权归宿提出主张，而要快速变现，则必须大幅度降价。

这个计划要做到万无一失，关键的问题是必须把控制手段设计好，否则，则有可能偷鸡不成蚀把米。

如果流金世界置业有限公司还欠有外债，那么债权人就可以申请诉前财产保全。按照现行的司法解释，对同一标的物是可以重复查封的，这样一来，这个新冒出来的债权人，就具有了与信达资产管理公司同样的权利。

这个新冒出来的债权人，当然只能是肖耀祖自己。

自己打自己，自己找自己要钱，还有什么不能控制的？

当然，这是揭穿了的说法，或者说，这是肖耀祖一个人的秘密。那个新冒出来的债权人，将有一件合法的外衣。

谁充当这个傀儡？

肖光宗。

肖耀祖选择肖光宗作为债权人，和他一起来演这场戏，是基于以下考虑：

第一，肖光宗的私人印鉴一直在自己手上，肖耀祖如果需要什么文件，可以随时炮制。既然是作假，如果能不让肖光宗知道，就尽量不让他知道。第二，即使肖光宗知道了也没有关系，让流金世界置业有限公司欠他的钱，他不会有心理障碍，不管真的假的，反正他是债权人，至于为什么要弄这一出，也能很快跟他说清楚，无非就是为了合理合法地逃避或减免对信达资产管理公司的债务。第三，万一事情搞砸了，也是肉烂到锅里，肖光宗毕竟是自己的亲哥哥，明着算账还是算得清楚的，总比便宜了外人强。

问题是，肖光宗已经把股权转让给了肖耀祖，肖耀祖也已真金白银地支付了转让费，又该怎么样捏造出流金世界置业有限公司欠肖光宗钱的事实呢？

还有，自己的设想在法律上站不站得住脚？有没有明显的漏洞？

对于上面的问题,肖耀祖只简单地想了想便把它们抛开了,他觉得自己完全没有必要在这些琐碎的事情上纠缠。

多年以来,他已经揣摩出了一种实用、安全的工作方法:他只要结果,剩下的技术工作交给公司的律师去做。

肖耀祖每年都要以风险代理的方式花掉几十万上百万的律师费,从来就没有心疼过。肖耀祖有那种自知之明,绝不认为老子天下第一,什么都懂。他在这一点上毫不怀疑,自己文化水平有限,所以对律师有很强的依赖性。

不过,他却从来不跟律师交朋友,而且总是走马灯似的换律师。他把他们当工具,为自己服务的工具。既然是工具,用得好是利器,用得不好,反而会伤了自己。他支付律师费,却从来不跟他们一起吃喝玩乐,这与他跟形形色色的政府公务员交往时的原则正好相反:只吃喝玩乐,从来不跟他们发生经济往来。

关于这一点,他自认为比一般的商人包括他哥哥肖光宗要高明很多。他只要结果不问过程的工作方法,等于在自己和形形色色的律师、政府公务员之间,建立了一道防火墙。至于律师怎么做——怎样钻法律的空子,怎样打法律的擦边球,甚至怎样买路行贿,那是他的事,跟他肖耀祖无关。

肖耀祖太清楚了,在内地做生意,需要躲过的暗礁险滩实在太多了。

李明启准备从浴室里出来的时候有点犹豫,他不知道自己应该穿戴整齐,还是应该学小姑娘的样儿,在腰里扎一条浴巾了事。

李明启最终选择了后者,既然是准备睡觉,穿戴整齐不仅无异于脱裤子放屁,还等于婉转地承认自己心虚,等于把此刻躺在床上的小姑娘当成了一种诱惑。

李明启曾经一遍又一遍地让自己相信,只要自己心如止水,即使小姑娘就在他身边玉体横陈,他也能做到如入无人之境。

李明启并不认为自己是什么正人君子,现在什么社会?要那样不是太虚假了吗?正因为这世界上有一半是女人,选择余地太大,所以,他严格地限定自己,可以跟女人套近乎,但不能轻易地跟她们发生关系,套用一部电视剧的片名,不要跟陌生人睡觉。

女人是一种不太好理喻的动物,她们的名字早就不叫弱者了。在她们美丽的面孔下面，往往长着锋利的虎牙（如果不是獠牙的话）。当然啰，如果你不拜倒在她的石榴裙下，她对你可能也没有多少办法，但你只要从她那儿拿走一点儿什么，她一定会加倍地从你身上讨回很多什么，很多男人的生活就是这样被毁掉的。这像猫和老鼠的关系，在和她们的交往中，你如果能够做到心不动身子也不动，你就是掌控大局的猫，你如果忍不住偷了腥，你立马就会变成老鼠，什么时候被人玩死还真不好说。

李明启听过她讲的故事之后，认定这是一个不一般的女孩子，尽管他还无从判断，她讲的那些事，到底是她的真实经历，还是她的信口胡诌。

他不知道自己应该同情她，还是应该鄙视她。

简单的搞法是把她当成一个萍水相逢的人，两个人莫名其妙地在一间屋子里过上几个小时，然后分手走人，再无往来。

李明启觉得这件事有点蹊跷。

可是，这社会什么事情不可能发生？

李明启用小方巾把镜子上沾着的水雾抹干净，对着里面的自己瞪瞪眼，又努了努嘴，还用手在脸颊上拍了拍。这才开门出来。

卧室里廊灯、壁灯、落地台灯全部都关了，小姑娘那边的床头灯也关了，整个房间只剩下床铺另外一边的床头灯亮着，而且被调暗了，在床铺上映出一片暧昧的鹅黄。

偏偏小姑娘就朝空着的那一边侧身躺着，她的一条胳膊随随便便地伸展过来，宣布着对整张双人床的占领。李明启走到床铺边，躬着身子瞅着她，以便考究一下她是不是睡着了。

她一动不动，不知道是真的睡着了，还是在装睡。李明启特意注意了一下她的眼睫毛，想看清楚它们是不是有轻微的颤动，也没有发现什么异常。

李明启接下来面临的选择是跟不跟小姑娘睡一头，他习惯了右侧睡，如果和小姑娘睡一头的话，他就必须面对着她。

他坐在床沿上，轻轻地拿起她的手，把它往她那边挪了挪。没想到她很快就睁开了眼睛，又很快地朝他一笑，然后主动地把身子往床边挪了挪。

"对不起，把你吵醒了。"李明启歉疚地说。

小姑娘又一笑，搁在枕头上的头摆了摆，说："你干吗这么客气？你对别人也这么文绉绉的吗？"

"你是不是觉得我看起来一副文明礼貌的样子？你是喜欢赤裸裸的狼，还是喜欢披着羊皮的狼？我这样不好吗？"

"好呀，可我总觉得怪怪的。"

"哪儿怪？"

"不知道。"

"你不知道哪儿怪，那就是不怪。我感冒了，如果我对着你睡，我怕会传染给你。"

"那就让我感冒好了。我们乡下有一种说法，你把病传染给了别人，你自己的病就会好，真的。"

"你相信吗？"

"我当然不相信。可是，你不会睡到那一头，让我闻你的臭脚丫子吧？你放心睡吧，我身体很棒的，什么病都没有，应该很有抵抗力。"

"是吧？年轻就是好呀。"

"你说话干吗这么老气横秋？你年纪又不大。"

"总比你大一轮吧。喂，刚才你睡着了吗？"

"你干吗不问我的名字？不想认识我吗？"

"你叫什么？"

"我要你问你才问，可见不是真心，算了，懒得告诉你。"

"你还挺有个性的。"

"有个性有什么用？我宁愿没有个性，有钱。"

"你想要多少钱？"

"我要多少钱你都给我呀？"

"我没说要给你钱，我只是想看看你的欲望有多大。再说了，我又不是银行家。"

"那我们就换点别的话题吧。你知道我为什么要把自己的故事讲给你听吗？"

"为什么？"

"因为憋在心里难受呀。其实我很高兴你没有问我的名字，从哪里来呀，到哪里去呀，你一定是觉得这些问题很愚蠢，所以才没有问。因为你没有问，所以我对你很有好感哩；因为你是陌生人，所以我才把自己的故事讲给你听。"

"谢谢你对我的信任。"

"我没有特别地信任你，换了是另外一个陌生人，说不定我也会说给他听的。"

"那我自作多情了？"

"别酸了，你难道不觉得只有面对陌生人，我们才会愿意多少讲点真话？真的，你还没有告诉我你是干什么的呢，你不会真是记者吧？"

"按照你的逻辑，你还是不认识我为好，否则，我可能会对你说假话，你说不定也会后悔对我说了自己的故事。"

"不会呀，除非你因为那些故事看轻了我。你认为我是个坏小孩吗？"

"我还没有想过这个问题。"

"我给你三分钟时间想一想，怎么样？"

"我可能会睡过去，我太累了。"

"也就是说，我是好小孩还是坏小孩，对你来说也是无所谓的，对吧？"

"我也没想过这个问题。"

"你想睡了吗？"

"是呀，已经很晚了，你刚才是不是睡着了？"

"我根本就没睡。我在想问题。"

"没想到你心思还蛮重。能告诉我想什么问题吗？"

"一个脑筋急转弯的问题。"

"噢。"

对话间，李明启已经躺在了床上，他实在是太累了，太困了，再说，他对脑筋急转弯的问题从来就不怎么感兴趣，认为那都是一些无聊的人想出来的无聊的玩意儿。"要不然，我们先睡吧？"他忍不住提议。

"你怎么都不问问我的问题是什么？"

"是什么？"

"我们知道国际妇女节是三月八日，如果要设立一个处女节，选择哪一天最科学？"

"五四青年节，六一儿童节，应该在这中间选一天吧？"

"错，应该选择三月七日。"

"为什么？"

"因为三月七日和三月八日只差一日，这就是处女和妇女的差别。"

这个荤段子李明启早就听说过，他觉得小姑娘这个时候说这个段子，有点别有用心，她明显是在勾引他。可是，他是不会被勾引的。

小姑娘说："你怎么一点反应都没有？你是太没有幽默感了，还是太紧张了？"

李明启说："我只是太想睡觉了。"

"那就关灯睡觉吧。是你关灯还是我来关灯？你太累了，还是我来吧。"

小姑娘不由分说就准备去关灯。

但她并没有下床，而是用胳膊肘支撑着身体，企图从李明启身上斜横过去。李明启连忙伸出两只手，想阻止她对自己领空的侵略。但他显然已经晚了，他伸出的两只手立即接触到了她那向外凸出的胸脯，虽然隔着浴巾，李明启还是感觉到了它们的饱满和柔软。小姑娘也像是身体一软似的，像一盆泼出去的水似的铺陈到了李明启身上。

李明启想把她从自己身上掀下来，却没有做到，主要是她压在他身上的时候用了力，使她与他之间黏合得很紧。他的努力除了让她的身体发生了蛇似的蠕动与摇摆，还让两个人身上的浴巾脱落了。小姑娘嫌碍事，一扯一掀，又是一扯一掀，把两条浴巾从他们身上扯下来，都扔到了地下。她做这一切时面带微笑，两只眼睛近近地、直愣愣地望着他。李明启本来四肢就有些发软，加上实在是又累又困，居然奈何不了她。她那青春的胴体，如此亲密地与他接触和摩擦，让他从骨子里生出了一种异样的感觉。

"你真是一个害羞的男人，你看看你你看看你，脸都红了。"小姑娘笑着说，眼睛一挤一挤的。

"憨的。你下来吧，你这样欺负一个病人算什么能耐？"他用两只手抵着她的肩胛骨，屏住力气，想把她掀开。

"你呢？这么一个美女躺在你身边，你居然无动于衷，也太侮辱人了吧？"她一边说，一边顺势拿身体所有凸起的部位蹭他，用珍珠贝一样细细的牙齿轻轻地咬着自己左边的下嘴唇，让脸继续绽放出暮色中花朵般的笑容，调皮地摇晃着自己的小脑袋。

"我没那意思，你快点下来，你要压死老子呀？"李明启似乎有点生气了。

"女人压死男人不偿命。你喊呀，你叫呀。"她继续笑着，用两只手撑着床铺，把上身抬起来，使劲把屁股往下沉，运用髋关节蠕动着身体，好像要在他身上寻找某个支点。

"行了行了，还不下来，我可真要生气了。"

"你生气给我看看。"

"别闹了。"

"那你求我呀。"

"求你别再发骚了。"

"你说什么呀？我没有听清楚。"小姑娘一边说，一边把自己的上半身放下来，把耳朵直往他嘴边凑。她两只手趁机抄到他脑后，紧紧地抱着了他的头。这样，李明启根本就没有办法说话了，因为他的嘴几乎被两个水蜜桃似的乳房堵了个严严实实。他使劲挣扎着，终于把她推开了两三公分，"羊日的，你要把老子闷死呀？"李明启骂道。

小姑娘咯咯一笑，终于泄了一点气，不再像溺水的人抱着了稻草似的紧紧搂箍着他了。她笑完了，把嘴凑到李明启脖子根那儿，问："我怎么是羊日的？"

"你不仅是羊日的，而且是克隆羊日的，因为骂你狗日的不足以表达我的愤怒。"

"我那么让你讨厌吗？"

"因为你不顾病人的死活。没有你这种搞法。"

"那你教我，应该怎样搞。我听说，感冒了，打一针就好。"

这样一折腾，李明启不禁有点气喘吁吁。很显然，他被小姑娘缠上了。要摆脱她，也许真的只有跟她吵一架，或者干脆把她赶出去。

可是，那样是不是会很伤元气？而且，请神容易送神难，如果她执意不肯离开呢？如果她一边发嗲一边耍无赖赖着不走呢？你难道把她强行拖到门外面去？

这里是宾馆，两个人要真是闹起来，服务员或者保安会不会上来干涉？要那样，事情岂不是闹大了？岂不是很荒唐？

伊拉克以石油换和平，自己居然要以性交换睡眠。

李明启对于把自己的性行为跟国际风云联系起来的念头，觉得有点滑稽，他很想笑，原来给自己定的那些原则，便在自己忍不住想笑的当口，一下子崩溃了。

在安琪之前，李明启就有过很多个婚外性伙伴，但从来没有阴沟里翻过船。

他一向的原则是进得去，出得来。进去之前，先把退路找好。现在社会上的人都很现实，每个人对于自己想要的是什么，能够付出到什么份儿上，事先早就做好了精确的计算，因此，只要不越雷池，彼此便能相安无事地各取所需。

接下来的一个多小时，两个人开始玩命地折腾。

李明启这会儿虽然感冒了，却似乎也并没有影响能力的发挥。小姑娘年轻血旺，居然要了三次。她还想要，被李明启拒绝了，道理很简单，浴室里的三只杜蕾斯已经全部用完了。

再接下来，李明启坠入了深渊似的沉沉睡眠之中。

第二天下午五点多钟，李明启才醒来，他觉得头更晕了，鼻子塞得厉害。

他旁边空空荡荡的，早已不见了小姑娘的踪影。

紧接着，他在电视机柜上发现了一张纸条，这才知道小姑娘已经走了。

小姑娘写道：

明启大哥你好，不要奇怪我怎么会知道你的名字，在你睡觉的时候我翻了你的行李箱，没想到你还真是一个记者，而且还是一个大记者。

我带走了你的内裤，原来我准备把用过的套子打包走的，后来觉得那样做未免也太没情调了，而且也不怎么方便。把你的精华洒在内裤上情况就不一样了，可以留个实物给我证明和想念。

你可能已经猜到了，我拿走了你钱包里的一万一千八百块钱，里面本来有一万两千块钱的，我给你留了两百，一是一一八好听，吉利。另外，男人钱包里怎么能没有钱呢？我不可能把你掏空了，你有三张银行卡，我没有动。这笔钱，我把它当成我的劳动所得。

最后我要告诉你的是，我爱上你了。你太棒了，是一个真正的男人，让我觉得做女人是一件多么好的事，也正因为如此，我只能选择拿钱走人。我不能破坏你的家庭，也不能毁了你的事业。你恨我吧，这是阻止我爱你、继续跟你见面的唯一方式。

我本来要等你醒来，把上面的想法当面说给你听的，但我师兄联系上了我，给我介绍了一笔业务，所以只好不辞而别了。

李明启一连把手里的那张纸看了三遍，好像都还没有回过神来。他觉得两条腿软软的,眼睛闭起来,把身子放倒在了床上。

突然响起来的电话吓了他一跳,一接,原来是自己老婆冯老师,问他什么时候回来。

李明启问:"怎么啦?"

冯老师说:"你不知道吗?你们社里出大事了。"

"什么事?"

"你真的不知道?"

"你快点说呀。"

"林社长死了。"

"林社长死了?他怎么会突然死掉的?"

"你知道他是怎么死的吗?他是死在情妇床上的,性交猝死。"

"啊?"

第十四章

何其乐在柳絮门口停了十几秒钟才摁门铃,主要是为了考虑一个现实问题:他应该把那束花举在胸前还是应该把它放在背后。

进柳絮他们小区需要登记,门岗对着他手里的花儿看了一眼,很友善地对他笑着,可他注意到那束花的目光,却让何其乐有点不自在,好像里面藏有炸弹似的,让他怀疑究竟是在超市买花的决定有点儿傻,还是自己太敏感了。

门铃的响声还没有消失,何其乐就听到了柳絮的脚步声,他眼睛盯着门上的猫眼,看到它暗了一下,接着门就开了。

何其乐进门之前,还是把花举了起来。

他看到柳絮眉毛一跳,低头接过去,微微一笑。

何其乐一边换拖鞋一边感慨:"到底是全市富人扎堆的地方呀,你们小区的门可真难进,搞得我都觉得自己快成恐怖分子了。"

柳絮笑着说:"你就别寒碜我了,我就不信,难道比你们省委大院的门还难进?"

何其乐说:"那不一样吧?"

柳絮说:"本来也不是这样的,早几天小区发生了两起入室盗窃案,才搞这种所谓的全封闭式管理。"边说边进了卧室,一会儿又进了卫生间,出来的时候,那束花已经插在一只玻璃花瓶里了。她捧着它,躬身把它摆放在客厅中央的茶几上。

何其乐早已把自己安顿在了茶几后面的布艺沙发上，面带微笑，目光追随着柳絮在屋子里流动。这真是一个优雅的女人，同样的举手投足，却似乎具有别的女人所没有的韵律和美感。何其乐是第一次单独上柳絮家，但他曾经无数次想过两个人在她家里独处会是什么样子，每一次，他的心都会有点儿怦怦直跳。

柳絮刚把花摆放好，正准备在拐角沙发上坐下，又像想起了什么似的，就那样曲线优美地朝何其乐躬着身，问："要喝点什么？有酸奶和可乐。"

何其乐问有矿泉水没有。柳絮说刚好喝完了，要不然我打电话让社区的超市送上来？何其乐说别那么麻烦了，就喝可乐吧。

等到两个人都坐下来了，却有点找不到话。

何其乐来过柳絮家好几次，但每次都是作为跟班陪邱雨辰一起来的，比这一次自然多了。他抬眼朝四周望望，问："怎么没有看到琪琪？"

柳絮说："它太黏人了，我怕你不喜欢，把它关起来了。怎么样，要不要把它放出来？"

何其乐耸耸肩，一笑，说："算了吧。"

琪琪是柳絮家那只狗狗的名字，那是贺桐送给柳絮女儿格格的礼物。当然，关于后面一点，何其乐并不清楚。柳絮连邱雨辰也没有告诉。不过，邱雨辰倒是当着何其乐的面拿琪琪开过柳絮的玩笑，说你要是再养只狗呀猫的，可以叫乐乐，我没意见，只要收点冠名费什么的就可以了。何其乐当时就骂老婆神经，柳絮则急得一时找不到话回复，伸手在邱雨辰背上拍了一巴掌。

两个人不知道是不是同时想到了这件事，对望一眼，很快又把眼光错开了。柳絮头微微颔着，眼光落在玻璃瓶里的花上，好像对它起了研究的兴趣。何其乐则"噗"的一声打开了可乐，象征性地抿了一小口，把可乐罐搁在茶几上，一下一下地慢慢车着它转。后来，他直起腰，眼光却顺着玻璃瓶身慢慢地抬起来，也盯住了那一束蓝色的花儿。

"你知道这是什么花儿吗？"柳絮问，她抬头望了何其乐一眼，马上又看着了那束花。

"不知道。"何其乐很快摇了摇头，老老实实地回答。

"你真的不知道吗？"柳絮追问道，眼光不禁有些游离。

"我真的不知道。怎么啦？这花是不是……"

"世界上很多种花儿,同种不同名,唯独有一种花儿,无论是从非洲到欧洲,还是从亚洲到美洲,也无论它被写成何种文字,被读成何种语言,它的意思却只有一个,就是你买的这种花儿:勿忘我。"

这个花名何其乐当然听说过,只是对不上号而已。听了柳絮的话,不禁极不自然地挪动了一下身子,刚准备插话,见柳絮目光幽幽地注视着眼前的花儿,好像进入了忘我的境界,也就没有忍心打断她。

"每一种花儿都有最初的象征意义,现在人们管它叫花语。有些花儿,还会有专门的故事。"柳絮自顾自地说道,"勿忘我的故事是这样的:有个英俊潇洒的青年,准备到大山里去探寻宝藏,爱人对他依依不舍,送给他一枝勿忘我,亲手插在他的帽檐上,希望给他带来平安和幸运。有爱相伴的人总是幸运的,年轻人很快找到了宝藏,疯狂地往自己身上装金子,甚至取下那枝勿忘我,把帽子里也装满了金子。这时,山神给他忠告,让他不要忘了善,不要忘了爱,可他毫不理会,直到他再也拿不下更多的金子,这才匆匆跑了。他成了富翁,可那枝勿忘我却被他丢在了山间。这个忘恩负义的家伙,虽然没有受到严厉的惩罚,可他一辈子也没有得到幸福。"

何其乐听了柳絮讲的故事,反而不知道该说什么好了。

"你想知道勿忘我最初的象征意义吗?"柳絮问。

"那是什么?"何其乐也问。

"忧伤的回忆与爱的告别。"柳絮说着一笑,换了一种语气,继续道,"不过,不知者无罪,这不是你要表达的意思,对吧?"

"对。我给格格买了点水果,顺便给你捎了一束花儿。我认不了几种花儿,也不知道什么花语,随便买的,你别笑话我才好。"

"我怎么会笑话你?你……还有雨辰,是我最好的朋友。"

"是呀,这么多年了,不容易。"何其乐换了一个坐姿,让身体略微朝柳絮倾斜,这才继续问,"最近生意怎么样?"

柳絮摇了摇头,不经意地嘘了一口气:"就那样,现在的生意,不像原来那么好做了。"

何其乐点点头,轻声说:"别把自己搞得那么累,差不多就行了。"

"有时候我也这样想。可是,怎么停得下来?再说了,我总得给格格留下点东西。"

"有句老话,说子孙自有子孙福。再说,还有她爸爸哩。她爸爸……黄逸飞不管吗?"

"你指望他?他什么时候对这个家尽过责任?我这么在外面抛头露面、劳心劳力,还不是因为他给害的?真是男怕入错行,女怕嫁错郎,你知道,这不是我要的生活。"

"柳絮……"

"没事,没事。"柳絮伸出手不让何其乐往下说,她把头仰起来,一直望着天花板,几秒钟后才恢复原来的姿势,"不知道为什么,一提到他,我心里就有一股无名火直往外冒。我知道自己不是一个歹毒的女人,可我常常巴不得他死了,真的。"

"他最近……好像挺惨的。"

"只要狗改不了吃屎的本性,他还有更惨的时候。嗯,怎么啦,你最近见过他?"

"算是吧。他跟我说,他的广告公司快要倒闭了。"

"那么,他是请你做说客来了,希望我同意他用公司的牌子做一次艺术品拍卖会。这个人,可真是做得出。你不要理他。"

"这本来不是我能管的事,可是,我想知道,你干吗对这件事……嗯,这么反感?"

"那是因为我讨厌这个人,还有……其乐你知道吗?他哪里会好好儿地做什么艺术品拍卖会?他只想卖他的假画。"

"假画?"

"哪里有那么多真画?真画要真有那么多,也就不值钱了。公司刚成立那会儿我是不知道,还与他同流合污,是做完拍卖会才知道的。这个人,歪才是有一点的。他的那些假画,足以以假乱真。明明知道是自己做的赝品,卖个半真半假的价格也就算了,他不,偏偏卖的价还高得很。你不知道,这些年,一想到这件事我就提心吊胆,生怕哪一天就会有人找上门来。"

"有吗?"

"倒是没有。艺术品拍卖有个免责条款,只要拍卖公司事先声明不保真,那么,买家买假后果自负。可是,这些年,我把公司做到现在,可不容易,我怎么还会跟他搅到一起赚这种黑钱?另外,我倒真想看看,他要是口袋里没有了几个子，那些满嘴恩呀爱呀的小丫头片子，还会不会死乞白赖地缠着他。他以为他是谁，还不是几个钱给烧的？"

何其乐没有什么话好说了。

也许他压根儿就不该提黄逸飞的事儿？

他拿起可口可乐，又喝了一口，感到像有一个喜欢恶作剧的小鬼往他的喉咙里撒下了满把的绣花针似的，有一种极其轻微的刺痛和接下来的爽朗，难怪有那么多年轻人喜欢这种国外的碳酸饮料。

柳絮似乎也把话说完了，她把两只手交织在一起，自然地垂在小腹上，头微微歪着，对着那束勿忘我发呆出神。

何其乐觉得，她的这种简单的姿态真的可以入画，不仅美丽而优雅，而且似乎还散发出一种宁静、淡雅的气息，像初夏夜晚的月光下，轻轻掠过波光粼粼的湖面的微风，让受到抚慰的人，心境平和而惬意。

急骤响起的电话铃声打破了短暂的沉默，两个人不禁微微一怔。

柳絮脑袋朝两座沙发之间的小方桌上一偏，看到了座机上显示的号码，眉头却不由自主地微微拧了起来，她瞥一眼何其乐，然后摁下了免提键。

"我在楼下，我想上来看看格格。"

是黄逸飞。

"她不在。"柳絮干巴巴地回答。

"没关系，我可以上来等她。"

"不必了，小红带她看电影去了，还有一两个小时哩。"

"那有什么关系？这里不还是我的家吗？对，我知道你把门锁换了，可从法律上来说，这里仍然是我的家，对吧？"

"不对。请你别忘了我们之间的约定。"

"约定是可以改变的。你干吗这么不通融？是不是家里有客人，你不方便？"

"有没有客人跟你有什么关系？"

"也不能说没关系，也不能说有很大的关系，不过，如果客人是咱们的老朋友，何其乐何大秘书，我就不上来打搅了。是他吗？"

"你……"

柳絮终于没有把下面的话说出来，她伸出手指头"啪"的一声把免提键摁了。

他们两个说话时，何其乐一直憋着没有吭气，这时又喝了一口可乐，并不把罐子放到茶几上，而是拿在手里把玩着，他看了把头扭到一边的柳絮一眼，试探性地说："你们两个人怎么回事？干吗不好好儿说话？"

"跟这种人有什么好说的？只会给人添堵。"

"可是，这样下去也不是一个事。"

"我知道，你……和雨辰，别太担心我，我会处理好的。"

何其乐点点头，暗中一使劲，把手里的易拉罐捏扁了，"嘎吱"一响，引起了柳絮的注意，问他还要不要一罐，何其乐摆摆手，说里面还有哩。把那捏扁了的罐子凑到嘴边，又喝了一口，问："格格她们什么时候回来？"

柳絮扭头看了一下墙上的挂钟，说："应该还有个把小时，这家伙，倒是老念着雨辰和你。我说，你们准备什么时候要孩子，好让格格也有个伴儿？"

何其乐刚要回答，电话铃又兀地响了起来，柳絮看也没看，抓起电话就对着里面叫："你到底想干什么？有完没完……噢，是你呀！"柳絮朝何其乐翘翘下巴，又朝他挤挤眼睛，伸手把电话声音拨大了，继续说："我以为又是姓黄的哩。是的，我刚放下他的电话。你在哪儿呀？行呀，你过来吧。"

何其乐听出来了，电话里面的人是他老婆邱雨辰。她说她在离这里十几分钟的地方，准备马上动身朝这里来。

何其乐把易拉罐里剩下的可乐喝干净了，把罐子扔到了垃圾篓子里，从茶几的纸巾盒里抽出一张纸，擦了擦嘴，这才起身，对柳絮一笑："要不然，我还是先走了？"

柳絮点点头。

"黄逸飞刚才说他在楼下，不会碰到他吧？"何其乐问。

"管他哩。"柳絮回答。

"还有……呆会儿雨辰要来，她要是在门岗那儿登记，不知道会不会看到我的名字？"

"她开车没有？要是开了车，就不用登记了。门卫会打电话到家里，我只要说一声就会放行。"

何其乐笑着说："敢情我刚才被拦住是因为没开车呀？这个物业管理公司的指导思想真的有问题哩。"

"你要不开车也没问题，你就跟他说你是几号楼的业主。"

见何其乐没有接话,柳絮不禁抬头看了他一眼,却见他正目光炯炯地盯着她看,连忙把头低了。

何其乐对着空气轻轻地吐了一口气,说:"雨辰她们律师事务所就一台车,她今天有没有开车我不知道哟。"

"你放心吧,等下我去买水,在门岗那儿迎她。"

何其乐似有似无地点了点头。

柳絮离他两步的距离,跟着他一起来到玄关那儿,歪着头,看着他换鞋。何其乐已经把手放在门把手上了,柳絮突然叫了他一声。何其乐回过头来望着她。她却没有直视他的眼睛,而是把眼光低下去,轻声说:"谢谢你的花儿。"何其乐一笑,又默默地摇了一下头。柳絮到底把眼光抬起来看着他了:"等下回家的时候,给雨辰也买一束吧,玫瑰,红玫瑰,或者香水百合也可以。"

何其乐笑着点点头,拉开门,轻手轻脚地走了。

邱雨辰一进屋,柳絮就把琪琪从露台的狗屋里放了出来。

它好像跟她认识似的,站在客厅中间,用一双纯种博美的乌黑柔亮的杏仁眼地望着她,一边翘着小小的黑黑的鼻子,一边摇着雪白的长毛尾巴。

邱雨辰把包往沙发上一扔,刚朝它蹲下身子,它就欢快地叫着,屁股一扭一扭地朝她直奔过来,却不失京巴固有的那种帝王般的威严与自尊,似乎很拿架子。

邱雨辰一把把它抱起,噘着嘴,在离它的鼻子两三寸的地方"啵"了一下,这才抱着它在何其乐坐过的那张沙发上坐下。一边用手顺着它的毛发,一边抬头找柳絮要喝的。柳絮问她是要酸奶还是可乐,邱雨辰要了可乐。柳絮见她手里忙不过来,为她打开了,还替她插了一根吸管。

邱雨辰用下巴点了点茶几上的勿忘我,问:"有情况?又是哪个暗恋你的痴心男?"

"还痴心女呢。"柳絮边笑边摇头,说,"都人老珠黄了,还指望被谁惦记?我这是自娱自乐。你不记得了?我一直喜欢这种花儿。"

柳絮很容易就把这事搪塞了,但她想到了另外一个问题,如果邱雨辰回家看到了何其乐为她买的玫瑰或者香水百合,不知道会不会胡思乱想。当然,这个念头一闪就过去了,毕竟,她们是情同手足的姐妹,何况她与何其乐也谈不上有什么。

邱雨辰今天晚上也是无事不登三宝殿,她带来了跟流金世界相关的消息。

邱雨辰问流金世界拍卖的事怎么样了,柳絮说费了老鼻子的劲儿,却没有什么实在的进展,从现在的情况来看,好像卡在了信达资产公司。

邱雨辰说:"得赶紧做,否则,很有可能前功尽弃。"

柳絮心里不免一紧,问:"怎么啦?"

邱雨辰答道:"早几个月我不是接了肖氏兄弟的案子吗?到现在才把里面的法律关系搞清楚。怎么说呢?情况不是很好,所以赶紧过来告诉你。"

见邱雨辰把怀里的琪琪举着朝自己递过来,柳絮连忙隔着茶几伸手接了,仍然把它关回到了狗屋里。

邱雨辰等柳絮回来坐在了拐角沙发上,这才慢慢地把流金世界的来龙去脉向她作了介绍。

邱雨辰说:"你没有拿到拍卖委托,对标的的瑕疵可能不太了解。流金世界的建设用地,并不是通过招、拍、挂方式取得的,而是采取的合作建房模式,即由开发商出资金,土地方出土地,联合开发后分配房产。开发商当然就是肖氏兄弟的流金世界置业有限公司,土地方则是市人民大剧院。当时两家约定,分配给市人民大剧院的房产有两类,一类是商住两用房二十套,约五千六百平方米;另一类是三楼四楼两层商业铺面,每层约一千四百平方米,共两千八百平方米。开盘不久,二十套商住楼很快就卖掉了,流金世界置业有限公司也把钱划给了市人民大剧院。但三楼四楼两层商业铺面的销售却不理想,市人民大剧院于是提出来,由流金世界置业有限公司先行回购,并签订了补充合同,流金世界置业有限公司还按补充合同支付了百分之二十的回购款。没想到,这两年房价像坐了火箭似的往上蹿,市人民大剧院又想反悔了,要求流金世界要么提价,要么废掉那份补充合同。"

柳絮说:"市人民大剧院不知道流金世界一至四楼已经被省高级人民法院查封了吗?"

"他们不可能不知道,但他们有个对付肖耀祖的杀手锏,当初拿流金世界一至四楼找建设银行抵押贷款时,肖耀祖是单独以自己公司的名义办的,并没有经过市人民大剧院。也就是说,他们认为信达资产公司也好,省高级人民法院也好,都没有权力查封流金世界裙楼。"邱雨辰回答。

"怎么会这样?"柳絮问。

"我问过肖耀祖,他信誓旦旦地说,他不可能犯这种低级错误,并拿出了由市人民大剧院盖章的同意文件。可是,我拿着这份文件的复印件去市人民大剧院求证,他们却一口咬定这份文件是伪造的,所使用的公章早就废止了。"

"真的?"

"恐怕是真的,我又把这个消息告诉肖耀祖,这回他也不能确定了,因为整个抵押手续是全权委托一个姓施的律师办的,包括取得市人民大剧院同意的文件。他可以保证自己没有作假,但不能确定那个施律师搞没搞名堂,因为他当初付的律师费可不低,而且采取的是包干的方式。可是,这个施律师去年已经移民到美国去了,找不到人对证。"

"难怪肖耀祖会那么急着贱卖自己的东西。"柳絮若有所思地点点头,突然又问,"等一等,信达资产公司知道这个情况吗?"

"我准备先跟你通气之后再去找他们,至于他们是不是从别的渠道知道了消息,我就不清楚了。"邱雨辰把手里的可乐喝完了,顺手把空瓶子扔到了垃圾篓里,与原先何其乐扔的瓶子碰到一块儿,发出了短促的一响。邱雨辰目光瞟了垃圾篓一眼,很快又抬起来望着柳絮,接着刚才的话题说:"如果信达资产公司知道有人对他们查封的财产提出权属异议,也许有助于他们加快处理该财产的步伐。"

"我也这么想,你说的这事对于肖耀祖来说,绝对是个麻烦,但却有助于他和信达资产公司达成联盟,因为快速变现符合他们两家的共同利益。"

"从道理上讲,有这个可能性,但是,市人民大剧院的力量不可小觑。他们跟肖氏兄弟的矛盾,最多也就是个合同纠纷,可他们却在动用各种社会资源,想方设法让它升级,他们现在打的旗号是坚决不让国有资产流失,他们不仅摆出一副准备打官司的架势,而且开始找市文化局、省文化厅、市国土资源局、市房产管理局、市维稳办、市应急办还有各级政府和人大,扬言如果处理不好,就要组织市人民大剧院的退休职工、下岗职工去政府静坐,上街闹事。"

"可是,查封拍卖流金世界裙楼不是已经有了生效的法律文书吗?"

"那又怎么样?如果市人民大剧院真的闹起事来,谁敢出面承担让国有资产流失的罪名?"

"很明显,他们针对的就是肖耀祖他们公司和信达资产公司,不过,他们这样一闹也好，如果肖耀祖和伍扬还在为贷款的本息争来争去，别人没准真的会插一杠子。中国的事情就是怕拖，一拖，就麻烦。当事人各找各的关系，不乱成一锅粥才怪。相反，如果时间来得及，拍卖了也就拍卖了。"

"还有一个致命的硬伤，那块地是划拨土地，不要说肖氏公司没有取得土地使用权证，就是市人民大剧院如果要解散、撤销或破产，市政府将无偿收回其划拨土地使用权。"

"可是，既然是这样，当初又为什么同意让流金世界置业有限公司在上面建一栋那么大的高楼呢？"

"像这种土地和上面的建筑物不统一的情况，在咱们国家太普遍了。因为房地分离，各设管理机构，给交易和执法带来了不少难度。你可能还不知道，就连那些买了流金世界商住两用房的业主，至今都还没有办到房产证。如果市人民大剧院出面把这部分人串连起来，事情会更麻烦，更复杂。"

"可是，那样岂不是唆使别人打自己的嘴巴？毕竟，那是他们两家联合开发的项目。"

"可是开发商却只有一家，就是流金世界置业有限公司，市人民大剧院只会找他们要房产，而远离那些麻烦。"

"另外一个问题，如果土地使用权不属于市人民大剧院，那它当初岂不是没有资格跟肖氏兄弟合作，更没有权利享受其收益？"

"从法律地位上来讲是这样。但实际情况是他们合作了，拿到了好处，而且还嫌好处不够大。可是，却没有人跟他们较真。所以，我想，别看他们闹得凶，其最终目的也并不是要跟肖耀祖争个是非曲直，而只是逼他就范，以便答应他们的要价，因为划拨土地并非完全不能改变性质，如果政府同意，又补足了土地出让金，也可以依照法律法规转让。也就是说，只要肖耀祖向他们妥协，他们就会密切配合他把土地出让手续办好。"

"这样一来，肖耀祖岂不是亏大了？"

"他亏什么？这个项目从头到尾还不是拿银行的钱玩出来的？"

"也就是说，最后可能受损失的，反而是信达资产公司了？"

"这是一场充满了变数的博弈，博弈各方都会站在维护自身利益的立场上出牌，不过，这里面有个庄家，很难保证除了庄家以外的其他各方，不会作弊，比如说瞒着庄家互相看牌互相换牌，如果非要有个冤大头，那就是庄家，特别是替庄家打牌的人，如果存有私心杂念的话。"

"这个庄家你指的就是信达资产公司吗？"

"也许比它大，也许信达资产公司不过是替庄家打牌的人。"

"你的意思是说……"

邱雨辰及时地伸出一只手，没有让柳絮把后面的话说出口。她身体往前倾，闭上眼睛，使劲地嗅了嗅鼻子前面的那束勿忘我，然后正了正身子，望着柳絮说："我已经跟信达资产公司的伍扬约好了，明天中午和他一起吃饭。到时候，我先给你一个信息，你再打我的电话，让你中途过来，你觉得呢？"

"这样最好，两大美女左右夹击，不怕搞不定他。"

邱雨辰笑了，嘻嘻哈哈地问道："你要搞定他什么？"不等柳絮回答，又说："我说，你跟黄逸飞也拗了不少年了，你俩能不能再合到一块儿？要不行，赶紧离了，等碰到合适的，也好把自己嫁了。女人可耽误不起。"

柳絮说："怎么扯到我身上来了？我不急，你倒急了。"

邱雨辰又看了那束花儿一眼，继续笑道："你不知道，你的事儿一天没有着落，我一天心不安啦。"

柳絮说："真不知道你有什么不安心的。"

邱雨辰朝柳絮嘟嘟嘴，笑了，没再说话。

李明启当即动身回了省城，直接去了殡仪馆。

这大概算得上是最没有哀伤气氛的一场追悼会，李明启和遇到的那些同事打照面的时候，对方要么努力做出得了面瘫的样子，要么对他挤挤眼扯扯嘴角，一副欲说还休的样子。遗体告别的时候，李明启最后看了一眼林社长，平时那种可掬的笑容已经看不见了，因为一脸严肃而具有了一种陌生化的效果，但化妆师把他的两边脸颊弄得红扑扑的，让人怀疑他虽然已经死了，却仍然处在一种爽呆了的兴奋之中。

李明启跟在别的同事后面在遗体告别厅里转圈儿，轮到跟林社长的太太握手的时候，发现她的两只手湿湿的、凉凉的。她埋着头，戴着一副大大的墨镜，把自己的面孔遮住了差不多一半，那张平时能说会道的嘴巴抿得紧紧的，只在答谢问候者的时候才从里面蹦出几个短短的音节。李明启心里不禁唏嘘不已。他想起这个钻石级的安利产品直销员最常说的一句话，第一是坚持，第二是坚持,第三还是坚持,坚持就是胜利,这是做人做产品的一种境界。她现在在坚持,她还能坚持多久?她将戴着那副墨镜度过多少漫长的一段灰色的,乃至黑色的时光?这会儿她心里是否在大声咒骂:这个该死的王八蛋,怎么就这样死了?

李明启未能听到关于林社长的悼辞,但他能够想到,那肯定会让治丧委员会的同志们大费脑细胞。

林社长是在工作时间偷偷跑出去和情人幽会的,可那能算因工死亡吗?

也不能算自然死亡。前不久整个报社的职工都去医院做了一次身体普查,也没发现林社长有什么大的毛病,怎么就这么经不起折腾呢?

工作勤勤恳恳,任劳任怨,这样的形容词是可以用上的。可是,诸如生命不息、战斗不止呀,这些惯用的溢美之词就要斟酌了,用在林社长身上,可能就不太妥当。不过,好在汉语语言博大精深,李明启的那些同事个个又都是操练语言的高手,换一些词儿让家属满意,这样的技术活儿,在他们看来应该不过是小菜一碟。再说,在这种情况下,他家属把尾巴夹得紧紧的都嫌不够,还能有什么意见?

相比于一般的同事,李明启的心思可能要复杂很多。

他觉得自己是间接杀手。他送给林社长那瓶"西班牙苍蝇",很费了一番心思,既有投其所好、拉近两个人之间的关系的意思,又有让林社长在他外出期间多替他担当的意思,否则,他出差在外,一点不知道社里的风云变幻,那怎么行?没想到林社长这么贪玩,恨不得把别人玩死,结果别人没被玩死,自己倒被玩死了。人生啊人生,常常就是这样事与愿违,动机和效果不统一。

可是,如果没有"西班牙苍蝇",他就是想拼着命玩儿,也玩不了呀。

另外,李明启觉得,林社长以非正常死亡的形式为他敲响了警钟。

很多事情是不能勉强的。以自己当时已染沉疴的身体状况,那样与小姑娘疯狂,其实也无异于玩命。只是因为自己年轻,身体底子厚,才躲过了一劫。

林社长之死,已是轰动性的桃色新闻,要是自己当时没有挺过去,与林社长约好了似的同赴黄泉,那不成为特大性的爆炸新闻才怪哩。那就不是两条人命的问题,冯老师和他们的宝贝儿子,恐怕也会跟着羞死。

李明启感冒没有好,加上前一天晚上严重体力透支,这时已是心力交瘁。勉强支撑着做完了遗体告别仪式,从阴冷的遗体告别厅出来,外面强烈的阳光一照，不禁两脚发飘，精神恍惚起来。他不敢怠慢，给冯老师打了个电话，家都没回，一头扎进了省人民医院。

恰逢五一长假，医院里病人没见少，值班医生却少了不少。李明启不知道自己的病情够不够住院，怕被怠慢，便有意无意地向给他看病的副主任医生透露了自己的身份。

省报新闻中心主任，级别也就是个正处，但在别人眼里，却是一个可以接近至上权力、熟人更是遍及省市各厅局、人脉资源丰富得没法想象的角色，官不大，能耐不小。副主任医生表面上的态度并没有明显地好转，但对李明启的身体状况却明显地重视起来：领导抽得出时间吗？当然需要住院啦。你也别紧张，问题不是很大，但小问题不重视，同样会出大麻烦。领导干部辛苦哩，报纸越拿越远，尿越拉越近，都是身体处于亚健康的一种表现。你这个情况好像还有点特殊，恐怕得安排内科、外科的中医西医的权威教授作一次会诊。李明启忙问方便不方便。副主任医生说，是有点不方便，但是没问题，我来安排吧。没事没事，你就放心吧。进了省人民医院你还不放心？我们院可是全省最权威的医疗机构。

李明启住进特护病房后就把手机关了，每天打针吃药，中西医调理，重点补充睡眠和补肾。副主任医生说，一提到肾人们就想到是性功能减退，其实不对，至少不全面，从中医学的观点来看，肾乃先天之本，主耳，主髓海，主精，主骨，主水，主一身之阳气，所以比较复杂。还是那句话，我们已经是朋友了，你就一切放心吧。

一个礼拜下来，李明启感冒完全好了，元气也慢慢地恢复了。

李明启的精神刚好起来，便开始想自己的事。

他用脚指头一想都知道，在他请假外出和生病住院的这段日子里，他的那两个竞争对手不可能闲着，一定在加紧活动。

谁不活动谁是傻子。

不过，林社长之死，让事情的格局起了一些微妙的变化，一些对自己有利和对自己不利的情况，需要重新评估和进行新的排列组合，因为有些人的态度是跟着社长走的。社长死了，他的影响力也就消失了。这就需要重新洗牌。对于两个竞争对手来说，可谓有喜有忧。

奇怪的是，他们都不约而同地忽略了李明启。这也难怪，在他们眼里，竞争副总编辑的三个人选，李明启的综合实力最弱。人都不在社里露面，一副无为而治的样子，要么是天真幼稚，要么是自己对自己都没有信心，报个名陪着玩一玩儿。

无为而治？

如今什么世道？你要无为，肯定没治。

两个人无论怎样在社里社外活动，其基本套路无非是抬高自己打压对方，可能的区别，不过是看人说话，到哪座山唱哪支歌，到哪座庙拜哪尊佛。对于和自己关系铁的，有话直接说；对于和自己关系一般的，有话好好说；对于和自己关系欠点火候的，察言观色着说，即使不能把人家拉拢过来，也要争取让他保持中立，投弃权票，投别人的票就糟糕了，一得一失，等于有了两张票的差别。

正因为两个人势均力敌，反而彼此的力量都被对方消耗了不少。

五一长假结束，正式上班的第二天，单位的民主评议开始了。

看得出，那两个候选人经过了充分的、精心的准备。

报刊社论似的语调，严密的条理性和逻辑性，加上把握适度的激情，分析当前形势，展望美好未来，每一个人的发言最后都获得了掌声。

李明启的竞选演讲却显得十分随意，他谈得最多的是对社会和生活的感悟。他没有提林社长半个字，但极其巧妙地利用了报社前最高行政长官之死对每一个人神秘内心的触动。他的每一句话似乎都有所指，暗藏玄机，但决不装腔作势，盛气凌人，而是极有亲和力和穿透力，平实、率性而且非常诚恳。

令几乎所有的人都没有想到的是，李明启对于自己昨天在省报上发表的长篇文章只字未提，而关于这篇文章的神秘背景，却早就在坊间传开了。

四月底，国务院公布《行政机关公务员处分条例》，李明启的文章是针对该条例发表的时事评论。本来，这样的文章算是应景之作，也没有什么可说的，而且应该出自时事理论部，与新闻中心关系不大。

但这篇文章却大有来头，都知道，省报每一位名记后面都会有一座靠山。想不到的是，李明启的靠山居然是陆海风书记。据说这次就是省委书记陆海风亲自点的将，甚至连题目都是陆海风书记亲自拟定的，说陆海风书记对这篇直指公务员以权谋私的文章赞不绝口，省委秘书处送稿子过来的时候要求全文照发。这些天李明启神龙见首不见尾，原来是躲到橘园小区的省委接待处写文章去了。这个家伙，平时不哼不哈的，却大有来头。真是行家一出手，就知有没有。虚怀若谷，大智若愚，后生可畏呀。

总而言之，李明启在副处级以上干部的民主评议会上，表现堪称完美。当场投票，当场验票，他得票最高，比一个竞选人高出十一票，比另外一个竞选人高出八票。

散会之后，从会场回办公室的路上，不断有人凑过来跟他打招呼，朝他挤眉弄眼地笑笑，或者拿胳膊肘捅捅他，或者很快地竖起大拇指在他胸前晃一两下，或者干脆提醒他别忘了他。李明启脸上挂着的那种笑容，像中了彩票大奖忍不住想狂喜一番又必须拼命憋着以免轻易露富的样子，不断地回应别人的招呼。他心里很清楚，这些人无非向他暗示，他的得票中有自己的一份贡献，他们已经提前在把他当副总编辑来巴结。

李明启上了一趟卫生间，在镜子里认真地瞅了自己一眼，发现自己脸上的笑容与他见惯了的林社长的笑容，真是何其相似乃尔。李明启是彻底的唯物主义者，并不认为这是一种晦气。正相反，他愿意林社长永远活在自己心中。

好不容易回到了自己的主任办公室，李明启轻轻地把门扣上，仰起脸，对着天花板吐出一口长气，又拿两只手使劲地在两边脸颊上搓了搓。这才坐在真皮转椅上，双腿一撩，把两只穿着皮鞋的脚撂在了办公桌上。

刚才他已经知道了那篇时事评论的事。

他在那一大堆报纸的最上面找到了署有自己大名的那篇文章，一看，果然正是何其乐发到自己邮箱里的那一篇，只是在前面加了几句与《条例》挂钩的导语。

李明启心里一热，没想到何其乐这么够哥们儿，默默地为他做了这么多的工作。他马上拨通了何其乐的电话。

电话很快就通了，何其乐语速很快地告诉他，五分钟后再给他打电话。

刚到五分钟，李明启的座机响了，正是何其乐。李明启压抑不住兴奋，但总算压住了嗓子，说："春秋笔法，锦绣文章呀。"

何其乐说："有你这么自夸的吗？"

李明启马上做出一副刚刚省悟过来的样子，连忙说谢谢，谢谢。过了不到三秒钟，又说大恩不言谢，有点语无伦次的样子。何其乐告诉他，他已经知道了投票结果，报社党组会议马上会开，应该没什么问题吧。

李明启希望马上和何其乐见面。

何其乐说算了，这几天太忙了，分身无术啊。

李明启知道，按照干部任免程序，这才万里长征走完第一步。可是，这是多么关键的一步啊。党组通过之后，报省委组织部干部四处，再征求省委宣传部的意见，最后上省委常委会，一路上有何其乐照应着，有什么问题可出的？

李明启心里那股暖暖的小溪流汨汨地流淌着，就想找个出路。他想给冯老师打个电话，拨到一半，又放弃了。他很尊重自己的老婆，甚至有点怵她。他知道她对于他的升迁，比自己还看重。告诉她投票的结果，无疑会让她很兴奋，但接下来的日子恐怕会比他更加担惊受怕。女人毕竟是女人，心里头难得存什么大事。当然，也不能不告诉她，否则情理上说不过去，万一她从别的渠道知道了消息，李明启的麻烦就大了。冯老师要是问他这么大的事都对她瞒着，是什么意思？他会回答不上来。

所以这个消息肯定要告诉冯老师，不过时间场合要找对。比较合适的时间应该是临睡之前，轻描淡写地提一下，同时把不可预知的情况说得严重点，意思是让她不要抱太大的希望，只当成一件平常的事，万一有什么不好的结果，也不至于太失落。

李明启相信不可能会有不好的结果。李明启是这样想的，何其乐要么不出面，一旦出面，就一定会把事情办成，因为表面上是他在运作，那些相关部门的领导，肯定会以为其实这是陆海风书记的意图。再说了，要是办不成，岂不等于让何其乐丢面子？什么大秘？原来也就那么一点儿能耐。

李明启需要别人分享他的喜悦。

他想到了安琪。

这小姑娘也不知道是怎么回事，十天半个月竟没有了消息。也不知道是还在赌气撒娇呢，还是另外找了什么人。如果是前者，呵一呵，哄一哄，也就没事了。如果是后者，李明启也不会往心里去，像他这种人找女朋友，不怕找不到，就怕甩不掉。她安琪要是这种小别的寂寞都经受不了，主动地离开了他，那不是坏事，反而是好事。等他真的当上了副总编辑，可以找个档次更高的。

不管怎么样，还是先见个面，把情况搞清楚以后再说吧。

手机很快就通了，却迟迟不接，直到自然断掉。

李明启把办公桌理了理，又给自己泡了一杯茶，见挨过了两分钟，又把电话打了过去。

这次很快就接了，却是一个男的，不客气地问他，你是谁？找我老婆有什么事？

李明启连忙说对不起，不好意思，可能打错电话了。

李明启当然不会打错电话，安琪的电话是他亲自存到手机里去的，当时还嫌这个名字太女性化，万一冯老师玩他的手机发现了难得解释，便擅自把她的名字改成了安大伟。

李明启没想到安琪会跟他来这一招。这个套路分明是他教给她的。那时他们刚认识不久，安琪老向他抱怨，说这个总那个总好讨厌的，一会儿请她吃饭，一会儿请她喝咖啡，都不知道该怎么拒绝人家。李明启卖弄小聪明，说你要真心摆脱一个男人，很容易，就是让他知道你是一个麻烦。他半开玩笑地跟她建议，下次这个总那个总要来了电话，我帮你接，我就问你是谁呀？找我老婆什么事呀？我凶巴巴地说话，吓死他。

李明启的好心情并没有被破坏多少。其实，要搞清楚安琪到底是怎么回事，换部陌生的电话打过去就可以。但李明启忍住了。跟安琪的关系，他觉得还是听其自然比较好。

李明启最后决定还是回家陪老婆孩子吃饭。

刚坐到饭桌上，手机响了。李明启暗自吃了一惊，以为是安琪。一看显示屏，却是何其乐。他示意冯老师他俩先吃，自己起身去了书房。

李明启有意让手机多响了两三声才去接。以前都是他主动黏着何其乐，恨不得成为他的小尾巴。如果一切如愿，他们之间今后是不是会有更多的平等对话的机会？

何其乐劈头就问："早几天林社长的追悼会，你是不是治丧委员会的成员？"

李明启说："社领导都是，几个主要部门的部长或主任，也都是，我因为刚好不在单位，所以就没参加。怎么啦？"

何其乐说："也没怎么啦。上午我听老板跟省委宣传部的方部长打电话，谈到了那位林社长。老板说，堂堂省报的社长，跟情人幽会，死在宾馆的床上，这是什么性质的问题？他要不死，问题还发现不了。真是给咱们的干部，给咱们的组织丢脸啦。开房的钱是他自掏腰包，还是公款报销？要不要查一查？按照惯例，有情人问题的，往往经济上也不干净，要不要也查一查？"

李明启问:"上面真会查吗?"

何其乐说:"按道理来讲,人死了,事情就成了无头案,怎么查?可是,老板是个认真的人,这事影响也太坏了。你们报社也是,也不看看人是怎么死的?急急忙忙就把追悼会开了,真是太没有觉悟了。你没进那个治丧委员会,最好。说不定,社里班子这次要大动。"

李明启"噢"了一声。

何其乐说:"这些话本来不该跟你说的,好在你也不是外人。记住,到你打止,烂在肚里。非常时期,要韬光养晦呀。"

李明启连忙说:"是是是。"

何其乐说:"再给你透点消息,这个月月底,中纪委可能会下个文件,严禁利用职务上的便利谋取不正当利益,动作可能会很大,你留心一下,争取再上一两篇有分量的文章,要加深老板对你的印象。"

挂了何其乐的电话,李明启在书房的沙发上坐着没有动,对着天花板吐故纳新了半分钟,又呆呆地运了一会神。他暗自笑了,如果自己的感觉不错,应该说他已经被何其乐当成了可以分享秘密的圈子里的人。

他想起了那两枚印章,也许这是送给何其乐最好的时候。

因为感到也许要不了多久就会调换办公室,李明启今天正好把伴随他差不多有了十年的旅行拖箱带回了家。现在就放在另外一只单人沙发上。

李明启打开旅行拖箱后心里不禁一沉:放在夹层、那两枚用报社信封装着的印章不见了。

柳茜见到小姑娘后不禁眼睛一亮。她长着一双明亮的、无邪的丹凤眼,尽管很少跟人对视,可在你不注意她的时候,她又会很专注地盯着你看。她的下巴翘翘的,十分圆润,弧线优美。同样圆润的、弧线优美的还有她的屁股,紧紧的、翘翘的,使她那挺拔的身材,亭亭玉立中透露着一股子野性的放纵。

柳茜并不觉得小姑娘跟自己长得有多像,但总感到不知道是在眉宇之间还是在别的什么地方,两个人归属于一种类型。也谈不上喜欢不喜欢小姑娘,但柳茜觉得自己要找的"表妹"就是她。

柳茜不想太轻易地相信自己的第一感觉,决定在录用她之前还是要考考她。

"这段时间,火车站、长途汽车站出现了不少偷换假钞的小商店,你拿着一张一百元的大钞去买东西，营业员接过去之后会很快地退给你，说钞票太旧了或太新了或缺了一只角，让你重新换一张，可就在这极短的交接过程中，你原来的真钞已经被调包成了假钞，你怎么办？"

"再让营业员换过来呗。"小姑娘不假思索、理直气壮地说。

"营业员当然不会承认，没准还会反咬你的一口，说你讹诈。"柳茜一下子把她驳了回去。

小姑娘歪着头，斜着眼睛望着半空，过了十来秒钟，恢复了常态，不紧不慢地说："我先找她要钱，她要是耍赖，我就离开她的店子，当然不是真离开，只离开五六米，我先盯着她的招牌看，再盯着她本人看，如果我的手机能拍照，我就把她店子的招牌和她本人的样子都拍下来。当然，我做这一切的时候，一定要让她看见，要让她知道我在干什么。然后，我再走过去，找她要回我的一百块钱。"

"她会给吗？"

"一半对一半吧。"

"怎么说？"

"她赌我是外地人，人生地不熟好欺负，我赌她不知道我是否会善罢甘休，将会对她的店子和她本人做什么。"

柳茜对小姑娘的回答非常满意。一个十几二十岁的小姑娘，有着与她的年龄极不相称的老练与成熟。最重要的问题在于，她知道可为不可为。

得了，表妹就是她了。再说了，时间紧迫，马上就要上路了，柳茜也没有多少工夫用来挑挑拣拣。

柳茜不想让表妹穿得太寒碜了。她一眼就看出来了，那一身耐克是水货。

她带小姑娘去了一趟城市之光购物广场，为她买了一套正宗的耐克，还买了一套韩国牌子的夏装。耐克休闲服随意，也还上档次。韩国服饰尽管大部分是广东东莞生产的，但用料很讲究很特别，泡泡皱皱的，穿起来很时尚，很有小女人味。

她本来还想替小姑娘买套华歌尔内衣内裤的，犹豫了一下，还是作罢了。小姑娘毕竟不是她的真表妹，雇佣关系一结束，便不会再有什么往来，在她身上花的钱，一定得物有所值，虽然上档次的内衣内裤比外包装更能体现品位，不过，大部分的男人往往粗枝大叶，即使有机会注意这个环节，也常常被他们轻易跳过。

手机却不能不买一款。小姑娘现在用的手机实在太旧了，说不定是从哪里淘来的二手货，关键的问题是还没有拍照功能。

柳茜让小姑娘把那玩意儿扔了，她去帮她买台诺基亚。

小姑娘大致已经明白了自己的任务，对于柳茜在自己身上花的这些钱，喜欢是喜欢，也没有太多的感觉，仅仅把它们看成是一种装备。衣服一上身，不可能再脱了退给柳茜，手机就有点不一样。合同期满是否要上缴，就有必要事先明确一下。

柳茜一笑，告诉她，手机是送给她的，也不会从工资里扣。

小姑娘也就笑了，说原来的手机就不用扔了，但我保证不会再让它在你和你朋友面前出现。另外，如果新买手机价位不变，她可不可以换个牌子？诺基亚太破了，最近不是在闹电池收回的事吗？她宁愿要韩国的三星。

武装停当，柳茜和小姑娘先与杜俊在紫金路上的肯德基店见了面。

柳茜装着很不经意的样子，偷偷地观察杜俊的反应，只见他瞟小姑娘一眼的时候，眉毛轻轻地跳了一下，以后便刻意地控制着自己不再看她。柳茜心里有底了：贺小君接纳小姑娘一定不会有什么问题。

杜俊没想到柳茜还真给贺小君找了个陪玩的，望着柳茜，一副欲言又止的样子。

小姑娘一开始还把杜俊当成了自己要陪的人，见他与柳茜一对眼风，马上明白是自己弄错了。她是个聪明人，看出杜俊有话想跟柳茜说，借故上洗手间，自己把自己支开了。

肯德基店里一年四季人总是很多，吵吵的。杜俊等小姑娘一离开，便紧紧盯着柳茜，摇了摇头。

柳茜倒笑了，说："你是不是很有想法？说吧。"

杜俊说："说什么？你到底想要干什么？"

"怎么又问这个问题？你不是怕自己在贺小君面前表现得太重色轻友吗？给他找个伴儿，他就没有给咱们当电灯泡的感觉了。"柳茜回答。

"就这么简单？"杜俊并不放过柳茜。

"那你说会有多复杂？"

"我不知道你到底想干什么，可是，我再跟你说一次，贺小君是我最好的朋友。"

"杜俊你什么意思？我现行反革命吗？我老巫婆吗？我能对贺小君使什么坏心眼儿？感情不感情别谈，你跟我睡都睡了几年了，我是个黑心肝的人吗？"

杜俊在柳茜面前永远也就那么一点出息，她要是真一发飙，他就软了。

"可是，你从哪里弄来的这么个人？你对她知根知底吗？"杜俊说。

"你要我对她知根知底干什么？咱们又不是给贺小君找女朋友，假期里玩一玩，过后拉倒，哪里有那么多穷讲究？"

"起码得弄清楚她到底干净不干净吧？"

"又来了。我也再跟你说一遍，这我还真不敢保证。"柳茜说完这句话歇了歇，轻轻转动着细长的脖子，四下里望了望，盯着杜俊，继续说，"可是，请你告诉我，这屋子里这么多年轻的和不那么年轻的、长得漂亮的和长得不那么漂亮的，哪个是干净的，哪个是不干净的？你分得清吗？"

"问题是，贺小君可能会很相信我们。咱们怎么介绍她？你跟他说，这是替你找的伴游小姐，请笑纳。你会这样说吗？"

"你倒是提醒了我。是呀，好像真的不能这么介绍哟？那该怎么介绍呢？说她是我表妹好不好？你说呢？"

杜俊无话可说。

"你就放心吧，贺小君不是小孩子，他是成年人，他知道是怎么回事。不信，咱们打赌。"

第二天见了面，连杜俊都觉得怎么向贺小君介绍小姑娘已经成了多余的，他们很有一见如故的意思。路上吃的东西柳茜已经准备了不少，贺小君还嫌不够似的，怂恿着小姑娘进了超市，嘴里还直嚷嚷，硬说柳茜买的东西不对口味。

等他们下了车，柳茜说："看看人家贺小君，比你会献殷勤多了。你不是替他担心吗？赶紧给他发信息，让他多买两盒套子。"

杜俊说："当着小姑娘的面，买这些东西不好吧？"

"你昨天不是还在替他担心吗？你既然不知道人家干不干净，这些东西当然就得提前准备。别怪我没提醒哟。"

"可是，这种事不大好开口吧？"

"你个猪头，你不知道说是你让他买的呀？"

四个人，两对。杜俊开车的时候，柳茜坐在副驾驶的位置上。轮到贺小君开车的时候，柳茜就把位置让给小姑娘。一开始，贺小君和小姑娘都还憋着，后来柳茜提议大家讲段子解闷，气氛这才活跃起来。

柳茜身先士卒，提议由她开头，但每个人的段子都必须涉及夫妻关系。她讲的段子是这样的：有对夫妻为了保养自己的身体，于是决定停止彼此的性生活，并坚持分房而睡。为了说到做到，他们约定睡觉之前都必须把房间锁好。第一个晚上没事，第二个晚上也没事，到了第五个晚上，欲望的火苗越烧越旺，他们很快就为当初禁欲的决定后悔了。第六天清晨，一阵如雷的敲门声吵醒了太太，她半睡半醒地说："别敲了，亲爱的，我知道你为什么敲门。"丈夫说："可你知道我是用什么敲的门吗？"

大家笑了一阵，轮到杜俊了，他想了想，说："我出一个脑筋急转弯的问题，一只蜜蜂落到日历上，打一成语。"

大家猜了半天，不知道是什么，要杜俊说出答案。杜俊不说，柳茜打了他一拳，逼他说。杜俊说你们这些笨蛋，总是把简单的问题复杂化，一只蜜蜂落到日历上，不就是风和日丽吗？

杜俊的话换来了柳茜更多的拳头，说，什么乱七八糟的？这也太弱智了吧？还文不对题，夫妻关系呢？

不行。再来。

杜俊想了半天，说了下面的段子：某男在酒吧里看到一位容貌美丽、气质高雅的小姐，犹豫了很久，终于鼓起了勇气，走到她旁边，低声道："我能和你聊聊吗？"没想到那小姐高声叫了起来："不！我不和你睡觉！"整个酒吧的人都把目光盯在他俩身上，某男十分尴尬，红着脸一言不发地退回到自己的座位上。过了一会儿，那个小姐走到某男身边，低声说："对不起，我是大学心理学专业的学生，刚才我只是在做试验，看人们在极度尴尬的情况下会有怎样的反应。"某男从座位上站起来了，高声叫道："什么，你要一千块？太贵了吧?！"

这次大家都笑了。但柳茜很快发现了问题："夫妻关系呢？"杜俊不慌不忙地说："他们后来结婚了。"

轮到小姑娘了，她说："我接着讲吧。这两个人结婚不久，男的就到国外留学去了，一年后才回家探亲。当晚那个之后，夫妻俩酣然入睡。半夜突然响起敲门声。男的从睡梦中一跃而起，惊呼：'不好！你老公回来了！'女的嘟囔了一声：'不可能，他在国外留学哩。'"

最后该贺小君讲了，他正在开车，问："手机里面的算不算？"

柳茜说："符合条件而且能把我们逗笑就算。"

贺小君的手机在右边裤子口袋里，让小姑娘帮忙掏出来，小姑娘略一犹豫，身体倾斜过去，把手伸到了贺小君裤子口袋里，边掏边说："哇，你的机机好难掏哟。"柳茜从后面捅了她一下。小姑娘又掏了好一会，才把手机掏出来，照本宣科地念起来："一个男性自杀者的遗言：几年前我跟一个寡妇结了婚，她有一个已成年的女儿。后来我父亲跟我妻子的女儿结了婚，我女儿于是成了我继母，我父亲成了我女婿。两年后，我妻子为我生了个儿子，他是我继母同母异父的弟弟，我儿子管我叫爸爸，我管我儿子叫舅舅。我女儿又为我父亲生了个儿子，他是我的弟弟，但他又必须得管我叫外公。同时我是我妻子的丈夫，我妻子即我继母的母亲是我的外婆，所以我是我自己的外公……于是我想到了死……"

除了贺小君，大家都笑翻了。小姑娘在副驾驶的位置上使劲儿地跺脚，使劲儿拍打着旁边的贺小君，整个车里洋溢着快乐的气氛。

中餐靠买来的零食随便打发。仍然是贺小君开车，小姑娘为他搞后勤服务，饼干牛奶都往他嘴巴里喂。后排的杜俊朝柳茜撇嘴，柳茜则装着没看见，不露声色。

转眼到了晚上，杜俊问是继续往前赶路，还是找个地方停下来吃饭住宿。柳茜说，出来玩儿就图个舒适开心，紧赶慢赶的，窝在车上太难受。贺小君和小姑娘约好了似的不表态，这事就由柳茜做了主。碰到一个中等城市，便下了高速公路。

柳茜想了想，还是开了三间房。她和杜俊一间，贺小君和小姑娘各一间。吃了饭，各自回房间洗了洗，柳茜问大家玩不玩牌，都说好呀，便集中在柳茜房里玩三打哈。这是一种最先由湖南人玩出来的扑克牌，简言之就是三个打一个。不好玩钱，输了罚做俯卧撑，结果一个多小时下来，没有一个没做的。贺小君逞能，老想坐庄，被罚做了差不多一百个俯卧撑，直喊这种搞法没道理，没有实在内容，白耗体力。等到再次输了，便要赖，说宁愿输钱也不愿意再做了。柳茜早见他与小姑娘眉来眼去的，就说时间也不早了，不如早点休息吧。

等到房间里只剩了柳茜和杜俊，柳茜问，起身之前让你给贺小君发信息，发了没有？杜俊说发了。柳茜问，东西呢？东西给你没有？杜俊说没有呀。

柳茜说："那你要不要去找他要？"

杜俊看了柳茜一眼，一耸肩，就准备出门，一把被柳茜拉住了："猪头。你不是真的这么傻吧？"

"你准备了？我没准备哟。"杜俊说。

"你什么时候准备过那玩意儿？我是问你，贺小君今天会去敲小姑娘的门吗？"

"他要有想法，根本不用敲门，房间里有内线电话。"

"那你说他俩今天晚上有没有戏？"

"难说。"

柳茜追着要杜俊说，杜俊拗劲儿上来了，就是不说。两个人一闹就闹到了床上。

那个之后杜俊很快就睡着了，柳茜却久久不能入睡。到了大半夜，手机信息响了，是小姑娘发来的。柳茜翻开彩信看了，一笑，心里不禁骂道，这个小贱人。

柳茜把手机关了，塞到枕头底下，也很快睡着了。

第十五章

肖耀祖这些天开始有点着急了。这边，信达资产公司老是拖着没个准信；那边，市人民大剧院闹得越来越凶，也不知道会怎么收场；外边，他哥哥肖光宗也有点蠢蠢欲动的架势，已经打电话开始和他讨论回国的日程了。

肖耀祖不知道肖光宗在医药那块儿的生意做得到底有多大，也不知道他陷得到底有多深，实际上，肖光宗管他的事儿管得多，他对老兄的事所知甚少，肖光宗如果打定了主意要过来，他不好劝，也劝不住。他只知道，如果肖光宗回得太早了，他的计划便很可能会落空。

鲍高潮律师是肖耀祖找的，他看重他们所里的人脉资源，说得明白一点，肖耀祖其实是冲着邱雨辰去的。按照他的想法，只要把市人民大剧院的头儿私下里摆平了，也就不会有什么大的事了，他付给他们的律师代理费那么高，其实就做了这方面的预算，只是没有把话说透。

他不能说透，肖耀祖对那些做律师的一向没有什么好感，他吃过他们的亏。要把事情办成，又还得依靠他们。有的律师，生怕你不打官司，生怕你的官司打得不够大，甚至经常打着法官的牌子找你要这要那，这人要是摊上了官司，真的是不死也会脱层皮。

这不，麻烦来了。不知道鲍律师是故意装傻没领会他的精神，还是太相信自己的关系了，竟把跟市人民大剧院的那层窗户纸给捅破了。事情没搞掂，反而给他惹了一个大麻烦。

尽管肖耀祖也知道，这层窗户纸即使不去捅它，迟早也得破，但把他公司跟市人民大剧院的头儿的关系，搞成他公司跟市人民大剧院单位之间的关系，却实在是一着臭棋。肖耀祖跟市人民大剧院的那几个人打过交道，不是不好摆平的。现在倒好，矛盾公开了，单位里的人七嘴八舌的，谁都难得控制局面了，那几个领导为了表明自己清白，为群众谋利益，反而成了与肖耀祖讨价还价的急先锋。

事到如今，肖耀祖才知道对这方面的隐患严重估计不足。他原来还想故意把水搅浑，好逼着信达资产公司让让步哩。现在用不着了，有人主动找上门来了。

肖耀祖心里窝火还不知道找谁发，律师事务所是自己找的，又没把话跟人家说明白，人家又不是你肚子里的蛔虫，当然只会按照他们的思维方式办事。

他们的思维方式确实与人不一样，简单一句话，他们并不觉得自己把事情办砸了。他们认为，只有让所有的事实、证据浮出水面，才能客观评估输赢的可能程度，才能掌控事态的进展。

唯一能给人一点安慰的是，鲍律师邱律师总算还是敬业的，也在为他的事积极努力地奔波。他想让他们尽快跟伍扬见面，看看他到底什么意思，也很快就约上了，不像他自己，平日里和他称兄道弟的，真要找他说几句心里话，倒像是隔了一万座山似的。

唉，事到如今，也只能走一步看一步了。

对于邱雨辰的约请，伍扬不可能不来。

鲍高潮和邱雨辰的律师事务所在省会城市很有名气，接过不少大案子。更主要的是，伍扬是在场面上混的人，不可能不知道她的老公是谁。他不一定需要得到她老公的什么帮助，但如果怠慢她，于公于私也似乎完全没有必要。

不过是一餐饭嘛。

两个人已经在伍扬的办公室见过几次面了，所以，一到邱雨辰定的地方——海内海鲜酒楼三楼包房，伍扬就开玩笑，说："搞得这么客气，今天谁埋单呀？"

邱雨辰也开玩笑："看你的表现吧。你要是客气，就你埋单。你要是不客气，我就叫个人来埋单。"

伍扬很敏感，说："谁呀？肖耀祖呀？得了，还是我埋单吧。"

邱雨辰说:"你怎么知道是肖耀祖呢?伍总呀,想见你的人多啊。"

伍扬一边很谦虚地摇摇手,一边忍不住再次追问是谁。

邱雨辰却不急着告诉他,只说到时候你就知道了,同时奇怪他为什么不愿意见肖耀祖。

伍扬说:"我跟他是朋友,他找我无非是想让我减免他的本金和利息。可是,他借的又不是我私人的钱,我能随便答应他吗?当然不能。我总不能为了跟他的私交,慷国家之慨吧?再说,这本来就不是我一个人能做得了主的事;可要当面拒绝他,也还是不好怎么说啊。正好,你把话带给他,就说你一幢楼摆在那儿,评估值已经超过了本息一大截,叫我们怎么减?如果拍卖完了之后实在不够,他们公司又再也没有可供执行的财产,那时候再提要求还差不多。"

"那为什么不早点拍卖呢?"邱雨辰问。

"这个肖耀祖,你别看他没读过什么书,其实狡猾狡猾的。本来这个标的是由省高院执行局强制拍卖的,他却偏偏要走水路,想在省高院那里争取到机会,就是让他自己先拍卖或变卖。这里面有没有猫腻我不清楚,可他越是这样,我们公司就得越是谨慎。我跟他不一样,他是商人,还是外商,随时可以一拍屁股走人。我呢?吃的是共产党的饭,就得替共产党做事,而且这事还只能做好,不能做砸,难啦。"伍扬说。

邱雨辰听出伍扬的话里有些唱高调的成分,好像他此时此刻面对的不是对方的律师,而是需要时不时表表决心的党组织。邱雨辰对此一笑而过,停了一会儿,才说:"最近发生的一些情况,伍总一点不知道吗?"

"什么情况?你说的是市人民大剧院跟肖耀祖扯皮的事儿?"

邱雨辰望着伍扬,轻轻地点了点头。

"早就听说了。"伍扬说,"市人民大剧院没什么道理吧?他们已经得了不少好处了,何必人心不足蛇吞象?再说了,那块地是划拨地,真正的产权所有人也不是市人民大剧院。他们闹,主体资格不符嘛。"

"原来伍总什么都知道。"邱雨辰笑道,"不过,也不能说市人民大剧院一点道理都没有,他们如果放开了架势跟肖耀祖扯皮,难免不会伤害到你们信达资产公司吧?什么原因?因为不管是市人民大剧院跟肖耀祖的利益冲突,还是他们跟你们信达资产公司的利益冲突,当地政府可能都会站在市人民大剧院一边,你觉得呢?"

"那是肯定的。"伍扬边说边短暂地笑了一下。

"那怎么办?"

"什么怎么办?"

"伍总没想过对肖耀祖让让步吗?据我所知,市人民大剧院虽然扬言要和肖耀祖打官司,却迟迟未去法院立案,如果在他们立案之前拍卖成功,他们就什么也得不到,而你们的损失也就会控制在可以掌控的范围之内,不是吗?"

"是。可是,拍卖不是一件可以偷偷摸摸进行的事,如果我们公司像邱律师说的那样去做,我们就会搅到市人民大剧院和肖耀祖的纠纷里面去,就会加速市人民大剧院在法院的立案,而且,让我们和肖耀祖和解,其中预设的前提,是我们信达公司先行退让,这于法理于情理都说不过去,总部不会批。还有一点,我们最终能收回多少钱是一回事,是否以符合程序的方式收回债权是另外一回事。邱律师应该明白,公家做生意跟私人做生意,还是有很大的不同的。"

"为了所谓的符合程序,即使少收一千万、两千万、三千万,甚至四五千万也在所不惜吗?"

"邱律师的意思是说……"

"我的意思是说,因为你们公司的态度不明朗,我的当事人,也就是肖耀祖已经陷入了进退维谷的境地,他跟市人民大剧院的纠纷,无非两种结局。其一,跟他们达成妥协,支付相当数量的补偿款给他们,从而消除流金世界土地权证方面的瑕疵;但肖耀祖不会这样做,目前也没有能力这样做,因为他不愿意也拿不出这笔钱。其二,肖耀祖付诸一搏,跟市人民大剧院法庭上见,努力把纠纷控制在经济合同的层面,可是,市人民大剧院不会坐以待毙,势必动用一切社会资源予以抵制,他们之间的官司将旷日持久,胜负难料。而无论是哪一种结果,都不可避免地会牵扯上贵公司,不是吗?"

"我们也会有两种选择。第一,请求法院立即进入强制拍卖程序。据我所知,法院迄今为止并未明确表示同意让肖耀祖自行拍卖或变卖,都是一家叫一诚拍卖公司的,鬼搞子搞,把事情搞复杂了。第二,如果事情真像你说的那样,肖耀祖和市人民大剧院闹得不可开交,以至法院都不敢轻易拍卖流金世界裙楼,我们宁愿放弃对实物资产的处置,转而拍卖对流金世界置业有限公司的债权。"

"拍卖债权?"

"邱律师当然知道债权拍卖是怎么回事。如果拍卖成交,买受人取得了原来委托人的债权人地位，就等于获得了要求债权人履行义务的请求权。我们公司搞不掂肖耀祖和市人民大剧院，总有搞得掂他们的人。"

邱雨辰心里不禁一愣。

她当然知道债权拍卖是怎么一回事。实际上，她上个月就代理过一宗债权拍卖的案子。对于委托人来说，等于卖破烂，对于买受人来说，等于是捡了一个烂便宜。三百六十万元的债权，五十二万就成交了，两折都不到。

当然，从买受人的角度来分析，购买债权也是高收益性与高风险性并存的。比如说资产调查不准、举张权利滞后、债务人破产进入清算程序等等，归根结底，是资产难以执行或无法变现。

作为代理律师，邱雨辰已经把信达资产公司的债权人——流金世界置业有限公司的老底，摸了个八九不离十，他们没有别的欠债，而将近一个亿的资产就摆在那儿，而且是以信达资产公司的名义申请的查封，尽管市人民大剧院拦在路中间，但这种障碍隐患，远非不可逾越，一旦逾越，便马上就可以变现，伍扬怎么还会想到要退而求其次，拍卖债权呢？

伍扬见邱雨辰低头不语，不禁一笑，说："怎么，邱律师是不是在想……买下我们公司债权的事？"

邱雨辰再次一愣。

她抬头看了伍扬一眼，嫣然一笑："伍总这个玩笑开大了。首先，我根本不相信你们会走到卖债权的那一步，只要再费一点点力气，就有至少七八千万的进账，这样的光明大道你不走，非得要另辟蹊径，走羊肠小道？你们想过没有，如果进行债权拍卖，你们可能只能收回两三千万，甚至更低？第二，就是有这样的机会，恐怕我也只能在岸上看着。我到哪里去弄这两三千万？把我卖了啊？卖给谁呀？"

伍扬一仰脖子，哈哈大笑了："你们做律师的，真的是太认真了。就像你说的，我不过是随便开了个玩笑，你就穷追不舍，真当一回事了。是呀，不到万不得已，谁卖债权呢？"

邱雨辰脸上虽然浅笑盈盈，眼睛却紧紧地盯着伍扬眼镜后面的眸子，好像这样就能判断出他刚才说的到底是不是玩笑话。

伍扬避开了邱雨辰直射过来的目光，笑道："看看，看看，我们的事业心也太强了吧？进包厢都十几分钟了，还没点菜哩。"

"把服务员叫进来吧。"邱雨辰回应一笑,边说边按了一下桌子上的呼叫铃。

她拿过餐桌上的菜单,随便翻了翻,抬头望着伍扬:"伍总想吃点什么?"

"女士优先,你先来吧。"

"怎么,你决定埋单了?"

"我好像从来没说过不埋单吧?"

"那好,我把刚才讲的那位朋友叫过来,行吗?"

"你要是问可以不可以,我可能还有点犹豫,你要问行不行,我就没得选了。我总不能说不行吧?男人可忌讳说那两个字哩。好了,现在可以告诉我了吧,谁呀?"

"你好像对一诚拍卖公司的柳总不怎么感冒?"

"没有吧?邱律师是从哪里得来的消息?不会是柳总自己说的吧?是她要来吗?"

"是呀,她可是我的同班同学。"

"大学的?"

"既是大学的,也是中学的。"

"哎呀,那可是老交情了。我可声明一下,我可是在任何时间、任何场合,都没有说过你老同学半个不是。不过,她找我干吗呢?我可真帮不了她呀。"

"伍总谦虚,刚才是谁说谁鬼搞子搞的?好了,这话是最后一次说。其实,我同学也不过是想在伍总这里讨口饭吃。"

伍扬抿着嘴笑笑,摇了摇头。

"怎么啦,伍总真的打算就这样拖下去,任市人民大剧院和肖耀祖吵得一塌糊涂?"

"看看,看看,又绕回来了。如果市人民大剧院和肖耀祖之间的事没有一个结果,我们很难弄呀。不过,市人民大剧院要想插一杠子,绕不过省高院,我们把那个房产查封着,省高院不会不给我们一个说法的。"

伍扬作为信达资产管理公司的当家人,不可能不懂法律。但是,他的上述说法,未免也太过自信了。房地分离,市人民大剧院表面上是跟肖耀祖争房产,根子还是会落在土地上。这里面的权利真空,使现行法律法规,具有了左右摇摆的广阔空间与可能。涉及几千万资产,伍扬怎么能这样掉以轻心呢?

如果信达资产公司不作为,剩下的几个相关方,都会很麻烦。

市人民大剧院已经骑在老虎背上，除非肖耀祖给他们台阶，否则，便只有往前走一条路。但肖耀祖能给他们台阶吗？要知道，那可不是普通的台阶，那是成千上万的真金白银呀。

对肖耀祖来说，也真是进退两难。当然，作为律师，她也曾向肖耀祖建议过，就是让省高院把流金世界直接裁定给信达资产管理公司，以清偿债务，别管我欠你多少本多少息，我能拿出来的，也就这么多了。

没想到肖耀祖直摇头，说这样一来，我岂不是什么也没落下？几年的心思不等于白花了？这几年，哪个搞房地产开发的没赚钱？真的是弱智到只会数钞票、聪明到只会圈地就行了。我倒好。我跟你说，我要是白干，等于还是亏，因为这种白痴都会赚钱的机会，再也不会有了。再说了，欠信达资产公司的钱还清了就算完吗？市人民大剧院还会不会找我？你们的律师费，我一个子都不给行吗？

对于柳絮来说，直接的损失倒是没什么，但一个项目跟踪几个月，到头来就这样不了了之，也真是说不出来的郁闷。

关键的问题是，信达资产管理公司蒙受的损失可能会更大。

原来对伍扬的一些猜测与推断，似乎越来越清楚了。

可是，伍扬真的会那样做吗？

五一长假期间，伍扬没有忘记给柳茜打电话。

电话通了以后没有人接，直到晚上柳茜才把电话反拨过来，说手机放在包里没有听见。伍扬说他想过来看一看，柳茜表示了感谢，但态度很坚决地回绝了。她说山里的路太难走了，吃住也都不方便，她会照顾不好他。

伍扬还想说什么，被柳茜呵着哄着堵了回去，说这几天家里来了不少亲戚客人，好忙的，过几天她回来了再联系，再感谢他。

柳茜当然是在撒谎。

她原来以为伍扬只是说说而已，不会追着要求参加那场子虚乌有的葬礼，没想到他还挺上心的。

柳茜接到伍扬打来的电话的时候，正在去海南的车里，不方便听电话。好在她早有准备，把手机调到了振动状态，杜俊这才没有发现什么。

其实，杜俊就是发现了什么也没关系，她不会在乎他吃不吃醋，估计他也不会吃什么醋。这个家伙，似乎已经操练得百毒不侵了。但如果贺小君知道了她是一个可以睁着眼睛说瞎话的人，她对他的影响力，恐怕就会大打折扣。

贺小君和小姑娘已经完全进入角色。最直接的好处，就是住宿的时候只需要开两间房了。杜俊也还乖，老是怂恿着贺小君叫柳茜表姐，还闹着让他给自己买皮鞋，俨然自己是他们的介绍人。

到宾馆下榻，四个人再也不玩牌了，成双成对地呆在各自的房间里。

等关上了门，柳茜重提在车上的话题，说："怎么啦，你不替你同学嫌弃人家小姑娘干净不干净了？"

杜俊"嘿嘿"地笑着，一副傻傻的样子，道："我从来没有看见贺小君这么开心过，这个小姑娘，好像不简单。"

柳茜说："我也有这种感觉。你说贺小君，该不会认起真来了吧？"

"他跟我单独在一起的时候，一个劲儿地向我打听小姑娘的底细。这意味着什么？意味着贺小君要准备谈恋爱了，因为只有谈恋爱的男人才会关心女人的过去。"

"那你怎么说？要是你说的和小姑娘自己说的不一致，岂不马上就要露馅？"

"我当然说我不知道，是你的表妹又不是我的表妹，我让他来问你。"

"那你说贺小君是不是已经直接问过小姑娘了？我得赶紧跟她把口径统一起来，你没发现吗？小姑娘好像也没前两天那么骚了，段子也不说了，把自己整成一个淑女，她也在找我打听贺小君的情况哩。"

"看你这事弄的。你现在应该告诉我了，你这么费心思，是不是想找贺小君贷款？"

"你觉得呢？"

"你想贷款倒也没什么，你不是真的还在想流金世界的事吧？"

"你觉得呢？"

"你想流金世界的事倒也没什么，你不是真的指望靠贺小君帮你解决几千万的资金缺口吧？"

"你觉得呢？"

"我觉得这简直是天方夜谭。我不怕打击你，如果是这样，我劝你赶紧撒手，这事太不靠谱了，这么大的项目，不是你玩得转的，真的。"

"何以见得？"

杜俊怔怔地望着柳茜,不知道该说什么才好,过了半晌,才撇嘴一笑,慢慢地然而毋庸置疑地摇了摇头。

"我知道你为什么摇头,你的思想观念还停留在上个世纪九十年代末。那个时候是什么时代?是资本运作时代,资本重要,对资本的运用更重要。自有资本仅仅起一个项目策划和药引子的作用,真正赚钱则要看你的项目是否有前景或者说'钱途',也就是说能否吸引到战略投资者。现在呢?现在是什么时代?我告诉你,是资本运作与资源管理并存的时代,必须靠资源的合理配置,全新的资源组合赚钱。"

"你说得太悬了,愿闻其详,你可以拿流金世界作比喻。"

"我早就想跟你说了,但我很担心你不能替我保守秘密。"

"这里面有什么见不得人的地方吗?"

"不。资源管理的核心是对资源的认识,我把资源分为两大类,有形资源和无形资源,前者包括资金,后者包括人力,比如我们常说的社会关系、人际关系。在日常生活中,一般的人可能注重后者,在项目运作中,一般的人则可能注重前者,对人力资源反而视而不见,或者说只看到直接的关系,而缺乏重新排列组合的能力,不知道将看似没有关联的人力资源组织成一段新的链条之后,将会产生多么巨大的能量。"

"你知道我很笨,你得再说具体一点儿。"

"就以流金世界为例,你和我都知道,肖耀祖欠信达资产公司本金六千多万,利息两千多万,他自己找人做的评估报告是八千来万,如果肖耀祖没有别的想法,他的资产和债务差不多可以抵销,让省高院下一纸裁定就行了。他没有这样做,说明他有别的想法,那么,他的想法是什么呢?一是希望信达资产公司对其债务适当减免;第二,流金世界裙楼的实际价值,被他故意严重低估,如果拍卖的时候再打一次或两次折,那么,拍卖底价和最后核定的债务,差不多就可以持平。你算一算,到时候的成交价和市值之间,将会有多少差价?肖耀祖打的就是把这差价吃掉的主意。"

"你这是在替肖耀祖算账。他如果能说服信达资产公司让步,同时自己又把流金世界裙楼再买回来的话,他确实可以赚到那个差价。可是,如果他现在所有的努力都是为了达成这一目的,他又怎么会允许你介入?"

"我介不介入无需得到他的批准吧?"

"我的意思是说,假设你的假设成立,那么,从技术上来说,肖耀祖不会允许别人在拍卖会上与他竞价。对你来说也是一样,你如果非要参加拍卖会,只要你符合竞买人资格,没有人能够阻拦你,可是,只要有人——比如说肖耀祖跟你竞价,你原来期望得到的那份差价,就会被挤压,到头来你可能会白忙乎一场。"

"首先,到目前为止,肖耀祖并不知道会有另外一个竞买人存在,为此,他会有意无意地夸大流金世界裙楼的瑕疵,实际上他已经在这样做了。我不知道你清不清楚,原来的市人民大剧院现在就在找他闹事儿,而我估计这极有可能是他放的烟雾。我现在不管他,听凭他把拍卖底价踩到最低,到时候,如果他的行为跟我预想的一致,我们就是两个互为敌对的竞买人,要么他被我摆平,要么他把我摆平。怎么摆平?当然是用钱。他给多少钱给我,买我不举牌,或者我给他多少钱,买他不跟我竞价,无非就是一个拼资金实力的问题。"

"你跟他拼资金实力?瘦死的骆驼比马大,你的优势在哪里?"

"这就是我说的资源管理。假设拍卖底价能够到六千万,那么,平均到每一层是多少?一千五百万。好,我们可不可以这样考虑问题:整体拿下四层裙楼,然后分层下裁定,办产权?也就是说,实际上我对资金的需求就是一千多万,甚至更低,因为我只要拿到了拍卖成交确认书,就可以招商,利用别人的钱来交后续款。也就是说,我要做的工作是一份编织链条的工作,信达资产管理公司、省高级人民法院、肖耀祖、拍卖公司、我、我的资金供应方(包括贺小君的银行或对这个项目感兴趣的公司或个人),是一个一个单独的环,我把它们串连起来,让它们为实现我的目标所用,就这么简单。"

"这还简单呀?我告诉你,其中的任何一个部门或个人,也就是你说的那些单个的环,都可能不会以你的意志为转移,一切的一切,都不会像你想的那么简单。如果真那么简单,肖耀祖会想不到?你的所谓资源管理,说穿了还是拉关系用关系,我不觉得跟这件事有关的那些人,会围着你的指挥棒转。"

"你跟我争个什么劲儿?不怕做不到,就怕想不到。俗话说,事在为人。你怎么知道我做不到?"

"我不知道你跟信达资产公司什么关系,我也不知道你跟省高院什么关系。整体拍卖,分层下裁定,亏你想得出来。你先办一层的产权,然后重新评估,再到银行抵押贷款,再以抵押贷款的钱付另外一层的拍卖成交款,这样反复几次，你就玩转了，是不是？"

"这是备选方案之一，如果我招商不顺利或者说在别的地方融资不顺利的话。"

"噢，我明白了，怪不得你会对贺小君的事这么上心，你是想让贺小君成为你的资金后盾，可是我告诉你，贺小君的庙太小了，做不了你要求他做的事。你搞清楚了，他只是一个支行的行长。"

"怎么说？"

"你要是有耐心，我可以把银行的贷款程序告诉你。"

"你别告诉我，让我来说，你看对不对，行吗？"

"行，你说。"

"按照规定，发放贷款，首先由申贷人向支行信贷科提出申请，由信贷科前期考察贷款的可行性，可行的话，由信贷科提交支行审贷会审查，通过后由支行行长、主管信贷的副行长签字，然后报分行信贷部，分行信贷部审查后再提交分行审贷委员会讨论研究，通过后报主管副行长、行长签字，就可发放贷款，对吧？"

"你还真做了点功课，那么你当然应该知道，支行发放贷款的额度是有限度的，不到你所需资金的零头。而且，一桩简单的事情，人为地搞得那么复杂，光是时间人家就拖不起，不会允许你像蚂蚁搬家似的慢慢来，不不不，信达资产公司不会同意，省高院也不会同意，拍卖公司也不会同意。柳茜，你的心思太大了，这种空手套白狼的活儿，现在不灵了。"

"如果我不去做，我怎么知道他们会不会同意？你又怎么那么肯定他们会不同意？"

"如果他们不会同意，或者说同意的可能性微乎其微，干吗去费那个精力？我认为那不是你的强项，真的。你还不如专心致志地炒你的股票。炒股票我是外行，但看架势，不出今年，就会上五千点，甚至八千点。"

"你别跟我打岔。我当然知道难，否则，钱不是太容易赚了吗？"

"不是难，是很难，很难很难。退一步来讲，就是他们同意，拍卖公司也很难操作，这不是在成交之后把一份成交确认书分成四份的问题，而是等于降低了竞买人准入的门槛，也就是拍卖的条件发生了变化，对于拍卖公司来说，等于提供虚假凭证，你想，柳总会同意吗？我想她不会同意。"

"你呢？你同意不同意？"

"我同意有什么用？"

"当然有用，因为只要你同意，你就有办法去说服她，而你显然把问题夸大了，只要我在规定的期限内把款付清，就等于履行了付款义务，如果我是买受人，拍卖公司理应给我提供方便，而不是故意刁难我，为我设置障碍，因为如果没有买受人，你们也赚不到钱。"

"不，我的意思是说，除非你的这些条件在拍卖会之前就提出来，获得委托人及拍卖公司的认可，并对所有的竞买人都一视同仁，否则，等成交以后再提要求，你自己就会很被动。没有竞买人，拍卖公司当然赚不了钱，但拍卖公司能耐有限，要赚钱，必须每一个环节都符合法定程序。"

"正因为程序很多，才给操作留下了空间。"

"你现在跟我讨论的问题的前提，是只有你一个竞买人，你能按拍卖底价拿到标的。可是，如果公告一打，只要有别的竞买人参与进来，你的如意算盘便会泡汤。干脆跟你明说吧，肖耀祖会让这么一块肥肉落到你嘴里吗？不会吧？还有一个问题，现在肖耀祖正在全力争取成为拍卖委托人，如果他最后真的成了委托人，你怎么可能绕过他？他甚至有可能从省高院那儿争取到变卖的权力，那样，你所有的功夫都会白费，你甚至连边儿都沾不上，真的。"

"一个本来要拍卖的标的，七搞八搞，作为委托方的主体变了，或者就像你说的，甚至放权让被执行人去变卖，你认为这本身正常吗？你认为这里面会没有猫腻吗？你先别插嘴，等我把话说完，我认为不正常，我认为有猫腻。道非道，非常道。对于一件非正常的事件，它的运行轨道恰恰最具有不确定性，而对我这种人来说，这反而就是机会。我可以在运动中寻找机会。退一万步来讲，就是找不到机会，我又会吃什么亏？"

杜俊没想到柳茜会这么顽固，这么认死理，甚至这么不自量力。

幸好她还知道"退一万步来讲"。

不管怎么样，杜俊又一次觉得需要对他的前女友进行重新评估了，对于他表示的疑问，她一开口就有应对的办法，似乎一切尽在她的考量之中。看来这段时间她确实没有闲着，对流金世界裙楼拍卖可能涉及的方方面面，似乎做了认真的准备，也可以说，她是下定了决心，认认真真地在做这件事。

"你怎么不说话了？"柳茜说完上面那番话之后就一直盯着杜俊看，见他闷头不语，忍不住催问道。

杜俊说："如果我说服不了你，你不妨继续，我就提醒你一句，随时准备踩刹车。"

"谢谢你。我对你的要求，远不止这些，你得帮我。"

"怎么帮？"杜俊刚问了一句，手机响了。

他刚把它从口袋里掏出来，冷不防一把被柳茜抢了过去，她盯着彩屏上的号码看了一眼，然后搂着了杜俊的脖子，两个人拖泥带水地坐到了床上。她把手机贴在他的耳朵边，同时把自己的一只耳朵也贴了过去。

"谁呀？"

杜俊自己没有看到上面的号码，所以很自然地冲着手机问了一句。

"是我。"

里面传来柳絮的声音。

杜俊"哦"了一声，赶紧说："我和小君走了一半路程了，正准备休息哩。有什么事吗，柳总？"

"没事，你休息吧。"

等杜俊挂了电话，柳茜对着空中吐了一口气，说："就打完了？"

"嗯。"

"她一定是感到你接电话不方便，这才匆匆挂了电话。我说，要不要我回避一下？我正好想找小姑娘聊聊天。"

"神经病。"

"我神经病？那没事打你电话的柳总，是不是也是神经病呀？"

"……"

"你没话说了吧？如果她不是神经病，就是你们的关系有——问——题。"

"什么问题？"

这次是柳茜不说话了，她又对着空中吐了一口气。她坐在床上，呆呆地一动不动，像入定的菩萨。

她突然用两只手扳住了杜俊的双肩，让他不得不面对着自己。

她看着他的眼睛，眼睫毛一闪一闪："杜俊，你真的不爱我了吗？"

杜俊一笑，道："谁说的？我爱你，我爱死你了。"就势把柳茜放倒在了床上。

"不，你别闹。我真的还得去找小姑娘。再说，我今天也不想做，真的。"

李明启发誓要找到小姑娘。

可是，人海茫茫，从哪里把她找出来呢？

他可是连小姑娘姓甚名谁都不知道，至于她说的那些经历，谁知道是人话还是鬼话？

但他必须把她找到，拿回那两枚印章。

五月底，中纪委的文件见报，何其乐告诉他，这次还真是海风书记点的将，题目也真是他亲自拟定的：《百姓的期待和大限前的自我救赎》，仍然是写一篇时评，呼吁那些有过以权谋私行为的大小领导，在规定的期限里，把自己的问题，主动向组织说清楚，以争取宽大处理。那次他们见了面，临分手的时候，何其乐说："哥们儿，看你的了。"

李明启觉得很对不起何其乐，觉得人家为自己铺好了路，架好了桥，可自己居然一点表示都没有。他不是不想表示，只是苦于找不到合适的方式。何其乐不抽烟不喝酒，甚至连茶都不喝，难道真的给他打个红包？那岂不是太俗气、太赤裸裸了吗？

连冯老师都觉得他有点不像话。你无动于衷，别人会不会认为咱不知好歹？

除此之外，冯老师这段时间对李明启倒是特别殷勤，对他说话再也不是那种好为人师的语调，温柔体贴得像是换了一个人，仿佛自己真的是水做的。她里里外外一把手，常常忙得脚不沾地，却一副其乐融融的样子，让谁都能看出她的神清气爽。从他进门的第一分钟开始，她便把他当老爷一样伺候着，泡了茶，开了空调，把电视遥控器递到他手上，热情得就像外面那些形迹可疑的小酒店的服务员，甚至连临床表现都更加主动，柔情似水，风月无边。

李明启很想批评批评她这种依附老公、夫荣妇贵的封建落后思想，想一想，觉得目前的处境很受用，也就算了，权当是自己长期惧内长期被压抑的一次彻底解放。不过，李明启很想提醒冯老师，正式任命下达之前，他升副总编辑的事，仍然仅仅是一种可能性，要是做得太现形了，万一……

李明启自己就怕那个"万一"，在单位里，更加夹着尾巴做人，撅着屁股干活，对上对下一团和气。对自己部门的事情，哪怕只是转发新华社的消息，都是高度重视，精益求精，一丝不苟，不允许出一丝一毫的差错。

他再也没有给安琪打过电话，很庆幸跟她的关系能够这样烟消云散、自生自灭。安琪当然也没有打过他的电话，这又让他感慨之：要是社会上的小姑娘有一半是安琪这样的，就好了。是呀，拔了萝卜坑还在，谁都没有吃亏，一切都顺其自然，多好啊。

手机却一直开着，哪怕是在家里睡觉的时候，也要把它调到振动状态再放回到包里或搁在书房里。李明启年纪尚轻，还没有前列腺之类的毛病，但他每天晚上都要起来两三次，借助小解的机会，看有没有人跟他打电话。

倒是截获过几个电话，一打过去，竟是香港的博彩公司，要指导他买六合彩。

但他一直心存幻想。

他的名片盒也放在旅行拖箱的夹层，跟那两枚印章放在一起。他希望小姑娘顺手拿走了他的名片，这样，当她手头上的钱花完了，一时又没有其他进项的时候，回过头来找他，也不是没有可能。

他知道她是夜猫子，生怕自己睡觉的时候错过了她的来电。

只要她来电话，就证明那两枚印章还在她手上。

李明启眼下只能指望这个。他希望奇迹能够出现。

他找小姑娘没有一点线索，她要是想找他，却易如反掌。

找到小姑娘，继而找到那两枚印章，不仅给何其乐（甚至包括陆海风书记）送礼的问题可以迎刃而解，更重要的是，那两枚被小姑娘顺手牵羊的印章，不亚于两颗不定时炸弹，因为凭上面篆刻的陆海风的鼎鼎大名，一旦外流，有关部门完全有可能调动一切侦查手段，追根溯源查到他头上。他背地里做的那些好事，就可能被曝光，那样，别说他提副总编辑的事会成为黄粱一梦，他在冯老师和何其乐那儿，无论如何都会交代不过去。

他会死得很难看。

李明启夜间尿频的行为，却被冯老师误解了，以为是他这段时间呆在家里比较多，被她抓得紧，交多了家庭作业的缘故。她对他很是心疼，不仅家务不让他伸一点手，还下了决心调养他的身体。

冯老师是学哲学的，大学时曾一度痴迷中国哲学，顺带地对中医中药也有点盲目崇拜。她认为人的身体就是一个小宇宙，必须博采天地精气，阴阳中和，才能天人合一。所以，她除了每天早晚给他泡一杯枸杞茶，对于报纸上广告里说的纯中药补肾药，一律照单全收。没过多久，他们卧室的床头柜里，便堆满了花色品种齐全的保健品。冯老师以在中学里训练出来的时间观念，每天督促李明启按时服用。

李明启有苦说不出，只得听任冯老师折腾。那些药还真他妈的管用，搞得他一到床上便颇有虎狼之师的威猛。冯老师是直接的受益者，每天容光焕发，好像又进入了一个青春期。

改变是循序渐进的，有一个从量变到质变的过程。当炎热的仲夏仿佛突然来临的时候，冯老师对李明启拥有的那种浓情蜜意，一不小心就发了酵，变了味，她像突然醒悟了似的，越来越觉得自己的老公真的堪称天字第一号美男壮男优秀男，世界上的女人都会义无反顾地爱上他，垂涎于他，为了不被那些没有廉耻的女人染指，她得对他管紧一点。

李明启醒悟得比冯老师慢了半拍，觉得耗在家里真是一个错误。

且不说如果小姑娘万一真的来了电话，他当着冯老师的面，怎么才能把事情既说清楚又不让老婆大人心存疑窦，是个巨大的难题，就是每天像做广播体操一样的性生活频率，他也受不了。长此以往，那种靠药物助性的威猛，总有一天会物极必反、盛极至衰。一想到自己要不了多久，恐怕就会像在榨汁机里过过的甘蔗似的，变成废物渣子，李明启不禁出了一身冷汗。

李明启真是没有踩对点子，当冯老师决定对他严防死守的时候，他才想到要逃离家庭和老婆的温柔陷阱。

李明启要减少在家滞留的时间，理由倒是一大把。他知道冯老师最希望得到的是什么，便偏偏拿那件事来说。他告诉她，再过几天，报社党组就要开会讨论了，他得活动活动，每个党组成员的码头都要拜到，没办法，就这风气。林社长的死，对报社的人心还是有影响的，不活动，谁知道他们会说些什么？

又过了一段时间，李明启告诉冯老师，报社党组会已经通过了，已经报到了省委组织部干部四处，这个环节最关键了，除了组织部的与会人员，他们还得征求省委宣传部的意见，可不能让他们听到什么不好的反应，因此，需要做工作的面就更宽了。

李明启并没有完全说假话，事情的进展是真的，他没有少在外面活动，也是真的。但需要找的人、活动的次数，被他严重地夸大了。有时下了班，也没什么事儿，就是不想回家，就是怕回家。

拿空余出来的时间来干什么呢？

单位里不少同事喜欢打麻将、玩牌，李明启却没有这个爱好。打麻将、玩牌如果不赌点钱，不刺激，味同嚼蜡。想刺激，就得跟钱沾上边，不能太小，否则还是不刺激，也不能太大，否则就成了纯粹的赌博。但无论大小，只要涉及钱，就会有输赢，有输赢便容易出现非理性，特别是遇上那些斤斤计较的对手的时候。赢家要么还想赢，以扩大战果，要么就想快点散场，以便保住胜利果实，输了的则一律不甘心，一门心思要扳本，这样，一场牌下来，往往通宵达旦。结果呢？赢家和输家的区别仅仅在于，前者劳命，后者除了劳命还伤财，说不定一句话不对劲儿，还会生了间隙。

李明启原来有过不少红颜知己，只怪时间不够用，哪有过闲得找不到事干的时候？但这会儿处在组织考察、准备升迁的关键时刻，暗处不知道有多少双挑剔的眼睛盯着他，你让他去泡MM，也太看轻人家的智商了。

李明启闲得无聊，偶尔会去香水河沿河风光带散步，也可能去免费开放的三木公园跳跳舞。这一天，他路过市人民大剧院，见有场话剧，一时心血来潮，便买了张票进去看了。

一开始，冯老师对李明启外出活动的要求很是支持，她甚至问他手头的钱够不够。直到有一天，她帮他洗衣服的时候，从裤兜里掏出了那张市人民大剧院的话剧票。

冯老师一下子被击蒙了，她恨不得拿把刀子去砍人或者把自己杀了。

在最初的打击之下，冯老师压根儿没想到李明启会一个人去看什么破话剧。

你真要看你不能把我叫上吗？你是跟谁一起去看的？不会是男同事吧？两个大男人成双成对地坐在剧场里看话剧算怎么一回事？那么她一定是女的了，她是谁？你跟她认识多久了？你们是怎么勾搭成奸的？我对你怎么样？还不好呀？那你干吗要背着我做这些伤天害理的事？你不想要这个家了吗？你想让我们的宝贝儿子，要么没妈要么没爸吗？

习惯了抽象思维的冯老师，形象思维一下子活跃起来了，她有太多的问题需要李明启解释，这些问题像一窝蜂似的钻到了她的脑子里，几乎把她的脑子弄坏了。

慢慢地，冯老师总算恢复了应有的理智。不过就是一张破话剧票嘛。要真有问题，他会那么不小心把它留在裤兜里？恐怕早就毁尸灭迹了。谁规定了他不能一个人去看话剧？谁又规定了他不能跟另外一个男的一起去看话剧？他们做记者的经常有人跟他送东送西送红包，送张话剧票并不为过吧？是呀，也许就是话剧团的人送的哩，目的是希望他看了以后在报纸上宣传宣传，这太正常了，是他工作的一部分，所以他就没有把票根处理了，也就没有向你汇报，一个大老爷们，要是事无巨细都跟老婆嚼舌头，那他还能干成什么大事？

好吧好吧，就算他是陪一个女的去看的，那又怎么样？也许他们才刚认识吧？他们肯定还没有到上床的程度，否则，怎么会跑到剧场里去耗那个闲工夫？

冯老师觉得，她替李明启作的辩解，同样软弱无力，不能自圆其说。如果他的行为是光明正大的，他完全可以大大方方地告诉她，一句话就够了。可是，你看都过了多少天了，他居然没对我说一个字。等等，那天是星期几？他自己怎么说来的？他说他去看省委宣传部一个领导去了。

他在撒谎。

他为什么要撒谎？

要没情况你撒什么谎？

要没情况你也撒谎，后果更严重，证明你撒谎早就成了习惯，都不知道你哪句话是真的了。

冯老师觉得自己的婚姻出现了危机，她和李明启的关系处在了十字路口。

她决定把那张话剧票藏起来，暂时不露声色，因为她还不知道自己该怎么做。她是一个理性永远大于感性的人。

如果姓李的真的在外面有了情况，她一定有办法把这个情况查个水落石出。

"我就不信。"

冯老师把那张票紧紧地捏在手里，异常冷静地对自己说。

这几天，黄逸飞有点喜忧参半。

喜的是，他公司这几年养的那帮子闲人，约好了似的，纷纷找他辞职。

他开始还有点不舒服，以为他们像是家禽老鼠，觉得地震要来了所以鸡飞狗跳，溜之大吉，如果连他们都觉得公司呆不下去了，岂不等于说败象已显、难得回天了吗？

要知道，尽管手头紧，黄逸飞可从来没有拖欠过他们的工资。

后来黄逸飞偶尔翻了翻报纸，这才乐了。原来自己高估了他们，他们哪里是为了择良木而栖之,而是感到了大气候的不安全,因为按照中纪委的八条禁令,其中有一条,就是特定关系人不实际工作而获得薪酬。虽然他们也在上班,却纯粹是做做样子,跟不实际工作没有什么两样,挂个名领份工资而已。大风起兮云飞扬,先把头缩回去,以后再思量,犯不着为了区区几千块钱,担惊受怕。

黄逸飞求之不得,嘴里却客气地挽留。见他们不像是做样子,也就不再坚持。怎么好坚持呢?如果别人认为这是一个错误,你还要他们留下来,岂不是害了人家?

忧的是粮草将尽,公司业务没有任何起色,有出项没进项,这样的日子坚持不了几天,到时候手头的钱用完了,怎么办?

那天何其乐一走,黄逸飞便匆匆地埋了单,从茶坊直接去了自己原来的家,把车停在了小区斜对面家具城的停车坪里。

不出他之所料,不到半个小时,便看到何其乐拎着一塑料袋东西、拿着一束花下了的士,被保安引进了岗亭。

他实在忍不住给柳絮打了个电话。

之前跟安琪打了赌,黄逸飞赢了十块钱,高兴得大呼小叫。

安琪奇怪地看着他,觉得他的表现未免有点夸张,却也不好说他,只是建议他乘着手气好,赶紧拿着赢的钱去搞投资,要是中了一注两注双色球什么的,马上就能成百万富翁。

黄逸飞说也是,让安琪想数字,明显地情绪不高。

安琪故意逗他,说她发现了一个秘密,就是他的老家肯定在山西,因为他骨子里有股子酸味。黄逸飞说有吗有吗?一连说了四五声。安琪说就有,只是你自己闻不到。黄逸飞说我没有,我看你倒是有。两个人各抒己见,各持己见,最后是黄逸飞抱过安琪的头,大家一通乱吻解决了争端。

十天半月过去了,柳絮那儿却还是没有动静。

黄逸飞到底还是有些自尊心的,不好再去骚扰何其乐,只把一腔怨恨倾注到柳絮头上。他没想到这个女人这么不通情理。

中间他去找过表叔,看能不能把高速公路两边的广告牌业务再捡起来,姓关的抓起来都好几个月了,该做的工作总得做吧。

表叔却大摇其头,说局里决定了,要对外公开招标,以防止权钱交易,滋生腐败。你要有兴趣，又交得起保证金，招标公告见报以后也可以来报名。

哪里交得起保证金？

黄逸飞再也不敢懈怠，这里那里找业务，一开始总是很有希望的样子，谈到要签合同的时候，又都没了影儿，白白地浪费了一些茶水费。

黄逸飞知道自己在走下坡路，却总是不甘心，希望早点触底反弹。他甚至动了把房子抵押了去炒股票的念头。

五一长假一过，股票嗖嗖地直往上蹿，证券公司每天人山人海，他们的业务员不仅在每家银行都设立了办理委托理财的窗户，甚至有的干脆就把桌子和电脑搬到了小区大门口，样子颇像那些医药企业摆的免费测量血压的摊子。不过，他们比那些医药代表水平要高一些，要诚实一些，一般不说只要你开了户投钱入了市就有金元宝捡，只说哪里的某某某，一个星期赚了几万，哪里的某某，一个星期又赚了几十万，完了还不忘告诉你，股市有风险，投资须谨慎。

安琪却不同意黄逸飞抵押房子，说有个房子才像个家，我也才多少有点归属感。安琪说，她不是一直希望你跟她离婚吗？咱不指望分她的家产，让她给你一次开拍卖会的机会，作为离婚的条件，不苛刻吧？我们可以让她掌控整个拍卖会，她要是担心你卖假画给自己找麻烦，可以聘请鉴定机构鉴定啊，这样，她的风险不就转移了吗？你不是说省文物商店就有个鉴定中心吗？你不是说你有个哥们儿在那里当头儿吗？想一想，嗯？

黄逸飞为梁菽谋得愁眉苦脸，甚至波及与安琪的床笫之事，已经有点三天打鱼两天晒网的样子了，听了安琪的一番话，不禁眼睛一亮，但很快又把眼光从安琪脸上移开了，他摇摇头，说："你不了解她，我了解她，这个女人很固执，她认定的事情，针插不进，水泼不进，没有用的。"

安琪说："不试一试怎么知道没用？"

黄逸飞眼睛望着别处，叹了一口气，道："我不想再在她那儿碰一鼻子灰。"

"错。如果你明确地跟她说了，她还是不同意，那么只能说明一个问题：她还没有真正从内心里考虑过跟你离婚的事，她对你还没有死心。"

"怎么可能？"

"相反，如果你不跟她这么去说，则证明你还爱她，至少还心存幻想，幻想着哪一天还会回到她身边。"

黄逸飞转过头来，直直地望着安琪，突然哈哈大笑起来。

"你笑什么？"安琪问，脸上的表情严肃多于好奇。

"我笑什么？"黄逸飞边笑边说，"我笑你真是一个小姑娘，一个傻丫头。"

"不，你要正面回答我这个问题，你是不是还爱着她？"

"怎么可能？不可能。"

"那好，给她打电话，说要跟她谈离婚的事，这次我跟你赌一百块钱。"

"你现在身上还有一百块钱吗？"

"你别管。逸飞，我很爱你，我真的很爱你，我知道咱们的困难是暂时的，我对你很有信心，我对我们的未来很有信心。可是，你这几分钟的表现却让我不满意，你越是回避这个问题，我越是紧张。"

"你紧张什么？你这个小傻瓜。"

"我不傻，我怕你真的还爱着她。要是你还爱着她，我怎么办？你知道我爱你吗？你知道我是多么多么地爱你吗？"

黄逸飞只觉得鼻子突然一酸，张开双臂一把抱住了安琪，他把怀里的那个人使劲地往自己身体这边一紧，又一紧，然后松开一点儿，用他那只握惯了画笔的艺术家的手，在她后背上轻轻地拍了拍，又一下一下温柔地抚摸起来。

安琪伏在他的胸脯上，柔顺安静得就像一只小猫。她偶尔也会故意地蹭一蹭，她的头发弄得他的脖子直痒痒。

彼此温存了一会儿，安琪终于抬起了头，仰着脸，痴痴地看着他。

黄逸飞发现她那张好看的小脸，居然是湿的。他埋下头，用自己的脸在她脸上小心翼翼地蹭了蹭。"你这个小傻瓜。"他说。

"你既然认定我是一个傻瓜，我要是干什么傻事，你可不要怪我。"安琪说。

"你准备干什么傻事呀，小……笨蛋？"

"你如果不好意思找她，我去，我去跟她说，怎么样？"

"不……好吧？"

"有什么不好的？这不仅是你的事，也是我的事呀，要不然，你再好好想想吧。"

"想什么？"

"你别跟我装迷糊，要么你去，要么我去，把话敞开了谈。你不觉得我们已经没有很多路可以选择了吗？"

黄逸飞想笑，却不得不压抑着叹了一口气。

"至于我，我还真想见见她。喂，你说，她不会把我吃了吧？"安琪说。

第十六章

柳絮跟邱雨辰商量,既然肖耀祖老是做不通信达资产管理公司的工作,这样拖下去对大家都不利,不如还是让省高院执行局把案子撤回来自己委托拍卖算了。

邱雨辰更正说:"也不叫撤回来,因为本来就没有放出去。"见柳絮点了点头,邱雨辰想了想,又补充道:"不过,最好不要让肖耀祖知道这是你的主意,否则,他会误以为我的胳膊肘往外拐,到时候会影响到对我的信任和对你们的推荐。"

"这个问题不存在,但注意一下也好。肖耀祖应该知道,是因为我们在省高院做了工作,他们才答应缓一缓的。人家都缓了这么久了,他自己没抓住机会,怪谁?省高院执行局结案是有期限的,这几天曹洪波就一直在催我,说不能老这样拖下去。"

"省高院执行局要加快结案进度,谁都没有办法,问题是如果省高院启动拍卖程序,可能要摇珠,这样一来,你要拿到这笔业务不是更难了吗?"

"我开始不知道是你在做肖耀祖的法律顾问,只要你能影响他,让他选择我们公司,问题就解决了一半。另外一半,交给伍扬的关系户去解决,那是一家叫金达来的拍卖公司,也是经常在报纸上打广告的。如果我们两家公司联合起来,让信达资产公司选我们两家,让肖耀祖也选我们两家,就不用摇珠了,省高院可以直接下拍卖委托。"

"那就好。还是刚才那个问题,要让肖耀祖觉得,往下走的路子,完全是法院的意思。"

"行。你先别吭声,我先让曹洪波逼逼肖耀祖,到时候他自然会找你商量。他要是觉得司法拍卖不可逆转,选择一家熟悉的拍卖公司对他也有好处,还顺便照顾了你的人情。"

"我也是这么想的。我也不主动找他,等他来找我的时候,我再跟他谈。"

"行。"

柳絮马上跟曹洪波打了电话,没想到曹洪波却在电话里面打官腔,说院委会才讨论过,凡是执行工作中有不安定隐患的案子都要暂停。柳絮觉得曹洪波的语气不对头,不敢多说,马上把电话挂了。

直到晚上六点来钟,曹洪波才打电话约她,问她有什么安排没有。柳絮说没有。曹洪波说那好,你要是还不饿,我们干脆去H市吃饭,上次那个什么酒店有道菜,叫砂锅花生苗,还不错。柳絮赶紧说行。

还是曹洪波打的到高速公路入口处,柳絮早在那里等着了。

曹洪波上了车,简单地打了个招呼,并不提上午打电话的事。

柳絮也不好主动说什么,她注意了一下他的手腕,空的,没有戴上次在H市给他买的那块手表。男人表,女人包。曹洪波主动说去H市,却又不戴那块表,什么意思?

曹洪波默默地把座椅放斜了,闭上眼睛,仍然不说话,好像来到车上是为了小憩的。

柳絮在收费站窗口领了卡,把车子慢慢地开到右边车道的临时泊车位,停好,拉了手刹,车转着身子,替曹洪波系安全带。

曹洪波趁势把伸到自己胸前的头轻轻地抱住了,捧着柳絮的脸,盯着看了十来秒钟,然后把她的头稍微往下一摁,很使劲儿地亲了一轮。

完了,柳絮一笑,说:"怎么啦,搞得像个悲壮的小伙子似的?"

曹洪波把刚才被柳絮系好的安全带松掉,又把座椅复了位,示意柳絮上路,突然出口骂道:"真他妈的不是东西。"

"谁呀?"

"你说还有谁?"

曹洪波以反问作答,并不说是谁,好像他料定自己骂的这个人柳絮一定知道似的。

柳絮很自然地猜测到那个被骂的人是贺桐,只是不知道该不该继续搭腔,她略一斟酌,还是装着随意的样子问了一句:"怎么啦?"

曹洪波却不往下说了,很固执地沉默着。

柳絮头一侧,望了他一眼,说:"你还是把安全带系上吧。"

这话曹洪波倒是乖乖地听了。

如果曹洪波拿定了主意不说,柳絮决不会勉强他。恰恰相反,万一曹洪波跟贺桐真的有什么过节,又一股脑儿地朝她倒苦水,反而会搞得她不知道该如何应对。

两个人都不说话,便显得有点闷。

柳絮不能做到视曹洪波不存在,本来想把音响打开听听歌,却又怕吵了他。她想,先开个十来公里吧,我不主动说话,我赌他主动说。

过了五六分钟,曹洪波把音响打开了。里面是黑鸭子组合的民歌碟:"我们新疆好地方呀,天山南北好牧场……"

又过了五六分钟,曹洪波把音响拧小了,问柳絮在省教委考试院有没有熟人,儿子今年高考可是大事。高考考学生,录取考家长,成绩马上就要出来了,还不活动恐怕来不及了。

柳絮在省教委考试院并没有直接的熟人,但她不想回绝曹洪波,有关系要帮,没有关系找到关系也要帮,小孩上大学,可是每个家庭的头等大事。好在现在的世界真的越来越小,不管你要找什么样的人和什么样的关系,通过三四个环节,保险找得到。

但柳絮也不想大包大揽,据说现在的高考录取越来越公开透明,她能做到什么程度,也实在是没有底。

柳絮把情况如实地跟曹洪波说了,说她这就托人去找关系,到时候她一定陪着他跑,别的不敢说,如果要用车,随喊随到。曹洪波谢了。

两个人差不多晚上十一点才往回走,是曹洪波的提议,他说家里有个病人,他如果不回家,她会整夜不睡觉。

柳絮原本也没有打算在H市过夜,听了曹洪波说的那几句话,多少有点不舒服,但她也没太往心里去,还很真心地夸他是个顾家的好男人。

柳絮一直忍着没和曹洪波谈流金世界裙楼的事,她等着曹洪波先开口。

直到快下高速公路，曹洪波才开始谈这件事，他说："市人民大剧院虽然没有正式立案，却在到处送材料，事情复杂了啊。"

柳絮说："既然肖耀祖搞不掂，不如干脆由省高院直接委托算了。抓紧点，应该来得及吧？"

曹洪波说："此一时彼一时，中国的事情就是怕拖。一拖，各方当事人就有了找关系的时间和空间。很多事情，应该怎么办是一回事，具体会怎么办，往往是另外一回事，可能是各种利害关系暗中博弈的结果，所以，公事公办的时候，谁都不会轻易表态，包括我。"

柳絮一下子没闹明白曹洪波的意思，不禁"噢"了一声。

曹洪波说："最近估计院里要对一些可能带来负面影响的案子进行评估，你们抓紧时间运作，看能不能赶得上吧。"

柳絮仍然不得要领。是抓紧时间赶紧进入司法委托拍卖程序，还是先把准备工作做好，由执行局评估权衡一下进入司法委托拍卖程序的利弊？要在平时，柳絮就直接问了。但今天的曹洪波跟平时的曹洪波有点不一样，让柳絮有点莫名其妙地发怵。

但不管怎么样，得让他逼逼肖耀祖。这件事可不能省，否则，柳絮下面的工作会不怎么好做。

曹洪波倒是痛快，马上掏出手机要给肖耀祖打电话。

柳絮拦住了他。

曹洪波说："没事，这家伙是个夜猫子。"

柳絮说："我不是怕你影响他休息。这个家伙精得很，你这个时候给他打电话，他说不定会猜到咱们俩在一起，我不想让他觉得这是我的主意，你觉得呢？"

曹洪波望着柳絮笑了，把手机放回口袋，伸手轻轻地捏了一下她的胳膊，说："那好，明天你上班的时候给我打电话，记得提醒我一下。"

"你不会再凶我了吧？"柳絮把眼光朝曹洪波一抛，说。

"我有吗？如果有，我向你道歉。你别往心里去，这几天我挺烦的。"

"别烦。真烦了，就给我打电话，让我陪陪你。哎，有什么烦的？什么事情还不都得过去？别跟自己过不去。"

"不是跟自己过不去，是别人找我的茬，挑我的刺儿，我让人家不顺眼。"

柳絮没想到几句普通的话，又差点让曹洪波把话匣子打开，连忙闭了嘴，同时腾出右手在他左边胳膊上拍了拍。

曹洪波却没有停下来的意思，他自顾自地说："他不是狗博士吗？他不是懂狗吗？他知不知道狗急了也会跳墙？"

原来曹洪波还真是跟贺桐干上了。

他们是因为工作产生了矛盾，还是别的什么原因？

柳絮拿定了主意不再劝慰曹洪波，生怕一插嘴又会在他头上火上浇油。不过，她也多少有点好奇心，想知道他们闹别扭的真实原因。

但曹洪波把三个问句抛给柳絮之后，就再也不说话了。他又打开了音响，仍然是黑鸭子在里面唱民歌。

第二天快到中午的时候柳絮才给曹洪波打电话，她怕太早了肖耀祖还没有起床。

曹洪波告诉她，他已经跟肖耀祖打过电话了，肖耀祖要请他吃饭，他谢绝了。至于其他的事，他让她按昨天晚上说的办。

柳絮跟曹洪波通完电话之后马上跟陈一达联系，想把步调统一起来，分头做工作，没想陈一达的手机关机了。打电话去他公司，也一直没有人接。下午再打，也还是没联系上。

这让柳絮觉得有点奇怪。拍卖公司并不需要太多的人手，但守电话的人总不能缺，否则，别人会怀疑你这公司到底是怎么一回事。

柳絮没有别的办法，只好通过手机给陈一达留言。

一直到第三天的晚上十二点，陈一达才给她回电话，他告诉她的消息却让她心里一愣：伍扬出事了，进去了。

从海南回来的第二天上午，柳茜关了手机还在家里美美地睡觉，床头柜上一直响个不停的座机把她吵醒了，一看显示，竟是小姑娘。

柳茜很少把家里的电话告诉别人，一般都是手机联系，但她把座机号码给了小姑娘，怕她有什么事找不到自己耽误了。

她想不到小姑娘这么早找她会有什么事，她们之间的账昨天就结清了，她暂时也还没给小姑娘什么新任务。

见面的地方是柳茜定的，离她家不远的一家宾馆的一楼茶坊，柳茜洗漱完毕，匆匆地赶到了。一进大堂互相之间就看见了，因为小姑娘挑了一张对着大门的椅子。她一见柳茜进来便起了身，挪半步迎着，待柳茜走到跟前，微微躬腰替她抽出了小圆椅。

小姑娘回到自己的椅子上，先朝柳茜笑笑，说："对不起表姐，吵了你的瞌睡，小妹向你赔罪。"

待柳茜伸手在空中摆了一下，小姑娘又说："你还没吃早餐吧？这儿有中式早点，你想吃点什么？我请你呀。"说着扬手叫来了服务员。

柳茜抬头望了小姑娘一眼，见她正很殷勤地望着自己，心里不禁一动，这几天大家相处得也还融洽，却没见小姑娘对她这么客气和热情。

柳茜要了豆浆油条。小姑娘让服务员上两份。

"有什么事吗？"待服务员走开之后，柳茜问。

"你带手机来了吗？"小姑娘并不直接回答她的问题，而是反问了一句。

"带了。"

"能让我看看吗？"

柳茜感到有点奇怪，但还是掏出手机递给了她。

小姑娘接了过去，又很快递回给了柳茜。

柳茜歪着头，探询地望着她。

"我……想问问你，这次旅游你一共花了多少钱。"小姑娘跟柳茜对视了一下，很快把目光垂下来，落在了桌面的手机上。

"你干吗问这个？"

"我想……我想，要不然，这钱……还是我来出一半，或者……干脆全部由我来出吧。"

"怎么回事？"

"我……我想……换回第一个晚上我发给你的那几张照片。"

"到底怎么回事？"

"昨天晚上，小君正式跟我谈了，他希望我做他的女朋友。"

"这些天你不是一直在做他女朋友吗？"

"那不一样，这一次，是他正式的女朋友。"

"也就是说，他向你求婚了？"

"也没有。不过，我想，如果时间再长一点，如果到那个时候，他还不厌烦我的话，也许，他会的。"

"如果？也许？这事你并不确定，对不对？如果……也许……你们的关系不按你希望的目标发展呢？"

"我想我也应该把照片拿回来，如果小君有一天嫌弃我了，我自己也还是希望过一种正常的生活。"

"那你认为什么是正常的生活，什么是不正常的生活？"

"我以前过的生活就不正常，你要我做的事……也不正常。"

油条豆浆上来了，小姑娘示意服务员先给柳茜，柳茜也不客气，试着喝了一勺豆浆，然后把自己的身子坐正了，望着小姑娘，说："好，我不跟你讨论正常不正常的问题，我只问你一句，已经做过的事情，怎么抹得掉？我猜想小君还不知道你不是我的什么表妹吧？你也还没有跟他说起你的过去吧？你也还没有把我们合作的事情告诉小君吧？如果……我是说如果，他知道了这一切的真相以后会怎么样？他还会要你吗？"

"我想他不会。我是说他要是知道了，就肯定不会再要我了。但是，我跟你们、跟他一起过了几天，我很快乐，我不想再过回原来的那种生活了。我要改变自己。要改变自己，总得有一个开始，我想从今天开始。"

"等一等，你刚才还说，你跟我之间的事不正常，那么我猜想，你心里也一定认为我是个不正常的女人，包括这几天你跟贺小君的关系，也不正常，这么些不正常的人，在一起过了几天不正常的日子，怎么会让你生出那么大的感触，并下定决心要过一种正常的生活，嗯？"

"我也不知道。也许……也许是我有点喜欢他了。"

"这我不怀疑。我也不怀疑他喜欢你。我只是……怀疑你们之间的两情相悦，能否经得起时间的考验，在我看来，那很够呛，非常非常不乐观。你愿意为一件几乎可以说是虚无缥缈的事情付出那么大的代价吗？对你来说，那可是一笔不小的费用。"

"我知道。我知道我的经历足以把任何一个要娶老婆的男人吓走，如果贺小君哪天不要我了，我没什么话可说。你刚才问为什么这几天的生活会让我感触这么大，我告诉你，当我觉得我开始喜欢他的时候，我……我都不敢跟他说话了，因为我怕前言不搭后语，我怕我说的话会漏洞百出。是的，有一天，贺小君完全可能不再喜欢我，完全可能不再要我，可我这一辈子，总会碰上几个我自己喜欢的人吧？如果我再继续这种生活，我会连表达这种喜欢的资格都没有。过几年，我还要嫁人，那可是件大事，具体嫁给谁可能很重要，但更重要的是我将过一种怎样的生活。现在，我以这种身份跟小君相处，我有点承受不起。"

柳茜静静地看着小姑娘说话，她的头一会儿歪在左边，一会儿歪在右边，好像这样做可以更加全面地了解小姑娘的思想。

小姑娘的豆浆油条也上来了，柳茜示意小姑娘先吃东西。

小姑娘吃东西很快，三下五除二就把自己的那一份吃完了。她用纸巾擦了擦嘴，然后正襟危坐，静静地望着柳茜，欣赏着她的食相。柳茜偶尔朝她一睃，她会很懂礼貌地把眼光快速挪开。

没多久，柳茜也吃完了，小姑娘早将餐巾纸递了过来，然后叫服务员把餐具收拾了。

"你要选择什么样的生活，当然是你的权力，可是，你认为这世界上还有值得我们女人爱、值得我们女人非嫁不可的男人吗？"柳茜接着刚才的话题向小姑娘发问。

听了这话，小姑娘不禁低下了头，她沉吟了差不多半分钟，这才把头抬起来，盯紧了柳茜，摇着头，一边斟酌着一边说："我不知道。如果这个世界上再也找不到一个男人，可以让女人甘愿为他奉献上她的心与血、她的灵与肉、她的情感、她的青春、她的一切，一句话，如果没有一个男人值得我们去爱，值得我们去嫁，那这个世界不是太可怕了吗？"

"在回答你的问题之前，可以这样来考虑：如果从男人的角度来说，是不是有那么一个女人，值得他奉献上他的心与血、他的灵与肉、他的情感、他的青春、他的全部？一句话，他是否觉得这个世界上，真的会有那么一个女人，值得他发自内心和骨髓地去爱，去痛，去呵护，去把她捧在手里，含在嘴里？如果他觉得也没有，那么，在这一点上，男女是平等的。你觉得呢？"

"我觉得你跟俊哥就挺好的。我不知道你经历过哪些事情，但我觉得你的经历不一定会比我更惨，我不相信这个世界会像你说的那么可怕。"

"你在心存幻想，你以为贺小君会是那种爱你的男人吗？或者换一个角度来说，你是一个值得贺小君那样爱你的女人吗？"

小姑娘的目光闪烁和游弋着，再一次把头低下了。

柳茜有点怜惜地看着对面的小姑娘，默默地摇了摇头，她跟她萍水相逢，这几天相处得也还不错，对于她心里竟会生出那样一份幻想，不禁有些惊讶和同情。她既不想迁就她的幻想，也不想直截了当地扑灭了它，这使她继续呆下去便显得有些尴尬，于是便说："你还有别的什么事儿没有？我想走了。要不然，还是我来埋单吧，谁叫我是你表姐呢？"

"不。"小姑娘猛地抬起头来，紧紧地盯着柳茜，说，"我还是希望你把手机里的照片给删了。"

"傻妹妹，你怎么知道我没有把照片洗出来，或者把它发到别的手机或电脑上备份？"

"我只能赌了。"

"赌？"柳茜笑了，说，"你拿什么跟我赌？你能赌得过我吗？我花了这么大的精力，凭你几句话，就乖乖地听你的了？"

小姑娘在椅子上挪了挪屁股，把自己的身体挺直了，摆正了，她冲着柳茜一笑，说："我想跟你说的话还没有说呀，我是你的表妹，如果我说的话，不仅有道理，而且对你有好处，我想你不会不听吧？"

"是吗？"柳茜回敬一笑，说，"那你想跟我说什么？"

"看得出来，你有事要求小君。"小姑娘边说边望着柳茜，好像希望看到她对这话的反应，见她毫无表情地回望着自己，只好继续说，"可是，你对小君会不会帮你，并没有十足的把握，所以，你想通过我抓住贺小君的把柄。"

这次柳茜倒是真笑了："说呀。"她似乎对小姑娘的分析很感兴趣。

"你没想到，或者说你并不希望贺小君会喜欢上我。"小姑娘说，"当然你也没想到或者说你并不希望我也会喜欢上他。可这种事情发生了，对你来说这是一个意外，所以你原来的计划需要重新调整。"

"你倒是很有想象力。"

"也就是说，我说对了？"

"就算你说对了，可是，你有什么砝码来和我谈条件？"

"我当然有。你如果认为抓住了贺小君的把柄，就可以控制他，让他为你所用，如果我也抓住了你的把柄呢？"

"我有什么把柄让你抓的？"

"因为我知道了你的秘密呀。我猜想，那几张照片你不一定会用，除非贺小君不按照你的意思去做，你才有可能拿出来将他的军，或者说要挟他。但是，如果现在就让贺小君知道你准备利用他，一旦利用不成，还准备使用不那么光明正大的手段，你觉得贺小君会怎么想？他还会把你当朋友吗？"

"我要是利用他，现在就已经具备了条件。亲爱的表妹，我还得感谢你，是你帮我创造了这个条件。而你呢？你如果把真相告诉他，他不对你咬牙切齿、恨不得把你撕个稀巴烂才怪。你还指望他继续喜欢你?!"

"如果我们的谈判不欢而散的话，这将是必然的结果。不过，我本来就是一个一无所有的人，我输了，仍然是一无所有，所以我反而输得起。可是，亲爱的表姐，你又会怎么样呢？你就不同了，你不仅要办的事情肯定会泡汤，你现在拥有的一切，能不能保住，还是个问题。表姐，你有必要冒这种风险吗？"

柳茜的眉头不由自主地拧了起来，她没想到最先来找自己麻烦的，竟然是自己找的小姑娘。早两天杜俊也劝过她，让她知难而退，可她，不是一个轻言放弃、半途而废的人。

柳茜知道不能对眼前的小姑娘掉以轻心。她说得在理，如果大家都过早地撕开了脸皮、豁出身家性命来玩儿，自己可赔不起。

柳茜努力让自己忍着不要生气。小姑娘要追求她的幸福，那是她的权力。要生气，也只能生自己的气：谁让你自己看错了人呢？

小姑娘既然是有备而来，不如干脆让她把话说完。想到这里，柳茜把自己的眉头弄舒展了，甚至还努力笑了一声，问："说说看，你准备让我怎么做？"

"我的要求我已经说过了：把你手机里的照片删除掉。"

"我有别的选择吗？"

"有。不按照我说的做。"

"那会怎么样？"

"表姐你忘了吗？你送给我的手机，是有录音功能的。不需要超过今天中午，贺小君，也许还有俊哥，就会听到我们之间的这场谈话。"

柳茜笑了，她正了正色，笑容却并没有完全从自己脸上抹去，她吐了一口气，说："你知道这趟自驾游，包括在你身上的投资，我一共花了多少钱吗？"

"知道。"

"那么，你带钱来了吗？"

"没有。"

"没有？那你跟我谈什么？"

"就谈刚才的条件。如果你同意,我会请求你给我三天时间。"

"然后呢?"

"然后……我们交换手机使用三天,当然磁卡可以换过来。"

等柳茜弄明白了小姑娘的意思,再一次笑出了声:"你有点聪明过头了吧?你把手机一拿过去,马上就把照片删掉,我怎么办?你以为你那段破录音,对我有用吗?我找谁要钱去?"

"那你说怎么办?"

"你提的建议,当然由你来解决其中的技术问题。"

"也许,我能拿点东西做抵押。"

"什么?"

"你看看这个。"小姑娘说着,不知道从哪儿掏出来一个信封,四处张望一下,把里面的东西,轻轻地倒在了桌面上。

柳絮正打算约郭敦淳,没想到郭敦淳正好给她打来了电话,这让两个人有了开玩笑的理由,都说心有灵犀。郭敦淳说,那看我们想的地方是不是一致?柳絮说,不用想,老地方,不见不散。

很快,他们在廊桥驿站原来那间包房里见了面。

郭敦淳比上次见面时精神好多了。柳絮嘴上忍不住有些夸奖,心中却暗想不知道是不是跟伍扬出事有关。

郭敦淳很阳光地一笑,说他现在每周打三次羽毛球,已经坚持一个月了。生命在于运动。现在好了,腰不疼了,腿不酸了,一口气上五楼,还不费劲儿。

从郭敦淳那里,柳絮了解了伍扬更多的情况。

让柳絮有点没想到的是,伍扬是自己把自己弄进去的。

郭敦淳有点唏嘘不已,说一开始他也感到有点意外。看得出来,他对自己的前顶头上司,怀着一种挺复杂的感情,不像有的副手,内心里只有对一把手的鄙夷。

这么多年以来,两个人表面上一团和气,其实内心里都有自己的小九九,郭敦淳更是习惯了一直在伍扬的阴影下生活的日子。现在他进去了,等于政治生命到了头,郭敦淳应该解恨和舒心才对,但他似乎没有那种幸灾乐祸的愉悦感。就好像原来伍扬拦在他前面,固然遮了他的光,却也挡了他的雨,因为在很多人眼里，伍扬占的那个职位，是个权倾一方因而也是个高危的职位。

郭敦淳主动告诉柳絮，领导已经跟自己谈了话，对他的工作给予了充分的肯定，让他主持公司的工作。

柳絮说，好呀好呀，你也是几十年的媳妇熬成婆，总算等到了出头的这一天。

没想到郭敦淳摇了摇头，说找他谈话的领导并没有谈后面的事情，一切都还不一定哩，还很有变数哩。

柳絮甜甜一笑，说凭郭总的才学、能力，迟早的事。

郭敦淳又摇了摇头，很谦虚地笑了笑。

其实，这也是郭敦淳关心的问题。伍扬事发突然，为了保持工作的延续性，由他主持工作顺理成章。郭敦淳也觉得一步到位有点仓促，即使上面真的打算提拔他，也还有个干部任免的程序问题，这就需要时间。但不管他嘴里怎么说，郭敦淳还是像熬过了漫长的冬眠期的蛇一样，感到了来自土地深处春天般温暖的地气，内心里有了压抑不住的蠢蠢欲动，有一种找人诉说的奇怪冲动。这种冲动丝毫不能在单位里流露，否则，随时会落在不知道在哪个角落里窥视着他的眼睛里，关于他太轻狂的流言，就会像感冒病毒似的四处扩散。

多年行政工作经验，也让郭敦淳对自己的仕途，不得不做两手准备：一是原地踏步走，上面任命另外一个人过来当办事处主任、党组书记；另外就是把他扶正，让他成为信达资产管理公司的党政一把手，括号，正厅级。

是呀，伍扬事件只能说为他郭敦淳提供了一个机会，能否变为现实，确实还有很多不确定的因素。

此外，伍扬的表现让他百思不得其解。

那几天，他们两个人总共聚了三次，除了第一次有点貌合神离、互相防范之外，后面两次竟越来越投缘，越来越交心，而这主要是由伍扬的态度决定的，他先对郭敦淳敞开了心扉，把两个人在工作中产生的误会、结下的疙瘩，全部解开了。

伍扬的经济问题也是他自己主动跟郭敦淳说的：两年前，他老师的儿子跟省建设银行打官司，输了，作为不良资产打包到信达资产管理公司来处理，他给过一些关照，为此，老师的儿子送给了他十二万，全部是现金。

郭敦淳对柳絮说："当时可能是喝了酒，一不小心我问了一句傻话，我说，就这些？伍扬把筷子往桌上一拍，吃惊地望着我，反问道，你以为还有多少？过了好半天，他才叹了一口气，继续说，也难怪你这么想，老郭啊，将来你要是坐到了我现在这个位置，你就会发现，要做到内心不存贪念，真的是很难，很难很难。我认为我做得还不错，除了这一次。我知道，这些年，背后对我说三道四的人不少，也有不少人背后告刁状，把我的所谓经济问题添油加醋地反映到总公司、省纪委。我告诉你啊，我们这种级别的干部，在省纪委可都是有袋子的。什么袋子？大信封袋子，用来装举报信、告状信。为了保护干部，里面的东西一般不会动，但你要是民愤太大，或者硬是有人揪着你不放，逮着你死缠烂打，或者上面有批示下来，组织上就会跟你一起算总账。"

说到这里郭敦淳有意地停顿了一下，抿了一口碧螺春，抬起头望着柳絮，似乎想看看她的反应。

柳絮却没有什么反应，她端起茶壶，把被郭敦淳吸吮得只剩下一小半的茶盅，斟到了七分满的位置。她虽然平时跟那些个干部没少打交道，却对于他们自己面临的官场中的一些事儿，所知甚少。

郭敦淳叩叩手指谢了，继续把伍扬跟他说的话学给柳絮听："伍扬说，与其等着别人找你算总账，不如自觉点，自己把账给结清了。为了给组织减少麻烦，我请外面的审计事务所对我个人的财产进行了一次审计，对可能引起别人歧义的所谓的经济交往，也主动提供了线索和证据，就一个目的，帮助组织把我的问题彻底搞清楚。"

柳絮终于忍不住了，一笑，问："我怎么觉得伍扬在做秀似的？郭总，你信吗？"

郭敦淳仰着头，对着空中吐了一口气，说："一开始我也不信。可能是伍扬也看出了这一点，就说，老郭呀，你知道我为什么要跟你谈这些吗？因为对于向组织说还是不说的问题，我内心里其实一直很矛盾，很挣扎，现在我跟你说，等于是请你帮我下了决心，因为话一旦说出来，就不可能收回来，我就只有一条路可以走了。"

柳絮说："我还是不明白伍扬为什么要说，他可是一个心理素质超好的人。"

郭敦淳说："伍扬是这样解释他的选择的：按照常理，我应该跟老师的儿子一起建立攻守同盟，我从他那儿拿的是现金，应该不会有什么问题。问题是，他的生意越做越大，跟那些当官的来往越来越密切。常在河边走，哪有不湿鞋的？他能给我送钱，难道不会给别人送钱？那些收了他钱的人，能保证个个都一生平安一辈子不出事？出了事也都能扛得住？还记得那个关局长吗？他后来简直变成了一条疯狗，乱咬人。更可气的是，又交代了不少男女关系方面的事，大部分还是本单位的已婚女职工，搞得人家两口子天天吵架打架闹离婚，而这些花花事儿，他是完全可以不说的。还有，法律虽然规定行贿受贿是一种对合性犯罪，都必须受到法律的惩戒，但在具体的司法实践中，为了侦破案情，检察机关往往会按西方司法中的'控辩交易'模式，在行贿者那里寻求突破，从而以认定行贿者具有立功、自首等情节的方式，最终对行贿者网开一面，免予起诉。谁能保证老师的儿子事到临头不卖了我？这是博弈中的囚徒困境啦。现在中纪委的八条禁令，等于给了我一个机会，与其把宝押在别人身上，不如自我救赎。"

柳絮摇着头说："可是，这样一来，岂不是把他老师的儿子给供出来了吗？如果送钱收钱的情节真的像伍扬说的，这种攻守同盟应该很好建立呀，伍扬这样做，不是太愚蠢了吗？不是害了自己也坑了别人吗？伍扬也太不厚道了吧？"

郭敦淳点了点头，不知道是表示赞同柳絮的观点，还是表示他听到了她的问话，但不想刚才的话题被岔开，总之，他继续说："伍扬说，革命工作几十年，不干不净的钱，也就这十二万。可是，如果我不去投案自首，而是被检察院查出来，按照现行的量刑标准，这十二万就够判我十年的，我犯得着吗？"

"那他早干吗去了？这个时候说，主观上救自己，客观上害别人。这种人，谁敢跟他打交道？"说到这儿柳絮先笑了，补充道，"不过，别人也用不着跟他打什么交道了。"

郭敦淳始终面带微笑地望着柳絮，不知道是在欣赏她本人，还是她说的那些话。

柳絮想到了坊间关于伍扬与金达来拍卖公司的种种闲话，想到了早几天跟陈一达通电话的事，直接就问了郭敦淳。

郭敦淳摇了摇头，说："关于和金达来拍卖公司的关系，伍扬一个字都没有提。也许他认定了自己跟金达来公司没有任何不正常的经济往来。现在还不知道他这叫不叫'双规'，也不知道要多久才能出来。他的前途和命运，恐怕从此掌握在别人手里了。上面也许会拿他树典型，鼓励那些有八种以权谋私行为的干部，在组织没有掌握任何犯罪线索之前，都去找组织主动交代自己的问题，而对伍扬的问题，就事论事在组织内部做违纪处理。对于伍扬来说，这是最好的结果。再说了，一个正厅级干部，区区十二万，相比那些动不动几百万、几千万的大家伙，简直可以说是芝麻绿豆大的事。"

"不过，"郭敦淳诡秘一笑，继续说，"也不一定呀，既然伍扬自己主动跳了出来，后面的事情也可能真的由不了他了。社会上有句广泛流传的话，说什么'坦白从宽，牢底坐穿。抗拒从严，回家过年'。这显然是对政权机关对犯罪嫌疑人宽严相济政策的恶意歪曲和严重污蔑，但有了线索决不放过，一定要把隐蔽的问题彻底地翻个底朝天，以证明他所言不虚，真的没有向组织撒半句谎，不也是一种既对他本人负责，也对党对人民负责的工作态度吗？伟大领袖毛主席教导我们，世界上怕就怕认真二字，共产党就最讲认真。"

柳絮想起曹洪波说的那个关于郭敦淳背诵毛主席语录救母的故事，不禁笑了，她点点头，说："是呀，伍扬的日常支出与他的正常收入明显不符，想把他的经济来源搞清楚，确实是很正常的。但是，伍扬可不是一个冲动型的人，难道他的问题真的只有这区区十二万？"

郭敦淳叹了一口气，说："谁知道？也许真要查完以后才能水落石出哩。唉，钱啦钱啦，都知道生不带来死不带去，可大家还是一有机会就想着往自己口袋里捞，为什么呀？"

柳絮微微一笑，接口道："因为钱是个好东西呀，中国人的生存压力大，干什么不要钱？钱能够给人提供安全的保障。"

"可是，有钱能让人幸福吗？我看不见得。为什么呢？按照我的理解，那要看他们的钱来路正不正。那些有钱的干部，他们的钱哪里来的？是靠挣的那几个工资、勤俭节约攒下来的吗？当然不是。是别人送的，或找别人要的。这种钱，我看有与没有一个样。因为有这种钱的人一般是不敢大花的，还老担心什么时候东窗事发，被抓去坐牢房，他们有何幸福可言？可是，要是没有一点灰色收入，逢年过节，拿什么给领导送礼拜年？别人都去送礼拜年，你不去，那你还想不想进步？还有，就是你们这些做老板的，柳总，你觉得你幸福吗？"

柳絮忍不住又是一笑，边摇头边说："我还真没有想过这个问题。"

郭敦淳说："这个问题不需要想，一个人感到幸福的时候，他的内心会盛满快乐的、明净的、清澈的温泉，他的脸上会写满没有一丝阴影、没有一丝忧郁的婴孩般的笑容。柳总，恕我直言，在我看来，你不幸福。别看你整天笑嘻嘻的，可你的心事重呀，因为你们拍卖公司的这类生意，决定了你们不能不与司法权力机关、我们这些国有资产的管理者打交道。你们要把生意做成，就不得不求人，就不得不经常性地在一些灰色地带运行。否则，你就会被你的同行挤下独木桥。我不敢说，你赚的每一分钱，都是市场正常运行自然而然产生的；我也不敢说，你赚的每一分钱，都是特权被利用、不公平交易的结果，但我确切地感到，你真的不幸福，不快乐。我猜想，这一定与你赚钱的过程不幸福、不快乐有关。"

柳絮没想到郭敦淳话锋一转，会跟她讨论这么严肃的问题，而且把话题直接引到了她头上。郭敦淳谈的这些所谓幸福不幸福的问题，她从来没有认认真真地去想过，她相信社会上的很多人，都没有认认真真地去想过。

大家都太忙了。

可是，郭敦淳干吗要和她谈这些呢？

柳絮心里突然冒出一个有点儿恶作剧的想法，就是问问郭敦淳，他觉得自己是属于幸福的人还是不幸福的人？不过，柳絮还是把这个想法压了回去。

"伍扬跟我的谈话对我触动很大。"郭敦淳一副严肃认真的面孔，望着柳絮，又好像透过她看到了深邃的虚空，"我不知道我的感觉对不对，我倒觉得，伍扬不像是作秀，也不像是一时冲动，而好像是在为自己选择一种另外的生活。"

"那是一种什么样的生活？"柳絮忍不住插嘴问道。

郭敦淳摇了摇头，没有回答。

"我还是觉得伍扬这么做理由不充分。"柳絮说，"女人的直觉告诉我，这可不是一件简单的事，我总觉得……这里面好像藏着什么别的事儿似的。但愿我的直觉是错的。"

"噢？"

柳絮觉得郭敦淳的眼神这时已经完完全全地回到现实中来了，他紧紧地盯着她，好像她的眸子里就蕴藏着答案。

柳絮却有点怯了，让自己的眼光飘了开去，她不想再讨论伍扬的事了，于是话锋一转，问道："怎么样，上次给你们家介绍的那个保姆，老太太还满意吗？"

"该死，你不提我差点忘了。真的，我真得好好谢谢你。岂止是老太太满意，我们全家都满意。我们家请过那么多保姆，有经验，她们也跟单位里的职工一样：能干的，有个性；没个性的，干活十有八九不行。你帮忙找的那个保姆好，人能干，还脾气好，把老太太哄得要认她当亲闺女，可真帮我解决了一个大问题。"郭敦淳说着，见柳絮的茶盅快空了，拿起茶壶要帮她斟茶，被柳絮把茶壶抢了过去。

"儿子参加了高考吧？情况怎么样？"柳絮边替郭敦淳斟茶，边问。

"他那个状态，还能怎么样？二本线都没上。他妈跟我商量，这孩子再这样下去，肯定被网络游戏给毁了，最近在跟外面联系，看能不能把他送到国外去。"

"咱们国家的小孩，升学压力也太大了，又没有什么玩的，也难怪他们。"

"怪他们也没什么用，又不能像西方国家的那些家长，十八岁后就让孩子进入社会，让他们自己管自己。"

"西方福利社会，升学压力就业压力都没有我们这么大。"

"他妈妈也是，只知道送出去，哪里来那么多钱？我又不是什么贪官，说送孩子出去就送孩子出去呀？"

"钱应该不是问题。郭总，怎么说呢？咱们也算是老朋友了，我们说话就不要见外了。如果……到时候……我这边……嗯，生意顺利，郭总又确实需要应急，也许，我也能帮助……借点儿。"

郭敦淳大概没想到柳絮会一下子有点吞吞吐吐起来，不禁直直地朝她望过去，抿嘴一笑，却没有吭声。

"是呀，我想我肯定能帮助借点儿，只要我运气好，有得生意做。"柳絮迎着郭敦淳的目光，很流利地重复了一下前一句话的意思。

郭敦淳把头一仰，说："这也就一说。再说了，咱们这也是死马当作活马医，他要是出去了还是上网，或者不能融入那个社会，怎么办？得了得了，别说他的事了，烦。"

柳絮抢在郭敦淳前面轻轻地叹了一口气。

郭敦淳突然把仰着的脑袋端平了，说："等等，我想起一件事情来了，伍扬跟我交代工作的时候，特意提到了流金世界置业有限公司的事，他说他已经跟北京总部打了报告，要求拍卖债权。他说如果由我接手他的工作，这是最省事的一条路子，你怎么看？"

"他还有闲心管这个？"

"在其位谋其政,他跟我谈话时,不还是信达资产管理公司本省办事处的主任吗?"

"给北京打报告之前,是不是应该由你们集体讨论一下?"

"我当时也有这个疑问,但我没有吭声,想听他怎么说。伍扬是这样解释的,他说,如果进行债权拍卖,价格会很低,这个责任不好承担,不如由他自己一个人揽下来,反正他再也不需要什么政绩了。再说了,这样做也并不影响省高院对流金世界四层裙楼的执行工作,等于是两条腿走路。"

"真的不影响吗?"

"这是伍扬的说法,其实,影响不影响,要看省高院执行局对流金世界四层裙楼的拍卖,是否能在债权拍卖之前成交。如果在债权拍卖之前成交了,就不需要再进行债权拍卖了,否则,如果债权拍卖先成交,则流金世界四层裙楼就将与信达资产公司没有关系,而会由新的债权人代位申请执行。"

"既然这样,伍扬干吗要做那种安排?郭总有什么感觉?"

"你呢?"

"不好说。我总觉得伍扬把自己弄进去,似乎与这件事有说不清道不明的关系。"

"会吗?那样的话,伍扬下的赌注也太大了。他如果在里面,那他拿什么赌,又赌什么呢?"

"我也不知道,不过,如果他真的赌这件事,他一定以为他会赢得更多。当然,也许是我想得太多了。毕竟,伍扬只要一进去,马上就会失去对事态的掌控能力,恰恰这件事又有太多的不可预知因素。伍扬那么精明的人,应该不可能想不到这一点吧?"

"如果你的假设成立,那么,伍扬找我谈的那些话,也就可以说是别有用心的,那么,他用心何在?"

"搞不清楚。算了,我们先不管伍扬了。如果北京批了伍扬的报告,郭总会让债权拍卖进行吗?"

"柳总有何建议?"

"我没有什么好的建议,我只是希望郭总能给我们一诚公司一次机会。"

"可是,即使要拍卖,可能也会通过招标的方式择优录取拍卖公司吧。"

"招标不怕。既然是招标,就有个评标议标的程序,就应该有一个比较大的弹性空间，你说是不是呀，郭总？"

"柳总，你不会在我主持工作伊始，就给我出什么难题吧？"

"郭总，你看我像那样的人吗？"

"我看不出来哟。"

"那你就等着看好了。"

伍扬把自己弄进去之前，跟柳茜见过几次面。

那桩莫须有的丧事被伍扬反复提及，让柳茜说了一系列假话才把最初的谎言圆过去。他怪柳茜没有让他陪着去老家。伍扬说，其实，他除了想在她最伤心的时刻陪伴在她身边，还想找个远离城市喧嚣的地方，买两间破草房子，颐养天年。

柳茜十多天以后才知道伍扬话里有话，当时她只觉得他有点矫情。她调侃他说，采菊东篱下，悠然见南山。你以为现在这个世界上还能找到一方净土或什么世外桃源吗？我告诉你，我们老家很多地方电都不通，晚上连电视都没得看，你靠什么打发漫漫长夜？你的周围都是些什么人？留守儿童和孤寡老人，你要想搞一夜情都不知道该找谁。

伍扬也就一笑，说他人到中年，已经过了把性生活当饭吃的年龄，人是铁饭是钢，一天不吃饿得慌，他不会这样。他感到自己像骆驼，喝一次水可以管很久很久。

其实，伍扬对柳茜隐蔽得很深，对自己人生中的那个重要决定，他没有对柳茜说半个字。

柳茜的目的倒是很明确，绕来绕去，都是围着流金世界四层裙楼的事转。

对这一点，伍扬倒是一点也不保留，他甚至把她带到自己办公室，关起门来，让她自己看与那几层楼有关的材料，官司如何如何，市人民大剧院的告状信又如何如何，像竹筒倒豆子似的，和盘托出。

"你自己好好儿掂量掂量吧。你要是玩不起，就别跟着瞎掺和。"

这是伍扬结论性的意见。完了，又怕这样的重话太打击了她似的，伍扬换了一种温柔体恤的语气，说："柳茜同学，其实我一直想找机会告诉你，我觉得你犯了一个方向性的错误。商场也好官场也罢，基本上都是男人的游戏场，女人永远是配角。你别不服气，你看看那些千万富翁、亿万富翁，有几个是女的？

你再看看处级干部厅级干部部级干部，又有几个是女的？不错，有些女人确实很能干，但你别以为女人可以通过征服男人征服世界，女人玩来玩去，最终发现，在她上面的还是男人，何必呢？"

柳茜本能地反驳道："正因为男人太强势了，所以我们女儿当自强。凭什么要让女人成为男人的附属品而不是相反？"

伍扬并不想跟她争个输赢，嘻嘻一笑，道："放松一点，放松一点，我的柳茜同学，我的柳茜妹妹，当附属品并没有什么不好。如果有人供我吃穿用，我都愿意。我甚至觉得去坐几年牢都没有什么，吃了睡睡了吃，干干简单的体力活，蛮好呀。只有跟世俗的纷争拉开距离，才能思考生命原本的意义。"

柳茜再次错过了伍扬的言外之意。

当然啰，错过了也就错过了，即使伍扬当时明确无误地告诉柳茜他的决定，他们两个人的关系也不会有什么根本性的改变。他们都太独立了，本来就是有自己的各自主张、各自生活的两个人。

柳茜只是有些郁闷，没想到自己耗了几个月心血的事情，竟然有那么多的麻烦。伍扬的话她又不可能不信，如果要做那个项目，她是离不开伍扬的帮助的。

也许她真的犯了一个缘木求鱼的方向性错误？

通过拍卖赚差价，也许并不是她这种人攫取财富的一个好的切入点？

可是，真要就此放弃，她又心有不甘。

她履行了诺言，把从股市里套现的钱，存到了贺小君的银行里。贺小君很感激她，觉得她够朋友。她倒不觉得，如果没有自己的个人目的，凭她跟贺小君的关系，她不可能做这种无谓的牺牲，因为这些天股市像吃了壮阳药似的，坚挺得很，一翘老高。她拿着那几个可怜巴巴的利息，还要交利息所得税，这样一来，柳茜的损失可就大了。

但是，她需要依靠的杜俊和伍扬，几乎不约而同地对她的决定不看好，这就有点要命了。

柳茜面临着重新选择。

跟伍扬见面之前和小姑娘的交锋，已经闹得柳茜心里够别扭的了。

那一天，她并没有轻易地接受小姑娘拿出来的抵押物，她既不认识刻印章的质材，也不认识用小篆刻在上面的姓名，谁知道那两块石头值几个钱？但她也不想就此跟小姑娘闹翻。小姑娘说得没错,她什么都没有,所以输得起,而自己却有太多的顾忌。

更让柳茜没有想到的是,那两枚小石头竟然会值那么多的钱。

去省文物商店估价是小姑娘的主意,那里有一家艺术品鉴定中心。按照那个像账房先生的小老头的估价,其中的一枚,就够他们四个往返海南不知道几次了。

那个小老头看过印章之后那副神秘兮兮的样子,更是让柳茜心里一惊。老头儿指着那方大一点的印章问她们:"这位是你俩的什么人?"

小姑娘刚要张口回答,被柳茜扯住了,让她赶紧把那两枚印章包好,拉着她急急忙忙地离开了省文物商店。

到了柳茜车上,柳茜逼视着小姑娘,说:"说吧,东西哪儿来的?"

小姑娘"扑哧"一笑:"怎么,你真的把自己当成我的表姐了?"

柳茜说:"我不跟你开玩笑,快点说,你从哪儿偷来的?"

小姑娘不乐意了,也起了高腔:"你什么意思?"

"我的意思还不明白吗?你怀揣着几十万的东西,可你自己一点儿都不知道,不是偷来的是哪里来的?你现在不说,难道要我打110,让你去跟警察叔叔说?"

"得了,你以为我是吓大的?"

"我不知道你是怎么长大的,但你既然准备拿它来当抵押物,起码你得把它的来龙去脉原原本本地告诉我,向我证明它不是赃物。我这要求不过分。"

小姑娘用一双漂亮的丹凤眼瞪着柳茜,紧紧地咬着嘴唇,固执地一声不吭。

柳茜向右扭着头,表情严厉地对瞪着小姑娘,也是一声不吭。

过了足足一分钟,还是小姑娘先把眼光移开了,她也把头向右扭着,自己的右手同时快速地摩挲着车门把手,过了一会儿,她的头偏起来,隔着车窗玻璃朝前面望了一会儿,回过头来朝向柳茜时,已经面目平静如常,旋即冲柳茜一笑,说,"不好意思,表姐,我改变主意了。"不等柳茜答话,拉开车门,走了。

柳茜没想到小姑娘会这样,连忙跳下车,冲着她的背影喊:"你去哪儿?"

"我也不知道。"小姑娘回过身来朝她笑笑,扬扬手,转身一蹦一跳地走了。

柳茜回到车里，发了一会儿呆，想把这件事理出一个头绪，却始终不得要领。

最简单的方式，她应该返回省文物商店，问一问那个小老头儿，那两枚印章刻的到底是谁的名字，这样，说不定能够查到一些线索，或者说通过那两枚印章的主人，找到一个想象的大方向。

车就停在省文物商店前面的车坪里，柳茜一抬头就能看到它的大门。下车很容易，进门也不难，可是，那个小老头儿会不会跟自己说真话？那两枚印章怎么会值那么多钱？会不会是文物？小姑娘到底是从哪儿弄来的？是不是真的是偷来的？她如果要把它卖掉，算不算贩卖文物？算不算犯法？省文物商店的那个小老头打电话报警没有？

柳茜再也不敢在那儿呆了，急忙把车发动了，离开了那个是非之地。

这事儿真的是有点窝囊。

也许，她应该追上小姑娘，或者偷偷地跟在她后面，搞清楚她到底会去哪里。

可是，哪里还看得到小姑娘的影子？

第十七章

　　财务部的秦老太太差不多成了光杆副司令，因为除了黄逸飞，她是在广告公司坚守的唯一一个人，而且这还不是她的本意，是黄逸飞多次做工作，硬把她留下来的。就在刚才，黄逸飞还在以这段时间少有的慷慨激昂动情地对他的这位远房亲戚说，大浪淘沙，去粗存精，谁都能走，你不能走，相信我，我们公司不是倒闭只是转行，它一定能够在不久的将来，在新的领域重新崛起，一定能。

　　讲完这句话，黄逸飞和安琪双双回到了他的董事长兼总经理办公室。

　　黄逸飞把门一关，便一屁股坐在了大班椅上。为了防止刚才梗着的脖子会像泄了气的充气长颈鹿似的耷拉下来，赶紧拿两只手撑着了下巴。他发了一会儿呆，又发自肺腑地朝外吐了一口气，这才把冲着对面墙壁望着的头颅扭向安琪，似乎有些费劲地笑了。

　　安琪觉得黄逸飞仰视着她的眼神，就像一个找她要糖吃的孩子。从进门开始，她就紧紧地挨他站着，拿玉葱似的手指，一下一下地帮他梳理着那一头艺术家派头十足的长发，好像这样可以替他加油打气似的。

　　安琪似乎比黄逸飞的信念要坚定一些，因为她相信黄逸飞的才华与能力。广告公司运作的疲态不能完全怪他，有很多客观因素，最主要的原因是没有一个强势媒体可供依附，这使得他们与别人可供置换的资源非常有限，而且，他们这样的公司多如牛毛，你有我有大家有，大家争着做人脉做关系，维持人脉和关系的经济成本，就会越来越高。而一旦在这方面出问题，公司的业务马上就会变成无源之水。

按照安琪对黄逸飞的理解，在他的特质中，艺术家气质比商人气质似乎要多很多，而艺术家往往像孩子一样任性，因此需要引导与匡正。

公司转行其实更多的是安琪的主意，求人不如求己，如果柳絮总是城门紧闭，还不如另起炉灶，把广告公司变更成拍卖公司。

安琪已经打听过了，拍卖公司虽然是特种行业，但已由审批制改为登记制，只要注册资金达到一百万，再加上拍卖师啊拍卖从业人员啊达到一定的数量，工商注册并不困难。总之，他们的困难是暂时的，只要两个人并肩携手，就一定能熬到云开日出的那一天。

但是，他们面临的经济危机却不容忽视，上个星期他们把所有银行存折、银行卡归拢到一块儿，发现可资利用的流动资金已不到一千块。

现在的办公用房是租的，按季交纳的房租还可用一个多月，黄逸飞想把房子退了，暂时撤回到家里办公。安琪不同意，说节流是土财主的搞法，猴年马月才能做大做强，重要的是得开源，那才是资本家的搞法。如果把现在的房子退掉，除非不久的将来再换更大更好的房子，否则，将影响公司和个人的形象。再说了，让秦老太太来家里上班，她不方便，咱也不方便，我不想我们的二人世界被破坏。

黄逸飞再次努力地朝安琪笑笑，说你不要对我期望过高。巧妇难为无米之炊，当务之急是要在近期搞到钱。我是不好开口找同学借钱的，不仅丢面子，还不一定借得到，怎么办？

安琪也不知道怎么办。

两个人沉默着想了三四分钟，都没有想出更好的办法。

还是安琪先开口说话："你不愿意找同学借钱，我能理解。如果实在没有办法，就只有去找她了。找她借钱你会不会介意？"

黄逸飞问："谁呀？"

"你说还有谁？"安琪笑了笑，说，"你如果能找她借到钱，我不介意哟。"

黄逸飞明白了安琪的意思，不禁冷笑着摇了一下头。

安琪望着黄逸飞，好一会儿，才问："你是不想找她，还是怕她驳你的面子？"

黄逸飞说："都是。"鼻子"哼"了一声，继续说："找她借钱，那还不如把房子抵押了。"

"为什么？"

"我跟她有言在先，不想跟她在经济上扯不清。"

安琪笑笑，不再说什么。

可是，千把块钱能扛几天？更别说花钱聘拍卖师、聘拍卖从业人员、筹措注册资金了。

安琪觉得，除非硬是没有别的路可走了，否则，房子不能轻易抵押。她始终摸不透黄逸飞对柳絮到底怀着一份什么样的感情，总觉得他像鸵鸟似的，一碰上她的什么事，就恨不得把脑袋埋到沙子里。

安琪为此很有些郁闷。

按照她的想法，拍卖公司肯定要成立，但可以分两步走，第一步是借船出海，第二步才是自立门户。他们必须借助柳絮的力量。

不知道为什么，她越来越想跟柳絮见面。她觉得自己只要还没跟柳絮见面，就不能说此路不通，你柳絮不是想离婚吗？这就可以作为条件来谈。谈条件的过程就是大家一起权衡利弊的过程，也是你进我退、我予你取的过程。你有你想达到的目的，我也有我想达到的目的，就看能不能找到契合点。

有了契合点，两个人的对手棋，才有可能走下去。为了实现主要的目标，就得在小的利益上做出让步，否则，僵在那儿对谁都没有好处，就是一盘死棋。

到了这个份儿上，黄逸飞对于安琪执意要去找柳絮的想法，再也提不出更多的反对意见。但他心里总是很别扭，既怕安琪在柳絮那儿受委屈，又怕柳絮从内心里嘲笑他：你不是挺有能耐吗，怎么越混越回去了？事到临头，还要一个小姑娘来打头阵？

两个人在家里分手的时候，各自心情完全不一样。

安琪倒是信心满满，对于要和柳絮谈的话，早已在脑子里预演了若干遍，她希望柳絮是个通情达理的女人，毕竟夫妻一场，给黄逸飞一次机会，不就等于给自己另外一条出路吗？事情拖着总不是一个办法，大家都要朝前看、都要朝前走才好，不是一个人好，是你好我好大家都好。

相比于安琪的任务，黄逸飞要去处理的事情并不轻松多少。

上次帮一家酒楼做广告牌，应该还有一万八千六百元的尾款进账，为这事秦老太太不知道已经找了他们多少次。但那家酒楼很赖皮，先是拖时间，然后在他们内部推来推去，一会儿让你找营销部，一会儿让你找财务部，不是这个不在就是那个不在，总也见不到你要找的人。最近调子变了，说黄逸飞他们公司做的广告牌质量有问题，铜的质量有问题，铜字的大小也有问题，还有荧光灯，不到一个月就坏了四根，而且偏偏不亮的那四根灯管处在很关键的部位，本来叫"有味酒楼"，现在叫"冇味酒楼"，难怪生意那么差，都是你们做的那个招牌给闹的，还想要钱？我没找你赔钱就是好的。

秦老太太舍不得打的，每次都挤公共汽车，到了那里连口水都没得喝，还被当作皮球似的踢来踢去。黄逸飞心有不忍，生怕秦老太太路上挤车闪了腰，还得算工伤，也怕她又要辞职，只得赶紧把活儿揽了过来，他不信一个人赖皮可以赖到这种程度，还有一点商业诚信没有？铜字的质量有什么问题？之前请你们看过原材料，而且满大街都是这种铜、这种字，有没有问题不由你单方说了算，你可以请工商局、质监局的人来检测验证。字的大小是合同里定好了的，当时还好心好意提醒过你们，字可能小了，你们坚持就那尺寸，所以才没有改，不能说等字上了屋顶嫌小便把责任赖到广告公司头上吧？至于说那几根坏掉了的灯管，更简单，换了就是。

黄逸飞早就没有了艺术家的臭架子，但真的到了亲自出马找酒楼的老板去扯这种皮的时候，才发现自己虽然可以在大学讲台上口若悬河，可以把社会上的那些小姑娘哄得团团转，真正碰到了那些混账泼皮，根本就是有理讲不出来。

酒楼的老板是位刑满释放人员，一开口就兄弟在里面的时候如何如何，好像在号子里呆过是一段特别值得夸耀的光荣历史。他对黄逸飞爱理不理的，说谈什么谈？公说公有理，婆说婆有理，你说我违反合同，可以上法院去告我，我是劳改释放犯我怕谁？你嫌钱少嫌麻烦，那你还缠着我干吗？什么，你不想为这点小事跟我打官司？那更好呀。行行行，你别跟我扯，反正钱我是没得付，要不你把字拆了、搬走。生意不好做，我正准备把酒楼转让了哩。

黄逸飞心里的小火苗一串串地直往外冒，恨不得扑上去对着那张猪头脸一顿猛砸。但他知道发脾气没用，真要动起粗来，自己不一定是那个胖猪头的对手，而且一旦真闹起来，那一两万块钱就完全没了指望。黄逸飞心里那个憋屈呀，只好一遍又一遍地对自己说，千万不能跟这种胡搅蛮缠的人一般见识，我忍，我忍，我忍忍忍。

这事要放在以前，黄逸飞肯定会丢句"他妈的"走人，要么自认倒霉，要么甩给律师跟他慢慢去磨，甚至可能用损招，找百十个街上捡破烂的，每人发一两百块钱，就进你的店子，十座八座地坐了，吆五喝六地专点萝卜和青菜，吃垮你。你要我不高兴，我也能让你不痛快。你以为你坐过牢了不起呀？我告诉你，知识就是力量，大爷我只要略施小计，就要搞得你吃不了兜着走。

但这会儿不行，一万多块钱对现在的黄逸飞来说，简直是笔巨款，他没有资格意气用事，跟本来就应该是自己的人民币过不去。

他只能软着性子跟酒楼老板泡蘑菇。

这期间，黄逸飞接到了安琪发来的N条信息，询问他这边的进展情况，黄逸飞隔三差五地回上一条，好像搞现场直播似的。

一小时两小时三小时，酒楼老板终于烦了，谈好了打七折，让黄逸飞叫人把那四根坏了的灯管换了以后拿钱走人。

黄逸飞最后给安琪发了条信息，告诉她一切OK。他到市场上买了灯管，准备亲自爬到楼顶上把它们换下来。

与此同时，在会客室坐等了两个多小时的安琪，终于得到了指令，她可以去见柳絮总经理了。

柳絮并不是有意冷落安琪，她并不知道来见自己的人是黄逸飞的现任女朋友，否则，她很可能让底下的人把安琪直接就打发走了。

她让安琪在会客室里等着，完全是因为有点急事要跟杜俊商量。

郭敦淳给她透了消息，好些个拍卖公司，这几天都在轮换着请他，他也从他们嘴里了解了不少关于流金世界置业有限公司债权拍卖标书的一些情况，都很不错，一诚拍卖公司如果要参与，一是不能错了投递标书的时间，二是必须博采众长，拿出自己的杀手锏。

安琪没有向前台说真话，她说自己是一家破产企业办公室的留守人员，有一笔业务需要跟柳总亲自谈。接待员问她方不方便留下名片，安琪故作神秘地摇了摇头。

等到安琪进了柳絮的办公室，却开始有点莫名其妙地紧张起来。她本来一直觉得自己非常理直气壮，这时却连要不要很快向柳絮亮明身份，都有了点儿拿不定主意，她怕几句话不对劲儿，会被柳絮赶走。

柳絮望着坐在自己大班台前面的安琪，笑了笑，等着安琪自我介绍。

安琪的茶水杯是前台端进来的，她把它端起来，在柳絮的注视下喝了一小口，乘机暗自咽了一口唾沫，然后抬起头来，迎着柳絮的目光，也让自己的脸上泛起了浅浅的笑意，她又拿出手机看了一下，这才开口说："柳总好忙呀，让我等了两小时四十七分钟。"

柳絮连忙说对不起，见她杯子里的茶水少了，准备起身为她续水。

安琪欠欠身，把柳絮挡着了，用尽可能平缓的语调说："我想用刚才的两小时四十七分钟，换你的十五分钟，可以吧？"

柳絮愣了一下，开始有点怀疑安琪的身份了，她认真地看了安琪一眼，笑一下，点了点头。

"我不是什么破产企业的，但确实是来和你谈业务、谈生意的，我是黄逸飞的女朋友。"

安琪说完这句话之后先停了下来，却一直直视着柳絮的眼睛，好像要看到柳絮的反应之后，才确定后面的话该怎么说。

柳絮一直在观察安琪，听了这话，不禁眉头一紧，刚才眼里蕴涵的笑意一扫而光，目光一下子变冷了，紧紧地打在安琪的脸上，过了十几秒钟，柳絮把头微微向上一偏，说："我跟你们没有什么业务、生意谈的。"

安琪的目光一直追随着柳絮的脸，柳絮的这种反应，与她设想中的反应相差无几，所以，她很流利地接着说："不谈业务、不谈生意也行。那我们就谈谈你跟他之间的婚姻关系，可以吗？"

柳絮不得不把目光收回来，重新让它回到安琪的脸上，在她脸上小面积的区域睃了睃，然后盯牢了她的黑棕色的眸子，说："我答应给你十五分钟，就给你十五分钟，请你在这十五分钟里把该说的话全部都说完，因为这是我们最后一次见面。你用你的手机设定好时间……现在开始倒计时。"

"你们的婚姻关系已经名存实亡，为什么不解除它？"

"这个问题恐怕你得去问你那男朋友，是他一直在拖着。"

"他现在并不反对离婚。"

"因为你？"

"因为我，也因为他面临的经济危机。"

"好，我们把这两个问题分开来谈。请问你现在是不是在跟他同居？好，谢谢你的坦率。你既然知道我跟他的婚姻关系续存着,你跟他同居,是一种什么性质的行为?"

"非法同居。"

"是非法同居,还是他已经犯了重婚罪?"

"这不由我说了算,也不由你说了算。涉及罪与非罪的问题,由法院说了算,柳总准备起诉他吗?"

"如果你们老是这样缠着我,让人烦了,有可能。"

"那你诉讼的目的是什么?是为了维护你和他的婚姻关系,还是通过这种官司解决离婚问题?先谈第一个问题,告自己的丈夫与别的女人非法同居,犯重婚罪,似乎更像一个怨妇之所为,柳总是个成功的企业家,希望自己的这件事,成为别人嚼的话题吗?这种方式能把黄逸飞拉回到你身边吗?"

"谁说我要把他拉回来了?你可以把他当宝贝,我可不会,我早已弃之如敝履。敝履你知道是什么东西吗?"

"我知道敝履是什么东西,我还知道敝帚自珍。小结一下,我觉得柳总状告黄逸飞非法同居、犯重婚罪的可能性存在,但不是很大,对吧?"

"你要这么想也可以,不过,权力在我手上,我可以用,也可以不用。你转告他,别太嚣张了。"

"谢谢柳总的提醒。顺便问一下,这些年,柳总的性生活问题是怎么解决的?"

"你?!"

"对不起,我不是想有意刺激你。对于一个成年人来说,性生活就像吃饭喝水一样,是一种正常的生理需要。如果这些年柳总从来没有过过性生活,那你对自己也未免太压抑了,太残忍了;如果情况相反,那么你跟黄逸飞相比,只有程度上的差别,是五十步跟一百步的关系,我不觉得你更有资格从道德上谴责他。柳总,你是一个长相美丽、气质高雅的女人,在你面前,我自惭形秽……"

"你不用给我戴高帽子,我得提醒你,你剩下的时间不多了。"

"谢谢你的提醒。我想说的是,改变你们这种婚外情、婚外性的状况的首要途径,是你们赶紧离婚。我不知道黄逸飞以前是怎么想的,但我知道他现在不想再拖累你。接着我刚才的话说,只有离了婚,你跟其他男人交往的时候,也才有了合法的资格。"

"我有没有资格，还要他来恩赐？"

"这不是恩赐不恩赐的问题。也许我刚才的说法不准确，可以打个比喻，比方说冬天已经过去了，春天也已经过去了，都快要到夏天了，我们还有必要穿着冬天的大棉袄吗？你和他都需要彻底地告别过去，开始一种新的生活。"

"我很乐意这样做，你带来了他的离婚申请吗？我可以马上、立即给你签字。"

"很好。但我还是希望明确一点，就是你刚才的表态不是出于某种情绪。"

"情绪？你太看高你的……男朋友了，我没情绪。"

"那就好，接下来，我们是不是可以讨论一下你们两个离婚的技术性问题？也就是说离婚的条件，主要有两方面，一是财产分割问题，二是子女监护、抚养问题。"

"哈哈哈，哼，小姑娘，你多大了？本事不小哇，你以一个假的身份进了我的办公室，我给了你一刻钟的时间，听你夸夸其谈，你呢？你连姓甚名谁都没有说，就来代表黄逸飞跟我谈离婚的条件，你有资格吗？"

"如果你认为我没有资格，你就把我当成一个信使好了。"

"得了，时间也快到了，你回去转告黄逸飞，叫他亲自来，或者委托律师来也可以。如果是律师，让他别忘了带上授权委托书。"

"既然是协议离婚，我想就不需要律师了，他亲自来，我陪他，柳总你看行吗？"

"行。"

"那我们要不要拉拉钩？"

"不必了，你去陪他玩过家家吧。"

安琪还是忍不住有些兴奋，她拿起手机看了一下，发现跟柳絮的谈话用了不到十二分钟，她似乎很怕柳絮反悔，马上说："那你看定在什么时间？"

柳絮早已经从大班椅上站了起来，从上自下地望着安琪，并不说话。

安琪不想被柳絮俯视，也赶紧站了起来。

柳絮绕过大班台，替安琪拉开了门，说："让他等我的电话。"

安琪说："柳总……不会忽悠我们吧？"

"不会。"

"那，能不能定一个确切点的时间段？比如说三天以内，还是五天以内？"

就在这个时候，安琪的手机响了。安琪看了一下上面的号码，是黄逸飞。她没有接电话，望着柳絮，希望先得到她的答复。

柳絮却示意她先接电话。

安琪犹豫了一下，按下了通话键。

安琪没想到里面会传来一个完全陌生的男人的声音：

"喂喂喂，你是黄老板的熟人吗？请你赶紧过来一下，黄老板刚才从楼上摔下来了。"

李明启刚挂断何其乐打过来的手机，办公桌的电话又响了，一接，是报社门岗打来的，说有个朋友要找他，问他要不要接待。

门岗报的那个姓名很陌生。

经常有慕名来找李明启的陌生人，均自称是他的朋友，其实是把他这里当成了信访办或申诉部门，把他们在社会上遭受到的不公平待遇，反映给报社，希望社会舆论予以介入和监督。

不过，现在的李明启早就不是刚进报社的李明启了，这事要放在那会儿，他会毫不犹豫地把材料接了，先核实材料的真实性，然后为见报的事儿找报社里的头头脑脑。现在的他处理这些事则是能躲多远就躲多远，真的是事不关己高高挂起。

李明启这些天除了焦急地等待来自何其乐的消息，一直在等着小姑娘的电话，这几乎是他找到她的唯一希望。都说好事成双，刚才何其乐打电话就说了一句话，告诉他省委讨论干部任免的常委会已定在下周二下午召开。李明启知道，这是最后一个程序，意味着省报副总编辑的位置离他仅一步之遥。

那么，来找他的会不会是小姑娘呢？

门岗把电话给了来访者，可惜的是，李明启既不知道小姑娘的姓名，也从来没有在电话里听过她的声音，除了她的身体，他对她其实太不了解了。不过，里面的声音悦耳动听。她叫他明启哥哥，问他还记不记得她。

李明启不会放过任何机会，他决定下来见客。

如果真是小姑娘，那只能说明兆头太好了。李明启很有信心，只要两个人一见面，就能把那两枚像定时炸弹的印章的事给解决了，而且必须无条件地解决，因为对于他的仕途来说，这可是生死攸关的大事。

如果真是她，唯一有点遗憾的是，小姑娘不是打电话在他办公室的座机上，而是亲自找上了门。从好里想，这可能是因为她当时并没有顺手拿走他的一张名片，她只知道他的工作单位，因此只能通过这种方式来找他。从坏里想，这已经有了一点打上门来的意思。她一定知道，在单位的办公场所她可以占据主动权，因为他要顾及影响，就不可能对她怎么样。

如果真是她，李明启就要避免后面一种情况发生，也就是说，他不能把她往办公室里带。他会在门口拦部的士，让司机把他们能拉多远就拉多远，最好是从城东到城西，找一间即使被熟人看见也不至于引起暧昧联想的公众场合，当然那里应该又有相当私密的空间，以便适合他俩之间进行暂时还无法预测的各种交流。

鼻子正中央一颗芝麻大小的黑痣，不是小姑娘是谁？

一路上，李明启已经想好了上的士的细节：把小姑娘安排在后座上，自己坐在司机旁边。

他不能安排小姑娘坐在副驾驶的位置上，因为从一般的打的习惯来看，那是埋单的位置，而且常常要担负为司机指路认路的任务。他也不能跟小姑娘一起坐在后排。排排坐，吃果果。报社大门口人来人往的，要是被同事看见，李明启跟一个小姑娘成双成对外出的小道消息，很可能马上就会在报社里传播开来。

的士往外开了四五百米，李明启让司机靠边，说要去路边小店买点东西。这也是李明启事先设计好了的，他不能总这样让两个人分两排坐着，那样会很生分，而如果他们之间的气氛不融洽，他跟她之间的一些话就不好谈。

李明启给自己买了一瓶矿泉水，给小姑娘买了一个冰淇淋，回到车上时，直接上了后座。

小姑娘接过冰淇淋时朝李明启一笑，却没有说什么。其实，从两个人见面起到现在，小姑娘一直只是对着他抿嘴而笑，还没有说一句话。

李明启乘着给小姑娘递冰淇淋的机会，顺便把小姑娘的右手给捉住了。小姑娘试着往外抽了一下，李明启手一紧，让她的动作没有完成，小姑娘头一偏，飞他一眼，又是抿嘴一笑，终于放弃了努力。

李明启灵光一闪，决定把小姑娘带到橘园小区的省委接待处。

349

李明启是这样考虑问题的，所谓小隐于野，中隐于市，大隐于朝。省委接待处其实就是一家宾馆，也对外营业，但它最初的功能却是接待政府的各种会议，方便来省委省政府办事的底下各地州市党政领导。省委接待处虽然在星级上不是最高的，但入住的客人却可能是大大小小的权贵，谁都说不清楚他们跟省委省政府的某位领导有怎样的隐秘关系。李明启带小姑娘在这里开房，一旦被人看见，就可能会被人误解。但李明启要的就是这种误解——如果他跟小姑娘有什么关系，他完全可以选择在别的地方开房，这样明目张胆不是太傻了吗？他带来的那个小姑娘肯定是为某个领导准备的吧？是不是性贿赂不好说，但起码是李明启受人之托，带她找领导反映什么问题的吧？领导时间紧呀，日理万机，请他抽空到宾馆来一趟，完全是为了提高办事效率嘛。所以李明启不怕别人嚼舌头。又因为这里的领导是泛指不是特指，所以也就没有栽赃某个具体的领导的嫌疑，也就用不着对自己进行良心谴责。

　　小姑娘还是乘李明启不留神把自己的右手从他的掌中挣脱出来了，为了防止这个动作太生硬，或者说作为一种补偿，小姑娘把头轻轻地朝李明启靠过去，依在了李明启的肩膀上，李明启想了一下，决定把左手从小姑娘后背抄过去，搂住了她的左边肩膀。

　　小姑娘还是没有和李明启说一句话，她跟他的交流完全靠眼神和肢体语言进行，好像她跟他分手之后就变成了哑巴。李明启没觉得这样有什么不好，当着的士司机的面有什么好说的？更何况他们之间要谈的事太敏感，小姑娘已经让他见识了她的厉害，他们之间的谈话，将充满了歧路，随时可能迷失方向，他需要仔细地听其言观其色，并随机应变地采取一切可能手段，或让她乖乖就范，或与她达成某种交换条件。

　　小姑娘腾出手来是为了用手机发信息，因此，收发信息的声音隔一两分钟就会响一次。李明启每次故意埋下头想去看手机上的内容，小姑娘的身子都要往外面一斜，不让他看。

　　省委接待处很快就到了，这里跟别的星级宾馆不同，没有门童。李明启先下车，并没有只顾自己地往里冲，而是转过身来为小姑娘扶着了车门，像服侍姑奶奶似的把她迎了下来。他一边恭恭敬敬地引导着小姑娘在真皮沙发上坐下，一边找她要身份证，他悄悄地跟她说，刚才出来得太匆忙，他忘了带身份证。

　　但李明启的这个小阴谋没有得逞，小姑娘朝他扑闪着一双大眼睛，说昨天她被小偷偷了，钱没了，身份证也没了，否则，她决不会食言来找他。她也没想到要和他一起开房，她找他只是想见见面聊聊天，那边不是有间咖啡屋吗？要不然，咱们还是过去找个位置吧。

李明启向小姑娘要身份证只是为了多少弄清她一点底细，姓甚名谁，哪里人士，芳龄几何，见小姑娘警惕性很高，把假话说得跟真的似的，心里那个烦啦。但他脸上却不敢表现出来。他带她来这里可不只是想跟她见见面聊聊天的，也不想跟她喝什么咖啡，便赶紧自己拐弯，说正好还带了驾驶证，便让小姑娘在沙发上坐一会儿，跑到前台办了手续。

整个过程，李明启都显得非常殷勤，好像小姑娘是一个需要他拍马屁巴结的对象。

一进屋，小姑娘抢在李明启前面，飞快地溜进了洗手间，并从里面把门给反锁上了。李明启觉得奇怪，便在外面捶门，让她赶紧把门打开。她躲在里面咯咯地笑，说人有三急，明启哥哥你就先忍一忍吧。李明启不知道她在里面干什么，仍然嚷着要她开门，说自己也被逼急了，也要急着上大号，要不然会拉在裤子上。再说了，咱俩谁跟谁？你的什么玩意儿我没见过？快开门快开门。小姑娘不为所动，不再有一句没一句地跟他对话。李明启换了一种方式，说小兔子乖乖把门打开，小弟弟要进来，真的要进来。

但李明启马上自己安静了下来，因为他的手机响了——冯老师给他来了电话。

李明启觉得冯老师这段时间有点疑神疑鬼，过去她几天都难得给他打一次电话，现在却动不动一天就是几个电话，还一张口就问他在哪儿。当然，冯老师找他每次都有事儿，不过都是一些鸡毛蒜皮的小事，类似于存折放在什么地方了呀，物业管理费是她去交还是他去交呀，请他去帮她交下手机费呀，以及是不是该请小孩的音乐老师舞蹈老师吃饭了呀之类。

李明启这段时间极其规矩老实，知道冯老师不可能在自己身上查出什么蛛丝马迹来，便也就装傻，由着她的性子暗地里查自己。李明启希望她得出自己规矩老实的结论，他是这样想的：她一旦开始彻底地信任他，他今后的自由度反而会更大。

李明启想了想，还是退回到走廊上接了冯老师的电话。他怕小姑娘从卫生间出来以后乱吱声，冯老师听到了不太好。

冯老师问:"你在哪儿呀?"

李明启说:"在报社。"

冯老师又说:"你在报社?"

李明启刚才说自己在报社不知道是没有多想,还是因为跟小姑娘在一起,心里多少有点发虚,随口就溜了出来。但话一出口,就像泼出去的水,再也收不回来了,只好说:"是呀,正在上厕所哩。怎么,你往我办公室打过电话呀?有什么事吗?"

冯老师支支吾吾的,半天没说话,李明启喂喂了好几声,冯老师这才说:"这事一时半会儿说不清楚,你还是上完了厕所,到办公室以后再给我打过来吧。"不等李明启说话,冯老师啪地一下把电话挂了。

李明启对自己这次的应急反应很不满意。干吗要说自己在报社?这不明摆着给自己找麻烦吗?报社在城东,自己这会儿在城南,就是飞也飞不回去呀。直接说在省委接待处不就行了吗?难道她会连课都不上,亲自跑到这里来查岗,看你有没有撒谎?那不是太神经了吗?

说自己在报社却是不折不扣的撒谎,冯老师要他回办公室以后给她打电话,很明显是要他用座机打过去,以证明他刚才对自己定位的表述是真的。女人有时候头脑很简单,你只要跟她讲几句真话,她就信了你。你要存心向她撒谎,你得先准备一大堆真话,再把你要说的假话夹在里面,才有可能蒙混过关。相反,当她向你索求某种单一的信息时,你说假话便是一种极大的冒险,你的语速你的声调都有可能出卖你自己并让她起疑心,而只要她在起疑心,她马上就会想入非非,不把你纠缠个没完没了决不善罢甘休。

按照李明启对自己老婆脾气性情的了解,如果他不能及时给冯老师用办公室的座机打电话,冯老师会很快失掉耐心,也一定会采取下一步的行动。

其实,她要识破李明启刚才的谎言太容易了,只要多往办公室打几个电话就成,你总不能一年四季老呆在卫生间吧?你总得回办公室吧?

李明启不由得伸出巴掌在自己脸上刮了一下,笨,真是笨。不过,他很快又笑着摇了摇头,刚才在报社,不一定永远在报社,时间是新闻记者的生命,只要有爆料的电话或者领导的电话进来,你就得背起脚板往外跑。再说了,男人在外面混世界,要是被自己老婆的电话牵着鼻子走,那还混得下去?

看来由着女人的性子也不行。女人都是得陇望蜀的,你要是把她宠坏了,还不等于自己给自己找难受？

从李明启即将官升一级成为一件可以预期的事开始，他跟冯老师的关系也就有了一点微妙的变化。李明启觉得自己在家里的地位多少有了点提升。夫妻关系是什么？说穿了就是一男一女搭伙过日子，也像两个人组建的有限责任公司，谁的实力和势力大，谁就是董事长。公司要可持续发展，稳定是最重要的。而在一个老公占相对优势的家庭里，稳定的基础是女方不要吵事。怎样才能让女方不吵事呢？要么，你就要把相对的优势变成绝对的强权，我说一就是一，我说二你不要说三。要么，你就得每时每刻给她安全感，让她觉得跟你在一起不知道有多么幸福甜蜜。总而言之，攘外必先安内，你只有把家里的先安抚好了，你才有时间和机会去领略外面世界的丰富多彩。

李明启打定主意，回去以后好好熊冯老师一顿：你关心我我很感激，但关心一旦过度就不是关心而是追踪和不信任，会搞得我很厌烦。距离产生美，没有距离会产生审美疲劳。你得给我相对独立的时间和空间。特别是像我这种级别的干部，外面有多少事需要我集中精力应付呀？你是学哲学的，这点事还想不明白？

李明启一想到回家以后可以理直气壮地给冯老师做思想政治工作，心情一下子就好了起来，要知道，在这之前，这可是冯老师的专利。

没想到冯老师的第二个电话马上追了过来，说："你还没拉完呀？"

李明启不想在电话里跟冯老师说刚才想到的那番话，思想政治工作要当面做，觉得只有那样自己才能享受那个过程。要是贸然把那些话说出来，冯老师再跟他理论一番，那不是更烦人吗？当务之急，是把小姑娘的事给处理了。

这次李明启学乖了，跟冯老师说刚才接到了何其乐的电话，他得赶紧去一趟省委。

冯老师说："那你离开报社了吗？"

李明启说："没有。何其乐刚给我打的手机，我才从厕所里出来，正准备下楼哩。嗯，你不是说有事吗？说吧，什么事？"

冯老师说："你确定你这会儿是在报社？"

李明启不耐烦了，说："怎么啦？我不在报社在哪儿？我不在报社我说在报社干吗？我有病呀？"

冯老师在电话那头沉默着，大概过了六七秒钟，先把电话挂了。

李明启愣了一下，也没多想，也把电话挂了。

李明启回到房间里的时候，小姑娘已经从卫生间出来了，她没有坐在床上，而是选择在临窗的小圆椅上坐着，正面带微笑地望着他。

李明启面对着小姑娘，盯着她看，好像要搞清楚这些天她到底发生了哪些变化似的，他把身体朝后面一仰，用后背把门撞上了，右手反过去摸索到了门框上的小闩子，又摸摸索索着把门插上了。

然后，李明启一步一步地走到小姑娘跟前，直到感到她的头几乎要触到他的腰的时候才停下来，他略为弯下腰，伸出右手，顺着她的耳根插进去，手掌朝上一翻，捧住了她左边脑袋上的一大绺头发，他把手臂慢慢扬起来，让手掌中的头发像泉水似的滑落下来，之后，又再次垂下手臂，再次翻手，把刚才滑落的头发捧着，又让它们滑下来。这样来回做了好几次，好像这是一件很好玩儿的事情。

李明启做这些动作的时候并不说话，小姑娘也不说话，她把头微微抬起来望着他，嘴角上泛着似有似无的笑容，她的两只手掌心朝外地半举着，扶着他的胸腔，以便让自己的头和他的身体保持适当的距离，两个人都像哑巴了似的，互相对视着，好像在比赛谁更有忍耐力。

这一次，李明启捧着小姑娘的一小撮头发之后，便没有轻易地让它们从自己手掌中慢慢滑落，他把右手手指轻轻地穿插进去，慢慢地抓住了它们的发根，再慢慢地使劲儿，让她的脸更大幅度地仰了起来，他的左手早已及时地压在了她的右肩上，以便让她不能随便乱动，接着一笑，说："你让我找得好苦呀，我们的配合那么默契那么好，你干吗要不辞而别呢？"

小姑娘的脸就在李明启眼皮底下不到一尺距离的地方，她的发根虽然有点发胀发痛，脸上的笑容却依然灿烂，她眼睛朝上一翻，看定了李明启的眼睛，说："我跟你说过，离开你，是怕我控制不了自己，如果我真的爱上了你，你不是会感到很麻烦吗？"

"你这么想吗？"

"我不该这么想吗？"

"你这么想很有道理。可是，你做得还是有点儿过分吧？"

"如果我还没有爱上你，我怎么做都不过分。你不过是我偶尔遇见的一个男人。说句伤你自尊心的话，这种男人，我见多了。"

"可你差点把我害死。"

"有那么严重吗?你现在不是好好儿的吗?而且,你手上的劲儿还那么大,你不觉得我会痛吗?"

"你真该痛一阵子,不是吗?"

"也是。不过,我痛的时间越长,对你就越没有愧疚感。"

"你可以求我把你的头发松开。"

"我只要求你你就答应吗?"

"这要看我的心情。"

"这就有点没谱了。"

李明启还没想到要把抓着小姑娘头发的手松开。小姑娘大概也看出了他的心思,沉默了。两个人仍然互相盯着,谁都没有把目光挪开过半秒钟。

小姑娘说:"刚才打电话的是你老婆吧?盯得挺紧哟,可见我不选择有妇之夫做男朋友是多么正确。"

李明启一笑,从鼻孔里发出哧的一声。

小姑娘继续说:"我知道你的大小,你也知道我的深浅,你时间也紧,咱们还是直接进入主题,你看好不好?"

李明启眉毛一扬,笑着说:"好呀,不过,你起码得先告诉我你是什么人吧?"

"知己知彼,百战不殆。知己不知彼,胜负就很难说了。我已经跟你讲过我的故事了,如果你相信,你能算得上最知道我底细的人。你如果不相信,你即使知道我的姓名又怎么样呢?那不过是一个代号。再说,这个地方是你找的,我是不是也应该保持那么一点儿秘密,以作为我的优势呢?"

"你这是在准备跟我讨价还价吗?你认为你有这个资格吗?你拿走了我一万一千八百块钱,还拿走了我两枚印章,我要是拨打110,警察马上就能把你给抓起来。"

"谁说我拿了你的钱?谁说我拿了你的印章?我给你留的那张纸条你还留着吗?你没有那么傻吧?你告我是小偷告不上,那张纸条你要是没留着,你会没有证据。那张纸条你要是还留着,可以证明不是偷,只是拿。如果到了警察局,我说是你女朋友呢?还是说你在嫖娼?而我如果要告你是强奸犯,却有证据,因为那条短裤我可是留着了,真的,我不骗你。不过,我不觉得我们之间的问

355

题需要用这种极端的方式来解决。"

"那你觉得我们应该用什么方式来解决?"

"平等友好协商的方式。"

"你偷了我的钱,偷了也就偷了。你偷了我的印章,然后要我拿钱把东西赎回来,这就是你说的平等友好协商的方式,对不对?"

"瞧你,都学会抢答了。更正一下,刚才我已经说了,我没有偷你的钱,我只是拿了你的钱,如果你把它看成是我一个晚上让你连爽三次的正常收费,你心里会舒服很多。至于那两枚印章,你要是还这样继续紧紧地抓着我的头发,让我的头皮发麻,我很可能会彻底地忘了这件事,真的,我不是说着玩的。"

听了这话,李明启本能地把手指一紧,小姑娘立即脸色大变,那张本来十分好看的脸痛苦地扭曲起来。两只眼睛刚才还明亮若水,这会儿只剩下了一条缝,紧紧地盯视着李明启,但她仍然强忍着痛苦,一声不吭。

终于,李明启把抓着小姑娘头发的右手松开了,腰一弯,曲着一条腿蹲在了小姑娘面前。他把两只手贴着她的鬓角抄过去,把她的头捧在了两只手掌之中,先是一笑,接着说:"怎么,痛呀?你刚才的样子让我想起了我们做爱的情景。傻瓜,你要是真的痛你应该叫呀,你应该喊呀,我怎么会忍心弄痛你呢?"

说着,他把嘴凑过去,想亲吻她的嘴唇。

但她咬着嘴唇,一使劲儿,把头偏开了,她的头执拗地朝外扭着,不再看李明启。

李明启放下两只手,把她的两只膝盖使劲往外一分,把自己蹲着的身子插在了她的两腿之间,他把两条胳膊抄过去,半抱着了她的腰,说:"怎么,你刚才不是说要用平等友好协商的方式解决问题吗?我把你抱到床上去好不好?这样,我们可以一边做爱一边讨论两枚印章的赎金问题,你不觉得这样很刺激吗?"

小姑娘"扑哧"一笑,把头转过来望着李明启,说:"我不觉得,我不是一个能够一心二用的人。"

李明启却把这看成是一种鼓励,他把她抱紧了,要把她往床上搬,却遭到了小姑娘的反抗,她的两只手在他面前使劲地挥舞着,叫道:"别闹别闹,我的指甲很长,要是不小心,会把你的脸划破啦。"

"为什么?"

"不为什么。"

"你不是很喜欢我搞你吗？你刚才的话有道理呀，一万一千八搞你三次我会觉得很亏，如果你让我搞一百次，我会觉得比市场价便宜，我心里会爽很多。我一爽，我们接下来的事情，不是更好谈吗？"

"不。"

"你怎么会这么固执？你该不会是恋爱了吧？"

"嗯。"

"嗯个屁，你真的恋爱了？你怎么能这样？你怎么能这么快就移情别恋？你这么快就恋爱是怎么回事？跟你恋爱的人是他妈的从哪里冒出来的？"

"从哪里冒出来的并不重要，重要的是他没有老婆和孩子。"

"那又怎么样？你想嫁给他？嫁给他以后呢？你以为他一辈子从此以后只跟你一个人睡觉？"

"这不是你关心的问题。"

"这是我关心的问题，因为我的小弟弟在长大，它想干活了。"

"你这个流氓。"

"那也是你教的呀，你不能让我爽过之后马上就从我生活中消失吧？"

"我可以。你能给我我要的正常生活吗？你不能。"

"我不知道你所谓的正常生活指的是什么，但我猜想你这会儿想要钱，对吧？告诉我，你需要多少钱？"

"我需要多少钱你都给吗？"

"不一定，给得起就给，要是你要价太高，超出了我的承受能力，我就掐死你。"

"我想到了，所以我一路上都在给我朋友发信息，刚才我躲到卫生间也是为了干这事。我朋友现在知道我跟谁在一起，在什么宾馆，几楼几号。我还真怕你不理智，激情犯罪。我一个穷丫头，死了不算什么，就怕你害了你自己，还有你老婆和孩子。"

"你想得真周到。我这会儿真的有点爱你了。你他妈的到底是什么人呀？"

"一个冒着生命危险来找你借钱的人，我妈病了，想找你借点钱……"

小姑娘的话被外面走廊上响起的嘈杂的脚步声打断了，紧接着，客房的门铃响了，门外，一个女人正扯着嗓门和宾馆服务员在争论着什么。

那个女人是冯老师。

李明启吃了一惊，甩开小姑娘站了起来，因为蹲的时间太长，脑袋不禁有些发晕，他明明知道冯老师是被小姑娘引来的可能性极小，还是先盯了她一眼。小姑娘似乎一下子懂了他的意思，连忙摇了摇头，而且很显然，她自己也被吓到了，早从小圆椅上站了起来，脸色木然地整理着刚才被李明启弄乱了的衣服。

李明启很快听清楚了，外面，冯老师喝令服务员开门，服务员一边声明自己没有这个权力，一边规劝她离开。冯老师当然不肯，一要她开门一边摁着门铃，服务员好像在用对讲机呼叫保安。李明启没想到自己的手机这时会响起来，一看，正是冯老师的号码。手机音量很大，门外的人一定听得见，李明启没有时间犹豫，很快拔掉小闩子，"咣啷"一声把门打开了。

冯老师一眼就看到了临窗站着的小姑娘，脸上的表情一下子僵住了，她大踏步地跨进房门，迫近李明启，说："告诉服务员，我是你老婆，这儿没她什么事儿了。"李明启赶紧向服务员道歉，请她离开，说这边的事他来处理。

空中凝重得就像随时会爆炸似的。

等李明启把门一关上，冯老师似乎在强忍着自己的情绪，从喉咙里一个字一个字地挤出来似的说："你不是说你在报社吗？怎么到这里来开房了？"

李明启说："你是怎么找到这里的？"

冯老师说："你还是先回答我的问题吧。"

李明启说："我也刚到，而且我跟你说过了，我要来省委找何其乐。"

冯老师说："你撒谎，你说你刚来，可你的第一个电话和第二个电话都是在这里接的，你跟这个女的在这个房间里至少已经呆了大半个小时了。你为什么要撒谎？"

李明启说："你怎么知道的？"

冯老师说："你不解释你为什么要撒谎，反而追问我是怎么知道的，这不是本末倒置吗？我希望你态度诚实地一个一个回答问题。你快说呀，你为什么要撒谎？"

李明启哑口了，他哪里知道该怎么回答冯老师的问题？

小姑娘上前一步，对冯老师一笑，说："大姐，我可以说几句话吗？我不知道李大哥为什么要对你撒谎，但是，确实是我请他带我来这里的，因为是我想见……何其乐。"

冯老师说:"哦?那你知道何其乐是什么人吗?"

李明启抢在小姑娘之前说:"谁不知道何其乐是省委书记陆海风的秘书?"

冯老师说:"让你说话你不说,没让你说话你倒说得挺快。那么,你们约了他吗?"冯老师下巴颏儿朝小姑娘一扬,说:"你说。"

小姑娘一笑,说:"李大哥应该约了吧?其实,李大哥什么时候来这儿的我不知道,我也是刚来没几分钟。"

小姑娘一边说,一边把眼光往床铺上一扫,把冯老师的注意力也吸引了过去。

床铺上干干净净,床单上整齐的折痕清晰可见,枕头上一枝玫瑰花鲜艳欲滴。冯老师虽然也只是往床上扫了一眼,脸上的表情却有了一点缓和。

李明启不禁暗暗地嘘了一口气,心里充满了对小姑娘的感激。只要她们两个这样一问一答起来,就会披露更多的信息,到时候要把这件事圆过去,可就不难了。

没想到冯老师一句话,打乱了他的如意算盘,又让他的心提到了嗓子眼儿,冯老师对小姑娘说:"你说的是真话吗?既然你想请李明启——也就是我老公帮你引见何其乐,你当然不希望我跟他之间产生什么误会,对吧?那么,你知不知道,酒店的走廊上装了监视器,他什么时候来的,你又是什么时候来的,你俩到底是不是一起进的房间,只要查一查监控室的录像,就一清二楚了,你不会反对我这样做吧?"

在冯老师的密切注视下,小姑娘不得不硬着头皮点了点头。

冯老师继续说:"当然,我们去查看监控录像,无非两种结果,一、你在撒谎,那么,这对我的打击将是致命的,我将从此不会再相信跟我同床共枕的这个人,我的生活、我们的家庭,将会被他亲手摧毁。我辛辛苦苦上课,带孩子,操持家务,老公却在外面和别的女人偷情,这种事情对一个做妻子的女人来说,是灭顶之灾,我无力独自承受,我会抓一个或两个垫背的,我说到做到。二、你说的是真话,那我就只能向你道歉了,希望你能理解。可是,即使你说的是真话,我还是会再做一些进一步的调查了解,有一个哲学命题,叫只见树木不见森林,这是人们常犯的以偏概全的错误,我会避免犯这种低级错误。"

小姑娘问:"你想做什么样的进一步调查?"

冯老师说:"非常简单,我会运用一点点博弈学知识。你想听吗?好,我说给你听。有两个大学生，外出狂欢，完全忘了第二天还要考试的事。他们回来后请求老师给他们一个补考的机会，他们的理由是，他们不是不想赶回来，而是汽车在路上抛了锚，汽车轮胎破了，没法修补，所以没法赶回来。老师怎么办？如果他们说的是真话，不让他们考试，太不近人情。如果他们说的是假话，而让他们考试，危害则更大，以为靠撒谎就能躲避惩罚。老师决定让他们考试，让他们回答一个简单的问题，你知道那是个什么问题吗？"

小姑娘不由自主地摇了摇头。

冯老师说："等下我会告诉你。至于你，"她转身对李明启说："你不是想知道我是怎么发现你撒谎的吗？很简单，我在你的手机上装了GPS芯片，对，就是全球卫星定位系统，是它把我带到这里来的。"

李明启忍不住吼起来："你怎么能这样?! 你怎么能这样监视我?!"

冯老师说："我怎么不能这样？是你撒谎在先，是你的所作所为让我产生了怀疑，如果不把事实的真相搞清楚，我会疯掉。夫妻之间如果没有了信任，家庭还能维持吗？你别发愣了，回答我，那张话剧票是怎么回事？你跟这个人到底是怎么回事？"

李明启望着冯老师再熟悉不过的那张脸，却不知道该说什么。

冯老师的话像放开了的水闸似的关不住，她继续说："当我们的婚姻受到威胁的时候，我不会讲究什么手段合适不合适的问题。如果事实证明我在瞎猜疑，我会很乐意请求你原谅，下半辈子跟你做牛做马我都愿意。可是，如果我发现你在骗我，你在背叛我，你知道我会怎么做。"

"你……"李明启连说了几个你字，后面的话却怎么也说不出来了。

"你什么你，请你稍安毋躁，呆在这儿别动，好好地等着何其乐过来——你不是约了他吗？我跟这位……小姑娘先下去，先把我刚才说的事给办了。另外，下面有间咖啡屋，我们会在那儿坐上一小会儿，我会问她一些类似于爆的是哪个轮胎之类的小问题，当然，紧接着，我也会拿同样的问题问你。"

冯老师说完侧侧身，示意小姑娘先走，然后她紧跟在她身后，像押着她似的，一起离开了房间。

第十八章

柳絮很内疚，怪自己当初没有跟安琪一起去那家黄逸飞出事的酒楼。她怪自己把黄逸飞想得太坏了，把那个电话当成了黄逸飞和安琪演的双簧。后来是安琪哭着求她，说没有家属的签字不让进手术室，她这才心急火燎地赶到省人民医院。

黄逸飞是从七楼楼顶上摔下来的，如果不是被三楼的遮雨棚挡了一下，可能早就没命了。他摔断了两根肋骨三根脊椎骨，医生说，受伤最严重的部分其实是在头部！因为受到强烈撞击，颅内出血并发严重脑水肿，送到医院时已经陷入重度昏迷，此外，两侧血胸，肺部内出血，也是危及生命的。两天两夜了，黄逸飞一直昏迷着，危险期还要持续两三个星期。

安琪像被吓傻了似的，不是目光呆滞地望着病床上的黄逸飞，就是躲到病房外面啜泣。柳絮对安琪的存在与否本来没有什么感觉，后来偶尔听到那些医生护士对安琪身份的议论，再看到她那一副动不动就泪眼婆娑的样子，心里就生出一股莫名其妙的烦躁，恨不得一顿臭骂把她赶走，人还没死哩，哭什么哭？但话到嘴边，心里到底还是多少有点不忍。黄逸飞要花心，不找安琪也会找别的什么琪，现在他都这样了，还能跟他计较个什么劲儿？

除了用药物降低脑压之外，还在使用呼吸器协助呼吸，并使用胸管引流治疗，安琪总是抢在柳絮前面替黄逸飞做这做那，端屎倒尿。到柳絮办公室里的那股嚣张劲儿，早就没了踪影。

柳絮也想过干脆把这一摊子事甩给安琪,她是黄逸飞的现任女朋友,自己只是他名义上的妻子,前不久,他们两个还合谋着跟她讨论离婚的事来着,自己留在这儿不是有点贱吗?

可是,打从知道黄逸飞真的出了事儿开始,柳絮的心就一直揪着,她在手术单上签字的时候,手一直在发抖,她费了好大的劲儿才忍着没让眼泪哗啦啦地流下来,她这时才知道,她心里其实还一直爱着这个狗娘养的。

邱雨辰来了,她看安琪的眼光有一种明显的鄙夷,安琪本来想把自己的浅笑奉献给她,见了她从眼角里斜过来的冷光,便知趣地垂下头,贴着墙壁离开了病房。

邱雨辰和柳絮一起在陪护床上坐下来,拉着她的手,问:"你打算怎么办?"

柳絮无声地摇了摇头。

邱雨辰说:"这个黄逸飞也是的,怎么自己去干这种活儿?又不小心一点。"

柳絮叹了一口气,说:"现在说这话有什么用?哎,想不到他真这么潦倒,当初要是同意他做一场艺术品拍卖会,可能就不会出这档子事了。"

"你别把什么事儿都往自己身上揽,怎么说也是他先对不起你。"邱雨辰说完这句话之后看了躺在床上一动不动的黄逸飞一眼,问:"医生怎么说?"

"现在还没脱离危险,即使能把命保住,恐怕也会长时间处于植物人状态。他废了。有时候我想,这都是报应。"

"早知道会这样,还不如让你早跟他离了。刚才那女的,知道这些情况吗?"

"知道。可是,那又怎么样?她能呆到现在,已经很不错了,你还指望她照顾他一辈子?太不现实了。"

"你呢?就该你照顾他一辈子?"

柳絮叹了一口气,把嘴唇抿得紧紧的,又把头抬起来,对着墙角的天花板眨巴了几下眼睛,说:"现在想这些干吗?走一步看一步吧。昨天格格来看过他,小孩子似懂非懂的,说爸爸睡着了,用不着老出差了。她不肯走,说要等爸爸醒来,她喜欢跟爸爸一起玩儿。"

邱雨辰甩开柳絮的胳膊,走到病房外面的阳台上,过了好一会儿才进来。

邱雨辰问柳絮公司的情况怎么样,柳絮说这几天都是杜俊在那儿顶着,信达资产公司的郭敦淳约了她两次了,可她哪里走得开?

邱雨辰说:"这边的事情已经这个样子了,你也没必要老守在这儿。瞧你,都憔悴成什么样子了？注意休息，别把自己弄病了。要不，干脆让那女的再多顶几天。信达资产公司要对流金世界置业有限公司的债权进行拍卖，这几天就要开标确定拍卖公司了，你都跟踪那么久了，耗了那么大的精力，就此放弃未免可惜，人家主动约你，不见面，也不好，你说呢？"

柳絮点了点头。

邱雨辰走后没多久，安琪就进了病房，原来她一直在走廊上候着。

柳絮也不看她，望着别处对她说："今天你呆在这里，明天我来替换你吧。"

安琪说："你有事就先忙吧，对不起了。"

柳絮听了这话倒不知该说什么才好。

谁知柳絮给郭敦淳打电话约他，他又没有时间了。说北京总公司来了人，他得陪，又说明天得去上海，机票都定了。

柳絮正准备挂电话，郭敦淳换了一种语调，说："柳总，你替我请保姆的那些小秘密我全知道了，你这样的朋友可以交，值得交。我太太……也很钦佩你的为人，要不然，你跟她先见个面，行不行？"

郭敦淳的提议有点出乎柳絮的意料，也让她有点好奇，当然，她也不好怎么拒绝，在稍微犹豫了一下后，做出愉快的样子答应了。

柳絮按郭敦淳告诉的地址，直接去了他老婆开在香水河古玩一条街上的书画店。

一见面，还真的很愉快。柳絮一进书画店就被认出来了，被郭敦淳的老婆拉着进了阁楼，她一边乐呵呵地让柳絮叫她辛姐，一边手脚麻利地替她冲泡功夫茶。

辛姐是那种一下子就能让人轻松愉快的人，她长得圆圆的，圆圆的头，圆圆的脸，圆圆的身体，圆圆的手。她穿着一套咖啡色的真丝唐装，显得十分得体而沉稳，戴着一副金边眼镜，这让她看起来又文气又富贵，如果她把眼镜取下来，样子简直就是一尊女版的弥勒佛。

辛姐在柳絮饮茶的时候，眼睛一直没有离开柳絮的脸，她边笑边摇头，说："妹子呀，我还真没见过长得像你这么好看的，跟工笔画里的仕女似的，可你脸色不好呀，熬夜了。你的事老郭跟我说过，别往心里去。人活一世，草木一春，该怎么样就怎么样，尤其咱们女人，本来好时光就没几年，心放宽些，爱自己，自己快乐比什么都重要。"

柳絮礼貌地笑笑，她不知道郭敦淳都跟辛姐说了她一些什么。

"真的，要学会放松自己，像我，心宽体胖，我就觉得没什么不好。不想减肥，活得自在。"辛姐语气一转，继续说，"老郭给了我一个任务，就是陪你拉拉家常。"

柳絮赶紧说谢谢，心里却直纳闷，自己跟郭敦淳什么关系？好像还没有好到可以随便聊心事聊家常的程度吧？何况还是跟刚认识的他老婆。

辛姐很热情，随时不忘用欣赏的眼光看她，用溢美之词夸她，这让柳絮心里很是熨帖。

辛姐问她知不知道樱花之谷温泉休闲中心。柳絮说知道。辛姐说，那你洗过那里的亲亲鱼浴吗？柳絮笑着摇了摇头。上次跟贺桐、邱雨辰还有鲍律师到樱花之谷温泉休闲中心玩过，当时那里试营业，去洗鱼浴的只有鲍律师一个人。

"咱们两姐妹一起去吧，我请客。现在，这种鱼浴在土耳其、日本很流行的。你是不是一个水草丰美的女人？那些三四寸的小食人鱼在里面钻来钻去，真的别有一番风味哟，保证让你爽翻了。"辛姐一边说一边起身朝柳絮胳膊上拍了几拍。

对于初次见面的人来说，辛姐的玩笑未免太色情了一点儿，但柳絮还是很快乐地笑了起来，辛姐的盛情让她没法拒绝。

在温泉池里泡着以后，两个人继续聊家常，确切地说，主要是辛姐说，柳絮时不时地随声应和。

辛姐说，真得感谢你，给我们找了个好保姆，老太太的事总算是安生了。柳絮只好谦虚地表示这不算什么，人讲究的就是缘分，老太太跟保姆处得好，也是缘分。辛姐说，谁说不是呢？我一见你的面，就喜欢你。老话讲，十年修得同船渡，百年修得共枕眠。我们现在这样脱得光溜溜的，在一个池子里泡着，不知道前世要修多少年。柳絮回应一笑，说总得好几十年吧。辛姐说，你这家伙，面容好，身材也好，老天爷对你太好了。

终于，辛姐从见面开始到现在，第一次叹了一口气。

柳絮隐隐地猜到了什么。

这事，郭敦淳跟她提过，她自己也有条件地表过态。辛姐花这么大的功夫营造好了气氛，她们之间要谈的事也许就要开始了。柳絮不露声色，她想看看辛姐怎么开口。

辛姐说:"这些年,老郭一直被伍扬压着,这次总公司来人,好像主要是考察他扶正的事,不管怎么样,总算是看到一点希望了。"

柳絮说:"郭总精明能干,人缘又好,应该没什么问题。"

"官场的事很难说,不确定的因素太多。不过,他的事我倒不担心,能扶正,是好事,不能扶正,也不是坏事。我看得开。前面有个人,天塌下来,高个子先顶着。那个位置,风险系数太大。哎,让我操心的是孩子。"辛姐说到这儿,停住了,似乎无意地望了柳絮一眼。

柳絮赶紧说:"郭总不是想把他送到国外去吗?联系得怎么样了?"

"在国内有问题,换个地方毛病自然就好了?我看也是死马当作活马医。哎,家里有个这样的宝贝,你没法想象我们过的是什么日子。你别看我整天乐呵呵的,只要一想到他的事,就烦,就有一种暗无天日的感觉。不瞒你说,有好几次我都下了决心,要跟他开了车从香水河大桥上撞下去,同归于尽,求个清静。把他送出去,也就是赌一把,眼不见心不烦。"辛姐说。

"网络游戏这么害人?"柳絮问。

辛姐再次叹了一口气,她并不回答柳絮的问题,而是继续顺着自己的思路往下说:"可是,送他出去,要钱呀。老郭这几年,也就拿个死工资,我呢?那个书画店,你也看到了,小本生意,不好做呀,所以……"

柳絮插话道:"大概还需要多少钱?"

"五十多万吧。"

柳絮点点头,斟字酌句地说:"其实,我和郭总初步谈起过这件事,辛姐,既然你看得起我,把我当亲妹妹一样信任,我想,这钱我可以先垫着,算借。"

辛姐望着柳絮,笑眯眯地摇了摇头。

柳絮赶紧说:"我说的借,其实不是借。"

辛姐把头摇得更厉害了。

柳絮不解地望着她。

"老郭说,这次对流金世界置业有限公司的债权拍卖,参投竞标的拍卖公司有十几家,花落谁家,有得一争呀。拍卖的底价不会超过三千万,获得了债权,再到法院申请执行差不多一个亿的四层裙楼,这个买卖有人做。实际上,有个买家已经铁板钉钉地表示要这个债权。也就是说,获得这笔拍卖业务的拍卖公司,只要花几千块钱的公告费,理论上就能赚三百万。当然,你们的同行在竞争过程中，会相互压价，但不管怎么样，一百万的佣金还是收得到的。柳絮妹妹，如果你能拿到这笔业务，这一百万，挣得轻松呀。"辛姐说。

"所以，我说这五十万，不是借。辛姐和我，二一添作五。"柳絮在水里车转着身子，让自己正对着辛姐，一边毫不犹豫地表态，一边观察着辛姐的表情。

辛姐这次没有与她互动，她把自己圆乎乎的头搁在水池边沿的台阶上，眼睛闭着，好像睡着了似的。柳絮觉得，辛姐一开始谈到她老公公司的事，就像换了一个人似的。

过了好半天，辛姐才慢慢地把眼睛睁开，她的头没有动，仍然保持着原来的姿势，因此也就没有看柳絮，她望着半空中的什么地方，好像声音也被温泉浸泡得软绵绵了似的，有气无力地说："这笔业务，做肯定是要给你柳絮妹妹做的，可是，怎么给？"

柳絮从接到郭敦淳的电话开始，就一直在想这个问题，可惜并没有想出头绪。现在辛姐问起，她还真不知道该怎么回答。

柳絮愿意把赚到的钱分一半甚至更多给帮自己赚钱的人，道理很简单，没有他们的帮助，自己会连一分钱也赚不到。可是，五十万不是小数目，风声又越来越紧，万一落下把柄，或者穿了帮，赚的钱不仅要吐出来，恐怕还会有牢狱之灾。

辛姐用手掌在水里面划着，一下，二下，三下，一边划一边微笑着望着柳絮。

柳絮知道辛姐在等她开口，可她到底应该怎么说才好呢？

没想好怎么说，干脆就不说，免得节外生枝。何况，与辛姐见面是郭敦淳安排的，来这儿泡温泉又是辛姐安排的，他们对其他的一切，肯定也有了安排。

果然，见柳絮稍蹙着眉头不吭气，辛姐把声音略为提高了一点，说："柳絮妹妹想过没有，如果我们两姐妹反目为仇，打一场官司，那会怎么样？"辛姐说到这里，头微微一偏，仍然微笑着看着柳絮。

"打官司？"柳絮先是吃了一惊，不禁把身子往上抬了抬，问道。

"柳絮妹妹还记得吗？你公司开业不久，做过一次艺术品拍卖？那时我的书画店也刚开张，在你那儿买过一批画，其中有一张张大千的泼彩山水，价位很高呀。"

"郭总说过这事，那场拍卖会主要是我……老公张罗的。"

"那张张大千的画，是假的。"

"假的？"

"假的。虽然画得不错，足以以假乱真，可假画就是假画，对吧？"

"可是，你们干吗不早点来找我？"

"因为那张假画已经卖掉了，而且我还赚了钱。"

"那么，你说的打官司……"

"那虽然是一张假画，可并不比张大千的真画差，我很喜欢，也很钦佩作假者的才华与手段。所以，我暗地里请人复制了一张，当然，比在你公司买的那一张，还是差了一点儿。"

"你准备拿这张假画的假画跟我打官司？"

"向你索赔五十万元。在区一级法院起诉，争取启动简易程序。"

"可是，我们的拍卖规则有一条免责条款，你们跟我打官司不一定会赢呀。"

"这就需要柳絮妹妹配合了。除了《拍卖法》，咱们国家不是还有《合同法》《消费者权益保护法》吗？"

柳絮沉吟不语。

辛姐继续说："不过，只要我们一打官司，老郭就好做事了，而且绝对会做到天衣无缝。这样一来，你也不用担心这钱怎么送了。你说呢？"

柳絮激灵了一下，也不知道是池子里的温泉突然变冷了还是变热了。

洗罢上来，才发现何其乐在找她，她赶紧把电话回拨过去，才响了一下，何其乐就接了，他急急地说："怎么啦？你没事吧？"

柳絮说："没事呀。"

何其乐嘘了一口气，说："没事就好。雨辰说你情绪不太好，我这几天也是忙得够呛，想来看看黄逸飞，总也抽不开时间。今天得了一点空，给你打电话，你又老不接，我还真有点儿放心不下哩。"

听了这话，柳絮心里突然一暖，忙问何其乐在哪里，如果有时间，她想跟他见一面。何其乐说行呀，你定地方吧。柳絮想了想，问何其乐去香水河风光带散散步行不行？何其乐也想了想，说，要不然还是去爬爬白鹭山吧？柳絮说也行呀，又问要不要去接他。何其乐说行。柳絮告诉了何其乐自己现在的方位，两个人约好了见面的时间。

辛姐要埋单，柳絮哪里肯？硬是把辛姐已经掏出来的钱塞了回去。

辛姐没有开车，柳絮把她送到书画店，说今天我就不请辛姐吃饭了，我们既然准备打官司，今后还是少在公共场所露面为好。辛姐瞥一眼柳絮，笑道，是呀，我们要是总黏在一块儿，别人没准以为我们是同志。妹子呀，我要是男的，会追死你。柳絮一笑。辛姐见柳絮没有吭声，便用圆圆的、胖乎乎的手碰了碰她，笑着说，轻松点儿，没事。君子之交淡如水，大家齐心协力把事情做好吧。

柳絮到了何其乐家楼下，一通电话，何其乐却问她要不要上去看看崽崽，它的毛现在又白又长，可漂亮了。正是吃晚饭的时候，柳絮说："雨辰在吗？要不然你给雨辰打个电话，咱们一起吃饭得了？"

何其乐说："你还是先上来吧，雨辰到深圳出差去了。"

崽崽已经被放出来了，柳絮一进门，它就像认识她似的朝她直奔过来，咧着嘴笑着，摇着雪白的尾巴。柳絮倒被吓得愣了一下，她还是当初买它的时候见过它，那时也就一尺来长、半尺来高的样子，现在却已经高过了人的大腿，完全可以称得上庞然大物。

见柳絮在门口不敢往里面迈步，何其乐赶紧把崽崽喝住了，它挺委屈地把头一缩，退回到何其乐身后，又从他腿后面伸出脑袋，带着一点儿献媚的眼神望着柳絮。

何其乐没想到柳絮会被崽崽吓着，赶紧把它赶到笼子里关了起来。

何其乐笑笑说："瞧把你吓的，你是不是这几天太紧张了？崽崽很乖，它只是想跟你亲热亲热而已。"

柳絮说："我没想到它一下子长这么大了，突然一见，人高马大的，还真被它吓着了。"

但他们很快就不再谈狗了，因为柳絮在电视机柜上看到了两束花，左边是玫瑰，右边是勿忘我。她坐在沙发上，对着两束花，呆呆地出神。

何其乐又笑笑，说："上次从你家里出来，我真的买了一束玫瑰回家，雨辰好开心，说我学会浪漫了。勿忘我也是她让我买的，她说她喜欢玫瑰，也喜欢勿忘我。从此成了习惯，每个星期都得买，一笔不小的开支哩。"

柳絮也笑笑，说："总比抽烟强吧。"头一低，又轻轻地叹了一口气，像是自言自语地说："雨辰好福气呀。"

何其乐赶紧说："我这人没野心，也不会有什么大出息，雨辰在外面挺辛苦的，我能给得起她的，也就这点儿了。"

柳絮说:"有你这份心思，足够了。我了解雨辰，她会觉得很满足，很幸福。不像我，我有时候想哭，却不知道找谁去哭。"

何其乐说:"你别这么伤感，有些事情，该来的时候总会来，该去的时候，也总会去。"

"我知道。"柳絮说，"可我……有时候就是想放开嗓子大哭一场。你不知道，想哭的时候得使劲憋着，那种感觉有多难受。"

何其乐手里拿着一瓶矿泉水，一直忘了递给柳絮，他坐在拐角沙发上，跟柳絮的位置就像在柳絮家里时一样，只是两个人调了个个儿。听了这话，何其乐把矿泉水瓶往茶几上一摆，起身坐在了柳絮旁边，他不由分说地把柳絮搂在怀抱里，轻轻地说:"要不然，你现在就哭一场?"

认识这么多年了，这是两个人第一次如此亲密接触，两个人的身心不由得一震。

柳絮被何其乐搂着，安安静静地一动不动。

何其乐也不动。

过了两三分钟，柳絮轻轻地挣脱了何其乐的搂抱，她朝他孩子气地一笑，用手抹了一下潮湿的眼睛，说:"不行，我哭不出来。"

何其乐更紧地抱住了她。

柳絮能清楚地听见他的心急骤地跳跃起来，咚咚咚，像打鼓一样。

"我们不能。"柳絮说。

"我知道。"何其乐说，"但有些话我要让你知道，我只讲给你一个人听，从看见你的第一眼开始，我就爱上你了，我坚持到了现在。我知道，我还会一直爱你爱下去，直到我死的那一天。我也知道，我爱雨辰。我很庆幸，除了我的父母，我还有雨辰这样一个亲人。"

柳絮挪动了一下身子，突然张开双臂抱住了何其乐，她用的力气那么大，差点把何其乐冲倒在沙发上，她用嘴唇寻找着他的嘴唇，并以蛮力把她的舌头挤进了他的口腔里，她找到了他的舌头，使劲地吸吮着，好像要把它连根拔出来，她弄得两个人都没法换气，差不多要窒息过去。

柳絮是突然放开何其乐的，她已泪流满面，啜泣着说:"谢谢你。我们这是第一次，也是最后一次。到我死的那一天，我都会记着，有一个傻瓜，他说他一辈子都会爱我。"

两个人很快地离开了何其乐家。

但是，在接下来的时间里，他们很久都没有说话。直到在酒楼找了位置坐下，才由柳絮打破沉默，她向何其乐谈起和邱雨辰一起念中学和大学时的事，何其乐也跟柳絮谈起和邱雨辰恋爱结婚的事，他们不约而同地想到了要跟邱雨辰打电话。

何其乐傻乎乎地问："要不要告诉她我们两个人正准备一起吃饭？"

柳絮嘻嘻一笑，说："你成心让她急是不是？"

何其乐也笑眯眯地望着柳絮，问："那我说什么？"

柳絮说："你就说，老婆我爱你。"

何其乐问："就这么简单？"

柳絮说："这已经很不简单了。"

何其乐想了想，点了点头，他掏出手机，又问："我先打还是你先打？"

柳絮说："当然是你先打，我晚上再打吧，否则，时间隔得短，背景音响又是一样的，雨辰没准会瞎想。"

何其乐问："会吗？"

柳絮说："女人要是很在乎你，对与你有关的一切，都会异乎寻常地敏感。"

何其乐打通了邱雨辰的电话，他望着柳絮，说："老婆，我爱你。"

柳絮愣了一下，忙把头转到一边去了，何其乐见状，连忙起身，边打电话边往酒楼外面走去。

两分钟以后，何其乐打完电话回来，见柳絮呆呆地望着桌子上的空碗筷出神，便静静地在她旁边坐下来了。他陪她发了一会儿呆，然后埋下头玩了一会儿手机。

马上，柳絮的手机传来接到了信息的嘀嘀声，柳絮拿起手机一看，先扭头看了何其乐一眼，接着翻看了信息，上面说："两个人都吹嘘自己家的房子高，张三说，谁要是想从我家房顶上跳楼自杀，十分钟后才能落到地上摔死。李四说，你们家房子才这么点儿高呀？谁要是从我家房顶上往下跳，你都想不到他是怎么死的……他是饿死的。"

柳絮扑哧一声笑了，叫过服务员，赶紧点了菜。

何其乐说："我喜欢看你笑的样子。你得答应我，要让自己快乐，一定，好吗?"

柳絮使劲地点了点头,又把头一偏,声音低低地说:"他就是从楼上掉下来的。"

何其乐赶紧说:"对不起。"边说边把手从桌子底下伸过去,把柳絮的手抓住了。

饭还没吃完,何其乐就接到了陆海风的电话,约了时间让何其乐到办公室等他。这样,何其乐就没有时间陪柳絮散步或爬山了。

仍然是柳絮送何其乐回到省委大院,何其乐见时间还早,指导着柳絮把车在一个僻静的地方停了,嘘了一口气,说:"其实,这几天我一直有件事堵在心里,不说出来,闷得慌。"

柳絮说:"那你别闷着,看能不能说给我听。"

何其乐说:"我有个师兄,一直想当省报的副总编辑,本来事情都差不多了,可他自己出了点事。他在外面认识了一个小姑娘,在咱们这里的省委接待处开房,被他老婆堵在了客房里。他一急,居然串通了我去替他作证。他老婆是那种绝顶聪明的女人,明明发现他的很多说法不能成立,甚至找到了很多明显的证据,却只是点到为止,说只要我一句话,她就信他。"

柳絮说:"你帮他圆谎了?"

何其乐说:"对。可是,到了第二天,省委常委会就要讨论他的升职问题了,我却怎么也控制不住自己,跟海风书记说了这个人六个字,结果可想而知,他被刷下来了。这些天,我一直在想,我这样做到底对不对?"

柳絮说:"你怎么说的他?"

何其乐说:"'伪君子,真小人。'今天上午他找了我,我告诉他,是我跟海风书记谈了他的事。其实,海风书记没问我,是我主动跟他说的。他听了这话,什么也没说,起身就走了。"

柳絮想了想,说:"我觉得你没做错什么。宁拆十座庙,不拆一桩婚。你替他圆谎,实际上是救了他们的婚姻。他老婆是不想离婚才自己骗自己的,自己骗自己还不够,她还想让你一起帮她来骗自己,噢,不,除此之外,她还想挽救他,帮他。你跟海风书记说他的事也没错,因为他做的事已经突破了你的原则。你想一想,如果你不说,那是什么问题?就是对他的包庇与纵容。你把这件事告诉他就更没错了,证明你是一个真正坦荡的人。"

何其乐说:"我坦荡吗?我也有欲望,比如说……对你。"

柳絮也嘘了一口气,说:"我们的情况不一样。"

何其乐说:"是呀。可是,对你有欲望,却靠自制力去压抑,这叫不叫虚伪?明明跟你在一起,却对雨辰说体己的话,这算不算是小人?还有……"

柳絮突然拉住何其乐的胳膊制止了他,说:"你刚才要我快乐,你自己却把自己弄得这么累。不要问那么多为什么,有些东西模糊比清楚好,有些东西坚持比放弃好。更何况,这个世界上值得坚持的东西,已经越来越少了。"

"是呀。"何其乐说,"也许要让美好的东西继续存在下去的最好办法,就是让它只存在于想象之中。"

"其乐!"柳絮说,"雨辰……"

柳絮剩下的话还没有说出口,何其乐便一个劲儿地直点头:"我知道……"

说完这句话,何其乐深深地看了柳絮一眼,然后,他轻轻地说:"我要下车了,你好点开车。"

柳絮点点头,等何其乐朝前走了十几步,她把刚才熄了火的车子发动了,打开了近光灯,看着何其乐朝她回头扬了扬手,然后转身一步一步地消失在了夜色之中。

小姑娘人间蒸发了。

从省文物商店分手后,她就一直没有跟柳茜联系。

过了两天,柳茜打电话给她,想约她出来聊一聊,发现她的手机已经变成了空号。

又过了一天,柳茜接到了贺小君的电话,说想跟她见个面。柳茜听出来,贺小君的声音有点低沉,还有点沙哑,脑子飞快地转了一下,试探性地问,要不要把杜俊一起叫上?贺小君想都没想就说不用了,就咱们两个吧。

见面以后才知道,小姑娘跟贺小君也来了个不辞而别。

贺小君一开口就问柳茜:"她真是你表妹吗?"

柳茜一路上把和贺小君见面之后可能遇到的情况都设想了一遍。她最担心的是,小姑娘为了洗清自己,会主动向贺小君坦白自拍裸照的事,如果贺小君找她兴师问罪,她该怎么说。

贺小君的问题是无法回避的,柳茜毫不犹豫地点了点头。

贺小君紧接着问："她怎么回事？"

对这个问题柳茜就不能不装傻了，她只有装傻，才能让贺小君说出现在的状况。她张大眼睛望着贺小君，反问道："怎么啦？"

贺小君说："她招呼也不打一个就不见了。"

柳茜继续装傻："是吗？"

柳茜假模假样地掏出手机要给小姑娘打电话，旁边的贺小君直摇头，说没用的，我已经跟她打过一百个电话了，都是空号。柳茜像没听见似的，还是拨了小姑娘的电话，得到的语音提示当然也还是空号。

贺小君说："她家里有电话吗？要不要跟她家里打个电话问一问？"

柳茜这次摇了摇头，回答说："我们老家很偏僻很穷，至今都还没有通电，也没电话。"

贺小君说："那你说我们要不要报警？上个月白鹭山上有个女大学生爬山锻炼，不是被人扼死了吗？她会不会……"

柳茜凝神想了想，摇了摇头说："她的手机不是关机，不是欠费停机，而是空号。这说明她办了销号手续，所以，她的离开是有准备的，应该没有危险。"

柳茜的眼光一直停留在贺小君脸上，只看出他正在忐忑不安地替小姑娘担心，没有任何针对自己的质疑，不禁大为放心，便忍不住逼问道："怎么搞的？你们之间没出什么事儿吧？"

贺小君的头微微偏着，叹了一口气，把脸转过来对着柳茜，说："我也一直在想这件事，可是，那也实在算不了什么呀。"

柳茜说："到底怎么回事？"

贺小君说："前几天我叔叔过生日，我把小姑娘带去了。你知道吗？我叔叔是省高级人民法院的副院长，对我的个人问题一直很关心。他当着小姑娘的面倒是没说什么，后来把我叫到另外一间屋子里，谈了一会儿，他问我两个人的关系怎么样了，我告诉他我们才认识十多天，感觉还不错，带来就是请你看看的。我叔叔又问我知道不知道她的底细，我告诉他，她是杜俊的女朋友——也就是你的表妹，应该算知根知底吧。我叔叔人是个好人，可有时候有点神神叨叨，他说你知道她鼻头上的那颗痣代表什么吗？财帛及色欲。她可能不是一个会守财的人嘞，而且……在床事方面会有点索求无度。我说我不信那些玩意儿。我叔叔说，知道你不信，所以才讲给你听，你就当是一个玩笑。可是，有句话你不得不听,刚才我仔细地观察了她一下,她的眼光总是很游移,好像不会在某一个地方停顿下来似的,这么年轻这么貌美的一个女孩子,似乎有满腹的心事,这有点儿不对头呀。像她这种年龄的女孩子,应该很阳光很单纯才对呀。我说,她第一次见你,也许只是有点紧张吧?"

柳茜说:"我想打断你一下,你是不是把你叔叔跟你说的话,学给她听了?"

贺小君说:"我当然不会那么傻。她倒是问过我怎么去了那么久,都谈了些什么,我忍不住跟她开玩笑,说我叔叔不同意,为什么呢?因为你太漂亮了,我要是娶了你呀,别的男人还会老是惦记着。"

柳絮问:"你真这么说的?"

贺小君说:"是呀,她难道听不出这是一句恭维话和玩笑话?她难道会因为这件事跟我玩失踪的游戏?不太可能吧?你告诉我,她平时是个什么样的人?"

柳茜觉得很难回答这个问题,也不太想胡诌一些什么话来搪塞贺小君。自从小姑娘明确告诉她她喜欢贺小君,柳茜便有点隐隐约约的担心,不知道由她导演的这出戏最终会怎样收场。

见贺小君望着自己等着回答,柳茜知道躲不过,便想尽量把自己撇开了,她边想边说道:"其实,她虽然是我表妹,却出了五服,我对她,嗯,怎么说呢?其实也不是很了解。我想,你也不用太担心,从目前的情况来看,她应该没遭到什么不测,至于为什么不辞而别,我也不清楚。要不,如果她联系我,我再问问她,或者通知你过来,你看呢?"

贺小君勉勉强强地点了点头。

柳茜似乎有些不忍,劝慰道:"你也别太往心里去,就当作是你从来没有认识过她。你要是这样想,你就会觉得你其实并没有失去什么,你说呢?"

贺小君笑了,说:"是呀,男子汉大丈夫,应该拿得起放得下,反正我又不是第一次失恋了。不过,她要没出什么事才好呀。"

柳茜只好再次强调说:"应该不会嘞。"

不知道为什么,柳茜突然有一种强烈的预感,觉得小姑娘再也不会主动联系她了,除非哪天偶尔碰见,否则,她应该永远不会出现在自己的生活当中。

为了证实自己的预感,柳茜跟贺小君分手以后去了一趟鹏程大酒店。这一次,那位年轻的经理一眼就认出了她。柳茜指名要再雇一次小姑娘,经理摇了摇头,建议她换人,因为他已经没法联系上她了,手机销了号,连QQ也再也没上过。经理说，不过，我们中心又补充了新鲜血液，大学一年级新生，美丽单纯得很。柳茜没等他说完，戴上墨镜离开了。

柳茜马上联系了杜俊，怕贺小君找他的时候一不小心说漏了嘴，得马上把他的口给紧了。

杜俊正好也在找她。

让柳茜没有想到的是，杜俊找她竟然是为了借钱。

柳茜问："你要借多少钱？"

杜俊回答说："一百五十万。"

"一百五十万？"柳茜似乎被杜俊吓着了，这差不多是她全部的积蓄。

柳茜说："你要这么多钱干什么？"

"不是要，是借。"杜俊更正道。

"我知道你是借。可你借这么多钱干什么？"

"做点生意，替自己赚点钱。我总不能一辈子当打工仔吧？"

"说说看。"

"说什么？"

"说你怎么赚钱呀。"

"我要是告诉你了，不就没我什么事了吗？"

"怎么，你就打算张张嘴，然后我就把钱借给你？"

"噢，对了，有个附加条件，我得重新追你，然后闪电结婚，是不是？不过，要那样，就不是我找你借钱了，成了我们共同投资。可是，这样一来，是你把自己卖了，还是我把自己卖了？"

"什么卖不卖的？杜俊你听好了，我可从来没有逼你娶我。不过你问得有道理，要那样，你是娶我还是娶我的钱呀？"

"娶有钱的你。看，多难听。其实，如果我们结婚，也就相当于投资入股，像成立一个公司似的。"

"你到底什么意思？！"

"跟你开玩笑哩。但做生意不是开玩笑，需要一百五十万也不是开玩笑。我出项目，你出资金，赚的钱二一添作五。"

"什么生意？"

"不到一个月就可以赚……我估计至少应该有三百万吧，应该比炒股票强多了,而且风险绝对等于零。怎么样,我们先签合同,然后我告诉你具体怎么做,OK?"

贺桐的五十九岁生日宴其实是家宴,确切地说,也就是在家里请了一桌客人。除了贺小君带去的小姑娘,不是亲戚关系而被邀参加的只有一个人,那就是贺桐的同事与下属、执行局局长曹洪波。

对于省高级人民法院来说,今年可能是个多事之秋。先是一个小道消息广为流传,说郑院长因为经济问题被"双规"了,紧接着,谣言不攻自破,因为郑院长在电视里露面了,亲自担任一起刑事案件的主审法官。后来说不是"双规",是叫去问话,重点谈一谈跟省内某个著名律师事务所的关系。

院里很自然地分为两派:挺郑派和倒郑派。

挺郑派认为郑院长不可能出问题,作为一个在政法战线工作了将近四十年的老党员,他一直是省内司法系统的一面旗帜与标杆,他公正严明、秉公执法的形象已经深入人心,审核他审理或批字办理的案件,无不适用法律得当,从未发生过重大的冤假错案。

倒郑派人数极少,而且从来不在院里或行内发表个人意见,但关于郑院长的一些负面消息,总是在酒楼饭桌牌局茶肆上不胫而走。说他的确从来不会为案子的事跟下面打招呼,他批字也总是言简意赅,要求严格依法办案。但是,短短一二十个字里面,却暗藏玄机。任何一件案子不都有原告被告两方当事人吗?郑院长的批示中提到哪方当事人哪方就是他要关照的对象,这在院里几乎已经是公开的秘密。

不过,这种事查无对证。

可是,无风不起浪,谁都不知道郑院长的事最后会是一个什么结果。

这段时间,柳絮和贺桐联系不多,和曹洪波的联系也不多,她跟他们本地谈情外地做爱的交往模式,也有了一些微妙的变化,说不出什么原因,好像大家都只是太忙了似的。

有次贺桐去了重庆,倒是用宾馆的座机给柳絮打过一次电话,说重庆真是美女如云,刚才在解放碑散步,看到一个人,好像她的。

柳絮一笑,谢过了。也不开口说话,等着贺桐往下说。凭着她对贺桐的了解,要没什么事,他一般不会主动给她打电话。

果然，贺桐主动跟她说了自己过生日时请曹洪波吃饭的事儿，说他们两个人很坦诚地交换了意见，消除了一些误会。

"你能想到吗，咱们的曹局，现在对养狗也有兴趣了哩？"贺桐说。

"是吗？"柳絮问。

"是呀，如果你想和他搞好关系，我建议你给他买条哈士奇。"

"没问题。可是，为什么是哈士奇？"

贺桐在电话那头嘿嘿地笑了两声，终于没有作进一步的解释。

柳絮搁了贺桐的电话，不禁起了好奇心。她上网查了一下有关哈士奇的描述，原来的好奇心上升为疑惑，对贺桐的主意很不理解。

她在网上看的那篇文章，一股脑列举了哈士奇的八条罪状：

第一，哈士奇是神经质的代名词，总是莫名其妙地做一些让你崩溃的事，比如走在马路上，突然啃完青草就开始狂奔，在屋里到处乱窜，或没有任何预备活动便开始原地打转转，等等等等。

第二，哈士奇是十足的破坏分子，家里的任何东西，它都会仔细地帮你检查N遍，以考查你所购买的物品的坚硬程度，所以，你如果要买脸盆呀桶子呀之类的东西，千万不要考虑塑料制品，起码得铜的铝的或白铁的。

第三，哈士奇极端自由散漫，一出门，马上会像被你虐待了大半辈子似的逃离你的视线，一般来说，唤回的概率不会超过30%，因为它们总觉得两条腿的主人追上自己不成问题，你想让一只长得像狼一样的家伙像绅士一样陪你散步而不是到处乱窜，那是做梦，你最好省了那份心。

第四，哈士奇是精力旺盛的捣蛋鬼，不是跑就是跳，不把你折磨得恨不得跳楼，决不会善罢甘休。甚至在你还没有睡醒睁眼的时候，就会跳上床以和你玩耍为理由来折腾你。

第五，哈士奇总是热情泛滥，它对陌生人的黏糊劲儿，很容易让你心生妒忌。

第六，哈士奇很容易无视你的存在，只要一到外面，不管你怎么喊它，它都可以装着听不见，自顾自地溜达，反正不理你就是不理你。

第七，哈士奇敌我不分，不管你对它多亲多宠，指望它护主看家那是妄想，说不定它还会屁颠屁颠地陪着小偷偷你的东西。

第八，哈士奇难得伺候，它肠胃特殊，太容易拉肚子，饭后喝多了水拉肚子，吃得太油拉肚子，吃惯了狗粮突然给它吃个馒头拉肚子，反正动不动就是拉肚子。

网上的文章最后总结到，你要是一不小心养了一条哈士奇，你就等于养了一条超级漂亮、神经质、目无主人、调皮疯狂的白眼狼，一不小心，它甚至可能让你万劫不复。

看完网上的介绍，柳絮不禁倒吸了一口冷气，不知道贺桐为什么偏偏要向曹洪波推荐哈士奇，他什么意思？

好在贺桐对她不是下的死命令，所以，对于约曹洪波的事，能挨也就挨了，她甚至压根儿就没想过要采纳贺桐的建议。

没想到曹洪波主动给她打来了电话，还就是为了让她陪他去宠物市场买狗。

跟曹洪波碰面之前，柳絮到底没有忍住，跟贺桐打了一个电话，再次问他为什么要向曹洪波推荐哈士奇。

贺桐沉吟了一会儿，反问道："为什么不是哈士奇？"

柳絮斟酌着把上网查询哈士奇性情特性的事告诉了贺桐。

贺桐又是嘿嘿一笑，用他那富有磁性的声音，背书似的说："你有没有查阅其他关于哈士奇的文章？我们务必要搞清楚，类似敌对、咆哮、争抢等行为是非常糟糕的，如果不加以控制，这些行为很可能会变本加厉，甚至成为潜在的威胁。而另一些行为，例如咀嚼、奔跑、依赖，则是狗的天性，我们不应该一味地去制止，而是要找出一种合适的方法让它们得到宣泄。例如狗咬胶，就能很好地用来满足狗的咀嚼欲望，并且可以避免它去破坏物品。"

柳絮噢了一声，表示自己在听。

贺桐继续说："也许有人会认为，狗就是狗，要让狗服从自己，最好的办法就是采取强制手段迫使它屈从。事实上，强迫可以起到一些作用，但效果并不理想。当狗因为恐惧而服从你的时候，要么是一种伪装，所谓强权之下必生伪善，要么变得谨小慎微，对自己失去信心。不管是哪一种情况，两者都很难建立相互依赖的战略合作伙伴关系。狗会失去快乐的本性，主人则会因为狗的存在而多一种生活的负担。无论对谁，都是可悲的，你说呢？"

柳絮无话可说，只好含含糊糊地应付了事。

令柳絮没有想到的是，曹洪波尽管对狗的品种一无所知，却一眼就挑中了哈士奇。他们在宠物市场上刚转了不到一半，曹洪波停在一家出售哈士奇的摊位上不走了。

柳絮压抑着内心里的惊奇，甚至还笑了笑，问曹洪波道："为什么不选别的品种？比如说德国牧羊犬、金毛或者藏獒？"

曹洪波老老实实地笑了，说："我也不知道，我只是觉得，哈士奇长得更像狼。"

听了曹洪波的话，柳絮心里不禁一愣，但她什么也没有说，定了定神，甚至望着曹洪波笑了一下。

买狗，买笼子，买狗粮，买拴狗的链子，买喂食的盆子，折腾完这一切，已到了华灯初上的时候。

曹洪波犹豫了一下，还是让柳絮开车送了他。车到楼下，曹洪波让柳絮呆在车里别动，自己一趟又一趟地往家里运东西。到最后一趟的时候，曹洪波让柳絮等他，他跟她一起到外面去吃饭。

柳絮想了一下，说："要不然，改天吧。"

曹洪波倒有点奇怪了，在他的印象中，这好像是柳絮第一次当面拒绝他的安排，不禁盯着她问："怎么啦？"

"没什么。"柳絮说，"你家里有个病人，我医院里也有个病人。"

曹洪波追问道："就这原因？"

柳絮一笑，说："这个原因还不够呀？"

曹洪波对着柳絮使劲地盯了几眼，终于一笑，点了点头，替买狗的事谢过了柳絮。

柳絮把车发动了，曹洪波像突然想起来什么似的问道："听说你拿下了信达资产管理公司对流金世界置业有限责任公司的债权拍卖业务？"

柳絮点点头。

曹洪波叮嘱道："一定要依法行事，千万不要留下什么后遗症，知道吗？"

柳絮又点了点头。

信达资产管理公司对流金世界置业有限责任公司的债权拍卖会，将于上午十点在一诚公司的拍卖大厅里举行。柳茜按照杜俊的要求，上午九点钟准时到了他的副总经理办公室。

杜俊把门反锁上之后，张开双臂搂抱了柳茜，并在她的脖子上亲了一下。杜俊有经验，知道这种时候他是不能动她的脸和嘴唇的，那会破坏了柳茜脸上的淡妆。只要一出门，柳茜总要略施粉黛，觉得只有这样才对得起观众。

杜俊亲过柳茜之后，把她按在自己的椅子上坐了，说："我出去打招呼，你就等着收钱吧。"

杜俊走了之后一刻钟，外面有人轻轻叩门，柳茜应了一声，起身把门拉开了。

一个长得像许晴一样的女人出现在门口。等她进来之后，柳茜轻轻地把门掩上了。

女人冲柳茜一笑，仪态万方地坐在了靠墙的布艺沙发上。柳茜想了一下，没有回到杜俊的位置上去，而是选择了他办公桌前面的小圆椅，她把它略一移动，让它正对着布艺沙发，然后悄无声息地坐了上去。

像许晴一样的女人一直看着柳茜，浅浅地笑了一下，用纯正的北京话说："你是柳茜？"

柳茜一边向她投出探询的目光，一边优雅地点点头。

像许晴一样的女人继续说："我听伍扬谈起过你，据说你和伍扬是MBA的同学？"

"你是？"

"噢，我应该先自我介绍一下，我叫金顺喜，是伍扬的妻子。"

柳茜不禁"哦"了一声，旋即笑了，躬一下身，把手伸过去，和金顺喜拉了拉。

柳茜本来想问她，伍扬是不是已经出来了，但话到嘴边又忍住了。如果他已经没事了却不跟自己联系，证明她在他心目中根本就没地位。如果他还没出来，跟他刚见面的妻子打探他的情况，显然不合适。

金顺喜说："我向这个公司的副总经理杜俊打听你的情况，一开始他还不想说，说什么要对其他竞买人的情况保密。不过，你瞧，我还是想办法见到了你。我觉得，拍卖会开始之前，我们见见面，对大家都有好处。"

柳茜笑笑，说："不知道金小姐有何盼咐？"

金顺喜说："拍卖会马上就要开始，时间不多了，我想开诚布公地和你商量一点事儿。"

柳茜冲着她微微一点头，说："你说。"

金顺喜说："我知道柳小姐已报名参加今天的拍卖会，而且志在必得。可是，我却希望你能放弃。"

"放弃？"柳茜略为夸张地重复着金顺喜说的最后两个字。

"你参加拍卖会，无非是为了投资为了赚钱，如果你能放弃，我可以让你现在就赚钱。"

"怎么说？"

"只要你不举牌和我竞价，你将得到另外的补偿。"

柳茜望一眼金顺喜，嘴角一翘，微微一笑。

金顺喜迎着柳茜的目光，说："你是伍扬的同学，你应该想得到，这件事对我来说，具有非同寻常的意义。"

"伍扬他……"

"说来话长。我们不谈他的事，你要是同意，我们先谈谈条件？"

柳茜没有点头也没有摇头，神情安详地望着金顺喜，又是微微一笑。

金顺喜见柳茜没有表示反对，优雅地把右手食指往上一跷。

柳茜让自己的眉毛稍微扬了扬。

"一百万。"金顺喜好像担心柳茜不懂她的手势的意义，开口说。

柳茜一笑，摇了摇头。

"一百五十万。"金顺喜继续出价。

柳茜还是一笑，仍然摇了摇头。

"三百万。"金顺喜边说边站了起来，原来她一直需要微微抬起头才能跟柳茜对视，这时便可以微微俯视她了。

这正是杜俊的心理价位。柳茜心中一喜，从椅子上站起来，以改变那种被俯视的状态，语调平静地说："这个项目做下来，赚的钱，远不止这个数吧？可是，如果我们两个争起来，只会把成交价抬上去，挤占了本来有的利润空间，所以，总得有个人放弃。我不明白的是，放弃的为什么是我，而不是你？难道仅仅因为你是我同学的妻子？"

"柳茜小姐果然厉害，是呀，除了请柳茜小姐卖伍扬一个人情，还有一个原因，伍扬跟我说过，他曾经带你去过他的办公室，有这回事没有？那你知不知道，他给你看的那份案卷材料，有一半是假的？"

"假的？"

"换一种说法，你可能想不到这里面的水有多深。如果我是你，不费吹灰之力就能赚三百万，我会觉得这是一笔相当不错的买卖。"

"金小姐，你难道觉得我做决定之前，只会听你老公的一面之词？而且，既然你今天以伍扬妻子的名义来参加拍卖会，那么，当初他跟我说那些话的动机，不是不言自明了吗？不过，金小姐的提议还是很有建设性……"柳茜说到这儿故意停顿了下来，望着金顺喜。

金顺喜眉毛一扬，也对着柳茜看了十几秒钟，嫣然一笑，说："那好，我们就这样说定了。"没等柳茜点头，金顺喜嘴里说声谢谢，朝柳茜深深地鞠了一个躬。

金顺喜刚把身子抬起来，门又被轻轻地敲响了。

没等里面的人开门，邱雨辰推开门走了进来。

邱雨辰分别望了一眼柳茜和金顺喜，问："请问哪位是柳茜？"

"我是。"柳茜答道，接着问，"请问你是……"

"我叫邱雨辰。"邱雨辰说完，马上转向了金顺喜，说，"那么您就是金顺喜女士了。"

金顺喜点了点头。邱雨辰伸出手，主动地跟她握了握。金顺喜对邱雨辰哈哈腰，很礼貌地微笑着，又抽空看了柳茜一眼。她注意到邱雨辰似乎并没有要跟柳茜握手的意思。

"如果我没有猜错，你们两个竞买人是在这儿密谋串通吧？怎么样，谈好了吗？"邱雨辰问道。

"我们串通什么？"柳茜抢着问道，她觉得被邱雨辰轻视了，所以多少有点情绪。

"拍卖会马上就要开始了，如果不是为了串通，两个竞买人有必要关在一个房间里叽叽咕咕吗？"

"这跟你似乎没有什么关系吧？"柳茜斜眼望着邱雨辰，冷冷地说。

邱雨辰扭头看柳茜一眼，说："不仅有关系，而且关系大了。首先，竞买人之间的恶意串通，是《拍卖法》严格禁止的。除非……没有人举报你们，也就是说，除非我也加入进来，因为在五分钟以前我已经办理好了竞买登记手续。

这种游戏，只有所有的竞买人一起来玩，才能玩得下去。两位同意我的说法吗？"

柳茜和金顺喜很快地对视了一下。

"简单解释一下，由于有第三者介入，前面两个竞买人一个付给另外一个钱，以换取对方不参加竞价的幕后交易，已经没有了可操作性，因为第三者不会以前面两个人的意志为转移，对吧？"邱雨辰补充道。

"你可以用同样的方式让那个人不举牌。"柳茜提醒道。

"那么，你真的就是那个被收买的人了。"邱雨辰转向柳茜，一笑，问道："冒昧地问一句，你们之间谈定的价格是多少？"

柳茜和金顺喜很快地对了一下眼风，朝邱雨辰伸出自己的一只手，摇了摇，说："三百万。"

"倒是不贵。好吧，我们快点把这件事确定下来吧，我同意出这个数。"邱雨辰望着金顺喜，却向柳茜竖起了两根手指头。

柳茜一笑，说："我也冒昧地问一句，为什么她出三百万，而你只愿意出两百万？"

"不是两百万，是二十万。这还是看杜俊的面子，据说你是他的前女友？"邱雨辰说。

"这就是你出的价？你开什么玩笑？"柳茜差点没叫起来。

"我像开玩笑的样子吗？不，拍卖会马上就要开始了，我没有时间和你开玩笑。你既然不是真的想买流金世界的债权，你就只能赚点……小钱儿。"邱雨辰说。

"谁说我不是真买？这次拍卖会的竞价幅度是三百万，也就是说，我只要举一次牌，紧跟着我举牌的人，就要多付六百万，这是一道非常简单的算术题。"柳茜说。

邱雨辰对着空中吐出一口长气，让自己的眼睛闭了两三秒钟，睁开之后不看柳茜，而是看着在旁边一直不说话的金顺喜，话却是对柳茜说的，她说："真买的人，一定要把这里面的法律关系搞得清清楚楚明明白白，此其一。其二，她得有足够的实力。我既然知道你是杜俊的前女友，就有办法查清你的所有底细，我有没有告诉你，我是个律师？再补充一句，这二十万不是我一个人出的，是我跟金顺喜女士两个人一起出的，加起来二十万。你说得没错，只要你举牌，

383

跟在你后面举牌的人，一次就要多付六百万，可是，我可以跟你打赌，我们不给你一分钱，看你敢不敢举一次牌，我赌你不敢，因为我跟金顺喜女士很容易达成协议，只要你一举牌，我们两个立即放弃，就让你买。这个项目，别人能赚钱，你不能。你拿到以后怎么办？你能按期支付不少于三千万的拍卖成交款吗？你能理顺其中千丝万缕的复杂关系吗？柳茜小姐，你如果真的想买，是不是应该先好好儿掂量一下，你玩不玩得转？"邱雨辰轻言细语地说。

听了邱雨辰的话，金顺喜不禁往她站的地方靠了靠，浅笑兮兮地望着柳茜。

邱雨辰的话刚一说完，就像给她一个回答似的，柳茜的手机响了。她把手机掏出来，看着彩屏上显示的号码，心里的一块石头落了地。她对邱雨辰和金顺喜颔颔首，把手机轻轻地举到了鬓角边。

"是我。"里面一个中气很足的男人说，"你上次说的那个……流金世界项目，我派人考察了一下，他们都觉得能做，我这会儿手里正好有一两个亿的闲钱，你帮我操作一下吧。"

"行。"柳茜尽可能平静地说。等轻轻地推上了手机的滑盖后，她这才把头稍稍地偏起来，先看一眼邱雨辰，又慢慢地把目光移到金顺喜的脸上。时间一秒一秒地过去，差不多半分钟之后，柳茜笑了，她两边的嘴角弯起来，就像一个小小的括号。

六目交织。

几秒钟后，几乎同样的微笑，同时浮现在了邱雨辰和金顺喜的脸上……